中篇小说卷

2020—2022

海外华文文学精品集

主编 方 忠 顾问 卢新华

作家出版社

主编简介

方忠，江苏师范大学党委书记，二级教授，文学博士，中国现当代文学专业博士生导师，兼职中国世界华文文学学会副会长、中国现代文学研究会理事、江苏省台港暨海外华文文学研究会会长、江苏省现代文学学会副会长、江苏省作家协会理事等。江苏省有突出贡献中青年专家，江苏省"333工程"学术领军人才，享受国务院特殊津贴专家。长期致力于中国现当代文学及华文文学的教学与研究。主持多项国家社科基金项目，在《文学评论》《中国现代文学研究丛刊》等刊物发表学术论文百余篇，出版《雅俗汇流》《20世纪台湾文学史论》《台湾通俗文学论稿》《郁达夫传》《台湾散文纵横论》《多元文化与台湾当代文学》《台湾当代文学与五四新文学传统》等著作十余部。

顾问简介

卢新华，原籍江苏南通，现居美国加州。1978年复旦大学中文系一年级时发表短篇小说《伤痕》，获当年全国优秀短篇小说奖，该作品也成为"伤痕文学"代表作之一。随后出版中篇小说《魔》、长篇小说《森林之梦》等。出国留学后，先后出版中篇小说《梦中人》、长篇小说《细节》《紫禁女》《伤魂》、长篇随笔《财富如水》《三本书主义》等。现为国际新移民华文作家笔会会长。

目 录

天空之镜

[加拿大] 陈　河 *

一　从拉帕斯入境

飞机降落在高原城市拉帕斯机场。这里海拔四千多米，是玻利维亚的行政首都，地势比西藏拉萨还高。

机场不大，旅客也不是很多。李等在过海关的队伍里，脑子里老是有一个幻象，觉得今天是 1966 年 11 月 3 日，切·格瓦拉就排在他的前面。格瓦拉持着一份伪造的护照，化装成了一个秃头戴眼镜的人，正在接受海关警察的盘问。这个幻觉让李无端紧张得手心冒汗。他十几年前就已经使用世界上畅通无阻的加拿大蓝皮护照，不像过去持中国护照常会遭到刁难，根本无须紧张。很快轮到他进关检查，警察随口问他来玻利维亚做什么，他回答是来旅行。警察在护照上盖了印，他就出关了。

为了出行方便，李把行李都装在一个可以随身带上飞机的拉杆箱里，再加上一个双肩包。所以他下飞机后不用等行李，很快就到出租车站，让司机拉他到预订好的 COPACABANA 旅馆。五十三年前

---

* 主要作品有中短篇小说《黑白电影里的城市》《夜巡》《西尼罗症》《我是一只小小鸟》《南方兵营》等，长篇小说《红白黑》《沙捞越战事》《布偶》《甲骨时光》《外苏河之战》等。曾获首届咖啡馆短篇小说奖、第一届郁达夫小说奖、《小说月报》第十四届百花奖、第二届华侨文学最佳主体作品奖、《人民文学》中篇小说奖、第六届鲁迅文学奖短篇小说提名奖、第四届华侨华人中山杯文学奖大奖。

切·格瓦拉进入拉帕斯之后，住的就是这个旅馆。半个小时后，李到达了这个有年头的旅馆。旅馆外面是简陋的泥土墙，里面建筑结构却是精致的，有好几个连环套着的四方院落。

李入住进二楼一个房间。他放下行李，脱下外套，坐到了一张带木头扶手的沙发上，从双肩包里拿出切·格瓦拉的《玻利维亚日记》，翻到中间的插图页面。第一张插图照片就是格瓦拉入住这个旅馆后，自己给自己拍的照片。照片是透过一扇带把手的玻璃门拍的，他穿着一件桃心领的羊毛衫，大半个脑袋秃着，手里拿着一部照相机，坐在也是木头扶手的沙发上，嘴里衔着一支雪茄，眼睛看着照相机镜头。李看看房间，面前也有一扇和照片里一样的带玻璃的门，沙发的木头扶手也是深色的。莫非格瓦拉当年住的就是这个房间？不管怎么样，他已经进入了《玻利维亚日记》的场景里了，一切就像个不可思议的梦境。

这个梦境的缘起有几个节点。最初是十多年前他在古巴切·格瓦拉墓园发现那个外号叫"奇诺"的队员可能是个中国人时，就萌生去玻利维亚做调查的想法。而最近的一个节点是一年前李在秘鲁高原湖泊的的喀喀湖的时候，人们告诉他的的喀喀湖有一半属于玻利维亚，那对岸闪光的湖岸就是玻利维亚土地。当时李的心里闪过一道光："哎呀！这就是玻利维亚，越过这条边境，我就可以到玻利维亚去寻找切·格瓦拉当年走的游击队之路了！"李这样想的时候，内心马上有一个强烈冲动，必须要到玻利维亚去一次。

从那之后他开始安排玻利维亚旅行线路，之前他以为玻利维亚只是一个贫瘠的高原国家，没什么旅游资源。但他开始看攻略之后，才知玻利维亚不仅有古老美丽的高原城市，还有大片亚马孙雨林盆地，最著名的是西北部的乌尤尼盐沼湖，因地处四千米高的高原，高纯度的盐沼结晶产生强烈的反射效应，被称为"天空之镜"。李在玻利维亚旅游目录上输入一个关键词：Che Guevara（切·格瓦拉），结果马上跳出好几个 Che Guevara Tour（切·格瓦拉主题旅游线路），里面有详细的日程和地图。李仔细研究着行程和地图，兴奋地看到《玻利维亚日记》所写到的地理都在行程里面了。他没有想到玻利维亚会有格瓦拉游击队主题旅游线路，之前他以为要是去寻找格瓦拉踪迹，完全得像考古学家一样去发掘呢。他联系了当地几家旅行社，发现都是西班牙语，能提供英语翻译的只有一家名字为 Amboro Tours 的公司，收费要比西班牙语团高一倍。他和 Amboro Tours 公司联系上，用西联汇款打了定金。之后，他订了飞往玻利维亚的机票。

李安顿好之后，就下楼了。他从前台拿了一张城市地图，要出去走一走。他没准备在拉帕斯逗留，明天一早就要坐车八百公里去圣·克鲁斯，格瓦拉的旅游线路是从那里开始的。现在距离他飞机落地已有两个小时，他开始感觉到高原反应，腿变得沉了，胸闷气短，人有点昏昏欲睡。他平静地迎接着高原反应来临。最近两年，他走了好几个高原地方，先是在秘鲁，之后在国内去了梅里雪山、稻城亚丁和西藏高原，经常在海拔四五千米以上。他来拉帕斯之前读了游记攻略，知道这里最著名的是女巫市场，还有几个西班牙风格的教堂。他走了这几个地方之后，就到了武器广场，几乎所有南美的大城市都有同名的武器广场。他在武器广场附近的一个餐馆坐了下来，一边看着广场上的人群和景色，一边吃着晚餐。

趁着李在吃晚餐的时候，让我们稍稍了解一下这个人的背景吧。他的老家在中国江南一个小城，1994 年 5 月出国到了东欧的阿尔巴尼亚做生意，曾遭武装人员绑架，五年之后移民到了加拿大，在多伦多定居了二十年了。从近两年频繁在高原旅行来看，他大概是个有空闲的人。但是他肯定有某些不同之处，因为一个普通生意人是不会去追踪切·格瓦拉足迹而深入玻利维亚的。他二十来岁开始写小说，想当一个作家，但没有写出有影响的作品。后来他选择出国经商中断了写作。在国外生活十多年之后，2005 年他重新开始写小说，这一回他源源不断写出一本本受读者欢迎的书。就在几个月之前，他去了意大利的西西里巴勒莫参加他的一本新书发布会活动。意大利读者喜欢他的书，巴勒莫市长还给他颁发了荣誉市民的证书。读者不必在百度上搜寻李的信息，李不是他的真姓名，也不是他的笔名，只是作者在这个故事里给他的一个临时代号。

李坐在餐馆外边的露天位置上，桌子上有一瓶无糖的可口可乐，他总是不爱喝酒。他以一个经过长期训练的作家眼睛观察着广场上的人流和光线变化。他对南美这片土地有着特别的感觉，因为在他开始写作时，正是拉美文学开始进入中国的时候，他熟读过马尔克斯、博尔赫斯、略萨等人的作品，所以眼前武器广场场景在他的心里会唤起阵阵熟悉感。注意到这一点，会对我们了解李这个人有帮助。事实上，他追寻切·格瓦拉不是在追一个狂热的革命者偶像。更多的意义上，切·格瓦拉像是博尔赫斯笔下的一个在交错时间小径中行走的刀手，是一个文学的想象。他追寻切·格瓦拉，某种程度是在追寻自己内心深处的一个影子。这个影子深埋在意识的深层，他无法接触到。但如同声呐的原理，他把心力专注到切·格瓦拉的事迹时，能隐隐约约感觉到内心那个影子的回声。

　　晚餐后，天开始黑了，他在暮色中走回旅馆。回去是上坡路，高原反应开始加重，走路变得很吃力。到房间后，他想要打开电脑做些事情，发现房间里没有上网密码提示，只得回到楼下接待前台去取。前台的接待员不在，大厅很安静，只有沙发上有个棕发的女人坐着看手机。李等了几分钟，接待员还没出现。他不经意间和沙发上的女士有了目光接触，出于礼貌，他和她打了招呼，并问她知不知道接待员去哪里了。

　　"不知道，你有什么事吗？"她说。

　　"我想问一下 Wi-Fi 的密码，你知道密码吗？"李说。

　　"我不知道，不过我们可以试一下这个。"她说着，站起来走到前台。那里有张纸头上有一串数字。她让李把数字输进去，网络马上通了。

　　"你是从哪里来的？"她问李。旅馆里相遇的人通常都会这样问。

　　"加拿大。不过我是中国人，居住在加拿大。"李说。

　　"来这里旅行吗？要住几天呢？"她说。

　　"是来旅行，下午刚到，明天一早我就离开，要到圣·克鲁斯那边去。"

　　"为什么要去那边。据我所知，圣·克鲁斯不是旅行热门的地方。而拉帕斯才是最热门的地方，你为什么不待几天？"她说。

　　"你知道吗？我这回是专门到圣·克鲁斯去行走切·格瓦拉游击队

的线路，所以很心切，想早点赶到那边去。对不起，你应该知道切·格瓦拉是谁吧？"李说。

"我当然知道切·格瓦拉。因为我是阿根廷人。"女士说。

"真的啊。阿根廷人肯定都知道格瓦拉的。"李说。

"是的，如果你真想了解切，那你应该来阿根廷走一走。"

"是的，我读过切的《摩托车日记》。我前些日子还研究过这条线路，看到在伊瓜苏瀑布附近就有切的家庭住过的房子。"

"不，切的老家房子在南部省份，一个非常美丽的地方，你应该去那里。"

"切因为小时候有气喘病，他家里选择了不同的气候地方居住，所以会有好几个住地对吗？"

"一点没错。你对切了解得不少呢？我有点奇怪，你作为一个中国人，怎么会对切·格瓦拉这么感兴趣？"

"这事说来话有点长。大概是十年前吧，我到古巴度假时去参观过圣·克拉拉的切·格瓦拉墓园。在墓园的博物馆里，我看到在玻利维亚游击战中，格瓦拉身边有个队员的外号叫奇诺（Chino），我虽然不懂西班牙语，但明白 Chino（奇诺）的意思是中国人，当时就有了一个疑问，莫非切·格瓦拉的身边真有个中国人？度假回到加拿大之后，我也查过一些资料，想证实切·格瓦拉队伍里到底是不是有个中国人，但一直找不到答案。所以这一回我要到切·格瓦拉游击队活动过的现场去，我想当地的导游应该会知道奇诺的身份，会帮我解开这个谜。"

"我知道奇诺这个名字。但他不是中国人。他只是眼睛是这样的。"她用双手在太阳穴边把眼睛往后拉，表示中国人眼睛比较眯。"可能他的眼睛像中国人，所以大家叫他奇诺。"她说。

"是吗？"李说。她这话让他有点失望，Chino（奇诺）真不是中国人吗？但另一方面，这世界上居然还有别人知道奇诺，让他受到鼓舞。

"你是一个非常有趣的人。希望你接下来的旅途愉快。特别是希望你能解开 Chino 身份之谜。"她说。

"谢谢你！阿根廷人。"李说。

二 前往圣·克鲁斯

第二天一早，李前往巴士车站。从拉帕斯到圣·克鲁斯有八百五十多公里，大部分路程在高原安第斯山脉的高山路上，得行驶十八个小时。李在定线路时其实有另外两个轻松一点的选择。第一是直接从多伦多飞到圣·克鲁斯。但他因为想模仿切·格瓦拉当初进入玻利维亚的线路，所以第一站选择了拉帕斯。还有从拉帕斯有飞圣·克鲁斯航班，只需一个多小时，机票比巴士的还便宜。但是李了解到当时格瓦拉进入拉帕斯之后，是当地的游击队联系人科科陪同他坐一辆越野吉普经安第斯山脉到达圣·克鲁斯这边的，所以他就决定坐当地巴士走走这条高原之路。

对于李这样一个幻想型的人来说，在高原上行驶是一个不错的主意。他在秘鲁高原第一次到达了五千米以上的高度，看一座座圣洁的雪峰不时出现在远处，在缺氧引起的眩晕和恶心状态中似乎更能感觉到神的存在。半年之后，他在云南从梅里雪山脚下徒步走进了四五千米的雨崩村。没多久，他又一次从成都出发，坐巴士班车沿着318国道经过稻城亚丁，最后到达了西藏。现在他又一次在高原地带活动，他已经迷上了这种行走状态。巴士位置很大，旅客不多，他边上没人，所以他可以舒展着肢体。车子升到五千米以上，他进入缺氧状态下半睡半醒的迷糊中。晕乎乎的眼神里，车窗外一忽儿闪过发呆的野生驼羊，一忽儿是高高的雪峰。这时他意识中浮现一个记忆的画面：一个女人裸露后背上张开双翅的飞蛾文身图案，非常美丽奇特。十年前古巴海边度假区维拉蒂罗机场入境处，这个女人排在李的前面。古巴海关的效率极慢，过一个人要等十几分钟，所以那天这个女人后背一直展示在李眼前。这个女子戴着一顶做工精致的草帽，穿着后背裸露的短裙装，皮肤被阳光晒成棕色。李几次看到过她的正面，她身材健硕胸部丰满，是单独的旅行者，有一张华人的脸，但显然不像在中国成长的。"她是个什么人呢？她是独自来度假？她不像一个旅行者，穿着那么讲究的高跟凉鞋，她是来会见一个什么有钱的人吧？她背上的飞蛾图案是什么意思呢？她会说中文吗？"李当时就这么胡思乱想着，还偷偷用诺基亚手机拍了她背后的文身图案。从那之后，这个昆虫的文身图案，就刻印在他意识深处。

后来这个文身图案和切·格瓦拉形象联系到了一起，当他在古巴各地看到格瓦拉戴着贝雷帽的大型画像时，会情不自禁给他插上一对隐形的飞蛾翅膀。这一次他在古巴待了十天，大部分时间是在度假区的海滨享受阳光，中间去了哈瓦那，参观了海明威的瞭望山庄故居，之后去了一个他计划要去的地方，切·格瓦拉纪念碑所在地圣·克拉拉。在这之前，他对格瓦拉了解得不是很多，只知道他是个受西方愤青崇拜的偶像，萨特也推崇他。不久前，史蒂文·索德伯格导演的好莱坞电影《切》上演，李看了这部上下集的大片，电影里有格瓦拉带部队攻陷圣·克拉拉城的情节，所以他才会想到到古巴一定要去圣·克拉拉看看。

他坐巴士前往圣·克拉拉，古巴的巴士全是中国造的宇通牌，很显眼。路上还看到几个油田的磕头机吸油塔，有中石化的标志。到了车站之后，改坐马车进入了城内。他在这个城市里看到一个奇特的景象，满街的人都拿着一根塑料做的扫把柄。他百思不解，这个疑问直到下午他转到一个百货店门前时才解开，很多的人在这里排队，手里拿着一张计划供应券，为了买到这一根塑料扫把柄。这下他明白了，古巴还是计划经济，物资供应短缺。人们可能有很长时间买不到扫把柄了，这回终于生产出来一批，全城的人都来排队。也许过几天，全城满大街的人手里会拿着个水桶或者锅盖子。

看过当年激战的火车站之后，李前往了这个城市主要吸引游客的地方：切·格瓦拉墓园和博物馆。墓园中央有一个特别高大的切·格瓦拉雕像，他戴着贝雷帽，横挎着冲锋枪，造型很好，但是看起来很粗糙，像是用普通水泥做的，已经风化得很厉害，颜色也都退了。墓园的一侧是切·格瓦拉博物馆，里面的收藏很丰富，有切·格瓦拉穿过的衣服、用过的武器等实物。大量的图片中有几张述说切·格瓦拉带领古巴人种甘蔗的往事，让李亲切想起在 1965 年那段时间他家乡供应的就是棕色的古巴糖。然后他看到了格瓦拉玻利维亚游击队生活部分，看到他在坚持了十一个月山地游击战之后，被抓获、枪杀。这个时候，有一件事引起他注意：游击队中有一个队员的名字叫奇诺（Chino）。准确说这不是名字，是外号，每个游击队员都有一个外号。他觉得奇诺（Chino）这个外号有点怪，好像是中国人的意思。而让人进一步觉得奇怪的是，当他走到了地下层全体游击队员的墓穴时，看到挨着格瓦拉墓穴的就是奇诺，上面写着他的真实名字：Juan Pablo Chang Navarro Levano。墓穴里有微暗的长明灯，照着死者浅浅的浮雕。李心里一动，因为他注意到了长长的名字中那个 Chang 字，这是外国人翻译中国人"张"的写法。如果说他叫奇诺是出于偶然，那么加上了一个"张"的姓，是中国人的可能就很大。李久久看着奇诺的画像，但是浮雕上看不出他有什么中国人的特征。关于这一段，他在前面和阿根廷女士交谈时已经提到过，说明他心里一直惦记着这件事情。他在这里买了一本英文版的《玻利维亚日记》，后来仔细阅读时，看到这本不长的日记里，格瓦拉有很多次写到奇诺，但没说他是哪个国家的人。李猜想奇诺可能是玻利维亚的一个姓张的早期华人移民的后代，他企图在网上查找奇诺的资料，想搞清他的身世。但是因为研究格瓦拉游击队的资料都是西班牙语的，他不懂西班牙语，无法进行下去。然而他没有忘记这件事，奇诺的名字像是一颗种子埋在他心底，一遇到合适的条件就发芽长出枝叶来。这一回，他终于登上了切·格瓦拉游击队线路。李抱着这样一个希望，到了玻利维亚游击队活动的现场，认为一定会有人知道奇诺的来历。

从拉帕斯出发，第二天上午才到达圣·克鲁斯城。李住到预订好的拉斯帕尔马酒店，倒头昏睡了一阵，醒来时已是中午。他赶紧起身，今天要去一下 Amboro Tours 旅行社，把旅行费用用美元现金付清。他查了一下谷歌地图，旅行社就在中央广场隔一条街的地方，打车需十分钟，步行则需半小时左右，他决定步行过去，一边走路一边熟悉街景环境。

没费多少周折，他到了中心主广场，过了一条街找到了旅行社。

门牌号下面有一扇小门，里面是一个光线不好的楼梯间。他往里张望时，里面一个看门的老人向他示意去楼上，办公室在上面一层。他上了楼梯，二层楼梯周围有不少房间，所有的门都关着。他看到一扇门上有 Amboro Tours 旅行社标志。他敲了门，门打开了。

开门的人是个不高的男人，看样子像白人，穿着带领子的短袖汗衫，户外活动短裤，身体很结实，像在健身房练过的。他就是和李联系的人。李感觉中以为他会是一个皮肤黧黑的当地印加人，所以略感惊讶。之前他给的西联账户，收款人用的是一个女性名字，看来是他的妻子，这会儿她不在。他叫马扎罗。付清美元现金之后，马扎罗告诉李明天的英语团只有他一个客人，公司驾驶员去别的地方了，他自己来给李开车，到了目的地巴耶格兰德后会有当地英语导游陪同。

三　伊格拉村电报房

第二天早上七点，李下到旅馆的门厅，马扎罗已经在沙发上等着。他今天穿上了户外行装，戴着鸭舌帽，背着双肩包，看起来比司机更像个旅行者。他的车子停在门口，是一部越野的尼桑皮卡。后车斗上有供野外林地观景的开放座位，看起来很拉风。

车子出城后，路况还算不错。这里不是安第斯山脉，是玻利维亚的低陆平原。不久，远方出现一座高山，马扎罗说今天要去的地方在这座山的背后，要开三四百公里车。地势渐渐升高，路边出现一些村落，居民的样子和城里的人不一样，部分人穿土著山民衣着。马扎罗说他们是高原下来的，寄生在城市边缘。说他们只会挣钱存钱，极少花钱，不讲生活质量。路边不时能看见一些巨大的广告牌，上面有个政治人物画像。李看不懂上面写的话，但大概能猜出是个竞选广告。马扎罗说这是现任总统莫拉莱斯，也是个高原的人，他的任期已经早超过了，还不想下台。马扎罗的话表明他不喜欢高原上的人。

马扎罗英语说得很好，也算喜欢交谈的。他说自己很小的时候去美国，在加州生活十八年。回到玻利维亚有十多年了，现在和老婆开旅行社，有一个两岁的孩子。他在美国的时候还生过两个孩子，一个大概在法国，一个还在旧金山，他和这两个子女已经没有联系。李看他的样子像是白人，问他是不是西班牙人后裔。马扎罗一口否认，说自己是玻利维亚人。他说就像玻利维亚丛林里的猴子有黑色的、黄色的、白色的。他只不过是一只白猴子罢了。

一个小时后，平坦的道路消失了，开始进入了盘山颠簸不平的路，车速明显减慢。这公路本来铺有沥青，但现在大部分破碎，坑坑洼洼，有些大坑得小心绕着走。马扎罗的情绪开始变坏，说这条路去年还是不错的，是被修高速公路开铜矿的中国公司大型机械轧碎了，所以才会这样糟糕。马扎罗说中国公司要帮助玻利维亚修建这条横贯全国的高速公路，以后从圣·克鲁斯到巴耶格兰德只需要两个小时，而不是现在的七八个小时。李说这不是很好吗？当地老百姓是不是很高兴？马扎罗说当地人民根本不关心，也得不到好处，都是政客得利。马扎罗还说修建高速路是中国提供无息贷款，但前提是工程要交给中国公司来做，等于这些钱还是回到中国人口袋，而贷款还是要还的。马扎罗的话越说越不好听，说中国公司在这里破坏了自然环境，给当地工人的待遇不好。让李印象深刻的是，马扎罗对中国情况有所了解，能说得出中国领导人的名字。

路上不断堵车，看样子一天时间都会花在路上了。李想起了几个月前在老挝朗波拉邦湄公河上坐游船时，导游指着一条在建的横跨湄公河的大桥说，这是中国公司的项目。李当时心里有自豪感，问导游当地人开心吗？那个导游说的话和马扎罗一模一样：老百姓不关心，只是政客在得利。而在那次从朗波拉邦去万象的路上，道路因为中国公司在一侧修建高速公路，把老路面碾得粉碎，车子一直颠簸着。李想：中国公司真是在世界各个角落无所不在了。

路又一次堵上了。这回是前方有个塌方，工程队正在用大型挖掘机临时挖出一条道路来。因为一时走不了，李下了车活动一下腿脚。他看到前方有一个穿着黄色施工安全服的华人，开着一台印着中建三局标志的车，便过去打招呼。这个人看到李是中国人，大为高兴，问他来这里干什么。李说是来旅游的。对方说很少有中国人到这个鸟不拉屎的地方来旅游，说着就聊起天来。他说自己姓崔，人家都叫他小崔。李问他是哪里人，来这里多久了。小崔说自己是江西南昌一带的人，他们工程队里都是江西人。他这么一说，让李想起二十年前在阿尔巴尼亚的时候，曾经有一支南昌工程队在地拉那承建楼房，但最后在当地动乱中被抢掠一空。他向小崔说起这事，没想到小崔说自己知道这件事，他现在公司的老总有一回在大会上讲述公司海外三十年发展历史的时候，说起过这段故事，说工程队后来是坐希腊海军舰艇撤退的。李说正是这样，问他的老总叫什么名字。小崔说他叫杨永登。李马上想起了杨永登，当年他们很熟，经常一起吃饭喝酒。李正想和小崔详细说说，这时路通了，马扎罗按喇叭要走。李拿出手机，和小崔加了微信，说回头在微信上再详聊。小崔说会告诉杨总这件事。

过了这座山的施工区，路开始好了点。快到的时候，马扎罗让李注意路边没有牌照的汽车，说这些车牌照不是丢了，而是根本就没上。山民不理会政府法令，不上牌照不交保险，反正这些车也不会开到圣·克鲁斯城里去。李一看路边停着的一排车子，大约四成都没牌照。他问马扎罗要是这些车子出了事故怎么赔偿呢。他耸耸肩说天知道。下午三点多，才接近目的地，比正常时间晚了两个多小时。马扎罗说当地导游会在前面一个路口等着。马扎罗说了 she，所以李才知道当地导游是个女的，之前他一直以为是男的。这个时候他开始急切想见到她。

下一个路口，马扎罗把车停下，李没看到导游等在那里。马扎罗打了电话，西班牙语说了一通，李听不懂。马扎罗说她马上过来，因为她在另一个路口等了。说着话时，李在倒车镜里看到有个人匆匆过来了。马扎罗也看到了，说就是她，名字叫玛利亚。李下了车，在车门边迎接着她，显得分外尊敬。他看到过来的玛利亚是个年轻的当地女子，皮肤黝黑，头发略显棕色，她和那些高原山民不一样，没突出的特征，是一个普通南美女子，穿着一条中性的灰色夹克衫，衣服和牛仔裤都松松垮垮，手里有一个小型的双肩包。李和她用英语问候过之后，就上了车。马扎罗没下车，他对玛利亚说李是从加拿大来的中国人，对格瓦拉的事迹有很大兴趣，会有很多问题问她。这回为了让李听明白，他对玛利亚说英语。然后，他就开车向前了。

玛利亚开始了导游解说。她说现在这个地方就是巴耶格兰德，当年政府军围剿格瓦拉游击队时指挥部就设在这里。游击队被消灭之后，大部分尸体在镇上的医院展示，之后被埋在机场边上野地里。她说两天的行程安排今天是到山区游击队活动现场，明天再回到巴耶格兰德镇参观医院和游击队员墓地。李多次读过格瓦拉的《玻利维亚日记》，对游击队活动线路地理名字有点了解，尤其是对日记里经常写到的格兰德河印象深刻。李不想马上询问奇诺身份的事，想先听听玛利亚讲解，在合适的时候提出他最重要的问题。

大概半个小时之后，车子进入了岔道，一条简易的土路。路边有一个巨大木牌，上面有一张切·格瓦拉戴着贝雷帽的照片。玛利亚让车停了下来，说知道为什么这里有这个戴贝雷帽的格瓦拉画像吗。你看左侧的路边那一块圆形的石头，样子是不是很像一个贝雷帽？李顺着她所指的方向看，真的有一块巨大的扁平石头，很像是贝雷帽。玛利亚说当地人把这块石头当成神迹，竖起这个画像牌子。李和玛利亚以格瓦拉画像为背景拍了一张合影。这个时候，李注意到一个细节，他看到了玛利亚从一个小布袋里掏出几片绿叶子放进嘴里咀嚼，是古柯树叶。古柯叶是提炼海洛因的原料，咀嚼古柯叶子是高原山民的习惯，秘鲁的山地旅馆有给旅客免费提供。虽然这是当地传统，但看到玛利亚咀嚼古柯叶时，李觉得还是有点怪怪的。

再次出发时，李觉得现在可以开始提自己的问题了。他已做足了准备，把《玻利维亚日记》书上奇诺和格瓦拉的三张照片存到了iPad一个文件夹上，他打开iPad，让玛利亚看照片。他开始说：

"玛利亚，我这回到这里一个重要的事情就是想解开奇诺的身份之谜。你知道奇诺是中国人吗？"他说，声音因紧张有点发抖。

"是的，奇诺是中国人。"玛利亚说，她的声音很平静。

"你能确定吗？玛利亚。"李说。

"他父亲是中国人，但他母亲是秘鲁人。"玛利亚说。

"有什么资料和文件可以证明他是中国人吗？"李说。

"前年，也就是2017年的时候，这里举行过切·格瓦拉游击战五十周年的纪念活动，全世界来了一大批的学者专家，还有当年游击队员的家属。有一个秘鲁作家告诉我他知道有一本奇诺的传记。那本书里有奇诺的出生证明，写明他父亲是中国人。"

"你知道书的名字吗？我要找到这本书。"

"我知道的，晚上到旅馆时我给你找出来。"玛利亚说。

"真是太好了。我心里一个十年的谜团终于解开了。"李说。他太高兴了，这一趟辛苦真没白费。

车子往上爬了一阵子坡，转过了山，在一个高处，前面豁然开朗。面对群山，脚下有一块肥沃的平原，山脚下有一条带状的有很多支汊的河流，闪着亮光。李的脑子里跳出一个名字：格兰德河。玛利亚说，是的，这就是格兰德河。切·格瓦拉游击队的活动都是在河的沿岸进行的。起初，他们由于没有一张准确的地图，搞不清河的走向，有时只能根据河水的流向、河水的含盐量去寻找方位。李此时还处于解开奇诺身份之谜的兴奋中，思绪特别活跃，《玻利维亚日记》一些片段从记忆里流淌出来："2月23号　从那一刻起，我完全是凭着意志力坚持往前走。这一地区最高海拔一千四百二十米，居高俯瞰，下面是一大片广阔的区域，格兰德河、纳卡瓦苏河河口和部分罗西塔河尽收眼底。地形和地图上标明的有出入，在一条清晰的分界线后，地形陡然下降，接着出现的是八至十公里宽的林木茂密的高原，远远还能眺望到一片平原。"李觉得这段日记描绘的正是他现在的目光所及的地形。李还想起女游击队员塔尼亚遭伏击的地点就在河的上游。南十字座电台宣称，在格兰德河畔发现了女游击队员塔尼亚的尸体。这条消息并不像有关内格罗那条消息那么真实——她的尸体被运到了圣·克鲁斯。也许河是最能代表时间的，孔子对着河说逝者如斯，希腊人赫拉克利特说一个人不能两次踏进同一条河。五十多年过去了，这条河还是那一条河吗？

按照行程，下午本来是要去切洛峡谷（Churo Creek）。这里是游击队最后一战的发生地，切·格瓦拉和奇诺等人就是在峡谷里被抓获的。但由于路上堵车太久，现在太阳已经卜山，参观峡谷来不及了。马扎罗说只能把这个行程改到明天早上，现在要去晚上的住宿地吃饭。在中途，玛利亚让马扎罗停了一下车，让李下车看一个重要的地点。

她指着公路边下方约一公里远有好些红色屋顶的村子说，格瓦拉被俘获之后，政府军带他到了这个村里，奇诺第二天被抓获也关在这里。政府军就是在这个村里枪杀了格瓦拉，在杀死他之前先杀死了奇诺。之后，格瓦拉的尸体用直升机运到了巴耶格兰德。格瓦拉被枪杀的场面，李在好莱坞大片《切》的电影里看到过，他对直升机运走格瓦拉尸体的情节印象特别深。眼前这个村子的红屋顶看起来很新，很刺眼，不大像是过去的建筑。李心里是很想进这个村子看一看，这么重要的地方，怎么能隔这么远一看了事呢？不过时间的确是比较晚了，天已经黑下来，他不好意思勉强马扎罗和玛利亚带他进村子参观，于是就远距离拍了几张照片。他用手机测了一下海拔高度，显示一千八百米。格瓦拉在日记里每天都会记下海拔高度。格瓦拉用的是物理测量仪器，李用的则是卫星定位软件。

然后车子再次发动前进，这个时候要点起大灯，天已经完全黑了。李以为要在黑暗中开很久车，可没多久，车子就在路边停了下来。马扎罗说到达今晚就餐和住宿的地方了。玛利亚介绍说这个地方是伊格拉村（LA HIGUERA），今晚吃饭住宿的地方是过去村里的电报房，游击队曾经住过这里。李记得格瓦拉日记里的确写到了电报房，具体发生了什么他已经记不清楚了，但肯定不是什么让格瓦拉愉快的事情。

沉重的暮色中李看见电报房在路边的高坡上，有一扇大柴门虚掩着。马扎罗下车把那个柴门的门闩扳开，然后车子开进了一个不大的停车坪。李下了车，往上走了几步到了电报房的院子。三个人坐在一张木头桌子边的椅子上。玛利亚说主体的那一个长房子是电报房原建筑，没有重建过。院子里没有电灯，借着星光，李看到那长房子屋檐下墙上挂着一些马鞍、子弹袋、钢盔之类的东西，还有一些装在相框里的照片。玛利亚说这个屋子现在是客栈的客房，经营这个客栈的是一个法国人，他就在附近，马上会过来。李听到这个话觉得惊奇，在这个荒山野岭里，居然有法国人开客栈，这个人一定是十分喜爱切·格瓦拉的。法国人天生有革命和浪漫情怀，有很多喜欢格瓦拉的人。

说话间，有人过来了，是个头发灰白的男人。他好像和马扎罗很熟，和他谈了一个事情，后来就走了。马扎罗说这就是客栈的男主人。

他说自己明天想到圣·克鲁斯去，可车子发动不起来，问能否搭他的顺风车。接着过来了一个年轻的白种女人。她与玛利亚和马扎罗都很熟，用西班牙语招呼着，还贴脸拥抱。之后她用英语对李表示亲切欢迎。李猜想她应该是旅馆的女主人。女主人介绍了客栈的设施，因为环保理念，房间里不提供电力，用蜡烛照明。屋内没有卫生设施，院子里有一个公用的厕所浴室，有电灯和热水淋浴。厨房里有一个电源插座，晚餐期间可以给手机充电。女主人说自己现在过去准备晚餐，大概需要一个小时，问他们要不要来一杯喝的，有咖啡、果汁等。李其实对于咖啡没什么兴趣，不过以为咖啡是餐饮里包含的，就说要一杯咖啡吧。但他马上有点后悔，因为马扎罗和玛利亚一声不响没要喝的，李明白这咖啡一定是额外收钱的。他的晚餐已经包在行程里，所以这一杯咖啡钱会算在马扎罗账单上。马扎罗和玛利亚都没有要咖啡，说明他们舍不得花钱。他偷偷打量了挂在厨房外面的餐单和价格，一杯咖啡要两块多美金，对工资不高的玻利维亚人来说这价格是很贵的。李其实很愿意自己掏钱请他们喝一杯甚至吃顿饭，但事情不能这样做，所以他就想行程结束时多给点小费作补偿吧。

女主人送上咖啡之后，就离开去准备晚餐了。李独自享用这杯令他尴尬的咖啡。马扎罗坐在对面，脸色阴郁冷漠。玛利亚则低头看手机，装古柯叶子的小布袋放在台子上，她不用眼睛看，手指习惯性地从里面掏出几张叶子塞到嘴里，好像嚼口香糖一样。她在手机上寻找关于奇诺的那本书。这里没有电力，没有 Wi-Fi，不过还有微弱的手机信号。李注意着玛利亚脸部表情，她微皱着眉头，对极其缓慢的网速无奈地摇头。李有点紧张，只怕玛利亚找不到那本书。过了一阵子，听到玛利亚说了一声：找到了！他顿感欣喜，看到玛利亚在一张纸上面写下了一长串的文字：

Juan Pablo Chang Navarro（1930—1967）

"他死的时候是三十七岁。"玛利亚说。这是李听到的第一个关于奇诺的个人具体信息。他把玛利亚手机上显示这本书信息的页面翻拍下来，虽是西班牙语，但上面的书名、作者、出版社、页数都能看得出来。

"我之前只是猜想奇诺是中国人，以为他是玻利维亚本地的，没想到他是秘鲁过来的。"

"他不是一个普通的秘鲁人，是秘鲁共产党的领导人，在国际上都有影响的。你知道吗？他来这里的目的是想把格瓦拉请到秘鲁去打游击的。他有很多事情，在《玻利维亚日记》里是看不到的。"玛利亚说。

这时候晚餐开始了。他们进到了餐室里，这里没有电灯，点着蜡烛。餐食很简单，只有一道沙拉和一道牛肉。李这回接受教训，自己带了一瓶水，怕点饮料会额外收钱。但没想到女主人送来了包在餐费里的一大瓦罐的奇恰酒。奇恰酒（Chicha）是一种玉米发酵做成的酒精饮料，古印加人几千年前就用来祭祀神明。李在秘鲁曾经喝过一次，喝起来没大有酒味，但是后劲很厉害。今晚他只在酒杯里倒了一小半，说自己不会喝酒。马扎罗和玛利亚开始一杯杯喝奇恰酒，李注意到玛利亚的脸红了起来，她又开始嚼古柯叶子了，眼睛发着亮光，这个时候的玛利亚显得漂亮生动。李心里有一种奇怪的熟悉感，好像眼前的玛利亚是一幅他见过的古画中的人物，或者说，她嚼古柯叶喝奇恰酒的形象和他意识深处的一个记忆相吻合。

李观察到餐室的墙上也挂着一些图片，由于有烛光还能看清。部分图片李是看过的，但有几张没见过，其中有几张是奇诺的。一张是他被打死后尸体驮在马背上的，还有一张是他的尸体躺在医院地上，上面的清洗池上一群人在处理格瓦拉光着上身的尸体。李用手机把这几张图翻拍了下来。晚餐期间马扎罗说了男主人明天要去圣·克鲁斯是为了去看一架刚刚发现的切·格瓦拉用过的望远镜，一个当年的政府军士兵当时偷偷藏着，现在想拿出来卖。马扎罗说这法国人已经收藏了很多切·格瓦拉的物品，包过他的手电筒、手枪和照相机等，他对切·格瓦拉很有研究。

晚餐后，马扎罗和玛利亚要到后面一个专门给导游住的屋子去住，电报房的客房很贵，只给游客居住。马扎罗说明天要早起，六点钟就出发。李到了自己的房间，用手机电筒照明看到了两张低矮的床之前有一个小台子，上面放了两根蜡烛和两包火柴。他擦了一根火柴，把蜡烛点亮。借着昏黄的烛光，见墙上有一张切的画像，一张五角红星图。屋顶上面是一层厚厚的草毯。李拿出牙刷毛巾等用品，到房间外面院子里公用厕所兼浴室去洗澡。洗澡的时候从通气孔小窗口看到厨房里女主人还在收拾洗刷他们用过的餐具。李想起她之前说的可以到厨房外插头给手机充电的事，洗好澡之后，就带着手机过去充电。

女主人很热情，和他攀谈起来。当女主人得知李来自中国，显得很是惊讶，说这里以前从来没有来过中国人。他是第一个到这里过夜的中国人。

"你知道吗？在五十多年前，这里来过一个中国人的。那就是游击队里面的奇诺。"李说。

"对的，对的，奇诺是中国人！天哪，你怎么会知道奇诺？几乎所有的游客都只知道切·格瓦拉，不会知道奇诺，除非是专门的研究者。"女主人兴奋地大声说着。

"这么说你也知道奇诺是中国人！真是太好了。你是怎么知道奇诺是中国人的？有什么根据？"李为遇到又一个知道奇诺的人而高兴。他想从她这里得到奇诺是中国人的更多的证据或者故事细节。

"他的妹妹来过这里，就住在你住过的这个房间。那是前年 2017 年，纪念游击队事件五十周年的时候，奇诺的妹妹来了，就住在你今天住的这个房间。她在纪念签名册上写了字，还留下了联系地点。那回她非常激动伤感，她是个非常优雅的人，我现在还能细致回忆起她的样子。"

女主人说着拿出了纪念签名册，请李在签名本上写上几句话。李想看看奇诺妹妹的留言和签字，就问女主人是否可以带纪念册到房间里去写。她说当然可以的。于是，李对她说晚安后，抱着厚厚的签名本，回到了房间。关上了门，李躺在床上，看着屋子上的横梁和红星图，他心里生起一种幸福感，又有一个证据证明奇诺是中国人，而且奇诺的妹妹住过这个房间，纪念册里有她签字留言，他觉得自己和奇诺的距离一下子变得很近了。

是的，五十多年前格瓦拉的游击队来过这里。李从双肩包里取出了《玻利维亚日记》，寻找关于伊格拉村电报房的那一段文字。他找到了，时间是1967年9月28日。格瓦拉在日记里这样写道：

> 一到伊格拉村，一切都变了。男人全跑光了，只剩下几名妇女。科科进了报务员的屋，里面有一台电话。他拿回一份22日的电报，从中我们得知巴耶格兰德的副镇长通知村长，若该地区有游击队出现，要立即通报巴耶格兰德，电报费用由镇里支付。村长已经跑了，但是他老婆向我们保证，村长今天没对任何人说起过游击队的事，因为村里的人都到邻近的哈圭镇上过节去了。
>
> 先头部队于下午一点出发，争取抵达哈圭镇后再就有关医生和骡子的事做出决定。当我正往山顶去的时候，也就是一点半的光景，沿着山脊响起了枪声——我们中了敌人埋伏了！我在村子里一边组织抵抗，一边等着幸存者回来，并在通往格兰德河的公路上设置了出口。不一会儿，贝尼尼奥来了，他受了伤。随后，阿尼塞托和小巴勃罗也来了，小巴勃罗一只脚也伤得不轻。米格尔、科科和胡里奥牺牲了。后卫部队沿大路快速前进，我牵着两头骡子跟在他们后面，落在后面的人受到敌人火力的攻击，没有跟上来。为了在小路上把敌人甩掉，我们让两头骡子走下面的深谷，我们则沿着一个小峡谷继续往前走，再往上走一点峡谷里就有略带咸味的水流过。午夜十二点我们就躺下睡了，因为无法再往前走。这一次我们损失惨重，痛苦揪心的一天，刹那间我们好像是走到了生命的最后时刻。

李读着日记，想象着电报房外边游击队遭埋伏，三个游击队员死在机枪扫射下。他估计这三个游击队员就死在离这里很近的地方，而当时，格瓦拉和其他游击队成员可能就藏在这个屋子里面。李从格瓦拉这段日记里读出沉重苦难的气氛，格瓦拉已经感到末日来临。

烛光映照的屋内有一种奇怪的气氛，山地夜间气温骤降，湿气浓重。李没有脱衣服，靠在被子上看着屋顶发呆，不知不觉睡着了。他做了一个奇怪的梦，梦中自己伏在窗外一个突出的水泥物体上，上不去，觉得这个水泥物体随时会断裂，自己会跌落深渊。他想往上爬回到窗户，又不敢动，怕引起水泥物体断裂。后来醒来，长长松了一口气。他起来到户外的厕所去小便，银河流沙，满天星光，空气新鲜但不是很冷，望得见周围的山间小道。他站在星光下，听到各种奇怪的声响，有些声音像铁器碰撞，也有一些解释不清。他突然看见从远处的山道走来一个人，是玛利亚。她在夜色中那样清晰可辨，好像自身发着光辉的圣母似的。李以为她也是去公共厕所，想赶紧避开，这种情况遇见会比较尴尬。但她没去厕所，而是径直向前，对站在院子中的李视而不见。李震惊中猜想她可能有梦游症，但又怀疑自己在梦中。为了证明自己不是在做梦，他用手机对自己拍了一张照片，以证明自己是清醒的。

　　他突然醒了过来，喘着大气。刚才的梦真实感那么强，让他难以相信不是真的。他打开手机，上面并没有那张自拍照。显然，他的确是在做梦。

四　走下切洛山谷，最主要的现场

　　次日晨六点钟李起身，坐上车子出发。但没开出一百米，车子就停了下来，原来今天行程的第一个点就是附近的伊格拉村主广场。这个时候天还没亮，一盏昏暗路灯照明下可见空地中央有一圆形台基，上面有一座切·格瓦拉的塑像，油漆很新但没有艺术感。前面还有一个比较小的塑像，玛利亚说这小雕像在格瓦拉被打死后当地山民就塑了，后来被政府拆毁了多次，可每次都很快重新塑起来。现在，因为商业性旅游，村头广场有了三座格瓦拉塑像。玛利亚说接下来要去参观关押格瓦拉的长屋子，他就是在这屋里被枪杀的。马扎罗已经去请村里看守房子的人来开门，守门人很快会过来。

这个时候，李明白了昨天在山上面玛利亚停车指给他看的红屋顶村子就是他现在所在的地方。当时他为没有进这个村参观心里不悦，并不知道今天一早会来这里。他顿觉兴奋起来，因为这是一个非常重要的地点。

他站在那个长屋子的外边等看管房子的人过来。1967 年 10 月 7 日晚上，格瓦拉就被关在这个屋子里。政府军事先就决定如抓获格瓦拉就打死他，因为如果公开审判的话，没有人能辩论得过格瓦拉，还会引来大批国际名人支持他。而这个时候，奇诺也被抓到了，关在附近另一个屋子。第二天早上，政府军为了折磨格瓦拉，在打死他之前，先开枪打死了奇诺，让他听到枪声。政府军士兵中间选出了一个自愿去枪毙切·格瓦拉的人，那个人夜里一直喝酒壮胆。第二天当那个士兵拿着枪进入屋子时，格瓦拉已经知道要打死他了。玛利亚说了一个细节，说当时有七个游击队员逃脱出包围圈，从村头上面的山上潜行而过。他们听到村子里响了几声枪响，但不知道这几枪是打在格瓦拉身上的。这些游击队员在玻利维亚大山里潜行三个多月，除了一个在遭遇战中被打死，其他六个最终逃入智利境内。

看门人到来开了门。这屋子里面，挂着一些复制品，只有那一扇木门是当时的原物。这个屋子原来是伊格拉村学校的教室，后来没人愿意在这里上课。政府军部队因为消灭了游击队获得了一笔奖金。他们不敢领取，用这笔奖金修建了新学校。

李现在才知道，原来他昨夜睡觉的地方，距离切·格瓦拉和奇诺被枪杀的地点不到一百公尺。这个高度凶险冤气万丈的历史地点必定存储着巨大的能量磁场，所以他昨晚睡眠会那么怪异难受。现在天已经亮了，他们开车出村头，路边看到有一个小坟墓，上面有三张照片。这就是格瓦拉日记里写到的电报房外遭伏击丧生的三个队员，名字是米格尔、科科、胡里奥。

下一个地方是去格瓦拉和奇诺被抓获的地点切洛峡谷（Churo Creek）。车子行进了约十分钟后，进入了一条小道尽头停下。然后，三个人往里走。李想起在圣·克鲁斯的时候，马扎罗问过他想不想去峡谷下面。峡谷很深，上下要三个小时，需要体力，有的游客不愿意下去。李当时说要去的，现在到的就是这个地方。进入了小道不久，边上的树林里有好些牛。李对这些牛不陌生，因为格瓦拉在日记里不时提到游击队买了农民的牛宰了吃。再往前走，看见了一座木头房子，有一个六十多岁的当地农妇在那里等着。她比一般当地人要高大健壮，模样很自信。玛利亚介绍说这位妇人是这片山地的地主，我们要去的山谷就是她家的土地。李问当年格瓦拉在时这土地已经是她家的吗。玛利亚说是她家的。那时她才十四岁，游击队来的时候孩子和女人都会逃离躲藏起来，她父亲接待过游击队。游击队的人给他拔过牙，不过当时他并不知道哪个是格瓦拉，因为每个游击队员都满脸胡子像野人，看起来都一样。玛利亚说当地人现在把格瓦拉当成了神，长久没下雨的时候会祈求格瓦拉给点雨水。马扎罗说玛利亚会带李下峡谷去，他在上面等。他看了手表，现在七点半，他们回来的时候应该是十点半，然后去巴耶格兰德进早餐。

玛利亚在前面带路，李跟在后面，进入屋子后面的山地。走过一段两边种着玉米的斜坡之后，开始进峡谷。小道笔直下降，时而有水流冲过。玛利亚说前些天下雨，雨大的时候这里不能走路，今天还比较幸运。好些地方被树木枝蔓挡住，李说格瓦拉日记很多处写到游击队员持着砍刀开路，玛利亚说山地女主人也有这样的刀，经常要来砍一砍。李觉得马扎罗不在场，玛利亚活跃了很多。她不像昨天一样只是个导游，显出了一个年轻人的天性。她在前面走几步，会停下来给李讲解。越过一个山坡，格兰德河现在很清晰地展现在眼前，看得清河水涟漪的反光，一直延伸至远处的平原。玛利亚开始问一些中国和加拿大的事情。她说自己除了去过一次委内瑞拉，其他国家都没去，最想去中国的长城，还有古巴。她的家在巴耶格兰德附近的山里，家里兄弟姐妹很多。她在圣·克鲁斯读了职业旅游学校，选了格瓦拉专业，所以对格瓦拉有些研究，对其他游击队员也有了解。她说大部分游客只是通过《玻利维亚日记》了解这场游击战，而她接触到的有政府军方面的资料、有其他游击队员的日记等等。她对自己选择当格瓦拉专题导游很满意，因为这个专题和其他的风光导游不一样，让她深入到了政治和历史，让她接触到世界各地对格瓦拉怀有兴趣的人，而这部分游客通常都是一些有思想的人。玛利亚说有很多女游客都说切·格瓦拉特别帅气，那只是爱他的表面。她说自己深深爱着格瓦拉的灵魂，不只是他，是所有的游击队员。玛利亚下山的速度很快，又不停说话。李得全力以赴才能跟上她。

说话间，就到了峡谷的底部。李看到在开阔地上有一个石头围着的圆圈，上面有油漆写着的标语。圆圈中央有一个红五星的图案，还有一棵非常茂盛的、开着白色花朵的树木。

玛利亚说：我们到了！李放慢了呼吸，知道自己进入了这次旅行最重要的一个历史场景，格瓦拉就是在这里弹尽粮绝被俘获的。李走到圆圈的中央，正对着他的那段圆弧上写着：Hasta La Victoria（直到胜利），左侧那圆弧上写着 Patria O Muerte!（祖国，或者死亡）。玛利亚说：这句话是格瓦拉在纽约联合国大会发言时著名的结束语，后来游击队员见面时就会喊这句话作为口号。在右边的圆弧上写着SIEMPRE（直到永远）。玛利亚说，2017 年纪念切·格瓦拉玻利维亚游击战五十周年活动时，基金会在这里建筑了这个纪念圆圈。距圆圈右侧约五十米有一块石头，上面有一棵树，石头上刻着 Che Vive，这就是格瓦拉最后被擒之处。

她带着李往前走了几步，这里是 V 字形的峡谷最低处，是一个有溪水哗哗流过的水沟，沟中有一些大石头，上面覆盖着藤蔓杂草树根。过了小水沟地势就陡然上升。玛利亚说，格瓦拉和其他游击队员最后时刻就隐藏在这个水沟里。实际上政府军已经彻底包围这条水沟，知道游击队在里面，但是没有主动进攻，等着他们出来。当时游击队员几天没喝水，因为是旱季，这水沟里是干涸没水的。玛利亚说格瓦拉经过考虑，让游击队分成三个部分，七个队员顺水沟往西边方向撤退，奇诺等三个人沿着水沟往东边转移。他自己和威利等人开始正面突围出去。他一跃而出，被政府军枪弹射中腿部，躲到了那块石头下面。政府军士兵见他受伤，包围过来。接下来发生的情况有三个版本：玛利亚说，一个版本是格瓦拉的步枪坏了，手枪子弹也打完了，他见敌人过来，用拳头进行击打；另一个版本是他高喊：我是格瓦拉，不要开枪打死我；还有一个版本是他的队员威利挡住了敌人，说他是格瓦拉，不要枪杀他。格瓦拉被俘获几个小时后，奇诺也被抓住了，他已经双目失明，什么也看不见。玛利亚和他坐在一块石头的两端，在清凉如许的流水声中向他叙说这个故事，她每天都要对游客说同样一个故事，几乎是倒背如流，但是听起来还是那么有感情。

听玛利亚讲发生在水沟的事，阳光照射过来，在水汽和树丛间形成彩虹，让人有时空交错的幻觉。李回过头，看到玛利亚脱下了棒球帽，双手捧起溪水洗脸。她刚才赶路太急，出了很多汗。她把帽子打湿了，这样戴起来会凉快些。李对着游击队最后藏身的水沟拍了很多张照片，其中好几张有玛利亚的身影。

该回到峡谷上面去了。玛利亚问李还有问题吗。李说想看的都看到了，回去吧。他们按原路上去。现在太阳出来，天热了，上坡要费力得多。李在水沟里待的时间比预计长了一些，玛利亚想赶时间，脚步加紧，让李觉得有点气喘吁吁。他昂着头走路，和玛利亚拉开了一点距离。他看到玛利亚走热了，先前她穿着一条印着 NEW YORK CITY 的灰色夹克衫，现在她把衣服脱了扎在腰间，只穿着一条绿色的 T 恤衫，李顿时觉得空气里传来玛利亚身体的气味。她没用香水，是一种自然的体味。她这条汗衫背后开领低，李看到她的后背上有一个文身图案，只看到露出领口的一部分，显出这是鳞翅目昆虫口器和触角。突然之间，李想起来那次进入古巴海关时排队在前面的那个漂亮女人后背文身昆虫图案，和玛利亚背上的看起来非常像。李被好奇心驱动得兴奋起来，很想搞清楚这是什么文身图案，但是隔着距离，玛利亚又一直在走动，无法看清。李用手机偷偷拍了几张她的背影，想把照片放大后看清楚细节。但是他还是无法看明白，因为图案只露出一小部分，大部分都被 T 恤衫遮住了。只有脱下 T 恤衫，后背才能露出那一对翅膀。这个文身符号像是有巨大的魔力，让李神情恍惚，还让整个场景和气氛都变得怪异。玛利亚在距离他十几米的地方停了下来，转过了身子对着他。他往上走了几步，看到玛利亚直视着他，眼神很奇怪，脸上有一种奇怪的笑意。李以为玛利亚要和他说话，可她没说。仅仅为了说话而已，李提了一个自己都觉得很愚蠢的问题：

"玛利亚，你背上的文身图案是蝴蝶吗？"他说。然后看到玛利亚继续直视他，脸上的表情奇怪极了。

"No." 她说了一个字，对着李，步子开始向他移动。一刹那，李以为玛利亚是走向他。但是不对，玛利亚的步子越来越快，是没有控制的跟跄步子，顺着坡度往下冲。李此时要是抱住她就好了，就不会出现下面的事。但他反应没这么快，也不敢去抱住她。眼看着她直接冲向陡坡，李明白不对劲了。她跟跄冲到陡坡边缘时扑倒，边上有一个荆棘树丛，她被树丛挡了一下，然后摔下十多米深的陡坡。李知道出大事了，赶紧跑下陡坡下方，看到玛利亚伏在地上。要命的是她的T恤衫被荆棘挂住撕破了，露出后背。尽管是危急时刻，李还是看清了这个图案，不是蝴蝶，是一对巨蛾的翅膀，很像他在古巴海关看到那个女子背后文身图案。他伏下身，对着玛利亚喊。她的脸上全是血，失去知觉，没反应。李觉得这下他可摊上大事了，他心里有一冰冷的笑声响起：原来是这样！从古巴开始，一切都已经注定了。

五　巴耶格兰德警察局

李知道自己又面临危机，必须冷静做出正确决定。他马上想到打救援电话，可是一看手机上信号完全没有，电话是不通的。他托着玛利亚的头部，额头上有个伤口，正在出血。他用干净的纸巾捂住她伤口，一只手打开她落在边上的双肩包往外倒，想找到可以包扎的材料。包里倒出好些古柯叶子、两条巧克力、一个苹果，还有一条头巾。他赶紧用头巾包扎了她的头部。她处于昏迷状态，没有知觉。李再次试了电话，还是一点信号没有。他起初想到背着她上去，但是上去的路还得走一个小时，他根本没这个能力。他大声喊叫求援，峡谷里只有回声，没人回应，上面的人根本听不到。他观察着玛利亚，她还有呼吸，还有脉搏，他等了十来分钟，她还是这样昏迷着。他继续喊了好几下，还是没有听到有人回应。这个时候他做出决定，自己上去求援。他在玛利亚的头部下面垫上她的双肩包，脱下自己外衣盖在她身上，心里祈求着玛利亚千万要坚持住。

上山的路很难走，好在只有一条小径，不至于会迷路。他发狂一样往上爬，一边还喊叫，让上面人早听到。他终于看见了那个房子，看到了马扎罗站在树下看着，他的脸是冷漠的，并没有主动向他走来，而是等在那里。当李喘着气说了事情经过，马扎罗脸色充满怀疑。马扎罗马上对峡谷女主人说了话，让她找人帮助，自己和李走下峡谷去救援玛利亚。

一个小时后，在几个村民帮助下，玛利亚被抬到了上面，放上了马扎罗的越野车往巴耶格兰德开去。马扎罗已经打电话告知医院，车子一到，医院那边马上进行了救治。医生说要安排她做 CT 检查，她还是处于昏迷状态。李和马扎罗等在医院的走廊里。不久后，从玛利亚村里来了一大群人。他们穿着高山部落的传统服装，戴着毡帽，腰间挂着刀，样子有点凶猛。他们显得很激动，和马扎罗交谈着，用一种不信任的眼光看着李。他们之间的话李听不懂，但是他们的肢体语言让李感到他处于危险之中。

之后，来了两个警察，一个会说英语，带李到附近的警察所单独做了交谈，让他把事情经过说一下。

"出发的时候她情况正常吗？"警察问。

"是的，很正常。"李点头表示同意。

"她是怎么摔下去的？你说说经过吧。"警察问。

"她摔下去之前已经出现神志不清，控制不住身体冲下了山坡。"李说。

"据我们所知，玛利亚是个专业导游，带游客下切洛峡谷过无数次，从来没有发生过这样的事情。你说她摔下之前已经处于神志不清状况，有什么更具体的细节可以说吗？"警察说。

"我们走得比较快，一边走一边说话，山路下过雨，很滑，体力消耗很大。这个行程本来是前一天的，因为从圣·克鲁斯过来时堵车耽误时间，才改到今天一大早，所以没有吃早餐就去峡谷了。我刚才在想，玛利亚是不是有低血糖的毛病，没吃早餐下峡谷引起血糖过低，产生眩晕才摔下了陡坡。玛利亚摔下山坡后我因为要找包扎的东西把她包里的东西倒出来，里面有巧克力、苹果，说明她对低血糖是有所提防的。"李说出了自己的想法。他对低血糖症状略有所知，他听过一个人说自己开车时突然因为血糖低而失去知觉的事。

警察把他的话记录下来。这时警察提了一个让李意想不到的问题，说想检查一下他的手机，并要了他的护照。李心里很不愿意，但是不能拒绝。他马上对自己拍的照片后悔起来。警察一张张翻转着李拍下的照片。在峡谷水沟里拍的有一张是玛利亚捧起流水洗脸，有一张是她把帽子放在溪水里打湿，都是背影。警察问他为什么拍玛利亚的背影。李解释说当时他是要拍水沟的场景，因为空间很窄小，玛利亚不可避免会出现在画面里。警察继续翻着他手机照片，最后的很多张是玛利亚上山时脱下了外套穿着 T 恤衫的背影。警察说这些照片什么意思。李不知怎么回答才好。他对着玛利亚的后背偷拍是为了她背上的文身图案，但要是跟警察说这些会越说越麻烦。他决定不提这个原因，说自己是一个作家，要留一些旅行资料照片。警察把他手机上所有照片做了拷贝，然后把手机还给了他。但是，护照没有还给他。

警察让李继续在警察所等着，给他送来水和三明治。下午的时候，马扎罗过来说，玛利亚继续昏迷，要住院。医生说她有脑震荡，情况好的话几天内应该会醒来。马扎罗说自己要回圣·克鲁斯去，警察说李不能离开，得留在这里，因为有些疑问要澄清，得等到玛利亚苏醒过来说清楚当时发生的情况。李知道这下可遇上大麻烦了，自己已经被当成一个嫌疑人，只有玛利亚醒来说明情况才能为他洗脱。可是玛利亚会昏迷多久？会醒来吗？他想起过去看过的雷蒙德·卡佛一篇小说，小说里一个小男孩头部被撞了一下，后来昏迷。医生做过 CT 检查后说是轻度脑震荡，一个星期后会醒过来。但是，这个小孩最后死掉了。现在他面临的情况和卡佛小说里描述的有点相似。会说英语的警察对李说警方无意限制他自由，只是希望他配合，先留在当地。警察提醒李要注意安全，这地方的人脾气不怎么好，玛利亚亲友中会有些情绪冲动的。李知道这一点，因为路上马扎罗几次说这里很多车子都没有上牌照，说明这里的居民是不驯服的。他问警察，他一个人在这里，又不懂西班牙语，怎么保证安全。警察给他推荐了一个旅馆，建议他自己出钱找个保镖，是前警察，会带有手枪。

李住到了这个旅馆里面。巴耶格兰德是个小地方，就两处旅馆。所以他住在什么地方根本保不了密。保镖不会说英语，李也弄不明白他的真实身份。李告诉自己必须冷静下来，目前最主要还得保护自己，得改变这种随时可能受到安全威胁的状况。他想到要找大使馆寻求帮助，他在阿尔巴尼亚被绑架的时候，中国大使馆全力以赴，把使馆作为阿尔巴尼亚警察营救他的指挥中心。但是，他现在已经不是中国公民，是加拿大国籍了，再找中国使馆是不会得到帮助的，他只能求助于加拿大使馆。他给加拿大使馆打了电话，说了自己的情况。使馆领事说目前他的情况不算危急，使馆不能介入，但是会关注这件事，让他随时保持联系。李收了电话，越来越不安，觉得自己随时都可能遭遇危险。他突然想起了昨天路上遇见的加过微信的那个中国公司的小崔，想起了他说的南昌公司老杨是他们老总。他打开了微信，给小崔发了一条消息，说他遇上麻烦，想立即联系老杨，问他能不能帮助一下，告诉杨总他是阿尔巴尼亚的李。小崔很快回答，说马上转告杨总。

晚上十一点左右，他的手机叮响了一下。是小崔的信息，说已经告诉杨总，杨总会联系他。李同时看到有个微信名老杨树的人找他说话。李知道是老杨，赶紧回复说自己是阿尔巴尼亚的李，问他还记得不。对方说当然记得，问他怎么会到玻利维亚这个偏僻的山地来，也是来做生意吗。李说了自己的情况，说自己现在身处险境。老杨说自己刚才在开会。他公司总部在距离这里还有一千两百公里的乌尤尼。公司在巴耶格兰德附近有个工地，他会马上告诉工地的人，让他们到巴耶格兰德来看他。但是要到明天，今夜应该不会有事情的，让他放心睡觉。

第二天一早，有两辆丰田越野吉普车开到了旅馆，下来四个中国人，是老杨让他们来看望李的。他们和李谈了一下，说不能住这里，先住到工地去吧。他们带着李去了警察局。他们和警察局的人很熟悉，说说笑笑打招呼，警察局长同意让李先住他们那里。于是，李坐着他们的车走了。他们的工地在巴耶格兰德二十几公里外面的大河边。坐在吉普车里，李紧绷着的神经松了下来，感到那么安全，他进入了中国的保护层，虽然他已经持加拿大护照了。

六　在老杨的工地

工地预制场和住宿区在格兰德大河上方，可以看到大河蜿蜒伸展一直消失在远方的丛林。工程队要在山腰处用盾构掘进机挖出一条隧道来，还在格兰德河上建一座悬索长跨度大桥。工地上住了成百上千工人，建了一整排的房舍。下午放工的时间到了，穿着橙色工作服戴着安全帽的工人进进出出。在更远处的河边工地上，有巨大的塔吊、龙门吊在转动，地上铺着无数上百米长的桥梁预制件，宏大的场面只能用改造山河这样的话来形容。当年在阿尔巴尼亚的时候，李就觉得老杨的建筑工地很了不起，其实那只是建一座九层公寓的工地，和现在的规模简直是无法比较。

现在李暂时找到了一个庇护之所。他好像在洪水激流中被冲得晕头转向时突然踩到了一沙洲，让他惊魂稍定。但这只是一个暂时的安静，不知道接下来会怎么样。也许洪水会退去，也许接下来会有滔天巨浪吞没他。他现在只能指望玛利亚早日苏醒，但是他也担心，玛利亚苏醒过来后是否会清醒记得，会不会产生幻觉，做出对他不利的指证。他想起根据福斯特同名小说拍摄的电影《印度之行》有这样的情节，当地的男向导带着白人女子去看一个古印度教洞窟。白人女子不慎跌入了深谷，醒来后却产生幻觉，指证是向导性侵她导致她跌落。在特殊的时刻，人的记忆有可能发生扭曲的。有一点他是相信的，玛利亚的事故不是出于偶然，而是一个历史血案留下来的一个业障。在他进入峡谷时，那块山地的女主人说过格瓦拉已经成了神，能降雨治风，这就给峡谷蒙上一层迷信的雾气。在古巴海关看见的女子背部蝴蝶图案为何会在玛利亚背上出现？一瞬间它的翅膀扇起妖风将玛利亚吹下陡坡。李凭多年生活经验深信某种神秘现象的存在，还从叔本华、荣格等人著作里看到他们也相信神秘超验的现象。现在他介入到了这个历史业障的磁场里，只好顺着磁力发生的方向旋转了。

李把手机连接到了手提电脑上，手机里被警察拷贝过的照片都还在。尽管现在看这些照片会有刺痛感，李还是决定再仔细看看，他要搞明白当时究竟发生了什么情况。他看着那几张水沟里玛利亚的背影，显然他是有意偷拍的，他奇怪当时自己为什么要这样做。然后他看到一连串的玛利亚后背照，当时为了能拍清楚她的文身，他用了不同焦距和模式，想拍下最清楚的图像。他选出最清楚的几张，在电脑上放大了。玛利亚背部露在 T 恤之上的图案现在一动不动呈现在李眼前，是一只羽化过的昆虫的头部，口器、眼睛、前肢都能明显辨认。李心里还有一张图片，那是玛利亚跌下陡坡衣服被撕开后背部全裸时的文身，他觉得不是蝴蝶，是飞蛾。但他已经无法把它和在古巴海关看到的那个女子后背文身相比较，因为记忆中的细节已经模糊。而就在这个时候，李突然想起当时他曾经用诺基亚手机偷拍过古巴海关那女子的背影。多年前的照片大部分删掉了，但有部分存在谷歌云里。他在一大堆陈年的文件中慢慢爬梳，居然找到了那张照片。早年的诺基亚照相虽不是很清楚，但李马上肯定照片上的文身图和玛利亚后背的是一样的。为什么会有这样巧合的事？李思索着，觉得这个文身图案可能是一种符号，被不同的人采用。李决定向人求教，他想到了一个熟人——在耶鲁大学执教中国文化的苏教授。有一年李和一群朋友在耶鲁大学校园里，听苏教授说过他被耶鲁大学骷髅会半夜请去讨论的事。耶鲁大学里有最好的符号学专家，一定会有人认得这个飞蛾文身图。李想好之后，就给苏教授发了古巴照的照片和玛利亚后背的半截子文身图，请他帮助找出答案。

　　为了排除内心的苦闷，打发时间，李觉得还是把注意力投注到工作比较好。他开始在谷歌上寻找 *Juan Pablo Chang Navarro* 1930—1967（《胡安·巴勃罗·张·纳瓦罗 1930—1967》）这本书。为了这本书，他跑了这么远的路，并因此陷入当下的困境。这本书在没出现之前已经显出了它的诡异之处，使他产生敬畏之心，给它取了一个名字:《胡安之书》。它应该像是一本经文，写在羊皮卷上，甚至可以是木简、贝叶、纸莎草，藏在某个悬崖的洞窟里。李在网络上找遍了所有的旧书店、图书馆，但是没有找到可以获得或者借阅这本书的途径。北美大学里工作的几个朋友帮他一起寻找，最后多伦多约克大学的徐教授发现在美国新墨西哥州大学有一个拷贝，立即通过约克大学图书馆向对方图书馆调阅这本书。她告诉李要等待几天。

李目前的收获是他确定了奇诺是个中国人。他不是玻利维亚华人，而是秘鲁的华人。奇诺是怎么从中国来到秘鲁的呢？为什么他会从秘鲁来玻利维亚参加游击队？他从这些个疑问开始了他的研究。他第一个举动是在谷歌上输入秘鲁华人的词条，看到了这么一段文字：

> 从1849年到1874年之间的苦力贸易中，超过十万名清朝广东人、福建人被卖入秘鲁，他们有的在铁路矿山岛铺铁轨、挖矿、掏粪，有的被卖给了种植园主，在种植园里种地、采摘蔬菜水果。劳工从凌晨四点开始干活，一直要干到晚上天黑，逃跑的被抓捕后遭鞭打并且戴上脚镣。苦力干满八年契约时间后会获得"自由人"的身份，可以选择回国。由于对清政府的失望和痛恨，十万华人劳工中仅有几十人选择归国，都留在了秘鲁，同当地黑人、印第安人、因纽特人等族群通婚，落地生根。后来，少部分华人凭借着后天的努力和秘鲁逐渐民主化的大环境，有的成为企业家，有的成为作家，有的成为政治家，进入秘鲁上层社会。

李看到这段话时吃了一惊。他只知道在北美有华工淘金和修太平洋铁路的事情，没想到会有十万多中国苦力输入到秘鲁这么一个小而贫穷的地方。他马上有了追究下去的兴趣。接下来几天，他沉入了这一段历史，阅读了大量资料。隔着历史时空距离，太平洋海面上出现了一艘艘苦力船。

秘鲁于1825年结束了内战之后，到40年代中期，沿海地区经济稳定发展。沿海地带农田种满了仙人掌、胭脂红、甘蔗和棉花，秘鲁鸟粪作为高效能的肥料在世界上需求量大增，采矿业繁荣。秘鲁政府和资本家开始推动国内经济发展计划，兴建灌溉运河、电报、港口、铁路。但秘鲁相对于国土面积人口偏少，才两百万多一点，而人口七成是土著印加人。土著印加人大部分居住在高山区，刀耕火种，饲养自己的牲畜，不肯离开高山到沿海地带工作。本来庄园主还有些好用的黑人奴隶，由于美国内战之后黑奴解放，这里的黑奴也跟随着被解放了。黑奴习惯于在皮鞭下干活，一旦被解放，都不愿意干活了。这一情况下，秘鲁精英的目光开始悄悄注视着太平洋对岸的中国。这个时候美国的太平洋铁路还没开始兴建，加利福尼亚的淘金热也刚刚开始，中国早期移民已开始蜂拥而入北美洲。1849 年 11 月 17 日秘鲁正式颁布引进中国人的"中国人法令"，秘鲁议会注意到中国人由于国内的战乱和贫困，愿意出洋。他们本身是农民，不像欧洲人那么傲慢，温顺不闹事，中国政府也不像欧洲国家政府那么不好惹。而最主要的是，中国人数量多，简直是取之不尽。这些条件固然非常诱人，但是有一条，就是两国距离遥远，有九千多英里，海船要走一百二十天航程，比非洲黑奴运送到美国还要遥远很多。

经过数年的混乱状态，澳门的巴腊坑成了贩卖中国苦力到秘鲁的中心。因为澳门是葡萄牙殖民地，中国清朝官衙管不到，人口贩子可以在这里自由自在。人贩子把骗来的农民带到了澳门巴腊坑，让目不识丁的他们签订卖身合同，之后就关押了起来。如果农民这个时候想反悔，就会遭到毒打。凑满了三五百人，和奴隶船一样的海船就会装载他们开始九千英里的航程。而在这个航程里，百分之三十左右的中国苦力会死在途中，尸体抛入海中。

1870 年 9 月 30 日，法国注册的"诺威尔·朋内罗普"号载运三百一十名苦力从澳门出发前往秘鲁，离港数日后苦力杀死了船长和八名水手，然后驾船返回中国，其中一些苦力成功得以逃脱，但不是全部人。法国驻广州领事要求处决已经捕获的参与夺取船只的十六名苦力，这十六个苦力被中国刽子手砍了头。这批苦力中，有一个名叫郭阿新的逃到了当时还是英国殖民地的香港。中国广东省总督在法国压力下，非正式地向英国总督提出引渡这个苦力的要求。郭阿新案件引起英国律师弗朗西斯注意，决定为郭阿新辩护。法庭上开始了旷日持久的诉讼。这期间，法庭对搭乘"诺维尔·朋内罗普"号的三百一十名苦力的招募及其所受待遇的历史做了相当彻底的调查。据证实，其中一百八十名苦力在巴腊坑待了好几天，等着上船；而其余的人则是在船开航的前一天被带来的。苦力们由各载三十多人的数艘小艇运到大船上去。每批苦力都由手持上着刺刀的滑膛枪的葡萄牙士兵们押解着。在审讯中，郭阿新声称他从来没有想到过要去秘鲁，他是在不知道要去遥远的秘鲁情况下被弄到这艘船上来了，和他一起上船的人都哭喊着说他们是被绑架来的。在审讯中发现船只横贯甲板有一道由四英寸见方和高达七八英尺硬木做的栅栏，每扇门前都架着一尊炮口瞄着栅栏门的加农炮。苦力不许越过栅栏到船尾一侧来，白天那里有哨兵站岗。夜晚苦力被关在船舱里，有一名水手持枪把守。船上除了加农炮，还有十二支滑膛枪、刺刀、一些剑和左轮枪，还有一定数量的火药和葡萄弹，这些都是用来对付船上苦力的。

英国人达菲尔德说有一次他坐在一间屋子里，里面挤满经营鸟粪生意的人，一个曾在运载苦力船上当大副的意大利人在讲故事。此人声称有一次他和中国苦力对峙中认为自己生命处在危险之中。"在那种情况下你怎么办呢？"有人问道。"我用枪杀死了他们中的两个。"意大利人这样回答，对此听众爆发了一阵大笑。有人问："那么他们对你又怎么样了呢？"凶手回答说："多亏船长本图里尼先生用快艇把我送上了岸，几天之后，我再次登上了一条运送中国苦力的船。上帝，但愿这回我不会再打死船上的苦力。"小酒店里人又爆发出一阵大笑。

从1849年后的二十五年里，总共有十几万华工苦力从这条死亡之路抵达了秘鲁。

经过死亡航行，幸存者到达了秘鲁的卡亚俄港口，等待他们的将是一场拍卖。在准备拍卖的过程中，苦力要穿上随身带来的最好的衣服。当时的一份报刊曾这样报道："他们的衣着，一般只穿一条赭色肥大的裤子，旅途中一直穿在身上的短上衣和常见的中国式木屐，一顶帽把整个脸都遮住了。为了避免风把帽子吹掉，他们小心翼翼把帽子系在下巴上。"苦力还要把自己那点零碎儿例如毯子、小箱子和做饭用的铁锅一一带在身边。既经打扮整齐，整理好了衣物，他们就在甲板上有时也许是在码头上站好了队，拍卖舞台就算布置就绪了。广告上常常这样写着："刚刚登陆的苦力，健康状况良好，肢体强壮。"大多数苦力都是卖给了种植园主或是他们的代理人。未来的买主由一个能估量苦力体力和特性的老手陪伴着，在苦力中间走来走去，品头论足进行挑选，捏捏苦力臂上的二头肌，掐掐肋部，然后把苦力像陀螺似的转两圈。在这个过程中，中国人的脸上流露出困惑不安的表情。也有一些比较有主意的苦力急于显示自己的优点。当有些苦力刚被选中，站在队伍一边的时候，他们的亲兄弟或堂兄弟们总是迫切希望能分配到一起，假如雇主不同意这样，这些"中国佬"常常努力争取，凭借肢体语言如手势如愿以偿。但是大多数苦力最终也只有听天由命。

有关苦力到达目的地和编进种植园劳动大军的过程，被记载在一篇通讯中。刚刚抵岸的苦力被售出后，运送到了种植园。一个会说或是略懂西班牙语的中国人，比如一个家仆会来当翻译，种植园主人或者是监工坐了下来，准备在登记簿上做名册。新来的苦力站好了队，也有几个苦力极为木然地蹲在旁边。苦力被翻译叫到前面来，并问他们的名字。苦力如实答道，叫阿福、阿山、阿台、阿勤等等。他们的契约被检查一遍，再还给他们，之后关于给他们命名的重大仪式开始了。"得了，管他叫卡利斯托吧。"主人说。"不行啦，先生，我们已经有一个叫卡利斯托的啦。"一个手下人插嘴说。"那我们有叫萨穆埃尔的吗？""还没有，先生。""那么就管他叫萨穆埃尔吧。"给新来的苦力命名并不容易，因为像胡安、佩德罗、曼努埃尔、何塞等常用的名字已经都用过了。取名人后来想到一个聪明的办法，他要过一本日历，从中挑选一些生僻的名字，比如潘克拉西奥、蒂西亚诺、塞农、米梅尔多、普罗达西奥等等。取名这个难题迎刃而解。下一个中国人被这样写进登记册：塞万提斯·阿新，年纪二十九岁。身材中等个头。肤色白中透黄。前额突出。眼睛是眯缝眼。嘴巴很大（主人突然抱怨道：又是个会吃饭的家伙）。个人特征，左臂肘部上端有一伤疤。这个过程完成后，苦力们拿着自己的行李被带到他们住的房子里去。

苦力从事很多工作，最多的是在种植园和在海岛挖鸟粪。一位美国驻秘鲁领事1870年曾描述了中国苦力悲惨详情：在鸟粪岛上被雇佣的苦力每天要装载一百辆推车的鸟粪，如果不能把这一数量的鸟粪运到斜槽上去（鸟粪经由斜槽再输送到船上），他们就得用星期天来完成他们的任务。没有人关心他们的吃穿，他们之中每四个人就有一个患病，生病的苦力虚弱得站不起来，还要被迫跪着劳动，从鸟粪里往外拣出小石头。当他们由于不断地推手推车，手掌被磨得异常疼痛，只好把手推车绑在自己的肩上。这种情况下，生命对中国人来说已毫无意义，借死亡摆脱悲惨命运成了部分苦力们的想法，苦力劳作的那些鸟粪岛上，主人在岸边经常布置岗哨，以防止苦力们绝望时投海自杀。

英国人达菲尔德写下了这么一件事。一天晚上在利马他享受着一位极端好客的、说英语的、秘鲁资本家的款待。餐桌上他提出一个问题："您是怎么干出这番事业的？"对方回答说："这个嘛，我买了六个中国人，教他们开机器，这些鬼东西比我学得还要快得多，不到三个月，我发现我每个月能轻而易举地进款一万元。"在利马，有很多出身名门和深受尊重的人都是从买卖或使用中国苦力当中发财致富的，而且在这些富丽堂皇的大厅中，有关中国的话题就像在有亲属被绞死的家庭中，提到绞刑架一样地不受欢迎。

住在工地简易宿舍里，李借助互联网把秘鲁中国人移民史搞明白了。他对这些史料并不陌生，因为北美的移民历史也有同样情况。但是这回看秘鲁的华人历史却觉得和自己那么近，因为这些人是奇诺的祖先。他试图去思考奇诺故事和他祖先的历史联系之处。李以前曾从中国台湾作家骆以军的演讲里看到一段话："你在这个旅途中，很像隔着一层厚玻璃在看玻璃另一端的人们，他们活生生地活着，可是你看他们却像默片。或是你其实很像在他人的梦境中游走。"他从窗外可以看见下工的穿着橙色工作服的工人们鱼贯进入了住地，非常奇怪的是，他感觉早期的秘鲁中国苦力的事好像就发生在昨天，他们和在格兰德河上修建高速公路的中国工人似乎是坐同一条船过来的。

七　天空之镜，去乌尤尼探访老杨

第三天，老杨打来电话，说本来要过来看望李，可是这几天有突发事件，走不开，想请李到一千多公里外的乌尤尼聚一下。李心里犹豫，一千多公里高原路至少要坐两天的车呢，而且他不知道巴耶格兰德的警察是不是会放他走。老杨说不要担心路程，他会派直升机过来接他，至于巴耶格兰德警方他会打招呼的。于是在当天下午，李看到天空上出现一架直升机，噼啪噼啪降到了工地的直升机坪。机上下来两个人把李迎接上去。因为李是杨总的特别客人，来接他的两个年轻人对他非常尊敬。这个时候李才知道老杨现在已经职务很高，他的权力覆盖了安第斯山脉几个大工程和矿山。李想起二十多年前那次老杨的地拉那工地在动乱中被当地暴民抢掠一空之后，两百多个江西民工撤退到了大使馆，挤满使馆内所有空间。使馆内的粮食很快被吃光，厕所抽水马桶被民工擦屁股的报纸堵塞，而使馆外面还在枪声大作。李在经过使馆一个屋子时，看到了老杨独自坐着，脸色铁青，大使坐在一边和他说话。当时有流言说老杨情绪很坏，想开枪自杀，大使在开导劝阻他。后来整个工程队撤退回到了中国。李没有再见到他，起初听说他欠了一身债，拖欠工人工资，后来慢慢断了消息。没想到此时成了大人物，像一只安第斯山脉的神鹰。

把老杨当成神鹰一点没过誉，他现在的地位的确是举足轻重。他的总部驻地是乌尤尼——世界上最高最大的盐沼地，几万平方公里的盐沼没受到破坏，高度结晶的盐粒在高海拔纯净空气中发出强反射，美丽得令人窒息，宇航员在太空能看到这里像一面镜子，所以这里被称为"天空之镜"。李在研究玻利维亚攻略时就知道乌尤尼是世界顶级的旅游区，老杨的总部所在地和乌尤尼景区隔了一座山，景色比目前开放的景区更加绮丽，但游客是无法到达的。老杨已经获得这块地的有限开采权。这里的盐沼从西班牙殖民时期就出产钾盐和硝石，而现在最为珍贵的是盐沼里蕴藏着稀有元素锂，高能量的电池都离不开锂。

杨永登当兵出身，在基建工程兵打坑道，退伍的时候是一个连长。他被安排到了一个国有建筑公司当队长，不到半个月，这个建筑队就发不出工资，被私有的建筑队挤垮了。老杨在短期内由一个军官变成失业的建筑业人员。但他找到了一个机会，科威特有些建筑项目合同。

老杨走投无路，决定去科威特试试运气。因为坐飞机成本太高，劳工输出是坐船的，要在海上走一个多月时间。之前曾经发生过工人阑尾炎发作，船上做不了手术而死亡的事故，所以劳务输出公司统一规定凡输出的劳工出发前必须切除阑尾。工人们都怕开刀，观望着领导。老杨知道这个规定毫无道理，把人当畜生。但是他没时间争论，就带头做了阑尾切除手术。工人们都跟着他做了阑尾切除手术，拿到医院证明，才登上了轮船前往科威特。

科威特两年，靠着老杨的军事化管理，在沙漠上建起了一幢幢房子，眼看完工了可以分到一笔钱，却遇上萨达姆发兵占领科威特的事，几百号工人顿时身陷战火。好在中国政府做出安排，让他们沿着沙漠撤退到约旦国，中国政府派飞机撤走人员。老杨回国过了个年，很快就接到另一个合同，前往利比亚去承建一个大型建筑——卡扎菲的行宫。这回是在地中海边的非洲国家。起初的情况还都不错，没想到卡扎菲一直惹祸，把美国人惹恼了，派了飞机行刺卡扎菲。最后一招是冻结利比亚货币，不让进入流通。老杨他们和利比亚签的合同规定结算货币是利比亚币，结果拿到的钱等于废纸，根本兑换不了。老杨和他手下守着一堆废纸在利比亚等了半年，困难的时候把附近山里的乌龟都捉来吃光了。

这些事情是在李见到老杨之前发生的。李第一次见到老杨是在地拉那，他们刚从利比亚撤退回来。虽然损失了所有的投资，但是接了一个马来西亚中间商在地拉那建造公寓楼的项目。这个项目是阿尔巴尼亚总统萨利·贝里沙和马来西亚总理马哈蒂尔签下的友好项目，前景美好，所以老杨来到地拉那的时候立刻变得春风得意，大使馆对他们全力支持。记得邓小平去世的时候，除了大使馆摆了灵堂，老杨公司的工地也设了邓小平牌位让地拉那华人去鞠躬吊唁。过年的时候，所有的中国人都被请到南昌工地去吃过年饭。但是老杨的坏运气还没到头，当他们干到第二年底，楼房结顶到第九层时，阿尔巴尼亚发生动乱，工地被洗劫一空。这回又是国家出手撤侨，撤退人员坐上了中国政府调来的希腊军舰在爱琴海游了一圈，上科孚岛转机到瑞士苏黎世，再坐大飞机回到北京。

老杨在回到南昌之后，反而淡定了，好像横遭灭顶之灾是注定的，如果顺利完成工程挣了一大笔钱反倒是不正常。但是他的运势正在好转，上面的人注意到了老杨的经历，看到他在那样的困境中所表现出来的坚毅和冷静能力，天生就是个在海外冒险的人。那时正流行组建集团公司，他没有钱，凭海外经验成为股东，最终进入集团高层。老杨这回的海外工程是在南美洲高原地带，所瞄准的目标不是那么简单的几栋楼房，而是几座大型矿山，数条高速公路。他们手里的乌尤尼盐沼有限开采权，更是一个分量极重的战略项目。

　　李乘坐的直升机降落到了驻地。那里是一片干打垒土房，外墙都是泥浆抹的，让李想起焦裕禄时期的河南兰考县。门口有当地的保安，检查来客有没有带武器。进门之后，李发现屋内装修和设施却是很好的，宽敞温暖，和国内的机关一样有巨大的办公桌，显眼的位置上摆着中国和玻利维亚国旗，后墙是一幅万里长城彩雕。老杨坐在屋内的一张大沙发上，和一个帽子上插鹰羽毛的高原部落头领以及一个翻译在谈工作。他示意让李稍等。李看到二十多年没见的老杨变化相当大，路上相遇一定会认不出。不只是岁月侵蚀，是高原生活改变了他很多，脱发，两颊高原红，虚胖，头发往后梳理成领导型。

　　几分钟后帽上插羽毛的人结束了和老杨的谈话，退出了房间。

　　"哎呀呀，好兄弟，没想到在这里会见到你。"老杨用江西口音很重的普通话热情和李寒暄。"我昨天还在想，在这样一个鸟不拉屎的地方相见的，大概只有你我这种人。当初在阿尔巴尼亚听说你被绑架时，我们都为你捏了一把汗，以为你死定了，没想到你活着出来。所以前天我收到你的微信消息，马上就想起了你这个人，而且也不觉得奇怪，知道你就是一个全世界冒险的人。"

　　"这二十年，我的确跑了很多地方，在很多地方都见到有中国项目，这些时候我都会想起你们在地拉那的事情，觉得你一定还在海外某个地方继续干工程。就像你说的，我在这里和你相见并没有觉得特别奇怪。"李说。他说的是真话，没有取悦对方的意思。

　　"跟我说说，你怎么变成一个作家了？你之前不是做药品生意的吗？我文化不高，早年也读过几本书的，《水浒》《西游》《三国》不用说了，《青春之歌》《林海雪原》什么的也读过，觉得作家是了不起的人。你怎么会跑到巴耶格兰德这里来调查采访？"

李把自己因出国经商中断写作移民加拿大后又重新写作的经历简述了一下。然后就转到说自己到玻利维亚寻找格瓦拉身边的中国人奇诺的缘由。

"一开始的时候我只是好奇，想搞明白格瓦拉身边这个叫 Chino 的队员是不是华人，但现在我的想法发生变化，觉得是在寻找一个更大的东西。高原让我眩晕，让我更有历史感。我发现自己进入了历史的现场，或者说时光轮转中。因为在发现奇诺身份的同时，我开始了解到华人苦力被贩卖到秘鲁的这段历史。为什么中国移民后代中会出现奇诺这样的游击队员？我试图从历史的源头来寻找原因，这几天我脑子里都是太平洋上那些贩卖苦力的三桅船，那些在海岛上挖鸟粪的中国苦力脸上烫的印记。我觉得奇诺的愤怒可能就是从那里开始的。而更有意思的事情是我发现在当前，在中国苦力被贩卖到秘鲁一百多年之后，中国人再次大批进入了南美洲，也是在挖矿修路。这里面究竟存在着一种什么关系？这就是我几天来苦思冥想的。"李说着，充满了激情。

"你这么一说我听明白了，你所做的事情的确是一件有意义的事。这一带国家特别是秘鲁，早年的确来过很多华工。我们在搞工程中间挖到过华人的坟墓，墓碑上刻着中国字，一律面向中国的方向。我让所有工程人员遇到中国人的坟墓都要善待，加以祭奠，不惊扰他们的孤魂。我有时会觉得，这些古墓其实就是我们自己的坟墓。"老杨说。

"有一件事情让我激动迷惑而不安。早年的华工来这里是被奴役的，现在你们来了，显然地位完全不一样。我不知你们是作为建设者、改造者，或者只是来获得利润和资源？我在路上听到了一些话，当地人反对你们。我的导游司机一直这么说。说高速路工程得利的只是政客，本地人没好处，说你们给他们贷款，然后工程是你们做，钱还回到你们手里。还说当地工人在中国公司待遇不好。"李说。

"这些完全是媒体的胡说，还有我们竞争对手造的谣言。我们建设科恰班巴水电站这件事就可证明。科恰班巴这个地方一直供电短缺，其实它有水资源发电，一百年前就设计了建水电站，可就是穷，电站一直建不起来的。后来我们提出来承建，不用他们的资金，建好后电费收入里我们要分到一部分，结果两年不到就建成了。科恰班巴人做了一百年的梦实现了，每家每户都用上了家用电器。我来到这块土地已经有二十年了，这段丰富的经历可以让你们作家写上几本书。我们刚来时是在哥伦比亚的丛林里搞石油项目，那里有毒枭、反政府游击队。我们很快遭到哥伦比亚左翼游击队的攻击，被绑架了三个人，十七个月后才获得自由。那个时候我已经输到了底，没有什么可输了，所以什么也不怕。当初有很多小公司蜂拥而来，搞矿场的、淘白银的、搞石油的都有，最后都输得精光，撤退回国。这里的老百姓太难搞定了。一个公司挖一个矿，上游几百公里的居民都说污染了他们的水，他妈的哪有下游的水往上游跑的？可你不能和他们说理，因为他们的脑子就是不一样，土著印加人不仅相信水可以倒流，也相信时间可以倒流的。"

"你这么说我相信。当初在阿尔巴尼亚的时候，记得经常停水，因为失去了中国的支援，他们自己无力维修水管，骂中国人当时给他们埋的水管太小了。中国给了那么大支援，最后还成了冤家。"李说。

"这个账应该这样算。当初我们支援了阿尔巴尼亚那么多年，最后换来的是阿尔巴尼亚在联合国带头提案让我们返回联合国，在非洲花的钱也是这样，我们都是靠这些国家支持才回到联合国的。而现在情况更加不一样了，我们必须走出去。欧洲国家几百年前就出来了，美国也是这样。现在轮到中国发展了，你看这几十年中国发展的速度简直让人瞠目结舌，内部的市场已经完全不够，资源也不够，中国这条龙养大了，太巨大了，必须放到外面去闯荡。"老杨说。

"我在海外做工程三十多年，都大半辈子了。这二十多年一直在安第斯高原，适应了稀薄的空气，心脏变形，心室肥大，回到江西受不了了，只能住在南美高原才舒服，很可能最后会死在高原上。我倒是悟出一个道理：你必须善待你所在的这块土地和居民，才可能被他们接受。想起以前在科威特、利比亚包括阿尔巴尼亚，我们只是想捞一票就走。最后没捞到自己却输个精光。有一年在亚马孙河边，我们给一个当地老人描绘开发之后他们的幸福生活，老人指着他茅屋后面一棵奇怪的果树，摘了一个在手里，说：这果子叫 Araza，我要的只是随手能摘到这样的果子，你们会给我吗？这个人给我上了一课，让我知道只有树上继续长满 Araza 果子，我们才可以在这里生存下去。为了乌尤尼盐沼的项目，我们花了十几年的工夫，才取得了所在国政府和当地百姓信任，拿到这块地的开发权。我们现在是战战兢兢如履薄冰地去做环境保护，你知道，表面上我们是开采这里的钾盐，而实际上是为了其中蕴藏的另一种重要元素。世界新能源界有一句话说：谁掌握了这种元素资源，谁就掌握了世界。"老杨这样说，不把锂这个字说出来，显然他对这种化学元素怀有禁忌迷信和极大的尊敬，如同中国古代人忌提皇帝名字一样。老杨现在有了足够的警觉：一切都可能是幻象，短时间内会灰飞烟灭，消失无踪。

这个晚上，老杨安排李住到乌尤尼盐沼湖中央的基地接待中心，这里是体验乌尤尼"天空之镜"幻景的最好位置。乌尤尼盐沼是在安第斯山脉隆起过程中形成的，在经过剧烈的地壳运动从海底隆起后，其间形成了许多咸水湖。约在四万年前，咸水湖逐渐干涸，形成了乌尤尼盐沼。盐沼如一巨大无比的镜面，实际上镜面上布满高纯度的盐粒子结晶，在四千米的高原稀薄空气中产生全息的反光现象。李在夜间走出了旅馆房间，气温很低，只见整个夜空上星河经过反射变成了 3D 状态。现在李知道他脚下的盐沼里蕴藏着锂元素。一小时前他在谷歌上查证这方面资料，看到有个科学家算过用乌尤尼的锂做动力可以推动地球逃离太阳系到银河外的星际去，就像《星球大战》电影系列里的一个情节一样。李久久仰望星空，由于"天空之镜"的反射效应，他仿佛置身于某个星座中。相对于星空来说，盐沼的形成和人类的历史只是像火柴擦亮的一瞬。这一时刻的时间是平面的，在无数闪烁的星星之间，李仿佛看见了格瓦拉、奇诺那些在山地里奔走的游击队员身影，还有那些坐着三桅船漂过太平洋的华人苦力的眼睛。

八 《胡安之书》之一

李回到了巴耶格兰德工地之后，接到了约克大学徐教授的邮件，说已经调阅到了美国新墨西哥州大学的电子版书本。李一看发来的《胡安之书》扫描件，果然和普通意义上的书不一样，是一份用打字机打出来的文稿影印件，全是西班牙语。文稿的后部分有一些资料照片，可能是奇诺中学和大学时期的证书和成绩单，上面写有他出生的年月。他的国籍和他父亲的国籍都写着 CHINO（中国）。李把这些都打印了出来，总共有六十多页纸，用文件夹装起来。

要把这本书翻译出来不难。只要李开口，老杨这边的西语翻译会帮他翻成中文。不过李不想麻烦老杨太多，他通过国内文学界的关系联系到一家外国语大学，一个西语专业老师连夜赶工为他把资料翻译成中文。邮件传了过来。

> 胡安·巴勃罗·张·纳瓦罗·雷瓦诺 1930—1967
>
> 此书纪念马里诺·张·纳瓦罗，他引导了兄弟胡安·巴勃罗对生命旅程的重建。在危地马拉的独裁统治下，他不幸被暗杀，工作被迫中断。

李看到上面这一句题记的献词吃了一惊。这句题记表明奇诺有一个叫马里诺的哥哥在危地马拉被刺杀。现在他知道了奇诺有妹妹，也有过哥哥。他开始往下读这一份写于1969年的奇诺传记：

> 胡安·巴勃罗·张于1930年生于秘鲁首都利马市。同一年，人民运动进入到由抗议上升到政治斗争的一个重要阶段；奥古斯托·莱基亚长达十一年的独裁统治结束；秘鲁共产党创始人、拉丁美洲革命生活模范和富于战斗精神的

斗士何塞·李洛斯·马里亚特奎逝世。巴勃罗·张童年和少年时期的家庭环境与利马城市小资产阶级普通家庭相似，除了一个方面不同，那就是中国传统的存在——他的父亲胡安·巴勃罗·张·纳瓦罗是移居秘鲁的中国后裔，配偶是秘鲁本地女子迪奥尼西亚·雷瓦诺女士。

20世纪以来，许多像巴勃罗·张这样的中国—秘鲁式家庭已融入秘鲁人民的社会和政治生活中。在胡安·巴勃罗·张之前，出现过多名深受秘鲁人民高度重视的著名中国后裔历史人物。著名工会领袖阿达尔韦托·丰肯和保障土著人民不受帝国主义剥削和压迫的铁杆捍卫者彼得·祖冷，都同样是华人移民后裔。

30年代后半期，他在利马的一所学校读小学，在利马的大团结学校"阿方索·乌加尔特"读中学。1945年，全国民主阵线青年阿普拉党在校园中开展活动，巴勃罗·张加入了他们的行列。在中学的最后几年，他将学业和政治宣传工作结合在了一起。他中学五年级的证书（1947年）表明了他学业优异。他成绩最好的课程是秘鲁历史和政治经济学，这无疑影响了他随后的大学选举和政治选举。相反，在基础教育和预科军事课程上，他获得了最低的分数，朋友和家人关于他身体缺陷的证词也印证了这一点。但是他早期加入阿普拉党后展现出的政治美德弥补了他的身体缺陷。

1948年，他进入圣马科斯国立大学文学院，并积极参加大学生集会和政治示威。此时布斯塔曼特的政权已经瓦解，阿普拉党准备通过武装起义取得政权。但阿普拉党武装队伍在卡亚俄、利马和其他内陆省份的军事行动都没有取得成功，马努埃尔将军于1948年10月2日上台建立了军事独裁，对阿普拉党武装分子、共产党人、工会和民众领袖实行了八年的迫害。

在非常困难的政治迫害条件下，胡安·巴勃罗·张参加了圣马科斯大学文学院的入学考试。鉴于政治环境，他的大学第一年是不寻常的。他的"文化史"课程取得了最好的十五分。学生运动让他置于历史舞台显眼位置,他开始意识到自己将要成为一个主要角色。他在太平洋中的监狱岛埃尔弗朗顿被关押了两年。在忍受了监狱的恶劣条件的同时,他进行自我教育和学习马克思主义,思考秘鲁的社会问题和未来。他的同学玛塞拉说:"胡安·巴勃罗·张有很多的长处,特别是具有很大的智力优势,他是我当时认识的圣马科斯大学当中印象最深刻的那一个。"

结束了在埃尔弗朗顿岛的两年监禁后,他被驱逐到阿根廷,当时阿根廷由多明戈·庇隆(Domingo Perón)将军统治。胡安·巴勃罗没有浪费任何时间,进入了布宜诺斯艾利斯大学文学系学习,并加入了该国反对庇隆主义的斗争学生革命运动。他不久被驱逐到了玻利维亚,玻利维亚军政府又将其交给秘鲁当局。回到秘鲁领土时,胡安·巴勃罗利用其聪明才智规避警察监视并"消失"了,他秘密进入普诺并在库斯科待了几个月。秘鲁警方在该国首都和南部进行搜查,但未能找到他。在库斯科,胡安·巴勃罗接受了圣安东尼奥·阿巴德大学文学系讲授的课程。但他在大学中的秘密行动吸引了警方注意,很快被捕并被转移到了利马。他一直被关在监狱,直到1953年5月,他又开始了流亡,这次是去墨西哥。当时他二十三岁,有四次被驱逐出境的经历。在阿兹特克的土地上,他住在华莱斯区汉堡街77号的一个学生公寓里。7月31日,他报名国立人类学与历史学院,作为社会人类学的学生,在那里上了两个学期的课程。

在墨西哥,他加入了共产主义流亡组织,其他拉美革命家如菲德尔·卡斯特罗、切·格瓦拉当时也都在墨西哥流亡。自胡安·巴勃罗·张抵达墨西哥后,他与拉美共产党流亡者一起参加了各种政治和群众活动。1954年年底,在艾森豪威尔总统访问墨西哥之际,政府担心会遭到抗议者袭击，将拉美流亡者限制在布加雷伊监狱内。墨西哥当局注意到胡安·巴勃罗·张这位年轻激进分子的丰富的"履历"，由当时的总统阿道夫·鲁伊斯·科尔蒂内斯亲自决定，将他驱逐到法国去。

1955 年，他抵达法国，对知识的渴望以及将学问用于生活和政治的愿景，使他成为巴黎索邦大学心理学学生。在巴黎，他迅速联系上了来自世界各地的流亡革命者，主要是拉丁美洲人和非洲人。他结识了游击队领袖吉列尔莫·罗巴顿，与莫桑比克解放阵线领导人马塞利诺·多斯·桑托斯保持着密切的联系，后来该组织获得独立，桑托斯成了共和国副主席。巴黎生活使他能够密切了解与法国殖民主义做斗争的阿尔及利亚游击队的经历，1955 年 5 月，他与巴黎的非洲拉丁美洲流亡者一起为民族解放阵线（FLN）起草宪章，该宪章确定了为解放阿尔及利亚人民而斗争的道路。

1956 年，秘鲁马努埃尔·奥德利亚的独裁政权告一段落。面对反对派和民众的不满，他被迫离职，给予大赦和举行共和国总统大选。胡安·巴勃罗接受了大赦并返回秘鲁，他重新进入圣马科斯大学文学系学习，并加入了革命学生前线组织的核心，负责活动的组织和领导。那个时候，美国副总统理查德·尼克松到访秘鲁，决定参观一下圣马科斯大学的著名古建筑，但是却因为该校学生领导人胡安·巴勃罗·张、马里奥·齐亚培和马扎罗斯·埃尔南德斯为其准备的"欢迎宴会"——臭鸡蛋、垃圾、石块——而没能成行。为此胡安·巴勃罗·张和其他学生领袖又被丢入了位于秘鲁草原中心处的"埃尔赛巴"监狱。重获自由后，胡安·巴勃罗·张投身于法兰西报社和安沙报社工作，并加入了工会。投身工会运动让他之后又坐了很多年的监狱。

在 1959 年第十五次秘鲁共产党利马部门会议上，成立了列宁委员会，胡安·巴勃罗·张名列其中。从古巴革命和中国解放革命及阿尔及利亚解放运动中，胡安·巴勃罗·张认识到必须建立起一个武装前线组织，这个前线将左翼所有的分散人员紧紧聚集在一起从而变得更加团结，在广泛认为容易分崩离析的群众运动中，拥有一个前线将是对革命武装最好的支持和依靠。在这样的想法引导下，一年之后，一个由胡安·巴勃罗·张主要推动的全新的组织形成了——革命左翼前线（FIR），其主要目标是：无条件支持占领土地，改组秘鲁工人联盟，争取政府索赔，对所有政治和社会囚犯实行大赦，无条件地捍卫古巴革命，没收所有大型庄园和免费分配土地给农民，对所有公司进行国有化，变革工人政府。这些想法一定程度参照了中国革命经验。左翼前线发动中央山脉的秘鲁农民参加革命，在库斯科等山区开展武装斗争。政府军采取了对策，很快消灭了大部分的游击队。最著名的事件是秘鲁著名诗人哈维尔·俄拉伍德和其他国家解放军的战士在去往目的地 Madre de Dios 丛林途中遭到伏击，被机枪打死。

1965 年，胡安·巴勃罗在捷克斯洛伐克进行了短暂的停留，然后去了古巴，在切·格瓦拉身旁进行了军事训练。1966 年 1 月 3 日至 15 日，他作为秘鲁国家解放军（ELN）代表参加了在哈瓦那举行的三角洲会议，会议上成立了总部设在哈瓦那的亚非拉人民团结组织（OSPAAAL）。1966 年 1 月 16 日，胡安·巴勃罗出席了拉丁美洲团结组织（OLAS）二十七个代表团的筹备会议，该会议决定于 1967 年 8 月举行第一次会议。

在 1966 年 7 月至 9 月期间，他在古巴切·格瓦拉指挥的核心志愿军旁边进行了军事训练。在同一时期，秘鲁人何塞·弗洛雷斯（外号黑人）和卢西奥·加尔万（外号尤斯塔奇）已经在玻利维亚的基地潜伏下来，他俩同胡安·巴勃罗一样都是 ELN 的成员。胡安·巴勃罗很快就加入了切·格瓦拉的玻利维亚行动。在 1966 年末，他负责秘鲁境内的秘鲁国家解放军和格瓦拉的玻利维亚游击队之间的沟通，直接协调布置前线行动。切·格瓦拉在日记里描述了 1966 年 12 月 2 日与奇诺（胡安·巴勃罗）进行的一场对话：

"奇诺一早就到了，热情奔放的一个人。我们谈了一天，谈的要点是：他将前往古巴亲自通报形势；两个月后，那时我们的军事行动已经开始，可以派五个秘鲁人加入我们的队伍；眼下将有两个人来，一个无线电技术员和一个医生，他们将在这里待上一段时间。奇诺向我们伸手要武器，我答应给他一枚迷幻麻痹性毒气弹、几支毛瑟步枪和一些手榴弹，再为他们购买一支 M1 式步枪；他们要派五个秘鲁人过来和我们建立必要的联系，以便把武器运到的的喀喀湖对岸靠近普诺的一个地区，我同意在这方面给予配合。他诉说了在秘鲁遇到的困难，还谈了一项解救卡利斯托的冒险计划，我看该计划不切实际，他认为，游击运动的幸存者目前还在那一地区活动，但到底什么情况他也没有把握，因为谁也没有到那里调查过。"

随后他留在了在切·格瓦拉的军事核心团体里。在这一场不成熟的游击战中，他全身心投入，变成了军人的榜样，根本不顾及他的生理缺陷、高度近视和因不断的牢狱之灾和流亡导致的孱弱体魄。这一切都看在切·格瓦拉眼里，他在 1967 年 6 月 29 日的日记里把奇诺列入楷模战士名单。他坚持到了最后一分钟，充满热情和信念，友爱而努力，总是谦虚、总在微笑、从不动摇，沉默而意志坚强，至死忠于国际主义革命信仰。在玻利维亚的伊格拉村，他与切·格瓦拉以及数名游击队员一起被捕，并于 1967 年 10 月 8 日被枪杀。

在这一切面前，没人在乎选择革命之路的细微差异；不管是否犯过错误，胡安·巴勃罗·张，这位洋溢着人性主义光环的秘鲁中国后裔，永远都是人民和人民革命的典范。

九 《胡安之书》之二

李一一口气读完了第一部分的传记，知道了奇诺一生的事迹。原稿要比上面摘要的庞杂得多，里面详细叙述了秘鲁共产党内部斗争事件和人事变化，篇幅很长，有很多证据和引文等。材料虽然很丰富翔实，可没有细节故事。在接下来的第二部分有一段奇诺妹妹埃伦蒂拉·张的讲述，让第一部分说到的某些事件变得生动了。

1969 年埃伦蒂拉·张对《胡安之书》作者的一段讲述

好吧，我现在说说巴勃罗的事情。按时间来说，巴勃罗在玻利维亚遇难已经一年多了。要是早些时候，我是不能说起我的兄弟的，一说起他我的悲伤就不可制止。过了一年之后我开始平静一些。我一直不能相信他已经死了，除非我亲眼看见他的尸体。也许都是谎言，他还在某个遥远的地方活着呢。我和巴勃罗的哥哥马里诺当年在危地马拉被暗杀，我是看到他尸体的，这样我就相信他已经死了。说起来真是悲伤，我只有两个哥哥，现在都遇难了。我就从我的大哥马里诺的尸体在危地马拉被暗杀之后运回到利马那天说起吧。

我大哥马里诺被人在背后刺了三刀死在危地马拉的街头。他的尸体被他的同志用冰块和福尔马林药水保存，借助一远海渔船运回到了利马的家里。他的尸体在我家的厅堂里摆放了两天，我父亲坚持叫了中国僧人给他念经，安抚亡灵。我大哥马里诺的很多朋友过来告别，我不知道他竟然有那么多的朋友，那时我还小，后来知道这些人都是我大哥的秘密组织的成员，有些人其实都没见过我大哥的面，他们把鲜花放在我大哥的尸体前面。和我大哥尸体运回来的，还有一个皮箱，里面是我大哥读的书。

我听父亲说，我们家曾祖父是一百年前从中国广东坐船来到秘鲁的，我父亲在利马长大，我母亲是秘鲁人，高原上下来的，说凯楚阿语。我家里是开中药店的，父亲继承祖业当中医，当地很多中国人来这里看病。我大哥还在利马时，我父亲和他商量过让他在药店里当掌柜，大哥没听他的。现在大哥没有了，父亲和巴勃罗说，再过几年让他来接班。巴勃罗是个很顺从的孩子，很听爸爸的话，我那时觉得巴勃罗以后一定会是药店的主人。

和马里诺尸体一起回来的那箱子书，巴勃罗都放到了自己的床底下保管了起来。我发现那以后每个晚上他的房间灯都亮着，他在看哥哥留下的书。父亲经常半夜里起来发现巴勃罗还没睡，就敲门让他不要夜里看书，早点睡觉。他把灯关了，但我从板壁缝里发现他还躲在被子里面用手电筒看书，那时他的眼睛已经近视得很厉害了。他上中学高年级时成绩很好，校长每年发奖状，父亲很高兴，在中国人中间很有面子。中学时期他只是看哥哥留下的那些书，还没有参加街头的学生运动。

我的两个哥哥的共同偶像，是那个早逝的革命家何塞·李洛斯·马里亚特奎。他们读得最多的书是他那本《七个方面秘鲁国情的论述》。何塞·李洛斯·马里亚特奎二十九岁双腿截肢，三十五岁就死了。在崇拜者心里，他是和耶稣一样的人，恨不能追随他而去。

有一天，我发现他有一支手枪，藏在地板洞里，是大哥留下的。这是我们的秘密。他给我说了大哥的事情，说他是英雄。我们去野外，把枪藏在一个树洞里。他经常半夜回来，我给他打掩护，不让爸爸知道。直到有一天，他被抓了，警察到家里来，翻箱倒柜搜查。好在我们把枪藏到野外了，警察没找到什么。我哥哥被放了出来，这是他第一次被捕。

1948年他进入圣马科斯大学读文学系，社会活动越来越多。他和他的同伴印发小册子，散发传单，上街游行。那个时候法国大革命的风气流入了秘鲁，城市里起义者和学生会在街头筑起了堡垒，焚烧商店、议会、警察局，城市陷于瘫痪。当时很混乱，学生会有很多派别，各有主张，内部斗争很剧烈。马努埃尔将军的军政府终于决定要采取武力，发出了最后通牒，要求所有在武器广场大街的起义者离开。设定的期限是三天。这个通牒发出后，情况更加糟糕，起义者认为在最后通牒之下撤离大街等于承认失败，不如战斗到底，决一死战。而当局已经发出通牒，就不能再后退。利马的市民和全国的民众都在焦急观望。

　　10月9日这一天中午是最后的时刻。在武器广场大街上一边是军队和警察。他们前面是一排装在车上的移动高压水炮，但是在水炮的边上已经有机枪的枪口对着起义者，后面是一排排坦克装甲车，数不清的军队部署在附近的街巷里，随时可以集结冲锋出来。在大街的另一头，起义者也手持各种武器，石头、长矛、匕首，不少人口袋里还藏着短枪，毫不示弱。正午时分，大教堂沉闷的钟声敲响了，最后的期限到了。军队开始进攻，他们的水炮开始喷射，慢慢向前移动接近起义者，如果遇到抵抗，机枪就会扫射。而起义者也在大声鼓噪着，向前移动。两边本来隔三百英尺距离，慢慢在缩短，眼看一场血腥的战斗就要发生。这个时候发生了一件事情。

　　就在两边的队伍像被激怒的公牛一样开始对冲的时候，从起义者的这一边突然冲出了一个人。他手里举着一面巨大的秘鲁国旗，对着军队走过去，站在了马路中央，然后横向移动，像是节日礼仪表演一样挥舞着国旗，来回走了三趟。他直接走到军队面前，面对着骑着高头大马的军队指挥官。报纸上说当时举旗的人好像是一只安第斯山上的大鹰一样在即将出现的战场上飞舞着，他的奇怪行为让军队碾压的步履停了下来，起义者那边也停止了脚步，不解地看着这个不怕死的举旗人。由于他举的是秘鲁的国旗，军队这边的指挥官向他行礼，并有礼貌地询问举旗人他这样做是什么意思。这个人就是我哥哥胡安·巴勃罗。

我的哥哥对着军政府指挥官说，我是阿普拉党党员胡安·巴勃罗·张，是学生会代表，是来寻找和平的。只要你们停止进攻，往后撤退一百英尺，我就可以让起义的队伍也往后撤退一百英尺。然后你们要是再后撤一百英尺，起义者也会撤退一百英尺。军政府的指挥官其实也想避免流血，但是对眼前这个拿着秘鲁国旗的年轻人并不相信。他将信将疑地举手让军队后退一百英尺，然后手一放，军队停止后撤。他看到我哥哥举旗在空中挥舞了三下，起义者的人马也开始后撤一百英尺后停了下来。这样的后撤双方都重复了三次。最后，和平的气氛降临了。军政府和起义者代表最终举行了谈判，阿普拉党成了合法的政党，同意放弃武装斗争。全国为之欢呼。而我的哥哥（因为）在这次运动中的神奇表现而成为一个英雄。所有的报纸都登载了他那天举着旗帜独自行走的醒目图像，大标题上写着：这就是一代领导人出生的方式。

那以后，我哥哥虽然还是大学三年级学生，才二十一岁，却已经是秘鲁有名的政治人物。他写了很多的文章，分析秘鲁的社会问题，抨击资产阶级。不久后，出现了这样一件事情，秘鲁国会议员普拉蒂斯塔在报纸上发表一篇文章。他攻击了我哥哥政治观点，其中说到我哥哥是中国人，当年像猪仔一样在海里漂过来，现在应该滚回去。这些话让我们中国人都愤怒了。那个时候，中国人在秘鲁经济实力已经很好，有很多杰出人物，大律师、大商业家，只是政坛上还没有重要人物。我们不知道怎么去回击普拉蒂斯塔这个议员的脏话。我哥哥采用了一种出人意料的办法，他直接到了国会，找到议员普拉蒂斯塔，要他在报纸上公开撤回他的侮辱性言论并道歉。当普拉蒂斯塔拒绝这样做时，我的哥哥像一个西班牙绅士一样把一只白手套扔在他的面前。普拉蒂斯塔想不到我哥哥会这样做，当他捡起这只白手套时，一场决斗就在所难免了。这事成了全国性大新闻，报纸热闹得翻了天。

决斗的时间很快定了下来，对方的助手送来了决斗挑战书。当时决斗这种古老的方式早就没人用了。西班牙传统决斗方式一种是用匕首，还有一种是用手枪。我哥哥是聪明人，知道自己身体弱，用刀赢不了的，就挑选了用手枪。哥哥带着我去乡间练习打枪，用的就是我死去的大哥马里诺留下的那支手枪。他一边练打枪，一边给我说普希金决斗的故事。我害怕他会被打死，要他取消决斗，他说已经发出的决斗挑战好像射出的箭，是无法收回的。后来决斗如期举行，是在一个树林中的河边空地上。我看到对方好多人是骑着马过来的。我哥哥和议员普拉蒂斯塔隔着一百英尺同时开枪，都打中了对方，但不是致命的部位，没有死掉。那以后，我不怕死的哥哥更加出名了。

尽管我哥哥在那次的街头对峙中获得了和平之子的美誉。但是在之后的一年里，他所属的政党阿普拉党再次在全国武装起义，烧警察局，袭击军营。我哥哥在 10 月份被马努埃尔将军的寡头政府逮捕了。我听说我哥哥带人埋伏了一支军队巡逻队，抢走一批枪支。他被捕之后是秘密关押，我们都不知道他关在那里，甚至不知道他的死活。后来有了一点风声，说巴勃罗被关在埃尔弗朗顿的海岛监狱，我们找到中国人大律师和军政府交涉，花了很多钱打通关系，终于在我哥哥被秘密关押一年之后，我们到埃尔弗朗顿岛上去探望他。

这个太平洋海流中的岛屿监狱是没有居民的，只关押着政治犯。我后来知道这个岛之前是个荒岛，上面有千百年的海鸟鸟粪，几十尺深，最早来秘鲁的华人苦力就是在这里采鸟粪，无数人死在了这里。他在一个铁窗后面和我们见面。他的身体已经完全垮掉了，看起来像个骷髅骨架。当时他被判十年的徒刑，这个监狱简直就是个地狱，睡在水泥地上，吃得很差，没有医疗。他都没有力气说话了，只有眼睛还发着亮光。我们对他说，一定会把他救出来。后来我们的华人宗亲会社出了大力气，雇了最有名的大律师，花了很多的钱买通关系，终于让我哥哥获得释放了。军政府在释放他之后，很快就把他驱逐到阿根廷去了。

没有想到在海岛监狱竟然是我和我年轻的哥哥最后一次见面。他被驱逐到了阿根廷之后，就一直没有回到家里。他后来一直在到处漂泊，一次次制造事件，一次又一次被拉美几个国家政府驱逐，一次次被关在监狱。他偶尔会给我来信，在巴黎时给我买过礼物托人带给我。我经常从报纸上看到他的消息，看到他参加很多国际会议，看到他到了苏联，到了捷克斯洛伐克，到了古巴开会，穿着西装非常像一个政治家。我一直觉得有一天他会成为一个政治人物，成为议会代表，成为一名部长，甚至成为总理。但是，我没有想到，在 1967 年 10 月，我会看到他被打死后的照片。他死在玻利维亚的山地游击战，是被俘获后处决的。我真是说不出的悲伤啊。

十 《胡安之书》之三

《胡安之书》作者采访豪尔赫·特纳

豪尔赫·特纳（Jorge Turner）是土生土长的巴拿马人。自 1969 年以来，他作为流亡者一直住在墨西哥。他目前是一名记者，同时也是墨西哥国立自治大学政治学院的一名教师，也是一位杰出的资深国际主义激进分子。他是 1968 年发表在第 32 期 *Tricontinental* 杂志上"拉丁美洲革命家胡安·巴勃罗·张"的作者，也写了很多关于巴拿马和拉丁美洲的论文和书籍。

您是怎么认识胡安·巴勃罗·张的？

我在墨西哥生活了很多年，在那里我经历过了人生的好几个阶段。我大概在 1953 或者 1954 年认识了胡安·巴勃罗·张。我不仅结识了他，而且还认识了许多当时住在墨西哥的拉丁美洲流亡人士。50 年代最初几年是拉丁美洲的独裁统治最盛的时期，也是流亡人员最多的时候。我记得当时有好些流亡者：从菲德尔·卡斯特罗到佩雷斯·希门尼斯，人道主义期刊编辑劳尔·罗阿·马查多兄弟，还有诗人卡洛斯·奥古斯托·莱昂。这群人中胡安·巴勃罗·张非常突出。我依然记忆犹新的是在我们的某次谈话中他告诉我他曾是阿普拉党军人，当他来到墨西哥时，他已经是一名共产主义武装分子了。

据我了解，您和他以及其他拉丁美洲人总是聚会。您能告诉我诸位当时在谈论什么吗？

我们总是聚会，此外还会有正式会议和同其他职业者一样非常严肃的经验交流会。主题几乎总是围绕着拉丁美洲革命和在我们每个国家革命的可能性。有时我们会设想很远的未来，有时我们的愿景则立足当下。我们的会议往往没有秘密，而是我重复说的，只是交流经验和评估每个人分析问题的角度的会议；我们阿普拉党人和共产党人进行了讨论，倾向于建立长期政治活动的平台，不仅为了摆脱独裁，还要实现能够面对帝国主义和提高拉丁美洲人民生活水平的政权。

我们聚会的地方通常是在墨西哥城的 El Gallito 酒吧。里面全是流亡革命者，整天是高谈阔论唇枪舌剑。格瓦拉和他的未婚妻希尔达是这里的常客，我也经常在这里。1954 年 12 月一天，我突然见到了巴勃罗·张，那时他已经在流亡者中以奇诺的外号被人熟悉。我和他有几年没见到了。他刚刚被秘鲁政府释放，坐了三年的监狱，被驱逐到了墨西哥。那天他显得很忧郁、不安和好斗，当大家听切·格瓦拉在咖啡馆里谈论革命的时候，他说的第一句话是：我不喜欢咖啡馆里的革命者！这句话让气氛很尴尬，那时没人敢冒犯切·格瓦拉。但是联系到了奇诺一直在监狱中生活，加上秘鲁共产党内部的派别斗争严重，他的偏执是不奇怪的。所以格瓦拉同意了他的话，说："我也不喜欢他们，真正的革命者必须永远愿意采取行动。"那一天格瓦拉想让奇诺开心起来，他谈到了阿根廷人和秘鲁人之间的传统友谊，并说了一连串的笑话，在座的所有人都乐不可支，似乎使每个共享桌子的人都感到高兴，只有胡安·巴勃罗似乎坚不可摧地闷闷不乐。后来话题转到谈艺术、诗歌和戏剧，尤其是关于荒诞派戏剧的创作者塞缪尔·贝克特（Samuel Beckett）以及他的杰出作品《等待戈多》。奇诺毫不犹豫地确认，戈多确实是上帝的代表，每个人都在等待上帝，没有人看到并且永不到达。他的话和手势一样显得偏激动。

团队是由哪些人组成的，都有哪些人聚集，您还记得一些名字吗？

好吧，我记得最团结的群体是共产党武装的或者是对共产主义抱有同情的秘鲁人，以及最叛逆的阿普拉党人和批评他们政党领导人的那批人。在阿普拉党人中有刘易斯·德拉普特·乌塞达，终其一生都坚持斗争理念，一直到最后手持武器死在秘鲁山区。还有胡安·巴勃罗·张，他是一名共产党武装分子，他的信念非常坚强深刻。另一方面，赫雷洛·李内罗·切李也在，他曾在墨西哥的其他地方生活过，由于年龄因素，他是秘鲁组织的元老之一。还有两位很有成就的诗人：胡安·贡萨洛和古斯塔夫·巴尔李塞尔，如今很杰出的小说家曼努埃尔·斯科尔扎也参加过我们的会议。那个时候，每个游击队都喜欢有一个诗人，像公元前斯巴达军队一样。

您怎么看胡安·巴勃罗的，作为朋友，作为一个人和一个斗士？

我一直记得他是一个伟大的朋友，也是一个善良的人。他对自己的信念非常坚定。他是百分之百的激进分子和一个很大程度上受到马克思主义政治熏陶的阅读者，他几乎没有时间进行娱乐活动。也就是说，他是一个致力于武装和政治组织的人。教条主义和他的想法相距甚远，他同情别人的问题，并尽可能保持态度一致。

您还记得他读过什么枕边读物吗，能说吗？

由于每一个秘鲁左派人物都是何塞·李洛斯·马里亚特奎的信奉者，胡安·巴勃罗特别喜欢阅读马利亚特奎的作品。但是他意识到马里亚特奎理论需要更新，或者说成为马里亚特奎分子的最好方式就是成为这个时代的马列主义人士，是胡安·巴勃罗·张所处的时代的，而不是马里亚特奎的时代。另外，他还读马克思和恩格斯的书作为参考。他对人类学有很大的热情，阅读了很多与这个主题有关的作品。

您知道胡安·巴勃罗和切·格瓦拉最初在哪里认识的吗？

我记得切·格瓦拉和胡安·巴勃罗是在墨西哥见面之后不久，胡安·巴勃罗被驱逐出墨西哥到了巴黎。不过如果他们没在墨西哥相遇，那么他们很可能会在危地马拉见面。如果胡安·巴勃罗和切·格瓦拉错过了危地马拉的机会，那么他们将在哈瓦那古巴革命胜利时会面。我们革命者是一个相互吸引的大家庭，切·格瓦拉和胡安·巴勃罗有一千次的机会能见上面。

切·格瓦拉的第一任妻子希尔达·伽得亚是秘鲁人，是胡安·巴勃罗的老朋友。希尔达对中国有特殊感情，她很早就要求格瓦拉和她一起到中国去，永久住在那里，不回来。后来虽然没有成功，但是这个情结一直都在，让格瓦拉对中国一直有好感。他两次访问中国，见到过毛泽东主席，因此中国买了很多古巴的糖。格瓦拉在中苏论战中偏向中国，以致后来一直受苏联排斥。我猜想某种程度切·格瓦拉因为奇诺是中国人对他有偏爱。

您后来知道是胡安·巴勃罗在切·格瓦拉的武装组织中吗？您有直觉到吗？

我不知道。我最后一次见到他是在 1966 年年初在哈瓦那举行的三大洲会议上。像所有真正的革命者一样，胡安·巴勃罗并不说他不应该说的话，即使是对他最信任的人。我隐约知道胡安·巴勃罗已成为激进分子，他有思想和意愿进行更高层次的革命活动。那次，在我离开哈瓦那的前夕，他约我有急事，请求我帮忙。我们尽管谈了很多话，他还是没有向我透露他的秘密行动计划。这是我最后一次见到他。他当时委托我完成一项可能会发生不幸的任务，幸运的是，这并没有发生。那一刻，我不能推测出他和切·格瓦拉联系上了，即将跟随他参与到一个包括数个南美国家的游击运动。这就是为什么当我从报纸上得知到他在1967年10月在玻利维亚和切·格瓦拉一起牺牲时，我那么惊讶的原因。

您在1968年11月杂志 *Tricontinental* 的文章中说，胡安·巴勃罗·张不是最适合的游击队战士，这一说法的依据是什么？

胡安·巴勃罗·张是一个百分百的革命激进分子，但这并不意味着他是"完美"的。他很多方面并不擅长。他是近视眼，一个城市人，没当过农民，与玻利维亚游击战其他队员比，他在丛林中行动困难重重。胡安·巴勃罗丢了眼镜，什么都没看见。为了解决这个问题，他只得抓住一根棍子的一端，一个游击队员在前面拉着他走。胡安·巴勃罗很英勇，但他不喜欢刻意为之。他不喜欢戏剧化，不会疯狂地去做超出他能力的事情。现在研究所知，奇诺是玻利维亚游击战总计划的协调员之一，其中包括秘鲁在内的几个国家的游击队员。他非常清楚根据其自身活动能力更适合在城市里面做政治斗争，但他不会因此拒绝农村游击运动，可见他是一个愿意为自己的信仰做出最大牺牲的人。说他不是最适合的丛林游击队战士一点都没有贬低胡安·巴勃罗的意思。他是一位伟大的秘鲁人，是拉丁美洲家园的伟大公民。

胡安·巴勃罗是如何认识他的伴侣哥伦比亚人伊雷拉·瓦伦西亚的？

他们在墨西哥国家人类学与历史学院相遇。在50年代的最初几年里，胡安·巴勃罗关注人类学，也是国立人类学院的学生，而伊雷拉毕业于该学院。他们在那里相遇并相爱。她下了很大功夫，防止胡安·巴勃罗从墨西哥被驱逐，并在我们所说的声援活动中和他并肩。她不是完全的革命者，而是对革命者有好感和同情心。

在胡安·巴勃罗被驱逐出墨西哥之后，他又见过伊雷拉吗？

似乎他们不再相见了，然后她和另一个人一起过正常的生活。她说是他主动和她断了关系，我相信是因为他知道自己早晚会牺牲的，不想有家室，不连累别人。

十一　李在游击队活动区域的复盘

第七天，老杨打来电话关切，问李过得怎么样，有什么事情只管说。李说有点闷，想回到当年游击队的营地，沿着格兰德河岸走一走。老杨说没问题，他安排一下。工地第二天安排了司机开了一辆越野吉普，和一个西语翻译一起出发往河谷深处出发。

坐在没有篷盖子的吉普前座，在山地疾驰。李的心情堵得厉害，因为玛利亚还没醒来，他头上悬着一把剑。这条路现在叫 CHE RUTA，意思就是"切的道路"。李还记得玛利亚说这条路不是原来的路，是当地的山民在游击队事件之后建的。居民本来想请求政府来建，政府没理会，结果所有村落的山民自己组织起来，出工出钱，用手工人力在险峻的山区建这条路。后来政府被打动，派了大型的机器来帮助当地山民建了这条路。

不过当年这里还是有路的，起码是可以开进吉普车。切的日记里经常提到有汽车出现，还伏击过政府军汽车。李记得最清楚的是日记上写到女队员塔尼亚坐吉普进入营地，粗心的司机没有把吉普车隐藏好，结果被政府军发现，在车上找到很多塔尼亚的材料，暴露了她的身份。塔尼亚是有东德外交人员身份的古巴女间谍，和当时的玻利维亚总统巴里恩托斯有亲密往来。发现了塔尼亚的真实身份后，总统巴里恩托斯恍然大悟，派了重兵来剿灭游击队。塔尼亚本来只是来传递一下文件就离开的，格瓦拉已经安排她在阿根廷做联络工作，而这下子，她就被困住了，路上都有检查站，她只得选择了留在游击队营地。噩运很快笼罩了她。

而另一个在这条路上几进几出的人则是奇诺。

切·格瓦拉当时对形势有一种想法，认为拉丁美洲的反对帝国主义的热情很高，只要他在某个国家燃起游击战争之火，就可以成燎原之势，古巴革命的胜利就可以复制。他的计划得到了奇诺的全力支持。奇诺当时已经创建了秘鲁人民解放军，但是力量非常薄弱，缺少人员资金和武器。他建议切·格瓦拉把游击队的主要基地和战场放在秘鲁的高原普诺地区，在这里点燃照亮整个拉丁美洲的革命烈火。格瓦拉起初同意了这个计划，他看中了秘鲁高原，也许因为从聂鲁达的《马丘比丘之歌》里得到启示，他的背囊里一直放着聂鲁达的诗集。普诺地区和玻利维亚接壤，大部分是高山峻岭，非常适合游击战争。但是就在 1965 年夏天，奇诺的秘鲁人民解放军遇到一次重大打击，在阿亚库乔山几乎被政府军彻底击溃。这让切·格瓦拉改变了计划，把地点移到了玻利维亚的南部。1967 年 3 月 19 日，奇诺第二次来到了切的游击队营地，切的日记里面有详细记载：

> 我初步与奇诺谈了一下，他要求我们连续十个月每月为他们提供五千美元的援助，哈瓦那那边让他来和我商谈此事。奇诺带来一封信，阿图罗无法解码，因为信太长了。我告诉他，我原则上同意他的要求，只要他们六个月后拿起武器投入战斗就行。他认为，在阿亚库乔地区，他需要十五名战士归他指挥。此外，我们还达成一致，目前给他派五名战士，过一段时间后，再给他派去十五名，这些人要先在战斗中经过培训，然后再带着武器派到他那里去。他应该给我送来两台中距离（四十英里）的发射台，我们将设置密码，以保持长期联系。看来他很感兴趣。

李想起玛利亚之前说过奇诺这一次来这里，其实还是想劝说切·格瓦拉把队伍带到秘鲁的普诺去。他就是那么一个书生意气的人，脑子还是想着原来的计划。切没觉得他的主意有多好，但还在支持他在秘鲁境内开展游击战，和玻利维亚这边相呼应。奇诺第一次进入游击队营地是 1966 年的 12 月 2 日，这一次来这里他还只是一个访问者，他接下来的行程是去古巴哈瓦那，参加拉丁美洲团结组织大会。

古巴的拉丁美洲团结组织大会上高朋满座，各国代表高谈阔论，大会之后还有安排到海边度假游览。奇诺心里着急，没心思和那么多的空想革命家闲谈，更觉得在海边休假是对在丛林里忍饥受饿的游击队员的犯罪。他见到了菲德尔·卡斯特罗，把自己的想法都说出来，让他劝说切·格瓦拉带领游击队转移到秘鲁去。他开好会，马上回玻利维亚去。卡斯特罗把一封写给切·格瓦拉的信、一些文件、密电码和药品，交他带给切·格瓦拉。奇诺回到了格兰德河边，游击队渐渐陷入了困境，被受到美国训练和支持的政府军特种部队包围。他本来是可以离开这里的，但是他选择了留下来，和格瓦拉一起战斗。

李在这个峡谷的边缘坐着沉思，看着对面的山林出神。恍惚中在对面山坡的树林间隐约看见一些人马。他晃了晃脑袋，幻觉消失。但是事实上，在 1967 年 9 月中，对面山坡上的确是走过了一支疲乏不堪的游击队人马。切·格瓦拉骑在一匹小白马上，气喘病发作，每吸一口气都要用尽全力。他治疗哮喘的药已经用完，最后甚至在静脉里注射了一种含有九百分之一肾上腺素的洗眼药水。为了去镇上搞到治哮喘的药，游击队组织了一次进攻，结果被政府军埋伏，牺牲了几个队员。政府军已经知道格瓦拉需要治哮喘的药，就把周围所有城镇这类药品都严格管制起来，不让游击队得到。游击队搞不到粮食，前一日，他们打到了一头貘，大家烤着吃了几口。但是格瓦拉吃了这野兽的肉之后过敏，更加剧了哮喘。现在他们要越过这个山岭，转移到对面的峡谷去。低落的士气甚至都传递到了格瓦拉骑的这匹小马身上，它停住了脚步，它其实是累得走不动了，它也几天没有喝水，没有吃草料。切·格瓦拉拉了几下缰绳没作用，变得暴怒，用拳头击打小马。小马没反应，结果切暴怒之下，抽出开山刀，对着小白马的脊背砍了一刀。小白马血流如注，格瓦拉被队员劝住。

而跟在格瓦拉队伍后头的，就是奇诺。因为饥饿干渴，他的身体已经垮了，视力几乎完全消失，用了眼镜也只能看见一点模糊影子。比起其他的队员，他所承受的苦难要严重得多。在接下来的日子里，他完全是凭着意志在坚持着。然而，他除了接受身体的考验，精神上还要接受一重苦难。在前一天，他受到了一次从没有过的羞辱。因为吃那一只貘肉的时候，他把分给他的那一块肉都吃了下去，本来是要求留一半在第二天吃。有人向格瓦拉打了小报告，当着众人的面，格瓦拉大发脾气责怪了他，说他是个贪吃的人，还把他降了职务。在这种极端的困境下，人性会发生严重变态。联系到格瓦拉哮喘时用刀砍小白马，可以看到绝望和冷漠正在降临到他身上。丧失视力体力虚弱的奇诺现在成了游击队的负担，总是走在队伍的最后面，把游击队的行动拖延了。和他一起从秘鲁过来的队员尤斯塔奇没有背弃他，让他拉着木棍的一头带着他走。格瓦拉在 10 月 7 日的日记里，也就是他的最后一天的最后一段日记里写下了下面一段话，最后一句话写到了奇诺，但居然是一句羞辱他的话。写了这段话的当天，格瓦拉和奇诺被抓获，再过一天他们都被枪杀了。

　　月亮在夜空中缓缓穿行，我们十七个人趁着夜色出发了。行军很劳累，我们在山谷里跋涉，一路留下了不少痕迹。附近没有房子，但是有一些土豆苗床，就是利用这条溪里的水流入水沟以后灌溉的，可现在没有一滴水。凌晨两点我们停下休息，因为再往前走也毫无意义了。当我们不得不夜行军的时候，奇诺就成了不折不扣的累赘。

　　从这里走到切洛峡谷的路，是他最后的路程，是一条绝对艰难之路。在这段路上，他把眼镜丢失了，几乎双目失明。干渴折磨着他，几天前开始就完全没有喝到水，连尿滴都没有了。现在身体在消耗血液里的水分在支持着。绝对的干渴会导致幻觉，身体变成了干渴的本身。是的，到这个时候他已经成了无用的人，他成了一个概念、一个数字。游击队被困在切洛峡谷那条干涸的水沟，格瓦拉决定做最后一战，一支队伍向上走，一支队伍往下撤。当格瓦拉冲出沟壑突围最终被俘获时，奇诺像一个梦幻一样还在沟里面漂移，他完全没有了视线，照看他的秘鲁队员随着下撤的队伍走了。奇诺在沟底摸索了半天，最后遇上了政府军的士兵。

五十多年后，李在奇诺走过的路上复盘着游击队的行动。他恍惚中再次看到了树林里出现了奇诺。他那么宁静而疑惑地看着天空，双目失明让他有了博尔赫斯一样的深邃而内向的目光。他是一个自找别扭的人，一个甘愿寻找和经历苦难的人，而几乎所有的先贤都是这样的一种人。

吉普在山里转着，到了河边一片开阔地，风景展现开来。这里是普通游客无法到达的地方，是塔尼亚遇难之处。有个牌子上写着西班牙语，翻译说记述了1967年9月7日塔尼亚和其他几个游击队员在这里过河，被埋伏在岸上的政府军用重机枪扫射。塔尼亚的尸体随着河流往下漂流，第三天发现时脸部已经被河里的食人鱼啃得露着骨头。由于她是女性，当地的教会给她安排天主教葬礼，总统巴里恩托斯还专程过来参加葬礼。李还记得《切》电影里有这么一个镜头。巴里恩托斯揭开了昔日亲密女友塔尼亚尸体脸上的头巾，吃了一惊，问手下人是怎么回事。回答是被食人鱼啃的。之后塔尼亚被葬入教会的墓地，这个时候，格瓦拉和奇诺还在山地里奔突，距离死期还有一个月零一天。

中午时分，终于到了格兰德河那一段最开阔的地方。在对岸，是一大片肥沃的平原，一直延续到另一座大山，那是另一座山脉杜兰山。游击队始终在河边一带行动，为的是水源。司机说在这里用午餐，他们自己带了午餐。远处河面上出现了一座大桥的轮廓，这就是老杨公司的高速公路工程一部分。

在川流不息的格兰德河边，李回想着1967年切·格瓦拉和奇诺在这里的行动，感觉很久远，仿佛像是几百年前的一段历史。但是，同样发生在中国的1967年毛主席接见红卫兵、反对美国占领巴拿马、到商店里凭计划票购买棕红色沙粒状的古巴蔗糖，李觉得记忆是那么清晰，好像是刚刚过去不久。而事实上这些事情发生在同一时间里，但为什么会有那么大的记忆反差呢？起初李发现奇诺这个人物线索时，觉得他只是一个模糊的历史幻影。现在他渐渐介入了这段历史的现场，障眼的雾气在退去。李现在能看见自己内心的动力，为什么会对奇诺是一个中国人后裔这条线索紧抓不放？他内心的动力和激情是和自己的身份有关系的。他也是一个离开故国几十年四处漂泊的异乡人。他在历史的幽冥中追随奇诺身份这一鬼火，而最终却看到了自己来世今生某些图景。

李没有想到自己这回会遇上玛利亚昏迷坠落的意外险情。但由于这个意外，却让他遇见了老杨他们，看到了一段最新的华人在南美洲的事迹。从奇诺这个典型的华人开始，上溯到 19 世纪华工苦力船漂洋过海到南美洲，又接上了老杨他们安第斯山高原的一系列行动，这段历史有了纵深感。李的想法有了很大的发展，看到了一种历史大的走向。一百多年前中国人作为最会干活的廉价苦力，被贩运到秘鲁，成为这个国家早期经济发展的劳动力。一百多年之后，拉美再一次出现拥进大量中国公司的情况。而这一次的中国人拥入南美洲，其身份和一百多年前的那一批人则完全不一样了。奇诺在两个历史现象的中间，好像是茫茫夜海中闪着微光的一个灯塔，引导着李的思路。奇诺的事迹和行为恰似一种神迹，赋予这一段历史以形而上学的光芒和启示。

在大桥的背景上，李心里又一次出现了奇诺的幻象。奇诺像隐藏在空中的一朵云一样，凝视着河上的大桥工地，凝视着这一群穿橙色工作服的中国人。李想，如果这一切是真的，奇诺会怎么想呢？

十二　玛利亚苏醒

住在工地第七天，李收到耶鲁大学苏老师邮件，说符号学专家弗雷泽教授给他回复了，鉴定结果：古巴拍下的女子后背文身和玛利亚的文身是一样的。不仅是凭弗雷泽的肉眼辨认，还经过了计算机比对。图案里的飞蛾是"高山灰背天蛾"学名：Meganoton analis gressitti。这个图案有一个符号名字叫"古印加的献祭"。最早是德国考古学家在秘鲁库斯科地区的两千多年前的布包木乃伊女尸后背发现的，而最有名的是阿雷基帕冰山少女Juanita冰冻尸体上背后清晰如新的文身。这个文身图案只出现在活体祭献给神的少女背部。20世纪80年代开始，一个狂热崇拜切·格瓦拉的女性组织采用这个符号，加入组织的人背上都文这个符号。她们在互联网上联络，在药物和酒精之下产生幻觉和格瓦拉交往，把一切献祭给他。

　　虽然事先李猜想这是一种符号，但弗雷泽教授的回答还是让李感到震惊，原来这里面有那么多事情。弗雷泽教授提到的Juanita冰山少女，李曾经近距离凝视过她。去年李在秘鲁离开的的喀喀湖之后，继续前往南部的阿雷基帕城市，这里是大作家巴尔加斯·略萨的出生地。这座城市背靠着两座活火山，20世纪90年代初，两座火山中的一座冒出了致命的硫黄烟，人们忧心忡忡看着火山，谁知道这个火山会不会大爆发，像当年的意大利维苏威火山一样，把阿雷基帕变成又一个庞贝城呢？那火山接着开始喷出了火山灰，慢慢地喷，但始终是克制的，火山灰随着北方的风没有落到城市里，而是落到了它后边那一座六千二百二十八米高的安帕托山峰上。之后，火山又恢复了平静，沉睡了下去。而这个时候，山那边的放牧驼羊的山民看到了被喷了火山灰之后的雪山山顶融化了一部分，还看到山上现出一条小径的痕迹。消息传到美国籍的考古学者雷哈德耳朵里，他认为这一条从山顶通下来的小径十分蹊跷，可能是古印加国人的栈道。他组织了一支考古队，登上了六千多米的山峰去看个究竟。上去之后发现了一个五百年前的少女活人祭祀的木乃伊墓穴。她刚从冰雪里被火山灰融出，像睡着一样美丽。这个少女是从千百公里之外的库斯科过来的，是大贵族家的子弟，经筛选出来自愿祭献给最高的太阳神的。李在阿雷基帕博物馆冷冻玻璃棺内看过她的容颜，她是那么安详，静静地沉睡。当年她从遥远的库斯科华美宫殿里出发，一步步走向阿雷基帕这边的雪山。古印加人没有轮子概念，没有车，也没有可以当坐骑的马，她要么是自己徒步走来，要么就是被人抬着轿辇上山。六千二百二十八米高的雪峰，如今专业登山者都很难上来，真不知道是哪里来的勇气和力量支持着这个女孩子的殉葬之旅呢。她是活着被祭祀的，而且完全是自愿。

在她的身上，穿戴着母亲送的衣物和首饰，因为所有的人都相信她是出嫁给最崇高的太阳神的。在她的身边，还有一个装着古柯叶子的袋子，古代的印加人就用嚼这个抵抗高原反应。她走了那么多天，终于到达了安帕托神山的峰顶。她喝了大量玉米做的奇恰酒之后，进入了昏睡状态，祭司用钝器猛击她后脑，帮助她快速死去，那年她才十二岁。之后，她被埋在墓穴里，在冰山上一天天度过。五百多年之后，终于有一天，边上的埃尔米蒂斯火山喷发了，飘来的火山灰把她从冰封中解冻了出来。

李根本想不到，他所看到这个冰冻少女居然和他目前发生的事件会发生联系。他在这么短的时间里，经历了那么多魔幻事情。难怪南美会出现那么多魔幻作家。李想起伊格拉村电报房那个晚上，看到玛利亚一杯杯喝下奇恰玉米酒、不停地咀嚼着古柯叶子时，心里所唤起的熟悉感原来就是对那个冰冻少女的回忆。

李在工地度过了第八天。这天早上，工地的司机小孙告诉他，巴耶格兰德的警察局来了电话，让他去一次那里。小孙把车备好了，说马上可以出发。

这一段路不长，李心里狂跳、紧张，他不知情况怎么样。也许变得更严重了，也许玛利亚不行了。在卡佛那篇小说里，那个孩子最终死掉。他已经经历了八天，耐心已经消耗干净，而且他知道要是一直待下去，最终会不受工地的欢迎。

到了警察局，看见了那个留着厚唇胡须的警察头子。这一天他的样子突然变得像一个法官，甚至像上帝。他说：

"奇诺，玛利亚昨天醒了。我们和她谈了，她说了情况，和你无关。你没事了，恭喜你。"他叫李 Chino（奇诺），这边管中国人都叫奇诺，和游击队员奇诺毫无关系。

"她是怎么说的？"李说。

"她说自己当时突然就失去知觉了。说你和她隔着距离，这样就说明你是清白的。这是你的护照。你现在可以走了，欢迎以后再来巴耶格兰德。对了，玛利亚说想见见你。"警察头子说。

"好的，谢谢你。"李收了护照。他想起了自己在这里被困了八天，准确是七天，第一天不算。相比切·格瓦拉和奇诺等游击队员在这里的十一个月困境和最后的结局，他的被困算得了什么呢？险情解除，一切是那么神奇，当他解开玛利亚文身之谜，她就苏醒了。好像她是被一条谜语催眠着，谜语一猜出，魔法消散，她就苏醒了。

他买了一大束的鲜花、一盒GODIVA巧克力，去医院看望玛利亚。

玛利亚坐在床上，头上包着纱布，人瘦了很多，眼睛显得很大，真有点像是圣母，和她的名字很配。她的眼睛是善良纯净的，看到了李，她眼神发出了光辉。

"我听说你为了我的事故留在巴耶格兰德一个多星期。真的非常对不起你了。"

"这没什么。你受苦了，很难过你会受伤，现在你感觉怎么样？"李说。

"还虚弱，不过我很快就会恢复的。医生说我昏迷了一个星期，我自己觉得像是睡了一觉，做了很多奇怪的梦，但是我现在一点都记不住那些梦境，唯一还能记住的是在天空飞翔，看到了地面的中国长城。"

"我们下峡谷的时候，你和我说过最想去古巴和中国，想去看长城。"

"那天当知道你是来专门查证奇诺的身份之后，我心里就开始有了波澜。我其实有中国情结的，不仅因为奇诺是游击队里一个重要成员，而且我知道切·格瓦拉内心和中国有非常深刻的联系。但在你来之前，中国对我来说好像是一个宇宙中遥远的星体，我完全接触不到。虽然接待过几个自称是中国来的游客，但他们和你完全是不一样的。伊格拉村电报房那个晚上我喝了很多奇恰酒，平时我是不喝的，后来回房间还嚼了很多古柯叶，一直睡不着觉。半夜三点钟时还起来到外面的院子里走路，看着星空。"玛利亚说。

李听了她说的话，好生奇怪。那个夜里三点正是他醒来开门上户外公用厕所，当时他看到了从小径走来的身上发光的玛利亚。为证明这是真实不是梦境，他曾对自己拍了照片作证，后来手机没有照片，说明是在做梦。可现在玛利亚说的事情分明是和当时的场景吻合的。

"你以前有过昏迷的事吗？"李问。

"从来没有过，这是第一次。可能是因为我的心脏比较小，供血不足。人们说人的心脏和本人拳头一样大，你看看，我的手很小，拳头就这么大。"玛利亚把手握成拳头，给李看，她拳头真的很小。李没想到她会找出一个这么天真可爱的理由来解释这可怕的事故。

"你这一个礼拜在巴耶格兰德过得怎么样？"玛利亚说。

李说了自己住在工地期间的资料研究，说自己已经获得了《胡安之书》，还深入格兰德河考察了游击队的路线和对岸的平原。

"那太好了，也许是上帝故意让你多待几天，多了解一些情况，让你能把奇诺的事迹写出来。"玛利亚说，"你明天能在这里吗？我想带你完成你预定的行程。本来那天我们是要到这里参观的，就是我住的这个医院。"

"好的，玛利亚。"玛利亚这么一说，李想起行程里面的确是有提到医院的，他当时并没想到为什么要参观医院。

第二天，玛利亚看起来精神好多了。她戴上了棒球帽，把包扎伤口的纱布遮住了。她让李看的第一个地方就是医院门口那长长的横向走廊，说这里的建筑结构和1967年时一模一样。当年游击队员尸体用卡车从山里运过来后，就是在这条长廊里依次排开展示的。她的手里有一个图片影集，里面有当年走廊上一整排惨不忍睹的游击队员尸体的照片。

但切·格瓦拉和奇诺的尸体没有在长廊里。

1967年10月9日下午五点，一架直升机噼噼啪啪飞了过来，切·格瓦拉尸体在空中出现，吊在直升机的起落架上轻轻旋转着。当时巴耶格兰德镇一万名居民有一半站在了机场的空地上观看。士兵试图阻止人群进入停机坪，但随着直升机降落，他们失去了控制。士兵们奔向直升机，他们身后紧跟着人群。士兵只得转过身来，凶狠地用枪指着平民，迫使他们留在原地。与此同时，挂在直升机上的切·格瓦拉尸体被解下来，装入一台汽车，汽车迅速开往巴耶格兰德医院。格瓦拉尸体被放置到了一个户外太平间，那地方看起来像是医院上方小山丘上的马厩。大约有十个人——医生、护士和士兵围在格瓦拉的身体周围，紧张快速地工作。一个身穿白衣的修女站在格瓦拉的头部边上，她时不时地微笑着。起初，观望的民众以为格瓦拉还活着，看起来医生好像正在为他进行输血。医生通过颈部的两个开口，往里面注射液体，一名士兵搂着切站立着，双腿分开在他身体上方。然后民众被告知他们用福尔马林填充格瓦拉身体以防腐烂。

这时候，来了一个马队，马背上驮着另外两个游击队员的尸体，他们是威利和奇诺。不知怎么地他们没有被卡车运过来，而是用马运送过来，之前的其他多名游击队员的尸体已经摆满了医院前面的长廊，而奇诺和威利来得比较晚，也可能是因为他们和格瓦拉的关系比较特别，所以他们的尸体被送到了格瓦拉所在的户外停尸间，躺在地上。围观的民众根本看不见躺在地上的这两具尸体，他们的注意力都放在了水池里的格瓦拉身上。

当医生护士忙着用福尔马林灌注死者身体时，人群看不出他到底是谁。他的头低垂着，长长的头发挂下来，差点碰到地板。突然，一名士兵抓住死者的头发，将他猛拉成坐姿。那个穿着白衣的修女扶住了他的头，笑得还很开心。人们看到了死者的面容，闻讯赶来的新闻记者都认出这就是大名鼎鼎的切·格瓦拉。医生护士开始给格瓦拉清洗裸露的身体。"请给死者一些尊重，至少不要拍他裸露下身的照片。"一名上尉告诫记者，并威胁要没收一个不遵守他说的话的记者照相机。士兵们费力地给死者穿上了裤子，但是当他们试图给他穿上上衣时，发现手臂已经僵硬，无法套进袖子。所以他们不得不放弃尝试，让切·格瓦拉裸着上身接受很多台照相机拍照。当照片冲洗出来登上报纸之后，全世界的人都发现死者的样子很像被钉在十字架上死去的基督耶稣。

玻利维亚武装部队负责人奥万多将军正在亲自检查仪式。一名来自圣·克鲁斯电台的记者与他进行了现场谈话："这里是巴耶格兰德医院，由于玻利维亚武装部队的努力，由光荣的奥万多将军指挥，入侵我们祖国的古巴共产党游击队领导人已经落网。"将军满意地露出微笑。之后，他们切断了格瓦拉的双手，一只手寄给了古巴领导人卡斯特罗，一只寄到了拉帕斯的总统府。

玻利维亚总统巴里恩托斯赢了，他把格瓦拉的尸体挂在直升机起落架上在空中示众。然而不到两年，巴里恩托斯总统坐着直升机在科恰班巴空中遨游时，直升机突然被一股强大的力量拽住。像钓鱼的人钓住了巨大的鱼一样，巨大的鱼把直升机往下拉，最终坠落到地上，总统当场死亡。这是 1969 年 4 月 27 日，在他杀死格瓦拉十八个月零十八天之后。

玛利亚带李参观了医院后，继续前往一个位于松林里的游击队员墓地。这里曾经埋葬过死在格瓦拉之前的游击队员遗体，李看到墓碑上面有一个个熟悉的名字，其中一个就是塔尼亚。她当时埋在教会的墓地里，后来建立游击队员墓园时才把她转移到这边。这里还埋葬过一个叫纳托的队员，他是在游击队最后一战中成功逃脱的七名队员中的一个，但一个月后在距离巴耶格兰德一百公里之外的地方，与政府军交战被打死。其他的六名队员成功逃脱，经过高山到了智利边境，地下抵抗组织把他们装在运送木材的车里面，成功逃离了玻利维亚。

离开这里，穿过大路，往里走上几百米，到了最后的一个参观点：切·格瓦拉的最初葬身之地。这里修了很现代的博物馆和纪念品店，是古巴政府出资修建的。

在进入发掘墓坑之前，玛利亚讲述了发掘过程。1996 年，在游击队事件过去二十九年之后，格瓦拉成为超级偶像，世界各地的崇拜者和游客纷纷来到巴耶格兰德，为当地带来丰厚的经济收益。古巴每年都派出医疗队来这里，甚至为枪杀格瓦拉的那个士兵做白内障摘除手术，本地居民对游击队的好感越来越强。玻利维亚和古巴的关系开始好转，玻利维亚政府同意让古巴政府出资寻找切·格瓦拉和所有游击队员的尸骨，运送回古巴去安葬。于是，一项寻找格瓦拉遗骨的工程开始了。当时搜寻人员只知道埋葬的地点是飞机场跑道附近。还有一条线索来自一个老人，是当年的掘墓人，说他们本来准备把格瓦拉脸朝下直接埋在土里，他觉得有点不忍心，就让格瓦拉的脸朝上，脱下自己的夹克衫盖在了他的脸上。根据这一线索，他们用了三年时间，发掘了九千多平方米的土地，终于找到了一个上面残留着布片的骷髅。最直接的证据是这个尸体是没有双手的，证明了这是格瓦拉的尸骨。紧挨着切·格瓦拉，是巴勃罗·张（奇诺）和另外五名队员的尸骨。

现在，这个墓穴成为一个纪念馆，上面盖了屋顶，有庄严的拱门入口。墓穴的周围有一圈栏杆，还有一道阶梯可以走下墓穴的底部，李走到了墓穴的底部，一个个看着小墓碑上的名字。游击队员在这里埋葬了三十年之后，最终于1997年被挖掘出来，所有队员的尸骨都运送到了古巴的圣·克拉拉的墓地，紧紧地挨在了一起。在点着长明灯的切·格瓦拉墓穴边上，沉睡着奇诺的灵魂。

在当天的下午，李就启程回圣·克鲁斯。接下来的一周里，他去了智利的阿塔卡马沙漠、圣地亚哥。之后在瓦尔帕拉伊索的聂鲁达故居附近的一间小旅馆住下，看着太平洋海流发呆冥想。在第五天的上午，他收到了玛利亚的一封电子邮件。玛利亚这样写道：

嗨！亲爱的李：

我希望你在玻利维亚过得愉快。我不知道你现在在什么地方了，但我想告诉你，昨日里我再次阅读了有关"奇诺"Juan Pablo Chang Navarro的尸骨发掘报告，这是我发现的信息：他是发掘队最后确认的一具骨骼，他的家人从秘鲁的利马发送图片以帮助进行鉴定。科学家们除了进行了牙医比对获得确认证据，还证明这具尸骨是唯一具有亚洲特点的骨骼。骨架高度为一点七一米，骨骼在头骨上显示了三个枪弹孔，在左臂上显示了另一处弹孔，在脊柱第二个椎间盘中显示了最后一个弹痕。鉴定时间是1997年7月10日。关于奇诺尸骨报告我只能说这些。希望这些信息对您有用处，如果你还有其他问题或疑虑，请告诉我。

最好的祝愿！

玛利亚·埃斯特·瓦尔加斯

（本文原载于《当代》2020年第5期）

王婳与馥生

［美国］凌　岚[*]

搭飞机去东岸的前一晚，俄亥俄州开始下雪。馥生睡在床上迷迷糊糊，眼前出现极北地带的春天，一条不知名的河，熊熊的篝火边，浓烟上升，两个女人坐在篝火边，低头缝制手里的兔皮，红色的火光映出她们的脸……

河边草地变成茫茫雪原，雪地上一前一后走着两个人，还是两个女人，身影重叠，最后变成一个人……

手机响了，馥生也醒了，是丈夫老赵从首都机场打来电话："老婆啊，我现在回不来啦，被'边控'了。"馥生问什么是"边控"，老赵说："就是边境控制，我现在机场呢，海关不让我出去。"他这么一说，馥生想起来，这个词以前丈夫确解释过。老赵说的事，她习惯了一只耳朵听进去，一只耳朵出来。

临睡前，她把床头那本小书《两只老女》放进了行李箱。《两只老女》封面的纸都有点变脆，摸在手上糙糙的。二十年了，馥生被这个时间跨度惊到，她听到窗外猫头鹰叫。

---

* 女，1991年毕业于北京大学中文系，侨居美国多年。多篇文学作品曾发表于《花城》《北京文学》等杂志。已出版小说集《离岸流》《海中白象》以及翻译作品、随笔集若干。

*

20 世纪 90 年代初，馥生从纽约市立大学商学院毕业，在纽约开始上班。公司在曼哈顿下城的东二十一街，不远处是百老汇。那里往南走，延绵几个街区都是大大小小的书店。那是纽约下城的书店一条街，包括纽约最大也是最老的书店"斯特兰德"（The Strand）。斯特兰德每周都有读书会或者作者讲座，活动传单有时会随着外卖菜单、百货公司大减价的彩页一起送到公司的前台。馥生是公司新人，工资不高，对着那些五颜六色的广告只能临渊羡鱼。但读书会是免费的，可以先读后买，读了若不喜欢可以不买。这个不花钱的承诺对馥生吸引力很大。

第一次去读书会，到了斯特兰德红白两色门口，一眼望过去清一色是金发碧眼的西人，一个都不认识，人高马大的陌生白人从她身边擦肩而过，没有人回头看她一眼，馥生怯了。入口处有一个大桌，上摆了签名册和空白的名字牌，她填完了名字牌却忘记佩戴，随手不知道丢到哪里。周围来来往往的西人，互相热闹地招呼着，绕过她。馥生手里拿着写好名字的名字牌，站在门口，大门开了又关，穿堂风吹过来，最后她下决心把名字牌往提包里一塞，扣上大衣的纽扣，打道回府。

迎面撞来一个人，大叫着馥生的英文名字："莉莉！"熟络地伸手把馥生拉住，这人是王娟，满脸带笑地欢迎馥生来读书会，说："你还没吃饭吧，走，我带你去拿点心和饮料，那里应该还有水果和冷餐，等吃饱肚子我们再去取书。"说着拉她的手往地下一层走。

负一层灯光明亮，在房间中央放了几张铺了雪白的台布的餐桌，上面堆着各种点心——青瓜火腿三明治、烟熏三文鱼、酸黄瓜和切成片的柠檬。桌子的另一头是饮料，两只锃亮的不锈钢咖啡机排在一边，旁边木架上排着一只只的白瓷杯。敞开的茶包盒子像百宝箱那样展现着其中五颜六色的茶包袋。桌边站满了读书会成员，大家站着边吃边聊。王娟拉着馥生的手跟周围的一圈人介绍，"我们公司的""唯一爱读书的同事"……很快，人群里就有人开始友好地叫她莉莉，问长问短。馥生心情提升很多，她给自己泡了一杯热茶，一口气喝完，又喝了一杯，吃了两块三明治。王姢递来几个蘸了巧克力的草莓，馥生也吃了，吃饱喝足，全身开始热乎乎。吃完随大家往楼上走。王姢是公司里的行政大秘，手下管七八个秘书，有自己的独立办公室，平时戴劳力士表和爱马仕丝巾。若不是这天的读书会，馥生本不可能跟王姢交上朋友。

读书会每月一次，已经坚持了多年，成员中有几个小帮派，私下活动。王姢是其中一派的头儿。这些人每两周一次聚餐，有时在餐馆，有时在王姢家。王姢的家在纽约北郊的威郡，一座湖边的豪宅——她第二次结婚嫁的是一个地产开发商。平时在公司里提到的"那个郊区的红脖子共和党"，就是指这个男人。馥生没有见过这个"郊区红脖子共和党"，读书会上门时他总是躲得远远的。豪宅的墙上到处是他世界各地打高尔夫的照片，可见事业蒸蒸日上。

馥生住布鲁克林，进出都坐地铁，没车。王姢让馥生坐地铁到曼哈顿 42 街的中央火车站，她开着自己那辆白色的凯迪拉克接。无论上班还是下班，王姢总是一身时髦的职业妇女的打扮，齐耳头发洗剪吹得一丝不乱，领口打着大蝴蝶结的颜色鲜艳的绸衬衫，墨绿、洋红或者宝石蓝，加一件米色或者烟灰色的毛衣开衫。冬天外面套一件开司米大衣，夏天穿蟹壳青或者米白色的亚麻布夹克。那是 90 年代初流行的女装风格，王姢身材本来就高，六十出头的人了背还挺得笔直，豪阔的夹克和大衣穿在她身上像侠客的披风，走起路来昂首，表情冷漠，像超模在走台步。

她脖子上总是坠着一个老气的翡翠挂件，长长的一根绿色，用 K金裹了边，挂在一根金链子上。在美国只有华人才戴翡翠首饰，只有唐人街的金楼里才卖翡翠。有次馥生实在好奇，问那只翡翠哪里来的，王姢说是母亲的遗物，旧时华人女子插在发髻上的装饰，她拿它没什么用，去唐人街金店里把它镶了金纽，挂在脖子上。王姢用英文说了半天，馥生忽然明白她指的是头簪。

"姢"这个字，王姢一笔一画，写在文件纸的背面，斗大。原来

"婤"这个字是广东话里的古字，念"洞"，指女子笔直窈窕的后背和优美修长的颈项。这个字，跟王婤的身形很搭，她年轻时练过多年的芭蕾，永远是腰背笔直。

王婤唯一会说的一句广东家乡的方言，是"卜卜变变"，"卜卜变变摆麟圈"，这几个字从她嘴里说出来，好像滴溜溜转的钢珠子落在地上，兀自跳个不停，每次馥生听到都想笑。馥生是南京人，哪里听得懂粤语，听发音是字字铿锵，带着节奏。这话是什么意思？王婤耸耸肩膀，说：Change, it means change，"变化"，相当于英文里的俗语"时间飞逝"。说着又得意地重复：卜——卜——变——变——摆——麟——圈。

这个卜卜变变来自"桑外"，怕馥生不懂，王婤写下拼音，Sun Woi，强调"桑外"不是乡下，它是历史古城，人文荟萃之地。馥生将信将疑。有一天王婤带来一本双语的华人移民图册，翻开第一页是广东和福建的地图，她指着其中一个地名，就是这里——原来"桑外"是广东新会，著名侨乡，梁启超的故乡，岭南文化之重镇。Sun Woi 是旧式韦赵氏拼音的写法。馥生告诉她这个地方的普通话念法，"新——会"。王婤满脸疑惑，她从小就念"桑外"，怎么会是新会呢？

新会比广州更繁华，已经建了英文馆，收学生训练英文在江门的贸易行做工。王婤的祖父是新会的秀才，英文就是从英文馆学的。19世纪90年代末坐船到美国来，依当时的"排华法案"不被允许入境。船继续往南走，到了哈瓦那下船，在那里一住就是两年。两年后从哈瓦那坐船到加州，他过了这么久才到达，心心念念的阿美利加金山。下船后这个初通英文的秀才只能做粗活——在洗衣店洗衣服，到农场摘蔬菜，打理院子。祖父是一个玩牌高手，有一次在华阜地下赌场，赢了对方四百美元。四百美元当时是天文数字，输的那方付不起，拿自己的移民纸抵债。祖母就是靠这张移民纸入境的，随她一起来美国的还有家族中七八个年轻人，谎称是兄弟姐妹。到美国以后他们开洗衣店、杂货店和地下赌场——都是当时华人中最赚钱的行当，楼上卖左公鸡、酸辣汤和杂碎，楼下推牌，赌十三张。

王家先人的黑白老照片装在镀银的相框里，摆在书房的书架上，旁边是"共和党红脖子"在乡村俱乐部打高尔夫球的彩色玉照。王娟穿短裙戴墨镜站在他旁边，高挑瘦削，皮肤晒成赤金色。

旧照片中，还有一张西人女子的小照。馥生盯着那个卷发的西洋美女看了半天，越看越觉得眼熟——除了眼睛和头发的颜色，五官很像啊……王娟笑，没有血缘关系，这个西人是当时祖父地下赌场的熟客，后来成了合伙人，利用自己的爱尔兰人在警察局的人脉，帮赌场疏通关系。她成为父亲的教母。王娟的英文名字，就是这个女人的名字，Maxine，麦克欣。"麦克欣是地下赌场里唯一的白人女子，喜欢穿黑丝绒的长裙，戴长串的珠子项链，一只手上戴好几枚戒指。她会打麻将，玩骨牌，也擅长玩二十一点。经年累月在那里混，慢慢学会说广东话。有次一个伙计被警察当街截住，隔日要送监。祖父和另一个老板在商量怎么营救，他们说广东话，被正在喝酒的麦克欣听到几句，她主动问出了什么事……

如今的麦克欣已经是老纽约了，跟城里的西人没有任何两样——说话带脏字，英文是鼻音很重的皇后区口音，抽烟、喝酒、骂人……印象最深的，是下班时叫出租，她穿一件浣熊皮大衣，前襟敞开，露出里面驼色的开司米长围巾，头戴一顶深色的貂皮帽，女武士一样当街站定，迎着傍晚麦迪逊大街上的滚滚车流，两根手指插在口中，吹出极响的呼哨。就好像听到神秘的呼唤，又好像被她那架势给迷住，那么一声，最多两分钟，就会有一辆黄色的出租车沿街停下来。馥生从来办不到，她举着手战战兢兢在寒风里或者在雨里站半小时都招不来车。

王娟跟馥生的母亲同岁。馥生不能跟母亲聊的话题，比如婚姻、性，都可以跟王娟聊。不是说王娟的观点有多智慧。她不会像馥生父母辈那样用大道理来压人。王娟喜欢谈男人，两任丈夫、交过的男朋友，甚至一夜情，都会无所顾忌地聊。

她俩共同爱好就是读书。馥生喜欢以最快的速度把当月规定书目读完。很快她发现王娟也是这样。为了省下买书的钱，馥生尽量不买书而是从图书馆借。第一次注意到馥生超级节省，是聚会的时候，每次馥生离开房间，总是记得把房间里的灯关了——这种习惯，只有王娲的祖父母才有。馥生奇怪地问，你怎么可能留着灯在空房间里亮着呢？王娲耸耸肩，灯亮着又有什么关系？

知道馥生极度节俭，王娲买了书总让馥生先读。纽约公共图书馆每年两次举办旧书市场，旧书一块钱一本，几乎跟白送一样，王娲带着馥生去，带着两个大得像麻袋一样的布袋子去装书，结了账每人拿一袋。王娲喜欢西部故事，喜欢传奇，口味算不上知识分子，她喜欢曲折精彩的故事多于意义的深刻性。

*

高速公路下来，大西洋在路右，冬天铁灰色的辽阔荒漠。出辅道，上新罕布什尔州内公路，往远离海边的地方行，海很快就看不见了。车没走多远，风景已经完全是内陆。路狭窄，双排道变成一条道，然后连那一道都蜿蜒曲折如乡村小径，近旁的坡和坡上的树逼近着。树林高而密，大部分是苍绿的针叶松树，夹杂北方寒地的白桦树，落尽了叶子。新年后下过几次雪，积雪留在路边，冻成混沌的冰。商铺少，最后连加油站都不再出现，其实这里到纽约不过五个小时的车程。

车又开了快一个小时，天漆黑，车前灯直直地在黑暗的空间照出一条路来。路边忽然出现一个牌子，白底棕字，边框描花，"温斯顿安度晚年村"，馥生打右转转了进去。温斯顿环球公司是全国连锁的老年公寓，以价廉著称，但前两年出过几起虐待老人的丑闻，馥生心生出不快，这和理查德在电话里跟她描述的完全不同。

车开进大门，感觉好一点，林荫树上也绑着彩灯，一闪一亮。A座是写字楼模样，大门前有一个喷水池，水池中间是温斯顿的字母缩写，三维字母堆在一起。字母雕塑上扎满五颜六色的彩灯，一盏象征情人节的粉红色心形大灯点缀其上。大门两侧各摆了一排漆成白色的木椅，井然有序。

车转过这堂皇A楼，绕到后面。王娲的公寓在B座，这栋三层的"晚年村"比A座要朴实多了，红砖大门，门槛压得低低的。停下车从车里出来，气温比中午从俄亥俄机场出发时要暖和。黑暗的夜空无云，星星看着特别大和亮，天气预报说的暴风雪还没来。这个天气预报，也是出门前老爸竭力阻止她的理由，哪年冬天美国没有暴风雪啊？馥生一边说一边拖着箱子往外走，老爸作声了但也不肯出手帮。

地面上冻了，靴子踩在上面发出吱吱的响声。怕滑倒，她迈着小碎步朝那大门走。走到一半，这才想起来带的礼物，复又小步折转去取——名牌围巾的橘色的盒子，捧在手里很鲜亮。除了围巾，还有一本旧书。王婳现在的状况，她还能读书吗？

推门进去，是一条长长的铺了蓝灰色地毯的走廊，两边是老人们的公寓间。吸顶灯里装着节能灯泡，发出嗡嗡之声。每个公寓门后一点声音都没有，门上也是写着斗大的门牌数字，下面还有盲文，也是无声，馥生有点忐忑。好在很快找到王婳那间，王婳来开门。

为了迎接馥生的到来，王婳穿了她们一起在夏季大减价时买的秋香色的羊绒毛衣、藏青色的裤子。还化了妆，口红和睫毛膏都涂对了地方，也适量。腮红撒了太多，满面红光，脸色像酒后。最大的变化，王婳现在走路必须拄着拐杖，而且是那种铝合金制的，底端有四个爪。拐棍上还折叠着一只黑色的案板，可以放下来当小板凳用。

进了屋，一室一厅，没有厨房的炉灶，但有一个微波炉和冰箱。客厅里被家具塞得满满的。出发前听理查德说，馥生以为他把王婳送到了老年护理中心，"前台有二十四小时的护士和紧急救护的服务"。现在才知道就是退休社区，三餐由食堂统一供应，没有一对一的护理，一周有人来打扫一次，换一次床单，帮着洗衣服，这肯定比之前提的二十四小时全护理中心便宜不少。

王婳拄掌着手站在那里憨笑，并没有让馥生坐下的意思。她好像隐约知道馥生远道而来，应该礼貌地陪伴，但具体怎么做却不知道。等了几分钟，猜到王婳糊涂了，馥生自己拉着王婳坐到窗前的长沙发上。坐下后，王婳还是笑盈盈地看着馥生，好像她是邻居串门来了。馥生从包里掏出礼物，递过去，王婳接过来，又是开心地反反复复地看着那个橘色的盒子，一边看一边客气地赞美着，却并不打开来。过了几分钟，馥生伸手抽开盒子上包装的深棕色绸子蝴蝶结，盒盖轻巧地打开。王妸忽然得到提示，手指哆嗦着翻开盒里的软纸，一条丝巾抖落在腿上。

"给我的礼物吗？太好了！"王妸几乎像少女一样心花怒放，用手摩挲着丝巾，满脸是笑。馥生坐在边上，姿势别扭，她其实特别想找把椅子坐在王妸对面，但目测小客厅里没有椅子，除非到饭桌边搬一把。

过了一会儿，王妸突然想起来了，举着丝巾大笑着说："馥生啊，你家老赵发财了是吗？花了多少钱买这个给我，我现在没有地方可以戴这么豪华的东西……"说着把丝巾贴到脸上，然后缠到脖子上。

馥生从包里拿出一本书，递到王妸面前。王妸不接，直摆手说："多少年老花眼，读书太费劲，早就不读纸书了！"馥生坚持把书塞到她手里，她才勉强接了书。翻开，盯着扉页上的题字愣了半天，指指题字下面那个日期，侧脸看馥生，馥生不作声，忽然王妸明白过来，大笑："哈《两只老女》！这不就是你搬家去俄亥俄之前我送给你的嘛，这都多少年啦！"终于知道翻书看了！馥生很开心，挨着老友一起翻看那本书。

王妸身上的气息，馥生很熟悉，现在靠得近，再次闻到，馥生把头依偎在老友的肩膀上。她伸手过去习惯性地握住王妸的手，在触摸到王妸那一瞬，王妸那双白细绵软的手好像恢复了记忆的海绵，忽然张开把馥生的手紧握住。馥生看着自己的手皮肤粗糙，指关节骨骼粗大，消失在王妸的手里。

"理查德不能给你找一家更好的养老院吗？"馥生问。王妸摇摇头，回答："够呛！即便他愿意，他的第二个老婆也不会肯，你知道我们关系一直不好。丹尼离婚了以后再也不肯结婚，他自己收入不高，到现在我都不知道他在纽约做什么，问他就说做艺术家，冬天做滑雪教练。"

听到她流畅地说话，感觉放心一点。馥生借口去洗手间，起来查看别的房间。洗手间灯光暗，但没有她想象的那么寒碜，也不太脏。浴室里铺的防滑地毯还是崭新的。唯一需要改进的，是浴室里的旧镜子，锈迹斑驳，镜框下角白漆剥落，露出里面的铝合金材料。馥生从浴室里出来，说明天咱们出门，帮你去换一个镜子吧。王娟说："好啊，我的东西都留在旧家里，理查德非要说房子带着家具显得漂亮，容易卖，结果呢，到现在房子都没有卖出去！"馥生开始为明天出门做计划，王娟说今天晚上住我这里，别去 Holiday Inn 啦。馥生说不行的，我也六十岁的人啦，跟你挤在一张单人床上，第二天腰就闪了再也站不起来了。Holiday Inn 离这里不过十分钟的路，我过一会儿就走，明天一大早再来。

又说了一会儿话，馥生恋恋不舍，但还是起身道晚安，往外走。

*

搬进老年公寓后第三个星期，王娟摔了一跤，头砸在地上。在医院里住了一星期，再回到老人公寓，她就一直没有恢复到从前的状态。老人公寓好的时候感觉是社区，不好时就像监狱和疯人院，比如在食堂吃饭，若是运气不好，保不定就会坐在一个半疯半傻的人旁边。但馥生来了，却坐不住，喜欢开车出门买这个买那个，旋风一样带着她走，王娟不知道自己能不能走得动。

这些思虑，浮现在脑海里，好像天空里的云彩。想着想着，被一阵不知从哪里来的风，把云吹散了，只剩下王娟坐着或者站着，眼睛望着前面，脑子里一片空白，这片空白瞬间把她和周围的一切完全分隔开来。这种空白最近越来越多。早上洗漱，中午在食堂排队，"空白状态"会忽然凭空降临。过去的早已忘记的人或者事情，突然清晰地跳到她的眼前。

在食堂排队取热咖啡，就那么一分钟不到的时间，突然她看见第一任丈夫彼得站在她不远的地方，他还是年轻的模样，稀疏的头发抹了发蜡，从额前往脑后梳，风流倜傥带点流气，对周围所有的女人抛着眼风。看到彼得，王娟立刻忘记了身在餐厅，手里端着一个瓷杯也不知何用，她甚至忘记彼得在十几年前就中风去世。不，好像不是简单的"忘记"，但他去世的事实和记忆中的他突然出现在眼前，两者并不矛盾。实实在在的当下变得柔软、多孔，随时随地，过去的人和事

· 078 ·

会无比鲜活地从那些空洞中疏漏出来，占据了现在。

反复出现的记忆之一，是她年轻时在加州的沙漠里出车祸的夜晚，站在空无一人的路边，冷得全身打哆嗦，对面的远山之间东方破晓，天空初亮起来时是透明的粉白，瞬间充满金色、粉色，四周的沙丘在那一刻金光闪闪。金红色、金紫色的泡沫一样的光线，王姛目眩神迷，脚下的大地和她冻僵的四肢都开始回暖。那是超过半个世纪以前的事了。现在，王姛站在老人公寓里的各处——走廊、健身房、浴室——眼前灰色的一切，后面透出金光闪闪的彩霞，古早的人生像深海底的气泡浮现出来……

馥生把王姛拉回到现实，连说话都比平时要连贯。送走馥生，王姛洗漱后坐在床上取了那本书翻阅。书很薄，只有一百多页，双掌合上基本可以盖上整本书。多少年没有阅读了，这个礼物多少有点意外，王姛翻来覆去地看。封面上那几个字她记得清清楚楚——两只老女，这几个字欢迎着她的眼光。她戴上老花眼镜，把书翻开来。扉页上是自己给馥生的题字，"给我亲爱的馥生"，这几个字又让她糊涂了，难道不应该题"给我亲爱的王姛"吗？落款时间是一个陌生的年代，距离现在十年？十五年？今年是哪一年？想不清楚。

她继续往下翻书，挑其中带插图的书页看。为了看清插图下的话，王姛努力把心思集中在书页上，眼睛开始习惯了字与字之间的联系。渐渐地，熟悉的节奏回到她的身心，呼吸都带上新的韵律……这本书之前读过，她往回翻看封面和封底，对的！就是这本《两只老女》。90年代初，那时它名不见经传。作者是因纽特原住民，几乎没有上过学，自学成才，书写成后由阿拉斯加一个小出版社集资出版。初版书寄到纽约的书店明为代售，读书会成员可以一美元一本购入，几乎是白送。

王姛不记得她那一本是谁塞到她手里的。她本来就喜欢原住民传说，立刻怀着试试看的心情，打开《两只老女》。没想到，这一读就再也放不下了。读完她掏钱买了十本，送给亲朋好友。这本书被馥生戏称为《两只老女》，还仿照童谣《两只老虎》的调子，在读书会当众唱了一遍。《两只老女》几年间经过读者口口相传，销量超过百万本，属于女性生存必读物。

蓝灰色封面上画着一片白色的雪原，大饥荒之年，一支因纽特部落决定迁徙。迁徙前部落首领做了决定，两个老女人留在原地。这两个老人，一个叫飒，一个叫齐。这两个被部落抛弃的无用的老人，走回到森林里，学会在冰上钓鱼，狩猎海豹，用海豹皮做成防水的靴子……书里有一段是王娟特别喜欢的——飒用砍刀猎杀树上的松鼠。松鼠从根部往树顶逃，猎手不瞄准松鼠，对准距离松鼠两尺高的树干的上部，将飞刀甩出去。等到松鼠自下往上蹿到树干那里，正好撞到飞刀上。

"就像我们两个女人，一个年轻，一个老点。"馥生曾经说，王娟勉强同意，"好吧，记住，你得照顾我。"那时她俩已经喝光一整瓶加州白葡萄酒，都是醉醺醺的。王娟表演甩飞刀，她用餐刀模仿着砍刀，甩到最远的一桌上放的雪白的餐巾上。甩飞刀的手，涂着双色指甲油，戴着的两枚钻戒随着甩餐刀的手势，在水晶吊灯下一闪一闪……

这本送出去的书，经过这么多年，又回到了王娟手里，现在，王娟和馥生已经接近书中那对老人的年龄。

*

老赵是馥生的老姨介绍的，馥生在南京电大中文系做讲师。他读南大物理学的材料科学专业，硕士研究生还没有毕业，就已经拿到藤校的录取通知书了。全奖，免学费，还带工资。老赵符合南京知识分子圈中的乘龙快婿的所有条件，人长得不难看，脸还蛮帅的，斯斯文文。唯一缺点是个子跟馥生一样高，穿高跟鞋跟他站在一起就比他高了。他们确定关系时，他对馥生唯一的要求就是婚礼上不要穿高跟鞋。这哪行呢！高跟鞋是馥生的最爱，穿上人挺拔多了，脚也显得小巧好看。老赵不答应，说不行，我的新娘不能比我高，至少照相和行礼的时候，你一定要穿平跟鞋。那时还没有内增高，老赵挑了一双鞋底最厚的黑色的旅游鞋穿上，配身上西装领带。馥生拗不过他的要求，但又不甘心，怎么才结婚就要受限制呢？她准备了两双鞋，等行礼和拍照一结束，她就找了一个角落偷偷换上那双半高跟，在婚宴上她穿着小高跟，上面是纱裙或者旗袍，走动起来，一桌一桌敬酒答谢，姿态婀娜多了。她有点发愁以后怎么办，难道跟老赵出门到哪里她都备上两双鞋吗？

到了美国，馥生发现这根本不成为问题。老赵的心思根本不在她身上，他的学业、实验室的老板、实验的钱从哪里来、暑期的工作……老赵几乎从来没有注意过馥生穿什么鞋。那几年他们穷虽穷，但过得很开心。老赵想很早就计划老婆读书，所以催她出门去打工，把钱存下来为以后交学费。馥生心里非常感激。

老赵四年拿到博士学位，拿到纽约大学工程学院材料科学系助理教授的职位，那么高的薪水，那么好的实验室，多少人羡慕啊，羡慕老赵年轻才俊，一期博士后都没有做就进大学当教授，羡慕他攀上一个在学术界如日中天且长袖善舞的博士导师……到纽约大学的第一天起，老赵的好运气忽然就全没了，事事不顺利——教书被学生差评；实验成果不理想；论文被刊物拒，同业评论不佳；申请科研基金屡战屡败；导师出事情，因为性骚扰被研究生告，满城风雨，被迫辞职……老赵从云里跌到地上，而且是泥地上。

老赵越努力，多做多错，笨手笨脚，在系里越讨人嫌。回到家里，这个平素讷言少语的老实人像换了一个人，脾气急，动不动就吼，晚上失眠，身体差。馥生幸好已经工作，有自己的公司可以去，不需要在家跟老赵白板对峙。没想到，在两个人都开始工作，稳稳做上中产阶级的时候，家里却生出那么多不和谐，夫妻关系反而不如以前做穷学生的时候。

有一天老赵不知怎么突然想吃家乡菜，亲自去唐人街买了调料和排骨，在厨房里又炸又煎。馥生下班回家，出了电梯，在走廊里就闻到家里飘出来的油烟味儿。那天她在公司里做月底的账，特别累，气不顺，进门就数落他。老赵兴致很高，说忍一会儿油烟就过去了，馥生问他，到底在做什么菜？他说无锡排骨，菜谱上网仔细搜过，绝对好吃。馥生一听他做这么高难度的菜，立刻泄气，说这个东西又煎又烤又要文火焖好几个小时，等吃到得晚上十点了，你既然去了唐人街，干吗不在那里买一份无锡排骨啊？非要自己做，你不行的，根本搞不定……馥生连珠炮一样地抱怨，最后一句刺痛了老赵。他暴怒，激动得大吼大叫，也不顾正在冒着火苗的炉头，举起手边的一瓶花生酱朝她砸过来。花生酱是仓储商店买的超大瓶，近两磅重。馥生眼见一个大东西朝她飞过来，本能地躲开那个凶器，花生酱一声闷响砸在墙上，把墙上那个"富贵牡丹"工笔画的大瓷盘震落下来，跌在地上碎了。

馥生也不是好惹的，怒不可遏，声嘶力竭地回骂他是蠢猪，没有本事，在外面吃瘪，就会回家对老婆发火。老赵气得整个脸都扭曲了，怒目圆睁，表情好像要吃人。再次提高声音回骂，语无伦次，中英文的脏话夹在一起。这两个人在比喉咙，谁也听不清谁的话，声音越来越高。煎排骨的锅还在火上，热油烧得滚烫，冒出浓烟，触动了天花板上的烟雾警报器，警报器发出刺耳的锐叫。

楼上传来几声重重的跺脚声，把他们俩都震住，安静下来，馥生冲过去把炉子关了，老赵抽了一张纸巾擤鼻涕。厨房灯光昏暗，空气里是葱爆的油烟味儿。头发油腻，眼镜镜片污浊，身上穿着一件旧床单改成的条花围裙，他本来身长腿短，这个围裙束腰，穿在他身上不伦不类。

馥生忽然心生倦意，不想再忍，拿起手提包开了门就跑出去。出门时她手上加了把劲，狠狠把身后的门带上。老赵也没有追出来。楼道里安安静静，馥生却不知道往哪里去。出了公寓楼习惯性地往地铁站走，上了地铁很久她才意识到自己又坐上了去公司的方向。等到公司的那一站，馥生又不想下去，实在不想去办公室里枯坐着，若是撞到老板还要编出一套话来解释。

就这样，地铁一站一站坐下去，直到最后一站是皇后区最东端的"牙买加"，周围的乘客已经不是墨西哥人就是波多黎各人，还有刚刚从东非和海地移民过来的黑人。随着周围的人一起下车了，地铁站口倒是很热闹，卖蔬菜杂货、卖三明治、卖假名牌包的小贩已经把摊子摆出来了。银行取款机的屋檐下一个流浪汉把夹克围在身上，团身在那里打盹，旁边趴着一只灰色的小猫。一个卖花的波多黎各人，胸口挂着一筐玫瑰，朝馥生招呼，嘿，美女要一枝吗？馥生坚拒，那个人悻悻然走开。馥生在街上踟蹰，东张西望，想在街上找一家可以过夜的汽车旅馆，但来来回回走了几条街都没有结果，卖花的波多黎各人又跑过来，硬塞一枝花给她，馥生从包里掏出两张票子塞给他。最后，手里拿着那枝红玫瑰，她又回到地铁站，决定坐地铁去华人聚集的法拉盛。

等终于入住法拉盛喜来登，已经晚上十点了。旅店在 678 高速公路边，那是接近白石桥的最繁忙的路段。客房的小窗被隆隆的车声震动着，彻夜不停。一坐到床上，浑身的重量好像立刻卸下来，眼泪也随之涌出来，一晚上到现在都还没有吃东西。她取了冰箱上那包旅店提供的方便面，也顾不得价钱贵，撕开包就准备烧热水泡上。刚才走在路上不觉得，现在安静地坐着，想起吵架的那一幕，老赵因为怒气而变形的脸，人中处一团流动的秽物，现在都浮现在眼前。老赵嘴笨，说得急了会哭，这也是认识他这么多年早就知道的。

馥生其实是说"你做这个菜不行"，行不通，没想到这几个字都能把他惹哭。她用小塑料勺搅一搅方便面，热水里腾起一种工业废料一样的香味儿，勾起食欲，是真饿了。

想来想去，想起来的都是最近他们频繁吵架，馥生理解他的委屈，但还是不原谅丈夫，一个成年人，这么情绪化成何体统！馥生决定不回去了，就在这里住几日。吃完面实在无聊，又不想到外面乱走，最后只好给熟人打电话消磨时间。所谓的熟人，也就是王姌，馥生想不出另外熟到可以托付心事的朋友。本来只是想聊几句，打发时间，结果开口没说几分钟馥生就说了实话。王姌不再多问，也没有任何过来人的指教，她说我马上开车过来，我给你带点吃的。

过不久王姌来了，她们俩并排手挽手坐在床上，一起嗑瓜子，拿酒店里的电咖啡壶烧了热水泡茶，看电视里放的情景剧。遇到剧中难懂的梗，王姌会解释一两句。情景喜剧晚上十点半结束，王姌告辞回家，馥生洗洗睡，准备第二天正常上班。就这样过了几天，馥生的气消了，也就愿意回家了。这是她们之间互相陪伴的开始。

王姌的到来，像在那间简陋窄小的客房里凭空画出一个美丽的花园——那里云淡天高，自由自在，离老赵远远的。

读书会只参加了两年。馥生怀孕，开始有流产征兆，下班后不敢乱跑过夜生活了，乖乖回家。有段时间干脆请了病假，在家静养。她躺在床上，读过去和王娟逛旧书市场买的成袋的书，中午时偶尔会跟王娟打一个电话，谈谈读书心得。王娟在外面吃饭，或者散步，曼哈顿街上的车声从手机里传过来，那是馥生过去的日子。

生了孩子，在医院住了两个晚上就回家了。第一个上门来看她的就是王娟。馥生对怀里的儿子说，杰克你看，这是姨婆。王娟承命，庄严地点点头，然后从皮包里掏出一只"蒂芙尼"的粉蓝色的小盒，其中一枚银勺子，勺把上镌刻着杰克的名字和出生年月。馥生小时候在祖父母家长大，家中来客，凡女眷都叫姨婆，凡男人都叫"爷爷"。馥生听着自己念出这个称谓，心里有点感慨，人生转了一圈，自己的孩子在美国认了一个姨婆，卜卜变变摆麟圈。

在法拉盛找的保姆在厨房里烧水泡茶，准备点心。王娟安静地坐在馥生边上，周围摊的都是小婴儿用的东西。厨房里也不知道做了些什么，发出很响的声音。杰克在她怀里，毛茸茸的小脑袋抵住她的胸口。过了一会儿，保姆送了茶进来，王娟含笑答谢，然后坐下喝一口茶，看一下小婴儿，然后随便说几句公司的事、读书会的事、红脖子共和党丈夫迪克的事，窗外是布鲁克林公园大道，梧桐树已经落叶，光秃秃的枝干后面是瓦蓝瓦蓝的冬天的天空，又高又轻盈。

产假之后，馥生把老父亲接到美国探亲，帮着保姆一起带幼小的杰克，她自己回去上班，日子变得很忙。那段时间正是老赵第二次评终身教职失败的前后，家里气氛又很坏。好在这时的老赵大部分时间在路上，开车或者坐飞机出去访问别的学校，找工作面试，开会，老赵不在家，正面冲突不多。

有时晚上王娟会到她这里来，带来一份西式点心，或者意大利熟食店买的意粉沙拉，她们一起吃晚饭，吃完晚饭看电视。每次馥生的老爸看到王娟上门，就会说馥生你的老姐妹来了。王娟不明白这句中文，让馥生翻译，馥生说就是 Old sis。王娟很赞这个称呼。馥生娇嗔道你比我老多了，占我年轻的便宜。王娟不管，用手掐一把馥生的腰，说你年轻吗，又胖了一圈啊。馥生撒娇地打开那只手，她去给杰克喂奶。过一会儿她坐回沙发，贴着王娟坐下来，馥生喜欢王娟身上的气味，这是她熟悉的。那天她觉得少有地烦躁，翻来覆去地换电视频道，另外一件大事在地平线上酝酿——老赵和馥生就要搬家离开纽约了。

老赵在俄亥俄州立大学的材料物理系找到一个新教职，还没有最后确认。主持那个系的是一个年轻的女系主任，对老赵发表的那么多论文尤其感兴趣。俄亥俄州立大学的主校园在一个叫哥伦布的城市。老赵没有去过俄亥俄州，对哥伦布也一无所知。在馥生看来，丈夫对哥伦布的夸赞不过是逐水草而居，并不能说明哥伦布这个城市多有魅力。她在银行刚刚升了一级，涨的薪水虽然不多，但一年可以多两天带薪的假。现在听到老赵说要立刻举家搬去哥伦布，馥生本能地要说不。

老赵这次很耐心，温柔地跟老婆解释——材料物理系正在搞独立，一年前拿到一个公司上市的校友一亿美金的捐赠，摩拳擦掌，野心勃勃要甩开工程学院，单独组建材料科学学院。老赵一旦被招到旗下，他就是材料科学学院的嫡系人马，过两年他就是元老啦。系主任口头保证过一年就让他升成终身教授，过两年有资格申请讲座教授，"捐款多得不用愁"。老赵从哥伦布回来，一说到新学校，兴奋地在公寓里走来走去，两只眼睛在镜片后发出光彩，然后绘声绘色地模仿着女系主任的印度口音，终于可以不在纽约大学受憋，老赵要到俄亥俄州那个遥远陌生的哥伦布天翻地覆慨而慷。

丈夫要求馥生立刻辞职，带着孩子跟他去，"多两天假算什么？你在银行做的那点工作，说到底也就是个会计，每月月底结账加班累死累活。你当然跟我去俄亥俄啦，做教授太太多好！你想休多少天的假就休多少天。"他振振有词，语速很快，嘴角边一星白色唾沫，馥生给他递了一张纸巾，食指指指嘴角，示意让他擦掉。

*

王娟的丈夫迪克退休，比退休前还要忙碌。迪克的商业点子，像创造力旺盛的艺术家的灵感，最近一次的灵感，是加勒比海的一个小岛圣济慈。圣济慈上有临海的一处，有一片被飓风打烂的又被开发商遗忘的烂尾楼，连着长长的白沙海滩，《华尔街日报》报道了，引起他狂热的兴趣。他相信可以借到低息贷款，飞快把烂尾楼改造成度假公寓式酒店……他甚至已经查了佛罗里达到圣济慈的小飞机的飞行时间。在短短两个星期内，迪克把他们退休金的大部分拿出来，并抵押了他们住的湖边大宅，从银行拿到贷款去买这片楼和地，再用地作抵押，贷更多的款盖度假中心，他要大干一场！

那你呢？馥生问。

"我当然跟他一起去啦，做他的合伙人。"王姢回答，她也很兴奋，踌躇满志。

馥生愣了半天，最后道："我记得你说过你们并不缺钱啊！"王姢连连摇头，又带点骄傲地说是不缺钱，但是迪克真的是想住到热带去，他还想学开水上小飞机呢。馥生没想到自己父母那套嫁鸡随鸡的哲学，居然在女武士身上应验了，而且王姢还很开心。按馥生老爸那套谁成功就听谁安排的逻辑，迪克是更成功的男人。但馥生不信这套，她愤怒，恨不得拂袖而去，冷笑着问："那你就辞职啦？把自己的工作丢掉，跟着迪克去加勒比海？"

王姢再次点头，说已经交上辞呈，现在是最后一个月上班。馥生知道王姢的年龄，知道她再多做两年就可以光荣退休，拿到一笔丰厚的退休金，还有丰厚的终身医疗保险。王姢这么辞职，把一块即将到嘴的肥肉弄丢了，馥生比自己辞职都失望，满脸怒容地看着眼前这个女人。王姢问怎么了。馥生微微一笑，说你让我想起亚里士多德的名言："女人是失败的男人。"

王姢脸色一僵，很奇怪地看着馥生，说："我自己也想去加勒比海看看啊，换个新地方住住，这又有什么不对呢？我没有觉得跟着丈夫搬家就是失败的，我其实挺欣赏迪克的冒险精神的，都那么老了，还总想大干一场。"馥生不作声。

王姢鼻子里出一口冷气，哼了一声，以过来人的口气说，公司福利，不能当真的，能拿到是福气，但公司随时可能为了节省人力开支而把它砍掉。馥生说不过王姢，她的反应是真的不高兴，好像忽然被抛弃了一样。

这是两个"失败的男人"之间唯一一次吵架。直到王姢搬家离开，她们都没有再见一面。王婳临行给馥生留了东西，馥生打开看了一眼就丢一边了，她心里绕不过去对王婳的失望，王婳本应该是她的人生楷模啊！

榜样倒下，馥生更不愿意搬家了。她坚持要在纽约做这个工作，不要去俄亥俄。过了一年，馥生工作的银行换了一个总裁，走马上任第一星期就实施他提升股价的举措，举措之一是裁人，节省开支。馥生整个部门几乎都下岗，馥生也不例外。王婳的话不幸而言中。

老赵到俄亥俄州立大学一年后，果然评上终身教授。馥生再也没有理由不搬家了。馥生老爸这一年在帮她带孩子，同时在办移民，他一直劝女儿去俄亥俄跟女婿团圆："嫁鸡随鸡啊！更何况老赵也不差，普林斯顿毕业的物理博士，你仅仅是城市大学商学院毕业，当然应该听他的，跟他去啰。"馥生的老爸跟大多数华人一样，崇拜名校，普林斯顿绝对通吃城市大学。既然通吃，馥生就应该听丈夫的，跟丈夫走……馥生反驳道：爸，你这套是俗气的社会达尔文主义，崇拜成功者。老爸奇怪地看着女儿，说："崇拜成功者有什么不对吗？要不是老赵在纽约大学办了绿卡，你沾光也办了绿卡，你在大银行怎么可能合法工作这么多年呢？"绿卡这个事上，他所言是实。

"靠男人有什么不好呢？老赵老实可靠，又是普林斯顿毕业的博士，你嫁他不亏啊！"老爸说，他没想到女儿在这么简单的事上会转不过弯来。就不说嫁鸡随鸡这种落后的观念，老赵事业蒸蒸日上，女儿搬家过去一家团圆，有什么不好的？他像看怪物一样看着女儿。

不久馥生下岗，只能搬家去俄亥俄。

系主任所言不虚，材料系不久从工程学院独立出去，成立"材料科学学院"。老赵时来运转，他帮系里跟国内的母校接洽，联合培养的博士生计划，暑期交流项目……他自己当然也就成了这些交流项目的主要负责人。从纽大材料系最底层，整天钻实验室写报告申请科研资助的助理教授，对系里所有人都点头哈腰，现在变成新建的材料科学学院的红人，学术的顶梁柱，中美交流的主要负责人。

丈夫事业起飞，馥生不是不骄傲的。丈夫迎来送往国内来的访问学者，家里的客厅和饭堂里堆着一个一个的包装豪华的茶叶礼盒，以及打着校徽图案的纪念品。馥生也被人捧着，连学院势利鬼大秘书都对她毕恭毕敬。那是馥生到美国最热闹最风光的日子。家里总是访客盈门，不仅有国内来的学院代表团，还有系里的年轻教授，以及别的系的华人，都喜欢往老赵家跑，跟他聊，听他的意见和建议。

她出国时颇花了心思和金钱定做的两件旗袍，一件织锦缎，一件金丝绒，在纽约做小白领时从来没有机会穿，居然在俄亥俄当礼服穿了好几次。第一次是学院年末的教授表彰会，正式的鸡尾酒会，系主任自己穿了名贵的套装，戴了好多印度风的金银首饰。她给老赵颁奖——学院建设杰出贡献奖！奖牌是一个在"蒂芙尼"定制的银盘，银光可鉴，老赵接过来端在胸前，映出他的红光满面。

授奖后他做了一个简短的致辞，除了惯常的感谢系主任感谢家人，他还引用了一句译成英文的成语，"八千里路云和月"，来形容移民在新世界的闯荡。云和月，无论是中文还是英文，说起来都是那么优雅得体，馥生心里生赞，人还是需要成功哪！眼前这个高谈阔论的壮年男子，天庭饱满，皮肤紧致，一头乌发，腰身挺拔，说起话来中气十足。英语虽然有口音，语句里还会带一点语法小错误，第一代移民哪个人说话不犯文法错误？老赵不紧不慢的自信把口头小错误都遮盖过去。

过了几年，家里换了更大的房子，杰克开始到哥伦布市唯——家私立中学读书。但老赵没有停下成功男人的脚步。国内媒体对老赵的采访已经上了杂志封面，"世界材料学科前沿领头人，放弃美国高薪和终身教职回到北京报效祖国"。这次他倒没有催着馥生跟他搬回北京。相反，老赵劝老婆带着儿子在美国生活，理由是国内空气质量差，雾霾对儿童生长期的肺部发育毒害极大。他自己准备做空中飞人，每隔几个月在太平洋两岸飞一个来回，到俄亥俄州过一星期家庭生活，再回北京做"海归的旅美华人"。

馥生带着杰克，还有老父亲，过着准单亲的生活。大把的时间在手上，她开始想起地下室里堆着从纽约搬家来几个没有打开的纸箱子。那些从纽约运来的书，从地下室搬到楼上的书房里，整整齐齐地排在书架上。读书的时候，馥生每每会想起王娟。王娟在哪里？

*

迪克在加勒比海的海边追求他的地产梦，过了五年，一切欣欣向荣。结果一场几乎是一模一样的飓风，把刚刚开业的度假村打回到烂尾楼的状态。银行停止贷款，迪克宣布破产。准备再次搬家离开的时候，迪克心脏病发作去世。王娟孤身一人回到纽约，把自己剩下的最后一点钱，在布鲁克林最偏僻的羊头湾买了一间临海的联排镇屋。

从威郡搬家去加勒比海之前，王娟和迪克花了一星期时间，把一房子的家私和收藏打包，搬到储藏仓库里。王娟忽然孑然一身回到纽约，待羊头湾的房子交手，家徒四壁，舍不得再花钱买新家具，决定去仓库搬些可以用的家具回来。

推开仓库的卷门，里面的旧物像炸裂的宇宙一样呈现在她眼前，把王娟吓了一跳！原来她有过那么多的东西啊！仓库管理员拿出储存品清单，几十页长。王娟接过来，翻了翻，光是沙发就有四套，短几，长条桌，咖啡桌，书桌有十几张……王娟在仓库里待了十分钟，最后决定原路退出，那些旧物她什么都不想要，她根本不需要这么多东西。

第二天，王娟拿了清单的复印件，约了两个卖旧货的二手贩子来仓库，把这一仓库的物什用一个价格全部出卖。她是真需要钱，否则这些东西都可以捐给慈善机构了。过了两天拿到支票，她去办了一个新手机号，与原来纽约的旧友切断一切联系。王娟要在有生之年做一个新人，不需要那么多牵扯，就像不需要那么多物件。

通过王娟做医生的长子理查德，她们又接上了头。每年馥生从俄亥俄飞到布鲁克林去看王娟，小住几天。每次见面，她和王娟都会做一个家装小项目——或者重新粉刷墙壁，或者修理厨房的排油烟机，或者把浴室里破损的瓷砖换成新的。除了粉刷，馥生打电话去法拉盛找华人装修队，谈好价钱，干活时她负责监工。两个工人一个三十多岁，年轻的才二十出头，个子不高，精瘦。馥生给他们做炒饭，买了啤酒请他们，大家亲亲热热，他们叫馥生阿姨，叫王娟奶奶。有一天馥生站在浴室外，听到他们在里面，用温州话叫她们两个"老太婆"。

馥生不敢相信自己的耳朵，在他们眼里馥生居然跟王娟差不多！她俩真实年龄差了二十岁呢！等他们走以后，馥生站到镜子前端详自己，失望地想，我有那么老吗？镜子是新换的，用刷了金漆的木头镶边，浴室瓷砖也换成亚光面的油地毡，防滑，墙边的踢脚线加宽，刷得雪白。馥生看着这些考究的装修做工，心里的不愉快多少散了一点，好吧，这就是老太婆的家了。

她们各自成功的男人都不在身边——先走一步，或者到大洋的那一边创业。馥生和王娟，变成书中的两只老女。

那天下午等了几天的暴雨终于倾盆而下，雨后酷热了几天后凉爽下来，太阳落下去天空里映着粉色和紫色的彩霞，成群的燕子在空中急急地飞着，叫着，捕吃空中的夏虫。门廊前的草地上升起闪闪烁烁的萤火虫。王娟坐在前廊的摇椅上，那里可以看到不远处的海滩。

馥生在后院采了野薄荷，调了莫吉托酒，端出来给自己和王娟各倒了一杯。喝着喝着，王娟忽然说医生最近在给她做各种奇怪的测试，还没有做完，下周还有一次。馥生问是什么测试，体检吗？王娟说："不是体检，是记忆测试——比如说，报出一个时间，让她在纸上印的钟盘上划出分针和时针应该在的位置……搞得像幼儿园学前班的课一样！王娟打着哈哈，但明显有点紧张："其中一个测试我的心理医生，看上去只比我的孙女大两三岁吧，她居然真把自己当作心理医生了！"

"还有什么测试？"馥生问。

"还有就是报出几个词来，让我记住，然后跟我谈别的事，讲一个小故事什么的，或者问我儿子在哪里读的高中，哪里读的大学，大学毕业后做什么工作，工作了多少年了……然后突然就问我那几个词是什么？而且要按顺序说出来，这我怎么办得到？要不就是给我看几幅画，让我记住画中是些什么，过一会儿让我回忆……这我哪里能做到啊！早就忘得干干净净啰……"王娟说。日落后光线黯淡，她一头白发剪得很短，头顶的发丝被晚风吹得飘起来，配着她尖尖的下巴，坐得笔直的姿态，在暮色苍茫中几乎就像过去女武士，依然活泼美丽，看不出她的高龄。

"那最后什么结果？"

王婳摇摇头："结果当然不怎么样啰，我哪里记得住那些词，更别说按原来顺序背出来。"馥生伸出手搂了搂王婳的肩膀，把脸凑近她的脸，说："换了我被送去做记忆测试，也可能答不出来。"这话明显让王婳松了一口气。王婳举起杯子喝一口莫吉托，酒里的薄荷加了冰，恰到好处地甜和凉，她伸出两个手指拈出其中一枝薄荷，放进嘴里慢慢地嚼着。莫吉托里添了龙舌兰烈酒，酒精的劲道随着凉森森的液体传遍身体，像一朵朵祥云把她搂进怀抱，再托起来。睡意上来，王婳把杯子放下，低头睡着。馥生走进屋里取了一条毯子给她盖上。

前一天，在回家的路上。王婳开始纠结油漆的颜色是不是太暗了不够明亮呢？原来的颜色是去年刷的，现在再换颜色是不是没有必要，纯浪费钱呢？还有，贴墙边角的胶带够不够，应该多买一卷吧……王婳在车里自言自语，最后馥生忍不住打断她："别再纠结，行吗？那么小的事！"这句话很灵，王婳猛然醒悟。

馥生回到俄亥俄家里。有一天晚上，她正准备关灯睡觉。电话铃声大作，在整栋房子里响彻，十万火急似的。住另一层的老父亲都听到了，出了卧室门大声呼唤馥生快！快！馥生连滚带爬从床上起来，接了电话。原来是王婳，她说明天上午医生要来家访，还要求她的大儿子理查德也在场，"肯定是坏得不能再坏的消息，必须要求家人陪伴着，难道是怕我听到以后吓得晕倒吗？"王婳在电话里越说越急，带着哭腔，馥生忙想出话来安慰她，同时心里纳闷，为什么拖到现在才电话她？

第二天一整天都惴惴不安，等着电话。结果一天无事，家里那个电话跟冬眠了一样，一声不吭。过了两天，电话铃响，紧张得需要深吸一口气，按一按胸口，才拎起电话。

果然是王婳，她声音依旧活泼，说医生来了，医生特别喜欢新刷的厨房的颜色，"我跟他说那是今年最流行的砖红色，我还把家庭杂志上的图片翻出来给他看呢……"王婳絮絮地说着那天医生家访的细节，听得出她心情愉快，但说来说去，就是不提诊断结果。馥生在电话这头听得着急，要么是诊断结果太坏，王婳根本接受不了，才声东击西地绕着说；要么，她根本不记得医生说的最重要的话。这两个猜测，无论哪一个都不妙。馥生不想追着王婳问，又不能直接给医生打电话——即便打了电话，医生也不会告诉她这个陌生人，她和王婳非亲非故。馥生长久地在电话那头不作声，王婳自顾自说完，觉得没趣，说了再见就收线了。

过了一会儿，理查德来了短信，问馥生有没有时间接电话，这回鞋子真的落了下来。理查德是王婳第一次婚姻生的儿子，在波士顿的大医院里当医生。理查德的声音永远带着理性的权威性，话语简短，有点冷漠。现在他电话里说起自己母亲的病，也是冷冰冰的口气："医生说我妈妈不能再开车，或者独自使用厨房里的煤气灶，她现在的智力状态尤其是短期记忆力都极不稳定。医生给她开了药，缓解大脑老化的症状，但也只是缓解不能根治。总之，她不能再一个人居住。"

"我两个月前去看你妈妈，还在她那里住了几天，她还好好的。只是，只是有时会焦虑。"电话那边沉默了一下，然后理查德说："焦虑是老……症状的一部分。"那个病的名字，在他发音时囫囵跳了过去，不敢报出全名，好像怕惊动了什么，要避讳。解决方案是把王婳搬到老年医护机构，温斯顿养老院，离波士顿只有一个半小时的车程，价格也不贵。

*

馥生住在假日酒店，建在新罕布什尔 22 号州公路边。背后是一条小河，河的对岸山坡缓缓上升。山坡的边缘有简单的木桩和铁丝围成栅栏，栅栏边立着一扇破旧的牌子，上面写着"美姬有机农场"。馥生到的那天，黄昏天光昏暗，坡上隐约传来牛铃的单调重复的叮当声，几个模糊的移动的黑影，正缓慢地往农舍方向走。山脊漆黑，唯一的亮来自那个农舍，农舍大门敞开，温暖的灯光像流水一样从那里散出，在黑暗里光线并不能照多远，在地上投下淡淡的影子。

身形巨大性格温柔的奶牛，通体黑白或者棕黑色纹章，春夏天在开着花滴着露水的草地上，过的是神仙一般的好日子……馥生看着恋恋不舍。往农场方向望着，几乎可以闻到奶牛温热的微微潮湿的呼吸，天空里的星星又大又亮，在静谧的夜空中排列组合成古老的图案。一阵寒风吹过，冻得她打了一个寒战。

一辆加长载货卡车，打着雪亮的车灯从远处的路上疾驰过来，多缸柴油引擎发出震天动地的声响。车到坡口，减速，拐弯，车灯像探照灯扫射一样掠过假日酒店，掠过馥生站的地方，然后轰隆隆地上坡，开进农场里。

馥生从假日酒店出来，气温没有昨天低，但她知道一场大雪即将到来，几乎可以闻到空气中飘的雪的味道，她一直喜欢这种大灾害到来前的不祥之感，好像好莱坞大片开始前的期待。让暴风雪来得更猛烈些吧！清扫一切老病！馥生想，决定带王婳出门。

王婳还是穿着昨天那条长裤，但换了一件洋红色的毛衣。馥生夸她气色好，王婳谢了她的赞美，然后摆摆手，明显是不相信"气色好"这句恭维。脸上揶揄的表情，让她接近原来的状态，馥生很满意。王婳把那个带爪的拐棍搁在一边，说这回我们得用上真家伙了，说完让馥生从卧室推出"真家伙"，那是一个长方形的助行器，半人高，带着黑色的座位折叠上去。馥生跟在她后面，推着助行器一步一步小心地迈着步子。王婳今天心情很好，哼着歌。助行器的四脚有轮子，已经被王婳操作得很顺溜了。

馥生把车停在B座的大门口。走廊到大门，王婳颤颤巍巍地走着，熟练地运用助行器的支撑，像爬山那样走过这段距离。馥生扶着王婳坐进副座，结果自己怎么都不能把真家伙折叠起来。王婳坐在车里指挥，"这里用劲""按这里"，眼看着就要把真家伙压散了，它忽然听话地收起来了。

一旦坐进车里，好像从战场到了安全区，王婳挺直了背机警地看着前面的路，发出指令应该在哪里拐弯，上哪条路。"你不错嘛！"馥生夸她，王婳笑笑，说，我眼睛还看得见，这个地方是老人公寓的居民爱逛的也是唯一可以去的地儿，每周一次出门，我都来过好多次了。馥生以为是去什么中高档的百货店，不是梅西，至少是"潘尼"，结果到了面前才知道是卖二手货的救世军旧货店。

店里天花板上的日光灯雪亮，铺着油地毡的地面灰扑扑的。进店后见到摆放得琳琅满目的商品，这两只老女精神为之一振。这家"救世军"大得如同仓库，她们走在其中，好像迷宫里的老鼠。走到一半，地上铺的油地毡已经变成刷了绛红色防水漆的洋灰地。王娟说要小心了，在这地上摔倒够呛！她抬眼看到前面一排货架上摆的刻花水晶杯子，又眼里放光，继续往前走："我需要好的饮水杯。现在公寓里的瓷杯子笨重得像军队用的。"馥生被一排金色的旧画框吸引，看到就舍不得走开，就这样，进店后不到一分钟，她们扎进各自喜欢的角落。

馥生计划买几个三到五寸见方的相框，细细的金色框边，可以用来放王娟那些黑白旧照片。货架上摆着至少有四五十个颜色和材质不一的相框，选中了颜色的相框拿到眼前细看又发现不少问题，边角破损或者玻璃有裂痕。馥生挑来挑去，兴致勃勃，她喜欢买这些小摆设。这时背后一声响，不是尖叫，更接近于倒抽一口冷气，馥生突然意识到王娟不在身边了。王娟倒在地上，脸上破了多处，鲜血淋漓。她手里还抓着一只水晶杯子。王娟脸上的表情，既不是害怕也不是疼痛，而是大吃一惊，好像跌倒的是别人，她在一边看着。

王娟在那排水晶器皿前看得津津有味，看中一个小巧的水杯，从外形上断定那应该是一个意大利名牌货。她伸手在杯子中间摆弄着，把玩着，又踮脚去够上一层货架上的东西，突然失去平衡，整个人直直地摔倒。倒下时手扫到货架上的盘碗，这些易碎品像电影里的慢镜头演的那样，纷纷落地，玻璃碎片雨一样地在地上飞溅起来。王娟的脸和额头被碎片划破，脸上鲜血淋漓！馥生看到地上躺着一个满脸是血的老人，吓得腿都软了，心惊肉跳地走近，想把王娟扶起来，又不敢乱动，怕她已经摔坏了胯骨或者撞伤了大脑，一个售货员听到声音，从收银处冲了过来，一边走一边在打电话求救。

馥生唯一一次去圣济慈，迪克好像年轻了十岁，新入手了一艘八成新的小游艇，兴致勃勃要带两个女人驾船出海。小游艇停在圣济慈的码头边，迪克和馥生先上，王娟随后。馥生跳上船，游艇狠劲地摆动了一下。馥生站稳了，刚想说一句笑话："怎么我这么沉啊，把船都压得抖三抖。"话还没出口，王娟已经紧随其后迈步上船。风起浪涌，游艇朝着海的方向漂了一下，王娟一脚踩空，跌进船和码头之间浑浊的海水里。她不会游泳，一进水，海水淹没了她的头顶。迪克在船上手忙脚乱，大喊大叫救人。但水里的王娟抬起头隔着深水往上望着船上的动静，一脸平静，完全顺从。

这一次也是如此，王娟安静地倒在地上，馥生尖叫……

王娟在急诊中心过夜，做了核磁共振检查是否有脑出血——没有；拍X光片子查胯骨是否骨折——也没有。最大的伤口在手背和腕部，被货架框的金属毛边划出一条几寸长的口子，缝针后用止血布轻轻盖上……"要是不愈合怎么办？"馥生问，她尽量想跟医生多说几句话，医生回答："会愈合的，不行再想办法。"

紧急中心当班医生是一个英俊漂亮的年轻男人，欧亚混血，胸口的名牌上写着"特克医生"，年龄看着比馥生的儿子都小。一张皮肤紧致的国字脸，挺直的鼻子，两腮和下巴是棱角分明的铁青色。身高有六尺，长腿细腰。无论是脸盘身架他都可以直接去出演医疗电视剧。馥生特意注意看特克医生的左手的无名指戴婚戒没有，果然那里有一枚白金婚戒。馥生想象特克医生娶另外一个医生，年纪轻轻收入可观……没想到自己已经变成色眯眯的老阿姨，馥生觉得好笑。

几个月前，王娟入住后第一次跌倒，前来治疗的也是一个帅气年轻的男医生，金发碧眼。"长得活像布拉德·皮特，把我身体的每一寸都摸了一遍，我还以为一脚进天堂了呢！迪克活着的时候我们都没有那么亲热过……"王娟在电话里兴奋地跟闺蜜汇报。

整个下午都花在做各种检查，熬到下午六点，馥生和王娟都精疲力尽。王娟的胳膊上缠着长长的胶布，右眼眼眶下开始出现黑眼圈，那是淤血的征兆。"我能回去吗？我走路可以的。"王娟怯怯地问，特克医生摇摇头，不让她离开："你得留在这里至少一个晚上，需要隔夜观察，若是有脑出血，症状有时不会那么快出现。"

王娟留在这里，馥生也留下来。病房里的沙发可以打开来变成单人床，护士送来了毯子和枕头。王娟吃了止疼片，一脸轻松地躺在那里，不停地拨弄手腕上印着病人姓名年龄的塑胶手环，不时举起来看一下。她平时总戴一只银手环，现在药物作用下开始迷糊，把塑料手环当作自己的首饰。

食堂里的热汉堡和汤已经卖完了，只剩下几个包在保鲜膜里的鸡蛋沙拉三明治和火腿三明治，像蜡做的。她特别想喝点热的东西，就冲了一杯热巧克力，就着一包炸薯片。挑了一个电视对面的位子坐下，电视里正在放一个科幻老电影——外星人、地球毁灭、末日拯救。馥生看着眼熟，但想不起来在哪里看过这电影。这时王娴的两个儿子在餐厅的门口出现了，丹尼的眼睛下带着青色的阴影。丹尼从加拿大魁北克省一个滑雪基地开了八小时的车连夜赶来的。见到馥生就像见到亲人，他们脸上立刻就绽出笑容。

理查德有点中年发福，丹尼身材保持得很好。上一次见面是在十多年前了。唯一让馥生意外的是这两个中年男人的稀疏的头发。理查德随他爸爸彼得，曾经有一头茂盛的棕色的卷发。现在盛况不再，只剩下后脑勺中部的一圈，头顶心都秃了。丹尼随王娴，黑发，没有谢顶，但是头发缺打理，没有像他母亲那样经常精心染过，一半的头发都白了。

他们快步走近前，热情地打招呼，拉开椅子坐在桌边。过去几个小时馥生一直在急救室陪着王娴，提心吊胆，什么都顾不上。现在忽然面对王娴的亲人，瞬间卸下重任，她哭了："真是太对不起啦！带你妈妈出门完全是我的主意，都怪我，我没有看好你们的妈妈……So sorry！"

理查德摇摇头，说："您不要自责了，妈妈喜欢有人去看她，有人跟她去说说话，有助于减缓她的病情。"馥生感激地点点头。他接着说，"我妈妈年龄大了，摔倒是常见的事，这半年里已经两次摔倒，这是老年化的标志性症状。"馥生说："老年？在她摔倒之前一切正常，说话、走路、吃饭，她不像你们想象的那么迟钝。我们在店里挺开心的。"

丹尼说："摔倒是……的典型症状。我妈妈现在用的药，延缓脑部钙化，是纯延缓作用，医生说不能根治，最多再拖一两年。"馥生听不懂他说的那个病的拉丁字，但本能地想为王娴辩护，说："她没有老痴，不是阿尔茨海默病，也不是帕金森。她说话思考跟常人无异。你妈妈已经八十七岁，这清醒的两年对她非常重要啊！这也许是她人生最后的两年……"听到自己的声音里近乎哀求的意味，她自己都吓一跳，最后的两年！这话是她说的吗？

"是正常，唯一的问题是她不停地跌倒，然后必须住院治疗。"丹尼说，"我和理查德商量，决定把她移出去，换一个地方，现在这个老年公寓不适合她。"说到最后他略略提高了声音，有着不容置疑的意味。王姌这两个儿子的决定，她找不到任何理由来反对。馥生犹豫了一下，说你们愿意把她接回家同住吗？她现在这个状态，特别需要人陪伴……

馥生说到这里，丹尼眼睛已经红了，鼻子里吸了一下，然后摇摇头，说："我现在住在魁北克，跟男朋友一起做滑雪教练，冬季正是我们挣钱的时间，我们住在滑雪场的宿舍里，我没办法……"说到最后他的声音越来越轻，头完全低了下去。

理查德伸手搂一下丹尼的肩膀，说："你不用担心钱，有我呢。"说完他转向馥生，说："跟我们同住这不现实，我现在刚刚进医院的管理层，经常要出差。现在的妻子南希一直跟母亲合不来。当时找这个地方，钱是一个考虑，这里比波士顿便宜很多，那时我在换工作，手头紧。现在钱上完全没有问题了。我可以出钱把母亲搬到一个全护理的地方，费用全由我来出。我们可以集中在波士顿附近的好多全护理中心给她找一个地方，这样我周末可以随时去。"

馥生听罢他的计划，直摇头："再换一家？新环境她会更糊涂更无所适从了，现在这个老年公寓才勉强适应。能不能让她住回羊头湾的家里呢？"

丹尼说："现在没办法回布鲁克林，夏天我可以陪她住，可以住半年。只是现在这几个月，我们得挣钱。"理查德摇摇头，布鲁克林到波士顿开车要三个多小时，自己只有周末能过去，长时间陪住是不可能的。

馥生理解，让老母亲住护理中心不能说明两个成年儿子自私、冷酷。让馥生心里不痛快的，是他们那种理直气壮的态度，从速从简，解决母亲的问题。但她只是王姌多年老友而已，一年一次前来看她，陪她购物，陪她读书，陪她装饰家里的墙壁，建议怎么摆放家具……在亲情的天平上，她什么都不是。

最后馥生说："我唯一的要求是不要急着告诉你们的母亲，先等等，行吗？"他们点头。丹尼明天还有滑雪班要教，当晚就得驾车回魁北克。他的车旧，连续开长途怕出问题，现在要去车行修理车闸和轮胎轴。三人告别，各奔东西。这时进来七八个吃饭休息的医护人员。他们后面是一大一小的母子俩。一个小儿，牵着妈妈的手走进食堂，一高一矮两个人，在自助柜台前挑东西，馥生盯着他们的背影看了好一会儿，也不知道自己心里想的是什么，等收回目光，面前的热饮料已经凉了。馥生推开那杯冷饮料，一天的倦意和歉疚突然都涌上来，把她和周围的人隔开来。

想到孩子，馥生忽然非常想家，自己那个空巢，没有太多烟火气，但好过医院。杰克已经大学毕业，再过十几年，自己年近八十，脑子糊涂，杰克也会把自己送到这么一个鸟不拉屎的老年公寓吗？老赵是指望不上的，馥生想得灰心。

*

病房里的仪器发出各自不同的声音，嘀嗒声，呼吸机引擎的开合声……形成背景混音。最恼人的是一个什么仪器，间隔四五个小时嘀一声，像闹钟，把正在打瞌睡的馥生吵醒。这嘀一声响后，就有一个护士进来，在那个机器上按一下按钮，让机器复回沉默的状态。每一次进来的护士都是不同的人，那机器好像是给当班护士打卡用的。

夜里非常冷，馥生身上的毯子薄得像纸一样。暖气出气口的风吹到馥生的脸上，已经不热了，但是干燥，刮过她的皮肤，最后实在不能忍受，拿外套罩住自己的脸，把那股妖风挡在外面，这一夜睡得非常不踏实。

上一次在医院陪夜，还是在南京，多年前母亲再次病重住院，她在医院里值班。家族里亲戚多，轮到老爸陪夜的那天老爸叫上她。馥生不日就飞美国，陪夜那晚可能是她唯一尽孝的机会，于是欣然前往。病房里放着一张家里送来的躺椅，另外还有一把医院提供的大椅子，这两件卧具就是过夜的"床"。

凌晨四点，老爸打瞌睡，馥生把躺椅让给他休息，自己坐在椅子上，病房里灯火通明，她睡意全无，双手靠在病床的边缘托着头，盯着老妈妈的脸发呆。一道青黑色的阴影像水文线，又像一只缓缓摸上来的手，自下往上，从老母亲露在外面的脖子开始往脸上蔓延，下巴、嘴唇、鼻子……一直到额头，这个青黑色的阴影停在那里，没有继续往老妈的头顶心方向走。过了几秒钟或者十几秒钟，老妈妈全身一震，剧烈地咳嗽……随即阴影退下去，老妈突然睁开了眼睛，看到馥生在身边，脸上浮现出浅浅的笑，说：小妮子！

那一晚之后，老妈妈并没有过世，又继续活了五年，直到有一天在睡梦中安然离世。馥生守夜后的第三天坐火车去上海，从浦东新机场搭飞机回纽约。馥生把那天晚上凌晨四点看到的说与老爸听。他摇头，说，忘掉这个事吧！凌晨四点是人体气场最低、精神头最差的时刻，按迷信的说法，那个时刻人的魂魄会虚飘，人在暗黑之中能看到各种负能量的东西，你看到的像水文线一样的阴影——其实是灵魂在疲惫之极的投射。馥生躺在沙发床上，不停地用老爸的话提醒自己，病房里的冷像鞭子一样打在身上，但她不敢朝王娟那边望，她害怕看到青黑色的阴影爬上王娟的面颊。

蒙眬中她仿佛看到年轻时的王娟，站在路边，逆风对着车流吹出一个响亮的口哨。馥生仿佛真的听到那一声口哨，从二十年前的时间深处传过来。馥生突然不怕了，好吧，要是你真的熬不过今晚，也好！你能走得一身轻，省得被老痴和中风纠缠，被帕金森病搞得人不人鬼不鬼……怨念忽然放下，馥生的身体轻松起来。

慢慢地，睡意来了，在昏昏沉沉中馥生做了一个决定，既然已经到了这步，不如恶人做到底，就把王娟带回羊头湾海边的家。计划之后，她的心安定下来，在万里之外的丈夫老赵，不知道此刻在干什么呢？被证监会请去配合调查？还是他就是找一个借口不回来？自从搬到俄亥俄以后，老赵大部分时间都不在家里，不是在北京，就是在去北京的路上……慢慢走进梦乡——阿拉斯加内陆西部一条不知名的河边，春天，熊熊的篝火边，浓烟上升，驱走空中飞舞的密密麻麻的蚊子，两只老女，坐在火边，低头缝制兔皮，做成手套和背心，红色的火光映出她们的脸，她们背后是刚刚冒出新叶的旱柳和白桦林……

第二天早上醒来，馥生睁开眼睛的一瞬被太阳光晃得目眩。王姮醒来，两只眼睛懵懂地看着好友在身边，半天反应不过来自己在哪里，馥生怎么会突然跑到这里来的。

有大事要安排，馥生特意走到急救中心楼外面的小花园，躲着人，真像在密谋什么行动。小花园地处坡顶，很荒凉，一个人没有，花圃里的花草都被齐着地皮剪了枝，堆上褐色的锯木屑，只有冬青灌木还是青翠的。从那里可以看到远处发电厂的烟囱，烟囱很高，还冒着白色的浓烟。那烟在寒冷的空气里，直直地吹上去，一波一波。馥生盯着那处看了一会儿，一边给租车公司打电话，她要延长租车时间。之后给俄亥俄家里的老父打个电话。结果还没拨电话，老赵又来电话了，他说话期期艾艾的，聊了几句国内的雾霾以后，老赵忽然柔情地说老婆你想我吗？我现在还挺想你的。馥生把手机放远一点，她不太敢相信这是老赵在说话。"老赵，你怎么啦？出了什么事吗？"馥生脱口而出，她真急了，老赵这么反常，不是重病——其人将死，其言也善，就是要跟她提离婚。后一种可能性还大一点。

老赵还是说没事，真的没事，我就是不能回美国，现在心里有点伤感。

馥生说好吧，我现在新罕布什尔，要帮帮王姮度过这段时间。老赵没有吱声，馥生以为他想挂电话了，等他说再见，过了一会儿他忽然说，我觉得你对王姮要比对我好多了。"你不在，你永远不在家啊！我一直就一个人，加上我爸帮我带孩子。"馥生说，这番话甫一出口，像冰面上的裂纹，先是一条几乎不可见的隙缝，突然之间裂缝贯穿整个冰面……馥生一口气说出许多话，老赵在电话那边很安静，这安静堵了她的口，那些更直白也更难听的话都没说下去。心里话是绝对不应该说出口的，它应该烂在心里，这是馥生的家教，老赵沉默，她也沉默，最后老赵说再见，她说好，电话挂了。

馥生在那里，忽然忘记不知道该做什么、该去哪里，直到电话铃又响起来，她看都没看就接通，大声说老赵你这个混蛋……电话那头传来一阵咳嗽，然后呼哧呼哧喘了几下，一个苍老的声音，"我是你爸爸"，这电话是俄亥俄家里打来的。

老爸一听到她的计划，果然火冒三丈，直嚷嚷：你不是说过几天就回来的嘛！老赵打来电话了，你不管管自己的丈夫，管人家什么闲事啊！馥生说老赵跟她隔着一个太平洋，怎么"管"啊……

这个电话讲得精疲力竭，馥生不停地说我要走了，我们回头再说行吗？但是老爸还是不依不饶地晓之以理。最后老爸突然说，《新闻联播》开始了，我不管你们的事，回头说，然后电话又挂了。

老赵幽怨的话，一直在她脑海里回响，老赵说得没错。

*

从护士眼皮底下把王姢偷偷带出医院，比馥生想象的容易。吊水结束是逃离行动的关键，那个皮下针头脱离身体时会自动发出嘀嘀的警报声。上午医生查房后，馥生帮王姢穿好衣服，出门，假装散步，走过护士站的前台，一直到走廊另一头右拐，坐电梯到一楼。护士站那里有三个护士，其中一个在打电话，另外两个在翻看病历。她们抬头扫一眼面前慢慢走过的两只老女，并未起疑。一楼门厅看门的警察盯着小电视上的橄榄球淘汰赛的复播，对其他都视而不见。搀扶王姢的那只手上，还夹着馥生和王姢各自的坤包，包夹在两个人之间，不仔细看看不出来。一路上随时准备警报声响起，保安从后面追过来把她俩拦住，就像在电影里演的那样。一直到她们出了门来到停车场，什么也没有发生。

雪已经开始下了，稀稀落落地，在空中打着旋落下来，还没有起风，路边隔离带的矮松柏湿漉漉的，看不出有积雪。上路前，馥生的车在美姬农场的坡上停了一下。坡上空荡荡的，黑白奶牛不见踪迹。几十只褐色的加拿大鸿雁，在坡上拣草籽吃。高大的头雁看到馥生走近，警觉地停下，好像听到命令，这群鸿雁突然呼啦啦地飞起来，飞过馥生和王姢的头顶。在天空中越飞越高，零星一两枚雁羽，落在馥生的脚边。一直目送着雁群远去，馥生才把目光收回来。现在棕色的坡上只有草垛，农舍黑着灯，大门紧闭，孤零零地站在那里。"我们走吧，回家。"

往南的征途开始了。车里的收音机每隔十五分钟就播放一遍暴雪警告，天气预报员无比兴奋。馥生暗自叫苦，好在高速公路上没有积雪，车流也畅。馥生踩紧油门提速，把车的雨刷打开，热空调打到防冻一挡，她想尽快离开新罕布什尔州。

王娟坐在副座上，她看着车窗外的一切，不停地问老人公寓怎么还不到呢。馥生说我们现在回布鲁克林，不回老人公寓了。重复了几遍，王娟终于开始明白这个新计划，她的思路转到房门钥匙上，再问："我们怎么进去呢？钥匙在房产中介手里吧？"馥生回答，你不是说过邻居桑迪家有一套备用的钥匙吗？王娟点点头，说是有的。过了一会儿，王娟的思路转到供暖上，说："拿到钥匙进门，房间里冷死了，我们怎么办？防止水管冻破，暖气开到最低，那里肯定冷得跟地窖一样。"王娟忧心忡忡。

馥生说我们把暖气温度调高，过一会儿整个房子就会热起来的。王娟信任地看着她，过了一会儿，她说，然后我就住在那里，哪里都不去了。馥生说对，我们住在那里，我陪你住……到时候可以请一个护士上门给你检查。王娟说太费钱了。馥生说社保医疗里有这一项。王娟很满意了，说那我睡一会儿哈，困了。

馥生把收音机的音量调小，雨刷有节奏地扫过车的前窗，一下一下把视野扫清。馥生紧盯着前面的路，小心地握着方向盘，从现在起，任何事情都得靠自己搞定了，自己带着王娟上了一艘正在下沉的船，这艘船上只有她们俩。

手机不停地在响着，她的苹果手机，王娟的硕大无比的老人手机都是静音，在打摆子一样抖着。不看都知道是王娟的两个儿子分别打来的，理查德已经打了三个电话，留了两个语音留言。他们会打电话报警吗？搞个橙色警报——八十七岁老人，女性，亚裔，五尺九身高，行动迟缓，语言沟通不畅，容易跌倒，被一个六十五岁亚裔女性从新罕布什尔州的肯特镇急救中心带走。绑架者开银灰色雪佛兰轿车，属于亨特租车公司，马萨诸塞州牌照；绑架者目测没有随身携带任何枪支武器，不具有侵犯性；绑架者性情温和，英语沟通有时口齿不清，听力无碍，理解力没有问题。绑架者驾驶技能拙劣，随时可能迷路，心慌，血压升高后易头昏，需要立刻卧床休息……

馥生差点笑出声来。王娟虽然半失智但怎么说都是成年人，不能算绑架吧？绑架不绑架，不想管那么多了。

到达羊头湾的时候，天已经全黑了。大门口的雪深过膝，被之前开过的车轧出两条深沟。馥生开着雪佛兰车沿着那两条深沟轧过去。王娟的联排房子在一个小坡上，馥生拼足一口气，把油门踩到底，车像铆足劲的公牛一样在雪堆里冲上坡，扬起的雪花落在车的后玻璃窗上。到达后，王娟使劲推开车门，佩服地看着她，馥生谦虚地笑了笑，还是蛮得意。

她们从邻居那里拿到钥匙，也拿来一些苹果，一大盒"好事来"买的大包装的鸡肉馅饼，还有咖啡和半加仑牛奶。车道的坡厚厚地积着雪，晚上去超市买菜是不可能了。馥生用微波炉把鸡肉馅饼热了，又用咖啡壶煮了一壶咖啡，端到餐桌前给王娟吃。王娟脸上的乌青已经全显出来了，加上她瘦骨嶙峋的憔悴模样，简直就是一个家暴受害者。但兴致很高，不停地叫馥生"达令"，我的亲爱的……咱们终于逃出那个病房了！在那个鬼地方晚上根本不可能睡觉，每两个小时护士进来把你叫醒查这个查那个，还有什么鬼仪器时不时要响一下……没想到王娟对这两天发生的事记得这么清楚。

餐桌对着的大飘窗，可以看到雪下得像在撒盐，又密又急，窗户的四角以及田字形的窗棂上已经厚厚地积下一层白雪。屋里的暖气无声地从地下室的锅炉里冲出来，热烘烘地包围着这两个看着雪落下的老女人，没有什么比这一刻更舒坦的了。

王娟突然说，我现在死在这里也值得了。馥生的眼圈红了，说你不会死的，你还有几年好活呢。王娟继续道："要是突然死了，也比老痴强——大小便不能自理，被老人院的护工虐待、打耳光。"馥生不作声，人的结局，真能由我们选择吗？怎么死，是命数。王娟注意力已经又转开了，她犯困了，摇摇晃晃站起来，想去洗洗睡，却在房里打转，怎么都找不到浴室。她把这个地方当作老年公寓，以为进门右边就是浴室。馥生起身，带她去。王娟进了自己原先的浴室，又明白过来，她完全知道洗浴的东西在哪里，让馥生别担心。馥生让王娟开着门，自己坐在门外的椅子上，有情况随时可以进去。

王娟一个人在这个三卧两浴的大房中怎么过下去呢？这个家对老年的王娟来说的确太大了。

馥生站起来，看着墙上的旧照片。其中一张是她俩的合影。在纽约上州的天水山庄。照片是在天水湖边拍的，两个漂亮的中年女人，都穿着大毛衣、毛呢裙，露出纤细漂亮的小腿。王娟戴着杰奎琳夫人戴的那种超大框的太阳镜，馥生用彩色丝巾裹着头，头靠在王娟的肩上，在秋阳下她们美得像电影明星。

她们出门去纽约上州的大山深处看红叶，在天水山庄住了一晚。回来的路上车抛锚了。那一带手机信号不好，王娟给路边紧急服务热线打电话，通话时有时无。她们坐在路边等着紧急服务的车，四周虫鸣响起，猫头鹰咕咕咕地叫着。每一次远处来车的时候，王娟都打开手电，使劲地朝车的方向晃着，她怕那些飞驰而来的车看不到她们，撞将上来。等车过去了，王娟立刻把手电关了，节省电池。

“我有没有跟你说过，我大学的时候，有次跟男朋友在加州开车旅行，出过一次大车祸。”王娟说，眼睛望着远去的皮卡的红色尾灯。男友是彼得吗？馥生问。不是，不是彼得，大学时结伴去沙漠的是我的第一个男朋友，那个人后来去参加越战，战后就留在日本做生意，娶了日本女人。

“男朋友和我是这群人里仅有的两个对加州熟悉的。一共开两辆车，坐了六个人，前面的车大，坐了四个人，后面的车旧，只坐两个人。那天晚上为了赶路，连夜开车，结果半夜的时候，在死亡谷沙漠，路面沙石塌方松动，前面的车翻进沟里，底朝天，坐副驾驶座的男生头撞到车玻璃上，重伤，满头满脸的血，喉咙里发出嗬嗬嗬的声音。男朋友和另外两个同学也都受了伤。那天偏巧轮到我来开那辆旧车，所以，我和另外一个女生都没事。

“出事的地方，离最近的医院有两百英里，必须翻过三个山头。两百英里，你知道是什么概念吗？就是从曼哈顿往南，经过费城、巴尔的摩，穿过马里兰州，到达华盛顿首都的距离。为了赶时间救受伤的人，我决定由那个女生开车，送其他三个去医院。我在那里守着那个重伤的男同学，我知道他很快就会死，等不到救援的人来了。

"在死亡谷，我们只要稍稍离开几分钟，土狼或是山猫就会来吃那个尸体，所以一定得守在那里。"说到这里，王娟停了停，抬头看着馥生。馥生有点吓住了，问："你跟那个……那个待了多久？一个人？"

王娟说："你别担心，他没死。沙漠里夜间气温低，他躺在地上没有任何遮蔽，身体下也没有东西可以垫的，但正是这样救了他的命。地表的低温度延缓新陈代谢，他昏迷，一直等到凌晨六点，峡谷另一边一个小镇的一对矿工夫妇做义务救护，接到消息，开着皮卡来找我们。我们一起把男生抬进皮卡里。"

"他若死了就你一个人守住那个，那个……"

"刚才说了，只要离开一小会儿，野兽就会来吃。我当时以为这个重伤的同学死定了，就想陪着他，不想有东西来碰他的身体。这是我最后能做的了。更何况开走的那辆车小，坐不下那么多人。"说完王娟站起来，去副座边的小柜里找出厚厚的汽车使用手册，开了后备厢，从后备厢的底部挖出一个汽车自带的简易千斤顶和备用轮胎，然后动手换轮胎。她停下手："我想说的是，要是那对矿工夫妇不来，我也可能完了，太阳出来之后沙漠里的气温很快会升高，高到六十摄氏度，那个男生死定了，野地里我也撑不了多久。"

"但你肯定会留下来，陪着他？"馥生问，王娟点头："对，毫不犹豫。我相信自己不会出事，他也陪着我。"一只猫头鹰，自远而近，无声地飞过公路，落在不远处的树梢上，发出一连串的叫声。这叫声带来风，吹动满山的松针林，松林发出像蒸汽火车又像野兽一样的浑厚的低音，把她们两个带回到沙漠里的夜晚。

"他下肢瘫痪，但活了好多年，还跟照顾他的护士结婚了。前几年才去世。"王娟说，馥生在她身边打着手电照明，灯光在黑暗中照出一个圆圆的光圈，王娟在其中。她趴在地上压起千斤顶，把车的后部抬高。在轮胎换得差不多的时候，服务站的工人赶来了。那个人打量着这两个女人，干笑了一下，说，塞尔玛和露易丝？馥生没有听懂，追问，那人摇头笑而不语，不久离开。馥生忘不掉刚才那人脸上神秘兮兮的表情，等王娟坐回车里，她立刻问她那人到底说了什么。

"末路狂花，我俩。"王娴简洁地回答。馥生没有看过那部电影，王娴既不像她的老母亲，又不像老赵，和王娴在一起的快乐，是一种自由感。这种自由，是她们各自的生活里稀缺的。

"哈，你还在这里等着我。"王娴从浴室里出来，穿着白色的浴衣，头上缠着一块天蓝色的浴巾，浴巾下露出的发梢还在滴水。王娴的脸像祖母一样，背后浴室的灯光让王娴的身形罩在辉光里。旧照片里双颊的饱满红润，眼睛的闪亮，美眉的浓黑修长，嘴唇的丰满潮润——现在都离开了王娴的脸，这张脸像鸟群远去的海滩，是一张简笔素描。多年前，举着手电筒站在陌生的公路边，暮色苍茫，整个世界就剩下她们俩和一辆抛锚的沃尔沃车，那时她们是那么快乐啊。

*

一连几天，雪都没有停。电视上连篇累牍地播着天气预报，一场世纪级别的大暴雪，从极地向南而降，裹挟了整个东海岸，从缅因州开始，新罕布什尔、马萨诸塞州、康涅狄格州，南下一直到纽约、马里兰，冰天雪地。雪停后树枝结冰折断，大树倒下压在高压线上，波士顿和罗德岛与康涅狄格州大面积停电。海岸边冻成冰的海水漫上岸，带着冰的海水推塌近岸的房子……雪连下了整整一个星期。王娴的房子的门，被积雪堵住大半。每天中午，馥生打开前门，用雪铲把大门外堆积起来的雪尽量往外推，防止夜里气温下降房门被彻底冻牢。那辆雪佛兰车，此时已经被埋得只露出车顶，车道上累积下来的雪近一米高，车开不进来也出不去。

邻居家踩着雪，送来了一大罐头番茄酱和意大利通心粉，还有一个五磅装的牛肉碎，靠着这些她们度过了那段与世隔绝的九天。波士顿和罗德岛停电停水，但至少这里还有暖气，有电，有光。从家里的窗户望出去，邻居家里屋顶堆着厚厚的白雪，壁炉烟囱里冒出一缕一缕的青烟，烟囱中散出的热气在冷空气中上升。窗里透出灯光在急速飞落的雪花里好像对面船只打出的信号灯。每天早中晚，准时把电视打开看新闻和天气预报。其余的时间，馥生打扫卫生，做饭，王娴坐在离厨房不远的地方，说话，或者读书。

有一天，清理橱柜，馥生在冰箱顶的壁橱找到一瓶龙舌兰酒、一瓶金酒，还有一包调玛格丽特鸡尾酒的速成粉末，估计是理查德或者丹尼为了防止母亲酗酒，藏在那里的。馥生开心地大叫，哈！我们又可以调鸡尾酒喝啦！电动搅拌机还能用呢！王姬看着她一左一右手里两瓶酒，有点担心，喝酒是不是对我服药不好啊？她问。

不知道，我反正一定要喝几口，馥生回答，小心地从梯子上迈步下来。

王姬犹豫，还是禁不住诱惑，她舔舔嘴唇，说那你也给我倒一杯吧，反正医生也不知道咱们喝酒。王姬戴着老花镜，手里拿着那本《两只老女》。每天的阅读，她的记忆力在恢复，已经可以读懂两整页不需要往前翻。馥生在往搅拌机里兑酒，说："哈！我六十岁还是小丫头！还好我们不用捕鱼，不用去抓松鼠和兔子，烧兔头汤当晚饭。"冰箱里的牛奶和面包，还有一瓶大号家庭装的可口可乐，饼干、罐头汤都是邻居送来的。最关键的是，没有停电。

暴风雪停了之后，扫雪车开进小区清理道路。王姬门前的车道上的积雪被推到两边，高高地堆得像一个堡垒。馥生可以开车去超市买菜，社区医院派护士上门，来给王姬测血压和心跳，一个理疗师一周来一次，教王姬在房间里做简单的运动，练习保持身体平衡。窗外一旦开始飘雪花，王姬的记忆就开始犯迷糊，以为自己刚刚从医院里逃出来。馥生说我们从医院大逃离已经是三个星期之前的事。你脸上的乌青都消得差不多了。王姬不相信，馥生把她领到浴室的镜子前，果然，熊猫眼已经褪掉，只剩下左右眼角一块淡黄色的斑。那现在的雪又是什么？王姬问。馥生说这雪不是那雪。

《两只老女》终于读完，那个结尾是王姬熟悉的，重读之后完全想起来了：齐和飒安然熬过了冬天，还储备了不少兔皮和鱼干。第二年冬天，抛弃她们的部落人在外面转了一圈，还是没有找到流着蜜和奶的乐土，黯然回到原先的地盘，部落每一个人还是原先走出去时面黄肌瘦的模样。

*

老赵的"边控"解除，他第二天就飞回俄亥俄。到家开门的一瞬，馥生眼前是黑黑瘦瘦的一个人，胡子拉碴，头发长了也没有理发，搭在额头上。馥生愣在那里，倒是馥生的老爸热情地招呼女婿回家，穿着拖鞋快步走到门外帮他提行李。那个行李箱不大，但老爸哪里提得动，双手拎起又放下，最后还是老赵自己把它提进门。老爸望着女婿回来，笑得合不拢嘴，又去厨房热菜："不饿也吃点吧，我特意烧了鱼，等你今天回来！"这么一忙活，房子里恢复了生气。

老赵回到美国，但他的麻烦没有完。两个联邦调查局的官员来跟他约谈。老赵已经风闻同业其他海归的遭遇，预感到情况不妙，并不意外。约谈不是起诉，老赵安慰馥生，他真的没拿俄亥俄州立大学什么科技机密。

美国这边还没有被起诉，他被约谈的消息已经在中文网不胫而走——"老赵被 FBI 调查"上了国内媒体的热搜——老赵跑路了，他的机票被截屏，作为逃回美国的证据。

老赵气急，怀疑是公司的高层有人在暗中害他，故意传假消息想办法把他从董事会上搞掉……真真假假，老赵在俄亥俄没日没夜地往国内打电话。因为时差，电话的时间主要在晚上，老赵在哥伦布过着东八区的时间，晨昏颠倒……馥生的清净日子不再，家务忽然成倍地多起来，房子里回响着老赵打电话的声音，弥漫着他的焦虑、苦闷、纠结，还有夫妻间的龃龉。在分居状态这么多年后，忽然之间，每天白板对煞，馥生突然结束单身生活，很不习惯。老赵为了晚上打电话方便，睡在客房里，让馥生松了一口气。

这样过了一星期，晚上馥生洗漱后坐在床上，睡前她照例读一点书，等着睡意上来。她刚刚打开书本，听到门外一阵脚步声，是老赵。门打开，老赵进来，把门关好。他也不说话，立刻就脱了衣服，掀起盖着的被褥钻了进来，一把把馥生抱住。这一连串的动作，没有任何画外音。老赵赤裸的身体像一条火热的鱼，非常陌生，带着洗浴液的香气，冲澡时淋湿的头发在馥生的睡衣上印出一个湿印子，但他不管，他的手臂非常有力，馥生挣脱不开。他们在那里僵了一会儿，两个人的热度变得一样了……

过了一会儿，馥生问："你为什么总戴着那块便宜的玉？"老赵放开手，说："玉怎么了？你不要总攻击我的审美观！"他越想越生气，"老婆你总是嫌弃我。"他挪了挪身体跟馥生保持一尺距离。馥生说要戴玉我可以给你一块好玉，我爸那里收了不少好玉。"不要！我就喜欢这块玉，和尚开过光的。"老赵脖子一梗，坚拒，他从一个温柔的多体毛的情郎又变回原来的倔老头。两个人尬着不言语。

王娟重感冒，引发支气管炎，晚上高烧不退被送到医院；同一天，馥生的父亲患上流感并发肺炎，也住进医院。眼见着他脸颊瘦削，双目深陷，加速地衰老下去，馥生每天去医院陪他，进门前都给自己打了心理预防针，做最坏的打算。老爸肺炎治好了，却查出了癌症。那根插在鼻子里吸氧的管子，一直就没有拔下来过。但是他还是闹着要回家，坚持说在病房里睡不着。

馥生父亲出院那天，整个人好像比去的时候轻了一半，薄薄的一片。他连从车里一步跨出来的力气都没有，老赵连抱带扶把他从车后座上端了出来，老父亲细细的腿在身子下拖着，身体完全搭在女婿身上。进门后，他的房间在二楼，在楼梯前他却怎么都没有力气迈开步子上楼，最后老赵把他背上楼。这番动静，已经让他嘴唇乌紫，呼哧呼哧直喘。过了十分钟，他的呼吸平稳下来，似乎睡着了。

情况比馥生预期的糟糕得多，她下了楼立刻给远在纽约的杰克打电话，让他尽快回来，杰克在电话那头犹犹豫豫，不愿意请假。打完那个长电话，她再次上楼去陪老爸。老爸在床上仰躺着，眼睛半合半闭，胸口起起伏伏，要花大力气那空气才能从瘦小的身体里进出。

馥生把房间温度调高，刚坐下，想想不对，热风吹得室内太干燥，她又起身去把温度调回来。这么折腾了一会儿，忽然听到老爸狠喘，他勉强支起上半身，对馥生先是摆手然后招手。馥生走过去靠在他身边面对面坐下来。老爸见女儿坐下来，满意地点点头，眼角流出一颗瘦小的泪珠，无比清晰地说："九十岁等不到了，馥生你好好的，记得开窗……"说到这里定定地看着女儿，眼神里是地老天荒的深情。馥生抹着眼泪，伸手握住他的手，起先他那只瘦手上的肌肉还可以回握住她的手，渐渐那手的关节好像松了一样，凉凉地摊在馥生的手里。他像虾米一样蜷缩的身体忽然拉直变长，细瘦僵硬，羽绒被下凸出长长的一道。

馥生只顾哭，直到闻到一股气味，才猛然醒悟，冲到窗边，大力把窗户推开，窗外冷冽的寒风带着大朵的雪花迫不及待地冲进房间，跟暖气交汇在一起，屋里像起了一阵龙卷风，地动山摇，窗帘哗哗地响着飘起来再狠狠落下去，风几乎把馥生掀倒，又好像有一只手轻轻在腰上托了她一把。过一会儿房间恢复安静，馥生冷得直打战，哆嗦着去关窗户，她知道，爸爸的魂魄已经离开这幢住了十几年的房子。老人双目微合，神色自若，脸上的皮肤光滑，肤色青白如玉。

＊

春天到来的时候，陪住的人换成丹尼，他带了新交的男朋友住进来。男友是加拿大人，滑雪教练，王姰并不介意，她对那个帅帅的中年男很友好，但怎么都记不住那个人的名字内森，老是把他叫成理查德的第二任老婆的名字，"南希"。最后丹尼都说你就叫他南希吧，简单。丹尼是 4 月中开始入住的，住了大半年，到 11 月加拿大的滑雪场开张了，他们才回去上班。

又到了冬天，王姰独自在家。她站在窗前，外面的世界变得空空荡荡，忽然之间就开始下雪了。空中的雪花像箭头一样，带着冷兵器的重量，落到她脸上、身上，引出一阵一阵的酥麻。伸出手去接，手却碰到了窗玻璃上，嘭地响了一声，王姰听到手指骨折的声音，但她并不觉得疼。她心里生起一股冲动，不可抑制——她特别想独自走进雪里，不带助行器，不打雨伞，就这么一直往下走，走到她熟悉的海滩边。雪越来越密，渐渐地模糊了天与地的界限，模糊了远处淡淡的海岸线。她想走到那个海边去。

王姰打开家门，走了出去。她的脑海里也在下一场大雪，大雪模糊了一切的意识、一切的记忆，像老式的电视机失去信号以后屏幕上跳动的电子雪花。白色的雪覆盖了她的心与身体、内与外，两个世界在这一刻终于相遇，就这么走下去，走下去，走下去……白色世界的深处，王婳相信什么在等待着她——也许子虚乌有，也许是馥生。王婳并不害怕，她将与这大雪合二为一，那些飞走的鸟群，在春天的时候将按时归来，落在海滩上，停在她的身上。

（本文原载于《花城》2021 年第 6 期）

米　勒

[美国] 卢新华 *

　　心本是柔软的，但世事听得太多，见得太多——尤其涉及人性中那些阴暗和灰色的层面：比如欺骗、告密、诬陷、诽谤、恐吓……慢慢地，心也就一点点变硬了。

　　然而，心的一点点变硬，对人性、对世界的失望乃至绝望，也会经历一个"相当长的历史阶段"——就像河里的水要结成冰，也需经过春夏秋冬四季的嬗变和历练。

　　然而，挨过了寒冬，到了春天，自然界里的许多冰还是会融化的。人心亦如此。

　　有一天，我忽然梦见他，浑身滴着水，像尊雕塑，立在云端。

　　他是我所见到的芸芸众生中很特别的一个。我们相识的地方也很特别，是著名的洛杉矶卡莫司扑克牌赌场。那时，我是赌场发牌员，他是我牌桌上的玩家。我在牌桌上给他发过很多牌，他在牌桌上也丢给过我不少小费。而当我离开赌场若干年后，又与他在塞布瑞斯市的一个跳蚤市场不期而遇。不过，这时我们的身份已经反转，他是市场

* 1978 年复旦大学中文系一年级时发表短篇小说《伤痕》，获当年全国优秀短篇小说奖，该作品也成为"伤痕文学"代表作之一。随后出版有中篇小说《魔》、长篇小说《森林之梦》等。出国留学后，又先后出版有中篇小说《梦中人》、长篇小说《细节》《紫禁女》《伤魂》、长篇随笔《财富如水》《三本书主义》等。现为国际新移民华文作家笔会会长。

里的商家或者说小贩，我则成了他的顾客。他卖给过我青竹、铁海棠和松红梅等，我付给过他美元现钞。

人们常说，"百年修得同船渡"。

我有时会想，我和他的缘分至少不少于三百年吧。

往事如水般漫过我的心头时，我隐隐约约地又看到云端他那张圆圆的肉肉的脸和那双黑黑的柔柔的手，以及左手那根残缺的小手指……

一

我是五年前携夫人逛一个离家约三十公里的跳蚤市场时，意外与他再度相遇的。

那时，我们新买了一处半山坡上的三层楼别墅。款式已经有些陈旧，窗户还是老式的钢窗，楼梯也只是水泥板上铺了一层薄薄的地毯，踩上去硬硬的；墙壁虽然新粉刷过，但大约刷得太马虎，边边角角的地方已经隐隐显出黑色、黄色甚至还有暗红色的瘢痕。但后院很大，差不多有两三亩地，而且方方正正。美中不足之处是山地斜坡，蓄不住水，只能长些说不出名来的荒草。那草也很像是菜，我们初时以为是荠菜，于是满心欢喜，以为日后吃"荠菜馄饨"可以不用花钱去买，只要在院子里随便拔拔就是了。未料转眼间那些菜竟长成半人多高，而且浑身上下生着毛茸茸的小刺。妻子于是有些失望地说："是油菜吧？"我立马摇头否认："不，不可能，油菜会开花的，黄黄的一片，我见过的。"说完，还扭头朝她眨一下眼，笑笑道，"你不是在黑龙江兵团农场待过吗？油菜也没见过？"

"是啊。我还真没认出来。"妻子笑盈盈地说，忽然话锋一转，反唇相讥，"哪有你见多识广，还能'拔苗助长'呢。"

我的伶牙俐齿一下子就卡了壳，只能自我解嘲地耸一耸肩："好尴尬啊！"

我当年是回故乡插队落户的。那里如今无论上了年纪还是与我素昧平生的孩童见了我，总不忘当着传奇一样嘻嘻哈哈地当面揭我当年"拔苗助长"的短。可我当年确实是很认真的，是怀着一股敢想、敢说、敢干的革命热情，想要在我的故乡做成一番伟业的。我的"科学实验"项目说起来其实也很简单，就是在麦苗行将抽穗之前，将麦秆往上稍许提一提，拔高大约半寸或者一厘米。我指望这样能缩短麦苗的生长期，同时让麦穗长得更粗大些，实现亩产超万斤的目标。

我们决定先用田埂两旁的麦苗做实验，如果成功了，再去大田里推广。谁知第二天清晨到地里一看，那些经过人为拔高的麦秆非但没能保持继续向上蹿高的姿态，反而一个个耷拉着头，像是被霜打过的庄稼。

我才知道闯了大祸。

……

搬进新家的那天，很晚了，我还在星光下的院子里转来转去，有时还蹲下身去，摸摸地上的草，草下面有些潮湿的泥土。

我是靠勤劳、靠发牌、靠踩三轮车致富的。现在，只要我愿意，我可以在我的土地上随心所欲地刨、挖，想要一个坑就挖一个坑，想垒一道墙就垒一道墙，想开一条沟就开一条沟，可以完全以我个人的意志和想象去画我心中最新最美的图画：菜园、果园、花园、草地……

稍觉遗憾的是，随着时光的推移，我在家中的话语权早已每况愈下，几乎一切均要听"贤内助"的。尽管如此，我还是在妻子规定的主要负责庭院建设的职责范围内，发挥了一个搞文学的人最大程度的想象力，愚公移山，仅凭一把锹、一把镐、一辆胶轮小推车，在三年不到的时间里将门前的山坡地削平，并垒好坚实的挡土墙。在铺下最后一块挡土墙硕大的砖块，感觉着"战天斗地"终于大功告成时，我曾摸了摸手上坚硬的八个老茧，觉得它们都是肉做的勋章，忍不住用嘴唇亲了亲，心里有种说不出的胜利者的自豪和喜悦。

然而，地虽然被削平了，但我想做成菜园加果园和草地，并指望能够经常吃到新鲜的玉米、蚕豆和地瓜的天真构想，却都在虽然贤惠却也越来越霸凌的妻子当空挥手一砍的斩钉截铁的手势下烟消云散了。

我于是只能及时调整自己的心态，加以妥协了。

这是一个好办法。每逢我让步后，妻子便不再咄咄逼人，甚至还会获利回吐。她于是说："好吧。你不是要种竹子吗？这个我可以同意。"

可是，买到这种只有亚洲居民尤其中国文人才如此心仪的青竹，却让我大费周章、煞费苦心。我几乎踏遍家周边二十公里以内的所有苗圃，也未能找足需要的青竹。

忽一日，我想起以前住过的阿梯夏市附近有一个很大的跳蚤市场，好像也见过卖花木盆景和青竹的，便决计前往踏勘一番。

说是"跳蚤市场"其实有些名不副实。从体量上来讲，它就是个超大型的超市或集市，正牌货和冒牌货等量齐观，旧货和新货鱼龙混杂。它原是塞布瑞斯大学的一个巨大的停车场，只在周六和周日才对预约和登记过的小商小贩们开放（当然肯定是收费的）。

我们在路边停好车，我戴上西部牛仔和园林工人常戴的那种草帽，妻子打着伞，一起顶着烈日的暴晒，在一个个摊位间穿行，可惜都没见到青竹。这不禁让我感慨：美国人虽然食有肉，却居无竹，这该是人生怎样的一个缺憾和悲哀啊。

正失望之际，却陡然听妻子大叫一声："老公，你看！"

我急急地顺着她手指的方向望去，在大约五十米开外，果见几盆瘦瘦、长长、高高的青竹的竹尖摇曳。

"多少钱一盆？"生怕被别人抢先一步买走，我撇下妻子，小跑着赶到那摊位前，只稍稍看了看那三盆青竹，便气喘吁吁地向摊主询价。

那摊主正埋头给一盆杜鹃花换盆，闻声抬起头朝我看了一眼，"四十五。"

说话间，我们忽然都愣住了。

"你是——米勒？对了，Buda（佛）！"我脱口而出，跟着急急地问，"还记得我吗？"

米勒盯着我看了看，忽然开怀地笑了，双臂抬至胸前，左手掌心朝上，做一个握牌的动作，然后快速地甩动右手，学起我当年在牌桌上发牌的样子。

"还记得我的名字吗？"我忍不住大笑着问，同时兴奋地握住他满是泥土的手——那手刚柔兼备，肉是柔软的，皮是糙的，骨节是坚硬的。

他抬起另一只手摸着头皮眯着眼睛想了一会儿，但遗憾地摇摇头："Sorry，记不清了。"

"Terry（泰瑞）。"我说。

"对对，Terry。"他说，情不自禁地更加握紧我的手，又问，"你还在卡莫司上班吗？"

"不，十多年前就离开了。"

"是吗？我后来也很少去赌场了。"

这时妻子赶过来了，见状非但没有高兴，脸反而一沉。她是个有洁癖的人，有些不满意我正握着一只沾满泥土的脏手。

我就赶紧抽回手，急急地转过身兴奋地告诉她："这是一个朋友，而且比朋友还朋友！我只要想起当发牌员那会儿的事，第一个就会想起他。"

妻子于是朝穿着一件黑汗衫，脸晒成古铜色，有些佝偻着腰，双手正在胸前不住地互相搓拭着，同时咧着嘴，嘴唇朝上弯成月牙形笑着的米勒乜了一眼，目光里满是疑惑。

我于是又急忙对她解释说："他可是我遇到的小费最好的客人，没有之一。我写的那本《财富如水》，啊啊，不瞒你说，也受到他的启发。"

妻子依旧疑窦丛生，只有我才能从她那目光中明白无误地听到她心里在嘀咕："哼，鬼才相信你呢，拉什么近乎？还不是想砍价！"于是，她顾自看了看那几盆青竹，并伸出手去摸了摸迎着风瑟瑟发抖的竹叶，然后问我："多少钱一盆？"

"四十五。"

"你准备砍多少？"

"不砍。"我声音很轻，但语气坚定，不容置疑。

"什么？你再说一遍？"

"不光不砍，我还要付他五十块一盆。"我又说。

"你发高烧了，疯了是不是？"妻子伸过手来要摸我的额头。

我一扭身闪开了，嘴里跟着又咕哝一句："是的，我就是疯了，就是要付他五十块一盆，差价从我的零花钱里扣。"

我的话，我说话时十分反常的固执态度几乎让妻子真的以为我脑子出了什么问题。她张着嘴望着我，又望望身旁瑟瑟发抖的竹叶，仿佛那是我在颤抖。

然而，破天荒地，她这次竟没和我争辩，并且听我的了。

不过，付好钱，装好车回家的路上，她终于还是忍不住警告我："生人以后不准握手。"

"米勒是熟人。"

"熟人也不行。你知道人手上的细菌有多少吗？而且，他手那么脏。"

"可他人好。"我故意狡辩，心里则在想，"幸亏你没如愿做医生，真要那样，我恐怕得戴防毒面具才能出门了。"

"人好也不行。回到家你记住，第一件事就是得先给我把手洗了。"她用战场上指挥官惯用的那种不容置疑的命令的口气说，同时又追加一句，"三十秒不行，这回要多加点洗洁精，搓一分钟，指甲里也要用旧牙刷刷洗刷洗，少一秒也不行！"

"行，遵命。"我几乎是有些谄媚地点头应允，心里却在想，"哼，你又不会在一旁看着我。"

但忽又听她似乎有些不放心地问："米勒真是你朋友？我怎么从没听你说起过？"

"这……"我犹豫了一下，含混地说，"说来话长。回家我再告诉你。"

"不行，现在就说，省得开车打瞌睡。"

我于是扭头看了她一眼，提了个条件："不可以秋后算账。"

"可以。我答应你。不就是多付了五块钱嘛，我没那么抠门。"她少有地大方和爽快地说。

二

我第一次见米勒，还是我在赌场作为一年级新生发牌的时候。

那时，赌场的生意越来越红火。可以这样说，虽然市场上百业萧条，赌场却一枝独秀。

客人越来越多，名字在登记排位的布告牌上蝌蚪般挤得密密麻麻。

老板于是将赌池上面一段宽宽的走廊也利用起来，统统摆上了牌桌，一下子就多出了差不多二十余张。但因为是加桌，还要留出行人的步道，毕竟还是有些逼仄，所以也只能开些赌资比较小的项目，服务对象则多半是来自建筑队或者餐馆、衣厂的工人，也有一些是身上所有器官功能几乎都已衰退却依旧赌兴不减的退休老人，其中不乏已届耄耋之年的老妇人和坐着轮椅的残障人士……

周五晚上开始，通常是赌场人气鼎盛之时。远远地看过去，走廊上二十几张并排摆放着的牌桌倒像是餐桌，全部坐满了人，热气蒸腾，烟雾缭绕（那时赌场还没有禁烟）。赌客们很像是围着炉台品尝韩国烧烤，发牌员手中悠悠地发出去的每一张牌则像是铲出的一块块肉饼或者一张张面饼。当然，有些还留在牌桌中央继续不断地被翻烤着。总之，每一副牌发下去，通常都会伴随着来自世界各地口音不同、腔调五花八门的叫声和吆喝声："爱司，爱司！红桃，红桃！梅花，梅花……"不一会儿，又是叫好声或者叫骂声此起彼伏："Good！Wonderful（太棒了）！""Fuck，bad beat（妈的，真倒霉）！Bad dealer（真臭的发牌手）！"也有人开始起哄，不住地嚷嚷着："Change dealer（换发牌员）！Change dealer！"真是"一家欢乐数家愁"。以至于我每天上班只要车子一开进浩瀚的似乎望不到边的停车场，看到赌客们的车子从四面八方鱼贯而入，耳边就会响起一种像永不消逝的电波一样的旋律，但那歌词则是我新填写的——"猪啊，羊啊，都到哪里去，送给那赌场老板去呀剥皮……"

我就是在这样的一个夜晚，在五光十色的灯火的辉映下，走进有着镀金门框的赌场西大门，经过有着人高马大的安全保卫人员守护的员工通道，刷了卡，上了二楼，进到发牌员专用的储物柜间。然后，我便被丢进每天千篇一律的工作程序：换好白色的胸前带皱褶的衬衫，系上黑色的蝴蝶领结，套上嫩蓝的绸缎背心，端起像讨饭盆一样每天必备的筹码钵盆，最后回到发牌员休息室，聆听领班点名并高声宣读当天的排班表。

那天，我是从走廊东侧尽头的一张"德州梭哈"牌桌开打。我看看墙上的钟，再有五分钟便要接班了，便快步下了楼，在对内部工作人员开放的现金兑换处补充好筹码，然后急匆匆地奔向那会让我的荷包鼓起来，也会让一部分人先富起来，却必定会让许多人"出血"的屠宰场一样的工作岗位。

发牌员这种工作和许多拿固定周薪或月薪的行业是不大一样的，赌场老板通常只提供法定的最低底薪，主要收入则靠牌桌上的小费。正常情况下，一副牌发下来，赢家都会根据赢得的数额的大小多少给以相应的小费，有时扔给你一个黄筹码（五毛），有时丢给你一个蓝筹码（一美元），有时也会推给你好几个蓝筹码。但这也是一般而言，不能一概而论。因为有些桌子的面额限制比较小，小费自然也高不了。有些面额很大的又属于 VIP 牌桌，赌客都是些人精，常年泡在赌场里，即使赢不到钱，也要按时间计算缴费或每副牌抽头，所以他们通常都在给发牌员的小费上节俭，能不给就尽量不给。

所以，我们能够挣到钱的通常都是那些 3—6 或 4—8 限额的"德州梭哈"项目，客人满员时，每副牌下来桌中央堆起的筹码都很可观，故玩家们给起小费来也比较随意。然而，也有特殊的情况，那就是当你碰到牌桌上有一个甚至几个 stiffer（不肯给小费的吝啬鬼），而你发的每副牌偏偏又都让他们赢。那就只好自认倒霉了。

当然，领班安排的排班路径也很重要，什么桌子能够找到钱，什么桌子你不仅找不到钱还会弄得一肚子气，多半已由排班路径所决定。但一晚上下来收入好不好，关键的还是要看你是不是发牌发对人。所以，在赌客的眼里，发牌员的手似乎是一双命运之手、上帝之手，可以决定他们的输赢、快乐和失落、兴奋和沮丧，故他们有些人常常一输钱——尤其在满以为能赢，却在最后一刻因为发牌员丢出一张妖牌，让大好形势急转直下，赢家陡地变成输家，刚升到云端里忽又被抽梯子摔下来，于是气得脸都青了，嘴唇也不停地颤抖，眼珠涨得血红血红的，开始迁怒于发牌员，嘴里不干不净地骂个不停。我不懂韩语，也不会说越南话，时间长了，却也清楚越南人的"西不隆"和韩国人的"漏马"，都不是什么好话。但赌场有规矩，对于客人任何过激的言语，甚至是辱骂，员工都不能奋起反击，只能保持沉默，逆来顺受。因为在这里，客人就是上帝，是没有什么人权和民主可讲的。

和每个赌客一样，发牌员上了牌桌后能不能挣到小费，挣得多还是少，其实也得看运气。通常我们都是根据各自的情况，八仙过海，各显神通。女孩子长得好看些的、嘴甜的，会和客人拉近乎、搞公关的，自然小费收入就比较可观。我没有这些优势，只能靠发牌、读牌以及计算桌上筹码的速度和精度取胜。半个小时一桌，别人最快大都只能发十二副牌，而我却可以发到十四副以上。以一副牌能多挣两块钱小费计算，一晚上发十二张桌子，我就可多挣二十多元小费。只是我有时会心不在焉、心猿意马，思绪常常会无端地从牌桌上生发开去，比如桌上的一枚枚固态的筹码在我的心目中忽然会变成一滴滴的水，而那一摞摞的筹码则变成一汪汪的水，眼底铺着绿丝绒的牌桌则成了一个个财富的荷塘……赢家和输家们走马灯一样换来换去，给我最直接的感受却是牌桌上的筹码在流来流去……当然，有时桌上忽然有个年轻漂亮的女人坐下，我也会熬不住要拿眼去瞟一瞟……这样，就常常会忙中出错，以至于欲速则不达。

但赌客们有时遇上我似乎也很苦恼，我听得最多的他们抱怨我的话，通常都带着可怜和哀求的语气："嗨，Terry，慢一点，慢一点，死也让我们慢慢死，好不好？"

当然，这都是些题外的话了。

那晚，我接的是一位越南裔女孩的班，她有着娇小玲珑的身材和能见缝插针并且见风使舵的大大的眼睛。当我按照发牌员间约定俗成的习惯，抬起手，在她的肩上轻轻拍一下，表示交接班的时刻到了时，她回望了我一眼，点头微微一笑，便马上回过头去俯身收拾起桌上的牌和筹码。等她端起筹码钵盆，从专供发牌员用的可以旋转的座椅上站起身时，忽然将嘴凑到我的腮边，对我悄悄耳语道："给6号，小费特别好。"

我点点头，同时也对她眨眨眼，表示谢谢她的好意，但心里却止不住想："我又不是上帝，怎么能想让谁赢就让谁赢呢？"

但当我故作气定神闲地在椅子上坐下后，还是忍不住朝6号座位上的客人瞟了一眼，并送去一个友好的微笑。

那客人正是米勒，他那时赢了好多钱，面前堆满了筹码，正用看上去有些粗大、肥厚但又有些笨拙的手一点点细心地将它们摞起来。他见我朝他微笑，本来就喜笑颜开的一张脸就更加喜庆了，嘴角微翘着向两侧延展开，像是天裂开了一条口子，显露出两行整齐洁白的雪峰般的牙齿，而那倒置的高原般的下巴也微微翘起，以至黝黑的圆圆的脸庞也像天的穹隆一样整体弯曲起来，额头上渗出的细细的汗珠则如繁星般闪闪发光。

我有些走神，总觉得此人似曾相识，却一时记不起来在哪里见过。

后来又听到桌上有人叫他Buda，我才恍然明白——我其实见过的并不是他，而是遍及中国许多寺庙，通常端坐在山门第一大殿，总是张着嘴笑迎天下香客的弥勒佛。

他开怀大笑时的样子真是和弥勒佛别无二致，以至杭州灵隐寺山门上的那副对联一下子也像"飞来峰"一样突然飞到我的脑海里——"佛阐发无边，看我伲袒腹露胸，终归一笑；峰飞来何处，愿人们下心低首，普度众生。"可是，此时此刻，让我觉得有些荒诞和好笑的是：这个音容笑貌、言谈举止皆有弥勒佛之相，甚至名字也叫米勒的人，竟然公然违背了佛教的戒律，成了坐在我牌桌上一个赌客！

但我不得不承认，那晚的确因为有了他，牌桌上的气氛忽然一反常态，比平时和谐友好得多。

发牌的间隙，我拿眼瞅他，越看越觉得他像弥勒佛，情不自禁地也就想起曾经亲近过的西来寺一位高僧的话："给人信心，给人欢喜，给人希望，给人方便。"

米勒在赌桌上虽不一定能给人信心，给人希望，给人方便，但我亲见他的存在至少是一直"给人欢喜"的。

他那晚在我手上赢过几副牌，也输过几副，但他似乎输赢全不在乎，得失亦不系挂于心，总是嘻嘻哈哈地笑着，一副"无所住而生其心"的样子。

他这种很自在的常乐我净的状态，也使我在心里对他起了某种程度的恭敬之心。

这倒不独因为他那晚至少丢给我差不多十几块美元的小费，而是以我多年的人生经验：大道常在污浊低洼之处，高人亦很少居于尊位。

但我毕竟不能免俗，在我完成了这张牌桌上见不到一滴鲜血，还一片祥和甚至喜气洋洋的杀戮，将要转赴另一张"屠宰桌"时，还是忍不住轻声提醒已转换到我右侧紧挨着我坐着的9号位上的米勒："You'd better go（见好就收吧）."

"What's the better（什么是好）？"他忽然抬头对我凝神一望，笑问。

他坐得离我这样近，他脸上的汗毛和闪烁在汗毛中的油光闪闪的微细的汗珠，我都可以看得很清晰，甚至我还能感受到他瞳孔里那个豌豆粒大小的白色的亮点，此刻正放射出一种罕见的亮光。

我不觉愣了一下，感觉到他话里似乎有话，正想着该如何作答，却听他忽然又说："谢谢提醒！不过，"他又补充一句，"我不是来赌钱的。"说完，朝我眨眨眼。

"在赌桌上玩牌，却不是为了赌钱，那来干什么？"我疑惑地看他一眼。

后来，我已经在相邻的另一张牌桌上发牌了，心里还在想着刚才他说的那句话，总觉得里面有玄机，也觉得他似乎是一个很有些神秘的人，于是情不自禁地又让自己的视线越过肤色各异、性别分明、几家欢乐几家愁的赌客们的头顶，向邻桌的他瞟过去一眼。

他剃着光头，刚才离我很近的时候，我还记得可以看到他头顶有几个不很分明的疤痕，掩映在稀疏的黑色的发根之间，可现在，那光头却全然不见了那黑，甚至环绕着他的头顶，还呈现出一道弧形的有些朦朦胧胧的彩虹般的光晕。

我就呆住了，忙抬手揉了揉眼睛，以为是自己看花了眼。

但我几番看过去，那光晕竟一直还在。

"这一定是个很有来历的人。东方人，或者——墨西哥人，土生土长的印第安人？"我手中发着牌，却越来越心不在焉、魂不守舍。因为我生命中曾遇到不少奇奇怪怪的事和奇奇怪怪的人，可还从未遇见过米勒这样的人。

"不管怎么说，这一定是个高人。"我后来这样想。

三

在赌场工作的人，通常都有双重的身份——同时是员工，又是客人。尤其我们这些发牌员，在赌桌上经常看到有人才几副牌下来，眼前便堆满了筹码，想想自己辛辛苦苦地发牌，有一搭没一搭地挣那点小费，心里常常很不平衡。尤其每天端着筹码盆在牌桌间穿梭，有时真让你觉得那就是个讨饭碗罢了。那些从客人手中丢过来的一枚枚筹码，虽然是塑料的，落在桌面上声音也很轻，我却总能听到硬币或铜板落在破碗中"叮叮当当"的声响。更重要的是，你还必须对客人始终低声下气，赔着笑脸。他们输了钱朝你摔牌，嘴里不干不净地骂你，你都得忍着，而绝不能回骂过去。所以，发牌久了，我们中的大部分人，尤其如我一样赌兴和赌瘾一点也不匮乏者，下班后或者休息日常常也会到牌桌上去玩上几把或者几个小时，享受一下做"上帝"的感觉。虽然是赢少输多，却也乐此不疲。

不过，话又说回来，如果没有妻子对我的种种钳制和耳提面命，我今天的赌名比文名还响也未可知。

记得有一个休息天，妻子要去逛赌场附近的奥特莱斯，我于是犹犹疑疑地提出想去赌场玩一会儿。她知道我一向不喜欢去购物中心，跟在身后有时很烦人，会不断地催她回家，弄得她很扫兴，所以也就恩准了。但底线是不能输过五十元。

我马上应允，高高兴兴地来到赌场。刚坐下打完第一副牌，就见身边一个衣服上溅着白油漆点子的胡子拉碴的中年男人输光了筹码，在口袋里东摸西摸了好一阵儿，似乎再也找不出可能遗漏在口袋某个角落处的钞票了，方才意犹未尽摸了摸头皮，起身离去了。

发牌员是个台湾女孩，见状忙举起手对巡边员招呼道："Seat open（有空位）！"

于是，不一会儿，就有人从身后走过来，紧挨着我坐下。

我扭头一看，竟是米勒，忙和他打招呼，还和他碰了碰拳头。

"今天休息？"米勒坐定后，微笑着问我。

我点点头，也问："你刚来？"

"来一会儿了，刚刚在走廊上。"他说，将手中的几枚筹码丢在桌上，又从裤子口袋里摸出三张皱巴巴的二十元钞票递给发牌员："Deal me in（给我发）！"

这样近距离地和米勒坐在一起玩牌，一扭头就可以看到他脸上毛茸茸的汗毛，眼角因长时间微笑或大笑而生出的深深的鱼尾纹，我心里忽然有一种不真实的感觉。说真的，如果不是因为他左手的小拇指好像被截断了一小节，留下了一个很鲜明的缺陷，我真会以为我是和弥勒佛坐在一起玩牌呢。

他大概也注意到我在看他，转过脸来对我会心一笑。

我忽然记起那次在他头部看到一个红红的光晕的事，就几番眯起眼睛在他的头顶反复搜索，可惜未能再见。

但我却有了一个新发现，就是他和不久前亚洲牌戏部入口处摆放的一尊镀金财神像也很像。我甚至怀疑那财神像就是以他作模子浇铸出来的——弓着腰笑呵呵地背着一只大大的口袋，上书"黄金袋"几个大大的中文字，引得每个走过他身旁的客人都忍不住要伸手摸摸他那慈眉善目的脸蛋和背在他肩上的"黄金袋"，希望能沾一沾他身上的喜气或财气。

我曾听人说观音菩萨能现三十二种相，弥勒佛是佛，肯定会示更多的相，而其中的一相也许就是财神吧。

果然，自打米勒在我身边坐下后，我就连赢三副牌，面前一下子堆满了筹码。

"You'd better go home（你最好回家吧）."米勒悄悄对我说。

这本是我以前曾经劝告他的话，他现在竟轻飘飘地还给我了。

可我很少有这样赢钱的机会，正期望借着财神的助力"宜将剩勇追穷寇"呢，就头也不抬地说："啊啊，我刚来，椅子还没坐热呢。"

"哦？椅子热了便好吗？"米勒忍不住两眼盯视着我，意有所指地说。

"好便是了，了便是好。"我脑子里猛地蹦出《红楼梦》中的《好了歌》，就随口说出来，但马上觉得有些不对劲，又立马打住。

他于是有些诡异地再次朝我一笑，并眨了眨眼。

我未加理会，专注在牌局上，满心以为今天可是鸿运当头、财源滚滚的日子，要抓住它、抓住它，紧紧抓住它，绝不能让它从我的手指间轻易滑过，不仅要赢、赢、赢，还要将以前输掉的钱统统追回来！所以，有那么一段时间，我几乎忘记了他的存在。等我再注意起他的时候，发觉他似乎已无心打牌，而是时不时地对着发牌员发愣。

这是我们赌场新招进来的一位长相很孩子气的员工，皮肤白白的，眼睛大大的，腮帮鼓鼓的，长得很有些像著名歌星邓丽君，所以，我们都叫她"小邓丽君"。

"你中学毕业了吗？""小邓丽君"中间洗牌的时候，米勒忽然开玩笑问她。

"你说什么？""小邓丽君"脸一红，不好意思地道。

"我看你像是童工呢。"米勒又说，同时问，"你不会是从柬埔寨来的吧？"

"不。台湾。"

"唔。"米勒听了，似乎有些失望，还轻轻地叹了一口气。

大约有什么触动了他的心事，自此，他好久都没有再说一句话，发在面前的暗牌常常看也不看就丢了，唯有两眼仍时不时地上下打量着"小邓丽君"，弄得她都有些脸红了。

"怎么？是不是长得像你的初恋情人？"我忍不住将嘴巴凑近他的

耳畔，轻声问。

他微微一惊，但不以为忤，反而平静地转过脸望望我，道："不，是妹妹。"

"妹妹？"我望一眼"小邓丽君"，"你们可长得不大像啊。她可是我们赌场出了名的冷美人，你妹妹也很少笑吗？"

"嗯。"他点点头，复又凝神望了"小邓丽君"一眼，喃喃道，"不过，我妹妹没她这么白。"

"你妹妹多大了？"他的话勾起了我的好奇心，忍不住又问。

"哦，那都是很久前的印象了。"他说，脸上的笑容忽然消失得无影无踪。

"她也在美国吗？"好奇心驱使着我继续问。

"我把她弄丢了。好多年前。"他幽幽地说，不仅脸上笑意尽失，圆圆的很喜庆的脸庞上还袭上一丝若有若无的哀愁。后来，像是要掩饰内心的什么痛苦似的，他忽然用右手握住左手那根短了一截的手指不住地摩挲起来。那手指没有了指甲，指尖秃秃的、平平的，红中泛白，已经磨出厚厚的一层茧子。

这可是我从没见到过的米勒的状态。

他大概也发觉了自己的失态，并注意到我在留意他的手指，就又转头对我微微一笑，道："人很容易丢失自己的。丢失别人也是丢失自己。"

说完，他似乎再无心玩牌，就收拾了面前的筹码，捧起在手中，站起身，弯下腰，恭恭敬敬地放进"小邓丽君"的筹码盆，并道："我今晚不想输给别人了，就输给你这个小妹妹吧。"说着便起身离开了。

"小邓丽君"一时很惊讶，一桌的人也很错愕。

于是就有一个白人老头望着他渐行渐远的背影，咕哝着道："他，总是这样的。"

"怎么——总这样？"有人似乎不明就里，问。

"我把赌场当家几十年了，就见过这么一次。有次中了大奖，还拿出来分给同桌的人，并说'谢谢大家众缘相助'……"

老头的话既在我的意料之外也在意料之中。

于是，我就又记起他刚刚说过的那句话："人很容易丢失自己。丢失别人也是丢失自己。"

说来也怪，米勒走后不久，我就开始手背，赢来的筹码很快又全倒回去，还搭上了我的本金。真是应了那句老话："来得快去得也快。"

然而，虽然输了钱，我那天心里却是挺愉快的，甚至还觉得失中有得——尽管我一时还不清楚自己究竟得到了什么。

四

几日后，中途休息时，我习惯性地抱了一本《金刚般若波罗蜜经》，坐在靠西门入口处的单人沙发上静静地阅读着。

这是我成为赌场发牌员后渐渐养成的一个习惯。

我们通常工作两三个桌子后，便会有半个小时休息。所以，一晚上差不多有两个多小时可以自己自由支配。这时候，同事们多半在员工休息室里看电视，或者闲聊，或者到游戏室在游戏机上丢几个硬币，开开跑车或者钓钓玩具熊什么的。我却觉得这是个读书的好时光，上班时通常都会带上一本英文小说或者中文类杂书，厚些的会放在储物柜里，薄些的则揣在裤兜里，以便随时翻阅。

正看得聚精会神，忽然有人从背后在我肩膀上拍了一下。

我吃了一惊，回头一看，竟是米勒嘻嘻哈哈地笑着站在身后。他个头比我原来印象中的要矮些，目测也就一米六出头吧。我也发觉，他个子不高的原因主要是腿不够长，而我过去所见的他通常都是坐在牌桌上的，所以感觉不出来。

"这么一个乌烟瘴气、闹哄哄的赌场里，还有人坐在这里读书，真是稀罕啊！"他说，又好奇地问我，"什么书？"

"有关 Buda 的。"因为涉及他的别号，我意有所指地笑笑道。

"Buda？"他一愣，两眼朝我手中的书又瞄了一眼，又问，"是中文的？"

我点点头，但也忍不住问他："你肯定读过佛经吧？"

"这——我需要读吗？"他对我笑笑说，又道，"连你也常常喊我Buda，哪有Buda还念自己的经、看自己的书的？"

"啊，是这样。"我也笑了，忍不住又问，"那——《圣经》读过吗？"

他就更大笑起来："哪来的佛经和圣经，都是名佛经和圣经。"

他这种表达的方式和我在《金刚经》中读到的很像，可以说屡见不鲜。比如："须菩提，众生众生者，如来说非众生，是名众生。"又如："须菩提，所言善法者，如来说非善法，是名善法。"所以，我能大致推断出他不仅读过佛经，而且还有着非同寻常的领悟力。

我就忍不住问："你学过佛吗？"

"不，不，我不学佛。哪有……"

我知道自己又问错了，忙道一声："对不起！"

他却不以为意，顾自笑嘻嘻地道："佛，怎么能学得到呢？"说着，更指了指我手上的书，半是结论半是推测地道，"这书上，好像也没有什么佛吧。"

"你从哪里来？"我抑制不住好奇心，又问。

"啊，我从来处来呀。"他笑着说，两眼眯成一条线，还对我做了一个鬼脸，耸耸肩。

"你大概又是来看你漂亮妹妹的吧？"我忍不住和他开起玩笑。

"漂亮妹妹？"他一愣，但马上又笑了，"我早把她弄丢了，你怎么倒一直放在心上？"

我一下子就卡了壳。冷不丁地就想起自己也曾有过一个不是血缘意义上的漂亮妹妹的……

这样想着，忽然瞥见墙上的电子钟跳跃着闪烁出一组红色的新数字，知道还有一两分钟就要上桌子了，于是赶紧站起身，半是自言自语，同时也是对他说："该 push 了。"

"唔。你这工作真的挺不错，不仅可以读书，还可以读牌、读筹码呢。"他说，朝我狡黠地一笑，然后挥挥手，"一会儿牌桌上见！"

我接下来 push 的一桌是 3—6 限额的德州梭哈。这本来是一张小费通常比较可观的牌桌，可是，当我站在前任发牌员的身后，拍拍他的肩膀，预备接班的时候，猛然发现 8 号位上坐着一个每个发牌员见了都会心里发怵的赌客。那是一个黄头发、大鼻子的犹太青年，看上去也就二十几岁，很像是一个还在就读的大学生。但他可是我们赌场的常客，出了名的吝啬鬼。好在大概他今天的牌运不怎么好，面前的筹码已经所剩无几，我只要稍稍加把劲，再杀他一盘，就可以让他再无心恋战，打道回府了。

我这样顾自想着的时候，忽见他从牌桌上抬起头，双目与我在空中撞个正着。于是，他那张本已输成菜色的脸像是突然遇到救星，忽地有了生气，竟腰杆猛地一直，脱口叫道："Good, very good！"跟着，又冲正在发最后一副牌的我们通常戏称为"瞌睡虫"或"菲律宾老爹"的发牌员大喊大叫道："Change dealer! Change dealer!"

他的叫声不仅叫得我心里有些发毛，而且他对我这种病急乱投医式的莫名其妙的信任，更在无形中给我添加了巨大的心理压力。因为说实在的，只要我在桌上发牌，他赢钱的概率还是比较高的。当然换一种说法，也就是只要他在桌上，我总是会走夜路遇到鬼，专杀小费给得好的客人，却把赢钱的机会送给他。为了抵制这种心理恐惧，我禁不住按了按裤口袋里的《金刚经》，心里默默祝祷："佛啊，菩萨，帮帮忙，可千万别让这龟儿子在我手上复活过来……"

然而，怕什么却偏偏来什么。我接手所发的第一副暗牌，就给了他两张最大的牌 A（当然，这是这副牌局结束后我才了解到的），接下来发出的三张明牌中则又有了一个 A，这样，他已经配成了三个 A，赢面很大。于是，他率先加注。其他五个人见状，看看各自手上也都有牌，就跟他。接下来我发 turn card（第四张牌），翻开后是张红桃。这样，加上原来桌面上已有的两张红桃，台面上已经出现了三张红桃。有经验的玩家心里都清楚，这时很可能有人手上有两张暗牌红桃，已经做成了五张牌即可论输赢的"同花"。而同花肯定能赢过"三条"的。果然，轮到坐在 1 号位置上一个韩国大叔发话时，他毫不犹豫地下了注，后面 2 号和 7 号位上的两个青年是我们华人同胞，眼睛紧盯着韩国大叔看了好一会儿，似乎有些不相信他已经做成了同花，而是使诈，就互相使了个眼色，继续跟注。

说起这两位同胞，其实还都是我的上海小同乡。一个眼睛小些，人称"绿豆眼"；另一个长得很白净，也比较帅气，但听人说是"卖豆浆的"。起初，我还真以为他是在哪个大饼油条店做，时间长了，才知道根本不是那么回事。因为只要见他脸上有菜色，走路时不时要去摸腰，"绿豆眼"就会打趣他："怎么，晚上豆浆卖多了吧？悠着点！"说完，还会对我们熟悉的人挤挤眉、弄弄眼。因为是同乡，也知道我出国前写书有些名气，他们二位对我平时还算客气，小费给得不能算好，但至少还是给的。但有一次桌上他们说上海话，商量着出老千，我只能按照赌场规矩和要求提醒他们："English only（必须说英语）！"未料却因此开罪了这二位。我下了桌子以后，"绿豆眼"马上找到我，强烈地表示他的不满："侬帮帮忙好吧，胳膊肘怎么总往外拐？难为情吧！"

"赌场有规矩的。我不能不说。"我说。

话音刚落，"绿豆眼"便立刻抢白我："什么破规矩呀，老美在世界上就喜欢到处定这些狗屁的规矩，其实只能糊弄戆大，有的是空子好钻。别说我们，当头头的钻得比我们还厉害呢。不钻他们的空子我们怎么发展？嗯？侬呀，别当叛徒和汉奸，以后看到我们这个——明白吗？就睁只眼闭只眼算了。"我听了，只能耸耸肩，笑笑，很无语。

我于是心想，这二位平时牌打得还是比较谨慎的，能够跟注手上必定不是有了两对，就是有了一张比较大的红桃或者三条了，正指望着桌面上再来一个红桃，或者两个对子中的任何一张，这样就可以以大"同花"或者"俘虏"（三张加一对）反败为胜了。

"德州梭哈"虽然发出的暗牌和明牌加起来共有七张，桌上的五张明牌却是公用的，每个人都可以根据发到手上的两张暗牌去搭配成五张最佳的组合。然而，牌虽七张，却变化多端，尤其最后一张明牌是关键，常常会翻手为云，覆手为雨，将王子变成乞儿，丑小鸭变成天鹅。

犹太青年见状有些犹豫。他虽然已经拿到三个 A，但如果最后一张 river 牌发出，桌面上不能再有对子出现的话，他的命运和拿了三张最烂的牌并无二致。他想了想，又盯着我发牌的手看了看，忽然嘴里叫一声："All in（全进）！"然后便将面前所有的筹码悉数往前一推……

——真是妖啊，竟让他心想事成！最后从我手里发出的牌让台面上出现了一对2，这样，他就以三个A带一对2的"俘虏"，成为这副牌局最终的赢家。本来已经拿到"同花"的韩国大叔见状，气得将手中的牌朝桌上狠命一摔，从座位上猛地跳将起来，嘴里"西巴，西巴龙"地骂个不停。而我的两个上海老乡此时也对我怒目而视，"绿豆眼"则晃了晃手上的老K红桃，对我恨恨地叨叨着："侬看看，侬看看……""卖豆浆"者则不住地摇着头："妖啊，妖啊，你这手真妖！我算服了你了！"

唯有那个犹太青年此刻却喜笑颜开，开心地收拢着暴赢来的一大堆筹码，像是农民收获着一地庄稼。然而，虽然我的眼睛一直瞟向他，他却低头装作没看见，既没丢给我半毛钱小费，也没道一声赢家们通常会挂在嘴上的"谢谢"。

我就只能自认倒霉，怪自己的一双手不争气了。

1号位的韩国大叔骂骂咧咧了一会儿，尽管气不顺，终于还是拍拍屁股，也像是要拍去这个桌子——尤其我这个发牌员——带给他的晦气，气恨恨地走了。

我于是马上通知巡边员桌上有了空位，需要补员，并开始发下一副牌。

然而，刚发出第一张牌，忽听到一个很熟悉的声音从七八步开外传来："Deal me in（给我发）！"

我循声望去，竟然是米勒！

于是，灰暗、阴霾的心情像是陡地遇到阳光，忽又敞亮起来，就像是沉沦在股票熊市的苦海中，忽然听到西班牙公牛急速奔跑的踢踏声，我不由得想：有米勒这样的笑佛在桌上，今晚我挣钱的运气应该不会太差，只要能让他赢上三两副牌，也就可以堤内损失堤外补了。

然而，真是奇了怪了，接下去的二十多分钟时间里，我发出的每副牌虽然都不尽相同，创造出的赢家却始终只有一位，就是那位大鼻子的犹太佬。想想看，几乎是连续十一副牌啊，副副都是他赢。哪怕是他拿两张再差再小再烂、上下左右全不靠的暗牌，我都会让它们凑成桌上唯一的"顺子""对子"或者"同花"，以至于到后来，整个桌子上筹码几乎都像发了疯的"粉丝"一样，朝他蜂拥而去，再经过他忙碌的手垒砌成了长长、高高、厚厚的一面筹码的墙。

我心里那个恨啊，想了诸多办法，包括多洗牌，或者起牌起得更深或更浅些，期望借此能改变自己的霉运和他的鸿运。甚至到后来给他发牌时，我还在心里恨恨地不停地诅咒着——"死吧，死吧，去死吧……"

然而，即便我用尽自己的十八般武艺，也丝毫无法改变他令人难以置信的一如烈火烹油、鲜花着锦似的畅旺的牌运。

我横扫了桌上几乎所有人的筹码，只推送给一个顽固地坚持不给我小费的人，同时也开罪了几乎桌上所有的人，以至于大家都对我横眉冷对，有的眼珠子几乎都要弹出来了。

这是一个怎样黑色的夜晚啊，我对自己真是绝望透顶，差不多就要崩溃了！——老天爷为什么要安排这样一出荒唐的牌局，让我来承受这似乎比在地狱里接受酷刑还要痛苦的折磨和煎熬呢？我的眼睛不时地恨恨地盯着自己的手——这个不争气的东西总是做些亲者痛仇者快的事，像个内奸和叛徒！尤其看到米勒就在身边，我却无法让他赢得一副牌，还眼睁睁地看着他眼前的筹码也被我大扫除一样扫得所剩无几，真恨不得将这双不听我心念支配的手剁了。

然而，我却注意到坐在身边的米勒脸上依旧挂着笑，他好像真不是来赌钱的，而是来赌桌上看西洋镜的。但那笑容后来却也越来越淡，像是快被太阳晒干的秋露。

忽然，他直起腰，手腕搁在牌桌的扶框上，右手轻轻捏着左手那根残缺的手指，两眼则专注地凝视着那犹太青年，像是要洞穿他的五脏六腑。

"嗨，小伙子，你要给小费的，他们靠这谋生和养家呢。"他语气平和但却是很坚定地说。

但那犹太青年听后却装糊涂，根本不予理睬，顾自低着头继续垒砌"财富"的墙。

米勒于是又笑眯眯地提醒他："小伙子，你就是不给小费，也不能永远保住你那些筹码的。它们都是水，会一直流来流去的。"

那青年这才抬头看了他一眼，但还是很顽固地摇摇头："No, it will bring me bad luck（不，给小费会给我带来霉运的）。"

这回轮到米勒摇头了："唉，真是看不穿，放不下啊。"说着，他忽然扭过头突如其来地问我："发牌员，你的书呢？"

他这话说得很轻，估计别人都没听清，但在我却是如雷贯耳！我就忍不住下意识地伸手去摸了摸裤子口袋，发觉那书鼓鼓囊囊地还在。

可在刚刚过去的那二十几分钟的时间里，我早已将它忘得一干二净。

我忽然想到，发牌这工作相对而言，收入还是比较可观的，养家糊口完全没有问题。而且，作为一个高级发牌员，我也已经攒下不少钱，银行的存款数额更一直在快速增长。可我干吗还要让一个不给小费的客人弄得我心烦意乱，甚至狂躁不已，就像是掉在油锅里备受煎熬呢？

我就朝他点点头："在呢。"然后，长长地舒了一口气，仔细收拾起自己乱糟糟的情绪，静下心来预备发完我在这张桌子上最后"收官"的一副牌。

然而，牌将要发出手，米勒却忽然道："Deal me out（不要给我发）！"接着满面春风地对我笑一笑，将面前剩余的二三十块钱筹码，统统推到我的筹码盆里，同时站起身，举起双臂伸个懒腰："今天累了，不玩了。"说完，便起身离桌走了。

我有些瞠目结舌地望了望他推在我筹码盆里的筹码，又望望他的背影，一时竟不知说什么好，手中握着的牌也差点忘了发……

五

那个晚上后来成为我人生道路上的一个很重要的节点。

我发现我当时的精神状态已经越来越远离我当初选择去赌场发牌

的初衷。

我是在一家金融公司上班休息时，因为羡慕一位同事很专业和娴熟的发牌技巧而与赌场结缘的。

当时，他随意从桌上拿起一副我们中午休息时玩的牌发起来，每张牌都像箭一样弹射出去，又像天女散花，却一点也不凌乱，并妥帖地落在一处，堆成一堆。我看得呆了，打听下来才知道他曾在赌场做过发牌员，因好赌，挣的钱总不够输，最后才放弃了那份工作。我听后，不由得想起中国人的一句古话，叫作"赌桌上选女婿"，于是就动了去赌场发牌的念头——尤其听说发牌员的小费很不错，抵得上七八万的年薪，好的甚至在十万以上。而我那时做期货、金融和股票都输了不少钱，正寻思着能找一个可以"短平快"地赚钱养家的活儿。兼之想到赌桌上可以阅人、阅牌、阅筹码，看人们在与金钱的搏击中浮沉，一会儿喜，一会儿悲，一会儿上天，一会儿入地，一会儿财源滚滚，一会儿千金散尽，很有趣，可以观察人生百态……

可我万万没想到，一旦置身其中，并且全身心投入，我的心也渐渐为赌桌上流淌着的金钱和财富所迷惑。小费、小费、更多的小费……这些都成了每天牵引着我前行的一些再具体不过的念头。我已经很长时间不写日记了，但每天小费的收入我却一笔不落地记下来，并每月做一个统计……

这大概也很像我在报社做记者、编辑，或在大学做教授的一些同学一样，写文章归写文章，做学问归做学问，怎么挣更多的钱也同样成了大家生活中的头等大事。他们中的大多数人在正经的工作之外都还有着"灰色收入"。或者帮广告公司操盘，或者帮画家、作家、歌唱家、舞蹈家、体育明星等写吹捧文章……为了保住铁饭碗，为了升迁和多挣钱，他们也都八仙过海各显神通，经常脸不红、心不跳地说一些违心的话，做一些违心的事……而我当初出国的本意，是希望可以换一个视角看时代、看社会、看自己，并能自由而严肃地思想并写作……然而，我现在却领悟到：自由的本质在于人心的自在和超脱。人心不自在、不超脱，一切外在的自由都不过是自欺欺人罢了，充其量只是自由地从一个牢笼走进另一个牢笼……看看现在的我吧，还有能力继续思考和写作吗？

因此，在新世纪的曙光照射进赌场新落成的灯火辉煌的宾馆大楼时，我终于抓住一个机会，挥一挥手，和赌场告别……

那以后，我成了一个名副其实的自由撰稿人，经常往返于中美两地，一边写作，一边讲学，同时也兼做慈善事业，不仅远离了赌场，甚至也远离了有关赌场的所有记忆，直到与米勒在跳蚤市场偶遇。

六

打那以后，我再次见到米勒，差不多又是五年多过去了。

这时，整个世界像是患上了渐冻症，几乎所有的国家、所有的人类成员都被看似小小的新冠肺炎病毒控制住了、限制住了，再不能随心所欲地出游和探亲访友，甚至也不能如先前那般畅快地呼吸，人人的脸上都蒙上了一只医用口罩。

米勒也不能例外，一只长方形的嫩蓝色的口罩遮住了他圆圆的脸，同时也掩住了他那笑口常开的月牙般的嘴巴。

那天，他正从一辆深蓝色的道奇面包车上往下搬一袋种花草用的泥土，见到我，忙从梯子上下来，将塑料袋放在地上，对我伸了一下拳头，算是打招呼。

几年不见，我发觉他衰老多了，不仅头上的发根几近全白，眼角和额头的皱纹也明显多了起来。唯有他那双眼睛依旧明亮，即便戴着口罩，你依然能够感受到他内心的微笑、眼神里的和善和充满睿智。

"生意好吗？"我问他。

"啊啊，也就那样。不过，我喜欢鼓捣花草树木，和你当初喜欢发牌一样。"他笑着说，忽然咳了一声，差点咳掉挂在耳朵上的口罩，于是忙伸手去扶，不想手上沾着的泥土却将口罩弄脏了。他索性就将那口罩摘下来，擦擦手后扔进一旁的垃圾桶，然后重新从裤袋里掏出一只戴上。

我留意看了看他，发觉他似乎比以前黑多了——脸是黑的，胳膊是黑的，套在黑色塑料拖鞋里的一双脚也是黑的，粗看上去几乎与黑人兄弟无异了。嘴里靠上方的门牙也已经掉了两颗，而且也不如从前白，黄黄的，像是喝茶喝多了生出许多茶垢。

"你多大了？"一旁的妻子忽然问。少年夫妻老来伴，自从新冠肺炎大流行后，我们无论到哪里几乎都是同进同出，如影随形。

"七十三。"米勒说。

"啊，我们中国人说，七十三八十四，阎王不喊自己去，你可要当心呢！"妻子不假思索，随口就来上这么一句。

我忍不住瞪她一眼，责备道："有你这么说话的吗？真是乌鸦嘴！"

她却对我回瞪起眼："我说错什么了？没错啊。"

米勒见状，从我们的语气和态度大概也明白了是怎么回事，便笑笑道："阎王是我兄弟，我可以和他打招呼的。就是真去也是他太想我了，你们不用担心。"他笑着说，还合掌对妻子作了一个揖。

妻子于是也就笑了，认真而且诚恳地说："你一看就是个嘻嘻哈哈的笑佛。我可最喜欢弥勒了。我老公给我买的吊坠啊，玉的、金的都有，都是弥勒佛。我们家橱柜里还有一个很白很白的玉石雕的弥勒佛呢。阎王的法力哪有弥勒佛大？他还指望着你收他呢！"

一句话说得米勒哈哈大笑。

"可我有些不明白，你为什么看上去一直这么开心？"妻子又像小孩子似的问。

"这——"米勒似乎愣了一下，低下头摸了摸有些隆起的西瓜般的肚皮，笑道，"可能是我肚子里存不住不开心的事吧。"

我忽然就起了一个有些促狭的念头，并马上付诸实施，因问道："那么，你现在还有烦恼吗？"

问完，我心里颇有些得意，因为这是一个陷阱，你若回答说有，便还是个凡夫俗子；如果说没有，那就更不对了，因为禅宗六祖惠能在《坛经》里曾讲过"烦恼即菩提"。没有烦恼，人怎么会觉悟呢？

可米勒想也没想就马上答道："有。但来了就去。"

"啊，你说得真好，太妙了！"我忍不住拍手称奇。

"你是哪里人呀？"我正由衷地赞叹间，忽听妻子又问。

这话我曾经问过几次的，但米勒从来都没有正面回答过我，好像这对他是个不方便回答或者难以启齿的话题。

但这次他似乎却不过妻子的情面，竟认真地答道："是哪里人我一下子也说不清楚。我在泰国、法国、希腊、意大利和西班牙都待过，能说七国语言。不过，我的出生地却是柬埔寨。"他说，又补充一句，"当然，三代以上应该也有中国血统。"

说到这儿，忽然有顾客来询问摆放在一旁塑料活动桌上的碟片的价钱，米勒就忙走过去打点了。

"现在人人都上网看电影了，谁还会买这些碟片？"妻子很疑惑，问米勒。可他忙于招呼客人，可能没听到，就没有作答。我于是拉了一下妻子的手："人家忙着做生意呢，别耽误他。我们先看看这些花木盆景吧。"于是，我们便在那些盆盆罐罐间来回走了走，后来看上了一盆漂亮的铁海棠。妻子忙要问价钱，可见米勒又在和一位似乎很相熟的顾客说着话，只得作罢。

我见状，就又拉妻子围着米勒那辆深蓝色的道奇面包车转了一圈，并拍了几张照片。

车子已经很旧，肯定还是上个世纪出厂的，车牌首位的数字还是2打头。车顶肯定改装过，四周用钢管焊接起来，中间放置着各式各样的花盆，其中一盆仙人掌和两盆葱莲正迎风招展着。车后门开着，车厢里堆着许多也许是用来搭架子用的铁管，还有一些大小不一、高低不等、形状各异的花盆，以及黑色的可用来拌土的扁扁的塑料盒子。驾驶室和副驾驶室的门也半开着，看上去斑驳陆离的方向盘下方，油门和刹车的旁边，放着一个大大的汽车电瓶，看样子还是新的，但不知道是干什么用的。车后座上则凌乱不堪，堆满了衣物和毯子之类的杂物，只留出可供一个人坐的空隙。

"怎么？你们在参观我的家呀？"米勒忽然扭过头，对已走近他身边的我俩笑道。

买碟片的男子刚刚离去，他左手捏着几张一美元的钞票，正要放到裤子口袋里去。我透过那钞票的一角，瞥见他那根残缺的小手指忽然变得黑乎乎的，像烧焦了似的，也像是沾满了黑色的泥土。

"这是你的家？你就一个人？"妻子忍不住又好奇地问。

"哈哈。我哪有家，早离了。"

"你跟你老婆离了？那——孩子呢，孩子归谁？"

"哈哈——"米勒就更大声地笑了，笑过后，很认真地对妻子说，"你把我都搞糊涂了，弄不清自己到底有家还是没家。"

我这时忽然记起在国内时，曾参访过一个晚上睡觉"不倒单"的老和尚，他住在四层楼顶层加盖出的一个面积六七平方米的房间里，几十年来一直长坐不卧。于是，我忍不住指指他车后座的空隙处，问："你就睡这儿？"

米勒点点头。

妻子于是更大为讶异，同情心也立刻被激发起来——"睡这儿？这么巴掌大的地方，身子都放不平！"

"非要放平身子才能睡觉吗？"米勒又笑了。

妻子就有些糊涂了。但她的思路突然跳到另一方向上："你不是七十三了吗，早到了退休的年龄，为什么不申请退休金或养老金？如果收入低，还可以申请加州白卡，免费看病，一分钱也不用付呢！"

米勒听了这话，忽然少有地收敛了笑容，很认真地说："能用自己的双手挣钱养活自己，不是一件更幸福的事情吗？"

我听后，心里不由得一动，感到身上有什么地方又被他无意间触碰到了。

当年浪得文名后，我曾有过世人眼中的大好前程，甚至还是厅级高官，管分配的老师苦口婆心地规劝过我三次，可我左思右想，还是婉言谢绝了。

我最好的朋友和同学，当年曾是国内顶级文学杂志的编辑部主任，现在每天帮人装修房子、修理电器，却也甘之如饴。还有印象很深的寒山与拾得两位大师，都是佛教史上著名的诗僧。两人一个居住在石窟中，一个在天台山国清寺负责洗碗碟。我曾见过一些拾得的画像，个子矮矮的，甚至还有些驼背，总是嘻嘻哈哈，一副玩世不恭的样子。

相传寒山有一次曾问拾得："如果世间有人无端地诽谤我、欺负我、侮辱我、耻笑我、轻视我、鄙贱我、厌恶我、欺骗我，我要怎么做才好呢？"拾得一听，仰头笑道："你不妨忍着他、谦让他、任由他、避开他、耐烦他、尊敬他、不要理会他，再过几年，你且看他。"故我再仔细看米勒，用心回味他刚才说的那些话，竟觉得他身上也很有些拾得的影子。

这世界上有些人人想要的东西，其实并不适合你。

这世界上真正的幸福，其实也并不受外在因素的支配，而是能遂自己的所愿率性自在地活着。

我的目光后来也忍不住长时间注视着那株铁海棠，并将它买下。回到家后便将它种在地里最醒目的位置，并经常对它流连忘返。

铁海棠玫瑰红色的花朵那样娇艳，身上的骨刺却无比坚硬——仿佛是造物主特意打造成的柔中带刚、刚中有柔的模样。

七

疫情比较紧张，感染者人数狂飙的一段时间里，我们很少外出，只有去超市买菜和必要的生活用品时，才会一起出门。而我们去得最多的当数被称为"大包装间"的 Costco 超市了。

那日，我和妻子正从熟食柜子里取出新出炉的烤鸡放到推车里，忽听到身后有人叫道："Hi, Lily!"

我们不约而同地扭头看去，原来是当年帮我们买房子的房产经纪人图图（Toto）。她来自柬埔寨，就住在我们身后的山头上，疫情前我们还见过。她是个爽朗的且能说会道的女性，还会说中国话，虽然有时说得磕磕巴巴，还夹带着南方口音，但她和妻子交谈时仍然喜欢说中文。

因为防疫要求，人们除了必须戴口罩外，还必须相隔六英尺，图图也许怕我们听不清她说话，所以嗓门有些高——"嗨，知道吗？你们的房子已经涨了二十多万了！怎么样？要不要我再帮你们卖出去？"

我就笑了，和妻子交换了一下眼神，道："我们好不容易才收拾好，不卖了。再说，卖了我们住哪里啊？"

"这怕什么？我再帮你们买就是了！二十多万，可不是个小数目呢！"

"算了，我们不想再折腾了，打算就在这房子里养老送终了。再说，卖的房子涨了，买的房子也不会便宜的。"妻子这时插进来说。

"说得倒也是。不过，你们亲朋好友中如果有人想买或者卖房子，都告诉我一声，我拿最低的点，也会给你们回扣的。"她说，见我点点头，就又转身对妻子问，"怎么样？你那后院收拾好了吗？嗨，你们那房子啊，风景本来就好，现在被你们这样有品位的夫妻一收拾，一定更漂亮了。"

这话很中听，妻子于是急忙从身上取出手机，从图库中调出几天前才拍下的后院的一些照片展示给图图看。

"啊，真棒！瞧这喷泉，还有凉亭！这片竹子也很漂亮，像个屏风，把下面那户人家的房子的平顶挡掉了。"她说，手指在屏幕上不住地一张张点着，"啊啊，这个栈桥设计得也很有特色！还有这个喷泉……"她不住口地赞美着，忽然一下子卡了壳，瞪大双眼，头一低，同时将手机朝眼前猛一拉，差不多都要贴在眼睛上了……然后，她一脸诧异地抬起头，手指着一张米勒的照片问我们："这个人你们认识？哪儿见到的？"

妻子探头一看，见她手指的正是我们最近一次见米勒时拍下的他的正面照——其时，他正坐在一张方凳上，鼻子以下的部分罩在湖蓝色的口罩里，粗黑的双手掌心朝下分搁在双膝上，微弓着腰，上身穿一件有 LEVI'S 标记的黑色圆口 T 恤衫，下身着一条嫩蓝色的牛仔裤，面如满月，睛若晨星，虽半个脸被遮住了，但透过他低垂下来的淡淡的双眉和眯缝起来的双眼，你还是能感觉出他正开怀大笑着。

"怎么，你认识他？"妻子有些疑惑地问。

"哦——这个？看起来很眼熟。不过——"她忽然一反常态，欲言又止。

我见状，便将我怎么认识米勒的经过简要地告诉了她。

但她好像没有认真地听我说话，只是两眼反复盯着米勒的照片极仔细地看了又看，嘴唇长时间张开着，似乎都忘记要合上。

"你刚才说什么？你们最近在哪里见过？"她深长地呼了一口气，将手机还给妻子。

"一个跳蚤市场，二十多英里路，5号高速公路一直向南开，大约三十分钟。"我于是说。

"可以把这张照片转发给我吗？"她又说，手指了指手机的屏幕。

"好呀——可你要他的照片干什么用？"妻子满怀疑虑地问，同时留了个心眼道，"不过，你来美国也好多年了，可能比我们还清楚——美国可是法治社会，如果没有得到米勒的允许，我们就将他的照片给了你，若你又派了商业方面的用途，那可就侵犯他的肖像权了。"

"No, no，不是这样，这……三言两语一下子……I can't说清……"图图忽然一反伶牙俐齿的常态，中文夹着英文磕磕巴巴地说。

我在一旁看了，忍不住问："你是不是认识米勒？他好像也是你们柬埔寨人呢。"

"唔，这……"她一时不知说什么才好，抿着嘴唇想了一会儿才道，"我嘛……应该，好像，好多年过去了，也可能会认错人。"

"嗨，那倒不要紧，如果你觉得面熟，我们可以约个时间一起去一趟跳蚤市场，不就搞清楚了吗？"我于是说。

"好，可以。"她说，忽听到挎着的小拎包中的手机铃响了，忙掏出来接听。接完电话，她仿佛有些恍然，定了定神，才对我们说，"对不起，一个客户打来电话，现在就要去看房，我先告辞了。"

然而，她急急地推起购物车向收银台方向走了没几步却又停下，回过头问："明天你们方便吗？"

"方便。当然。"妻子说。

她就道："我想来看看你们漂亮的房子和院子——当然，也想再听你们说说米勒的事——你们现在就这样叫他，对吧？"

"是的。"妻子忙抢着点点头。

八

未料我们从 Costco 回到家，几乎前脚刚跨进门，图图后脚就跟进来了。

还不及打招呼，她便气喘吁吁地提出要再看一看我们手机里米勒的照片。妻子于是忙打开手机，翻到有米勒照片的那一页递给她。

"是他，肯定是他，就凭他左手这根残疾的小手指就错不了。不过，也老了，老了……"她说，从手机上抬起头，红着眼睛看看我们，又道，"我真没想到你们会认识米勒……这真太不可思议了！太令人难以置信了！你们肯定不会想到，我就是米勒的妹妹，尽管我们没有血缘关系……"

"妹妹？"我忽然想起以前赌场里那个台湾女同事"小邓丽君"，忍不住就盯着图图多看了几眼，发觉她虽已是六十开外的人了，眉眼和微微鼓起的腮帮间多少还可以看出一点当年邓丽君的影子，但经不住岁月的摧残和折磨，眼袋已经下垂，眼角布满皱纹，腮帮也有些松弛，远没有那种丰满和圆润的感觉了……

"嗯。不会错的。我在心里差不多每年都会为他画一张像，为的是有朝一日即便是在大街上偶然碰到，也不会当面错过。他就是我想象的那个样子。我算了一下，从 1977 年年初起，我们失散差不多有四十四年了。在 Costco 猛一看到他的照片，我就大吃一惊。后来带客户去看房的一路上，我也一直心神不定，集中不了注意力。那个要买房的客人问我这样那样的问题，我一句都听不进去，很快就把他打发走了……唉，想起来也是命数，我这辈子好像什么都离不开你们中国人，受苦离不开，恋爱离不开，卖房子离不开，寻人也离不开……我本不是个迷信的人，但苦受多了，奇奇怪怪的人遇多了，也就不能不迷信了。就说眼前吧——嗯，我真的特别激动！谢谢你们！谢谢！你是个作家，我真想你有一天能把我哥写出来……当然，我更想你们今晚就能带我去看看我哥……"

"可是，我们没有他的电话呀，要见也得等到周末呢。"我说。

"不要紧，不要紧，我就是这样说说——反正，唉，我只怕夜长梦多，他忽然又消失了，不见了。"

"这不会的。他说过他每个周末雷打不动都会在那里的。"我又说。

"那就好，那就好。这我心里就踏实了。周六不就大后天吗？我能等的，可以等的。我找他找了都快半个世纪了，这点时间我能等的。"

"那——房间里有些闷，我看你们还是到阳台上坐坐吧，我这就给你们冲咖啡去。"妻子见我们还站在进门处，于是说。

我就引领着图图穿过门廊和餐厅，然后打开朝东的落地玻璃门，来到阳台上。

太阳还没有落山，远处起伏不平的山脊、近处错落有致的房屋全部被夕阳涂上一层金色的余晖。在这冬春相交之际，这是一抹可以给人以种种遐想和迷思的暖色。

我们的房子是图图作为经纪人帮我们购来的，她对这些景色大约很熟悉，所以也不以为意。但当她手按着阳台上白色的铁栏杆，目光扫视到下面的庭院，看到我们院子里绿茵茵的草地、竹林、喷泉、木制的中国古典凉亭、曲曲弯弯的栈桥时，还是忍不住连声赞叹："啊，你们收拾得真漂亮，真的，太漂亮了！"

说着话，妻子已经端着两杯咖啡走出来放在茶几上，我们便在可以旋转的一对柳条编织的摇椅上面对面坐下，妻子则另端了一杯咖啡，另拖了一把木椅，与我们成等腰三角形加入进来。

"说说你哥哥吧。我特别想听呢。"看妻子也坐下后，我说。

图图低下头去呷了一口咖啡，然后将杯子捧在手中，眼睛看看我，忽然有些犹疑，似乎一下子不知道该从哪里开始。

"啊，嗯……我其实一直想找个人说说我哥的。"她终于开了个头，然后接着道，"怎么说呢，这世界上找一个理解你的、爱你的人难，找一个能够倾诉的人也很难。也要看缘分呢……我最近常去西来寺，那里的师父差不多都是女尼，听说每个人都很有故事。她们对我说得最多的也就是'诸法因缘生，诸法因缘灭'。这话我哥从前也对我说

过，可我那时根本听不懂。现在才明白，人生有善缘，有恶缘，也有
孽缘……我坦白地告诉你们，我哥，唉……他的名字其实一直还在柬
埔寨全球通缉的名单上……唉，也是我……如果没有我，也许……"
她说，忽然一下子停顿下来，胸脯急剧地起伏着，两行热泪滚滚而下，
接着竟捂着脸呜咽起来，"……你们不知道，呜呜，我现在真想马上见
到他……他是我哥，也是我的救命恩人……可，可我……呜呜呜……"

妻子见状，眼圈也早红了，赶紧反身进屋，拿了一个纸巾盒出来，
抽出几张递到她手中："哦，图图，别，别这样，要是你心里太难受就
不讲了，好吗？"

图图身体急剧地耸动着，点点头又摇摇头，好不容易才让情绪一
点点平复下来。然后，她深深地吸了一口气，泪光闪烁地告诉了我们
如下的故事。

九

米勒其实本名叫乔森，生在金边郊外的一个乡下，父亲是个乡村
教师，在学校里教英语，家境还算殷实。

柬埔寨是一个佛国，就像相邻的泰国和缅甸一样，寺庙和僧侣特
别多。在他三四岁的时候，有一天，他和村里一帮小男孩捉迷藏玩时，
不小心掉进了村头的一个池塘，被一个四处托钵化缘的游方老和尚看
到，及时救了上来。那老和尚很怪，后来一定要收他做徒弟。他父母
开始时不肯，架不住老和尚三番五次登门软磨硬缠，听说这孩子只有
跟着他，才能免除杀身之祸，才终于首肯。

老和尚不住庙，平时总是着一身灰色的袈裟，穿一双布鞋或者草
鞋加绑腿，随处而宿，随缘而居，大树下、草堆上、桥洞里、石滩上，
哪里方便他就在哪里行脚和歇脚。他在那一带很有名，是专修一种叫
作"无漏法门"的。听说这个法门很难修，在柬埔寨几乎已经失传。
所以，熟悉他的人都称他是"无漏和尚"或"无漏大师"。他对相术、

医术和草药也很精通，常在行脚的时候帮人看病或看相，每每都能药到病除，言多应验，以至许多不了解他的村民还以为他是一个走街串巷的郎中或算命先生。

佛门有一个流传已久的说法，便是徒弟找师父难，师父找徒弟更难。年过半百后，无漏大师也开始将寻找接班人作为头等大事来抓。找到米勒——人们后来都称他"小无漏"或"无漏小和尚"后，他那颗一直悬着的心才终于放下了。

此后，老和尚决定不再四处游方了，而是安居下来悉心带徒。正好有一个道友圆寂，空出了丛林里的一所庭院式的小庙，他便带着小无漏在那里住下来，每天除了种种庄稼、打理打理菜园外，便是教他认字、打坐和修炼佛家"无漏法门"，有时也为他讲解佛经，尤其《心经》《金刚经》《楞严经》，并告诉他：练功固然重要，念经更不可或缺，只有悟透了佛经的要旨，才能真正理解"无漏法门"的内涵和要义。而"无漏法门"也可以说是学佛修道的最高境界，通常需要累世的修行才能达到。

"那我已经修过很多世了吗？"小无漏有一次问。

老和尚点点头，然后告诉他："燃灯佛住世时，你就开始修炼了。不过，一直有因缘打岔和干扰，以致你至今一事无成。不过，你当成就在今世。"

"可是，师父，怎样才算修到无漏之身呢？"小无漏那时才不到十岁，忍不住问。

"这个嘛，现在说给你听你也不一定懂。就是你修成后，会于入世间法和出世间法都圆融无碍，滴水不漏。当然，对你来说，还有一个很重要的标志，就是一滴精液也不能流出来，哪怕梦里流了也不行。"

小无漏那时还不懂什么是精液，就问："师父，精液是什么东西？"

"你现在还小，长大后自然会知道的。"

"但精液会从哪儿漏出来呢？"小无漏有打破砂锅问到底的习惯，便又问，同时还在自己身上上上下下不住地捏摸着，希望能找出那个漏洞。

师父便忍不住笑了，道："因缘尚不成熟。因缘成熟了，你自然会知道的。"

小无漏这才将此念放下了。

也是因缘际会，十一岁那年他和师父外出，路上偶遇一个衣衫褴褛、面色蜡黄、已经饿得皮包骨头的小女孩。小女孩也就四五岁的样子，问下来原来是她在林子里挖蘑菇的时候，远远看到有两个强盗闯进她家，就没敢回去，躲在一个树丛后面，后来看到两个强盗背着两个大包裹慌慌张张地走了，才赶紧跑回家。结果发现父母都被强盗用刀捅死了。她抱着一动不动的父母哭了好久，后来就睡着了。醒来后怕强盗还会再来，不敢再待在家里，就跑了出来……

再了解下来，发觉小女孩附近也没有亲戚可以投靠，小无漏便向师父提出来收留她。老和尚开始时有些犹豫，怕因为有女子气场的干扰，日后会坏了他的修行。但转念一想，出家人慈悲为怀，怎可见死不救？况且这也是小无漏命中的因缘，干预不得的，就答应了。

就这样，一晃好多年过去，小无漏与那小女孩之间相处得很融洽，就像亲兄妹一样。他随师父打坐念经时，她在菜园里捉蝴蝶、拔草玩；师父做饭他烧火时，她就在一旁七手八脚地帮着添柴火。吃完饭后，她还会站到矮脚凳上帮他一起刷锅洗碗。日子虽然过得很清贫却很快活，尤其小无漏的脸上总是洋溢着抑制不住的笑意。

但大概因为父母双亲倒在血泊中的惨象给小女孩印象太深，她从来都不爱笑，或者说是笑不出来，但她盯着一只蚂蚁、一只小鸟，甚至一株野草或一朵野花，却会静静地看上半天。有一次，她望着草地上蹦蹦跳跳的鸟儿忽然问无漏："哥，鸟儿会死吗？"不等他回答，又仰起头望着天空自言自语地道，"我要是鸟儿就好了，可以飞到天上去找爸爸妈妈。"

小无漏听了，鼻子一酸，差点落泪，就抬起手一遍遍抚摸着她的头，安慰她："不要紧，你还有哥哥我呢，哥哥会永远保护你的。"

"可我也想要一个家，哥哥，你将来会娶我吗？"她忽然抬起头来，很认真地问他。

"这……"小无漏脸一红，一时不知道该怎样回答才好，但怕她失望，还是犹豫着点点头，"好的，好的。哥哥答应你。"

老和尚恰好从他们身边走过，听到这些，忍不住叹了一口气，摇着头喃喃道："唉，佛力总是大不过业力啊。"

后来，临终之前，他将已经十七岁的小无漏一人叫到床前，对他道："你还是让她走吧。"

"师父，为什么？为什么要这样？"他吃惊地问。

师父望望他，好一会儿才说："我注意到你床上的被单，你已经有漏了。"

他于是大惊失色，赶紧跑到自己的床上去看。果然，被单的中央不知何时已然留下来铜钱大小一块褐色的瘢痕。这才想起头天晚上做梦时自己一直骑着马在丛林里焦急地寻找妹妹呢，那马一颠一颠地奔跑着，颠得他很舒服也很难过，忽然就觉得身上有什么东西流了出来。醒来后，他用手摸过去，黏黏糊糊的一摊，还闻到一股奇怪的味道，以为是尿床了。原来……

"怎么办？这可怎么办？师父！"

"我也不知道怎么办。不瞒你说，师父我——其实也是漏过的。不过，都是在梦里漏的罢了。唉，这么多年下来，我也有些明白了，无漏非无漏，是名无漏，不能太执着的。"说完，师父便口念一声"阿弥陀佛"，闭起双目，不再说话。

一会儿后，小无漏端了一碗凉开水去喂师父喝时，发现师父已经往生了。

小无漏从此便与妹妹在小庙里相依为命。

日子一年年过得很快，有一天，他忽然发觉妹妹越长越漂亮，甚至可以说是如花似玉了。而她对他言谈举止间也渐渐发生了一些变化。他念经或打坐时，她常常会静静地瞪着大大的眼睛有些羞涩地长时间望着他……

有一晚，好像是秋天里一个花好月圆的日子，月亮从婆娑的树影中一点点升起来，然后高高地挂在天上，白色的云彩也像轻纱一样，缠挂在月亮皎洁的面庞上。鸟儿好像都已经返巢了，四下里安静得很，只有秋虫经久不息地"唧唧唧唧"地鸣叫着。

他们用过晚饭后，见月色这么美，就双双坐到院子里一块青色的石凳上仰起脖子看月亮。

但后来，他忽然发觉她不是在看月亮，而是在看他。

"你看我干什么呀？又不是不认识！"他说，抬起手用食指轻轻地戳了一下她的额头。

她就有些生气地嘟起嘴巴，好一会儿不肯理睬他。

"你是不是有心事？都在想些什么呀？"他问。那时，他已经二十二岁，她也过了十六岁生日。

她乜了他一眼，不吱声。

"你说呀，我是你哥，你在这世界上唯一的亲人，你不对我说，还能对谁说呢？"他有些着急地催问。

她就是不说话。

后来，在他再三的询问下，她才鼓起勇气抬起头含情脉脉地看看他，然后又低下头去，像蚊子一样轻声但却很清晰地说："哥，我想知道……你打算什么时候……娶我……"

"什么？"他简直不敢相信自己的耳朵，"我什么时候说过要娶你？"

"你说过的。是我在菜园里抓蝴蝶的时候说的。你不能赖！"

"可……那时候你还很小，就算我说过，也是哄你玩的。你难道不知道，我可是你哥呀！而且……"

"又不是亲哥哥。"她嘟起嘴唇。

"可你说过，我比亲哥还亲的呀！"

"那是两回事。"

"不行。这肯定不行！"

"你要赖，你骗人！"她捏起拳头在他身上捶起来。

"啊啊……娶你？这怎么可能呢。师父还指望我修成无漏之身呢。"

"你已经有漏了。从你身上流出来的。那天师父和你说话时，我在门口听到，他说你床上已经有……"她红着脸说。

他的脸一下子红得比她还要厉害，因为这漏虽然是在梦中发生的，也无人看见，无人知道缘由，他心里却清楚是跟找她有关系的。而现在，妹妹正瞪着那双充满信任和期待的眼睛望着他，就像是已经窥破了他梦中的秘密一样，一下子弄得他心里很慌乱，也不知该说什么才好。但后来，他还是努力稳住自己，很坚决地对她摇摇头："不行，就是不行。师父说我已经修过无数世，再加一把劲就成功了。我绝不能前功尽弃。就是真有漏了，我也要及时堵上。"说着，他走过大殿那边去，对着佛像深深地作了个揖，并鞠了一躬。

但那晚他却几乎彻夜未眠。

第二天起床做过早课后，他本想和妹妹好好谈一谈，彻底打消她那些不切实际的念头，但看到她眼圈都哭肿了，又有些不忍，几次话到嘴边又咽了回去。最后还是妹妹先开口对他说："你不用再安慰我，我都明白了。我从小就盼着将来能有个家，一个真正属于你和我的家，可我却忘了你是个一门心思要出家的人……放心，我再不会逼你的。我只求你让我永远守在你身边，不离不弃，就算做你的护法……"

他听了，很感动，很想能像她还小的时候一样将她抱在怀里亲一亲，替她擦一擦眼泪。但他还是努力克制住了。

吃早饭时，他下了很大的决心但又有些踌躇不安地对她道："妹妹，我昨晚梦到师父了。师父在梦中对我说了好几遍：'徒儿啊，修行如行船，不进则退，你可不能半途而废啊！'所以，醒来后我就一直在想着要做一件事，来感恩师父和坚定我的道心。"

"你想做什么？"她不明就里地问。

"燃指供佛。"他说。

"燃指——供佛？"她闻所未闻，瞪大眼睛望着他。

"师父以前就对我说过的，《楞严经》里佛也讲到过：'若我灭后，其有比丘，发心决定，修三摩地，能于如来形象之前，身燃一灯，烧一指节，及于身上，爇一香炷。我说是人，无始宿债，一时酬毕，长揖世间，永脱诸漏。'你想想，永脱诸漏什么意思？不就是无漏的境界吗？"他说，眼睛里闪烁着一种很奇异的光芒。

"你是说要烧自己的手指头去供佛？"她这回是听清楚了，眼睛也瞪得更大。

"是的。"

"怎么烧，手指头又不是树枝和柴火，怎么点得着？"她半信半疑。

"师父对我说过的，他从前在吴哥那边的大庙里挂单时，见过有人燃指供佛。就是用线或纱布将要烧的手指头捆紧，让血不流通，过三四天后拆开，看皮肉已经发黑，刀子戳上去也不感到疼时，再重新包上，倒上香油，点上火就可以了。"

"你说得倒轻巧，那还不得疼死人哪！而且，火烧过后手指头肯定会废了，以后还怎么做事？"她还没见他真做，就是听着，已经心惊肉跳了。要知道，平时即便她被蚂蚁咬一下，也会疼得叫起来的，更何况是一直用火烧呢？她简直不敢置信。

"不要紧，我可以用左手的小拇指，烧过后也就是会短一截，不影响修行和生活的。"他故作轻松，好像就和喝几口热粥一样容易。

她心知肚明他决心已定，再也无法反对和试图动摇他，尤其看到他眼睛里透露出来的那种狂热的献身精神，对修成"无漏之身"无比向往的择善固执，更让她明白他绝不仅仅是要燃烧一根小手指头去供佛，而是将整个世俗的身心都准备放在与有漏告别的大火中去熊熊燃烧了……而她这个做妹妹的充其量能做的也只是当个助理或护士，帮他准备好线头、纱布、湿毛巾、香油、盐水、香灰等就行了。

他选择了四月初八佛诞节这天来燃指供佛。

那天天刚蒙蒙亮，他便起床沐浴。他本来是计划去他们经常去的离家很近的净水潭洗浴的，但那段时间因为老是下雨，净水潭里的水有些浑浊，不够清净，就改为从院子中央一口围着石头井栏的古井中打水，然后将盛满水的小木桶举过头顶，一遍遍浇洒下来。在他确认身体已经洁净过后，才用一块新毛巾仔细擦干，然后换上干净的袈裟，点上香烛，面对着大殿里的弥勒佛像长跪，并一遍遍持诵《大悲咒》《楞严咒》和《药师佛心咒》……直到云开雨雾，太阳升起，阳光普照，大殿里一片光明时，他才开始让她帮他在左手的小拇指上重新缠上纱布，并在第一指关节处用棉线一点点捆紧，然后再用小瓷勺从点长明灯的香油碗里舀出半勺香油，一点点仔仔细细地滴灌在已然面目全非的左手小手指上。

火柴是她为他划亮的，但头两根没点着，她因为太紧张，手抖动得厉害，以至于火种还没送到他手指上便熄灭了。

"别紧张，我都没当回事呢。你想想，能'永脱诸漏'，你该为我高兴才对呀！"他安慰她说。

她这才眼睛一闭，狠狠心将第三根燃烧起来的火柴往他朝天矗立着的那根小手指头上轻轻一戳。那火一碰到香油，便哧的一声燃烧起来，很快便形成橄榄大小的一团火苗，看上去很像是老和尚经常半睁半闭的一只亮晶晶的慧眼。

火焰刚起时，也许隔着几层纱布还未曾触及肌肤，疼得还不厉害，无漏还面带笑容，但很快他脸上的笑容就一点点褪去了，额头也开始溢出了大颗大颗的汗珠。跟着，那种火烧火燎的疼痛，从燃烧的手指上一下子扩展到相邻的手指和手背上。她见状，赶紧拿过预先准备好的湿毛巾帮他敷在小手指的周边……

五六分钟过后，空气里开始弥漫起皮肉烧焦后呛人的味道。

于是她赶紧对他说："哥，好了吧？我看应该可以了。"

可他却坚决地摇摇头："不，我说了的，至少要十五分钟。"

于是，她只能继续不断地按照他的吩咐，往那渐渐萎缩下去的手指上浇注香油。渐渐地，香油和手指上渗出的肉油混合在一起，不住地发出"噼噼"和"哧啦哧啦"的声响……

对于无漏而言，那疼痛肯定是巨大的，可她一时间却觉得她心里承受的疼痛比他还要巨大。因为他的疼不仅很让她心疼，而且他的这一举措更让她绝望——燃烧的虽然是他的手指，熄灭的却是她心里残存的那一点希望与他结合并有个自己的家的烛光……他在向"无漏"的至上境界跨进一大步的同时，却也在他和她之间砌上一堵又厚又高，并将很难推倒的精神和身体的墙。

因此，如果说无漏是在疼痛难忍、大汗淋漓的状态下最终完成了燃指供佛的壮举的话，她却是在眼里流着泪、心里滴着血的状态下，双手颤抖着为他清理完创口。而当她最后拿起他焦黑的手指放进一碗盐水中消炎时，看到他嘴唇已被咬破，牙齿和牙齿之间也发出咯咯咯的磕碰声时，她再也忍不住，失声痛哭起来……

十

这之后，他们间的关系开始有了嫌隙。虽然同住在一个院里，一个东厢房，一个西厢房，却像是隔着一条湄公河或者洞里萨河，常常几天都不会说上一句话。尤其她的脸色、她的眼神都变得如冰雪一样冷漠了。

这当儿，小庙之外的世界却起了翻天覆地的变化。

一直在丛林里躲躲藏藏打游击战的人们终于掌了权。

尝到了权力的滋味后，他们认为：城市地区受到了西方的影响，那些受教育程度高的人或富有的人，包括那些戴眼镜或拥有手表的人，都是不可信赖的阶级敌人。于是他们发出指令，要在全国废除货币和商品，并以美国人要轰炸金边的借口，将金边市三百万市民几乎全部迁去丛林种田，男的和女的都被分开住在田边的大寨中，夫妻也只能一周见一次面。

那境况似乎也是在组织人们集体修"无漏之身"了。

只有那些看管这些城里人的军队是相对自由的。他们可以借巡逻四处游走，甚至还可以拿枪打猎，尝尝丛林里各种各样的野味，比如野猪、野兔、山鸡等。

有一天黄昏时分，这支部队的一个年轻军官打猎打到了小庙的附近，在净水潭边偶遇一位比野物更吸人眼球的漂亮姑娘。

所谓的净水潭，其实是小无漏的师父在世时命名的。那天，他们去一家人家做佛事超度死者，归途中为抄近路沿一条弯弯曲曲的山涧小溪走着走着，忽见溪水在一个急拐弯处被几块黑黢黢的巨石三面夹击着阻挡住，形成一汪有一人深、天井大小、清澈见底的潭水，水中不仅可以看到天光云影，还可照见人影和树影。师父于是说："好一个清净的所在！就叫它净水潭吧。"三块巨石的另一面，是个大约呈四十五度倾斜的石坡。爬上坡顶望出去，可见他们的小庙掩映在绿茵茵的丛林之中。

那年轻军官站在石坡的顶端，举目四顾间，猛然发觉坡底一泓清水中竟有一个年轻的女孩站在水中洗浴。他吃了一惊，忙转过身去，并从石坡上快速退下来。可很快又站住，并抬手揉揉眼，以为刚才所见是幻觉。

他是个来自中国广西的初中生，年纪也就二十来岁，但在柬埔寨从军已有六年多了。刚刚意外看到的一幕，忽然让他回想起从书本中曾经读到过那些天仙下凡的故事。

"难道也让我碰上了？"他想，就又反身匍匐着重新爬上坡顶，屏住呼吸，抬眼朝下方细细看个究竟——

这时，姑娘已经从水中走出来，背对着他站在潭边的石滩上，拿一块毛巾擦拭着湿漉漉的头发和水淋淋的身体。然后，她从地上捡起一件蓝花布的布褂和一条灰黑色的裤子穿好，似乎犹豫了一会儿，又在潭边的石滩上坐下，手拉着垂落在胸前的长发，咬着嘴唇，一脸不开心的样子。过了好一会儿，她才像是终于想清楚某件事似的，猛地将头发向身后一甩，接着又捡起身边的一粒石子，奋力向潭水中砸去。望着水面激荡起的一圈一圈的涟漪，她才难得地咧嘴笑了一下。

他一时看得呆了，以为是梦境，就用力在大腿上掐了一把，还觉得疼，就更加瞪大了眼睛，生怕会错失姑娘举手投足间的每一个细节。

可惜，夕阳已经西下，暮色渐渐合拢来，姑娘终于站起身，在屁股上轻轻拍打了几下，侧身掩进一条石缝，消失了。

好一会儿后，他才又在远方的树丛间追踪到她那件蓝花布布褂，目送着它飘飘忽忽地掩进了门前长了一棵高大的歪脖子榆树的小庙。

"原来是个尼姑。"他想。

"可尼姑怎么会留那么长的头发呢？"他又想。

为了探个究竟，此后他便经常借巡逻和打猎之际，到净水潭附近转悠。可打那以后，她却似乎再也不去净水潭了。偶尔有一次见到，也是有一个和尚模样的青年人陪同着。她在潭中洗浴时，他便在石坡的顶端背对着净水潭静静地坐着，一边看书一边替她望风。

那年轻军官无计可施，只得以查户口和流动人员的名义来到小庙。

至此，他们才算正式相识了。

小无漏和妹妹也才了解到，这个来自中国广西、面容很白很秀气、额头很高的年轻军官，本名叫吴怀玉，后来在社会上时兴改路名、街名、店名、人名的风潮中，为让自己的名字更具有革命性和战斗性，且更富于理想，才改为吴怀宇。

似乎也是为了要对自己新改的名字负责，初中毕业后，受"胸怀祖国放眼世界"的革命豪情的激励，他与学校同年级的几个同学经过周密的计划，决定扒火车偷越国境去越南抗美援越。

一行共有四人，都是小时候一起长大的同学和朋友。那三个出身都很好，只有他一人是属于"可以教育好的子女"。本来他们还犹豫着要不要接纳他，后考虑到他弹弓打得特别准，万一在丛林里遇到野兽或者坏人，还可以帮到忙，就同意了。

他们跋山涉水，昼宿夜行，扒火车，搭汽车，千辛万苦终于到达河内。天一亮，便急急地找到当地政府部门，坚决要求去南越打美国鬼子。见他们求战心切，当地政府与有关部门联系过后，就让他们跟随一支经常通过"胡志明小道"向南方运送军火、人员和其他战略物资的部队出发了。他们先是在越老边境的崇山峻岭里走，沿着越、老、柬边界的长山山脉穿过越老边界的穆嘉山口，进入下寮，又横跨孔江和沙万到达柬埔寨边境，预备再穿越柬埔寨东部，进入越南南方的西原地区。

但就在这时，他们的行踪被美国人的侦察机发现了，随后便有好几架武装直升机呼啸着朝他们猛扑过来，枪声、炮声一时大作，震耳欲聋，跟着，一颗颗燃烧弹也纷纷从天而降，将刚刚还遮天蔽日的绿油油的丛林烧成一片火海。他曾经是很爱看电影的，尤其爱看打仗的电影，然而，枪炮声骤然在身旁响起时，却吓得尿了裤子，又看到有军人枪还没来得及举起来，头就已被直升机上的重机枪打爆，鲜血四溅……也有被燃烧弹击中的，刹那间烧成一块黑炭，散发出刺鼻的人肉焦煳味……他惊恐极了，也顾不及寻找已经失散的同伴，便慌不择路地穿密林、蹚河流、越山岗，一下子似乎跑出去几十里，直到再听不到枪炮声，再见不到火光时，才惊魂未定地瘫倒在一棵大榕树下……

就这样，他不仅和他的同伴们失散了，也与运送人员和物资的部队失散了，在丛林里鬼打墙一样转悠了好几天，只靠雨水和野果存活，结果阴差阳错地遇上一支当地的游击队，于是就加入了他们。

他与无漏兄妹更熟稔些后还告诉他们，他其实是从家里偷着跑出来的。他的父母做梦也不会想到，他现在已是柬埔寨正规军里的一位连级军官。

他恨他的家庭，尤其他的父亲，所以才没对他们说一声就离家出走了。他父亲本是镇上的一个裁缝，开着只有一个门脸的小小的裁缝店。他手艺好，又勤劳节俭，一根线头、一块零头布也从来不肯轻易丢弃，天长日久终于积攒起一片家业，并在临近解放时到附近乡下买了十几亩地。作为一个地富子女，本来就低人一等，混得再好，也不过是个"可以教育好的子女"，回到家还要受在外挨批斗、回家爱发脾气的父亲的压迫，他觉得生活真是太暗无天日了。所以，从十岁时开始，他就在计划着能到一个没有人知道他的过去的地方开始新的生活。

"这么说，我们都是出家人了。"无漏听了他的心路历程，很同情，半开玩笑地对他说。

"谁和你一样！我告诉你，我们是革命者，四海为家，舍个人的小家，为天下人的大家。不像你们这些和尚，只想着自己修炼成佛，其实是到处放毒、贩毒，害别人。"

"放毒？贩毒？"无漏从来没听到过这种说法，倒有些糊涂了。

"革命导师马克思说过，'宗教是麻醉人民的鸦片'。鸦片是什么，难道不就是毒品吗？不过，你们吸的和贩的都是些精神鸦片罢了。"

无漏听了，很有些不以为然，就笑着反唇相讥道："就算是鸦片，不也有镇痛的疗效吗？"一句话堵得吴怀宇好半天说不上话来，以至于都有些恼羞成怒了。过了好一会儿，他恨恨地站起身，道："要不是看在你妹妹是孤儿，是我们无产阶级阵营里的人，你还救过她的分上，我早就把你这破庙砸了！"

他这话并不是危言耸听。

尽管是在丛林里，消息比较闭塞，无漏还是从很多途径得知：新政权上台后，柬埔寨八百万人口中至少四分之一以上的人被作为敌对分子铲除了。他们认为有些人口是不值得存在的，例如医生、教师、宗教人物、记者、律师以及部分以前的政府工作人员等。若有人听收音机和西方音乐，只要被人举报和告发，也会被立即逮捕和拘留，家族也会被牵连。有些人，比如华人和越南人，基督徒以及穆斯林的占族，常常没有任何借口就被无条件地消灭了。甚至一些戴眼镜、戴手表或会说外语的人，也会因此而面临死刑。他也听说有一次至少有一万三千人进入 S-21 审讯中心，最后只有七人出来……而且，更重要的是，他试探着回过一趟家，想知道在学校里教英语的父亲有没有遇到什么麻烦，却发现他们也失踪了，并且音讯全无……

作为一个在丛林中虔诚修行的佛教徒，连打死一个蚊子、踩死一只蚂蚁都视为罪过，怎么能理解人和人因为政见的不同和出身的不同，而造成这种大规模的杀戮呢？更何况，他们还认为佛教徒是寄生虫，正对城里城外许多大寺庙的佛教徒进行镇压和遣散，许许多多的寺庙都遭到毁坏，他们所待的这种小庙能够幸存下来也是奇迹了。

所以，自此后，他坚决反对妹妹再与吴怀宇来往。

谁知她心里却不这样想，她觉得吴怀宇和无漏其实很相似，他们信了一种东西，要追求一种东西，便无所不用其极。一个要修成无漏之身，一个要追求全人类的彻底解放，又都神使鬼差地出离了自己的家庭。只是吴怀宇虽然也像一个清教徒，但对于男女之间的事究竟还不像无漏那样走极端，而且，她也感觉得到，他对她是很喜欢的，也不像无漏那样无论何时何地，都刻意和她保持着一定的距离，避免肌肤相亲。于是，渐渐地，她和吴怀宇一点点亲近起来，常常会扶着山门的门框，翘首以待他的到来。她喜欢闻他身上的汗水味儿，喜欢看他脸上和手臂上的绒毛，喜欢摸他腰间束着的那根从中国带来的绛红色的皮带，听他讲在中国时的许多趣事……慢慢地，尽管她还是一如既往地爱她的哥哥，相信他在将来修行的路上一定会有大成就，但她的身体却像是吃了鸦片，越来越迷恋吴怀宇，并且一点点陷进去，经常背着无漏跟他去丛林里玩耍。

无漏免不了要责备她，她就辩解说："我要是不理他，他会带人砸了我们庙，让我们也去住集体大寨的。"

"那也不行，我宁愿庙被砸了，也不要你跟他在一起！"

"可是已经晚了，我已经喜欢上他了！"她忽然从未有过地大哭大叫起来，"都是你的错，你的错，是你不答应将来要娶我！你要是肯改变主意，我立马就跟他一刀两断，跟你到天涯海角！"

他一时哑口无言，很矛盾也很痛苦，但最后还是很坚决并且残忍地对她摇了摇头："不可能的。"——他心里始终还放不下他和师父那个共同的伟大理想——修成一个举世无双的"无漏之身"。

她就更大声地哭起来，最后一把鼻涕一把泪地对他决绝地吼道："去你的无漏吧！我就不相信这世界上还有无漏的男人，除了他是面捏的、泥塑的、石头刻的，除了他是王宫里的太监！"

从此，她似乎更加心安理得接受了吴怀宇，并开始抓住一切机会跟他学中文，并打算成为他的未婚妻，将来结婚后跟他一起回到革命的圣地去……

那段时间里，她有时也很苦恼，觉得自己是生活在一个夹缝中，被两个兄长一样的男人争夺着，更被这两个男人身后的巨大的精神背景争夺着，好像他们都需要她的支持，才能使他们为之奋斗的事业获得成功。可是，她却觉得无所适从，既无兴趣于修"无漏之身"，也不愿做一个内心常常被仇恨填满的革命者。她只想着能过一个普通女孩想要的再平常不过的生活，嫁一个喜欢的男人，有一个属于自己的温馨的家。她也常常纳闷：女人总希望有个家，为什么男人们却总喜欢离家和出家呢？

渐渐地，无漏也终于明白：世道不同了，他已经无法用他的佛法去抵制和对抗吴怀宇手中的枪，只能对他和妹妹之间感情的发展睁一只眼闭一只眼。

未料吴怀宇反倒越来越觉得他碍眼了。一来他很讨厌无漏每次见到他时，眼睛里流露出的那种慈悲中混杂着嘲讽的眼神，也厌恶无漏那种对万事万物都满怀慈悲的笑容，觉得那很虚伪。

他们之间的关系一点点紧张起来后，有一天，他也忽然担心起无漏会不会去向上级告发他和图图乱搞男女关系。军营里的纪律还是比较严明的，上上下下基本上都过着一种类似清教徒的生活，尤其将男女之间的亲密行为看作是剥削阶级和资产阶级的生活方式。而他毕竟身份又是从中国过来的人，上面的头儿们虽然对大国毕恭毕敬，对他却并不十分放心，甚至担心他会不会是有关方面有意安排过来的情报人员或间谍，故一直对他加以控制使用。有些事、有些秘密、有些决策，他们对他是保密的。所以，如果有人告发他，他们很可能会借机名正言顺地撤了他的职甚至除了他。因此，他打算索性将他和图图的事向上面汇报，讲清楚一切，从无漏身边带走他的妹妹，让她和他决裂，随自己一起走上革命道路，并结为革命伴侣，从此心往一处想，劲往一处使……

但他也很清楚，要这样做，就必须先将她从无漏的影响下解放出来。他发觉，这也是他和无漏之间两种思想、两种世界观、两种意识形态的一场大决斗。他仔细想过以后，决定先从推倒和砸烂小庙里的弥勒佛像做起。因为弥勒佛是无漏的偶像，而无漏又是她的偶像，打蛇必须打在七寸上。偶像一破，无漏过去在她心里所营造起来的一套封资修的意识形态体系就会轰然倒塌，他再做她的思想教育工作就容易得多了。

"记住，将来我们的爱情故事也会被写进柬埔寨未来真正的无产阶级文艺作品中去，并被千秋万代所传诵的。"有一次，他意气风发地对她说。

那之后的一个上午，他趁无漏进城购买油盐酱醋等生活用品之机，带着一捆从一处建筑工地上找来的粗粗的麻绳来到小庙。

她知道他的来意后，忙阻止他："不，你千万不能这样，你这样做会要了我哥的命的。"

"这种泥塑木雕的东西就是反动派用来麻痹人民斗志、榨取人民血汗香火钱的工具，你可一定要擦亮眼睛，不要被他蒙蔽。而且，我毫不夸张地告诉你，城里的庙差不多都砸光了，这里也是迟早的事。你要记住，天下，已经是我们的天下，国家，已经是我们的国家，我们不做谁做，我们不干谁干？"

"那……能不能等我哥回来后再……"她听了他的话，也感觉到他的义正词严，就退了一步说。

"不行。革命者就是要有一股'说打就打，说干就干'的雷厉风行的战斗作风，不能总婆婆妈妈地瞻前顾后，那会一事无成的。"

她说不过他，也阻止不了他，只得站到一旁，随他去了。

然而，就在吴怀宇刚刚将粗大的麻绳系到弥勒佛的脖子上的时候，无漏却忽然回来了。原来他忘了带上新政权刚刚颁发的购物凭证，正赶回来拿，恰巧遇见这一幕，一下子愣住了。

"这小庙和小庙里的一切都是我师父留给我的，你不能不通过我就私作主张！"

"啊？你说什么？你说这庙是你的？"他笑了，"你不是在做梦吧，难道你还不知道，现在已经没有私有财产，一切归农会，一切归新生的红色政权？"

"我不管，有我在，我就不会让你得逞。"无漏说，一个箭步冲到半人高的佛像底座上，挺身站在弥勒佛像前，展开双臂，大义凛然地道，"你要拉就连我一起拉吧，我今天会和佛祖共存亡。"

他的这一举动和那不可动摇的气势倒将吴怀宇震慑住了，以至于只能气恨恨地望着他，大口喘着粗气，好半天说不出话来。但吴怀宇最后还是虚张声势地对他叫道："你、你、你不要妨碍我执法！"

"什么法，谁的法？！"

"新政权的法，报纸上都登着的！怎么，你想反对吗？想做一个现行反革命吗？"

她见状，赶紧跑过去抱住无漏的两腿，哀求道："哥，算了，现在到处都这样，他也是执行上面的命令，咱们胳膊拧不过大腿！你就别固执了，让他拉吧！"

"是啊，我也是奉命而来。难道你想和新政权对抗？"吴怀宇也就势顺着台阶下，同时还抬起右手按了按挂在腰间的手枪盒，像是给自己壮胆，更像是威胁。

她就更紧张了，眼里噙满了泪，哀求无漏道："哥，你就听妹妹一句话，下来吧。我就是有千不是万不是，这一次也请你听妹妹的，好吗？"

无漏于是低头看了看她，并少有地抬起一只手在她的头顶轻轻抚摩着，然后又回过头仰视着这尊与他日夜相伴十几年、从来都是给他欢喜和信心的弥勒佛像，眼泪忍不住哗哗流下来。

"好吧。哥这次听你的。"他缓缓地说，然后意味深长地望了吴怀宇一眼，道，"不过，从中国来的兄弟，不管你爱不爱听，我也劝你一句：佛可不是人力所能拉得倒的。拉他的人常常会搬起石头砸自己的脚。"

吴怀宇听了，丝毫不为所动，反而哼哼冷笑一声，道："那咱们就拭目以待吧！"语毕，他便将麻绳在胳膊上一缠，运足了气，往后退了几步，猛然向下一拉。

然而，那佛像竟然纹丝不动。

他就有些尴尬，复又转过身去，弓下腰，借助肩部的力量往下拉，但也只是让佛像轻轻地晃一下而已。

这时，他再抬头看那佛像，再望望站在一旁的无漏，发觉他们似乎都正用一种心照不宣的同样的笑容看着他。而这笑容，他感觉就是嘲讽，就是讥笑。于是，他一时怒火中烧，猛跨前一步，离弥勒佛像更近些，又将绳索捆在腰际，再缠绕在胳膊上，转过身，仰面对着佛像，然后像拔河一样，脚跟蹬地，身子最大限度地向下倾斜，心里数着一二三，然后用尽全身力量一发力——

终于，弥勒佛像被拉倒了。

然而，就在弥勒佛像轰然倒下的那一瞬，他脚下却一滑，也仰面朝天摔倒了。与此同时，那佛像竟像是要拥抱住他似的，直直地冲着他扑过去——

一旁的她"哇"地惊叫一声，向后跳出数步，正撞在无漏的身上，无漏赶紧一把将她抱住。

等佛像砸地所激起的尘土散落后，无漏才拉着惊魂甫定的妹妹一起走到轰然倒地的佛像跟前去察看了一番——

吴怀宇的脑袋被弥勒佛的头撞个正着，开裂了，地上唯见一摊血水和深陷下去的泥坑……

无漏一下子也蒙了，他原来一直以为这佛像是泥塑的，现在才知道原来是石头雕刻的，从那么高的地方摔下来，身上竟无一处破损。

而再细看被佛拥抱住的吴怀宇，虽不敢说已被砸得稀烂，但早已嘴歪鼻斜，一命呜呼了……

他心里就很有些后悔，觉得不该说那番搬起石头砸自己的脚的话。虽然潜意识里他也曾希望佛能显一些神通，给不信神常常自称是唯物主义者的吴怀宇一个教训，可他绝没有期待过要以这样极其血腥的方式来结果他的生命。更何况，他对吴怀宇初中毕业后就离家出走投身世界革命的壮举和勇气，也还是心怀钦佩之情的。他也心知肚明：吴怀宇虽然有些极端和偏执，但他所犯的那些错很多应该还是因缘的错，轮转着的业力的错……

他这样想着，忽觉怀里一沉，低头一看，原来是妹妹晕倒在怀里。

十一

他就弯下腰，将她缓缓地抱起来，反身跨过大殿高高的门槛，踩着业已被岁月践踏得坑坑洼洼的砖铺小径，用身体轻轻撞开虚掩着的西厢房歪斜的木门，将她安放到用两张长凳、一块门板拼搭起来的小小的床铺上，然后从床畔的热水瓶里倒了一小瓷缸开水，又找出一把铁勺子舀起半勺，打算喂她喝一些水。他明白，她不过是受了惊吓，兼之有晕血症，才临时昏迷过去的，只要喝些水就会快一些苏醒过来。可水有些烫，她的嘴唇又紧紧地抿着，他一时无从下手。正踌躇间，忽然记起当年刚收留她时，有一次她发高烧说胡话，根本无法正常吃饭，于是，那些开水，那些米粥，那些咸菜，都是他学母亲曾经对他做过的那样，先含在嘴巴里凉一凉，或者嚼碎了，再嘴对着她的嘴一口口喂下去的。不过，那时她还小，他和师父都不以为意。可现在，她已经长成一个大姑娘了，微微翘起的鲜红的嘴唇那么丰满，就像一朵含苞欲放的鲜花，倒让他有些迟疑和踌躇起来……忽然，他记起师父曾说过的一个故事：一个小和尚因为在涉水过河时看到师父背着一个年轻的姑娘过河，心里一直耿耿于怀，以为师父是起了色心，犯了色戒，回到庙里后语带责备地问师父为什么要这样做。师父听了，却笑着对他说："我一过河就将她放下了，你怎么还放在心上？"于是，他心下一时大悟——"是啊，应该放下，放下，再放下……"

他于是便"无所住而生其心"地嘴对着嘴，一口口地为她喂起水来……到后来，他眼里已没有了她的嘴唇，只见一朵因为缺水而快蔫儿了的花苞……

像是得了他的雨露滋润，那花苞忽然张开了，跟着，那双闪亮的夏夜星星般亮晶晶的眼睛也一点点睁开了。恍惚迷离中，她忽然激动地伸出双手搂住他的脖颈，让她的双唇和他的双唇紧紧地贴在一起……

但很快她就完全苏醒过来，突然松开手，一骨碌翻身下床，趿拉起鞋子就往大殿里跑……

"这是做梦吗？"她愣愣地站在当地，忽然觉得一切都不真实，就像是无漏嘴里经常念叨的那句佛语，"一切有为法，如梦幻泡影，如露亦如电，应作如是观。"

她本想走近前去看一看那已经四大离散了的曾给了她欢爱的人，可脚还没迈出去，就踉跄着差点跌倒。无漏见状，忙将她扶回房间。

在那张小床上，他们静静地相对无言地坐了一会儿后，他对她说："你别担心，我会去向他们的上级报告的。现场一看就明白，这是他自己造成的事故。"

听了他的话，她嘴巴嗫嚅了好一阵儿，忽然道："不行，哥，你绝不能去！"

"为什么？"他有些不明白。

"不会有人相信你的，他们一定会认为是你在搞阶级报复。怀宇对我说过，他们是革命战士，对反动派是绝不会心慈手软的。你去了，肯定是自投罗网。"

"可现场在那里啊，他身上的绳子，佛像倒下的角度，明眼人一看就清楚的。"

"但他们如果说是你先杀了他，再伪造了现场呢？"

"这……怎么可能？我怎么搬得动这么重的佛像去压在他身上？我……怎么可能……"

他生平第一次忽然觉得这样无助，甚至还要一个比他小六岁的妹妹帮着拿主意。

"逃，只有赶紧逃，往泰国边境逃。逃出去，你才有生路，才能继续……"

"可你呢？你难道不一起逃？"

"我不逃。我们一起逃的话，很快都会被抓住的，到时候跳进湄公河也洗不清了。我留下谅他们也不会对我怎么样，还可以为你说话和作证。"

"不行。要逃也得一起逃，我绝不会将你一个人留下的。"他发起梗。

"我再说一遍，我肯定是不会逃的，我有我的原因和理由。"

"什么原因和理由？那你快说呀！"

"这个……我以后会告诉你的。"

"不行，你现在就得告诉我，不然我绝不会扔下你一个人走。"

她就无计可施了，默默地望了他一会儿，才道："这可是你说的。我说出我的原因和理由后，你必须马上收拾了走！"

"行。"他点了点头，但随后又补充一句，"如果我觉得合情合理的话。"

"我……已经怀了他的孩子，是他……的人了。一日夫妻百日恩，他在这里又没有任何亲人，我必须为他料理后事……"

他就彻底无语了，低下头想了好一会儿才又重新抬起头来，红着眼睛对她道："那我可不可以不去泰国，先找个地方去躲一躲？我还想找我爸我妈……"

"不行，那更不行。你这时去找他们肯定也是害他们！"

"好吧。那我就听你的。"他又想了想，终于松了口。

十二

图图说到这里，眼里早嗐满了泪，但她没有拿纸巾去擦，而是任其一点点渗出来，挂在眼角。然后，她静静地扭过头去，眺望着远方，仿佛是要搜寻她故乡的方位，并捡拾她遗落在故乡丛林里的曾经的青春和梦。

太阳已经落山了，对面山头上最后一抹夕阳早已消散在雾蒙蒙的天际间。右侧邻居家那棵高大的松树，在黄昏的阴影的映衬下显得特别触目。那顶部横生出的一根弯弯曲曲的蛇身一样的树干上，此时站满了黑乎乎的一排大鸟。平时，它们经常会叽叽喳喳地叫个不停，仿佛也在集会，有鸟在演讲，也有许多鸟在争吵、欢呼，或者抗议。但今天它们忽然都安静下来，好像也在仔细聆听一个来自东方佛国的女子给它们叙述这样一段惊心动魄甚至还有些匪夷所思的故事。

"那……后来怎么说的？"妻子呆呆地望着图图的侧影，像个孩子似的完全沉浸在图图叙述的人物和故事情节中了，尤其两位主人公她还都认识，并且其中一位就在她面前，伸手可触，就像是从电影银幕中走出来的人物。

图图这才回转过脸来，嘴唇抿了抿，嘴角动了动，努力现出一点微笑，道："后来，我就帮他简单地收拾了一下行装——其实也就是几件换洗衣服，一点平时我们舍不得吃的饼干和桃酥，还有一点香火钱和信众的供奉。我将钱放在他贴身的口袋里，其他的则用床单包裹起来，打一个结，可以背在肩上。想到路上可能还会有人围追堵截他，我也将他平时收存的一张地图找出来，和他仔细研究从哪条路去泰国边境最好。后来他决定不向西走磅士卑省和戈公省，而向北走磅清扬省，然后再过菩萨城，这样虽然绕得远了一点，一路却都是丛林。他在丛林里住惯了的，什么野果子野蘑菇能吃，什么水能喝，他都懂的，饿不死他。我也同意他的意见：从菩萨城走，会得到菩萨的加持和保佑，帮他脱离险境……总之，我忽然一下子变得出奇地镇定和冷静，连我自己都有些不敢相信自己了。真的，似乎一眨眼的工夫，我就真的长大了。只是等我将一直迟疑着迈不出脚步的无漏推出山门，望着他一步三回头的身影渐行渐远，才又熬不住追出门扑上去抱住他，热泪盈眶地将嘴唇贴住他那曾经多次喂过我水和饭的嘴，发疯似的独自吻着，同时泣不成声地道：'哥，记住啊，你可一定要记住，你就是逃

亡到天涯海角也一定要记住，妹妹心中最爱的人永远是哥哥，我最最亲的哥哥！'

"他什么也没有说，只是很用力地抱了我一下，然后猛地回过头，大踏步地朝丛林深处走去，最后消失在一棵大树身后。我失神地对着那树的暗影，那暗影中闪闪烁烁、明灭不定的天光望了好一会儿，才呆呆地回到庙里，关上山门，两眼失神地望着一下子人去庙空的院子，望着大殿地上还躺着的那个曾经和我有过最亲密的肌肤接触的人，一时也想起他对我的许多好，终于忍不住蹒跚着走过去，在他身旁跪下，放声大哭。

"他不光对我好，同时也很尊重我的。

"虽然他的身体经常会有强烈的冲动，可他从没有强迫我和他行男女之事。他总说，要把最美好的东西留到结婚。

"后来，倒是我有些熬不住了，也看他似乎特别痛苦，一直有要主动宽衣解带的冲动。

"记得有一天午后，无漏被安排去工地劳动了，他特地来看我。他一进我的小房间，我就扑上去紧紧搂抱住他。我疯狂地吻着他的时候，能感觉到他下面的反应也很强烈了。我就觉得浑身乏力，一下子瘫倒在床上，并开始抖抖索索地解着衣扣……他见状，忽然一把抓住我的手阻止了我，'不，先别，万一……不是说好了的吗？……那时会更美好的……'

"过一会儿，大概怕我难堪，他又拉起我的手贴在脸上，深情地说：'……我也不是不想，可我要准备好了才行，也要对你负责。知道不，人的身体总是肮脏的，只有灵魂才洁净。身体总是拉人向下，只有精神才能拉人向上。'又说，'……我忽然想起一件事。小学四年级的时候，班上开"斗私批修"检讨会。我搜索枯肠就是想不到一件能够反映出我是真真确确地"灵魂深处闹革命"的事例。后来忽然想起一部两天前学校组织看过的电影，那里面有一个青年妇女，她在山坡上看到一个受伤后昏倒在地的解放军战士，发觉他的嘴唇都干渴得裂开了很大的口子，已经奄奄一息了。可是附近找不到水，她犹豫来犹豫去最后还是果断地撩起布裙，将自己的奶水挤到他的军用水壶里一点点喂他……于是我就对老师举起手要求发言。老师说，好吧，吴怀宇，你来讲。我就低下头，吞吞吐吐地道：老师，嗯，前两天我看了那部电影，有个活思想，很不好。怎么不好？你说仔细点。老师说。我的头就低得更低了，眼睛也不敢看人，结结巴巴地说：嗯，啊，这个，我想我将来长大后也要当解放军。这很好啊，是好事，不需要检讨的。老师又说。我就更惶恐了，最后心一横，眼一闭，哑着嗓子说：老师，不是这样的。我、我、我……我一连说了七八个我，才终于和盘托出：我、我想，当解放军真好，负伤了还可以喝到奶……'

"'老师听了，先是一愣，接着忍不住笑出声来，同学们也都笑起来。老师于是对我招招手，说：行，你坐下吧。我不肯，又说：我还没说完呢。没完？老师很纳闷，就说，那好，你继续说吧。于是，我就鼓足勇气，继续竹筒倒豆子道：我还不想挤在水壶里喝，想直接吸，像小时候吃我妈妈的奶一样……这……真下流，很不对……一下子说得老师和同学们全又都哄堂大笑起来。但我讲完这些，终于松了一口气，也敢抬起头来看老师和同学们了。可就在这时，我忽然发觉老师不知什么时候已经站在我身边，我看到他嘴巴好像微微动了一下，舌头还轻轻地舔了舔嘴唇，喉结也明显地鼓了一下，像是咽下了什么东西。我当时就有些怀疑，难道老师也有我这样的活思想吗？因为那次我暴露"活思想"很诚恳、很彻底，老师后来给了我一个很好的评语，并打了"优"。所以呢，我们现在也要努力把柬埔寨建成世界上最纯正、最纯洁、最纯净的社会主义国家……'

"我很意外他会讲出这样一番话，令我很意外又很有些失望。但我也注意到，他这样说着的时候，目光却不住地瞟向我挺拔的胸脯——我那儿还不到十四岁时就鼓胀起来了，如今，布衫被撑得都快扣不住纽扣了。有一次，我蹲下身捡东西时，还一下子崩掉两颗纽扣……我就下意识将衬衫的下摆朝下拉了拉，却见他忽然凑近我，耳语道：'我……可以碰一下那里吗？'

"我一下子就明白他是指哪里了。但我坚决地回答说：'不行！'

"'就一下下。'他少有地涎着脸皮说。

"'你这会儿不去想世界革命，想为人民服务了？'

"'革命者也有七情六欲的……'

"我就在他腮帮上捏了一下，说'脸皮真厚'！但那意思他明白也是首肯了。

"他于是抬起一只手，用一根白白的、瘦瘦的、细长的手指轻轻、轻轻地在我的一个乳头上按了一下。

"顿时，我被一种从未体验过的特别令人惶惑也令人陶醉的电流击中了，以至于整个身体都剧烈地颤抖起来……

"那以后，我越来越喜欢看吴怀宇的那双像女孩子般纤细瘦长的手，那手指特别白，很像是玉手指，也很像五支白蜡烛。我们见面时我常常会忍不住要拿起那手放在眼底仔细欣赏，像是鉴赏一件价值连城的上帝创作的工艺品。那双手也特别灵巧。据他说，他小时候还无师自通地跟母亲学过绣花。他身上也总带着针线，衣服或裤子破了，就自己缝、自己补。我见过，那些针脚既细密又整齐，一般女孩子也很难做得那么好。我想，如果不是革命和战争，他很可能会是一个服装设计师或者艺术家……当然，我后来之所以特别欣赏他的这双手，还是因为它对我身体的抚摸……总是像虫子一样在你身上不紧不慢地爬着……像用手来念经一样，一个字也不肯落下……

"还有，他很多地方真像个女孩子，女孩所有的细致和耐心，他一样也不缺。他身上还一直带着三样都是我们女孩子才喜欢随身携带的东西：一面有扑克牌大小的小方镜，一把已经缺了好几个齿的小木梳，一把不锈钢的小镊子。

"有一次，我看他抬手用五指捋着头发，忍不住问：'你怎么不拿梳子梳？''你怎么知道我有梳子？'他说。'我不光知道你有梳子，还知道你有小镜子和镊子呢。可我不明白你要小镊子干什么？难道你们当兵的也要修眉毛？'他就脸一红，朝我笑了一笑：'我们也有其他地方要修啊。''什么地方？'他不说。我坚持要他说。他就说要答应他一个条件。我说什么条件？他说让我亲一下那里。见我狐疑，又补充说：'隔着衣服。'我就说：'好吧。'他这才告诉我，那是用来拔胡子的。'丛林里随时有敌情，哪有时间去刮胡子。我逮着空就掏出来拔一拔。'我于是再仔细看他嘴唇四周，竟真的看不到一根胡须。这就让他更像个女孩了。可偏偏就这么一个有些女孩子气的男人，脑子里想的却偏都是些世界革命的大事——向往斗争，向往拯救全世界。

"……我就这样，痴痴地望着像是在地上睡着了似的他，好一会儿才止住哭泣。这时，我已经不再那么恐惧了，开始睁大眼仔细辨认一身血迹斑斑的他。他的一只手从佛像的腰间露出来，像是要抓住什么。我伸出手去，本想用手指去擦一擦他鼻梁和嘴唇上的血迹，可最后还是忍不住拉起他那只张开着的手。我俯下身，将它贴在脸上……后来，我又看到他的裤子口袋里似乎掉出来一样东西，有半截陷在浮尘中，拾起来一看，原来是他那把断了好几根齿的木梳。我心里又是一痛，猛然想起出了这么大的事，应该立即去他的部队上报告才是，就赶紧换了件衣服小跑着出了门……"

说到这儿，图图又顿了顿，伸手去端还剩下大半杯咖啡的杯子。

"啊，肯定早凉了，我再帮你去冲！"妻子见状，赶紧站起身，伸手要去接过她手中的杯子。

可图图却抬起另一只手挡住，道："不用了。我平时不怎么喝咖啡的。我只是想拿在手里捧一会儿。当年，他们部队上的人将他火化了后开追悼会时，我曾向他们的领导请求要一些他的骨灰做纪念，他们后来就是用这样的一个带盖子的茶杯装给我的。"

"那——后来呢？你一个女孩子家怎么生活？"这回是我忍不住问。

"他们说我年龄小，是受毒害受蒙蔽的阶级姐妹，只要肯和无漏划清界限——对了，他们那时完全不采纳我的证言，坚持将无漏定性为残酷杀害革命军人的罪大恶极的杀人犯，并在全国通缉他，还将他说成是专以修所谓的'无漏法门'骗人的邪教组织的头目，而我就是其中最大的受害者……他们要我反戈一击，并欢迎我加入他们的队伍。"

"那你答应了吗？"妻子又急着问。

"没有。"她摇摇头，目光重又瞟向远方，然后对着一片虚空幽幽地道，"我说，我肚子里已经有了他的孩子，是他的人了，我现在满心只想做一件事，希望领导上能够成全。他们就问我什么事，我就说，我想请你们帮我找到怀宇中国的地址，我要把他的骨灰还有我肚子里的孩子一起送回他老家，送回他父母身边。"

说完，她忽然回转过脸来，站起身对妻子道："可以用一下你们的洗手间吗？"

"当然，of course。"妻子忙点点头，站起身要领她进屋。她却按住妻子的肩膀让她不要动，并道："你们家我很熟的，卖房那阵儿，我天天在这里。"说着，径直朝书房方向走去。

"啊啊，真是的，还那么小，就碰上这样多的事，又是父母双亡，又是男朋友被砸死……唉，真是的，真是个苦命的人……"看图图走出我们的视线，并听到里面厕所的门被轻轻地关上后，妻子无比感慨地说，眼圈又开始红红的。

我没有回应妻子的话，或者说也根本就没有注意到她在说什么。我现在的思想完全沉浸在对图图和米勒，以及吴怀宇遭际的深沉的思索中。它们像是一幅壮阔的涵盖了许多时代和国度的，多维的，既具体又概括、既写实又抽象的油画，而画中人无漏对吴怀宇说过的一句话也像题记似的打在那画面中，渗透在那画布里——"这么说，我们都是出家人了。"

他当时也许是和吴怀宇开玩笑说的，可我现在却觉着这话里充满了玄机，甚至还觉得这话好像也是对我说的。

什么才是家？除了故土外，你认识的字，你读过的书，你受过的文化的传承、精神的洗礼难道不是来自另一个家？不然，怎么会有"精神家园"之说？……可是，我是谁？我的家又在哪里？……

我正这样胡思乱想的时候，图图已经脚步轻捷地走回来。像是胃里翻江倒海般难过的人，终于将一肚子有毒的食物和苦水吐了出来，她的脸色和精神忽然变得清朗了许多。

"后来呢？"看她重又在椅子上坐定后，妻子问。

"后来他们还真的答应我了，几个月后还帮我办了去中国的签证，资助我坐火车去了广西崇左一个位于左江岸边的小镇。我在那里见到了怀宇的父亲和他一个弟弟三个妹妹，可惜没见到他母亲。她在他离家出走后哭瞎了眼睛，身体也一日不如一日，四十出头就去世了。我住在他家，开始还可以，孩子出生之前，他们全家还待我像亲人一样，不厌其烦地听我讲述吴怀宇的事。可后来，慢慢地……说起来真让我痛心。先是他已经出嫁的大妹妹开始四处散布流言说我可能是个扫帚星，要不是我她大哥也不会死的。接下来，他弟弟生怕我生的儿子将来会和他争夺家产，也放出谣言，说我的孩子和他哥哥根本没有血缘关系，是跟和尚弄出来的。他爸和他两个小妹妹还好，但也不敢得罪那两个，就对我说：'你就还是回去吧。孩子留在这儿，我们帮你带。'可我怎么肯回到柬埔寨去呢？好在吴怀宇教过我一些中文，在他们家住的这半年多来，我也学了不少广西话，口语表达上已没有什么大问题，我就跟他二妹妹借了一点钱，只身跑到南宁去打工了。先是在餐馆洗碗端盘子，后来又到建筑工地上帮人洗衣服。有了点积蓄后，我从黑道花钱买了一张居民身份证，然后找了一个民族学校的夜校去学中文。

"我在南宁时曾和朋友一起去过九曲湾温泉度假村，那里有一种叫作温泉鱼疗的项目，就是在水池里放了一些特有的可以在四十摄氏度左右的温水中生存的小鱼。那些鱼儿约三厘米长，当你进入浴池后，它们就会围拢来吸啄你的皮肤，人不会感到丝毫的痛痒，反而觉得十分惬意。广告上说这是一种无医无药的纯自然的疗法，对于常见的皮肤病、疤痕、脚气有着独特的疗效，并且没有任何副作用。可我泡在池子里时，感觉的全是吴怀宇的手指在我的身上游走。不怕你们笑，因为这个原因，我在南宁最爱去的地方就是九曲湾温泉度假村，最爱去的池子就是鱼疗池。我喜欢闭着眼睛躺在池子里，感觉着那些小鱼儿在身上触触碰碰，有时也会轻轻地咬你一口的感觉。没其他人时，我也会悄悄解开胸罩，听凭小鱼儿们不住地去触碰并时不时地咬一下我的乳头……而这时，我又会回忆起小庙附近的净水潭。净水潭啊，净水潭，太让我难忘了。可是，我们不说它了，不说了……嗯，不说更好……"

于是，她停顿了一会儿，扭头望了望远方，两眼像热恋中的少女似的泪光闪闪，两腮和眉际也笼罩上一片让人不易觉察的红晕。她也毫无来由地朝我们似乎娇羞地笑了笑，然后才道："后来，我在学校里遇到一个从美国过来的也曾在柬埔寨待过的白人老师，他教英文，很喜欢我，问我愿不愿意嫁给他，跟他一起回美国。我那时因为一直没有我哥的消息，很担心他，也想能出国找到他，就答应了。没想到世界这么大，美国也这么大，根本就没有他的音信，后来我就死心了。

"到美国五六年后，先生就去世了。我没有再婚，一门心思放在抚养孩子上。儿子如今也是四十出头的人了，但还与我一起住，算是母子相依为命吧。——哎，真得感谢你们夫妇俩，竟然帮我找到了我哥。你们真是我的恩人，改天等疫情不那么严重了，我一定要找上好的饭店好好请你们一顿。"

"好啊！我们也很为你高兴！等你们重逢后，找时间可以一起来家里坐坐，我也很想听米勒谈禅说佛，宣讲他的'无漏法门'呢——"

我话还没说完，妻子就忙抢过去道："不要讲那些，我一听就头痛，也听不懂。我只要看他笑嘻嘻地坐着，就满心欢喜了。"

"好啊，好啊，那我们就后天一早过去见他？"

"行，早上八点在我家集合怎么样？你过来后就把车停我们院里，开我们的车过去。"我说。

"可以。不过，能早一些——七点行吗？"图图略略想了想说。

"没问题。那就这么定了。"我点点头。

"可是——那——现在可以把我哥的照片发我了吗？"她站起身来预备要走，却又犹豫着有些不好意思似的对妻子说。

"哦，当然。你还没看到吗？你上卫生间的时候我就已经给你发了。你查查看。如果没收到，我马上重发。"妻子说。

图图于是赶紧打开手机看了看，确定已经收到，忙对妻子连声道谢。

十三

很可惜，接下来的这个周末忽然下起了雨。

然而，图图还是准时在清晨六点三刻赶到了。

我能体会到她急于见到米勒的心情，但风却卷着雨越下越大，说是瓢泼如注也一点不过分，就对图图说："真不巧……恐怕……"

"市场会关闭吗？"她问，表情很失望。

我点点头——这是个无可争辩的事实。

"可是，会不会有一种可能，有些商家没有听到天气预报，还是来了呢？而且，这雨说不定很快就会停的……"

妻子正看着手机上的天气预报，听图图做着这样明显不切实际的分析和猜想，立刻手指着手机的屏幕道："不，不可能，你们看看，这雨要下三四天呢，百分之百，而且都是大暴雨！"

"不过，我对洛杉矶的天气预报一向没有信心。"图图说。

我听了，明白她思亲心切，即便天上下刀子也还是想去一看究竟的，就转头对妻子说："这样，你晚上没休息好，就再睡会儿。我陪图图去一趟。如果市场不开，见不到米勒，我们立马就赶回来。"

妻子碍于情面，不好反对，也就点头应允了。但在我已经启动车子，就将驶出电动开合的白色铁栏杆大门时，我从后视镜里忽然看到她也不打伞便奔下门口的黑色花岗岩台阶，对我不住地挥着手。我就一个急刹车，让车停住，并将车窗摇下一条缝。

"路上小心！开慢点！"她的话和肆虐的雨水一道刮进来。

"知道！快进屋里去！"我说，有些不耐烦地赶紧关上车窗，脚下一踩油门，车子便颤颤巍巍地驶下坡道，融入无边无际的雨帘中。

雨越下越大，像是在和谁较劲，一刻也不肯停歇。砸在车顶"噼噼啪啪"密集的雨点声，让我想起妻子有时发脾气时的语调，情不自禁地叹了一口气。

虽然叹气的声音很轻，又有雨声掩盖着，图图还是听到了，于是扭过头对我道："真对不起，这么大的雨，还劳烦你，也让嫂子操心了。"

"没事。她就那样，总婆婆妈妈的，喜欢把我当儿子一样管教！"我轻描淡写地说。

"唉……"没想到这回倒是她深长地叹了一口气，道，"你们男人啊，也是身在福中不知福……"继之又说，"嫂子那也是操心你。我们女人爱到后来就是喜欢操心。可操心的结果又总让人烦……"

我没吱声。角色不同，视角不同，想法也就不同。所谓幸福的人生，每个人也都有每个人不同的理解。夫妻之间能够互相包容，求同存异，就要烧高香了。国家和民族之间又何尝不是这样呢？

"你呢？你后来的美国丈夫对你好吗？"片刻后，我岔开话题问她。

"好的。当然好。除了他有慢性肾炎，不大爱做那方面的事外，其他一切都挺好的。也肯给我很多自由，家中的经济大权也都交给我掌管。这是很多白人不肯做的。我有几个要好的小姐妹，都是亚裔，总抱怨白人丈夫特抠门，那种事又要得特别勤，嚷嚷着受不了。不过，现在回想起来也有些歉疚，其实当初我可以对他更好一点的。特别儿子吴非生出来后，我的心思一下子全在儿子身上了。"

"你儿子……非？"她最后那几个音节被雨声吃掉了一些，我没听清楚，还以为她话没说完，就再问了一声。

"口天吴，非常的非，他爷爷给起的，我也弄不清这名字有什么含义，无非就是个人名，是个代号罢了。"

"吴非今年多大了？"

"四十四，属蛇的，昨晚刚给他过生日。"

"是吗？他有几个孩子了？"

"……"

我见她没吱声，就扭头看了她一眼。

"哪有什么孩子？还没结婚呢。"她有些泄气地说。

"为什么？有女朋友吗？"

"一直有。换了好几个了，就是不想结婚。这孩子很怪，真是他父亲的真种。"图图说，忍不住又深深地叹了一口气。

我没有再问下去，家家有本难念的经。如果她愿意说，自然还会再说的。我就瞪大眼睛注视着前方的路况，努力记住太座的耳提面命，始终保持好车距，并特别注意前方车子的动向，警惕他们会突然紧急刹车。我是有过这方面的经验和教训的：也是雨天，车子曾经被撞得掉了个头。所以，这也成为我驾驶生涯中一个抹不去的污点，不仅保持在我的驾驶记录中，更保持在妻子牢不可破的记忆中，并经常会被她翻出来作为埋汰和攻击我的证据。

"你们有三个孩子吧。听你太太说，好像是二女一男。他们都好吗？"图图忽然问。

"还算好吧。老二的问题多些，但早都过去了。"我说。

"可……唉，不瞒你说，我们家那位到现在好像还没长大。昨晚切生日蛋糕时，还突然和我大吵一场。"

"有这样的事？！"

"可不是嘛，本来都好好的，我……"她说，突然，一道明亮的闪电像一条巨大的银蛇一样在前面的路当中上下迅疾地飞舞着，瞬息间便将天地间这块巨大的雨帘一下子撕成两半，跟着，一声炸雷就像是炸在车顶上一样直炸得我头皮一阵发麻，手也一抖，车身不由自主地晃荡起来。我下意识地赶紧踩刹车，却又不敢踩得太紧，生怕车子打滑控制不住方向，也怕后面的车子会因此追尾……

还好，也是万幸，没出什么事。

惊魂未定之际，我和图图互相望了一眼，长长地呼了一口气。

"好险哪！咱们不再聊了，你专心驾驶！或者，咱们不去了，下一个出口就掉头回去吧！"图图于是说。

"哪能呢。都一半的路跑下来了。心诚则灵，还是坚持到底吧。不过，你儿子为什么要和你吵？是因为米勒吗？"我想起她刚刚说的话，忍不住问。

她听后有些吃惊："你怎么知道的？"

"啊，瞎猜。"我说。

就听她又叹了一口气，然后道："……是的，我一提到米勒，他忽然就两眼冒火了。又听说我要去看米勒，他更是气得将手中装着蛋糕的碟子一下子就摔在桌子上。还对我吼道：'你就是忘不了他！他让你和我受苦受得还不够吗！'我就说：'非非，人要讲良心，你怎么可以这样说！他是你舅舅，是妈妈的救命恩人，我到美国来就是为找他，咱们不能忘恩负义呀！'你猜他怎么回答我？'什么舅舅，又没有血缘关系！我就知道，你心里其实只有那个……秃驴！我可对你说清楚，

你如果再去找他，去见他，就不再是我妈妈，我也不再是你的儿子！'

"我听他竟说这种混账话，还骂他的舅舅是秃驴，一时也火冒三丈，对他疾言厉色地说：'非非，你可以不认你舅舅，可你妈却不会不认自己的哥哥，也不允许你这样侮辱他，知道吗？啊？你骂他也就是骂我！我……我……我……'我简直气得上气不接下气，更提高嗓门对他怒斥道，'我告诉你，如果我再听到你说一句这样不敬的该天打五雷轰的话，我就把你 kick out，赶出家门！'

"但他听后，非但没被我吓住，反而更加暴怒了，竟一摔门跑出去，一夜未归。"

"原来是这样。他不会有什么事吧？"我担心地说。

"没事的。他经常这样，过两天又会灰溜溜地跑回来，向我低头认错。他这点还是拎得清的，这世界上毕竟还是我对他好，最爱他。有我才有人供他免费的房子住，烧饭给他吃。但这次他可真是把我气坏了！"

"你也消消气，儿孙自有儿孙福。"我于是说。

"福不敢想，祸不找上门我就烧高香了！"

"此话怎讲？"

"这孩子从小就没让人省心过。在中国时还好，家里有爷爷管着，学校里有老师摁着，最多也就是有些自闭，不太合群，也不爱跟人讲话，更不肯暴露自己的活思想。可到他八岁时接到美国后，却变得有些天不怕地不怕起来，成了个混球。考试抄同学的，偷玩具店的变形金刚，抽烟，还经常参加帮派组织打群架。满二十一岁后又喜欢玩各种各样的枪，还美其名曰说是要保护我，不让我受别人欺负。不怕你笑，他连个稍许正经点的大学也没考上，最后好不容易才在社区大学混了个毕业文凭。大学二年级的时候，要不是我死命拦着，他又要退学去当兵，到阿富汗打仗，参加反恐战争。你说我怎么会放他去？他爸爸虽不是打仗死的，可也与当兵有关系。我可不能让我唯一的儿子重蹈他老子的覆辙。他仍然执意要去，我就对他说，你若硬要去，妈这就死给你看！这才把他震慑住了……当然，他检查出有色盲也是一个原因。唉，我说这些干什么呢？如果今天能见到我哥，你可千万别和他提起这些。他这些年受了那么多苦，为了他，我会一点点做儿子工作的……"

我们就这样有一搭没一搭地聊着，不知不觉也就到了目的地了。然而，根本不用进跳蚤市场，我们从马路上瞭一瞭，就知道别说见不到任何摊贩，偌大的一个停车场上竟连一部车、一个人也没有，有的则是一片汪洋和泽国。

我就对图图摇摇头，表示很遗憾，并掉头往回赶了。

就在这时，图图的手机忽然响了。

也许图图不小心将语音通话的免提按钮打开了，声音很响。我从他们的交谈中知道这通电话是她儿子打来的。电话里先是询问他妈妈现在哪里，说他不放心。后来又向他妈妈认错，说他发脾气不对。但又说尽管他不对，还是希望她能考虑他的感受。再后来，好像说他最近参加了一个什么声援组织，过两天要去市中心参加一个很大的游行示威活动，下午要回家拿衣服……

"唉，总不让你省心……"图图通完电话后，忍不住又叹了一口气。

"这个世界，也总不让你省心的。"我也说。

图图听后笑了。

忽然，她看到高速公路右前方竖着一个大牌子，指示着下一出口有"In & Out"（一个著名的汉堡店），便说："咱们出去吃个早饭吧，我想你肯定也饿了，刚才还听到你肚子里咕咕直叫呢。"

我便说声"好的"，然后马上将车减速驶入右侧的便道，下了高速公路。

十四

红瓦白墙的 In & Out 汉堡店位于马路的弯道处，掩映在两棵并肩而立的高大的橡树之后。开进停车场，可见右侧成弧形围着的碧绿的冬青树。而在橡树左侧的拐角处，则矗立着三块巨石，一个不规则的池塘镶嵌其间。我曾经光顾过这家汉堡店，对这个池塘印象很深，它特别清澈，而且绿得让人觉得都有些不真实。但今天它却是另一番景象，浑浊的水业已漫出来，与路面上的积水融为一体，有车辆驶过，便会犁起两道灰白色的浪花，倒不像是行车而是行船了。

图图选了个靠窗的位置与我对面坐下，问过我想吃点什么后，便起身要到收银台那边去点餐。我忙站起身，说："还是我来吧。"她不肯，硬是按住我的肩膀让我老实坐下，并说："你是在为我奔波，又下这么大的雨，这么辛苦，我已经很过意不去了。"

我就只好恭敬不如从命了。

借这当儿，我先是环视了一下餐厅内部，发觉有几张餐台上都放了红色的禁坐标记，并提醒用餐者保持六英尺的距离。故而整个餐厅只有稀稀拉拉的五六个餐台上有人坐着，与疫情前闹哄哄的食客经常爆满的情况简直判若两个世界。

我就又将头扭向窗外，第一时间映入我眼帘的便是那几块巨石围裹着的池塘。雨水依旧像是无数根凌空的鞭子一样被人不住地抽打下来，以至于池塘水面一直被抽起一片像是不停地沸腾着的硕大的水泡。

我望着这池塘，忽然想起米勒。这样一个风雨交加的天气里，他都在干些什么？房子是否漏雨，车子是否抛锚，花木是否有地方存放？……

正沉浸在遐思中，忽看到图图已经端着放满食物的长方形白纸盒走过来。

大概她也饿了，我们一时无话，尽情享用起早餐，还有人生中这难得的宁静的一刻。

然而，我后来看到图图虽然用着餐，目光却一直落在窗外的池塘上，似乎都忘记了我的存在。

我正想随便说点什么，忽见她转过头来问我："你说孩子的性格和脾气与受孕时的天气有关吗？"

"大概，可能吧。我没研究过。不过……"我不明就里，只能这样搪塞。

"我怀疑，坏天气里生的孩子性格也会狂暴。就像今天这种天气，一定不适合母亲怀孕。"她又说。

雨依旧下得很大，而且丝毫看不到一点正在减弱的趋势，我忍不住皱了皱眉。

"你今天还有要紧的事要办吗？"她忽然有些不安地问。

"没有。陪你过来就是今天我最要紧的事。可惜天公不作美。刚才我还在想，下这么大的雨，也不知道米勒车顶的那些花盆都搬下来没有，恐怕要被浇得一塌糊涂了。"

"是啊。"她也忧心忡忡地说，"他喜欢花木盆景，可能与他在丛林里生活过有关。他常对我说，千万别小看一株小草，它们和一只蚂蚁、一条蚯蚓都是一样的，都是有生命的，有情的。"

但过了一会儿，她则又换了个话题，道："我现在最操心的就是我儿子了。我不知道将来该怎样才能处理好他和他舅舅的关系。他如果不肯接受，我怎么才能将我哥接回家住呢？这孩子也真是太不懂事了，像个冤家，是专门生出来和我作对的。我刚才之所以那样问你，就是因为他就是这种天气里跑到我肚子里投胎的，就在净水潭边上，很像那个池塘。我平时路过这里时，都会过来坐一坐，吃点东西，回味一下我曾有过的那样一段说不上是幸福还是作践自己的日子……如果我是在一个春暖花开的日子里受孕，我儿子的脾气和性格还会这样吗？"

"也许。可是……谁知道呢？"我说。

"……有时想想，这坏天气可能也就是我的孽缘，碰上它我就不会有什么好事。……你是个作家，一定听说过许多情色故事。可你肯定没听到过我这样的。每个人都会有自己的第一次，可我的第一次却很特别，因为，嗯……"她抬眼望了望窗外雾蒙蒙的天空，才又道，"它是在暴风骤雨和电闪雷鸣中……"

她说着，好像有些害羞似的，于是将了一把挂到前额的有些灰白的头发，努力镇静住自己，方才继续道："……那天是个星期天，一早他便来找我，去树林里采集木耳和蘑菇。受哥哥的影响，我一直反对吴怀宇打猎，说是杀生不好，会遭怨亲债主报复的。他开始时曾与我争辩，说什么物竞天择，适者生存，但后来还是听取了我的意见。至少没再见他在我面前杀过生。

"竹篮很快就采满了，我们开始往回家的方向走。走着走着，忽然发觉刚才还明朗的天一下子就暗了下来，跟着，天边也传来闷闷的雷声。

"我们就赶紧小跑着往回赶，快到净水潭的当儿，雨就下起来了，豆大的雨点一阵紧似一阵。吴怀宇就赶紧拉起我的手，沿着溪水向净水潭那边跑过去。那几块巨石间有一个石缝，是尖顶的，能容下两三个人，可以避雨。

"'你怎么会知道这个地方的？'我当时心里奇怪，忍不住问他。

"他就诡秘地朝我笑一笑，道，'我当然知道了，我还看见有仙女在这里洗过澡呢！'

"'仙女？'

"'就是你呀！'

"我大吃一惊，忙问是怎么回事。听他说完后，忍不住脸一热，挥拳照着他的胸脯就是一顿乱捶。他于是赶紧告饶，说：'我说的可都是真话。当时只以为是仙女下凡，什么也没敢看，什么也没看到。我们中国人经常说月亮里有玉兔，你的名字的发音不就是兔兔吗？没准你真的是因为得罪了天上的王母娘娘，才被发配下凡的呢。'我听后觉得很中听，但嘴上却说：'我才不要做什么玉兔呢，供你打猎啊！'

"'怎敢？兔兔以后就是我的吉祥物，我会全心全意地呵护她的。'

"'算了吧，你还是全心全意为人民服务吧。'我乜他一眼，学着他的腔调说。

"他就笑了，拉起我的一只手，深情地望着我的脸：'你真好看。'

"'好看什么呀！你不是革命者吗？别这么色眯眯的！'我说，忽然感觉到浑身上下湿漉漉的，很不舒服，也有些冷，就对他说：'我要把湿衣服挤挤干，你转过脸去，不准看！'又说，'你要是看了，我就去你部队告你，说你对我要流氓！'

"他听了，竟真的乖乖地转过身去。

"我拧干上衣重新穿上，依然冷得发抖。他见了，很着急。后来发觉他穿在里面的衬衫还不太湿，就脱下一定要我穿上。那衬衫很大很长，我穿上后，发现下摆都垂到膝盖下方去了。我们于是就在潮湿的石子地上面对面坐了下来歇一会儿，想等雨小一点后再跑回家。谁知那暴雨落下来竟没有个尽头了，还不断地又是电闪，又是雷鸣，有几次竟像是就在头顶炸响，吓得我情不自禁地一下子扑倒在他怀里，双手还紧紧地抱着他的腰。

"吴怀宇一下子也呆住了，傻乎乎地竟不知道怎么做才好。后来见我一直抱着他不放，才多少有点回过神来，也将我紧紧搂住。后来，我索性将两人湿漉漉的衣服全脱了，只留下短裤和一件差不多已被我身体捂干的白衬衫盖在两人身上……

"'你真白……'我望着他像白蜡烛一样的四肢，忍不住赞叹道。

"他听了，似乎并不觉得开心，还道：'白有什么好？黑才是健康的美。白都是资产阶级小姐和公子哥儿的特色。过去在学校里，我最烦别人说我白了，觉得那都是影射我不是工农家庭出身，连肤色都打下了剥削阶级的烙印……夏天学农劳动，别人都戴斗笠防晒，我偏不，还常常光着膀子，卷着裤腿。可——晒来晒去还是比别人白。我也最恨别人用怀疑的眼光看我，认为我可能是白人传教士留下的种……我们那儿曾经有过他们办的教会和育婴堂……'

"'我不管，我就是喜欢你这么白！'我说，又一转身，紧紧抱住他……我那时也是疯了，什么都不顾了，哥哥从前对我的所有教诲和耳提面命，尤其不可轻易失去贞操，全都飞到九霄云外。

"'抱住，抱住我，对，就这样，不要松开……'我意乱情迷，气喘吁吁地说，后来又胡乱褪下我和他的短裤垫在身下。

"他也兴奋地抱紧我，并在我的脸上、脖子上四下里狂乱地吻着，但大约因为缺乏经验，都吻得不在点子上。后来，还是我张嘴咬住他的舌头，它才迷途羔羊似的在我嘴里安顿下来。

"'你、你还冷吗？'他后来问我。

"'不，我一点也不冷。你呢？'

"'也不，你就像个热水袋。'他说。

"我就忍不住说：'那、那……你想要我吗？'

"'……后来，我很晚才回到家。本以为哥哥会责备我，可他却什么都没问，什么也没说，只是默默地将晚饭重新热了后端给我：'快吃吧，

你肯定饿了。'

"我听了，羞愧得无地自容，真恨不得打自己一个耳光，并跪在他面前向他忏悔。所以，现在回想起来，这男欢女爱和吸毒其实也没什么两样。你只要有了第一次，就会想要第二次、第三次……最后深陷其中无法自拔。怀宇后来也曾反复向我说对不起。但只要我们见了面，就又都把持不住了。但有一次，他对我开玩笑说，你不是仙女，倒像林妖，是上天专门派来勾我魂、摄我魄的。虽然是玩笑话，我听后却很生气，好几个星期都不肯再理他……

"因此啊，直到今天我才终于明白：我人生最大的挫折或者说拐点，其实就是从净水潭开始的。我曾听电视上有人讲《红楼梦》，说是'首罪在于宁'。我呀，我的身体其实也是个红楼，首罪却在于净水潭。我是在净水潭边，狂风暴风和电闪雷鸣中，成为一个女人的……"

说完这话，我和她都情不自禁地将目光投向窗外，投向橡树下的那几块巨石，投向那个正"水漫金山"的道具一样的池塘……

十五

疫情期间日子过得真快，稀里糊涂便又是一周。

接下来的星期六更是一个天清气爽的日子，太阳虽然还没有升起，霞光却早已映红了东方的天际。在这样的日子里回忆过往，并预期着即将和最想见的人重逢，真是一件令人特别感到愉悦的事。

这一回，妻子与我们一起同行，她也有心要去见证图图和米勒兄妹的历史性重逢。

我一手扶着方向盘，一手调试着收音机里的音乐台频道，终于搜寻到一个听上去很舒缓，并让人感到诗和远方就在前面的大提琴和小提琴合奏曲。

乐声如清凉的水一般在车厢里弥漫开来，我感到很放松、很陶醉。但从后视镜里却看到图图忽然很疲倦的样子，并打了一个哈欠，因问：

"图图，昨晚睡好没有？"

"哦，没睡好。"她头也不抬地老实说，"我只迷糊了两三个小时，一会儿就醒，一会儿就醒，还老做梦，说是已经见到我哥，他却不肯认我。"

"上半夜做的还是下半夜？"我于是问。

"我快凌晨两点半才睡过去的，肯定是下半夜了。"

"下半夜的梦都是反的。"妻子于是插嘴说。

"但愿如此。"图图说，忽然睁开眼打开手机看着。

"是不是又在看你哥的照片？"我又问，也是想活跃一下车上的气氛。因为上车前，我就看到妻子也在不停地打哈欠、揉眼睛。她平时睡得很晚的，很少这么早就起床。

"嗯，是的。我哥那双眼睛我真是太熟悉了：眼角有些向上挑，很像你们中国人说的'吊梢眼'。如果他不是个佛教徒，他一笑，真不知道会勾去多少女孩儿的魂呢。当然，还有他那根残缺的小手指，如果没有它，我也不敢确定那一定就是他。可我现在忽然又有些担心，万一我认错了人，岂不是空欢喜一场？还害得你又陪我白跑一趟！"

"啊，这……不可能的，不说百分之百，百分之九十九的把握还是有的。依我说，你这也就是'近乡情怯'吧。"

说着话，我的车已经由 60 号高速公路换上 5 号南向。很快，路边熟悉的高耸着的"卡莫司扑克牌赌场"的广告牌，就从左前方一点点由小到大，由模糊到清晰，渐次映入眼帘。我于是忍不住手朝窗外指了指，告诉图图："这是我原来工作过的地方，我和米勒就是在这儿遇到的。"

"哦，哦，那也是你们的缘分。我还从没来过，不会，也不喜欢赌博。"她说，眼望着赌场的方向，忽然抬起手中的手机，喀嚓喀嚓地连拍了好几张照片，接着又端起手机一点点平移着，似乎在拍视频。

她的这一举动忽然就让我想到几天前从微信里看到的一个很感人的视频。我曾经反复看过。

那是 2010 年 5 月的一天，纽约现代艺术博物馆里，一场"艺术即为当下"的行为艺术展正在展出。现场摆放着一张木桌和两把木椅，其中一把木椅上坐着女行为艺术家阿布，她在那椅子上已经坐了七百多个小时了。在这段时间里，相继有一千五百个陌生人轮流坐到了她对面的木椅子上和她对视。阿布就这样平静、安详地坐在那里，没有一丝情绪的流露。但就是这样的放空和沉浸，反而让阿布成了一个容器，所有人都从阿布的眼里看见自己，于是有人哭有人笑，有人表白，有人坐立不安……

直到一个男人的出现，打破了这场对视。这个男人的名字叫乌雷，他是与阿布相爱了十二年却又分开了二十二年的情人。他们在一起的十二年里面，共同完成了各种举世瞩目的行为艺术。他们也是现代艺术史中一对绝美的爱侣，但是在现实生活中，却不得不分道扬镳。二十二年过去了，他们终于重逢……

阿布蓦地看到面对面缓缓坐下的乌雷，似乎微微一惊，轻轻点了一下头，嘴角一扯，露出一丝微笑。乌雷见了，眼珠微微向上一挑，然后呼了一口气，头轻轻地摇了一下作为回应。接着，他耸了一下肩，直了直腰，开始和她安静地对视。渐渐地，阿布的眼眶里噙满了泪，乌雷的眼睛也开始湿润起来。后来，阿布再也克制不住了，泪如雨下。她不再矜持，也似乎忘了行为艺术这回事，俯下身，身子几乎伏在桌子上向乌雷伸出了双手。乌雷则无声地笑了，也向阿布伸出自己的双手。两双手于是在木桌中央遭遇了，重逢了……

七百多个小时的对视中，阿布曾是所有人的容器，而当乌雷出现的这一刻，阿布却回到了她自己。于是，解说的女子十分动情地说："比离别更残忍的是重逢……"

我很喜欢这段视频，对其中每一个细节都记忆犹新。

也算是触景生情吧，想到失散了差不多半个世纪的图图和米勒兄妹很快就要相认，而我也有幸亲历和见证这样一桩很动人、很奇特、很有内涵，而且冥冥之中好像也跟我有着某种牵连的重逢，心里有一种莫名的混杂着各种情绪的复杂的感受。我甚至觉得这也不是一场简单的离散多年后亲人间的重逢，还是种族和种族、宗教和宗教、历史和历史、命运和命运之间的一次重逢。可是，我忽然又有些忐忑：我在见证这一重逢时能做些什么呢？仅仅以沉默，以泪流？不，我想，我还要用心、用笔记录下这一场重逢。

于是，我忍不住问图图："你和你哥重逢后，都有些什么计划和想法？"

"啊，我想过的。当然，还要听他的意见。我已经将我原来做办公室用的那间书房腾出来，想把他接回家中住。儿子虽然还没松口，可我还是有信心说服他的。以后呢，我就打算退休了——钱是挣不完的——专职做他的护士和护法，悉心照顾他的生活。总之，我再也不会让他一个人去为生活奔波和劳作了。我要尽我的一切所能让他安享晚年。"

"好啊，有你这么好的一个妹妹陪伴，他也真可以说得上是苦尽甘来了。可是——"我忍不住又问图图，"你觉得你哥会同意你这样的安排吗？"

图图就有些犹豫了，她眼睛望向窗外，脸上袭上一片若有若无的阴云。

"这……我还没有把握。"她说，像是对我，也像是对她自己。

然而，我的心思却忽然不在这个方向上了。

离塞布瑞斯跳蚤市场越来越近，"重逢，重逢，重逢……"那两个字在我脑海里出现的频率也就越来越高，很像是夏蝉喋喋不休的聒噪。

我手中握着方向盘，脚下踩着油门，心里不停地沉渣泛起的也是这两个字，而思绪沿着"重逢"这条思想的高速公路一直开下去，我忽然也想：生命中的某一天，我还会和赌场、赌场里的同事和客人，甚至还有牌桌上那些 stiffer 重逢吗？会和人生旅途中渐次失散了多年的良师益友重逢吗？会和当兵时的战友们重逢吗？会和苦难的历史、荒诞的时代重逢吗？或者，历史和历史，时代和时代，事件和事件，它们也会重逢吗？就像在一个无限循环和轮回着的椭圆形跑道上，虽然人们跑得有快有慢、有早有晚，但每个人都会和那个跑道上的每个点不断遭遇，和每个人不断重逢的。所以，我又想，我们每个生活在当代的中国人，是不是也会和古今人与事重逢？会和经常大醉，并以青白眼示人，一个人驾着马车，任由马儿拉着车子乱走，走到没有道路的地方就痛哭一场然后回家的阮籍重逢？和常在山中"柳下锻铁"，被处死刑前还手捧古琴，平静从容地奏着人间从此绝矣的《广陵散》的嵇康重逢？会和周游列国游说国君，最后惶惶若丧家之犬的孔夫子重逢？……

而当我时不时地瞄一眼后视镜中的图图，这个米勒并非血缘意义上的妹妹时，也忍不住想起我其实也有过一个这样的妹妹的。她是一位在报社实习时和我相识并相知，后来在精神和感情上曾一度相互依恋的女孩。她很聪慧，和妻子相处得也很好，常来家中一起做饭吃……可我们后来因为种种的原因，还是在人海中走失了……

有些人，有些事，你不能走得太近，太近了就会失去的……

那么，我和她某一天还会重逢吗？我忽然有些无奈地想，心里忍不住就苦笑了一声，同时乜了一眼坐在副驾驶座位上的妻子。好在她现在已经闭上眼，像是睡着了。如果她现在看到我这种有些失落，又忽然沉浸在一种伤感的情绪中的样子，如果车上也没有图图坐在后座上的话，她多半又会说："看你那失魂落魄的样子，又想你那妹妹了吧？"

她对很多其他的事，尤其政治几乎毫无感觉，也毫无兴趣，像是文盲，但对于我心里会装着哪个异性，却常常洞若观火，一说就中。

十六

我们后来不到七点半便到了塞布瑞斯跳蚤市场。

找地方停好车，从市场东侧的入口处走进去，我们看到摊位上的小贩们基本上都已各就各位，但有的还在继续搭遮阳棚，有的则在从车上搬货物，在桌子上整理商品。客人们也开始三五成群地进场，大多数为墨西哥裔，有的一家数口携手而行，有的一对对、一双双挽着胳膊同进同止，有的手拉着小推车，有的嘴嚼着泡泡糖……不像是来购物，倒像是逛庙会的。

妻子方向感差，每次来都搞不清米勒的摊位在哪里，所以我就在前面引路，她俩则紧紧地跟随在我身后。我们顺着一条比较宽敞的行人通道由东向西走过十几排后，我率先看到米勒已经整理好摊位，此时正坐在深蓝色的道奇面包车前休息。

"米勒已经到了。"我回过头对她俩说，并顺手朝米勒的方向一指。

图图一听，忽然就止住脚步，似乎遇到了无法逾越的鸿沟。

"怎么啦？"我问。

"让我想想。我该叫他什么呢？哥哥、乔森、无漏，还是米勒？"她忽然问我。

"你先什么也别叫，看他能不能认出你来！"妻子马上接过去说。

"好吧。"她就对妻子点点头，又和我对视了一眼，继续随我前行。

"Hi, Terry！"米勒这时已经远远地见到我，举起右手向我打招呼。

"你好吗？"我也趋前问候他，并说，"我们今天带了个朋友一起过来。"

"啊，啊，欢迎！"他笑着说，眼睛瞟了图图一眼。

图图也就从我身边跨前一步，两眼定定地望着他，道："你好！"

也许是从图图说话的声音、她的眼神，或者我们夫妇俩有些奇怪的表情中感觉到了什么异样，米勒于是也凝神回望了图图一眼。但他什么也没有说，只是转过脸问我："怎么？你们还要买什么？院子该都收拾好了吧？"

"啊，今天不买东西，家里太憋屈了，出来透透气，陪这位朋友散散心。"我说，嘴又朝图图努了努。

于是，米勒的目光很自然地又再次落在图图的脸上。

他似乎一点也没有觉察出什么，两眼平静得像一个清空了的观音大士，将这位站在他面前眼睛业已湿润、双手有些颤抖、不住地捏摸着衣角的妇人无声无息地吸了进去。

图图于是静静地摘下浅绿色的口罩拿在手中，但她依旧没有说话，只是与他沉默地对视着。

就这样过了一会儿，米勒也摘下脸上的口罩，然后对她点了一下头，耳语般轻描淡写地说："我知道你今天会来。"

那声音很轻很轻，稍不留神就会滑过去，我和妻子听了都大吃一惊，妻子更是脱口而出："她是谁？你认得出来吗？"

"她是谁我怎么会不知道？闻也闻得出的。不过，早上起来就有点不舒服，差点来不了。"他说，两眼重又看向图图，那样淡定，那样从容不迫，那样深邃，但也那样空洞。

图图听了，眼泪再也忍不住夺眶而出，抿紧的嘴唇也终于露出一条小小的缝隙。

"哥……"她哑着嗓子喊了一声，便缓缓地跪倒在地，双手抱住他的双腿，头埋到他的双膝间，身体剧烈地一起一伏地啜泣起来。

米勒却似乎没有任何反应，依旧保持着原有的姿势直直地坐着，一副如如不动的样子。但过了一会儿，他还是抬起右手，在她的头上轻轻地摩挲起来，很像是在抚摸着一个婴儿，也像是在以佛教密宗的仪轨给她灌顶。

有路过的人不明就里，这时都停下来驻足观看，他也不以为意，继续那样慈蔼地微笑着、摩挲着……

什么也不用再解释，他们相认了。

我于是忍不住揉揉眼，拉了一下眼里也同样泪光闪烁的妻子的手，道："走吧，我们过一会儿再回来，让他们安静地在一起待一待。"

但妻子显然无意再去逛市场，浏览那些熟悉的摊位了，她缓缓地走着，总忍不住要一步三回头地去看渐离渐远的米勒和图图。后来，我们走到一条马路边，那里是一处长满绿草的斜坡，我们从这里回望仍可看到米勒和图图的侧影。妻子于是再也不肯往前走了，从随身带的包里拿出两只薄薄的塑料袋铺在地上，然后拉我坐下。

微风从身后吹过来，太阳从右边照过来，行人络绎不绝地从身边走过去，都没有分散我们的注意力。我俩不约而同屏气凝神地远望着米勒那辆老旧的道奇车，道奇车跟前刚刚相认了的他们兄妹俩。

这是跨过了约半个世纪的时光和浩瀚的太平洋而达成的重逢，是越过了苦难的沼泽和令人窒息的思念，以及人世间精神和物质的种种藩篱而终于达成的重逢。虽然有些残忍，却那样动人。有那么一瞬，我甚至很愿意人生都定格在这一刻——既残忍又幸福的一刻，直至永远。

　　似乎是要满足我的愿望似的，米勒和图图的身影真的就这样一直久久地定格在那里。虽然离得稍稍远了些，但我还是能看见他脸上洋溢着的他那种既慈悲又宽容，既寻常又睿智，"道是无情却有情"的发自灵魂深处的微笑。

　　但我忽然看见图图似乎有些紧张地抬起头仰脸望着米勒，嘴里则不住地呼唤着什么，而米勒却似乎没有反应，仍旧那样泥塑木雕般端坐着、微笑着。

　　图图于是紧张地四下里环顾，仿佛是在寻找我们。

　　我就赶紧拉了妻子一把，站起身道："快，好像出什么事了！"说完，就小跑着向他们奔去。

　　图图一见到我们，像抓到救命稻草般急急地道："快，你们快看，他好像……不动了！"

　　我疾步上前，举起右手对着米勒的两眼晃了晃，见没有反应就又顺势摸了摸他的鼻头。鼻息似乎也若有若无，我就赶紧掐起他的人中。依然没有效果，我就对妻子和图图大声吩咐道："快，赶紧打 911！"

　　妻子的电话先打通，她语速飞快地告诉我："十分钟就到。"

　　我于是又吩咐她俩赶紧将一旁放置着碟片和唱片的活动桌收拾出来，然后抱起米勒，将他在桌上平放下来。

　　图图这时已经惊慌失措得有些语不成句了，不住地问我："怎么回事？怎……怎么回事？他的手忽然不动了，从我头上滑到肩膀上，我就觉得有些不对。究竟怎么啦，你说……快告诉我！"

　　"我也不太清楚。会不会是暂时性休克？或者脑中风？他好像说过早上起来有点不舒服来着。"

　　"那……那可怎么办？"她惊慌地叫着，见身旁已经聚集起有几十人的围观人群，便对他们大声喊道："有医生吗？有做过急救的护士吗？拜托！拜托！"但没有一个人应声。

　　"怎么办？怎么办？有没有什么办法？总不能这样干等！"她又失神地望着我说。

　　"可能需要做人工呼吸。"我于是说，但又有些犹豫，一来我从没做过，二来正是新冠肺炎流行期间，我也吃不准他是不是感染了病毒。

"你能不能做？"她问，但马上又自言自语地道，"会不会是新冠肺炎呢？听说有随地倒的。"于是又焦急地问我："你知道怎么做人工呼吸吗？"

"大致懂。"

"那这样，你说，我来做！"她说着，忙俯下身，耳朵贴着米勒的胸部听了听，然后求救似的望着我。

"深吸一口气，嘴对嘴，一点不漏地吹进去，造成吸气，同时捏住他的鼻孔，然后嘴离开，猛压胸部造成呼气……"我在部队当兵时曾学过人工呼吸，印象很深，于是急忙告诉她。

她听了，略略犹豫了一下，但还是马上弯下腰，猛吸一口气，对着米勒的嘴用力吹进去，同时也紧紧地捏住了他的鼻头……

她做得那么仔细，那么认真，那么焦急，那么忘我，那么投入，早已把新冠肺炎可怕的传染性和致命性忘到脑后，脸上的泪水和汗水也流成一片。如果没有我后来拉她，她也许会一直这样做下去，用她的嘴来代替他的嘴，用她的呼吸来代替他的呼吸，用她的生命来挽回他的生命……这情景猛地让我想起她前些日曾说过，她有一次晕厥时是米勒用嘴巴给她一口口喂水的……脑子里忽然就滚过几句像是被石碾子碾压过的话：你喂我以水，我还你以气；有些东西，铁定了是要还的，无论是好是坏，是善是恶……

可惜，无论图图多么努力，多么坚持，多么将生死置之度外，只要还有一线希望就不肯放弃，她的兄长还是未能苏醒过来。

不过，米勒倒似乎对自己能以这样一种方式与刚刚重逢的妹妹离别感到很满意，嘴角竟然一直浮现着他那招牌般的笑意——嘴微微张着，嘴角月牙般微微翘起，两眼眯缝着，眼角伸展开密密深深的一条条沟壑般的笑纹，有一根长长的从左眉的眉角挂下来的白色的眉毛竟然被这笑纹夹住了，像是被人缝上去的一根白色的丝线……

救护车终于拉着刺耳的笛声风驰电掣般赶到了。

这时，我再摸了摸米勒的鼻孔和有些粗糙的双手和脚掌，发觉他不仅已经停止了呼吸，而且手脚也开始变凉了。

我就朝图图摇摇头，眼里含着泪表示没用了。

她却怎么也不肯相信这是事实。直到救护人员也这样告诉她后，她才双手捧住脸，"哇"的一声大叫，接着又扑在米勒身上放声大哭起来……

妻子见状，忙不迭地抚摸着她不住地耸动着的肩膀，一遍又一遍地劝慰她："不要，不要这样——图图，不要，你自己身体要紧……"

……

米勒后来是被救护车载走的，一位女医生告诉我们他会被送到附近的医院再做检测，看是不是感染了新冠肺炎。并要求我们也找地方去做检测，并尽量少接触人，实行自我隔离一周。

经我再三要求，她也同意图图作为家人跟随救护车去医院。

忙活完这些，目送着救护车远离，我看了一下手机上的时间，已经是上午十点过五分了。

我就预备和妻子回家了，可看到地上还摆放着的十几盆植物，堆在塑料活动桌上的那些碟片，活动桌一旁的绿色的方凳，以及副驾驶室门还敞开着的那辆深蓝色的道奇车，忙问与米勒摊位相邻的几个摊贩知不知道米勒的住址，他们都说不知道。后来，其中一个说："他好像没有家，一直住这车上的。"

我就觉得有些棘手了。这车子究竟怎么办呢？如果我不管，肯定很快就会被拖走，作为废弃物扔到汽车垃圾场去了。可这车上说不定还有米勒的遗物将来需要交给他的家人——如果有的话，即便一时找不到，也还有图图呢。他们之间虽然没有血缘关系，但因缘毕竟大于血缘。我于是又走到驾驶室那边去探头朝车子里张望了一下，发现车钥匙没有拔下来，还挂在方向盘的右下方。于是我就对其中一个看上去与米勒还比较熟悉的中年男摊贩道："刚刚那位跟救护车走的女士，是他分别了四十五年的妹妹，今天才重逢。他这部车呢，我打算帮他开到他妹妹家去。如果将来有人来询问这部车，请你转告他们打他妹妹或者我的电话。"说完，我便让妻子从随身带着的包里翻出一支笔和一张无用的卡片纸，将我和图图的姓名、电话一并写下来交给他。

做完这些，我就和妻子开始收拾那些植物，将它们一盆盆搬回到车的后座上，放不下的再爬梯子放到车顶上面去，并用绳子一点点固定好。

一切收拾妥当后，我望望已经满头大汗的妻子说："我们的车，看来只能辛苦你开回去了。还要我送你去停车场吗？"

妻子看了看布满灰尘的副驾驶座位，又探头看了一眼后面车座上堆得满满的杂物，摇摇头道："不用，我自己走过去。"说着，转身要走，但见我拧着钥匙转了好几次才将车子发动起来，而且那发动机的声音听起来也很古怪，总是"窟窿窟窿"地有气无力地哼哼着，有些不放心，就又回过头关切地对我说："你当心点，开慢些。"

我点点头："你也小心点。"

于是，我就小心翼翼地将这部老态龙钟、气也喘得不大均匀、大概已有近半个世纪车龄的道奇面包车，缓缓地从熙熙攘攘的人流中开出了跳蚤市场。

开上大马路前，等红绿灯的当儿，我忽然感到头有些疼，就趴在方向盘上简单地闭了一下眼睛，休息了有一分多钟。

我忽然有一种很不真实的感觉，完全没有想到从昨晚起就一直在期待着的美好的让人特别感动的重逢，就这么残忍地说没就没了，说粉碎就粉碎了，而且，还将自己这么深入地卷到了逝者的生活中和他的车上。

驾驶座太靠前，我的腿有些长，伸不开，很局促，我就又试着这里摸摸，那里拉拉，想把座位向后调一调，可是没有成功，只好放弃了。

但我鼻子嗅了嗅，发觉车上有一股很特别的味道，是那种水果熟过头后有些微甜的香香的味道。

我忽然对妻子平时总是督促我勤洗澡、洗脸、洗手、洗脚发生了怀疑。

——这世界上并不是什么东西都要靠洗洁精才能洗干净的，也不是靠喷花露水或香水才有香气的。有些气息似乎只能从灵魂里散发出来。

没有妻子和图图在的车上，一下子冷寂了许多，我手扶着米勒经常扶的方向盘，耳听着米勒经常听的发动机不均匀的轰鸣声，鼻子闻着弥漫在车子里的那种无所不在的香气和甜气，忽然想哭。

"比离别更残忍的是重逢，比离别更残忍的是重逢，比离别更残忍的是重逢……"

我心里忽然很内疚和自责，总觉得冥冥中米勒的死似乎是由我精心安排的。

没有我的牵线搭桥——哪怕是无心的，他们兄妹俩也就不会有这样一个诡异的出人意料的重逢之时即永别的场面。也许，也许别看米勒表面看上去那样平静如水，不起一丝情绪的波澜，没准他在见到图图的那一瞬，内心早已激起滔天巨浪！也许，也许他一直有冠心病和高血压的病史，这一激动偏要了他的命！

太阳忽然不见了，天阴沉下来，也像是要哭的样子。

我就挥拳在方向盘上用力砸了一下——怎么会，怎么会……

我恍然又记起米勒曾说过，他似乎是知道图图今天要来的。那么说，他或许已开了天眼或佛眼，能够预知未来了……这么一说，他的死似乎倒又并不是死，而是佛教徒口中常说的"坐化"了……或者，也是他刻意安排的一场既是重逢，又是告别的带有宗教启示意味的行为艺术……我在《高僧列传》中常读到这样的故事，高僧心中没有死，也没有死这样的概念。空有不二，生死不二，那是圆寂，是涅槃……

车子驶近自家铁栏杆门时，我看到妻子的车子已经停进车库，正站在大门口等我。

我将米勒的面包车在院子里停好，下了车，将要进屋，就见妻子走近前问我："他这车怎么办？要不要送到图图那儿去？"

"再说吧。还不知道她什么时候会到家呢。"我说，走进客厅，感觉到身心俱疲，颓然地倒在布艺的沙发上，长叹一口气，嘴里喃喃道，"唉，真像一场梦……"

妻子于是小心翼翼地也在我身旁坐下，嗫嚅着道："可能，可能，可能……"

"可能什么？"我眼睛也不看她，有气无力地问。

"你不是会看相算卦吗？图图会不会真是个扫帚星，男人碰到她都会倒霉？"

"什么呀！"我瞪她一眼。

十七

米勒后来经过医院的权威检测，排除了新冠肺炎感染，定为猝死。但什么原因猝死的，他们没说，也许只有天才知道，或者只有米勒自己才清楚。

然而，我还是愿意相信我的"坐化"的判断和臆测。因为它更符合米勒留给我的印象和他的身份。而且，就这一结局而言，也符合我对他业已修成"无漏之身"的期待。当然，我也相信，越到后来，他心目中对无漏的境界也就越没有从前那样执着，反而越来越放下了。有漏和无漏也是不二的，就像烦恼和菩提一样……

另外，"七十三，八十四，阎王不喊自己去"也不是不可能的。

总之，不管事实是不是这样，我的心结却渐渐解开了。而且通过我的劝慰，图图也一点点平静了。

本来，她一直在自责，怀疑自己真是个总会克男人命的"祸水"。

我就觉得有些高兴，逝者已矣，唯愿来者化悲为喜，身安心平。

米勒的那辆车我很快也就送到图图家去了。那车上的许多杂物，她后来一件也没扔掉，全部洗干净，擦干净，整理好。那车她也没有处理掉，一直停在她后院。她也告诉我，在医院里，他们将米勒裤子口袋里一个老旧的还是翻盖的手机交给她，她后来查看了一下，他的联系人都不超过十位，她一个个打过去问过，多数是寺庙的，他常去那些地方捐赠一些花木和钱款，然后会在大殿的一角打坐半天甚至一天。也有两三个号码是苗圃的，他在那里打过零工，周末会从苗圃赊了花木去外面卖……

再了解下来，米勒在美国也没有任何亲人，是一个三无人士：无身份，无家庭，无存款。所以，我们夫妇就帮图图一起料理了他的丧事。

他是火葬的，骨灰装在一个很漂亮的、宝葫芦一样的瓷瓶里。就我所知，也经常听人说，高僧圆寂后火化时，经常会有舍利出现。那通常是一些晶莹的白色的结晶体，据说只有修行到相当境界的高僧火化后才会在骨灰中找到。大多是骨舍利，但我曾亲眼看到过舌舍利，颜色稍稍有些绿。它是一种物质，同时又是一种见证，并用来表法的。听说释迦牟尼佛圆寂后，舍利曾被周边各国佛教徒争相迎请，被视为至高无上的宝物。我就很想看一看那骨灰瓶，想知道里面有没有生成可证实米勒已修成"无漏之身"的舍利。可看到图图一直很悲切、很疲累的样子，再让她去拨弄那些骨灰，惊动和扰乱逝者的亡灵，恐很不妥当，同时也觉得这想法太过执着，终于没开口，并不再做此想。

米勒最后是葬在惠特尔市玫瑰岗的一处墓园中，墓穴朝西——但也是东，那是他故国的方向。翠柏和玫瑰环绕着的墓穴前立了一块小小的汉白玉石碑。因为据他说，他祖上也有中国血统，因此石碑上镌刻的碑文也是我写下的——

漏者自漏，无漏者何来漏。逢者非逢，重逢者未必逢。
弥勒米勒，米勒者非弥勒，米勒弥勒，米勒者亦弥勒。

十八

米勒的葬礼上，我意外地见到了米勒的外甥、图图的儿子吴非。

那是一个腮帮鼓鼓的、眉毛黑黑的、额头有些前冲的中年男人，说话有些瓮声瓮气，眉头总皱着，给人一种很不耐烦的感觉。整个葬礼上，他只是机械地按照他妈妈的意思做这做那，该磕头的时候磕头，该烧纸的时候烧纸，全程几乎一言不发。在他的眼睛里和心目中，这个舅舅似乎是个母亲强加给他的角色。但大概让他稍觉安心的是，这个他最不愿意面对的人，竟然自我了断了。

这之后有一天，大约也就是米勒下葬一周后吧，早上起来后我忽然心血来潮地想去我曾工作过的赌场看一看。

"你还有心情去玩牌？"妻子有些不解地问。

"不，我只是想过去随便看看。"我说，怕她不相信，还将皮夹掏出来交给她，只留一张驾照在身上，又说，"如果你不放心，可以跟我一起去。"

她好像有些不认识我似的，上下打量了我一番，忽然将皮夹子还给我，道："你如果想玩就玩吧，别太晚回来就是。"

但我摇摇头，没有收回那个皮夹子。

我其实已经很久不去我曾经工作过的赌场了。

我离开后，赌场这些年发生了很大的变化，又新盖了一幢十几层的大楼作为宾馆供客人住宿用，以便于吃、住、行、赌一条龙。我在新盖的装修得很豪华的宾馆大厅里转了转，然后沿着一条铺着红地毯的长廊走过去，几分钟后便进入了我很熟悉的闹哄哄的营业区。

亚洲区入口处那个财神还在。我在他面前站了好一会儿，细细地品味着他那看似永恒的笑容和弥勒佛的笑容都有哪些区别，有哪些不同的特点，但我没有成功。因为他们在我心中忽然奇妙地统一起来，渐渐地又都成为鲜活的栩栩如生的米勒。

即心是佛，即心是财神。

我忽然有些明白：所谓的弥勒佛或财神，其实那也只是我们心里一种有些偏执的认知。他们其实是同在的。

北宋理学家周敦颐曾经写过一篇《爱莲说》，他在文中曾极力夸赞"莲之出淤泥而不染"，可我现在忽然想写一篇《爱淤泥说》，其中必须有这样几句话："淤泥是莲花，莲花也是淤泥，都只不过是以空相示人，是随着人心境的不断转换而形成的两种看似不同的幻觉，执着不得的。"

我这样想着，不知不觉地就走到了走廊中央赌场值班经理的工作台跟前。多少年过去，物是人非，很多人我都不认识了。但这里地势比较高，让我觉得像是站在高坡上，可以俯瞰赌池里的芸芸众生。看吧，就是这样一个小小的赌场，每天却聚集着来自世界各地不同肤色、不同种族、不同宗教信仰、不同意识形态的各色人等，发生着大大小小、各式各样、时常让人胆战心惊却又无声无息的没有硝烟的战争。这里又像是联合国的大会堂，但每一个决议的通过都不是靠举手投票，而是靠手中筹码的多寡。

我转过身，视线从走廊那二十几张牌桌上一一扫过，看到了两个我认识的老同事，于是朝他们挥挥手打招呼。但他们没回应，似乎已经不认得我了。我的目光就又在我第一次遇见米勒的那张牌桌上多停留了一会儿。那牌桌上绿色的丝绒布簇新的，大概刚刚换过，但桌上筹码的色泽看上去则暗淡了不少，但这并不影响它们所具备的价值。

接下来，我又漫无目的地围着整个赌场走了一圈，发觉以往的各种规矩基本上都没有什么变化，唯一有变化的似乎只有每张桌子发牌员轮换的时间已由原先的半小时改为三刻钟了。这真是一个很巧妙的设计，这样一来，赌场机器空转的时间就被压缩了，可以多发几副牌，多抽头。

我一时就有错觉，觉得自己沉到一个财富瓦片的湖泊的水底，满目所见都是枝枝蔓蔓的莲花的根或茎，游来蹦去的鱼和虾，以及淤泥里那些碎砖头和碎瓦片……

正这样胡思乱想着，却猛然从几乎无处不在的电视机上看到一个熟悉的人影——图图的儿子吴非。没错，就是他。其时，他正脱离开游行队伍，与一帮同伙开始打砸抢路边的商店。吴非身穿一件米色的夹克衫，冲在最前面，并率先从一家电器商店里抱出一台未加包装的电脑……

我见状，忙掏出手机给图图打电话："你知道吗？刚刚电视在报道地方新闻，我看到你们家吴非了……"

"我也在看，知道了。"电话那头，图图说，忽然哭起来，"我怎么生了这么个儿子？呜呜……"

我刚要劝慰他，她却突然止住哭泣，对我道："你有个女婿是做律师的对吧？"

"是的。是我大女婿。你有什么事？"我忙问。

她没马上回答我，却道："你能来我这一趟吗？真的，我都要崩溃了……"

　　我听她语气不对，似乎又要哭出来，忙道："好的。我这就来！"

　　我就风驰电掣般赶到图图位于山顶的家，远远地便见到她站在门口等我。

　　来不及客套，她将我领进屋，走到客厅间靠走廊的一堵墙壁前，指了指那上面一个碗大的窟窿道："你看看，想得出怎么来的吧？"

　　"怎么回事？"我忙问。

　　"我那宝贝儿子拿拳头砸的。"她说，然后招呼我在一旁的三人沙发上坐下，并将业已泡好茶的茶杯推至我面前，道，"还记得你太太发给我的那张我哥的照片吗？剪辑过后我做了一张黑白的遗像，用在葬礼上。葬礼过后，我想想又放大了一张彩色的，买了个镜框装进去挂在那里。不曾想他回家见到后就大发雷霆：'他人都死了，你干吗还要这样对他念念不忘？你挂这照片经过我同意了吗？'我就糊涂了，说：'他是我哥，是你舅舅，我洗张照片挂这里又碍你什么事了？'他听了，更火冒三丈：'不错，不错，他是你哥。可我从来就没有承认过他是我舅舅！懂吗？'又说：'反正你是听不见的，也可能是装聋，难道你就不知道我小时候经常被人指指戳戳，说我是你和秃驴生的儿子吗？'

　　"'什么？有这样的事？你怎么从来不跟我说？'

　　"'我怎么告诉你，我开得了口问自己的亲妈，你与和尚有没有私通吗？你那时又忙，不在家里住，难得回来几天看我，很快就又走了，后来又嫁人去了美国，直到我都要上高小了，才把我接出来……可你知不知道，这世界上我最痛恨的就是这个人，他不仅和我有杀父之仇，还把我污名化。他倒好像挺慈眉善目的，却弄得我一辈子抬不起头，始终活在他的阴影里！可你是我亲妈啊，你把他当救命恩人，我也就只能忍啊，忍啊……好不容易忍到我四十出头，他终于得暴病死了，我才总算可以翻过这　页了。没想到你又整出这么张照片来，还挂在客厅里这么醒目的位置，这不是存心和我过不去吗？你知道我从那张照片走过时是种什么心情吗？我一把火烧掉它和这整幢房子的心思都有！好吧，你既然铁了心要与我作对，让我难过，我也就、就什么都不管了！从今往后，我也不是你的儿子，你也不是我的妈，我离开这个家，咱们各吃各的饭，各走各的路！'说着，便狠命扯下那镜框，摔在地上一顿猛踩，然后又对着这石膏板的墙壁猛砸一拳，然后扬长而去……你说，这都是些什么事啊！我也是这次才弄清楚，他竟然和我哥结下这么深的仇怨，甚至，甚至……有些话我都说不出口……作为儿子，他可以这样污蔑他的亲妈吗？他脑子肯定搭错了，有病了！怪不得这之前他天天催着我要将放在后院的我哥那辆面包车移走，原来也是嫌它碍眼……唉，反正，反正他不整出点事来，是不会善罢甘休，是不会太平的。我现在也觉得还是你说得对，儿孙自有儿孙福，就随他去吧，谁让我生了这么个孽种呢？他在外面爱找谁找谁，想加入什么组织就加入什么组织，即使他想不工作，一天到晚打游戏机，或者到处流浪，我都不管了……可你再怎么浑，也不能到大街上去参加打砸抢啊……美国是个法治社会，可不能随便触犯法律的！这不，我还没告诉你，你给我打电话前，已经有警察上门，告诉我他已经被拘留了，要我们请律师。我这才想到你女婿。唉，真是对不起，请你帮我一下，律师费我照付。"

她一口气说了这么多，可最后我听了她的要求却有些为难，便如实相告："可——我女婿是经济和贸易方面的律师，你儿子这应该是刑事案件……不过，我有个大学同学以前好像做过刑事律师，我可以帮你问问他。"

"啊，那我真是要千恩万谢你了！"她说，差点又要哭了。

十九

那忙我最后还是帮成了。经过律师的努力，检方念吴非是初犯，抢得的电脑也不怎么值钱，而且图图很快就为他送回商店了，就没有起诉，只在警察局关了不到一周就放出来了。

但他回到家后，图图却狠狠心将他赶出家门了。"我养了你半辈子，也对得起你和你地下的老爸了。下半辈子请你自食其力、另立门户吧。"

经此挫折，吴非现在安分多了，刚找了一份建筑工的活儿，在工地上扎钢筋，一个月听说也能挣两三千块钱，完全可以养活自己。

图图心里就有些踏实了，有一日晚上打电话给我，说要请我们吃饭。

我听了，马上婉拒道："不用，谢谢！你的心意我们心领了。但最近事多，特别忙，疫情又死灰复燃，聚会不方便，还是以后再说吧。"

又过了些时日，我和妻子又去了一趟塞布瑞斯跳蚤市场，买了两箱很便宜的可以用太阳能充电的地灯。

经过米勒原先的摊位时，我们不约而同地站了站。虽然摊位早换了主人，但我恍惚还能见到他的身影，听到他的笑声。

米勒真的修成无漏之身了吗？真的开了天眼和佛眼，可以预知未来了吗？

我就有些恍惚了。仿佛我也忽然不是我，成了一团不断地聚散离合着的物质。

那天我们没买到桃树苗，在欲打道回府前，却在一个拐角处看到一尊在美国很罕见的双鹤交颈而立的青铜塑像。人们都说，萍踪鹤影，现实生活中我们的确很难见到鹤，也很少听到鹤的鸣叫声，它们常常来无影去无踪。

我就忍不住站住，凝神望着这对仙鹤，像是面对一个久违的老熟人。

忽然，我有些吃惊地对妻子说："老婆，你看，这只昂着头的鹤，你看看，它左脚的小脚趾，也缺了一块呢……"

听了我的话，妻子忍不住也蹲下身去在那只鹤残缺的脚趾上摸了摸。

于是，我说服妻子，花了三百八十元美金将它买下，回家后立即置放于喷泉前方，铁海棠身后。

二十

又是一场秋雨。

雨停后，院子里的铁海棠浑身都挂满了水珠。仔细拨开那一簇簇红艳艳的花朵和密实的绿叶，可以看到枝干上那些长长的骨刺。

我现在每天清晨拉开窗帘，它和那对仙鹤都会在第一时间映入我的眼帘。

我常常会有错觉：那也是米勒的法身、化身和报身站在那里，坐在那里。

我忽然想用碳素笔将米勒画下来，并这样构思：如果用一种几何图形来描摹他，他应该是圆的；如果用一种物理状态来形容他，他应该同时是柔软和坚硬的，一如铁海棠；如果用一种行迹来表示他，他恰如萍踪鹤影；如果用一种神情来描绘他，他是笑口常开的，一如弥勒……

可是，我也不得不承认，在我们所认为的这个现实世界里，他其实还是一个"杀人者"，一个被通缉的"逃亡者"，或者，一个无家可归的"流浪者"……

当然，他也有一个更重要的身份——出家人。

然而，有谁不是呢？

池塘生春草。

我家小小的鱼池里曾经长满了浮萍和睡莲。然而不久前，大概知道我因病急诊住院了，一群曾经屡遭我打击和驱逐的浣熊（合家老小六口）竟弹冠相庆，集体跑到我们家的鱼池里来大闹"水晶宫"。作为它们狂欢的结果，鱼池里的浮萍和睡莲几被糟蹋殆尽，六十多条小红鱼也被吃得只剩下十一条。我出院后回到家时，已不见萍踪，唯余鹤影。

但图图经此变故后，却成了我们很亲密的朋友，她常常会来我们家和我们一起坐在三楼餐厅外的阳台上，俯瞰我们的院子，眺望远方的山峦，有时也会在下面的亭子里坐一坐，喝喝茶，说些闲话。

有一天，她带给我用硬皮纸包得好好的几本书，道："这是从副驾驶座前面的储物盒里发现的，都是些经书，是当年我给他打包裹时，他最后放进去的。"

我就接过来翻了翻。里面很多书页都揉皱了，有些还缺了边角。都是柬埔寨文，我一个字也不认识，就又还给她。她接过去仔细放进包里，然后扭过头对我说："我托一个朋友打听过了，她有个亲戚现在金边警察局工作。他帮着查了一下，乔森——也就是我哥的案子还没被撤销，仍在尚未归案的'杀人犯'和'逃亡犯'的名册上。至于他的家人，早在他出事之前就音信全无了。"

我没有觉得意外，也就没有吭声。

她就又问我："你动笔了没有？快把他写下来吧。我哥需要真相，这世界需要真相。"

"真相？这世界有真相吗？"我问。

她就有些木然了。

我于是微微一笑，略带歉意地说："会的。我会写的。不仅要写你哥，还要写吴怀宇，写你，也写我，还有一大群因为种种原因而离家弃国的人……"

然而，我却迟迟没有拿起笔。

我也发觉自己自从大病一场后，记忆力衰退得很厉害。总感到每天都有很多人，包括米勒和吴怀宇他们，正在快速地从我的生活、我的思想和记忆中消失，只留下一些模模糊糊的影子。

我抓不住历史的任何东西，也抓不住恍若实相的空洞和虚无。即便我用文字记下了这些，最终仍可能是一片空白。

生活总会删剪掉许多它认为不合适的东西。历史也会不断地淘汰掉一些东西，同时又会捡拾起另外一些东西。

有一晚，我安静地坐在沙发上看电视，看到屏幕上鹅毛大雪漫天飞舞，忽然觉得那不是雪，而是语言和文字，可惜我们无法领略它、理解它罢了。我因此也明白：许多事说了也是白说，写了也是白写。

心外无物，心内无我。

——那才是宇宙的本色。

然而，我还是努力将它完成了。

收笔之际，我也从书房的窗口往下看了一眼我花了很多心血、流了很多汗水建设起来的竹园、果园、花园和草地。

竹林丛中，新篁初出，喷泉池前，海棠依旧。

妻子正在院子里拔草，见到我便喊道："老公，树要修剪了！"

我竟然听错了，以为是说我新写下的书需要修剪。

——啊，修就修吧，剪就剪吧，反正说了也是白说。

（本文原载于《江南》2021 年第 6 期）

一辈子很长

[加拿大] 王婷婷 *

一

　　乔嘉行是乔家独子，自小是品学兼优的典范，老师们喜欢说他人如其名，他也没辜负大家的期望，一直是课代表和三好学生，从三门峡那样的小城市考进北京航空航天大学，当年还小小地轰动了一下。

　　乔嘉行曾经的学霸包袱有点重，因为他看起来老成持重，又尊重老师友爱同学，刚去读大一便被亲切地称为"老干部"。他读大学后曾经想活泼一点，可就是学不会调皮捣蛋自信洒脱的那股子京范儿。读书的时候，他也不是没有被荷尔蒙蛊惑过，学校里女生本来就少，都像白天鹅似的被男生包围，他连给女生打开水的机会都没捕捉到，只好埋头学习，继续走他学霸加班干部的老路。

　　苍白的四年大学不都是坏事，就像要印证"塞翁失马，焉知非福"的古训，免试保送硕博连读的名额在大三那年从天而降，差点砸晕了他。后来他才知道，几个好强的同学瞧不上土博士，一心去搏托福，其他人的成绩没他好，总有点瑕疵，系里讨论来讨论去，就只有他的提名没人质疑。直到他读了研究生，前途有着落，紧绷的面孔方才柔软了些。到了这个时候乔嘉行才听说，同学们把他和硕士楼女生宁佳琳一起封为"齐天大剩"，还调侃说："既然这样，你们俩何不互相帮

---

* 女，七〇后作家。中国艺术研究院明清小说专业毕业。曾任作家出版社当代文学编辑十年。移居加拿大后开始写作，出版有剧本、小说、时评若干。

助，一举两得？"还有人很文艺地撮合："你们俩或许都不肯将就，在等待对的那个人，没想到老天爷早就把真命天子放在彼此身边了。"

乔嘉行和宁佳琳都是理科生，被这个说法感动得心潮澎湃，彼此重新审视对方，觉得的确是专业吻合，学历相当，外貌对等，再没有更合适的人了。既然如此，理科生也不会矫情，一起吃顿饭就确定了恋爱关系，认认真真地开始了俩人的初恋。

谁知道，他们的感情没有与日俱增、水到渠成，反而始终相敬如宾、不冷不热的，最后，宁佳琳到底没忍住委屈，在硕三开学的生日晚餐时哭了，历数了乔嘉行没送新年礼物，收到圣诞卡片不回复，某一天吃饭她付账的时候无动于衷，她爸妈来北京只陪了一天等等罪状，说有他这种男朋友还不如分手算了，乔嘉行沉默许久，说了一句"对不起"就走了。宁佳琳看着他离去的背影再次哇地哭出了声。乔嘉行听到女朋友哭犹豫了一下，也不知道为什么终究还是没回头。

乔嘉行这一天彻夜未眠，这是他第一次真实面对自己，第一次用一个准博士的逻辑思维和深度思考能力分析研究，结论是：初恋无关爱情，只是一种雄性冲动。那以后的博士三年，他再也没机会没心思开始另一段感情，把乔家二老急得差点冲到北京逼他去街道办事处登记相亲。乔嘉行博士毕业后进了航天部，还是一个国家重点项目组。乔家父母得知这个消息后在家里偷偷捂着嘴笑，笑着笑着齐齐叹气："啥时候儿子结了婚，生个孩子就彻底放心了。"

乔嘉行工作后的第一个春节晚宴，有长辈冷不丁说他："都二十九岁了还没个媳妇儿，只顾自己读书哪能行，莫不是读傻了？这是对家族对父母不负责任。"亲戚们七嘴八舌附和，生生把晚饭吃成了声讨大会，他爸妈垂下头好像自己做了多大的错事。乔嘉行只是呵呵呵地笑，小表妹比他小十岁，还没男朋友，她担心地说："我哥这种男人会被欺负的。"一家人哄笑起来，他不服气："不会的，我是不愿意凑合找一个。"

这一年夏天，在大学同学的婚礼上，一头短发飒爽又娇媚的周燕如礼貌性地对他展颜，请他帮忙抬下来一些婚庆用品的时候，他一下子被那个笑容击中心脏，不由自由地脱掉西服，忘记这是几天前下了狠心才下手买的好几百块钱的衬衫，乐滋滋地当了一早晨的搬运工。

乔嘉行瞬间开了窍，从几个姑娘之间的对话探知酒红色短发女生叫周燕如，和新娘子是大学同学，几个外地同学做了一个搞笑的视频庆贺，她们几个在京代表考虑周到，为了别让长辈们挑剔，她们凑了份子，多订了一些玫瑰和蛋糕送过来补充气氛，需要随机抓个劳力搬运布置。乔嘉行暗自感激老天垂怜，要不是这个机会，他永远都不会认识这么美的姑娘。

乔嘉行在新郎新娘答谢朋友们的 KTV 练歌房里挨着周燕如坐，他既不大会唱歌也不善于喝酒，笑眯眯地看着几个爱玩的把包房当成洞房闹。有人过来和周燕如叙旧，因为什么事罚她连喝三杯，乔嘉行伸出胳膊挡住："不行，哪能让女孩子这样喝酒？"男同学奇怪地问道："这是你男朋友？"周燕如捂着肚子笑："对啊，他说我不能喝，我就不敢喝了。"男同学就说："她不能喝，你大老爷们你能喝，来，咱俩干三杯，认识一下。"乔嘉行不敢辩白不是男朋友，只好端起酒杯连喝三杯威士忌。男同学就乐："周燕如你男朋友太逗了，我说和我干三杯，人家自己就喝完了。你说我还喝不喝啊？"周燕如她们一班女生围过来凑热闹，要认识她的新男友，乔嘉行窘得低头笑，周燕如端起面前不知道谁的一杯酒，轻轻啜饮一口，拿过来话筒，媚眼如丝看着他问："喂，你是不是喜欢我？"练歌房里的人都过来听他怎么回答，乔嘉行抢过话筒，大着舌头喊："是的，我喜欢你！"

众人一起拍手，气氛热烈，周燕如并不受环境影响，一手闲闲托腮，淡淡微笑，眼角促狭地眨了一下，在话筒里慵懒地答："你打算什么时候开始追我？"乔嘉行突然变得机智起来，他满脸通红，看着周燕如说："现在。"周燕如和大家一起哄笑，她还不忘答应："好啊好啊。"乔嘉行听到她答应，本来想站起来给大家鞠躬的，谁知道威士忌的酒劲上来，被沙发上乱扔的谁的外套绊住，身子没站稳，膝盖一软，本能地一撑，就变成了类似跪下的姿势。

众人笑翻了，周燕如也忍不住笑得捂住脸。乔嘉行一丁点儿都不会喝酒，那几杯洋酒又喝得太猛，只会脸红耳赤地笑了又笑。周燕如的同学们怂恿两人跳一曲定情舞，或者合唱一首定情曲，乔嘉行都不会，他就那样热切地看着周燕如，不知道应该怎么解救她。周燕如不知道是被甜蜜的鸡尾酒上了头，还是被他灼热的眼神燃烧，她在昏暗的闪烁的红绿霓虹灯的练歌房里突然上前揽住脖子，当着众人吻上了他的唇。大家鼓掌叫好。

只有周燕如自己知道她是想让在座的同学把这件事传进她男朋友的耳朵里，想让他暴怒、气愤，让他后悔和她赌气。周燕如的男朋友的确在当晚就知道了这件事，他在电话里和告诉他的朋友一起笑了起来，他说，周燕如这个女人就是妲己，怎么可以这样戏弄傻博士？他才不会上当，他倒要看她怎么样收场。乔嘉行永远不知道这些，那些天，他沉浸在幸福的晕眩中。他拿出读博士的钻研精神，按照教科书的指引约会，把周燕如的小脾气当成女朋友套餐，只要见到她就心花怒放，根本看不到她的表情、眼神里都是什么内容，痴情得不像话。

周燕如的男朋友那个时候在上海，正被一个猫系小女友缠住，出差回北京既不去父母家，也不告诉她，坐零点班机也要返回浦东的爱巢。周燕如等不到前男友的任何消息，一腔幽怨无处发泄，身边只有一个乔嘉行亦步亦趋陪伴着她，虽然被她的女友们戏谑为忠犬系，到底是随叫随到又老实。在乔嘉行这边，女朋友开心最重要，反正偶尔表达不同意见也说不过她，被她瞥一眼、噘下嘴，心就被糖化了，哪里还要讨个公道，只觉得这都是爱情的滋味。

周燕如的爸妈不喜欢她前男友的痞子气，他们不知道女儿收编乔嘉行是用她的方式对抗失恋的沮丧，他们虽然也不是很喜欢这个外地的看起来老实巴交的傻博士，对他热情友好不过是这个三好青年的特质比较适合用来否定上一个花心大萝卜。周燕如的叛逆期还没过去，她不喜欢父母总说幸亏和她前男友分手的话，掸父母道："乔嘉行倒是认真的，没不良嗜好，正派上进，但是他拿什么结婚？他一个外地人，房子都没有，还没我赚得多，真心实意可以当饭吃吗？你们说大林这样不好那样不好，只有一样，我要是和他结婚，起码可以选一选是住在东城区还是住在西城区。乔嘉行除了一张不值钱的博士文凭，给我送个包都送不起。"

周燕如的母亲杨红英女士一听这个就倒戈，她叹气："也是。大林好歹是北京人，家里条件好的孩子都有个性。也许他结了婚会不一样吧？没结婚的男人都吊儿郎当的，有个孩子就成熟了。你和大林有没有商量结婚的事？你也不小了。"

周处长听到大林就皱眉头，他说："那个大林不务正业，就靠小聪明和嘴皮子，没点真本事。燕如，你考虑好，他私生活乱七八糟的，前几年闹着给他生孩子的女人到底生了没有？他好久没来家里了，上海又不是国外，他不会一年都不回来一次吧？你们俩关系正常吗？"

周燕如被杨红英女士盯得不自在，没了平日的伶牙俐齿，支支吾吾地借口用洗手间，躲进房间去了。周处长和杨红英了解女儿的脾气，看她的表情大概猜出来这一次肯定是大林又出轨偷吃。两夫妻对视一眼，齐齐叹气。

周燕如躺在床上回忆起去年年底的圣诞节，她去上海和大林见面，他们俩就像偶像剧里的情侣那样，在机场先是热情地拥抱，然后去市中心的餐厅吃饭，大林陪她逛了几家店，体贴地问她要不要买什么，她摇头不买，热切的眼神表示想回家，他心领神会带她回公寓，给她拿饮料，请她先沐浴，两人在床上依然夸张地显示出激情四射配合着恰到好处的柔情蜜意。可这种完美剧情，总让周燕如产生一股说不出感觉的疑惑。这哪里像异地情侣，没有烟火气也就算了，大林对她的到来礼数周到却毫无惊喜的慵懒并不是第一次，这一次却突然让周燕如有一种恐慌和不安，她曾经以为自己对男人予取予夺，在乎姿态不在乎真假，可她突然很想要一个承诺、一个表达，哪怕只是礼貌性说一句"我爱你"。

她有点故意地假装开玩笑地问他："亲爱的，给我一下你的手机密码，看看你敢不敢让我看。"大林冷冷瞥她一眼："我不敢给你，也不能给你密码，亲爱的。"这种毋庸置疑的驳回和凌厉的眼神刺痛了她，让她的心仿佛在地下河里浸泡了一下，染上了冰冷幽暗的基调。

她不死心，再次以戏谑的口气撒娇："那你不是真的爱我。"大林扑哧笑了出来，很绅士很好脾气地拍拍她，翻过身子闭上眼睛。周燕如看他这样，故意用四肢缠绕住他，在他耳边嗲嗲地说："我想生个你的孩子，乖，来造个小人儿。"大林轻轻地把她跃上来索取的柔嫩身体放倒在他身侧，从鼻孔里笑了笑，咕哝道："别闹了，快睡觉了，你这是吃药了吗？"

她早就知道大林根本无心结婚。两个人聚少离多，这个狼一样精瘦干练的虎狼之躯没有表现出对他曾经迷恋过的身体的那种迷恋，甚至可以说不太需要，带着点勉强，还有透支。身体比语言诚实，语言可以矫饰虚伪虚假伪善欺骗，身体做不到。

但是大林玩得很高级，他的公寓每周有保洁阿姨过来两次，屋子里常年保持性冷淡风。大林这个男人有洁癖。周燕如每次都会放下点随身用品，内衣、化妆品、鞋子、几件适合上海的外套，下次再过来时，大林会拖出来床下的整理箱，里面整整齐齐放着她历次留下的物品，分好了类别，很细致地收纳。他不会让名义上的正牌女友抓住任何把柄，有任何可以宣之于口的质疑和不满。

周燕如有点好奇，这样的整理箱，他这里还有几个？曾经，周燕如很喜欢这种充满高级感的男人。只是，和这种精致到骨子里却也自我到极致的男人待久了，她除了享受了点男欢女爱，好像一无所获，无论事业助力还是婚姻，甚至爱情好像都没得到过。玩来玩去，他们依然是亲密的男女朋友，谁对谁都没责任。

曾经，这是周燕如喜欢的男女关系，干净、高级、简单，谁都不能牵绊谁的人生，互相不承诺不负责，他们是同类，自诩脱离了世俗趣味的一群人。忽然之间，周燕如变得贪婪了，她还想要传说中的爱情和承诺，甚至婚姻和孩子。这是荷尔蒙危机吗？或许吧，她这两年对自己的脸和身体越发不满，无论多少贵妇霜涂抹上去，曾经的娇艳和青春都找不到了，上妆的时间越来越长，面膜越贴越贵，心里越来越空。

周怀远本来心气儿也挺高的，大林这种精英范儿他还嫌多了点油滑味儿。近日，配合他退居二线后的心境，对年轻人的婚姻有了不同的观念，他先叹口气表达退而求其次的宽容，对老伴儿和女儿说："我看小乔不错。没房子怎么了？我当初来北京也是赤手空拳，起点比他低多了。他没房子，你有。让他买辆车给你算是聘礼就行了。把你的旧车给你妈开。莫欺少年穷，你有房子他有才华，这样才平衡。"

杨红英有点不死心："燕如，大林没跟你求过婚吗？"周燕如不回答，也没替大林辩解。周怀远看出来端倪，再次叹气道："大林是男人，玩到四十岁照样可以娶二十岁的小姑娘，你玩到四十岁看看？"

说到女人的四十岁，杨红英的立场就动摇了："女人到了四十岁，卵子都没了，我们单位好几个女的不到四十五岁就绝经。人家不怕啊，绝经的时候孩子去读大学了。那些挑来挑去的，过了三十五岁连二婚的都抢不到好的。"

周怀远不想和女人讨论卵子的话题，他也不想成为逼婚的父母，他给这件事的最后总结发言是："你自己的事自己看着办，我们不负责、不干涉，以后怎么样也别埋怨父母。你想一个人过随便你。"杨红英想说什么，看看丈夫，看看女儿，终究觉得自己的男人说得在理，就附和着重重地点了点头。

乔嘉行陪周燕如看她喜欢的好莱坞大片，银幕上从头到尾都在打来打去，不是他喜欢的风格。他闻到身旁女朋友身上的幽香暗浮，抓住她滑腻柔软的小手揉捏。电影的片尾曲很好听，男女主角天人永隔令人唏嘘，周燕如被感动得直往他这边靠，乔嘉行觉察到女朋友冰凉的指尖想要钻进他皮肤，倒换了一下手，用另外一只胳膊搂过她，让她在他身上尽情取暖，汲取阳气。悠长悠扬的片尾曲逐渐远去，稀稀拉拉地有人站起来往外走的时候，乔嘉行的耳朵被故意轻咬一下，听到她问："你打算拿什么娶我？"

他惊喜得差点掉眼泪，根本找不到合适的语言回答。他的身子飘浮起来，转头对上盈盈如水的目光，他到底按捺住激动，组织了一下思路："我拿我可以拿出来的全部娶你，燕如，我……我和我爸妈商量一下。"周燕如轻笑："先给我买辆甲壳虫当聘礼。其他的再说。"

乔嘉行几乎被狂喜和愁绪双重作用折腾得晕在座位上，他后来才知道最愁的婚房不用他操心，周家几年前房价刚刚起来的时候就在三环边的一个小区里买了一套大三居做投资房，用的是周燕如的名字，打算给女儿当嫁妆的。后来，未来岳父见乔嘉行的时候说他不用买房子，他们家的投资房先住着，攒几年钱再买自己的，这让乔嘉行深感愧疚，还有一丝如释重负的轻松，他和父母商量了很久，几乎愁断肠的房子问题暂时不用着急了。

他曾经想过用自己的积蓄和父母所能拿出来的全部在六环外买一个二居室，可是女朋友哪里是住在郊区城乡接合部的人？这个主意他没敢和周燕如提起过，他只是偷着着急得头发都白了好些。他很感激周家人的慷慨和体贴，含情脉脉看向周燕如，胸中爱意浓烈，如同浪花一波又一波袭上心头，可他热烈爱着的她并不关心这个话题，拿着手机噼里啪啦打字，哪怕在聊她结婚的事，她还是那样淡淡的、心不在焉的。

乔家的博士儿子赢得了北京岳父的青睐，陪嫁了一套房子结婚，这让乔家人的心情复杂了很久。儿媳妇儿条件那么好，当然是好事，可是不自觉地就矮了一截，有一种三代单传入赘的担忧。不管怎样，都什么时代了，孩子大了，他觉得好，做父母的还有什么话好说。再说了，又买不起房子，有话也说不出来。

周燕如趁着午饭时间去试婚纱，闻到店员藏在后面仓库里吃饭的味道她就捂住嘴巴往洗手间冲，可是呕吐物还是喷溅到婚纱上一些，她嫌恶心，脱下来让店员自己去洗。小姑娘脸上笑得很不自然，脖子倔强地梗了又梗，听到周燕如指责她们叫的外卖味道太冲，小声咕哝："您这个怀孕反应也太大了。"周燕如气急败坏地说："你才怀孕了，这种地沟油外卖闻着谁都嫌恶心。"经理走过来打圆场，使个眼色让店员先去洗婚纱，又让周燕如重新约个时间过来试穿。

第二天，周燕如进门又想吐，捂着嘴巴奔去洗手间，恰逢洗手间里有人，她再也忍不住，一大口五颜六色的酸臭的东西不管不顾地喷了满地。周燕如觉得丢脸，脸上挂不住，自己又不肯动手清理，扔给经理几百块钱让她找人打扫，再也不肯去婚纱店了。

她偷偷买了试纸，果然是可恶的二道红杠，气得她哭着提前下了班，左思右想到底要不要做掉。乔嘉行知道女朋友怀孕，乐得喜上眉梢，被周燕如又掐又打还是笑得合不拢嘴。

周燕如怕疼，周家父母心疼女儿的身体，强烈反对堕胎，他们只好匆匆忙忙去领了结婚证。选了个小假期，在朋友圈里昭告旅行结婚，其实她请了婚假，在家里吐到几乎脱了形。

周燕如孕吐非常厉害，吃什么都吐，闻到什么都吐，有一次空腹太久，在公司里晕倒，吓得同事们只能叫急救车过来。孕吐到六个月，她的身体支撑不住，周家担心女儿，让她去医院里住着保胎，断断续续住到八个月。到底是外企，总经理特批她带薪休假到产假结束。那段时间，乔嘉行每天下班后赶到岳父家照顾新婚妻子，他自小没做过什么家务，扎手舞脚地找不到事情做，只会每天把岳父家的地板擦得锃亮。

周燕如剖宫产下一个女儿，她不要公婆过来，在月子中心里住了两个月才回到自己的新家。

乔嘉行这一年经历了太多的变化，他的公主竟然下嫁，怀孕，生了女儿，他只觉得一件一件都是天大的喜事，顾不上多想，忙完工作忙老婆孩子，学着做家务照顾孩子。这么多年一个人在外面读书，住学生宿舍，终于有了家，有了老婆孩子，他觉得自己是全世界最幸运的男人，浑身有使不完的劲儿，顾不上疲倦，小婴儿和她的妈妈是他的珍宝，他每天夜里起来冲泡奶粉，拍嗝儿，哄睡，连劳累都那么甜蜜，那么幸福。

甜甜两岁的时候，周燕如终于同意乔嘉行在旁边一个旧小区给他父母买了个一居室小户型，方便帮忙接送孙女，但是她表示不喜欢公婆来她家里指手画脚。乔嘉行都依她，不让父母干涉老婆的一切行动，每日早上过来接走孩子，下午他下班后去父母家把女儿带回来。周燕如几乎不做家务，也不管家务事，和公婆偶尔见面也不大说话，只是淡淡的表情，即使他们一家人聊孙女聊得多热烈她都不插嘴，他们并没有机会产生婆媳矛盾。

当乔嘉行从巨大的幸福回归平常心，他很想和妻子说说她的态度，请她对他父母亲热点，可他始终没找到合适的机会，也没足够的勇气。女神依然是他的女神，虽然在家里不是敷着面膜刷剧，就是拿着手机。甚至不知道从什么时候起，他们俩分房而睡成了固定形式。她对孩子不是很上心，也不算不负责任。他有时候很怀念婚前的周燕如，怀念她有那么一次两次腻在他身上不肯下来的甜蜜。

两个人曾经很亲密的身体不再纠缠，乔嘉行这才后知后觉地想起，他们俩从结婚到孩子好几岁了，几乎从未有过情感上的坦白和交流。周燕如有一个闺蜜圈，他不大熟悉。周燕如大部分是一个人回娘家，不要他陪。周燕如的工作越来越忙，在家的时候越来越少。甜甜很黏爸爸，因为乔嘉行几乎不加班、不应酬，也没其他娱乐，他越来越琐碎，给女儿扎的小辫子比幼儿园的全职妈妈们都要好。他常常是幼儿园活动里唯一出现的奶爸，她成了偶尔露面的时髦辣妈。

乔嘉行的生活里只有女儿，后来又有父母，他们乔家四口人每日在一起买菜吃饭，乔家二老很快习惯了不再问甜甜妈妈要不要回家吃饭。周末，总是周燕如带着甜甜出门游玩，他有时候自愿做车夫，她说约了闺蜜，男人出现不方便。

乔嘉行不是没有过疑惑，他觉得自己像单亲爸爸，可是放眼望去，都市里的人都那么忙，分工协作似乎没什么问题。但是他依然有些惆怅，想不到婚姻生活竟是这样沉闷。女人可以堂而皇之地抱怨丈夫不体贴、不回家，男人好像不可以这样幽怨，乔嘉行偶尔泛起的情绪让他觉得自己很矫情。他想，可能自己忽略了妻子，做得不够好吧，妻子受了那么多苦生了孩子，赚钱比他多，他怎么可以埋怨她忽略了自己。

二

乔嘉行和肖筱的女儿在同一个舞蹈班，从四岁跳到六岁，中间很多人走了，又来了新同学，只有她俩始终在这个班，慢慢成了小伙伴，课前课后都要在一起玩一下。两个人的家长很快脸熟，借着两个孩子你来我往的童言童语，有时候有一搭没一搭地聊几句。对他们俩这种矜持地只交换育儿信息和观点的知识分子，孩子爸孩子妈这种性别模糊、语焉不详的身份是最安全的社会关系。

甜甜最爱问问题，又不怕人，她听到大人聊小学的事，很关心地问："爸爸，小学有没有滑梯？"小宝的幼儿园就在一个小学内，她以一副知情人的口气答:"小学又不是幼儿园,滑梯是小宝宝才玩的。小学有好大好大的操场。"甜甜扑到爸爸怀里撒娇:"爸爸,没有滑梯我不去,我还在我们幼儿园待着,一直在这里上学。"大家都笑了,连小宝都笑她:"我妈妈说,每个人都要去小学的,幼儿园不要六岁的小朋友。过了六岁生日就不能待在幼儿园了。"乔嘉行夸奖小宝:"小宝真棒,这都知道。"甜甜不干了,搂住乔嘉行的脖子说:"我也知道六岁就要去小学。"

肖筱笑着感叹:"咱们这里都是妈妈接送陪,只有你这一个爸爸。甜甜真幸福。"乔嘉行是听惯了这种夸奖的,憨厚地解释:"主要是我上班自由一点。"

礼尚往来,投桃报李,他也说:"小宝有你这么耐心的妈妈也幸福,就没见过你跟孩子急。"肖筱羞涩地一笑:"孩子这么小,就被父母安排着到处奔波上课,挺不容易的,急什么啊,毕竟是小孩子。"

乔嘉行刚学着扎芭蕾舞发髻,笨拙地在女儿头上练习,甜甜皱着眉头喊:"爸爸,疼。"肖筱对一筹莫展的乔嘉行说:"你放着我来吧。顺手的事儿。"从那以后,甜甜不要乔嘉行弄她的头发,每次都要等着肖筱。

上课前后,小宝总有酸奶和零食,乔嘉行好几次都不记得带。肖筱有心,从此总是带双份分给两个孩子。乔嘉行单位福利好,各种演出票展览馆门票什么的,他有机会就多找两张给肖筱娘俩,算是礼尚往来。

那一年是 2015 年,春天格外短暂,没几个艳阳天就一下子蹦到了夏天,一连两个星期,甜甜的头发都是乔嘉行自己胡乱绑个发髻交差,怎么回忆都想不起来肖筱是怎么把半长的细碎头发扎得那么整齐好看。

甜甜毕竟还小,看不到小宝只是有些茫然,乔嘉行到底忍不住,等待的时候,第一次给肖筱微信:"小宝没过来跳舞,你们怎么了?"

"啊,不好意思,忘记告诉你了。我带小宝回洛阳了,我父亲生病住院。"

"没关系。甜甜念叨好几次了。你父亲的病要紧吗?"

"我爸是胃癌晚期。这个夏天可能都要在老家了。没人带孩了,我只能带她回来,也想让她多见几次姥爷。"

乔嘉行想着她要照顾病人和孩子,哪里还有心情聊天,表达了安慰和问候，就没再多说什么。肖筱这个人内向含蓄，几乎不发朋友圈，乔嘉行无从得知她们母女的消息，每次带着甜甜来跳芭蕾的时候，总是会想起肖筱母女，不知道肖筱的老家有没有帮手，替她感叹独生子女照顾老小的艰难。

等待的时候，他下意识地翻看朋友圈，看到肖筱发了小宝在洛阳当地临时去了一个幼儿园，又看到肖筱晒了几张风景照，没提到过她父亲住院。她的朋友圈很像她平时的为人，恬淡内敛，有深度不浮夸。乔嘉行就替女儿想，我们家甜甜应该和小宝多玩，好妈妈会带出来好孩子。

夏天过去，秋凉袭来，肖筱和小宝走进舞蹈学校的时候，甜甜高兴地拉住他说："爸爸，小宝。"乔嘉行这才看到她们娘俩。乔嘉行冲口而出就问："好久没看到你朋友圈有动态，你爸爸怎么样了？"肖筱闻言，眼睛一红，低下头说："我爸去了。小宝不能再耽误，我们办完事就回来了。"乔嘉行哎呀一声，机械地说了一句："节哀顺变。"他很想多说点什么，可是他一向这样口拙，肖筱像是知道他的心意，红着眼睛微笑，轻轻说："谢谢你。"孩子们不懂这些生死离别，甜甜在给小宝秀她的新芭蕾鞋，小宝问甜甜："你吃过牡丹饼吗？用最大的牡丹花做的饼，可好吃了。我给你带了。"

孩子们换好衣服就跑跳着进去了。肖筱担心缺了两三个月课的小宝能不能跟得上，站在半截玻璃的门外看着孩子们跳舞。粉红色的小天鹅们无论怎么样跳都显得可爱，让人心生欢喜，忘忧消愁。小宝有点生疏，却没掉队，一开始紧张的小脸，跳了几圈就放松下来，肖筱这才松了一口气，转头看到乔嘉行也在看，俩人对视了一眼，都立刻避嫌似的把目光闪开了。

肖筱过去坐在家长等候区的长凳上一下子就盹着了。她一脸的憔悴，头发凌乱，消瘦了很多，衣服显得宽松，看着很没精神。乔嘉行偷眼瞄瞄肖筱，担心初秋微寒，她这样睡会着凉，心里叹息："照顾老人，还要管孩子，她真的太辛苦太不容易了。怎么没见过她先生？"不知道为什么，肖筱的憔悴和衰老让乔嘉行有一种亲近感。

他想起自己的太太，回到家就躺倒在沙发上敷面膜，让女儿给她拿东西，有空就去泡健身房，她们是完全不同的两个类型，都是五岁女孩儿的妈妈，甜甜妈妈十指不沾阳春水，手白如葱，细嫩光滑，无时无刻不精致到指甲，如今依然少女感十足。

自从小宝请假，乔嘉行自动记得给女儿带零食，当两个孩子下课，甜甜不等爸爸给她穿上鞋，就翻出曲奇递给小宝一块。小宝学着甜甜那样用手接住，先把碎渣放嘴里，再一点一点啃，俩人一起吃完，相视一笑，又一起舔手掌。肖筱忍俊不禁，乔嘉行也笑了。

乔嘉行驶出大厦地库的时候，看到在路边等车的母女俩，他靠边停下来对她们喊："你今天没有开车啊，上车吧，我送你们。"肖筱摆手说不用不用。北京城太大了，再好的朋友也不轻易接送，不欠人情是都市人的自觉。乔嘉行坚持道："快上车吧，这个时间打不到车的。"后面的车不耐烦地按喇叭，肖筱只好拖着小宝上了车。

他问肖筱："你家什么位置？""过了联想桥，方便的地方就可以了，我家就在附近，我们走进去没多远。""这太好了，顺路，我们在苏州桥住。"

甜甜在后座对小宝说："你和我一起去吃饭吧，我爸爸说带我去吃比萨的，你也去吧。爸爸，我能不能邀请小宝和咱们一起去？"肖筱回绝："不用了，谢谢甜甜。改天吧。""我想和小宝一起玩一会儿。爸爸吃饭不和我聊天，我一个人没意思。阿姨，求求你了。我想和小宝多玩一会儿。"乔嘉行也说："一起去吧，如果你方便。我们总是去前面的世纪金源五楼吃。吃完我送你们回去，一脚油门的事。"小宝腼腆安静，一般不提要求，今天也跟着小声求："妈妈，妈妈，我也想吃比萨了。"肖筱经不起孩子央求，心一下子就柔软了。

回老家好几个月，小宝跟着她回去了一个多月后，肖筱忙了孩子忙父亲，她母亲在医院里陪护，隔两天回家休养一天，家里乱成一团，肖筱和小宝她爸商量送孩子回北京，临时让奶奶从上海过来照顾孙女。公婆是界限分明又淡漠的性格，等闲不打扰他们，也不喜欢热闹的烟火气，婆婆甚至特意在肖筱送孩子回来的当天才坐高铁过来接手。肖筱赶着再回洛阳，就问要不要在南站等一下婆婆，短暂见一下。婆婆说不用。算起来，生小宝的时候婆婆过来了一个月，从那以后，奶奶从未邀请过她们去上海，也从不提起来北京，平日里几乎没有音讯。肖筱听到同事们说起和公婆的种种家长里短，心里甚至怀疑过小宝她爸是不是外面的女人生的，所以婆婆才会如此疏淡。

办完父亲的丧事，肖筱一刻不停就赶回来，家里一切如常，奶奶把家里整理得更干净了，也不等着见她，在她回来的当天也坐高铁回上海。肖筱回家才知道和婆婆一个车站同一个时段上下，她心里咯噔了一下，顾不上多想就赶去幼儿园接孩子。

小宝看到她先是惊讶，眼泪珠子啪嗒啪嗒一粒一粒在地上摔成几瓣，惹得肖筱抱着女儿好一顿哭。晚上，小宝黏住她，喁喁细语和她说话，说她一个人睡不着，不敢跟奶奶说害怕，偷偷想妈妈想哭了好几次，惹得肖筱又掉了一回眼泪。贾常青照例早出晚归，看到她回家也只是微笑一下，一个字都不问。肖筱憋出内伤，看着孩子抱紧她，只好把不满再次埋葬到深渊里，搂着小宝哄她入睡。

肖筱不想问贾常青和他母亲怎么带的孩子，让本来就没几两肉的孩子瘦成了皮包骨头，看到小宝吃得狼吞虎咽就眼睛发热，心里涩涩的。自己一个人气闷了好几天才纾解一点。

小宝再次请求和甜甜去吃比萨，肖筱心里涩苦，柔声答应："好吧。反正我们的晚饭也没有着落。谢谢甜甜的邀请，谢谢甜甜爸爸。"两个孩子一起雀跃，传染了甜甜的大胆开朗，小宝也喊了一声"耶"。肖筱体察到这些细微变化，心里就像洪水淹过的平原，浩浩渺渺的都是酸楚。

两个孩子童言童语地聊着，一边吃一边笑。肖筱随手照顾着两个孩子吃沙拉，喝水，分别给她俩擦掉嘴角的番茄酱。她喜欢做这些琐碎的事，可以忘记成年人的烦恼。

乔嘉行和肖筱认识差不多两年了，每周见面说几句孩子，这才是俩人第一次真正的聊天。乔嘉行自我介绍是航天部委的工程师，大学在北邮，毕业就进了这里。肖筱说她在北师大附中教生物。原来他们俩都是西城区那种踏踏实实念书，老老实实工作，运气不好不坏，日子平平淡淡的科研单位和学校里的螺丝钉。

吃饱喝足，肖筱让小宝再次谢谢叔叔请客，谢谢甜甜的邀请。甜甜说:"爸爸,你加一下阿姨的微信吧,我想找小宝的时候就可以找她了。"乔嘉行忍不住呵呵笑出来:"我有小宝妈妈的微信啊。"肖筱笑说:"微信用的是我的本名。""我也是。肖筱这个名字很好听,我猜也是本名,微信名不都是怎么无厘头怎么来嘛。""噢,乔嘉行,这么古雅的名字倒很像是网名。""哎呀,有互相恭维的嫌疑。"小宝接话:"甜甜姓乔,大名是乔琪。甜甜爸爸当然也姓乔,我早就知道了。"

带孩子虽然更累,其实更幸福一点,只有孩子的天真可爱才会有这样的乐趣。肖筱很久没有笑过了,今天笑了很多次。

再下一周,乔嘉行送给小宝一套益智玩具。乔嘉行说:"我在网上给甜甜选购了好几件玩具。这一件不小心买了两次。付钱的时候也没注意,寄到了才知道买了两套。叫快递再打包退回去太麻烦了,还要贴邮费,顺便送个小礼物。"

肖筱打开玩具琢磨怎么玩,她没见过,表示搞不懂怎么用。乔嘉行说:"女性的确不太擅长这种游戏,通常这种都是男孩子喜欢,你让她爸爸陪小宝玩吧。说明书挺详细的。"乔嘉行捕捉到了肖筱一闪而过的黯然还有黯淡,他暗骂自己不小心,戳到人家的痛处,他从未见过小宝的爸爸,也没听到提起,人家或许是单亲妈妈。想到这里,他冲口而出:"啊,对不起啊,或许我说错话了。"说完更觉得不对,没话找话问道:"你的车修好了吗?甜甜念念不忘还要和小宝吃饭。她今天想去吃金鼎轩。"

肖筱想起上次吃饭是他请,再次吃饭就不去了,有逃避轮流做东的嫌疑,于是笑说:"好啊,但是今天得说好我请。"乔嘉行爽快地说:"好。我先谢谢款待。"

这种久违的轻松愉快有一点不一样的感觉在发酵,他们俩同时收敛了面上掩不住的微笑。他们同时在心里告诫自己,他们只是小朋友们的父母,交往不可越界。

等餐的时候,两个刚刚上 年级的孩子不约而同拿出作业写,服务员倒茶水的时候顺嘴凑趣:"孩子真懂事,自己就写作业了,你们爸妈真会教育孩子。"

乔嘉行和肖筱听到服务员的话，心里一起误会，各自尴尬。两个孩子浑然不觉，吃得特别开心。甜甜说她奶奶做饭特别好吃，小宝也说她奶奶做饭好吃。肖筱从未听小宝提起她奶奶，心里感动了一下，她羡慕："有父母帮着真好。"

乔嘉行憨笑点头："我爸妈和我们住在相邻的小区，平日里过来帮忙接送做饭打扫，他们吃饭早睡觉早，每周五的舞蹈课结束到家有点晚，我就带着孩子在外面解决，也让二老轻松一天。"肖筱想起小宝的爷爷奶奶，从来不张罗让她们母女去上海玩。贾常青过年过节的时候总以各种理由自己出门旅行，任由肖筱每个春节都是独自带着女儿去洛阳过寒假，莫名其妙地就活成了丧偶式育儿。

肖筱自己的爷爷奶奶和姥姥姥爷还都健在，她父母对老人至孝，而她从中学寄宿，大学去外地，和父母的感情并不是很亲密。自从她父亲去世，她妈就回了娘家照顾老人，她就此连娘家都没有了，下一个寒假恐怕只有娘俩待在北京。

偌大的北京城，在父母甚至祖父母眼里，肖筱的生活一定是丰富多彩、光怪陆离、热闹喧腾的吧？几千万人的城市，到处都是人。没有人问起过肖筱一个人在北京好不好，她习惯了孤独，也习惯了不说。或许因为这个，当年贾常青对她表示额外的好感，只献了一点点殷勤就让她依恋上那份温暖。肖筱是在生完小宝之后才懂得天然的爱是怎么回事，怀抱着小猫一样大小的女儿，她滋生出强大的力量，女儿是她的铠甲，让她第一次体会到真切的亲密关系。

肖筱假作没听到乔嘉行说到小宝爸爸，她笑言："我挑战挑战自己，回去研究一下怎么玩。不行还有你可以请教。"乔嘉行怕说错话，只好夸奖孩子："小宝的性格真好。"肖筱客气道："小宝有一点内向，甜甜的活泼开朗影响了小宝。谢谢认识你们。""甜甜鲁莽，小宝知识面广多了，我们甜甜最近吵着要买小宝说过的彼得兔系列。还要求是英文版。"肖筱忍俊不禁："又开始互相恭维了，不正之风哈，刹住。"乔嘉行扑哧一笑。他还没意识到自己总在肖筱面前笑出声来。

肖筱招呼他："你再吃一点吧？"乔嘉行笑："我吃饱了。你别管孩子们了，自己趁热再吃一点。小孩子饿不着。"说完感觉有些不对，这种对话太像夫妻了。这样一起陪孩子，一起吃饭，说说笑笑，还有女儿在旁边撒娇要赖，这才是幸福。乔嘉行的记忆中，周燕如从不和他一起陪着孩子，也不与他说笑，眼睛里完全看不到他。肖筱也有同样的触动，贾常青只在孩子过生日的时候，偶尔周末没事可做的时候和她们娘俩吃饭，他们之间生疏得不像话。

乔嘉行等甜甜睡着后，在微信上细细给肖筱讲解益智玩具的玩法，肖筱很快就搞懂了，俩人又聊了几句孩子就知趣地互道晚安。肖筱心里不禁升腾起女人天生的八卦心，好奇了一下这样迅速的回复，难道甜甜家也是分房睡的？

周燕如还没回家，乔嘉行睡不着，有点担心，犹豫着要不要打电话问她，想到她会很不耐烦被追问行踪，只好算了。甜甜在他身边睡熟了，鼻息深重，香甜的脸蛋像极了妈妈。乔嘉行凝视着女儿的脸蛋，他又一次疑惑，当初怎么会那样疯狂地爱上周燕如，那种他以为一辈子都使不尽的激情，怎么就消磨殆尽了。

周燕如对公婆冷淡疏远，她嫌他们什么都要问，哪里都要收拾整理，唠叨琐碎，不喜欢公婆来家里住，看到他们出入就没好脸色。乔嘉行没话说，这是岳父母买的房子。后来，乔嘉行和周燕如商量，能不能把自己的积蓄加上二老的养老钱在旁边小区买一个小户型，孩子去了幼儿园后家里只有小时工打扫卫生，老人过来接送，到底放心一点。周燕如想想也是，无可无不可地点头答应了。他的父母来北京住了四年了，周燕如一次都没去过公婆住的家，偶尔她去接女儿回家，宁可打电话让他们二老送下来，也不上一次楼。

周燕如为了瘦身，基本上只吃草，要不然就订瘦身餐送到家里。乔嘉行下班后去父母家接孩子，进门就有晚饭，自己家的厨房几乎没有过油烟，三口人一年到头极少在一个饭桌上吃饭。他们就像合作养育孩子的同居父母，而不是夫妻。

周燕如的爸妈退休后沉迷旅行，有时候带着甜甜出门。乔嘉行得到岳父家不少帮衬，心里感激，周燕如贪玩不顾家，他也不忍心苛责她。乔嘉行很羡慕周燕如的社交能力，她带着孩子玩的总是"高端、大气、上档次"，而他除了公园就是郊区，玩不出什么花样。甜甜很爱和妈妈出门，不怵人，跟妈妈一样地能说会道，一点都不沉静木讷，他心里不是不替女儿高兴。乔嘉行不知道这个都市里还有多少像他们这样的夫妻，而他在这段关系中除了被动就是无奈，越是想要一种喜欢的生活方式越是遭到周燕如的反感。乔嘉行想，恐怕大家都是这样吧，没有完美的生活。

乔嘉行陪着甜甜上了两年的芭蕾课，从没见过小宝爸爸，一次都没有。他忍不住多管闲事，物伤其类地替肖筱忧愁，养育孩子有多不容易，多操心多受累，他是品尝到了，难免替她不平："同样工作赚钱的女人，独自带大孩子，太不容易了。生而不养，只管生不管教的父母怎么忍心？这么好的太太，体贴细致得体，又大方可爱，可惜肖筱的先生身在福中不知福。"

肖筱也感觉出乔嘉行的孤单和疲倦，她在夜深人静的时候想起读过的鸡汤文："都市人华丽的袍子下面，都有一堆虱子。"肖筱替乔嘉行可惜："这样俊朗帅气、涵养深厚的男人，还有甜甜这样活泼可爱的孩子，孩子妈妈咋没出现过？"肖筱胡乱想着事，迷糊着要入睡了，她听到卫生间里稀里哗啦冲澡的声音，有点奇怪贾常青总是一大早沐浴，今天这是怎么了。她只是闪现了一丝好奇，习惯性地叹口气，并没什么兴趣深究。

肖筱刚结婚的时候，整颗心都在贾常青身上，希望了解他的生活习惯，饮食口味，总是围着他问东问西，他婚后没几天就和以前判若两人了，很沉默，很安静，躲避她的亲热，对她热切的提问淡淡地回复。她也曾借着什么小事哭过、闹过、作过、折腾过，贾常青越发害怕和她接近，小心翼翼地和她相处，客气礼貌得像同事，唯独不像夫妻。他甚至不在她面前宽衣解带，炎热的夏天也不脱掉衣服，就像厌恶她的靠近。

慢慢地，肖筱找到了最佳的节奏和距离。虽然这种硬生生逼迫自己收回感情的方式是痛彻心扉之后的无奈，但是她一个女人，一个乖巧的没任何恋爱经验的女孩子又能怎么样呢？她以为是自己不够美，不够清洁，或许也不够有魅力。她曾经烦恼得大把大把掉发、失眠、频繁发烧、没有乳汁，要不是小宝对她的依赖和依恋，她差点放弃自己的生命，可能不会走出泥沼，而是走向深渊。往事不堪回首，想起来会痛、会恨。从濒死边缘爬出来的肖筱不允许自己沉溺往事。

那些年，她少有笑容，总是懒洋洋，一定给小宝造成了难以挽回的伤害，这个孩子虽然看起来安静懂事小心，其实非常胆小内向，缺乏安全感。肖筱想起来就愧疚得心痛，她发誓要陪着女儿，再也不让她害怕。

前一段时间，肖筱特意找学校把自己的课都调整到第一堂，这样就得贾常青负责送孩子。她从两岁接送到六岁，只有她自己想办法协调时间，这不是她一个人的孩子。

肖筱听到贾常青洗澡的声音结束，给旁边的小宝掖一下被角，出去等着他从浴室出来，对他说："这些天，小宝的书包我会提前检查好，你别催她吃饭，晚几分钟没事，你要把她送进教室交给老师才行，就几步路，你也不能确定就是安全的，老师要求家长必须亲自把孩子交给她。"贾常青点点头，很配合地说："好，我知道了，放心吧。"肖筱盯着他，贾常青只好认真地再次保证："放心吧，我肯定这样做。"

贾常青又问："我出差的时候呢？你方便换课吗？"肖筱摇头："你出差的时候，我就只能早一点把肖筱送到邻居家去了。"交代完，贾常青温和地说："好，你早点睡吧。晚安。"肖筱已经转身回屋了，假装没听到，不轻也不重地关上了主卧室的门。

他总是这么无懈可击，温和，被动，占据姿态礼仪的制高点，曾经让肖筱犹如困兽，觍着脸索取热情、温度和爱，甚至替女儿索取关心。她受够了，不想继续这个游戏。

三

周燕如想申请去新加坡分公司轮岗半年，为了表示对已婚员工的体谅和照顾，公司不希望已婚职员两地分居影响工作，这种差事一般只给未婚人士。但是周燕如不管这些，公司福利好收入高，她想换个环境的话，这是最好的办法。她很快打听出来，老板的老板、那个很少过来的美国人James是起决定性作用的人物。她上公司网页看了这个人的照片，似曾见过，面相平庸，中年发福显得有点油腻。

周燕如和老板不是很铁，没把握可以如愿以偿，而越级申请是职场大忌，周燕如当然不会犯这种低级错误，她决定走另外一条路。

美国人公司有一点特别好，每个月都会有一到两次下午茶会，所有管理层的日程表里都有这个安排，除了出差，在家的都会出现，这是特意打破阶层的安排，从前台到CEO都在咖啡室里享用点心咖啡水果，随意闲聊。这也是各位boss借机亲近其他人的机会。中国公司的员工照例扎堆，而海外的、东南亚的和海归派是另外一群扎堆。看起来不那么泾渭分明，其实这两帮人几乎不会有什么交集。

周燕如在公司里一向我行我素，比海归还西化，英文好不好不是重点，人家敢和任何人聊天这一点，大多数的同事是服气的。

这个月底的下午茶会上，James正在一堆乳酪蛋糕和司康饼之间犹豫的时候，周燕如在他身后甜甜地说："如果是我，一定选司康，因为乳酪蛋糕吃完就不想工作了。"James哈哈大笑，拿起一块轻乳酪蛋糕回击她："那我就偷懒，反正我是老板。"周燕如假装惊讶地也拿一块乳酪蛋糕说："Wow, no, no fair."

两个人自然而然地端着各自的咖啡和点心去窗边坐下。寒暄几句过后，燕如突然一脸向往地俯身对上级老板小声说："我很想提高一下自己在数据管理方面的知识，如果可以去新加坡分公司轮岗半年学到这些，今年的圣诞老人就可以不用来看我了。"

James心领神会，这个东方年轻女人的机敏活泼让他没办法拒绝，他故意狡黠地眨眨眼睛："喔，也许圣诞老人还是要固执地送给你一个公仔，他老了，只记得所有的女人都爱巨大的毛绒玩具。Chloe小姐，你要还是不要？"

周燕如在公司叫Chloe Zhou，她歪头，眯起眼睛，故意做失望状："女人对待礼物最有礼貌的做法是收下。"旁边有同事走过来要和老板套近乎了，James结束得天衣无缝："感谢你的建议，吃完蛋糕，我果然不想工作了。和你聊得很愉快，谢谢你Chloe。"

过了半个月，周燕如的直属老板通知她，转过年的 1 月份，她可以选择去新加坡分公司轮岗，也可以不去，邮件给 HR 确认就好。

周燕如看到邮件就笑了，她不知道 James 怎么做到的，也不想知道详情。都说在大公司混得靠真本事，这话一点都不假，但不是全部，才华是多方面的。她一向觉得如果一个女人不会利用自己的美貌和智慧，单靠干活的是傻瓜。不但辛苦，也没意义，等于自缚右臂，单手搏斗。要说工作能力，周燕如可不是吃素的，但是她也绝不会闲置自己的美貌。去新加坡分公司没什么油水，那个比北京还小的国家，她出差去过好几次，她想在未来大有前景的数据管理方面再多熟悉一点不假，但最主要的是她很想出去放放风。

周燕如这辈子最后悔的恐怕就是结婚了，她结婚后才发现自己完全不适合婚姻生活，或许是不适合和乔嘉行的婚姻，或许是老公孩子一堆杂事的生活让她厌倦，总之，她在婚姻生活里很不开心。

周燕如回家就会被甜甜缠住，周末只能陪着女儿出去游玩上课，伺候小主子吃喝拉撒，耐心地陪着小朋友做很无聊的事。就像她给朋友们吐槽的："一周当一天时尚辣妈，母女俩打扮得漂漂亮亮在商场里喝下午茶，这是我的极限，每天都当妈，我会得抑郁症。"她的闺蜜们听了她的描绘，哀号遍野，被称为是 2015 年最节育的吐槽。

乔嘉行听说周燕如要驻外半年，脸色一沉。周燕如心虚地解释："我告诉我爸妈了，让他们周末带孩子，交代好了辅导功课，学钢琴和游泳的接送。平时辛苦爷爷奶奶，两个周末就姥姥姥爷接班，他们也挺乐意的。我再不拼几把，职场生涯就到顶了。"乔嘉行叹口气："甜甜会想妈妈的。"周燕如接道："我争取每天和她视频。才半年，很快就过去了。"

周燕如说完这句话恨不得掐自己一把，曾几何时，她沦落到需要给乔嘉行一个解释的地步了？自己心虚了、愧疚了？为什么觉得需要一个解释？明明是他们姓乔的父女俩让她想逃走的，是他们父女俩令她玫瑰色的人生变成菜市场的大妈。

乔嘉行不作声。周燕如并非事业女性，她这两年在职场上并没有什么提升，也不是拼命工作的那种。对此他并不介意，不是每个女人都需要做女强人，太太喜欢安稳的生活，这无可厚非，他只是希望她玩心淡一点，多陪陪孩子，把心思放在家里多一点。他没等到这一天，老婆则先计划好了逃离。他没话说，说了也没用。

周燕如呼出一口气。她终于有机会恢复自由自在地去泡酒吧，听演唱会，周末健身房里撸铁，晚上和朋友们疯闹的单身生活了。她对女儿略有不舍，但比起对自由的向往，这点小伤感很快就过去了。

新加坡分公司帮她提前租好了单身公寓，位置很好，走路十分钟到公司。陪同她过来的于胖子身肥体重，拎完几个大箱子进屋，一屁股躺倒在瓷砖地上，喘得像一只沙皮狗。燕如坐在她的行李箱上，用手指着他濡湿斑驳的T恤，笑得上不来气："看看你的地图，哎哟，你的民工本色暴露了。"

于胖子啐她："别笑了，你这个狐狸精，就会使唤我干活。帮你收拾好这个房子，你是不是要约别的野男人过来？"周燕如乜斜他一眼，腻声说："你就是我的野男人。"于胖子叹气："你这个狐狸精。"爬起身给她整理行李。

这个女人最会使唤他，他曾经心甘情愿被支使，现在年纪大了，珍惜起自己来，要不是周燕如在电话里撒娇撒痴地让他再次投降，他才不会像以前那样屁颠屁颠地主动请缨。不但不主动，他最近几年越发像一个怨妇，计较起了投入产出比。

前几年，他一心想折腾出一点大动静，考了MBA，去美国留学两年，回来后才知道前女友周燕如已经结婚了。俩人在周燕如生完孩子恢复了身材后见面的，于胖子发现她比以前更漂亮了，惊喜不已。而小于在美国吃快餐吃洋餐，两年时间就吃成了二百一十斤，被改名为于胖子。当于胖子怀着对祖国灯红酒绿、呼朋唤友的美好生活的怀念，遇上了在家里休产假闷得几乎要疯掉的周燕如，这股天雷勾地火瞬时消融了过去的积怨，俩人又搞在一起，时不时约着疯狂一下，淋漓尽致地发泄，像是要把日常生活里的沉闷都杀死在床上。

于胖子和周燕如疯狂了一段时间后就有点力不从心了，每次都弄得他腿软腰虚，好几天无精打采缓不过来，身体刚刚恢复一点，他又想要，犹如毒瘾，明知道伤身体，过瘾的时候下定决心要戒，瘾头上来就忘了。他已经三十五岁了，父母没有一天不催他结婚生子，他想有正常的生活，不想当别人的小三，他已经有了比较满意的女朋友，年轻漂亮、单纯可爱、宜家宜室的类型。

有时候，于胖子想起自己一个未婚的钻石王老五，被一个已婚已育的妇女拿捏在手里，既影响他一心一意对待女朋友，又勾引得他几天不见就冒虚汗身体燥热，他打算逐步疏远这个女人，他不喜欢这种被操控的感觉。但是他经常失败。他战胜不了自己的身体本能。这个世界上，只有周燕如可以承接得住他野兽的那一面，也只有和她在一起他才是真实的那个本我。

"胖子，胖子。"

"喊什么？"

"快去先洗个澡。"于胖子听到他的"药引子"在沙发上喊他，身体神奇地恢复了精气神。也许服从身体本能是对的，他应该去沐浴一下，然后和这个女人在还没有铺床单的床垫上疯狂一把。

夜幕低垂，外面灯火通明璀璨，周燕如站在窗前说："新加坡不如从前了，第一次来觉得眼花缭乱，现在看起来不过是一个二线城市。"

"臭女人，赶紧穿上衣服，站在窗边展览吗？让别人一览无余有意思？"

"有意思，我就喜欢别人看得到摸不着，还得假装没事的狼狈样儿。"

"骚狐狸。"周燕如听到这个称呼咯咯咯咯笑起来。这个男人对她有多少爱就有多少恨，有多无奈就有多抱怨。真的要他娶，他又不敢。骨子里的男权思想让于胖子害怕无法掌控的女人，大男子沙文主义和周燕如这样放纵恣肆的女人惺惺相惜，不怕放飞自己吓着对方，任由对方蛊惑着放荡不羁。周燕如喜欢看到这个男人挣扎，她咯咯笑着把自己的身体当成炸弹扑向他。外面车水马龙的下班车流早就过去了，闷热的夜晚依然灯火辉煌，出来夜游和夜宵的年轻人重新出门，这是一座年轻的城市，吸引着东南亚乃全全世界的人来这个弹丸小国观光，工作，旅行，度假。

于胖子终于回了魂，他揉捏了一把睡着了的燕如："哎，宝贝儿，饿死了，出去吃个饭再睡。"

公司给了周燕如三天安家假期，他们俩晚上和早晨分别疯狂一次，白天两个人奔波于采购和安置，总算初步安顿好了。周末过后，周燕如要上班去了，她一身职业套装打扮，在路口看着于胖子坐上去机场的出租车。临别拥抱的时候，于胖子掐着周燕如的胳膊，低声在她耳边恶狠狠地说："你别借机找男人，乖乖工作。你是有老公有孩子的人。"周燕如懒得反驳他，妩媚一笑，挥手道别："一路平安，到了给我留言。担心我的时候就过来看我。"于胖子坐上车子犹不甘心道："你以为这是从东城到西城呢？哼。"

周燕如又笑笑，她知道他是怎么回事，转身拿着她的 Gucci 出勤包就走了，男人的这点小心思她洞察了然，越是不理会他们越是紧张，她知道。她没有看到于胖子在出租车上回头看她的复杂眼神，带着纠缠、迷恋，还有疯狂的爱与恨的热度。或许她并不在意。

男人不过是一种雄性占有欲，越是不臣服的女人越能激发他们的斗志和不服输的劲儿。而他们终将厌倦、疲倦，最后还不是回归漫长又沉闷的婚姻，再像她一样寻找一切机会透口气。周燕如没心思安抚他们躁动的心，也没耐心敷衍于胖子这种男人，她要不是太寂寞、太无聊，根本不会和他重温旧梦。

周燕如好不容易重获自由，眼看着脸上的胶原蛋白一日一日地流失，她急不可耐地想寻找到新的猎物、新鲜的面孔和不一样的风味。她喜欢暧昧的游戏、放纵的探索。乔嘉行只是维生素，好像很有用，其实可有可无，她肉体里的小野兽不吃素，他对她燥热的身体没有治愈效果，只是一副心理作用的平安帖。

生完孩子后，周燕如需要静养，孩子晚上哭闹影响她的睡眠，乔嘉行心思细腻，又心重，不放心晚上让月嫂看护女儿，他把女儿的小床搬到客卧，晚上冲奶粉拍嗝都是他亲自上手，早上六点准时交给月嫂再回去放心地睡两个小时就去上班了。甜甜从小就黏她爸爸，只要在她爸爸旁边就可以安睡。月嫂换成育儿嫂，育儿嫂走了又来，竟然丝毫不影响她，只要爸爸陪她睡，白天无论是谁带都吃得好睡得好。习惯成了自然。周燕如一个人住在主卧室，他们父女俩在客卧，保姆住在小书房。就连岳父母都说周燕如好福气，别人生完孩子更辛苦，她却生完就没事了，养得唇红齿白，比以前还娇嫩。

有时候她睡不着，浑身难受，喜欢在女儿睡着后摸到乔嘉行的床上，用她的勾魂小爪上下其手，她是随心所欲派，可是乔嘉行却是规矩作风，又总是让她小点声，别吵醒女儿，久而久之，她的身体碰到乔嘉行就自动禁欲，他想要的时候她偏不要。本来周燕如也就是作一下，如果乔嘉行涎着脸求她哄她，她这种一点就着的体质是经不起的，可乔嘉行以为她累了，看她不乐意就真的走开让她好好睡，惹得她在他身后咬牙切齿地骂这种举案齐眉的书呆子。

周燕如不是没有调教过乔嘉行，给他说自己小时候目睹过父母半夜地动山摇，她被吵醒，偷偷看他们妖精打架。周燕如的本意是说小孩子不懂，没关系的，她也曾经这样过。乔嘉行却骇笑，字斟句酌，小心翼翼地说："你爸妈这样太不负责任了，怎么可以让孩子看到这些？都结过婚生过孩子了，他们是不是不正常。"周燕如骂他："你才不正常。"而后，她故意坏笑："我也要那样。"吓得乔嘉行赶紧抱住她："瞎开玩笑，你这个当妈的别带坏女儿，她才两岁也有记忆的。"

周燕如意兴阑珊，逐渐变成了乔嘉行熟悉的那种女人，回家束起头发，穿上家居服，陪着女儿讲故事洗澡，给她切水果做甜点，是他美丽又贤惠的太太，也是他越来越琢磨不透、脾气越来越坏、越来越没话说的女人。

周燕如总是心不在焉，美丽的脸庞不是在敷面膜，就是在看手机，一副生人勿近、熟人禁摸的表情。他们之间永远只有甜甜，很少有身体接触。乔嘉行和太太聊几句家常，她只说你看着办，好的，行了，知道了。

别人的太太把注意力都放在老公孩子身上，操心孩子的一切，提防老公的一言一行，周燕如听到乔嘉行打电话，如同在公司那样礼貌地立刻走开，轻轻为他关上门。他们之间很久都不交谈，不吵架不冷战，也很久都不会做爱。她这几年全靠残存的理智告诉她，一个平和的家庭对女儿的身心健康有帮助，她父母总算对她满意了，能忍则忍吧，但她的身体里藏着一个小女巫，时常在她的脑子里撺掇：出去放纵一下吧，否则会疯掉的。

周燕如曾经对于胖子说："我感觉自己活在一个坚硬的、巨大的蛋壳里，很想打破它冲出来，又害怕外面的风雨。我窒息得要死掉了，死胖子，救救我。"于胖子了解周燕如，他说过："你们俩不合适。燕如，你们俩完全不是一路人，你趁着年轻早点解决。女人的青春短暂，人老珠黄，就什么都玩完了。"周燕如两眼空洞，她宁愿得过且过，不想面对这些，也不肯改变自己，她偶尔认真的时候也会叹气："我觉得自己是个坏人，当初不该招惹乔嘉行。"

四

贾常青是北京 TOP3 广告公司设计总监，他这些年逐渐力不从心，这两年在公司里越来越不如意。层出不穷的年轻人，他们更有创意，可以通宵加班，年薪十万就可以拼尽全力。他们从小看日韩动漫美国电影英剧长大，他们打小学琴棋书画，他们都是 90 后，要是拼创意，他不得不承认自己根本不行了。

贾常青最近两年深感危机重重，有时候因为创意被客户 diss 回来，焦虑得一整夜一整夜无法入睡。以前，他有经验有人脉，如今，经验算什么？聪明的孩子一两年就经验丰富。人脉更是流水一样，有能力有本事，分分钟上前认识大咖。说到底，没有几把刷子，你认识谁都没用；有本事，认识人脉是最简单的一环。

人，最怕的不是失去，是不知道什么时候就会失去，不知道以何种方式失去多少。那只靴子悬在头顶，让人寝食难安。恰逢外面风起云涌的创业潮，忽闪得他坐不住。他想出来了。

他约了好多次才约到 Tony，以前不是这样。Tony 约他在他家见面，给他拿出几瓶红酒说："来，尝尝，这是纳帕出产的，说是顶级红酒，我看是忽悠中国人，他们当我们是土豪，想宰几把。我都懒得揭穿这些人，送给我就喝。你试试看喜不喜欢。"

贾常青极力做出气定神闲的样子慢慢品酒。Tony 和他同岁，早些年眼光独到，手段高明，胆子大会忽悠，擅长空手套白狼，赚得盆满钵满，他不知道 Tony 到底有多少钱，总之挺有钱。Tony 这两年常常在美国和国内之间走动，最近刚刚从美国回来，据他说是去硅谷看了几个项目。那边中国人扎堆，都想哄骗几个中国土豪过来收购公司，顺便把那些当年留学美国的精英买下来，大家一起暴富。Tony 是他最看重的人，Tony 肯不肯帮他，对他太重要了。

　　他迷恋又热切地看着 Tony，他这些年的身材保持得依然那么挺拔，常年健身运动，财务自由，让他的身上自有一股雍容的味道。Tony 当年也不过是北京城里的小官二代，厅局级的父亲在北京不算什么，不过给他一个衣食无忧的环境而已，可 Tony 聪明，愣是把普通家世玩出了高干子弟的阵势。贾常青毕业后到北京认识了 Tony 后才接触到了一点高端圈子外围，由他带着认识了一些平日根本见不到的人，算是他入行的贵人。

　　"你怎么样？还好吧？" Tony 悠闲地问。"Tony，我想辞职，开一家自己的日用品设计公司，委托工厂加工定制自己的日用百货商品，线下门店和网络平台一起做的一种全新模式。我们的目标是做高颜值的日用品，赶上这一波消费升级。" 贾常青急急说出自己的事，他们俩没什么客气的。Tony 扬一下眉，专注地倾听。

　　贾常青受到鼓励，把他的想法计划统统说出来。Tony 认真地听完，问他："你计划前期投入多少？大致有多长时间可以出来第一批产品？销售渠道和承销商有目标了吗？" 贾常青卡壳了，这是他的短板。这些年来，他主管设计，广告公司只负责设计、推广方案，他们不需要关心销售。那是客户自己家的事。他求救地望着 Tony："我有信心设计出很好的产品，不亚于无印良品的日用品，但是更适合中国人。至于销售还有推广，我想请你加盟，咱们合股。" Tony 笑了，他沉吟不语，贾常青眼巴巴地看着他。

　　他们俩认识十几年了，他刚刚确定自己喜欢男人的时候就认识了Tony。他们曾经在一起缠绵过，探索过属于他们的极乐快感，也一起出双入对。两人从未谈过未来，也没有承诺，后来，Tony 忙了，两人渐行渐远，就像这个城市里大多数的同类，没有人知道未来怎么样、怎么办。无论是身体上还是情感上，贾常青都更依赖 Tony 一点，如今遇到事情第一个先找到他，期待他的帮助，想从他这里获得支持。

Tony 微微皱眉："常青，我不太擅长做这些。这些年我们只投团队，成熟的团队和基本成型的公司。你这种属于想法阶段的，我没有投过。我不做不擅长的事。这样吧，我觉得这是创业的时机，你一步一步做，等你的框架成熟咱们认真讨论。以咱们的关系，信任度没问题，就看你能不能搭建起一个成型的团队，拿出第一代产品了。"

贾常青有些失望。他没想到 Tony 公事公办，没打算帮他。他预想的是 Tony 拿钱出来支持他，帮他搭建团队，他给 Tony 股份。做投资的人，别人不肯投这种想法阶段的公司，他知道的。他以为自己和 Tony 是不一样的，以他们的关系，也许会尽力帮他。成就他，对 Tony 来说是小菜一碟。

但是贾常青又能怎么样？他们这种关系既没有感情承诺，也没有法律约束，曾经的旧情值多少钱？没准今天就透支了全部的交情。Tony 这个人城府深、路子野，他摸不清他的深浅，也从不敢轻易试探。他努力地笑笑："好。我也是想听听你的意见，你说好，我的信心更足了。"Tony 拍拍他的肩头："想法很好，值得一试。来，再喝这一款试试，我觉得樱桃果汁有点多，味道杂了，虽然没那么涩，可是也没那么醇厚了，有点轻飘。"

贾常青心里有事，喝得心不在焉，身体越喝越热，他和 Tony 闲聊几个旧人，说一些生意场上的八卦，他慢慢靠近 Tony，终于摸到他的身体，借着玩笑，他的手在他身上游走。Tony 既不拒绝也不迎合，身体岿然不动，燃点很高的样子。贾常青胸中了然，心知这是让自己住手的意思。贾常青是聪明人，他不再动作，继续说笑，借着起身倒酒的机会离开 Tony 的身体。

他和 Tony 有好几年没有滚在一起了，只在线上时不时闲谈几句。Tony 十次有九次说他在其他城市，要不然就是国外哪里，倒回去推测，恐怕一半是搪塞。这些年，他早就放下了和 Tony 相伴终身的执念，两个人之间的感情怎么样，身体最诚实，再不肯相信，不肯放手，就要自取其辱了。贾常青到底明白了，他和 Tony 不可能还有将来了，以后只是普通朋友。他如果说出来什么话，朋友都没的做。

前几年贾常青就想清楚了，他不是 Tony 这种不羁的性格，他需要一个正常的家庭掩护，他得假装做一个普通人。他的父母虽然不催不逼他早点结婚，他还是害怕他们对他失望，就像小时候那样，他揣测着他们喜欢什么样的儿子，他总会极力做到，哪怕得到一点点的赞许，他也会去努力。

从 Tony 家出来，贾常青在单元门口抽烟，他很沮丧，大口大口地，几口就抽完了一支，一支接着一支，很快就在脚下堆了好多根烟头。心灰意冷，心烦气躁的贾常青不想回家，他坐进车里，拿出手机给小关回复他前几天发的消息："最近几天不那么忙了，咱们再约时间。"小关秒回："哥，有空的时候随时给我打电话。我想你了。"

贾常青苦笑，小关想要 iPhone 7，说过几次了。小关也是北漂，来北京二三年，在一家留学服务公司打工，收入不多，除去房租吃饭，剩不下几个钱。他们俩是在网上认识的，贾常青恰逢空窗期，空虚寂寞，又有需要，和小关聊了几句还不错，加了微信，后来见面吃饭，彼此对眼，交往了快两年了。

小关这个人机灵有趣，模样俊俏，略瘦削苍白，两人那方面挺和谐的，唯有要东要西这一点让贾常青有些不喜欢。刚开始是衬衫、皮鞋，他出差就要香水和护肤品，然后是电脑手机。平日里喜欢打扮，他开玩笑叫他春哥，俩人对这个名字很有感觉，逐渐成为他们亲昵时调情的爱称。

在 Tony 面前，贾常青觉得自己是渴望被爱又极度缺爱的，在小关这里，他是被仰赖着补贴生活，被需要着填补空虚的。有时候，他分不清对 Tony 是不是带有仰慕性质的精神之爱，而对小关只是肉体需要。他不大愿意细想这种无谓的问题，眼前的事情层出不穷，他只想过好当下。

他发信息："现在过来可以吗？"小关又是秒回："真的？哥，我等着你，你快一点。"这让贾常青感觉好多了，他身体的某些部位活跃起来，心情随之好转。

五

肖筱没谈过恋爱，一直是勤奋好学的乖乖女，大学期间有男生追求，她总希望一次找到最合适的人以结婚为目的交往，这些男生并不符合她的期待。到了研究生阶段，没有女朋友的男生少了，她一门心思读书，倒也无所谓。读博士的时候，她陪同学去展览会打工的时候认识了贾常青，他温暖的笑容和体贴的举动很快取得她的好感。

他们很快进入一段关系中，交往两个月，肖筱就完成了热恋、破处、求婚、领证、怀孕的程序。贾常青那一年三十四岁，来北京十二年，早几年就买了房子，他是一个很整洁很有品位的设计师，家里的装饰装修无可挑剔，肖筱用几天时间稍微装饰一下就从宿舍搬了过来。两个人都是外地人，贾常青希望一切从简，肖筱没有意见。同学们都羡慕她闪婚嫁到了条件这么好的男人，有房有车有事业，人帅体贴又暖心。

肖筱父母在她怀孕七个月的时候从老家过来照顾她，贾常青去取了两万块钱交到肖筱妈妈手上说："我平时工作忙，不会买东西，家里就拜托爸妈了，肖筱需要什么补充营养，你们别心疼钱。您二老也别亏待自己，想吃什么买什么。"肖筱父母被这一举动感动了，提起来女婿就说他好。

肖筱婚后就感觉到贾常青和她疏远了，疏淡得不像是夫妻。他从来不和她亲昵搂抱亲吻，借口睡不好，影响孩子，俩人一直分房睡。刚刚认识的时候还有聊天谈心，她怀孕后除了家务事说几句，贾常青很少主动和她说话，就像刻意躲开似的。他早出晚归，沉默寡言，回家就是吃饭睡觉。他喜欢收拾屋子，沉默寡言地整理东西，肖筱在旁边坐着也不大和她聊天。不是冷淡，也不亲密，就像舍友之间那样客气。肖筱有点不开心，随即自省是不是太作，怀疑被小说电影影响，她想，大部分的夫妻就是这样平平淡淡吧，哪怕有点冷淡，或许只是因为她怀孕了。

生产后，新手妈妈哺乳、育儿，手忙脚乱，全副心思都在孩子身上，又有父母的陪伴和照料，她过得幸福甜蜜，无比开心。女儿一岁了，她猛然想起女儿的爸爸一直在小客房里睡，她内疚自己冷落了丈夫。她在孩子和爸妈睡熟后去贾常青的床上，厚着脸皮钻进他的被窝里抱住他，给他喁喁细语女儿的各种趣事。贾常青倾听，微笑，回应，最后，他耐心地劝她："你还在喂奶，我一想到这是女儿的奶瓶，就不舍得折腾你，也没办法有感觉。"肖筱乳房肿胀，刚刚喂过女儿，触碰到男人的身体又充溢着乳汁，时不时滴答出来。本来就难堪，这样一说，她羞愧难当地回自己的卧室继续喜滋滋地当奶牛去了。

小宝一岁后，肖筱回学校上课，离开岗位一年多，备课、排课的焦虑一下子回了奶，她也就趁机断了母乳，改成奶粉喂养。她每天忙于工作，回到家就是张着小手等她的女儿，喂饭、洗澡、讲故事，俩人常常一起睡熟。第二天再周而复始。贾常青依然不碰她，也不去主卧室睡。肖筱就以为是因为她爸妈在这里，孩子还小。

小宝两周岁送去小区的亲子园后，肖筱父母说他们在北京住不惯，外孙女去了幼儿园，他们想回老家照顾老人。肖筱爸妈走后，贾常青继续一个人睡在客卧，没有搬回来的打算。肖筱不好意思主动提，分房睡成了固定模式。肖筱没什么感觉，她以为这很正常。

肖筱一直觉得自己嫁得不错，老公支付女儿的幼儿园费用、房贷、水电煤气物业费所有的开支，婚后送给肖筱一辆车子，每个月定时给她转账几千块，春节年底加倍。他是一个负责任的丈夫。有时候，肖筱心里有些幽怨，又怀疑是自己矫情，或者是自己没有女性魅力，让贾常青厌倦，为什么他再也没碰过她，暑假寒假从不陪她回老家，一个人去旅行也不带她们母女，偶尔身体触碰到她就躲开。

贾常青不是女儿奴，也不是丧偶式育儿的甩手掌柜爸爸。他在周末会带着女儿出去玩，让肖筱独自在家里休息，说是给她独立空间。晚上回家，贾常青会给女儿念故事书，带着女儿画画，让肖筱去做家务琐事。贾常青情绪稳定，安静内敛，负责而耐心，如同教科书一般完美。

肖筱自小是一个安静乖巧的孩子，有心事会默默自己消化。父母工作很忙，只照顾衣食住行，不太关注她的内心世界，她也早就习惯了。可她自从生育后成熟饱满的身体很难受，做什么都提不起兴趣。她变得容易生病，容易发火。要到很久很久以后她才意识到是因为贾常青的性格让她窒息、难受、发疯。肖筱从女儿两岁左右开始严重失眠、浑身无力、大把大把地掉头发。小宝两岁半的时候，肖筱开始阅读一些心理学方面的书籍，她试图找到答案。肖筱甚至鼓起勇气问过贾常青为什么不和她过夫妻生活，贾常青不看她，淡淡地说："孩子还小，没心思。"

肖筱是在女儿三岁的时候意识到自己可能需要看心理医生的。大概看了五次心理医生后，肖筱开始默默寻找支撑她猜想和疑惑的蛛丝马迹。肖博士自己制作了表格，把可能性和典型物品特征生活习惯等一一罗列。

后来，肖筱在某一天递给晚归的他一杯牛奶，温柔地坚持要看着他喝完，嘱咐他早一点睡。午夜的时候，她悄悄拿来贾常青的手机，打开他所有的社交软件，一一查看他的聊天记录。

小宝有一次得意地告诉她，爸爸手机的密码她都可以背下来了，虽然爸爸的手指飞快，她看过几次就记住了。肖筱听了，笑眯眯地问了几个问题，又拿自己的手机演示几次就知道了密码。肖筱是一个好妈妈，她不会为了任何目的利用女儿窃取密码，哪怕她会功亏一篑，她也不会，女儿是她这辈子最亲密的人，超过和父母、和老公、和世界上任何一个人。这次意外得知，她认为是冥冥之中自有天意。

肖筱查看了一个通宵，她浑身冷汗津津，好多次手机掉在被子上。肖筱拍下来所有需要的聊天记录，又连接电脑做了一个备份。看完这些记录，肖筱的心病好了一半，她痛她恨她悔，但是她终于知道不是自己的错，她只错在没经验没眼光，却不是因为她不够好，不值得被爱。自此之后，肖筱就放下了很多事。她一心一意照顾女儿，认真工作，等待时机。

肖筱的专业比较冷门，怀孕的时候开始读博，她想调去高校当老师就必须拿到博士文凭，出版专著。她的导师是常春藤毕业回来的博士后，经费充足，研究领域重要，她成绩好，研究能力强，投在学术大拿门下有把握留校任教。

女儿四岁的时候，交代给她做的论文推迟了半年，肖筱的导师对她大发雷霆。导师严厉地说："你别占着位置，不想做了，位置腾出来让别人去干。当初招你做博士，有人私下给说，别招女生，别要已婚的，她们生完孩子就废了。我还说他们歧视，对女性不公平。你的成绩摆在那里，比男生强。可是你看看你，你让我的脸往哪里搁？你没有科研成绩怎么毕业？你以为可以混到文凭吗？"

她的导师不到五十岁，年富力强，又是春风得意的归国专家，一心要做出成绩，才好证明自己没有浪得虚名。每个阶层都有自己的压力和要面对的难题，学生和团队不给力，他一个人孤掌难鸣，当然暴跳如雷了。

导师说的句句是实，她无可辩驳，她也有说不出口的委屈，两眼哗啦啦地流泪，倔强得一言不发。看到肖筱哭，导师更烦了，女人真是矫情，骂不得说不得，一喊就哭，果然很麻烦。他不为所动，等着肖筱解释，肖筱拼命忍住，眼泪却越忍越多。看看不行，导师烦躁地说："你是不是有什么困难？最近遇到什么事情了？"肖筱逼着自己深呼吸，再深呼吸，强忍住，哽咽着说："张老师，对不起，的确是我的问题。我最近家里有点麻烦，不过我会克服的，再给我一点时间。"张教授长叹一声："你孩子还小，我知道有一定的困难。但是，不出成绩就是不出成绩，无论什么理由。"

肖筱知道自己应该做点什么改变了。她在心里推演了未来的几种可能性，想到了最差的结果，演算了自己的承受能力，确定了自己的底线，她倒不怕了。她找了小宝去小区里的小朋友家参加生日会的时机问贾常青："你能出来一下吗？我有事和你说。"贾常青戒备地问："什么事？""你出来一下吧。"肖筱淡淡地说。肖筱先端起茶杯喝一口，说："我的导师对我迟迟没有完成科研计划很生气，我不能再拖了，否则没办法毕业。你看，周末两天的安排我会提前给你时间表，需要给她读的故事我都会列书单，你辛苦一下。晚上你经常加班，只能我去接，以后早上都是你送孩子吧。再请一个小时工来做晚餐和打扫卫生。"

贾常青好几年没涨薪水了，地位岌岌可危，家里开销越来越大，他很想拒绝的。可是他不敢说出来，他想，也只能在上班时间接私活了。又不太甘心这样言听计从，他又争取一下："我每个周末可以出去半天吗？我一周只有周末才能去健身打球。"肖筱摇头："也就这几个月，你稍微克服克服。"

从那以后，肖筱周末就去学校泡着，忍住担心女儿的焦虑，逼迫自己在学校看书、跑步、发呆，她告诉自己，一定要积蓄力量自己走出来。一个月后，贾常青带孩子带得受不了，多次要求肖筱替换一天，她只好答应了。趁着这次谈判，她提了又一个想法："我想买学校的集资房，这是最后一次机会，我想试试能不能分到一套小房子投资。我有一点积蓄，我爸妈支援一部分，还差二十万，你给我转过来吧。"

结婚后，贾常青没有像大多数男人那样把收入都交给老婆管理。肖筱有知识分子的清高，她不问，他就不提。他收入的确不错，北京开销大，他的积蓄并不多。贾常青看中肖筱就是因为她的温婉简单，没想到也会咄咄逼人，他叹气，看向肖筱，想驳回要求，被她冷冷的眼神吓了一跳。肖筱的眼神清亮，有很多他不懂的东西，也有从未发现过的轻蔑，还有坚定。贾常青被她的气场慑住，嗫嚅着说："我……我看看哈，手头不太够。""没事，你最近准备一下吧，也不是立时三刻就用。"

贾常青到底还是给了这二十万。他心虚。贾常青这两个月带孩子带得越来越舍不得女儿，不管如何，这是他的骨肉，抱住他叫爸爸，让他在社会上光明正大，出去坦然自若，这也可能是他这辈子唯一的孩子。再说，这是夫妻婚内财产，她要再买一个投资房也是为了家庭。

吃了一段时间抗抑郁药的肖筱逐渐恢复了精神。她每天在学校操场上跑步，跑着跑着，精气神就回来了。肖筱给自己的 deadline 是小宝六岁之后解决她的婚姻问题。她的状态越来越好，体重比怀孕前还轻，长期健身之后的体能也进步很多。她的论文发表了三篇在重要的学术杂志上，毕业留校任教的调函也发过去了。小宝去了学校的附小，由她带着上学放学。她对父亲有了足够的记忆，爸爸也习惯了带她。

家里有个半天的阿姨负责打扫和做晚饭，肖筱全力以赴陪好孩子，一门心思养育好她。小孩子的各种生活习惯，早期智力开发，还有早期阅读习惯都差不多了，肖筱这六年熬干了自己才换来了自己和女儿一起积累的成果。这些年，高校调整收入，教师待遇好了不少。肖筱这头沉睡的母狮在等待最好的时机站起来。

在首都，从来都是肖筱一个人。当年过来读大学，然后读硕士，工作几年去读博士，然后留校任教，一直都只有肖筱一个人面对所有的一切。正因为这样，当年小宝她爸带着温柔的笑、细致的体贴靠近肖筱，肖筱才会一下子迷醉吧。在这个城市太孤单了，一点点暖，就可以像贪恋火炉的猫，宁可被烤死，也无法抗拒热度。可是火炉熄灭得太快，快得猝不及防，快得肖筱一点心理准备都没有。肖筱只有抱住女儿柔弱而滚烫的身体才有勇气继续生活下去。

年末，芭蕾舞学校有汇报演出，在世纪剧院，都是亲友团踊跃购票观看。肖筱本来想问问小宝爸爸要不要去看，心知他不大喜欢一家三口一起出现，问了可能会去，那种礼貌性出场，肖筱也是够够的了。肖筱给住处离世纪剧院不远的大学舍友、也是闺蜜李晓凡打了电话，问她有没有时间带着儿子过来看看，俩人顺便约饭，好久都没见了。

演出那天，化妆，彩排，小演员们穿着漂亮的专门定制的芭蕾演出服漂亮极了。乔嘉行带着单反相机过来给孩子拍照，后面跟着四个老人，一看便知是孩子的爷爷奶奶和姥姥姥爷，小宝这里后援团只有闺蜜带着儿子。这让肖筱伤感了几秒钟。

肖筱注意到乔嘉行拿着单反相机给甜甜和小宝拍照，特写，全身，半身，让俩人摆 pose，各种角度拍。刚才乔嘉行介绍了小宝给他的家人，说是甜甜的好朋友，一起跳了三年舞的小伙伴。老人们爱屋及乌，一个个把疼爱的眼神也播撒到了小宝身上。

小宝和肖筱一样贪恋温暖，几乎忘记了妈妈，跟在甜甜后面叫爷爷奶奶姥姥姥爷，乖巧懂事，又有点恬不知耻地蹭着别人家的爷爷奶奶叫。肖筱的心又疼了。小宝的爷爷奶奶多年来不闻不问，肖筱以前还主动发小宝的照片，说些孩子的近况，如今也习惯不提，不说，不找。那边也一样。肖筱就安慰自己，那些没有爷爷奶奶的孩子也都可以顺利长大，妈妈就把全部的爱都给小宝吧，除了可以决定自己的爱给谁，谁的主都做不了。

演出结束后，李晓凡问肖筱："你到底什么时候离婚？别再拖了，多一年就少很多机会，你别傻了，小宝现在足够懂事了。"肖筱苦笑："你说得对，最近应该认真谈一次了。"李晓凡促狭地问："那个男的是单亲爸爸？""不是，孩子的妈妈很忙，来不了。你没看到人家四个老人吗？"李晓凡故作严肃地说："我告诉你啊，千万别被已婚男人迷惑。他们无所谓的，家里一个外面一个，霸占到你人老珠黄，他们再换年轻的。现在流行泡良族，就是专门泡已婚妇女，为什么啊？干净、免费、不找事、不要婚姻，要面子不会闹，连礼物都可以省。我看那个人对你献殷勤有点过头。"肖筱吓了一跳："哪里有？人家就是热心而已，别胡说。"李晓凡乐着说："我说认真的。别相信爱情。不给你婚姻的爱情都是想要流氓。给了你婚姻的，你也得挑一挑看看是不是大骗子。你不能重复犯错。"肖筱无奈地扯了下嘴角算是回应，没想到自己活成了闺蜜眼里的失败者，一个犯了低级错误的笨蛋傻瓜。

演出顺利闭幕，小演员们各找各妈，李晓凡给小宝买了新衣服新玩具，抱住小宝亲个不停，她把对肖筱的心疼都倾注在了小宝身上，感动得肖筱泪水涟涟，她们在剧院门口恋恋不舍地告别："没有你在这个城市，我都不知道我还能不能撑下去、能不能活下去。"李晓凡的眼睛红了，肖筱也泫然，差一点在人头攒动的蓝色港湾的夜色下哭。配合着音乐喷泉，四合院式的商业街，还有周围的酒吧、咖啡厅、品牌店的灯火璀璨，她倒真的像如假包换的都市剧女主角，惹得李晓凡临走前再次嘱咐她："你别拖泥带水的，拖拖就老了。"肖筱用力地点头："放心吧，就在最近了。"李晓凡看着肖筱瘦瘦的脸颊上努力挤出来的苦笑，突然就哭了，惹得肖筱想哭又想笑，挥手催她快走。北京繁华、奢靡、热闹、时尚，很多人在这里喧闹，最后依然独自离开，一个人在深夜沉睡或者失眠。

远处，一大家人散步过来，乔嘉行看到了肖筱被 H&M 店里的灯光映射出来的泪花。他看到肖筱牵着小宝的手落寞地和朋友挥手再见，背道而行。甜甜拉着他的手，要去那边音乐喷泉玩水，他还没答应，爷爷奶奶先同意了，几个老人继续兴致勃勃地陪着孩子过去玩。他远远地看着肖筱，看到了肖筱的眼泪。肖筱其实也看到了他忧郁的身影，她也不懂他为什么看起来不开心，一家人在一起的身影透出落寞。

六

乔嘉行独自在电脑上看着他拍的照片，他在给女儿修图，顺便把小宝的照片修饰一下，挑选出来，拷进一个 U 盘。小宝和妈妈很像，五官更精致一点。肖筱不是大美女类型，五官舒服，不像周燕如有一种张扬性感自信娇嗔的女人味儿。几乎所有的男人都会被周燕如吸引，她知道自己的美，把这个优势用得炉火纯青，有时候喜欢一而再地验证这种魅力。肖筱则完全不同，她沉静内敛。在舞蹈教室外面等待的时候，她或者看书或者思考着什么的时候，世界都安静了下来似的。

再去上课的时候，乔嘉行递给肖筱一个 U 盘，说里面都是给小宝拍的照片。肖筱接过去，道谢，转身拿给他一包东西："送给甜甜一套带 CD 的英文绘本。"乔嘉行接过礼物说声谢谢，他明白肖筱不愿意欠他人情。

他们俩聊孩子们的兴趣班，聊几句小学，她们的童言童语，就好像他们是孩子的寄生虫。谁说不是呢。生了孩子，那份沉甸甸的责任，另一半没给够的爱，不都靠他们一方努力多给一点来弥补对孩子的那份亏欠，来填补内心的空洞吗？肖筱这样想的时候，不由自主地看了看乔嘉行，正好遇到他抬起头望向她的眼睛，正负极对撞了一下，噼里啪啦地火花四溅，没说完的话题被突兀地灼断，吓得两人即刻失语，谁都不敢主动挽救沉默现场。

乔嘉行自从周燕如去新加坡后心情莫名其妙地愉快了很多，他喜欢下班后给父母打电话，让爸妈带着甜甜在超市等他，他喜欢看着跑来跑去的女儿叽叽喳喳和他说话，也喜欢听父母唠里唠叨地说些琐事。不用关心周燕如晚餐在哪里吃，要不要给她准备点什么，不用担心她突然要回家吃晚饭的时候没有她想吃的东西怎么办。乔嘉行喜欢陪着母亲买菜，听她叨唠物价太高东西不好，甚至甜甜都感觉到这种轻松，她不再小心翼翼询问能不能买，看到想要的一股脑扔进购物车，被奶奶拣出去她再扔回去，最后不是她妥协不要就是奶奶妥协，这是甜甜喜欢的游戏。爷爷不爱说话，认真地检查价签，寻找折扣商品，发现特价就跑回来和老伴儿子邀功，惹得甜甜乐颠颠地跟着爷爷寻宝。

乔嘉行微笑着看他爸妈彼此愉快地埋怨对方这个买多了、那个不应该买，他笑着掏出钱包付款，拎起最重的两个袋子叫甜甜牵好奶奶的手。乔奶奶骄傲地骂老头子："你咋只拿一个袋子？儿子都累了一天了。一会儿在外面的铺子给儿子买几个热烧饼，他好久没吃到现做的了，晚上我只煮了锅粥。"乔老头儿乐呵呵地答应一声，乔奶奶这才想起来问孙女："我的乖孙女想吃什么？奶奶给你炖个鸡蛋羹好不好？"甜甜还没回答，乔嘉行在旁边说："妈，我也要吃蛋羹。"奶奶扑哧笑了："你看看你爸，还和闺女抢吃的。"

这种庶民的生活让乔嘉行很开心，他熟悉这样的生活方式，在这种花费不多又实惠踏实的采购里自如又自信。周燕如喜欢的高级餐厅、高级商场，喜欢去网红店拍照打卡，这种消费于乔嘉行不是乐趣，而像是酷刑，像小钝刀子一点一点地切他的肉那般。他不敢说不，也没办法违心地配合，久而久之，周燕如讨厌他的局促小气劲儿，乔嘉行也害怕看到周燕如刷卡不眨眼，两个人彼此眼不见心不烦，她做她的公主，他继续做土包子。

周燕如的父母住的是单位分的双阳台大四居，外表低调而疏朗的小区里大树环绕，围墙里面的居民楼是十层高的南北通透大板楼。周家是正局级干部的标准，主卧室是带洗手间的套房，次卧差不多也有二十平方米。阳台非常宽大，一个做成中式厨房，另外一个装修成了阳光茶室，只是晾衣架和一些花草杂物把原本布局搞得烟火气十足。周燕如是独生女，婚后依然霸占娘家一部分空间，她有一间自己的卧室，把最小的客房布置成她的小书房，婚后依然没人挪动，只等着她时不时回来。甜甜的东西不是堆在姥姥姥爷的屋子就是被塞在客厅的角落里，甚至甜甜经常玩的巨型毛绒玩具都是妈妈的收藏。在这个家庭里，周燕如才是公主，甜甜只是公主带回家的小宠物。

乔嘉行初次拜访准岳父母的时候曾经被她家的宽敞明亮搞得信心全无，那一屋子欧式混合点中式的装修和豪华家具让他诚惶诚恐，觉得自己配不上，他仰慕地看着女神，期待垂青，也害怕失去，自卑又自豪，胆怯又勇敢，他眼里的周燕如从来都自带光圈美颜和滤镜。

这些年，女神的颜值始终在线，身材更好，下凡的时候越来越多，他的一颗心却一点一点凉了下来。他有时候甚至暗自希望他的女神变成邋遢的庸俗的女人，发胖，变丑，要不然就老得快一点，或许她不再美丽的时候会像个真正的妻子那样给他泡一次茶，下厨房为他煮一碗面，愿意和他一起带着孩子旅行，哪怕这个变丑变老的妻子只是笑眯眯地吃他做的饭也会让他觉得幸福美满。

周燕如自从去新加坡后，他们俩彼此相忘，好多天都想不起来在微信上互相问一句。有时候乔嘉行想起什么事要问，迟疑一下子就不想再说了。周燕如偶尔想念女儿，她会算好时间打电话回家让甜甜开iPad视频，有时候他接到电话，那边总是懒洋洋说："让甜甜打开视频。"几次之后，电话响了，他就示意甜甜自己去接。

乔嘉行是老实人，老实人也有点小脾气，他生气周燕如想不起来他，尽管周燕如不在意他有没有生气，根本没有人在意过。就连岳父母也这样的，一开始还算亲热，后来周燕如很少带他回娘家，久而之，只剩下过年过节去吃顿饭。平日里岳父母从不和他联络，甚至不知道他的职位变动过好几次，总是心不在焉地重复几句客气话。

甜甜姥爷年轻的时候玉树临风，多才多艺，无论中年老年都挺拔干练，颇有人缘。据说燕如妈妈长年致力于防小三和捉奸，一门心思扑在丈夫身上。别人家的爸妈把感情和精力寄托到孩子身上，周燕如的爸妈则相反，他们无论是恩爱还是吵闹，感情都热烈地泼洒到对方身上，没有多余的精力盯紧女儿，任由她自由生长，我行我素。

乔嘉行以为新婚的疯狂过去后就是踏踏实实过小日子，他后来才隐隐约约感觉到周燕如对他的不满。他努力配合她，可越是急着讨好，越是表现不佳，他越是不自信，越是不成功。他越是怕燕如生气，越是弄巧成拙。慢慢地，两个人本来是假装相敬如宾的，后来就真的举案齐眉起来。乔嘉行隐隐约约知道命运的结局终将是散场，预感到那一只悬在空中的靴子早晚会落下来，却不知道在哪一天。

乔嘉行不记得到底是什么日子，那天他需要用周燕如的身份证去4S店处理车子的事情，一时打不通电话，只好去她的卧室里翻找，当他拉开床头柜抽屉翻出来一堆工具的时候，他是蒙圈的，也隐约猜到这些东西的用途。后来，乔嘉行上网搜索过，确认了自己的猜测就关闭了网页，不好意思多看。

乔嘉行是1985年生人，并非清朝遗老，他从理论上思想上赞成每一个生命个体有权利获得身体的满足，不必背上道德包袱。但他没想到他让自己的妻子那么压抑。这种不满足的心情他感同身受，完全了解。虽然他们的需要不一样。两个同样有需要的人，不能彼此给予，不愿意互相取悦。这是婚姻这个制度的反讽。大概就是从这个时候，乔嘉行第一次想到了离婚，放了这只千娇百媚的百灵鸟吧，在她枯萎之前。但是他那么爱她，不舍得放手，他告诉另外一个自己：甜甜需要妈妈。乔嘉行这几年犹如苦行僧，禁欲、自持，他承担了大部分的家务和带孩子工作，不再要求周燕如早点回家。

周燕如的爸爸周怀远，一百八十二厘米的个子，初中毕业去工厂不久就被挑选到了市工人篮球队，他业余时间也喜欢钻研机械，特别有人缘，厂书记主动推荐他去考大学，他去了，考上了，去报到的时候还不到十八岁。

如果说同时代的人都或多或少被时代辜负耽误，周怀远则算是乘上了时代的大翅膀，1958年出生的他，每一步都踩到点儿，每一步的身边背后都有无数双爱慕的眼睛，无论婚前还是婚后。男人的成功和强健的体魄是一剂强心剂。食色，性也。周怀远这个人的天性比别人都要强烈一点，就算有杨红英这种爱他如命、盯他似贼的公认的美人，也防不住总想偷她男人的鱼。

周怀远不喜欢拒绝女人，他很会享受和女人之间的暧昧激情浪漫。杨红英最恨他这一点，她容不得花心，受不了他的风流，又舍不下他的风趣活跃体贴还有他的骄傲聪明，就算所有的小姐妹都断言他不会忠贞不渝都挡不住她哭着非要嫁给他。事实证明，群众的眼睛果然雪亮，无论她怎么样爱他、怎么守着他，甚至拼命迎合他的各种需要，不让他有余力到处拈花惹草，他都不会改掉吃野食的毛病。

周怀远有时候是故意的，就像调皮叛逆的男孩子，家长不许做什么偏要做，被捉住就抱住女人撒娇，说他只是贪玩，涎着脸讨好认错保证最爱的是她，这种游戏是他们俩之间激情燃烧的催化剂。有时候，他们的成人游戏忘情到不知道女儿在旁边，那个幼小的孩子把她不懂的东西——看在眼里，种在身体里，在她的少女时代发酵，成年时爆发。当然，周怀远夫妻俩从不知道这些，他们这辈子都以为女儿不知道父母之间的这些事，以为他俩成功扮演了一对朴素平凡的父母，他们没想到自己给独生女的巨大影响体现在这个方面。

周燕如长江后浪推前浪，她这三十几年的生命里，手下败将很多，与她旗鼓相当的男人很少，James 算一个。周燕如和 James 睡在一起，丝毫没悬念。当周燕如暗示 James 她想去新加坡，又很快如愿以偿之后，她就知道会有这一天。从小，周燕如在这方面就有神奇的掌控能力，她对男人的这些伎俩心知肚明。

俩人都是情场高手，都算是阅人无数，当 James 到新加坡开会的时候，他和北京旧同事 Chloe 周打个招呼，在公司人头攒动的欢迎酒会上很随意地问："你有没有好一点的酒吧推荐？"

"啊，有一家我私藏的酒吧，酒好，音乐更好。我下班带你过去。"

"我请你喝一杯，感谢带路。"

Chloe 斜睨他一眼，笑："这个地方值两杯。"

当 James 在 Chloe 身上腾挪喘息无数回合后，他无比满意满足，对着屋顶笑："谢谢你让我找到这么甜美的地方，比刚才的酒吧还好。"

周燕如呵呵笑道："既然那么好，我能再要一次吗？"

James 兴奋地大喊着"哇哦哇哦哇哦"停不下来，Chloe 周为了让他住嘴，翻身骑着他猛烈冲击，用身体堵住他的大嘴，一招制敌。他被挑逗出一股不服气，于底下使劲儿，四处捏揉，Chloe 周的每一寸肌肤都是敏感地带，一触就软。她心底的小火苗比身体的焰火更早蹿起来，她找到机会突破自己的极限，兴奋地一次又一次携手走向

high 点。

James 爱死这个东方娃娃了。他遇到的亚裔女性在床上多多少少都有一些奉献者付出者心态，不能尽情享受，要分心关注自己的身材是否够好，喊叫的声音有没有不大不小，谨慎地计算要的不太多也不太少。身体不会说谎，一切内心互动都在肉体上呈现。James 不能尽兴，碍于绅士风度又不能说出来，玩得很不爽。James 四十多岁了，将近三十年的猎艳生涯，他不再被荷尔蒙驱使，他从只要吃饱的心态变成了只想要攀登高峰的快感。

可惜，年轻的时候不懂，懂了却已韶华不再。他这个千年王老五这些年在亚洲几个国家之间游荡，美国总部视他如鸡肋，能力才干不足以当大任，用得顺手，还有一些感情在里面，调他回总部没有更好的位置，看他在亚洲如鱼得水，乐不思蜀，就随他去了。

James 在他的职业峰值最高点不可能停留太久，只有他明白自己在一点点往下走，各种不甘心又能与谁说？往上走的男人，女人是助兴的酒；处于下坡路上的男人，夕阳无限好，想品味点好酒来抚慰身心的落魄。

James 本来是过来开会的，接下来的周末本想绕道香港去和老朋友聚会，他在燕如的床上给老朋友说他临时修改了计划，很遗憾不能成行。俩人初次在一起，哪里舍得分开？

赶周日下午要回北京总部的 James 临别时拍着她说："Chloe，你是我的鸦片。"周燕如趴在床上瘫软如泥，她勉强摆摆手说再见后继续晕睡，黄昏时分醒来，微信上有一句于胖子的留言："你是我的毒品，我想咬你。"周燕如恢复了点体力，心情大好。又一条信息蹦出来，是甜甜用她爸手机发的："妈妈，我想你了。"这种脚踏几只船的游戏是周燕如最喜欢的刺激，她才不舍得专一。她此生最后悔的就是招惹了乔嘉行，他身上的道德感和婚姻给她的束缚让她极其不舒服。

周燕如不易觉察地皱了皱眉头，她也不喜欢成为母亲，这是她当了母亲之后才知道的。她一直喜欢小 baby，尤其是小女孩儿，不介意生一个粉雕玉琢的小女孩儿。真的生完孩子后，婆婆让她哺乳，亲妈让她自己带，男人只会傻笑着把孩子递给她，伺候孩子的屎尿屁，要操心孩子的痱子疹子还有各种作妖。她哭自己的身材发胖，皮肤变松，一大堆人说当了妈的人就是这样，这些世俗繁杂的日子让她痛悔不已，让她知道喜欢和拥有是完全不同的事。早知如此，为什么要生孩子？为什么要结婚？是因为爱情？这是鬼话，周燕如不是相信爱情的女人，她不知道婚姻原来还能变得这么无趣。卵子和精子一旦碰到一起，就再也不可能分开，精卵结合组成新的一组DNA，十月怀胎，六年养育，这件事不再有如果。

可是，女儿到底是自己亲生的，周燕如讨厌归讨厌，流露出来就白受苦了。她叹气，不情不愿地回复："妈妈也想宝贝，宝贝乖乖睡觉了，妈妈会进到你梦里去唱歌。"甜甜乖巧，不黏她，看到这个回答就开心了，笑着继续听爸爸念故事，很快进入梦乡。

1986年出生的周燕如没有惊世骇俗、离经叛道到脱离常人的程度，她很难得地对女儿有一丝丝内疚，对乔嘉行蛊惑她结婚的怨恨多了一分，千里之遥的那个家让她的烦恼升腾起来，冲散了身体的快乐。

周燕如早就后悔结婚了。准确地说她后悔和乔嘉行结婚。当初，她被大林无情抛弃，她恨得咬牙切齿，疯狂地砸烂了大林的公寓，去他家里哭，到处打听他的行踪，她强烈的爱和占有欲太像她妈妈了，英俊帅气又霸气十足的大林则像另一个周怀远，她被狠狠推开，被视如敝屣的情节像极了年轻时候的爸妈。要不是她某一天突然心灰意冷，不会一转身扑进痴痴仰望她的乔嘉行怀里。

她以为换个男人就好了，她是专门不设防的，她以为怀孕可以拯救自己。当她终于知道她骨子里的DNA决定了自己是父母虐恋的结晶，而她这样的人无法和一个平庸到无趣的人过普通的柴米夫妻小日子的时候，女儿已经两岁多了。这是她始料未及的，她不知道该怎么办才好，除了逃出来喘口气，她找不到更好的办法。身体里的火就像鸦片瘾，只有满足了才平息。乔嘉行不是不行，是他的能量场，他一成不变的姿势、时长、声音这些木可以花样百出满足身体的事，竟然乏味到她宁可饿死也不想用他。

七

最近，肖筱在周五这一天总是会迟到，她总在这一天嫌弃自己没衣服穿。她这辈子都没为衣服烦恼过，不像其他爱漂亮爱时髦的女孩子，她从来都以为朴素大方才是正确的，妖娆美丽是罪恶的。她悄悄地改变了，只是自己并没觉察到，她以为这是因为最近涨了点工资，房价飞涨，她竟然跻身百万财产行列，有理由偶尔大手大脚给自己买件衣服。

肖筱最期待每个周五的舞蹈课，只要看到乔嘉行在不远处存在，她就可以有一整周的安宁。如果乔嘉行和她聊几句，她就像满格电量的苹果手机，快捷、顺滑、高效好几天。自从加了微信，肖筱不允许自己主动找乔嘉行说话。她是已婚，他也是。

他是别人的砒霜，却是她的良药。人生就是这么魔幻、诡异。不打开盒子永远不知道里面放着什么口味的巧克力，一旦开启，又很难退货重拿一盒。这是人类自我设定的枷锁，束缚自由的欲望。不过，肖筱并没想到这些，她甚至没有察觉到她看到乔嘉行的心情，她对自己一无所知，她以为只是因为乔嘉行是她女儿小宝的芭蕾同学父母里认识最久的那个人。

在舞蹈教室外面，母女俩配合默契，换衣服，扎发髻，别上几个水钻的固定发夹在发网四周，修长的小宝穿着粉红色芭蕾裙，光洁的额头上细密的小汗珠都是那么可爱又纯真，她不禁亲吻上去，小宝咕唧咕唧笑，她也笑。

小宝说："叔叔，我今天有新卡子，我妈妈也给甜甜买了，你看好看不好看？"甜甜挤过来："我的呢？我的呢？"肖筱听到女儿说话才发现乔嘉行父女俩不知道什么时候也来了。乔嘉行一连声说："好看好看，谢谢小宝，谢谢小宝妈妈还想着甜甜。"话刚落音，他着急地对肖筱说："肖筱，我今天有急事，能不能麻烦你帮甜甜换衣服，课后带去你们家好吗？完事后我去接她，今天晚上吃饭什么的就劳驾你了。"

肖筱看他急成那个样子，赶紧说："没问题，你快去，放心吧，我都知道的。"

乔嘉行很细致，给老师当面交代了一下他请小宝妈妈接走孩子，请老师不用担心。肖筱担心地看着乔嘉行飞奔出去的背影，又暗自高兴他没委托别人，独独托付给了她。肖筱心里纵然有一百个疑问，也只能按捺住担心和猜想，操心起晚上给孩子买点什么特别的东西吃。

肖筱带着甜甜和小宝在外面吃了必胜客，又去了满记甜品吃了杨枝甘露才回家的，乔嘉行一直没联系她，她猜想或许今晚甜甜还要住下来也说不定。两个小姑娘一起玩，反而不需要看护，肖筱难得抽身收拾杂乱的客厅。贾常青没什么表情地歪躺在沙发上玩手机。肖筱猜测他也许不喜欢家里有客人。看到他冰冷的脸，肖筱的心情也随之一沉，她轻不可闻地叹了口气。小宝很敏感，她本来呵呵笑着和甜甜一起给芭比娃娃穿裙子，看到妈妈的表情，她小心翼翼地放下芭比，两只手绞在一起抠指甲。肖筱去看过心理医生，懂得小宝是在害怕，她不知道哪里来的勇气对贾常青说："你能不能去给孩子们洗点水果，拿过去招呼一下？"

贾常青很不情愿地抬头，肖筱摆出强硬的姿态，她的眼睛里没有商量和请求，只有不满意的神色。贾常青愣了。肖筱一向温婉，几乎没什么脾气，不高兴的时候顶多不作声，自己闷个半天一天的就没事了。他自认为不是一个让人讨厌的人，在家里出出进进地尽量不麻烦她们娘俩，有时候还伸把手做点家务，有时候帮忙带一会儿孩子。看到肖筱的不耐烦，贾常青只觉得这个女人今天好奇怪，本着不惹事不找事、和平共处的原则，他挤出一个职业性的微笑，再学着职业服务员的语气："好的，好的。稍等就来。"肖筱继续整理客厅，她眼睛瞄着正在敷衍两个小姑娘的贾常青，她第一次冒出希望这个人尽快从她们娘俩生活中消失的念头。这个想法一旦冒出来便像油井喷薄而出，一波比一波高。

小宝看到爸爸和蔼可亲地端着水果过来，小脸笑得粉红，趴在爸爸的膝头一一展示她们重新穿戴披挂好的芭比。贾常青难得好脾气地陪坐在一边，夸了这个夸那个，两个小女孩儿趁势提出吃点心的要求也被满足，齐齐欢呼雀跃起来。贾常青不算女儿奴那种父亲，也不失为一个平常的爸爸，可以看出来他在努力。肖筱心里隐隐作痛，如果为了父爱葬送自己的一辈子值不值？

一辈子很长很长，没有爱则度日如年。肖筱不知道这样的日子什么时候到头，是到死吗？到死还有多久？能不能久到小宝成年、读书、毕业、结婚、生子？

一年前，肖筱听从心理咨询师的建议开始吃抗抑郁药，虽然吃完药有些恶心头晕，但起码她可以睡着了。最近，她在忙着准备评副教授的材料，需要各种表格、发表的文章、和导师合作出版的学术论著，苦读二十多年书，终于要熬到副教授了。职称评定后，她的收入会提升一截，各种福利待遇改善，过一年两年她带研究生做项目，一个人带女儿就完全不是问题了，这让她的心理负担减轻了不少。一点一点咬牙坚持到今天，只等副教授资料交齐。她是稳妥的人，只有到那个时候，她才可以把生活做一个了断了。肖筱早就咨询好了专业离婚律师。律师教她怎样搜集证据，准备材料，做好万全准备。

肖筱希望这六年的父女感情不至于让贾常青对女儿不闻不问，淡漠无情。这两年，她想方设法让他多带女儿，希望培养他们父女之间彼此的依恋，就是担心将来小宝的生命里缺失了父亲的角色和爱。看样子，应该不会太糟糕。起码不会比现在的生活状态更差。

肖筱把甜甜送下楼交给乔嘉行的时候说："小宝特别开心，平时没有机会邀请朋友来家里玩，以后欢迎你把孩子送过来，我会让她们俩活动丰富多彩的。孩子们有伴儿，我只负责提供吃喝，轻松了不少。"乔嘉行面色疲惫，看到她眼睛一亮，明显松了一口气地对她笑："那好啊，以后有机会让她俩多在一起玩儿。今天谢谢你。来，这个蛋糕是给金牌保姆的奖励。"肖筱笑了，她好久没有这样笑过，不知道为什么，她心情就舒畅了不少。或许是月光皎洁明亮，难得清凉的夜晚听到了久违的蝉鸣。小宝在回家的电梯上没头没脑地说："妈妈，你笑得真好看。"

甜甜拉着她爸的手也问："爸爸，你怎么了？为什么笑？"他看到肖筱就心情舒畅，不由自主变得风趣幽默。

乔嘉行奔波了一天，总算把在医院病床上的岳母安顿好。不管如何，他还算半子，他们是甜甜的姥姥姥爷。甜甜妈妈把自己的父母扔给他，一个星期和女儿视频一次，玩得飞起，似乎他不存在。乔嘉行心里暗暗下决心，也是到时候了，恐怕甜甜妈妈一直都在等他先说吧。当了半年的实习单身爸爸，他没觉得手忙脚乱，一切和过去没太大区别，甚至还轻松了一点。乔嘉行准备好了，他决定在周燕如结束外派回到北京后就摊牌，他知道燕如不喜欢照顾小孩子，抚养权应该不会有太大争议，甜甜照常在周日去姥姥家一天，无论什么时候周燕如都可以探望女儿。他只是想放手，放了燕如，也放了自己。

　　他不知道肖筱和他同时决定了同样的事。他们绝没有商量过，也没彼此惦记过。他们都以为对方美满幸福，只想像对方那样过普通人的恬淡日子，哪怕是单亲，也要发自内心地笑。他俩就像是被命运大手拨弄的棋子，在同一个时间段被推到同样的境地，心底里产生同样决绝又艰难的渴望，他们懦弱了三十多年，终于决定为了孩子成为勇敢又快乐的父母。

　　贾常青和Tony又约了好几次才见到，他不管不顾，抱住Tony就要霸王硬上弓，就像多年前Tony对他那样。这些年，不是没有过其他人，贾常青对谁都没有这种执拗的感情。如果人类的感情都在理智控制之下，情感涨落皆能运用自如，这个世界的故事和事故会少去大部分。在他最绝望最恐惧的时候，Tony是他第一个想到的依靠。Tony就像他命里的克星，他是孙悟空，跳不出这个人的五指山。不对，Tony早就松开了手，是贾常青一定要跳进他的五指山里，一而再、再而三地纠缠不清。

　　"Tony，让我做，让我给你做。"Tony无奈地推他，"常青，别这样。如果你还想继续当我是朋友。咱们俩叙叙旧，你的火去找你的人泄。"

　　Tony一番软中带硬的话，加上他常年健身，肌肉如铁的胳膊挡着，贾常青那一点成心霸王硬上弓的心机　戳就破。他跌坐在沙发上，像个怨妇："为什么？你为什么这样对我？"Tony笑了："你他妈的别整得像小媳妇似的，我去。咱们俩这都多少年前的事了，我早就把你当老朋友，没想到你他妈的还想着上了我。别逗了。赶紧地自己去倒杯酒醒醒神。"

贾常青就坡下驴，讪讪地去倒了一大杯威士忌，Tony 一把夺走，拿一个杯子装了冰块，慢慢倒进去一点酒，加一片柠檬，晃了一会儿才递给他。贾常青一饮而尽，眼睛红了，头发凌乱得不像样，他不甘心地盯着 Tony："咱们就这样什么都没有了吗？"

Tony 惬意地、好整以暇地仰面靠在临窗的小沙发上，他整理一下被贾常青弄乱的衣服，把脚搭在面前的茶几上。他一点都不在意贾常青急红了眼的样子，手里晃着酒杯，闲闲地问："你和你老婆怎么样了？你现在是不是通吃？"贾常青不想谈这个话题："她，挺好。自从她怀孕后，我就没碰过她。我也努力尝试过，不行，空有一颗想通吃的心，没有这个身子骨享用。"

"你老婆没闹离婚？""没有。找她就是因为她不懂这些，也不贪这些。我又没亏待她，房子是我买的，给她送了部车，是我养家。"Tony 冷笑："你找代孕也不止一部车子的钱。你自己的后代自己养着又不吃亏，人家还当着免费保姆。你别得了便宜还卖乖。你问我为什么？我今天就告诉你为什么。"

贾常青吃惊地望着他，咬牙切齿地说："你说，我听着。我就是想知道为什么，咱们俩曾经那么好，你说过咱们可以一辈子的，我没变，你变了。"Tony 被激怒了，他站起来指着贾常青的鼻子骂："我鄙视你，我瞧不起你。你做不了男人就别做，又想当婊子又要立牌坊，你就是一个弱鸡，却他妈的去骗一个比你更弱小的女人。你用什么办法把人家给整怀孕的？你还行啊，上女人也在行。你骗婚，骗人家给你传宗接代，然后还口口声声说养着家了，养孩子了。你给人家一口饭吃就是恩人了？张大户买了潘金莲，人家还是干着男人的事的，没有白占着。你还想要孩子，还想要基因好的孩子，你去骗一个傻博士，让一个大学老师给你生孩子养孩子。我不是什么好人，我这样的人渣都干不出来这么烂的事。我从骨子里鄙视你。要不是看在过去几年关系分上，我早就拉黑你了。你别自欺欺人了，你他妈的比人渣都人渣。你他妈还问为什么？我想骂你的话憋了好几年了，谢谢你问。"说完这番话，Tony还不解气，把杯子蹾在茶几上，大步走到洗手间里，抬起马桶盖，哗啦哗啦撒尿，门没有关，寂静的房子里回荡着别样的飞流直下的叮咚声。

贾常青站在明晃晃的阳光下兀自眼花，他浑身无力，在街边站了很久才想起自己的车停在Tony住的万国城地库里。他没脸按他的门，等了很久才等到里面有人出来，不顾对方警惕的眼神愣挤进门去。

贾常青好不容易才找到他的车子，他不想回家，又无处可去，开着车子拐上三环，在拥堵的车河里被挤成暴躁的蝼蚁。他无比沮丧地意识到他和Tony是真的没有可能，不会再续前缘。不仅仅是两人的爱人关系破裂，贾常青一心想再求Tony扶持他创业的打算也泡汤了。贾常青沮丧得要疯。贾常青心红了一两年了，想辞职创业，可他没有什么把握，后面没有人支撑他不敢冒险，而Tony有钱有人脉有办法，他巴巴地非要见到Tony大部分还是为了这个事。以Tony的财力和脾气，还有两人当初好了七八年的情分，如果得到他的支持，他以为他创业是十拿九稳的事，这个神经病，自己也不是什么好人，还拿着道德大棒来批判他，还不是有了新欢想扔掉旧人的借口。贾常青并不是真的有多爱Tony，他不缺伙伴，有钱了想要多少有多少，想有什么样的就有什么样的。有很多新鲜的年轻人，只要时不时买个皮夹子、手机，时不时送些衣物皮鞋的就搞定了，肉体不是稀缺品，资源和钱永远是硬通货。

他哪里过分了？养家糊口，当着好爸爸。这几年，肖筱从未因此闹过，也没表示过什么，他已经做得够好了，除了不睡她。对一个没有充分开发过的女人，她有什么损失吗？肖筱是处女，他并没好好弄过她，她感觉不到快感，也不会有这个需求。再说，贾常青从来都觉得女人有没有性没什么要紧。她不过是个女人。

前车突然刹车，害得他差一点追尾，贾常青狠狠地砸喇叭发泄，他按下车窗对着前面破口大骂。嘈杂的马路上，没人理会他，他骂几句缩回车里，有点后怕万一一惹到愣的、横的下来打架可就糟糕了。

贾常青依然在懊恼不已，他想起很多很多被他错过的机会。结婚前，Tony问他要不要一起去国外，他贪恋公司里的总监位置，也不想再学英文，人生地不熟的，他只能仰仗 Tony，那种感觉并不好。他现在后悔了，否则俩人现在可能在某个可以合法结婚的州一起生活。贾常青想起 Tony 的表情，心里又充满了恨意。他凭什么骂他人渣，像他那样情人换了一个又一个就不是人渣吗？他那么爱他，狼心狗肺，背信弃义。越想越恨，曾经有多迷恋，现在就有多恨。在他面前，自己总是被动的一方，无论过去还是现在，Tony 用他霸气和金钱的力量压迫着他，让他迷醉，也让他紧张。越是不想失去他，越是迎合讨好他，越是被他鄙视。

贾常青的电话响了几次，他看都不看，无论是谁的电话他都不会接的，他的世界要爆炸了，他恨得想杀人。当他在车海里终于可以挪动，左突右冲，他一把方向盘拐了出去，从三环挨挨蹭蹭到五环外的一个密度极高的小区，这个时间都是往城外走的人潮，马路两边停满了车。这个世界从来都是有钱人有很多处大房子，只有一个身体，豪宅区空置的比使用的房子多。越是豪华小区停车位越是充足，越是偏远的低收入聚居区，房子越是小，人越是多，车子侵占了人行道绿化带，马路边是无边无际的停车场，人声鼎沸，小贩遍地，垃圾随处可见，小区大门和楼前贴满了广告，人来人往的都是疲惫不堪的男女老少。

贾常青大力按响春哥小公寓的门铃，听不到回应，他接着大力拍门。好几分钟都没有人来开门，外面太吵，他听不清里面到底有没有人。贾常青拿手砸门，骂道："都是人渣。"

这种小户型单位，一层楼里密密麻麻都是房门，电梯忙碌，嘀声一层一层响过来。贾常青带着恨意往回走了几步，身后的门咣当打开了，他回头，看到春哥吃惊地张大嘴，问他："你怎么没提前打个电话。"贾常青伸手推门，烦躁地答："开车呢。"春哥不想让他进去，从他不松开的手可以看出来，他也不敢说你不许进，犹豫之间，被贾常青略微一使劲就把大门洞开了。

这个楼里每户大约五十平方米，使用面积也就是三十六七平方米，阳台厨房洗手间都小到只容一个人转身，卧室被一张大床占满，所谓的客厅里只有一个二人沙发、一个茶几，还有一个很小的折叠饭桌，茶几和厨房堆满了外卖盒，衣服袜子到处都是，床上更是一堆乱七八糟的衣服和被子裹在一起，屋里有一股异味，是男人的体味和快餐盒饭味混合的浓稠的空气。

床边站着一个男孩子，很年轻，怯生生地，自卑地，带着狡黠还有畏惧，怀着好奇还有恶意，表情里充满了底层青年特有的颓废还有敏锐的感受力，身材瘦削，甚至看得到肋骨。他正在慢慢悠悠穿裤子，上身光滑洁白，带着男性少有的柔嫩。贾常青和他隔着敞开的卧室门对视，彼此好奇，眼神流淌出很多内容。春哥在旁边无奈介绍："这是我朋友小安。"又指着他对小安说："他是我的贾哥，贾常青。"

小安意味深长地点点头，慢慢地在床上找T恤，找到一件看看扔掉，再扒拉另外一件，光着的上身越发显得瓷白柔嫩。贾常青斜睨他们俩一眼，走过去躺倒在沙发上，压上了一堆杂物，他顾不上嫌弃，呵斥春哥："去，给我泡杯茶。"

春哥今天一点都不媚，也光着上身，下身是迷彩短裤，挺man的，长长的头发在脑袋中间扎了一个很短的小辫子，再挽成小疙瘩，样子很酷。他给贾常青倒了杯茶，过去俯在他大腿上，把手放在他胸口柔声问："哥，怎么了？"

贾常青憋屈的心情好了一点，他任由春哥的手继续放在他身体上，他打量好几天没过来的熟悉又陌生的屋子，和Tony那边装修的很有艺术范儿的地方比较，那是一个天上一个地下。Tony一个人住着二百八十平方米的宅子，宽大的睡房，巨大的床，高档家具，设计师搭配的家居，小时工每天过来安静地打扫一遍，轻轻走路，悄悄放下切好摆成美丽造型的时令水果，杯子擦得锃亮，酒柜里有全世界的好酒。可是他在那个舒适的地方被骂得狗血喷头，一点都不开心。

贾常青不想说什么，春哥说过好几次让他干脆包养了他，他会乖乖等着他有空的时候就过来，哥给他付一下房租，让他上班的压力小点，要不然俩人同居，他可以搬去他家里。贾常青没说过自己结婚了，春哥说过几次想和他住，他不是没动过心，和这个男孩子在一起不花心思只花点小钱，不用每周往这个腌臜的地方跑，这个提议不是没有诱惑。他来这里有一种心理上的优越感，本来想在这个谄媚他的男孩子面前放松一下，没想到这个混蛋还有其他野食。没有人值得信任，

Tony 那种浪荡公子可以辱骂他，春哥这种小白领公然劈腿，被堵个现行，他们都是人渣，他们才是人渣。贾常青把春哥的手拿掉，他闭着眼睛说："别烦我，让我安静一会儿。"

小安索性只穿一条休闲运动裤，不再翻找上衣，他也过来坐下，看着他们俩。春哥为了解除尴尬，笑着把手伸到小安的背上抚摸，故意做出摩挲的声音。春哥把小安的手按在贾常青大腿上，闭着眼睛的贾常青没有打掉这只手。

贾常青被这两个人用手轻轻地就掌控住了，他不敢动弹，不能动弹，肿胀的器官是他精神和肉体的主宰，他脑子里骂他们俩是人渣、放荡鬼，身体不由自主地交给他们俩。

他们都累得睡着了，贾常青空虚的身体又感觉到饥饿的火，他拿出手机订了一堆丰盛的外卖。等他再次从浴室出来，春哥和小安已经在整理凌乱的小餐桌给餐盒找地方，他们埋头大吃，顾不上说话，当胃和身体都被填满后，几个人才开始调侃。贾常青发现自己仅仅半天的工夫，浑身就散发出了他曾经鄙视过、极力摆脱过、努力战胜过的廉价气息。

他又想起 Tony 给他的伤害和挫折。他痛恨他够不着 Tony 的阶层，踮起脚尖出卖灵魂自尊也换不来在他身边摇尾乞怜的资格。倒是往下走容易，几个人吃饱后又去倒在春哥出租屋里的廉价大床垫上摞着休息，贾常青被左拥右抱，还被纠缠着要换一个新手机，他就像宠幸了妃子的国王那样满意地轻点手机，下单了两个新款小米给他们，换来夸张的激动。他在云端飘浮一会儿，浑身抽空一般地跌在泛着酸味的被窝里流汗。

八

贾常青回到家就冲进浴室搓洗一番，赤裸着站在客厅里拿着一罐冰镇啤酒喝。他眼里四处都是肖筱和女儿的东西，想起因为这个婚姻被 Tony 痛骂的耻辱，心里对肖筱有了各种恨、讨厌，还有一种想撕下她假正经外套的欲望。他不想回房间穿上衣服，故意慢慢喝。

肖筱哄睡了小宝，出来看到一个光溜溜的人立在昏黄的落地灯影里，吓得尖叫起来。他淡淡地瞥她："至于吗？""你这是干吗呢？"肖筱眼睛避开他，往厨房去，进去又想不起来要做什么。她很生气贾常青这样不尊重人，又说他："大晚上的，你发什么神经。"贾常青走过来，伸手探向她的下体，动作猥亵，脸上带着狞笑。肖筱满脸涨红，一把推开他跑去卧室，嘭地关上了门，用身子抵住，这才发现自己抖如筛糠。她给自己说："真的过不下去了，真的不能再拖着了。这种人连表面的教养都装不下去了，我不会再等了。"

当年，她过了很久很久才感觉到贾常青不对劲，憋闷得不行，大把大把掉头发，长期失眠，孩子又小，她疲惫不堪，瘦到几乎脱形。有一次，李晓凡去她学校附近办事，约她见面，她推三阻四，被李晓凡一通埋怨才只好同意在教职工食堂一起吃个饭。

李晓凡一直属于微胖界，结婚后更圆润，粉白粉白的脸蛋浮着油光，生生把大牌衣服穿出动物园批发城的味道，可是就是有一种活得幸福美满的喜庆。李晓凡看到肖筱大吃一惊，问她是不是吃了减肥药，肖筱摇头，她就没胖过，干吗吃那个。李晓凡问她怎么了？发生什么事？说出来帮不到也可以听一听，无论她怎么否认，李晓凡非说她肯定遇到事情了。在一起住了四年，性格习惯彼此很熟悉很了解，肖筱不善于掩饰撒谎，没问几句就眼泪汪汪。

那个下午，她们俩坐在校园的长椅上，她把自己的疑惑、怀疑，这两年贾常青各种借口一碰都不碰她，自从她怀孕后俩人从未睡在一起的屈辱委屈和被打击的自卑感都说了出来。

李晓凡问了她很多奇怪的问题，最后，她狠狠拍肖筱的后背说："傻瓜，他是同性恋，没跑，还是形婚那种。那种缺德鬼专门骗你这种书呆子女人，一看就是清纯的没谈过恋爱的女人，给一点点颜色就感动到不行。再求个婚，有房有车有像样工作的，你根本不会怀疑什么。人家就是骗你的子宫给他生个后代，为他养大孩子的。你看吧，他想要儿子的时候还会再睡你一次，你怀完孕还是不会用你的。他们那种人对女人没反应，我都怀疑他得吃点什么药才能跟你做成功。他有没有提过还要生儿子？"肖筱不确定地回答："他倒是提过，说要不然再生一个吧，偷偷生，给学校请假，要不然申请出国访学生个外籍孩子，不占户口指标。我说以后再说。"李晓凡瞪她一眼："不上床怎么生？你说不生，他跟你睡吗？""我说不生，他还是那样，偶尔进我的房间也是很快离开那种。""对，就是那样。你同意生，他会算着排卵期做的。"

肖筱难以置信，又倾向于相信，她心里不是没有过隐隐的怀疑。

是李晓凡一点一点教她的，逼着她面对现实，不理会她的哭泣和纠结，不同情她打算远走高飞的计划。肖筱优柔寡断，担心小宝没有爸爸，对她的成长造成隐患。李晓凡看劝不动，鼓励她找情人，她几乎要气哭了。顶着已婚的名头，她做不出来和男人苟且的事。她不见得终身不再婚了，那得是她离婚后堂堂正正地找。李晓凡三天两头催她离婚，让她早下决心，经常跑过来陪伴她，联络一帮在北京的同学时不时聚会，拉一个微信群。住在北边，往西边跑路途遥远，她这几年跑了多少趟才让肖筱下了决心了断。

她指导肖筱搜集证据，把证据储存在云盘上，逼着她想办法得到他手机密码，截取所有可疑的聊天记录。李晓凡回家去跟她老公大骂肖筱老公是不要脸的骗子，逼着老公找了一个离婚律师，她亲自押着肖筱去咨询，律师是她老公的高中同学，她说如果有足够的证据可以要求赔偿，作为过错方，婚后财产大部分归女方和孩子。

肖筱说她不要房子，他们学校前几年集资盖房，她要了一个二居室的，房款不高，父母和贾常青凑起来出了一大半，她自己的积蓄一小半，一次性付了全款，那个房子够她们娘俩住。李晓凡就骂她呆瓜，女人的青春无价，她父母供她读到博士，就给人家做了一次代孕吗？她有这么不值钱？代孕不管带孩子，她还给贾家生了、养了孩子，他们怎么补偿都不够。他让一个女人在婚恋历史上成为二手已婚已育妇女，价值大打折扣，还要继续为他们家抚养后代。为了孩子，李晓凡不许肖筱假清高，他们贾家人亏欠肖筱的太多太多了。贾常青必须净身出户，就这都弥补不了他造的孽。肖筱并不呆傻，她就是有点书生气，被屡次三番教训后，她想通了：了断关系惩罚的只是自己，贾常青照样逍遥自在。

想得好好的，评完副教授就起诉离婚，被贾常青侮辱后，肖筱下决心早离婚早解脱，她不想看到他，一眼都不想看到。一想到他欺骗她，这些年让她守活寡，还故意猥亵她，害了她一辈子，她就恨得再不想看到这个人。

肖筱约了贾常青谈判，按照李晓凡教她的，一开始就态度强硬地说出所有条件：净身出户，再赔偿一百万给肖筱。贾常青听到肖筱提离婚吓了一跳，他求她不要离婚，觍着脸讨好她，答应多带孩子做家务，请求她收回协议书，给他改过的机会。肖筱铁了心坚持要离婚，贾常青看她这个样子不是气头上，就指着肖筱鼻子说："你凭什么？你是想钱想疯了吧，你让我净身出户我就净身出户？你要一百万，你怎么不要一个亿？你的处女膜值几个钱？你的子宫值多少钱？离个婚你就想发财？做什么梦？"

只有真正遇到事才知道一个人可以有多卑鄙。肖筱想到他不会轻易答应，没想到他会说话这么难听，气得她浑身发抖，嗓子哽咽住，说不出来话。如果他持续地真诚地道歉、认错，请求原谅，请求体谅，她恐怕坚持不了多久，会答应只要一些钱，她们娘俩搬到学校那个房子里去，他付赡养费就可以了。她本来就是只想要自由，没想过占他的便宜。

肖筱的眼泪掉下来，她逼自己忍住，在骗子面前软弱是鼓励他们继续欺负她，她长着一张好欺负的脸，李晓凡说得没错。因为肖筱长着一张可以随便欺负的脸，所以是她。肖筱死死盯住他："你不同意我们就法律程序解决吧，我有你的手机聊天记录，你形婚骗婚，还有怎么样对待我的，你自己的聊天记录里都有。我早就知道了。我只是在等小宝大一点。这也是你的骨肉，虽然我宁愿不是你的。我要抚养权，你这个骗子休想染指我的女儿。我同意你见她，只是为了孩子考虑，如果你太过分，你这辈子都休想再看到我的女儿。"

贾常青在婚前买好房子才找女人，也都是想好了的，那是他的婚前财产。车子就算是生孩子的报酬。贾常青还替肖筱想过：她愿意一辈子守身如玉也行，她受不了的时候愿意到外面偷吃，他也无所谓，肖筱再美好的肉体对他都没有吸引力，他没兴趣，谁搞那个身体他都无所谓。只要她好好养育他的女儿就可以在他的房子里住，由他养家。贾常青觉得他负责养着她们娘俩，她爱干吗干吗，还要怎样？

贾常青被肖筱揭穿他形婚一下子打蒙了，他万万没想到单纯的肖筱知道了他精心掩盖的秘密。他自问隐藏得天衣无缝，不会留下什么蛛丝马迹，她是怎么发现了？他们从来都不认识对方的朋友，没进入过对方的社交圈，不会有人告诉她的。他自从用上了 iPhone 之后才保存聊天记录的，以前的短信时代，他一个痕迹都不会留下。

原来看似单纯的肖筱偷看过他的手机，他急道："你偷看我手机？还是大学老师，用这么卑鄙的手段。""对待卑鄙无耻的人仁慈吗？对你这样的人讲道理讲良心吗？那不是与虎谋皮？"贾常青冷笑："我就算是 gay，法律判决离婚也不能让我净身出户，还要赔偿你一百万，你怎么不去卖？看看你是不是值这些钱。"肖筱气得发抖："既然这样，那么法庭见。"说完，她受不了这个羞辱，夺门而出。

肖筱几乎要瘫软在地上，腿完全没力气，心里残存的不忍全都没有了，熊熊燃烧的恨和怨，如果手里有一把刀，肖筱会毫不犹豫地刺过去，要不然就杀死自己，免得被这种人渣羞辱。

贾常青也瘫软在沙发上，他拿出一瓶红酒，一口气倒了一满杯。这个假装是象牙塔里的白莲花骗了他，以为肖筱是要面子的人，又怕事，所以才选了她结婚。他这些年做得足够好，即使要离婚，各走各路，好合好散不好吗？这个恶毒的女人竟然偷偷搜集证据要去起诉他。他从来没有交代过收入，没有把自己的钱交给她管，甚至没让她看到过银行卡，幸亏没傻到真把她当老婆，要不然死得更惨。虽然肖筱这些年对他越来越差，他预感到这个形式或许撑不了太久，可是他没想到小宝刚刚一年级，肖筱这种传统女人，一个老师，一个家在外地、无依无靠的女人会主动提出离婚。

贾常青一点都不想离婚。这是一个温暖的、安静的、整洁的、舒适的家。他有地方解决性欲，也需要这样一个地方获得安定感。他对女儿也有那种不敢亲近的畏惧，他怕自己投入太多，终究会被唾弃，被质疑，他害怕自己依恋女儿。虽然他有时候很爱自己的骨肉，这个小生命让他感到踏实，他对女儿付出过感情，肖筱这个丑女人太狠毒了，威胁不让他见女儿，她以为他会害怕？她这个恶毒的女人怎么敢！可是，他的情人们那么放荡，那种关系随时更替，只有这个家无论风雨飘摇，始终是他的港湾。这个女人竟然要他净身出户，还要一百万，她疯了。肖筱自己搬走合情合理，他没有占肖筱的便宜，也不想让肖筱占便宜。肖筱凭什么要求额外的一百万赔偿？

贾常青爸妈在他大学毕业后出柜以后就不怎么和他联系了。虽然小时候他们也没带过他，他们忙着自己的事，没有给过他多少温暖，他是跟着外公外婆长大的，到底是他们唯一的儿子。可是，一旦他们觉得儿子给他们丢脸，他们就立场一致地抛弃了他，再也不愿意见到他，当他不存在。如今，他经营了七年的婚姻也要散了。他害怕这个女人狗急跳墙真的公开他的秘密，那他这些年维护的形象、建立的人脉圈，还有他努力营造的一切就彻底完了。没想到这个女人如此现实，这样市侩，和 Tony 一样阴狠。

贾常青喝干杯子里的酒，又羞又恼，收拾几件衣服也摔门而去。他在车库里冷静了下来，发了微信告诉肖筱自己出门住几天，两个人各自冷静，他希望肖筱不要拆散这个家，她有充分的自由，他不会干涉，只求这个家庭保持完整。肖筱看到信息，读懂了他的意思，气得双手发抖，眼泪不争气地噼里啪啦掉在地上。小宝出生在这样的家庭太可怜了，都怪自己不长眼睛，害了孩子，害了自己。一想到可怜的孩子，肖筱更是忍耐不住，拼命忍住的哭声在她瘦小的身体里沉闷回荡。

小区里散步的人听到女人的呜咽远远绕开走。伤心人那么多，谁顾得了谁？肖筱哭了很久，流干了眼泪，头晕眼花，浑身无力，她拿出手机看看时间，已经晚上九点，该去接孩子了。有孩子的妈妈就是快死了都会记得自己的责任，何况她还有一口气在。

小宝很敏感，看到妈妈这个样子，默默地牵住她的手，一声不吭，乖得不像六岁。肖筱心如刀割，眼泪又止不住地哗啦啦流。邻居妈妈把小宝送出来，看到她这个样子以为夫妻闹矛盾，欲言又止，只轻声说："你有事说话啊，随时联系我。"肖筱和她不是很熟，点点头不想解释。

小宝一路上不说话，死死抱住她的一只胳膊。回家也不肯睡觉，虽然听话地闭上眼睛，但她跳动不安的眼皮和僵硬的身体，让肖筱知道她根本没睡着。肖筱抱住女儿，小声给她说："妈妈要和你爸爸离婚，我们分开住。小宝以后和妈妈在一起，爸爸有空的时候再带你玩儿。"小宝点头："我们班的妮妮也是这样的。有时候她爸爸也去接她。"肖筱又哭了起来。

贾常青的羞辱和求和并没有打压住看起来懦弱的肖筱，反倒激发起她的那股子倔强。肖筱先是通知自己房子的租客一个月后收回房子，再是给父母说她评职称太繁忙，贾常青经常加班，问他们是否愿意来北京常住。肖筱的律师发送了律师函给贾常青，李晓凡也写了一封邮件威胁他说想把他的故事写出来，肖筱在家里从来不和他说话，也拒绝和解，贾常青气得暴跳如雷，骂了律师，骂李晓凡，他不敢骂肖筱，只说都是外人挑唆，就是不肯签字。肖筱死了心，让律师递交了起诉书，抄送贾常青一份，趁他不在家的时候带着小宝搬走了。

贾常青看到上庭通知真急了，去肖筱学校说他决定做出极大让步，除了不能分自己婚前的房子，他可以补偿一百万给她，小宝的赡养费他也愿意承担。肖筱沉默着摇头走开，律师教过她，不擅长理论和争吵就要扬长避短，她只行动就好。

肖筱一开始可不是这样的。她被李晓凡狠狠教育了几次，律师也说她的懦弱是对女儿的不负责任。律师也是个女人，也刚刚离婚，有个五岁的儿子，老公是她的合伙人，俩人争得你死我活，除了财产的争议还有各自在专业领域的不服气，让步不仅仅是割让利益，还会给对方技不如人的表示，她代入感极强，越过了律师的界限，把肖筱当成了另一个软弱的自己狠狠敲打，有时候深夜都会打电话过来教她应该怎么做。她给肖筱看二十年前物价水平的赡养费和如今的天价养娃成本对比表，把肖筱只想要自由的幼稚心态抨击得体无完肤。

肖筱父母听说这件事立刻赶了过来，老两口知道他们俩的婚姻无可挽回，在她的房子里天天哭，说肖筱要是不要房子，他们俩就去大街上逢人就说女婿同性恋骗婚，反正他们俩谁都不认识，不怕丢人，他们只怕女儿带着孩子没钱又没人。

肖筱不敢任性，不能假装潇洒，她轻蔑地对贾常青说："结婚四年之后，婚前财产视同为夫妻共同财产。你是过错方，理应赔偿。孩子归我抚养，我们当然要住大一点的房子。"贾常青弱弱地求她："你不能让我没地方住。"肖筱回他："你在婚后偷偷买了一个房子，属于隐瞒转移夫妻共同财产，居心何在？这一套房产的证明我会提交给法院。法院还会调查你的年薪收入，银行证明，都会纳入考虑。律师说，我要的这些钱，恐怕少于法院判的。我爸妈还说要去你们公司闹，我已经拦住了。我在天涯论坛上贴了点故事，无数的网友等着听完爆料。"

"你不是在学校也有一套房子？"贾常青不甘心。"那是我爸妈出钱买的，你只给了一小部分，有银行资金往来凭证。我给我爸妈写过借条的，这个借条我有公证。这算我们共同的负债，欠条说明买这个房子是为了他们养老和帮助我带孩子过来住的。"贾常青跳脚："你早就算计好的了？你假装清高，其实一肚子算计。""这些都是在我觉察到你骗婚之后做出的安排，我的一生不能被骗婚毁掉，我女儿的人生不应该被人渣这样利用。你用欺骗手段得到后代，这个账怎么算？小宝的人生怎么赔偿？我的青春损失费怎么算？"

贾常青脸色灰败，他说不出话来。法律程序是他最怕的事，肖筱准准地捏住了他的七寸，他除了就范，没有第二条路的。法律不会支持他的立场。社会舆论更不会。

贾常青悔断了肠，早知道结婚会这样，他干吗要结婚？为什么想不开非要有个后代？看这个样子，小宝不一定会认他这个爸爸，也可能不会给他养老送终，他这是何苦？

九

乔嘉行痛下决心，正式和周燕如谈了离婚的事。他当年爱周燕如爱得发疯一般，任由她把自己当备胎，无怨无悔，只想远远地看着她幸福就好。没想到她有一天会扑进他怀里，要和他结婚。恋慕多年的女神要嫁，疯狂的男人幸福到几乎晕眩，感恩命运垂青，每日守着她只会傻笑，她说什么是什么。

然后周燕如很快怀孕，他以为全世界的人都没他幸运，于是给女儿取名甜甜。周燕如孕吐反应格外强烈，她什么都吃不下，熬了几天就说不想生了，要去引产。当周燕如告诉乔嘉行她要引产的时候，他几乎要疯了。是医生说："月份这么大了引产多可惜，孕吐过几天就好了。"乔家公婆得知媳妇怀孕就赶过来照顾，听到这事只会唉声叹气，去亲家那边求他们。周燕如的父母大发雷霆，押着女儿搬回了娘家休养。这个时候，甜甜在肚子里可能感觉到危险，异常活跃，胎动频繁，周燕如也有点不忍心，这才不闹着引产了。生完又不肯母乳，说要尽快恢复身材，孩子才两个月就成天泡在健身房里也不带孩子。乔嘉行想她也许是对新角色不习惯，是一种恐惧心理引发异常举动。周燕如愿意给女儿一点正常的母爱，乔嘉行就很开心。她无论怎么样，只要做一点点，就可以让他满足。他的女神不喜欢围着孩子转，他就全心全意照顾生命中的天使。

周燕如借着出差的机会和前男友如胶似漆，只有在他们不见面的时候才会陪女儿。当他沉浸在女儿给他的巨大幸福时，周燕如对他说她爱上了别人，要追随自己的真爱。他答应等周燕如想清楚，等待她的选择，他的甜甜还小，只要可以见到妈妈他可以接受她胡闹一下。

周燕如说她遇到前男友，以为乔嘉行会疯狂地挽回她，制造浪漫，甚至大哭大闹。但乔嘉行只是变得很沉默，像一个幽灵缩在角落里看书，需要他带孩子的时候他抱着女儿出去溜达，他安静地看着女儿笑，陪着女儿玩。她喊他做什么他立刻就做了，淡淡的表情，不主动说话，晚上也不主动找她。她坚持要育儿嫂住在家里带孩子，他不大赞同，可也不反对，总是默默做家务，没事就消失在自己的角落，甚至在饭桌上都感觉不到他的存在。周燕如不喜欢这样的男人，她避开他，逃离有他的环境。她知道乔嘉行是为了女儿原谅她、忍耐她，这让她更讨厌，她周燕如这么美这么可爱的女人，何须原谅或者忍耐？他曾经那么开心激动幸福晕眩可以拥有她的，这么快就不稀罕她了。她觉得自己上当受骗了。

这一次，乔嘉行态度坚决地说离婚吧，别互相耗着了。周燕如抬头看着他，用她从未有过的爱恋的目光。周燕如第一次发现这个男人还有血性。她当然不知道乔嘉行看到甜甜从妈妈房间抽屉里翻出来一堆情趣内衣时几乎要原地爆炸的心情，她不知道乔嘉行好多次想从二十二层的家里跳下楼去。乔嘉行从来没说过他痛苦到不能自拔的时候拿刀子一下一下划破大腿，任由鲜血淋漓，第二天依然笑嘻嘻地叫女儿起床，给她扎小辫子。她以为乔嘉行这个闷葫芦终于开窍了，她高兴地对他嫣然一笑，斜睨他一眼，烟嗓媚态十足地问他："你这是真的？你已经不爱我了？"乔嘉行果然中计，他的脸扭曲变形，他掩面痛哭，他紧紧抓住周燕如的手妄图顺着胳膊攀上她的怀抱。没想到的是，他哭了一会儿却说："我已经不爱你了，在你不爱我之后很久，我不想耽误你的青春，我现在明白了，咱俩不合适。"这不是周燕如预料中的剧本，她太骄傲了，骄傲到她的自尊心被打击却说不出话，她只是轻不可闻，轻松简单地答："随便你，我无所谓。"

周燕如其实从答应结婚的那一刻起就后悔了，原本只是赌气，是在感情纠葛里累了，也许找一个百分百包容她、百分之一百二呵护她、对她一百分的那种男人也挺好。乔嘉行是她强烈想结婚的时候，身边剩下的最好的选择。

周燕如从怀孕的时候就想离婚，找不到理由；生完孩子还是没有爱上乔嘉行，不喜欢他温吞水一样的性格，受不了他在床上太过小心翼翼的温存，也不能理解他私下里也那么正经不觉得无趣无聊吗？只有两个人的时候，缠缠绵绵、疯狂、纠缠、身体无时无刻不想燃烧起来、总是会有欲望，这样才是男欢女爱，她才不想要举案齐眉、相敬如宾的日子，那岂不会闷死人？

这种日子，真不知道是怎么熬过来的，周燕如糊里糊涂的就结婚七年了。有时候越想越生气，却也无奈。她不是深谋远虑的人，不是那种过着过着习惯了一辈子就这样的人。她平日里上班，下班，偷着去幽会，晚上回家睡觉。她以为自己是脚都不沾地的仙女，人间的法则与她无关。她以为一辈子都可以这样不面对现实地过下去。

不折腾离婚是因为没找到合适的接盘侠。既然别人说离婚后孩子心灵会受伤，她这个妈妈也不是歹毒自私的人，那就等等吧。她是自由的，年轻又漂亮，时髦还聪明，她只关心皮肤保持得好不好，身材管理得怎么样，只要她够美，随时可以遇到更好的男人。钟丽缇生了三个女儿都可以嫁出去的，她比钟丽缇年轻漂亮，她愁什么？

　　周燕如在新加坡过的没有预想的那么好。周燕如和James疯狂了四个多月，常常酣畅淋漓地享受释放，她很满意带给彼此的多巴胺顶峰体验。这样的绝配，多少人中才可以遇到一个？他们俩的身体形成了记忆，甚至声音都可以引起条件反射，他们迷恋对方的身体，相见恨晚。周燕如曾经笑言，他们俩的周末几乎没有穿过衣服的。James说他有性瘾，他没想到有生之年可以遇到有同样病症的这么漂亮可爱的女人。这让周燕如特别惊讶，她心神震荡，她否认她有这个病。周燕如不相信James的话，她不过是自由奔放，敢于正视自己正常的欲望，她只是一个普通的女人，才没这劳什子怪病。James说，有性瘾的人终身无解，很难治愈，要吃很多药物，他拒绝治疗。他安慰周燕如无须担心，他是最好的药。周燕如说他这个鬼子脑子不正常。

　　某一天，周燕如说她计划让老公和女儿在元旦假期来新加坡，James从她床上跳起来说："Chloe，你是已婚的？你怎么不早说？对不起，我不和已婚女人上床，很抱歉我以前不知情，我们从现在结束。你应该早一点告诉我，在我们上床之前。我有很多一夜情，很多女朋友，我们都是单身，这些都OK。我的原则是不和已婚女人睡，这违背我的原则。抱歉。我们必须说再见。"

　　周燕如本来只是提醒他这段时间两人别联系。睡得散了神的周燕如早就忘记她有没有提过自己已婚这件事。她都不在意了，男人们肯定更无所谓的。再说，她和James都睡了几十次了，每个周末几乎都在香港澳门或者新加坡的某个床上，两人之间早就如胶似漆、难舍难分，这个时候当什么正人君子？这不是搞笑吗？周燕如气得对James骂了一句中式粗话："你丫有病吧？"James冷静地穿上衣服，像在社交场合那样完美地道谢后道别，这让周燕如又生气又伤心又尴尬。

　　乔嘉行带甜甜过来待了五天，每天忙着逛海洋馆、环球影城、娱乐城、商业街，好像没有注意到周燕如心情沮丧，心不在焉。她的沮丧无处诉说，一肚子委屈，满腹伤心，没有人关心她，这让她还充满了怨气，对这个世界，对身边所有人。

这段时间，快快不乐的周燕如刚刚轮岗期满回到北京疗伤，她正在逐渐接受空窗期的孤独，乔嘉行竟然在她最不开心的时候提出离婚。她是谁？她怎么可能哭天抢地地挽回？她怎么会问原因，怎么可能去求那个土包子傻小子乔嘉行？她只是假装无所谓地说："好啊，随便你。"她故意做出一副如释重负的表情。

乔嘉行呆呆的，听到她同意也没什么表情，如丧考妣的仿佛是他，被抛弃的好像是他，这让周燕如又恨又怒，到底也有点不甘心地问："你真的想好了？不会反悔？""不会。我考虑了很久，也纠结了很久，我试图挽回过，也做过很多次努力。我知道你渴望离婚，你不爱我，这样的婚姻谁都不幸福。我愿意成全你。其实也成全我。一辈子很长很长，我熬不下去了，还有几十年的日子，我们放过彼此可能是好事。"

周燕如不擅长探讨这种深刻的话题，她只会说情话，她找不到话反驳，只能轻蔑地用鼻子娇俏地哼一声："哎哟，这太绕了，我听不懂，我只知道你先提了离婚，还说为了我好。你可真会倒打一耙，好像我多稀罕你似的，谁离了你活不好似的。离呗，谁怕谁啊，我周燕如离了婚大把的人等着追我。你说女儿你要？凭什么？我生的女儿我带走。"

周燕如知道女儿是反击乔嘉行这个穷小子的最好武器，她凭什么被这个土包子先说离婚？住着她的房子，收入没她高，不高兴了还先提离婚。他不是就在乎女儿吗？就不让他得逞。周燕如心底也有一点解脱的感觉。她完成了父母要求她结婚生子的愿望，如今，她可以海阔天空，过她想要的生活。未来的日子里，她会遇到更好的男人，过上她喜欢的生活，想想就很期待。

乔嘉行又没出息地哭了。离婚的是他，只会哭哭啼啼的还是他，周燕如不耐烦看他那痛苦的样子，她又没虐待他，凭什么哭得好像是他被人踹了似的。她起身走了，不想看到抽泣的男人。

到了娘家，周燕如到底没忍住，给父母说了乔嘉行要离婚，她已经答应的事。父母自然先是暴跳如雷，大骂乔嘉行没良心没担当，骂完之后他们细细询问女儿这几年的情形。其实他们只是问一下，自己养的女儿什么样子他们哪有不知道的。他们只是以为乔嘉行娶到周家女儿，一辈子当牛做马也甘心的，没想到才六年就不干了。

甜甜出来喊着肚子饿了，没眼力见儿的又要妈妈给她念故事。周燕如烦了，一把推开女儿，力道大了点，甜甜一屁股坐在地上，大脑袋往后面磕到地上，闷闷地咚一下，随之尖叫一声，哭得太激烈，一下子上不来气，整个脸憋得通红，吓得一家三口人通通跪坐在地板上看怎么回事。还是姥姥手快，捞起孩子拍打后背，抽噎好几下，甜甜才哇地哭了出来，惊吓和疼痛让她哭得撕心裂肺，尖厉的哭声似乎穿透了整个小区。周燕如吓坏了，她不是故意的，当时心烦，不知道怎么回事就推了过去，看到甜甜吓成那样，她也吓哭了。周怀远夫妻俩哄了这个哄那个，闹腾了好一会儿才都安静下来。

甜甜不再找妈妈了，她趴在姥姥怀里不看妈妈，后脑勺一个大大的包不疼了，她心有余悸，依然不敢下地，害怕妈妈什么时候又会推倒她。哭完了更饿了，知道不能说饿，抽噎着说要找爸爸，气得周燕如扔下她再次出门。

周家人商量了一个月，和乔嘉行谈了好几次，知道他决心已定，周燕如本人也没有挽回的意思，岳父母赌气说不管他们俩，随便折腾去。

乔嘉行拟定的离婚方案，周燕如反复琢磨，并没有要分她的财产的条款，自然也没有补偿她的部分，唯一要求甜甜的抚养权这一条吧，也说女方执意不同意可以放弃，把周燕如气得无可奈何，大笔一挥就签了字。她没放弃甜甜的抚养权，她也没照顾女儿的意思，照样自己上班下班，周末逛街，乔嘉行带着甜甜搬去父母家的一居室，父女俩换了个高低床，这都和她无关，她也不过问。

乔嘉行说："你们随时可以探望甜甜，带着她玩，接她去你那边。我们还是她的父母，没有完整的家庭，但可以有完整的爱给她。甜甜的所有事情，我都会和你商量。以后的事情再说，你看怎么样？"周燕如还是那句话："随便你，我无所谓。"

他们俩离婚离得最顺利不过，言简意赅，没有疑义，几句话就说完了。几年的夫妻，十分钟了结。乔嘉行签完协议，借口单位有事出了门，在电梯里，他突然泪如雨下，害怕被人看到，又去楼梯间，站在角落里等待心情平缓。越是抑制，越是难过，一个大男人不能号啕大哭，只是颤抖着瘫坐在楼梯上，任由涕泪横流个够。坐起来的时候，腿麻了，一个趔趄差点摔倒。他想起周燕如鄙视他一个大男人就会哭，他不想被瞧不起，可是他还是变成了她最讨厌的那种人。

乔嘉行他妈叹口气："就是孩子可怜。我们早就想开了，离婚了也好，甜甜妈不是一个过日子的人。只要我孙女好好的就好。就是你以后带着个孩子咋办？谁肯当后妈，我们也不放心甜甜让后妈带，你说这可咋办。"女儿是他的天使，他生命的意义，全世界都不换。乔嘉行不让他妈说这种话："妈，我以后只守着甜甜过。"甜甜奶奶知道儿子的脾气，叹口气去厨房用做饭消解她的愁闷。

当初娶到周燕如，都说他高攀，癞蛤蟆吃到天鹅肉，结婚就住进现成的大房子，起码省了十年奋斗。都说他是贪图女方家境好，其实他是贪图了燕如的貌。人一旦贪图了自己把握不住的东西，早晚会付出代价。乔嘉行到离婚的时候都没忍心说出来，燕如一次次出轨，他早就知道。粗心的、大大咧咧的燕如，或许是肆无忌惮的燕如根本是理所当然、光明正大地出轨。乔嘉行这样细致的人，一一落在眼里，他从来都说不出口。他知道如果说出来，两个人就彻底结束了。

终于解脱了，不再眼睁睁看着她一次又一次出去和男人约会，或许活得不会那么苦。

十

小宝和甜甜都是喜欢跳舞的孩子，她们俩都有点小天赋，两个小姑娘跳着跳着就长大了，一起举办了九岁生日聚会。去年，经老师们的建议换到了小班，一周跳两次，一次两个小时。每年两次大型演出之前的两个月，周末再增加一次半天的高强度排练。她们俩一个胖点一个瘦点，都身材颀长，举止安静温柔，换衣服不要家长在旁边，休息时间也不找爸爸妈妈，她们总是头挨着头说不完的悄悄话。

舞蹈学校的老师们让他们这几个家长使用老师休息室，里面有沙发和茶几，每次带着女儿们来上课的依然是乔嘉行和肖筱，他们俩都喜欢带着工作过来，不像以前有空聊几句。肖筱在忙着写她的专著，乔嘉行在学英文。

这一天，甜甜给小宝说她十一要和爸爸去普吉岛，她问小宝："你也去普吉岛吧？咱们一起游泳。"小宝回过身子就抱住肖筱撒娇："妈妈，我也要去普吉岛。我也想看大海龟，想看沙滩。"肖筱哄她："好啊，咱们也去。"乔嘉行以为是真的，他热心地说："我在网上刷的票，提前两天走，提前三天回来，错开班机高峰，要不要我给你刷一下看有没有票。"

忙着扎头发的肖筱只是随口那么一说，她还没顾上考虑假期去哪里。听到乔嘉行这样问，鬼使神差地，她点点头："好啊。如果合适，我们也去吧。"她想："我们去普吉岛也没什么，反正哪里都是去，那么大的岛。我没说要跟着他们，我就是麻烦他给我看看票。"肖筱又觉得自己太鲁莽了，刚要解释，乔嘉行说："这次只有我带甜甜去，我爸妈身体不好，不想坐飞机。我们正好没伴儿，你们要去，甜甜该多开心。你们是三个人？"甜甜为了小宝可以去，急急告诉她："阿姨，我爸爸妈妈早就离婚了，只有我和我爸爸去普吉岛。"小宝可能是太想去了，她也说："我们也是两个人去，我爸妈也离婚了。妈妈，咱们也去普吉岛吧？"肖筱和乔嘉行一起窘得脸红耳赤低下了头。

离婚的事，肖筱很早就和小宝谈过，这丫头似懂非懂，没太大反应，情绪正常，肖筱一颗悬着的心放了下来。每天回到没有贾常青在的家，压抑不翼而飞，心情愉快了很多，母女俩的笑容都多了很多。甜甜知道爸妈离婚后哭泣吵闹过好几次。后来，周燕如有空的时候过来接她出去玩，每次都给她买很多东西，姥姥姥爷一到节假日也过来接她，平时有爷爷奶奶照顾她，日子和以前一样，慢慢地，她也就习惯了。有时候她自己倒说："爸爸妈妈离婚以后咱们还是这样子，那干吗叫离婚？"

肖筱问小宝："你决定了？这就决定了？你不是想去迪士尼吗？不去东京迪士尼了？"小宝说："我不去迪士尼了，我要看海龟，我要潜水，我要和甜甜一起玩儿。"肖筱离婚之后事业顺利，性格开朗了很多，她听了耸耸肩："好，妈妈听你的。咱们也去普吉岛。"两个小姑娘雀跃，欢呼，抱着跳了起来。肖筱笑着摇头，快乐如果可以如此简单，何乐而不为？

乔嘉行从未见过小宝爸爸接送过她舞蹈课，曾经怀疑过肖筱是单亲妈妈，乍然听说她也离婚了，也没觉得太突然。只是莫名其妙地，他心里有一点欢喜，他怕嘴角的笑不礼貌、不合时宜，只低头认真看手机，等孩子们蹦蹦跳跳进去跳舞之后，招手示意肖筱，把手机递给肖筱。同一个航班还有票，需要肖筱的身份证信息。肖筱就手填了信息，递回给他："麻烦你支付不知道是否方便，因为这是你的账户，我现在微信转账给你。你把确认短信转发给我就行。"

十一长假前两天，他们在机场碰头，小宝个子纤细，甜甜高胖一点，看起来就是姐妹俩。两个孩子非要坐在一起，他们俩只好并排。肖筱假寐，他看书。说起来他们认识超过五年了，彼此的脾气性格差不多都知道，一路上举止默契，别人还以为这是一家四口。

肖筱醒了也摸出书来看，乔嘉行倒真的寐着了。肖筱看了看熟睡中的乔嘉行，他的国字脸，缺乏保养的皮肤，瘦削的身材，还有常年动手做科研的粗糙双手看起来很土。贾常青则是反面，注重外表，注重保养，衣着讲究，浑身透着精明聪明机灵，挑不出毛病。肖筱年轻的时候虚荣，被贾常青的精英范儿迷住，把他的殷勤温和当成真挚的爱情。如今，肖筱一朝被蛇咬，十年怕井绳，那种精致的利己主义者嘴脸于她不再是帅气而是畏惧，反而是乔嘉行这种老实巴交的样子让她觉得踏实。

两个小女孩儿叽叽喳喳了一路，压根不需要他们俩。肖筱很放松，任由思绪飘荡，在乔嘉行快醒来的时候，又赶紧收回心神，假装埋头读书。

肖筱这次出门很不客气，她说自己不想操心，酒店、餐厅、游玩，一概追随乔家父女，所有费用 AA，不会有意见，只盼混吃混喝不带脑子地休息几天。乔嘉行答应得爽快："那我负责找地方吃找地方玩，你负责看着孩子们。合作愉快。"肖筱也笑："安排得很合适，我没意见。"

　　到达普吉岛后，入住的酒店应有尽有，不用到处打卡奔波。俩孩子在酒店专属海滩挖了半天沙子，又迷上酒店里的游泳池，不是泡在海里就是泡在泳池里嬉戏。他们在太阳伞下彻底放松，一天迷糊个好几觉。这样吃了睡、睡了吃两天后，他们俩商量好每个人值班半天，另一个人自由活动。

　　几天后，他们俩睡够了，躺在酒店游泳池边的长椅上晒太阳。肖筱先说的："我这是第一次带小宝这样放松地度假。我三年前离婚的，最近刚刚走出来，不是因为留恋，我是自责轻率结婚，轻率生孩子。但是，没有小宝，我根本不可能振作起来，有她是我的幸运。"乔嘉行点头表示懂得："我也离婚三年了。我放手了那个从未爱过我的女人。我的婚姻是一场作茧自缚。咱们都不要自责了，就当是成熟的代价吧。"

　　小宝在游泳池里喊"妈妈，妈妈"，甜甜不甘示弱，也喊"爸爸，爸爸"，他们俩一起答应着，拿起毛巾裹起上岸的俩人，听到她俩说想去看动画片，都笑着说好吧好吧，咱们回去。甜甜和小宝一起洗澡，在洗手间里咯咯笑着互相撩水。肖筱怕湿了衣服，关了门随她们去。听着她们的嬉闹，俩人都不由自主地笑。小宝变得活泼开朗，爱说爱笑。甜甜从来都随爸爸的好脾气，两个小姑娘从未闹过别扭。

　　乔嘉行给她拿了一瓶冰水，俩人四目相对，又都避开。以前以小朋友爸妈身份相处得很坦然。说出离婚的事之后，气氛就暧昧起来。他们俩又都是怕了婚姻的人，恪守男女大防，很注意避嫌。都是离异单身男女，在一起很暧昧，可是出门旅行，避都避不开。

　　他们这种内向一点的、道德感又比较浓的人就更是狷介，总是不肯让人看轻，面子和姿态比什么都重要。肖筱穿衣服比前几天保守，在海岛上不再袒胸露背，生怕对方误会自己一个离婚女人迫不及待地要勾引男人。

在普吉岛的最后一晚，甜甜要和小宝一起睡。肖筱看着俩人睡熟后，想抱小宝到另一个床上，看着长手长脚的大姑娘，她知道自己肯定抱不动的。她苦笑着摇头，打算在地上铺个被子随便糊弄一晚上得了。

很晚很晚了，乔嘉行在微信上问："孩子们睡了吗？有没有累着？"肖筱秒回："都睡了，没事。"乔嘉行又发一句："影响得你睡不好，辛苦你了，谢谢。道一声晚安。"肖筱回："晚安，你也早点睡，别客气。"

肖筱在地板上睡不着，心里感慨甜甜爸爸是谦谦君子，难得的正派人。他这样的年纪、这样的条件，在中国随便可以找到未婚姑娘，也许还再要一个孩子。不知道谁有福气捡到宝。经过这次婚姻，肖筱再也不想走进牢笼里，也不相信婚姻可以带来幸福。如今，婚姻不再是必需品，肖筱不怕当单亲妈妈，她有信心可以抚养小宝长大。乔嘉行也是辗转反侧，他想："小宝妈妈这样的女人为什么不被珍惜？无论男女，可见瞎眼挺多。肖筱条件那么好，再婚会好好挑的。不知道谁有福气娶到她。"乔嘉行想，我品尝过婚姻的苦涩无奈，实在是怕了，这辈子只想和女儿在一起，也只有女儿是可靠的。

他们俩在普吉岛的最后一夜睡不着，也都有点不舍得睡，两人不约而同披上酒店的浴袍悄悄打开阳台的门，站在各自的阳台上望着同一轮明月。良久，他俩同时感应到旁边阳台有人，一转头看到彼此，目光胶着了一会儿，看到对方和自己一样的滑稽浴袍，不约而同在深夜里扑哧笑出来。

（本文原载于《小说月报》原创版 2020 年中长篇小说专号）

狗与负负得正

[美国] 袁劲梅 *

做得最好时，人是最高贵的动物。当与法律和正义分离时，人是最坏的动物。

（At his best, man is the noblest animals. Speared from Law and justice, he is the worst.）

——亚里士多德（Aristotle）

一　豪县狗和"重建工程"

狗和人的区别是：狗的高尚写在狗基因里，人的高尚得慢慢学；狗能闻到所有东西的气味，却只看见黑和白的世界，人能看见花花绿绿的世界，却总是只喜欢能变成钱的气味；狗干活儿是记录事实的气

---

*　女，美国克瑞顿大学（Creighton University）哲学教授，美国哲学协会"亚洲哲学和亚洲哲学家委员会"现任委员。近年来，在海内外发表大量散文、诗歌、小说及学术论文。中篇小说《忠臣逆子》曾获 2003 年台湾地区"联合文学奖新人奖"首奖、"北京文学 2004—2005 年中国最佳中篇小说奖"。纪实文学《一步三回头》曾获"2005 年《侨报》五大道文学奖"。学术论文曾获"傅·查尔斯基金会优秀论文奖"。

味，人干活儿是确定什么气味有用。狗不评价人的活法，狗只收集情报。

豪县狗校毕业的狗，一泡臭尿就是一份情报。"情报"是人的词儿，在狗，那叫"情书"。快乐或危险，情狗们都可以嗅出来。互相嗅对方尿出来的"情书"（或送出来的"情报"），能让情狗们陶醉。醉狗之乐在于嗅出气味的颜色。在价值高的"情书"里，各色气味的信息量能气贯春秋。可惜人读不懂。人自己的气味信息量不够，还总嫌生活乏味。所以人得靠狗。豪县狗情书，一尿抵万卷，滴滴情深似海，山无陵，天地合，乃敢与君绝。豪县情狗们就按一条法律写情书：黑是黑，白是白，君子小人不通婚。白是真话；黑等于假话。事实，叫"真相大白"。醉狗之意在于真相大白。

豪县在美国中西部的沙丘里。在豪县狗的世界里，没有仇恨，只有事实。豪县狗校的狗，都是大情种，天生目标统一。只要能毕业，就都直升狗官，跟西点军校的军官生差不多。在"情书"里豪迈地分享事实，那才是他们无私的爱。事实让爱情地久天长。爱情，若不是用事实写出来的，就是骗局。豪县的狗再进化十万年，也长不出骗子的基因来。

狗不骗人，别的物种会骗人。豪县最聪明的女狗"四月天"被一种头上长着王冠的小病毒骗了。这种小病毒被某个来处不确定的人一个喷嚏打到地上，"四月天"从它们头上跳过去，却没有嗅出它们就是定时炸弹。跟在"四月天"后面的，是豪县最勇敢的男狗"铁哥"。"铁哥"在它们头上撒了泡尿，也没觉得是尿在了定时炸弹上。小病毒这种定时炸弹，泡在"铁哥"的臭尿里，就跟泡在汪洋大海里一样。可它们还淹不死。

豪县这对情狗天造地设，还领养了一个儿子，一只流浪狗，叫"超弟"。小"超弟"当时才七个月，一天学也没上过，他满街乱跑的时候，连街头的大电视都不知道世界上还有个东西叫"新冠病毒"。

这二只狗都加入了 H 大学伦理学教授何正求和犯罪心理学教授查理设计的"重建工程"，各有任务。二月底，正是豪县下春雪的时候。泡在"海洋"里的定时炸弹什么时候爆炸，怎么炸的，如何影响了"重建工程"，谁也不能确定。或许，"定时炸弹"们正等着某个豪县的中学生，一边走，一边拍篮球，让几个长着王冠的小病毒从干枯了的"海洋"里爬上了篮球，让它们好混进人家。这种新冠病毒的存在没有目的，唯一的冲动就是繁殖，只要到了合适的地方，它们就爆炸式繁殖，一只生出几千万只。连怀孕期都不需要。这是搞"重建工程"的狗和教授都没有想到的。

狗和教授都是快乐的物种。快乐的物种生活有目的，狗和教授的生活目的很明确。二月里，如果教授能读懂他们的狗尿在电线杆子下或树桩上的豪县"狗情书"，就会发现"铁哥"、"四月天"和小"超弟"留在那里的"情书"封封都在讲"重建"。写"重建"这种主题的狗，得心大、度量大。不装模作样，也不害臊，真心真意。腿一跨，一"笔"落地，行云流水，于无声处都是情。正因为豪县狗有冰清玉洁的气质，他们成了"重建工程"中的正数和主角。

豪县这个地方，跟月球差不多。十万个生灵都能活得开，要开展"重建"，什么样的空间都有。眼一睁，日出日落讲的都是万物一马，地久天长。参加"重建工程"的豪县狗，站在这美国中西部的大荒原上，就像一家子西部牛仔。狗爸爸"铁哥"对着远远一条灰色铅笔勾勒出来一般的地平线，御风低吠，就跟站在大海边一样雄风烈烈。狗妈妈"四月天"坐在海浪一样的沙丘上，语重心长地对才收养的干儿子讲"狗顿定理"：每天的日出和日落，传过来的都是宇宙的气味。那是天上狗大仙发出的浩然之气。只要这浩然之气不断，坍塌的人生、无家可归的心灵都可以重建。重建，让能量守恒。小"超弟"上蹿下跳，就想摆脱地心吸引力。

在二月底，豪县所有人，包括豪县监狱里的犯人，都认为自己生活在全世界最安全的地方，这里从来就是大后方，什么都不会改变，平静得连沙丘都想进化成纽约的蹦蹦车，好混进儿童乐园热闹一番。何正求——何教授一周一次，开着一辆黑车，按时按点在通向"豪县改造监狱"的路上移动，就像一架登月舱驶向一座环形山。何教授总是一边开车，一边得意洋洋地重复唱着信口胡诌的"何氏进行曲"："天上有个狗大仙，地下有个'四月天'……"何教授的父亲在世时，是中国江南乡村里的中医，何家是人人尊重的君子之家，在家乡，姓何，都有一种君子气。何教授把他父亲行中医理解为：心理、诗意加哲学。人过中年，住在远离故乡的"月球"上，何教授有了越来越认真的文化传承意识。他和查理教授一起兴致勃勃地领导着"豪县监狱重建工程"。这"重建工程"的设计浪漫大气，有心理、诗意加哲学的何氏传承。

何教授尖起声音对"四月天"唱："凡人羽化权入狗，夕阳闲放一堆愁。"

"重建工程"是实验何教授和他的老朋友查理教授多年来共同提出来的理论。这个理论叫"负负得正"。那时候，根本没有"定时炸弹"这样的变数。教授们设计这个实验时，没有考虑到新冠病毒的影响。而这种影响将带来何种奇奇怪怪的结果，也都是未知数。没有新冠病毒的世界，无论如何是讲道理的。

何教授和查理教授共同认为：进了监狱的犯人，跟无家可归的狗差不多。都是没人要的东西。不要以为犯人智商低，监狱里不少犯人跟野狗一样有本事，因为生长在资源缺乏的地方，他们不是无家可归，就是有家不能归。于是，智商全用在如何把从他们身边擦过的人和物都变成他们可以利用的资源上了。这一类犯人往往认定：他们一出生，世界就欠他们的。他们善于成功地利用别人的善心让他人财产被他们合理化占有。拿别人的东西不内疚，且能给他们带来很大的成就性快感。就像插进人家园子走捷径，还顺手牵走人家一幢房子一样刺激。在这类犯人的认识误区里，别人有园子，他没有，他就有理由说：园子的栅栏你不尊重它就不存在。他们的心理跟野狗的心理相通。没被抓的时候，犯人和野狗都想违法，又都想有人做伴。想违法，就是想闯人家园子还不被人逮住；想有人做伴，就是结帮派（用野狗的话说，叫"结成一群"），没"法"的地方就是帮派为大。

可是各家的栅栏自古就存在，而且越划越精确。等它们被叫作"法"的时候，就是文明结出果子了。世界上还有无数个"他人"，只想过个平安日子，有文明生长的土壤好歹公正、安全。于是，在人的世界之外就多了一个地方，叫"监牢"。"法"保护按文明规则玩游戏的人。文明人在空中划个圈，划出一个"人造卫星"，把犯人关进去出不来。监牢是法律的延伸，拳头大的一块地儿，被甩出人类社会，还得围着人类社会转。

牢房比无家还可怕。关进去的犯人再没什么机会和正常社会接触了。只有和警官、律师说话时，说的才是人话，平常他们得懂那个黑暗星球内，犯人之间的黑色密码。

"重建工程"的理论认为：监牢这种独特的黑色小人造卫星并没有将罪犯变成正常人的功能。把犯人关进牢里，刑期满了再把他们放出去，他们再犯罪，再关进去。监狱不是成长人的地方，无非就是个关人的地方。美国人口占世界总人口的百分之四，而犯人却占了世界犯人总数的百分之二十五。那么，让这么多的犯人从牢里出去后，能当正常人，太重要啦。这一定得有个重建过程。既为了犯人也为了大众利益，"重建工程"就是给监牢加上这个人性化的功能。

"重建工程"的设计简单地说，叫"犯人＋野狗"。具体做法是：一、让快刑满释放的犯人或表现好的犯人当"狗教官"，训练无家可归的野狗，教野狗遵纪守法。二、让道德高尚的军官狗领养野狗，同时给犯人"狗教官"当训练课助理，让犯人和野狗认识到什么叫高尚和举止文明。三、野狗周末跟狗父母回家，当正常狗。周一到周五在牢里给犯人做伴，培养犯人爱心。狗跟人一样，是社会动物，要有伴。本事大的做大事，本事小的做小事。犯人和野狗都学会了守法，就是成就。四、参加"重建工程"的犯人得当好"狗教官"，教野狗的同时，自己还得上伦理课。野狗不是好教的。要教野狗区分对错，犯人自己首先得有能力区分对错。打狗骂狗拿狗出气是绝对不可以做的。何教授一周来一次，给当上"狗教官"的犯人上伦理课。查理教授也一周来一次，和犯人谈话，记录犯人心理变化。希望在修复野狗高贵基因的同时，让犯人能重建当好人的自信心和爱心，自己也学会尊重法律。

"重建理论"想证明的结论是：犯人在牢里待足了年限，最终还得回地球去当文明人。野狗也一样，等不野了，最终还得当家狗。文明人的选择只能是：在监牢和人的社会之间架座桥，让犯人到刑满释放的时候，能平安走过去。破茧成蝶，不再回来。为解决这个"不再回来"的问题，犯人的人生和野狗的狗生同时重建，达到负负得正。

二　教授案件和"重建工程"

　　"四月天"两年前就是何教授的狗了。她是进入"重建工程"的第一只狗。得到的角色是"妈妈"。何教授不是那种服务狗式的教授，他说："先生在，弟子服其劳。"他叫"四月天"给他拿报纸、拿拖鞋、守卫学生考卷。他为犯人服务不是心血来潮。两年前，他家被盗。小偷来他家转了一圈，他家里也没少什么东西，就丢了一大包"麝香壮骨止痛膏"。也不值什么钱。要是小偷是个中国人，到他家门口来跟他要这玩意儿，何教授一定就送给他了。犯不上破门扭锁，害得他修门的钱花得比买那包"壮骨止痛膏"的钱还多得多。

　　那时，何正求何教授正在和白人妻子琳达闹离婚。帮琳达搬箱子时，把手腕扭了。他找出从中国买回来的"麝香壮骨止痛膏"准备贴一贴止痛。琳达是老兵医院的护士，硬要拿冰块让他敷，说是根本不相信死鹿的骨头能放出香气来治人的手腕。两人吵了一架。在白水一般的日子里，闹离婚算是大起大伏。一点儿火星就把两人都炸出了家门。等他们再回来的时候，小偷就来过了，把吵架的导火线"麝香壮骨止痛膏"给偷走了。

　　警察对什么是"麝香壮骨止痛膏"、何教授家少了多少张"麝香壮骨止痛膏"、"麝香壮骨止痛膏"有没有毒性，都做了记录，并建议他家养一只狗保卫家园。何教授和琳达在办完离婚前领回了"四月天"。

　　"四月天"有一粒黑草莓一样的鼻子，善良且万能；她棕色的眼睛里也全是简单透明的逻辑。她是豪县狗校毕业的优等生，全校最文雅最标致的校花狗。一回家，琳达就给她洗了个香溜澡。她双眼皮黑眼圈，一身金毛长长，脑袋里有储存信息的芯片。洗完澡，一甩水，得意洋洋地从浴缸里跳出来，何教授当即就把她放进了古诗，说她是"所谓伊狗，在水一方"。

"四月天"还是语言天才。她不仅能听懂人用不同语言说出声的句子，连何教授在心里自己跟自己争吵，她都听得懂。何教授心里时不时有两个"何教授"，为大大小小的事情争吵。一个叫"何正"，另一个叫"何求"，吵起来，都带着问号。人左右都不确定才会跟自己吵架。何教授的理论是：人跟世界吵架是浪费时间，不如直接动手干活，改造世界；自己跟自己吵架还有点意思，至少能让你知道自己是个活着的人。所以"何正""何求"动不动就吵。"四月天"一声不响，却会明确地选边站，每次选的都是做正确决定的那个"何教授"。

譬如说，琳达开口闭口把何教授叫作"嗨"。这在谈恋爱的时候倒也没让何教授觉得忍无可忍，那时候琳达年轻漂亮，淡黄色的长头发往雪白的护士帽里一塞，脸上该红的地方红，该白的地方白。"嗨""嗨""嗨"从她草莓一样的嘴里冒出来，听起来也就跟水滴落在沙丘里一样，虽不动听，也不烦人。可等到闹离婚的时候，何教授最不能忍受的就是这个"嗨"。他身上的"何正"对自己说："二十年都听下来了，算了吧。"可他身上的"何求"却不算，跟琳达吼："我说过无数次，我姓'何'，不姓'嗨'。何——He，He 不读作'嗨'。"琳达就吼回来："'He'不读作'嗨'，那'She'读作什么？""何求"就吼得更高："'She'读作'十一'。跟'何 He'什么关系也没有。"

这时候，语言天才"四月天"就会站在"何正"一边，用她的黑鼻子顶怒气冲天的"何求"。意思是："何"和"嗨"是双胞胎，不就得了。这还值得吵架？"四月天"喜欢家庭和睦。

后来，琳达还是办了离婚，带着十二岁的儿子搬出家。她对调停员说何教授霸道："在我家，他（He）不能叫他，她（She）就是个数字。"

虽然"四月天"救家没成，却让何教授发现了她的语言天赋，在后来制定"重建工程"的时候，何教授做了一个大胆的假设：让"四月天"把这个本事教给当选的流浪狗。当流浪狗和犯人共同生活的时候，不管犯人用哪国语言说话、吵架，或在心里自言自语，流浪狗都听得懂（人懂不懂没关系）。要是犯人心里有阴谋，流浪狗能嗅出来，就去制止；要是犯人有重新做人的念头，流浪狗也能嗅出来，就去支持。这才是犯罪心理学该做的事。

何教授让流浪狗当犯罪心理学家的大胆假设得到查理教授的支持。查理教授说："按动物心理学，狗最能猜测人意，流浪狗懂犯罪心理，符合逻辑。马克·吐温说，'领一只无家可归的狗，把他养壮实，他永远不会咬你。这是人和狗的原则区别'。犯人比监牢外面的人更懂流浪狗的好处。"何教授说："马克·吐温这话，跟我江南老家山村里的村长说的差不多。我们村长说，'以诚待诚，狗不咬人'。"

何教授和犯罪心理学家查理教授是生死兄弟。多年来，何教授一直很同情查理教授没有桃花运。谈一个吹一个，两年前好不容易结了一次婚，何教授正在学校同事中为他的新婚收钱，给他买礼物。同事们每人出二十块钱，何教授让同事们轮流在祝福新郎"新婚志喜"的贺卡上签名。正签着，查理教授的电话来了，说："已经离婚了。贺卡就不要送来了，礼物可以收。"

何教授大失所望。他没听查理教授白拿礼物的无理要求，按着签名把礼钱一一退回去了。第三个在贺卡上签名的是医学院病理系的系主任。医学院在校园的另一头，和人文学院离得挺远，何教授到病理系去退钱迟了一些日子，豪县就出了个大案子：病理系的系主任和他太太还有小孙子在家里被人杀害了。

何教授把那退不回去的二十块钱给了查理教授，查理教授就把那二十块钱放在镜框里，一直挂在办公室墙上。那二十块钱是对同事的纪念，也是查理教授结过婚的证明。如果有"离婚赛"，查理教授可得"最快冠军"。

查理教授一直保持单身汉身份，动不动就到何教授家来吃琳达做的烤牛排、何教授做的红烧猪脚。继续征婚。查理教授最新一期的征婚启事，何教授帮忙逐字改过。那启事写得就跟查理教授的肖像画一样逼真："我，四十八岁。不爱树，不爱花，不爱狗，不爱猫，不喜欢理发，不喜欢新衣服，不喜欢小孩子和汽车。特寻健康美丽女子为偶，分享生活。"

应了有难同当的老话，何教授家被盗的那天下午，查理教授家也被盗了。

那天，何教授为用"麝香壮骨止痛膏"还是用冰块止痛跟琳达吵炸了之后，就到了查理教授家发牢骚，又拉上老朋友去酒吧喝啤酒。喝酒的时候，查理教授不紧不慢地告诉何教授：他征婚启事发了十一个月，没得到一个回应。突然，昨天收到了一个女人的回应。这个女人说："你，四十八岁。不爱树，不爱花，不爱狗，不爱猫，不喜欢理发，不喜欢新衣服，不喜欢小孩子和汽车。哪个女人会爱你？"何教授一阵惊喜，十分肯定地说："这个女人就是你要找的。撒谎骗人、抄袭剽窃，在教授的游戏法中，等于杀人越货。你说实话，她也说实话。价值观一致。追吧。"

查理教授一高兴，两人就多喝了几杯。等查理教授回到家，落地窗被打碎，家也被盗了。查理教授一查，他家一件无比重要的物件丢了。那是一个他十二年前从印第安人保留区带回来的布女巫。他的一个学生是印第安部落神医的长孙，请他去保留区做客，那位老神医爷爷送了查理教授这个布女巫。印第安神医不仅给人治病，还能和祖先与未来对话，直接和印第安人信仰的"大精神"沟通，从"大精神"那里接受指示。老神医家出来的布女巫是真品，功力强大。布女巫有一张橘红色的扁平脸，黑头发盖住一只红色的眼睛，一颗大红心挂在前胸。查理教授的布女巫原本是放在他办公室的。他上心理学课，讲心理作用的力量的时候，也拿到教室去给学生看过。

但是真品不能瞎玩，印第安人的女巫威力太大是有名的，不久，布女巫的传奇就变成了心理系的历史故事，后来，在研究生中一届一届传下去：

八年前，查理教授是系主任，有一天，为能不能在系里养一只宠物猪的事儿跟一个叫欧文的教授吵架。欧文教授是西部大牧场出生的农民，他提出：要是能养只猪，在心理学系和人类学系之间走动，不但人心踏实了，大学人文学院的图腾就真叫"热爱生命"了。

查理教授一脸不以为然。

欧文教授就待在他办公室里不走，紧盯着他说个不停："……你看你看，人文学院门口的雕塑是个女人的子宫，装了一兜儿小人儿。那叫什么'热爱生命'？那叫'生殖器官'……我家有五千只猪，别看它们清一色的眯缝眼，竹筒鼻，你拱我，我拱你，一脸憨厚，笑容可掬。不管是来地震还是来龙卷风，它们的肚子总是装满快乐的啤酒桶，吃进去什么食物全能发酵成快乐滚滚的好酒。有快乐才有热爱生命。"

查理教授不耐烦了，说："大学里都是聪明人，难道你是想说，有头脑的动物都只能当猪才能有权利热爱生命？猪的幸福是人想要的吗？你先去哲学系问问，猪的幸福和人的幸福区别在哪里。"

欧文教授继续说个没完，还给自己的建议加上解释："奥运会还要有个吉祥动物呢，猪是吉祥动物。我没指望猪去当追求自由的典范，但它们当仁不让是热爱生命的典范。要是聪明人中有愿意过得像猪的，也犯不上让那些哲人去启蒙他们。它们也没违法，闭着眼睛快乐也是可以的。把猪启蒙了，变成原子弹也未可知。总之，等宠物猪来了，我来养！只要你同意，系厕所里给它搭个窝。"

查理教授再也忍不住了，尖刻地说："你还养猪？好好上你的农民心理学吧。学生跟我说你不像一个教授，像个无家可归者。"

欧文教授先一愣，然后跳起来，一把抓住查理教授的衣领，要打架。农民最自豪的就是有地有家，叫他"无家可归者"，那是奇耻大辱。查理教授被揪住衣领，只好大叫一声："印第安女巫，上。"当时，印第安女巫什么也没做，就坐在查理教授的书架上冷着红眼睛，一脸橘红色的邪笑。

这时正好有个女研究生从查理教授的办公室门口路过。这个女研究生是个女警察，刚从"豪县改造监狱"下班，来上课。看见两个教授在打架，低吼一声："停！"从腰间的皮带上解下两副手铐，"咔嚓""咔嚓"两声，把查理教授铐在了书架上，把欧文教授铐在了桌腿上。接着，就打电话给了院长。电话一挂，又对着两个教授用警察的语调发问："科学家克隆羊克隆猴子，咋不把道德给克隆到人的基因上去？"

查理教授扭过脸回答说："道德基因在上帝手里。上帝要给教授和警察各找一份工作做，就没把道德基因放人身上去。要是警察把教授铐书架上了，警察就得自己做两份工作，忙吧？"

这时院长来了，听到这几句对话，又看到这种打架残局，很绅士地往门口一站，整整领带，双手十字交叉抱在肚子下面，然后，温文尔雅地说了一句："你们好英雄啊！还不互相道歉？"

在文明的力量下，两个教授都想让自己的言谈举止最大程度"君子化"了。查理教授先说了"对不起"，欧文教授也道了歉。猪中也有君子猪，该道歉就道歉。女警察不露情感地把手铐打开了，没逮捕他们。

好人和犯人之间的距离并不是千山万水。

事情本该到此结束。没想到，下班后，印第安女巫发功了。欧文教授才出了校门就给汽车撞断了两根肋骨一条腿。此后一个月，他的课还得查理教授去代上。这事后，查理教授就不敢再把橘红色的女巫放在办公室了，拿回家来，放在书架上。一放就是好多年，日子平安，蟑螂都没来过。

镇守家院八年的布女巫被盗，查理教授在报警的时候，特别对警察强调说：我的布女巫被人偷走，那小偷一定是个识货的。

在查理教授的布女巫被窃一天后，查理教授家来了一个女警官，带着一只金毛狗。不用介绍，查理教授已经认出这个女警官正是当年铐他和欧文教授的女研究生。她毕业后，升职为警方侦探，依然进进出出豪县监狱，侦案破案。别的学生的名字，查理教授能忘记，这个学生，他再也不会忘记。查理教授称呼她"警官曼多铃"。金毛狗是"铁哥"，身上穿着警犬制服，是无俸禄国家官员，军衔按军队传统，比女主人"警官曼多铃"还高一级。警察和警犬有分歧的时候，警犬的鼻子说了算。警官曼多铃通知查理教授：他的布女巫在豪县邮局的邮筒里找到了。胸前的大红心上插了两根小剑。背后写上了一个大黑字："He"。

如果那个"He"读作"何"，那就是有人要咒何教授死。如果那个"He"读作"嗨（他）"，那有人要咒查理教授死也是可能的。何教授家离得不远，查理教授一个电话就把好朋友召来了。何教授看到那个"He"字，本能地吓一跳，立刻认为那是指他。查理教授倒又来跟他争，说：若这印第安女巫是何家的，那指何教授是无疑的。可这女巫是他查理的。除非谁能证明这小偷同时认识何教授和查理教授，要不然这小偷凭什么到他查理家偷了个威力巨大的女巫，却要咒另一个不认识的人死？那"He"应该就是指他查理教授本人，这是逻辑问题。

何教授想想，是这个道理，就接受了这个逻辑，把"He"让给了查理教授。

女警官曼多铃听了他们争论，说："警方不排除任何可能性。所有的联系都是我的线索。"又把橘红色的布女巫放在"铁哥"的鼻子底下，让他闻。"铁哥"的鼻子立刻把一种奇怪的气味存进脑袋里了。狗用鼻子看世界，"铁哥"是用鼻子进行判断的天才。人用眼睛看东西，狗用鼻子看东西。人看到一根牛肉香肠，狗"看到"的是：面粉、香葱、盐、糖、哪家养牛场养出的牛、哪条河里汲上来的水……因为"铁哥"的鼻子是特殊材料做的，"铁哥"能看到很多人看不到的东西。他能用鼻子嗅出"五颜六色"的气味，全存着，随时调用。他在布女巫身上嗅出了巫气。他的鼻子是权威。

看两个教授很紧张，女警官曼多铃临走时宽慰他们说：何教授家和查理教授家同一天被盗，不是大案，却是奇怪的案子。警方会仔细想慢慢破的。

查理教授就立刻提醒女警官：从犯罪心理的角度看，他的案子是大案，和两年前大学病理系系主任夫妇及小孙子一起被杀那起谋杀案一样性质，都是谋杀成立案。两年前的谋杀得逞了，两年后的也得逞了。前一个叫物理上的得逞，后一个叫心理上的得逞。所以，就算何家被盗不是大案，他的案子是大案。说完，就抱怨：豪县真是个月球，在豪县当教授居然也成了危险职业。

女警官曼多铃说："病理系系主任家的那个谋杀大案没破，我们须臾不敢忘记。您不要害怕，有我们保护您，您活得好好的。要是你们教授想分担我们警察的活儿，能把罪犯教育好就是伟大的成就了。"

这次谈话有了两个重要结果：

一个结果是何教授和查理教授制订了"豪县改造监狱重建工程"计划，来帮助犯人。计划得到女警官曼多铃的大力支持。她说服了豪县改造监狱的监狱长，"重建工程"首先在豪县监狱实验。这样何教授和查理教授讨论多年的合作方案，终于可以实施了。从犯罪心理分析、破解犯人心理上的道德密码，再用伦理学重新编辑这些道德密码，聘请流浪狗当教授解码、编码的小剪刀。教授和警察各自接下了上帝分配给他们的那份工作。

另一结果是查理教授证实了女警官曼多铃正是回应他征婚启事的那个唯一的女人。这下，查理教授别无选择了，和女警官曼多铃恋爱上了。不喜欢狗的人，居然也把"铁哥"叫作"我的养子"。女警官曼多铃鼓励他，说："不少大学的教授就是一群考拉，撞上森林野火的时候，鼻子基本无用，但嘴巴本事比较大，一生气就把个人情感放出来，影响行为的准确性。查理，你的聪明就在于，知道自己是考拉，主动找狗帮助。"

此后，他俩走在一起，不管警官曼多铃穿不穿制服，都是她走在人行道靠车道的一边，保护欲写在脸上。走在有警察保护的理想国，查理教授很幸福，他心安理得地跟警官曼多铃讨论："正义之人是幸福之人。"又得意洋洋地对何教授宣称：时时有警察警犬保护，被谋杀的可能性大大减小。建议何教授要遛狗，最好跟他们一起遛，分享正义之人的幸福。

那个威力巨大的布女巫就留在警察局"未破案件档案室"里了。

查理教授有了女朋友，何教授倒离了婚。与查理教授比，何教授的婚姻失败是二十年文化冲突不可调和的结果。他恢复单身后，两家人常常一起遛狗。遛着遛着，何教授也就不怎么担心自己的安全了。他不相信有人想谋杀一个教伦理学的教授。既然从逻辑上讲，除非小偷跟他和查理同时有仇，且知道查理家布女巫的威力，没这两个条件，查理的布女巫事件就跟他无关。他家丢的不过就是"麝香壮骨止痛膏"用不着自己吓自己。不过，他也会时不时问一问警官曼多铃，病理系系主任家的谋杀案有无进展。警官曼多铃不多讲，偶尔透露一点，譬如，女主人的首饰盒就放在床头柜上，却没被拿走，也没被动过，不像是盗窃被发现，才杀人灭口。犯人另有动机。

有一次，问完病理系系主任家的谋杀案，何教授又顺便问到他家和查理家的奇怪盗窃案，听说还没进展，他身上的"何求"就一副聪明人的样子发了评论："豪县这三个案子要么没有联系，要么有联系。没有联系，你就得一个一个破，若要有联系，就两个字：'教授'。"

警官曼多铃没说话，用警察的眼神很认真地看着他，就像审视一只可爱且多管闲事的考拉。倒是"四月天"高高兴兴地顶了"何求"一下。"何求"得了肯定，便快快地向前走了。

何教授喜欢狗远远超过喜欢考拉。考拉再可爱，他也不愿意当。每次遛狗，他身上的"何正"都想和查理教授并排走，好讨论"重建工程"。何教授对到豪县监狱上课一直是紧张又好奇，已经把豪县监狱的《豪县监狱犯人手册》读了五遍。可他身上的"何求"不肯接受女人保护。跟查理并排走，图像就是：一个女人保护两个男人。这是"何求"不能接受的。于是，"何求"动不动就带着"四月天"快步走在前面，让"铁哥"一家落在后面。

所以，在二月底的时候，两只优秀的狗一前一后走在路上，先是"四月天"没嗅出新冠病毒是定时炸弹，后是"铁哥"在"定时炸弹"上撒了泡如同海洋一样的臭尿，却没有认出危险的真面目是破坏所有豪县人的好日子。这件事，后来让两只优秀的金毛狗遗憾了很久。

三　小"超弟"和"重建工程"

三月初，定时炸弹爆炸了。豪县报纸说：豪县传染病院收治了四例确诊感染新型冠状病毒的病人。豪县的大学反应最快。都是尊重科学的人，知道传染病的厉害。校长立刻宣布：提前放春假。学生回家，什么时候开学等通知。

那时，地上的日子正过得精彩，冬天还没过完就提前放春假，学生高兴，教授也高兴。豪县人不是心存侥幸，而是有自信：世界上的问题很多，传到月球一般的豪县时，也会变成"忽略不计"。就像第二次世界大战的时候，世界战火纷飞，除了豪县人，有谁知道多少吨炸弹和多少架飞机是在豪县造出来的？又有谁知道多少名诺曼底登陆的空降兵是在豪县的沙丘里受的训？当年日本人放了很多氢气球，每个带着一枚小炸弹，想让它们飞过太平洋，炸美国本土。大部分气球掉进了太平洋，碰巧有一枚居然被风带过来了，炸坏了豪县街上的一家叫"杰米三明治"的老餐馆。县政府让大家别传别报道，不让敌人知道有一枚小炸弹还得逞了，再放更多的来。这事儿，豪县人到现在都不宣扬。偶尔有中学生上历史课，会到那家三明治餐馆的门口，读写在一块黑色石头上的故事。三月的时候，豪县人还没有搞清楚这种叫"新冠病毒"的定时炸弹和那枚氢气球带过来的小炸弹能有多少区别。豪县天生就是最安全的地方。

这一天是星期五，是何教授去监狱上课的日子，也是"四月天"去接小"超弟"回家过周末的日子。"天上的狗大仙"照常快乐地在豪县人和狗的头顶上下大雪。干着狗大仙的祖宗们年年都做过的事情：把一群一群白色音符吹下去，让它们像影子一样在天空中飘。通向豪县监狱的公路上空无一人。把监狱设在这种地方，犯人就是逃出来也没处可去。

这些被人叫作"雪片"的白色音符飞快地把架在空中的几条电线填写成白色五线谱。冷风尖尖的手指划过，弹出一些清脆的天籁之声，撞在豪县监狱坚硬的石墙上，湿湿的，化成一片一片晦涩的甲骨文。豪县监狱是一座巨大的酱红色硬砖建筑。白雪打在硬砖上，如同比监狱更古老的象形文字扑在一张酱红色的老脸上，红唇白齿，监狱的脸面反变年轻了一些。马路对面，和豪县监狱大门对大门的白墙建筑是"豪县警察局"。豪县监狱大门后面就是那座连窗户都没几个的酱红色大监牢。不知是谁的设计和选址，监牢没有窗户对着警察局，却有一半的窗户对着不远处一座小小的儿童乐园。长年也没多少儿童来玩。心理上，大概让犯人看着想家吧。当何教授的车过了儿童乐园，沿豪县监狱和豪县警察局中间的马路开过时，从五线谱上落下来的还都是信心十足的鸡毛信，片片哼着：重建！重建！重建！没有一片唱的是"大停顿"。

等到了豪县监狱门口，豪县监狱大门紧闭，一块从未见过的大牌子竖在坚硬的大木门前：

"COVID-19流行病期间，豪县改造监狱各部门关闭。所有探视时间取消。谢绝一切来访者。"

"大停顿"像一个闪电，一瞬间击中豪县。就在何教授和"四月天"在路上开向豪县监狱的时候，州长紧急发布了"居家安全令"：一、除了遛狗，大家不要出门。二、餐馆、酒吧、影院等娱乐场所停业三个星期。三、公共场所不准人群聚集。四、人与人相遇，必须隔六英尺。五、不要抢购口罩，让医务人员有足够的口罩。六、锻炼身体，停止一切犯罪活动。

何教授把车在监狱门口调了个头，停下。正准备打电话给女警官曼多铃，问一问情况，女警官的电话就来了。警官曼多铃告诉何教授：监狱一小时前封狱了。谁也不准进，谁也不准出。她刚跟查理电话讨论了，"重建工程"要继续上课，可以转成网络上课。监狱天生是人群聚集的地方，没办法做到让犯人时时保持六英尺安全社交距离，流行病传进来就要坏事。警官曼多铃年轻时当过海军陆战队的军人，她对何教授说："犯人比战俘还难管一百倍。就知道要、要、要。进来之前，给足了他们公平做人的机会，他们却不要。在月球一样的豪县，守一所有一千个犯人的大监狱，就像管着一千个随时会炸的炮弹。"

警官曼多铃还说："重建工程"在现在这个当口，特别重要。监狱犯人太多太挤，流行病来了，监狱很快就会将一些轻罪犯和快要刑满到期的犯人提前释放。会有更多犯人需要通过"重建工程"的改造。但是监狱封了，暂时不能进来接小"超弟"。参加"重建工程"的流浪狗一旦离开监狱，封狱期间也就不能再进来了。小"超弟"的第一任"狗教官"就要完成三个月的重建课时，快出狱了。犯人们太喜欢小"超弟"了。申请当他下任"狗教官"的犯人已经排到三个月以后了。小"超弟"还真不能走，这个周末就留下吧，下面看全州病情控制的情况再说。

"月球"上有了新冠病毒，这个三月初的下午突然变得比平常灰暗得多。何教授打开车灯，监狱外一排灰色电线杆白了半个身子，好像冷得长出了曲线，从男人变成女人了。雪做的白绒睡衣披在身上，前胸半开着，拖到地，一地白。白色的路灯白天也亮着，在雪中，像一串化了一半的小白糖果儿，带着一圈圈化开的白晕，中间是一粒一粒没化光的小糖心，就想对世界透露关于监狱的保密话。

平常在这个时候，"四月天"已经跳下车，直奔酱红房子门前竖着的石门牌，在石门牌下尿一泡尿，或嗅一嗅有没有"铁哥"留在那里的带小臊味的"情书"。那石门牌上黑字写着：

"在错误的道路上往回走一步，就是朝正确方向的第一步。——Kurt Vonnegut"

当何教授调转车头往回开的时候，"四月天"在他身上蹭来蹭去，提醒他注意方向问题，小"超弟"还没接到呢。何教授跟狗好得时时想返祖。他甚至想变成狗，直接体验"重建工程"进入豪县监狱后的内部情形。他知道，琳达走后，"四月天"不开心。直到得到了小"超弟"，"四月天"才高兴起来，像亲妈妈一样训练小"超弟"当好狗，又时时护着小"超弟"，就想把所有的本事都教给干儿子。小"超弟"进监狱工作之前，母子天天在一起。有时，一只大狗一只小狗趴在高高的沙丘上，你舔我一下，我舔你一下，一节课就要上一小时，比干爸爸"铁哥"耐心多了。到了小"超弟"要跟爸爸去监狱的那天，"四月天"一定要把小"超弟"身上的泥沙舔干净了才让走。何教授嫌她舔得太慢，帮助擦一擦，她还把何教授的手一顶，推开。

可惜定时炸弹——新冠病毒爆炸了。不管好人坏人的日子都被炸开了。何教授只好对"四月天"说："今天接不到小'超弟'了。不过'铁哥'还能常常教育他。你要是想儿子，我们一边开车，一边讲小'超弟'的故事好了。你训练出的小'超弟'，名声很好。不用担心。"

"四月天"立刻嗅出：人类出事了。

小"超弟"是入选"重建工程"的流浪狗之一，七个月之前是满大街乱跑的野狗。在豪县城里咬了邮递员的裤子，一直把人家裤子拉到脚跟也不放。没想到，那"邮递员"是"野狗拯救中心"的人假扮的，人家一回身，把这只小野狗套进捉狗圈，直接就送进了狗牢。原来，那时小"超弟"早就已经有官司在身了，邮局起诉了他。他被抓住之前咬伤过另一位真邮递员。邮局起诉他的时候，状子上写着：被告："Super Brother（超弟）"。邮局的人都这么称呼这只会闯祸的小野狗。"超弟"是邮递员们给他起的名字。

领养小"超弟"前，何教授在网上看了一小段"超弟"的视频。只那一眼，就惊得他目瞪口呆。豪县监狱"重建工程"缺的正是这样有过犯罪行为的流浪狗！这家伙，长得哪里像只狗呀！一脸皱纹，大脑袋像老虎，隐约还有个"王"字在额头上，身子却像只猪，猪肚子猪腿。眼睛绿绿的，像恐龙化石做的，跑起来还绿光一闪，一条游鱼般钻进空气里，没影子了。若给他安上翅膀，他肯定立马就能扶摇直上，鲲鹏飞得也没他快。

把小"超弟"领出狗牢的《领养合同》上写得明明白白：

"超弟"，男；

年龄：七个月；

罪行：咬伤过一个邮递员，另一次，咬人未遂。

领养人同意：如果"超弟"不能在六个月保释期内通过"重建工程"，变成好狗，就吃官司，回狗牢，剥夺一切狗权。

"重建工程"学费：奖学金。

伙食费加狗饼干费：豪县监狱负担。

周末：回家过。

因为小"超弟"的爷爷何教授是体系内部的人，所以，小"超弟"得了全额奖学金。并不是所有野狗都有奖学金的。

猪专家欧义教授只见过他一次，就断定小"超弟"祖上一定是猪和老虎交配生出来的。猪种是约克夏。何教授同意。在动物世界里，既然天上能有狗大仙，猪和老虎就能生出狗来。欧文教授对猪认识得很透彻，小"超弟"就是一只天性快乐且热爱生命的小狗。

小"超弟"的现任犯人"狗教官"马克跟他很匹配。马克犯的是"偷信罪"。第一次被邮局捉住时，地区法官只判他做社区服务。脖子上挂一个"偷信贼"的小名片牌子，在邮局门口擦邮筒、扫树叶子。做社区服务，马克没有意见，犯了错误要被罚，公平。但马克虽然是穷人，好歹也是个石头画艺术家，捡一块鹅卵石，就能画出一个恐龙蛋。他对挂这样的牌子很生气，恨透了地区法官，逢人就讲他要上诉地区法官污辱他。马克偷了人家的信，马克负责。让他挂个"偷信贼"的名片牌子，那是向上帝告他的刁状，玷污他的美术灵魂。

可是，还没等立案，马克因为依然改不掉偷信的坏习惯，又去偷了一条街人家的信箱。偷的时候，还忘了把挂在脖子上的"偷信贼"名片牌子拿下来。一条街刚走完，上帝的眼睛就看到了"偷信贼"三个字儿在马克胸前晃。马克再次被抓住，地区法官判了他一年。

马克进来第一天，警官给新犯人训话："从今天起，你们号称属于自己的那些部分，全没啦！你们属于我管。你们整个人都属于豪县监狱。你们的自由已经被剥夺。谁要再说，我想这样那样，我现在就给你们回答，见鬼去吧，你们只能有豪县监狱给你的东西，你们只能成为豪县监狱要你成为的样子！"

马克刚到牢里，不知道豪县监狱要他成的是什么样子，依然逢人就大声讲他恨透了地区法官，他要让法官坐牢。这当然不是豪县监狱要他成的样子。结果，被狱警关"洞"里去了。"洞"只有一张床大，是监狱中的禁闭室。这种单人牢房叫作"洞"，很准确。谁要违反监狱规矩，就得进去。"洞"门下方有一个小口送饭用。除了这个口，什么口都没有，一个人关在里面，没白天没黑夜，吓也要吓死了。每天四十分钟的放风时间也被剥夺。这叫"没有自由"。这比挂"偷信贼"牌子还要让马克在上帝面前丢脸。马克在洞里骂人骂了二十分钟，就老实了。

晚上警官让食堂的人给马克送晚饭吃。送饭的人刚打开小口，饭还没塞进去，马克一泡臭尿就从送饭口里射出来，尿了送饭的人一身。

他那撒尿的姿势恐怕连狗都做不出来。警官下令马克在"洞"里的时间从三天增加到一个星期。又在那个"洞"上挂了一个牌子："尿人犯"。

马克旁边的另一个"洞"上也挂着一个牌子："唾人犯"。

在牢里，没有一个马克的狱友认为自己是罪有应得，个个都说自己是被冤枉的。所以，马克对地区法官的气愤也不过就是被吸进宇宙黑洞里的一个基本粒子，光是转转，发射不出去。

进了监狱，能当一个基本粒子，就不错了，还算是个物质。在监狱里，所有的犯人就是一串数字，叫"犯人号"。名字都可以不存在。马克的号码是4050。看守每天早一次、晚一次点名，只叫犯人的号码。关在豪县监狱的犯人都是负数，大小不等。

后来，和马克走得最近的狱友，就是那个"唾人犯"。他算是这里的牢头，犯人号是4013。他不喜欢用这个号码当名字，私下里，给自己换了个名字：1007，也只是个号码。他让其他犯人私下叫他这个名字。1007是老犯人，犯了六十八项罪，各项轻罪重罪加在一起，被同一个地区法官判了一千零七年。因为1007和马克是在同一个法庭被同一个法官判的刑，又不约而同地恨同一个地区法官，他们成了朋友。

1007已经接受了以牢为家的事实。犯人的事儿，他动不动就要管。他自有一套整新犯人的规矩。他粗粗的胳膊上文着一条吐着长芯子的巨蛇，谁也不敢得罪他。要是牢里能明着结帮，他一定可以当那种西西里来的黑帮教父，眼睛看着地，鼻子尖处钩着。哪个犯人想要搞到监狱不让有的物件，付钱，1007都能搞到。1007在外面的朋友有魔术。

若1007搞违禁品进来，被抓住了，会被加刑。加就加吧，反正他已经有一千零七年垫底了，再加几年也没什么区别。"钱"可以是各种形态，从冰激凌、色情画到真钱，什么形态的钱，1007都收。在监牢里，钱和发财的概念和外面不同。但他为马克搞东西，不要钱。只要马克对他说一句"我恨透了地区法官"，1007就会哈哈大笑，把马克的欠账免掉。

本来，一年已快到了，马克就能出狱了，却因为马克在牢里看橄榄球赛，与另一个犯人打赌哪队赢，赌三根冰激凌。马克随手从《豪县监狱犯人手册》上撕下一页，在上面写下了赌约。在牢里，犯人不准有现金。犯人之间偷着做生意，土豆片就是现钱，冰激凌就是金条，赌三根冰激凌是大赌。马克敢下这笔大赌注，因为他知道，只要他开口，1007就会给他弄到三根冰激凌。结果，赌约被看守发现，马克又加上了破坏监狱规矩、犯了在牢里赌博罪，又加刑三个月。还罚了十三美元，赔偿被他损坏的监狱财产《豪县监狱犯人手册》。

马克没钱。没钱也得赔，监狱给他工作做，零点六七分钱一小时，马克得做三天才能赔上。工作是收所有犯人的内裤和臭袜子去洗，犯人内裤和袜子每天都得换，堆在推车上，全是怪味。闻这种怪味才是对马克的侮辱。马克偷信，却是艺术家，没伺候过人。他又要写上诉书，告地区法官和监狱警官，诉他们让马克闻地狱的气味没有任何法律依据。

1007就笑马克报仇的方法不对，用的是外面人的思维方式。监狱里的犯人是放在监狱里的东西，不算人。关一天，还欠监狱九十六块钱，警官看守犯人的工资，犯人得自己付，出去了，找到工作慢慢还吧。1007对马克说："我们什么都没有，只有时间。要报仇得等着机会。"

在监狱里，《豪县监狱犯人手册》有规定，犯人想打电话，看医生，提前换床单，要一条牙膏，多要一条内裤，少换一次袜子……屁大的要求都要写申请。犯人想做的生活改动，多半是不批准的。犯人的大小欲望一律表格化。写申请本身就是提醒犯人：你没有做普通人的权利。马克轻易放不下"石头画艺术家"的身份，不写申请。但是，加刑后，马克申请了上"重建课"，当小"超弟"的"狗教官"。他太想出去了。

当何教授和查理教授一起读马克的申请和他的案子时，何教授一次又一次对查理教授说一个中国词儿。那是他在和前妻琳达吵架时，找不到合适的英文词了，会冒出一个独特且尖刻的中文词。譬如，琳达喂"四月天"甜奶酪，何教授就会叫道："不准喂我的军官狗不三不四的东西！"那"不三不四"的力度是绝对找不出英文来对译的。这词儿是他的中医父亲在给不出明确定义却心里明白时常用的。他父亲说："当何家人，一是一，二是二。没哪个敢不三不四。"自从搞了豪县监狱"重建工程"，何教授认识了监狱里那些"不三不四的东西"，也读了不少"不三不四的东西"的案子。马克的案子就是其中一个最不三不四的案子。

查理教授的分析是：从犯罪心理看，偷信贼是想偷看人家的账单，偷人家的信用信息，利用这些私人信用信息，骗钱。但是，就马克的智商，他哪里能骗到钱呀？不被人骗钱就不错了。所以。重建马克，得问一个问题：马克先是罪犯，还是病人？问题可以在重建过程中测试。

何教授就预见：查理的犯罪心理分析就是把马克的祖先或生长史都分析一遍，得出来的结论，也不会超过"不三不四"多远。何教授做这样预见的时候，马克申请表上的照片就在他眼前。马克棕色眼睛对着他，眼里一副所有人都对不起他的神色，一张长脸长得跟面条似的。

那时，何教授根本没有想到，世界上最"不三不四的东西"还不是他在监狱里接触的犯人，更不是他前妻拿来喂军官狗的零食。那种来到豪县，且和他这样的文明人越走越近，却看不见、捉不着、杀不死的新冠病毒，才是真正的"不三不四的东西"。这种"不三不四的东西"用死亡和恐惧逼得好和坏面对面站着，用最奇怪的方式把各自的故事越讲越清晰，直到真相大白。

四　新冠病毒和"重建工程"

"居家安全令"一下，疫情成真，何教授带着"四月天"买了牛肉、鸡蛋、狗食和擦屁股纸。这些东西突然限量供应了。大家不出门，吃和拉的问题得提前解决，豪县像是危难在即了。

学校春假过后就没再开学，学生不能回校，全部在网上上课。城里的餐厅和娱乐场所也全停了。

一连几个晚上，何教授跟查理教授通电话，讨论如何把"重建"课程全部转到网上。监狱有电脑室和电话。犯人可以申请上网，但一天最多二十分钟。为了不违反《豪县监狱犯人手册》，他们决定：一、何教授和查理教授愿意增加每周上课次数，但每节网上"重建课"时间缩短成二十分钟。要是每天都有二十分钟课，他俩在学校的正常课时会和"重建课"有冲突，有些"重建课"可以让研究生去上。本来他们也是计划等"重建工程"成熟一点，就让学生参与工作。现在是紧急时期，计划提前。二、把本来人狗分开上的课，都放到视频前一起上。何教授或查理教授视频讲课十分钟；"狗教官"教流浪狗七分钟；流浪狗父母视频训练儿子三分钟。都用 Zoom 视频，何教授、查理教授同时加入。三、要求豪县监狱警官优先批准上"重建课"犯人使用电脑或电话视频的申请。

这样一讨论，两个老朋友互相给了对方信心。只不过查理教授秉性不改，才有了一个应急计划，他就要把直话说白了，让何教授不要对"信心"抱太大的信心。他说："正求，你说，面对疫情，我们这'重建工程'是不是变得有些奇怪？现在，是世界上所有人都需要帮助的时候，我俩的'重建工程'却去帮助被社会甩到世界外面的人。帮助世界外面的人能给世界带来什么？'重建工程'设计的前提是风花雪月，现在前提条件没啦。求生时期，我俩的工作还不如收垃圾送外卖的人重要。我们要帮助的人似乎错了。"

何教授不同意，说："能给世界带来什么？我们再看。传染病这个变量是突然冒出来的，还是个最奇怪的变量。它搞得监狱要提前放犯人，我们的工作就更重要啦。要是最后依然能有'犯人＋野狗'负负得正的结果，就是我们的预期。求生是短期感受，生活是长期感受。"

说这话的是"何正"。新冠病毒"不三不四"的坏影响有多厉害，才开始，"何正"还没有多少亲身感受，指望疫情两三个月就控制住，生活恢复正常。但是，何教授身上的"何求"却一脸怀疑，在心里说：有教无类，也不包括教育小人。圣人也没说过要改造小人。孔子说"中人以下，不可语上也"。有人天生是罪犯，有人被社会弄成罪犯。要是改变不了带病基因，解决不了社会问题，能把坏人抓到，送牢里去，就是文明的成果。成年人，就是成品，你能改造谁？你连老婆都改造不了，还想改造罪犯？

"四月天"用黑鼻子顶了一下"何正"，又顶了一下"何求"，没有明确选边站。她已经嗅出：犯人的"道德重建"不是一个进化论的问题，是一个碰运气的问题。有多少犯人能被野狗教好，就看教授和狗的创新工程的运气啦。

"何正"不服气。那"何求"本来也不是肯听"圣人言"的人，和琳达离婚是他要离的，离过了又成了个消极人，看什么都是灰色。"何正"就许诺说：若哪一天，到他家偷东西的混蛋小偷也被抓进牢了，他愿意倒贴野狗的奖学金，让小偷跟某只野狗一起学"重建"。何教授就把"何正"这个诺言说出来，许给了查理教授，他说：不管那个小偷关在哪个监狱，等何教授学会了用 Zoom 的视频，他都可以在网络上免费给那家伙上几节重建人生的伦理课。

查理教授不觉得讨论这个计划有现实意义，他说，现实是，他和警官曼多铃得分居了。疫情期间，如果"重建工程"不能停，曼多铃破案就更不能停了。她手上的三个教授家的案子还一个没破，曼多铃感觉线索可能就在豪县监狱的犯人群里。不守法律的活法，得结成帮。牢里和牢外之间的墙不是犯罪帮的界限。这个感觉在监狱封狱后，突然就变得很具体。豪县监狱里的犯人们在封狱之后，很快分成了两派。犯人们给两派各起了名字，一派叫"自由派"，另一派叫"制药派"。

"自由派"的犯人就想感染上新冠病毒，被送到外面传染病院去。只要能离开监狱，他们情愿冒死得病。他们故意不保持六英尺安全距离，故意五六个人合用一个纸杯喝开水，你一口，我一口，然后申请量体温，就想让自己传染上，好换来出狱见天日。

"制药派"的犯人以 1007 为首，封狱让监狱更恐惧，"制药派"很怕死，1007 在犯人中散布：大难当头，谁还关心犯人的死活？犯人得自救。别说新冠病毒没药可治，就是有药了，还不知哪天能给犯人用。一些判了长期徒刑的犯人，监狱生存本领大得很。没烟抽，用屁股纸卷起来自制香烟抽;没酒喝,把面包和橘子放在塑料袋里发酵,加到可口可乐里制造酒。"制药派"天天想着自己制药,防治新冠病毒。1007忙得很,制药是挣钱的买卖。

这拨"制药派"犯人可把"铁哥"忙坏了,一天几次,被狱警请过去,嗅这个或那个犯人的囚室,查有没有毒品和违禁物偷运进来。"铁哥"甚至在监狱户外活动的草地上找到过一个洗手液瓶子,里面装的是毒品,是一架模型小无人机趁着那场大雪,从天上扔进来的,落进雪里,看不出来,只有"铁哥"的鼻子才能嗅出来。警官曼多铃对"制药派"和外面的联系很感兴趣。

灾难时期正是要警察工作的时期。警官曼多铃得进出监狱,又不能接触任何外人,包括家人。所以,曼多铃和"铁哥"暂时不能回来住。已经住到她停在沙丘上的房车里去了。

查理教授跟何教授谈警官曼多铃,说,爱警察跟爱宇航员差不多。他在电话里听见曼多铃对"铁哥"说:"人们把犯人关起来,放在牢里不看,以为就没问题了,一封狱,监狱就跟宇宙飞船密封舱一样,载的是一飞船的毛病,个个比平时放大三倍。狗就得活得像宇航员。分居是常态。"查理教授说,这话是说给他听的。

两个老朋友闲聊的时候,"四月天"已经听出人们在电话里讨论:不但小"超弟"接不回家,"四月天"和"铁哥"也不能像以前一样天天见面了,得分离一阵子。"四月天"就到院子里去了。

地上的春雪化了,小草吸饱了雪水,不再绿得羞涩,一夜就胖出了春天的样子。树根和墙角下,"铁哥"和小"超弟"下大雪前尿在那里的"狗情书"完全露出来了,笔迹还很清楚。"四月天"想他们,就去嗅他们留下的旧气味,从一棵树到另一棵树,她嗅到了一封又一封。

"铁哥"尿了一泡很大气的"狗情书",全是关于事实的信息。铁哥说:

在监狱,我只看见有粗壮的胳膊在挥,灵巧的手指在动,大胃口在吃,虎背熊腰在斗架,就是看不见人,这些部分拼成的身体，在户外草地上活动，个个都在想如何越狱。他们身上的囚服是灰色的，没领子。是尖形套头衫，肩膀上一边一条黑杠，胸前三条黑杠。这些身体一穿上囚服，跟山洞里吊着的灰蝙蝠似的，头尖了，身子扁了，世界得倒过来看。天底下最丑的衣服就是豪县监狱的囚服。连我们狗都不可能设计出这么丑的衣服。

警官曼多铃要我注意1007。我听见1007在跟马克吹牛，他说："豪县刮过一次龙卷风，那次龙卷风是社会主义龙卷风，在城里卷了一圈，谁家的房子也没卷倒，就卷倒了两家银行和一家房地产公司的办公楼。我有两张从老同学那里买来的镇风符，一边一块，我贴在脸上，绝对有威力。我的老同学说：风是他唤来的，认识有他签字的符儿。顶着风，我就去抢了银行，直接发财。这不是我犯罪，罪是龙卷风犯的。我不过到倒塌了的资本主义中心走了一圈。过后，警察把我抓起来，有本事抓龙卷风呀。我可以转卖镇风符给警察，只赚他们一个差价。"

我把我听到的1007说的话翻译成狗语，报告了警官曼多铃："符，符，符。"

有些人话狗语中没有，我翻译不出来。比如说这个"主义"，那个"主义"。大概是两种人身上发出的不同气味吧，或者就是两种不同的狗饼干的气味。

"四月天"还嗅到两封小"超弟"写给妈妈的习作"狗情书"。两封都在说想家。

第一封：

马克让我上床跟他挤着睡，他喜欢我。他把我画在一块小圆石头上。他一边画，一边想越狱。他一想，我就按妈妈教我的方法顶他一下，管住他，今天顶了二十次，我不高兴干这活儿，皱起一脸小皱纹，撅起肥屁股，叫了一声"铁

哥"爸爸。"铁哥"爸爸来了，他说，你一天要顶两百次都
有可能。

　　这个活儿太辛苦！我就想回家跟妈妈在沙丘上玩，追
松鼠，追兔子。趴在露台上看冻成白色的薄冰片儿从天上
飘下来，对着它们乱叫。等爷爷发狗饼干给我吃。狗的世
界就应该这样，有人，有父母狗，还有狗饼干。马克也给
我发狗饼干，但是，我得要有成就才发。"有成就"就是坐
着不准动。我还是小孩呢，为什么不能动？爷爷为什么把
我送到这个怪地方来？和狗牢也没大区别。我真不懂。要
不是因为马克喜欢我，我自己都想越狱。

第二封：

　　马克的同屋牢友是新犯人4246号，叫赵尤高。他一脸
苦相，囚服一穿，就已经吓死了。牢房很挤，一边一张床，
马桶和水池在中间。一人拉屎一房臭。我从赵尤高的臭气味
中嗅出：这是一个可怜的小骗子。他从没想到他会坐牢。警
官给他送来《豪县监狱犯人手册》和《圣经》时，他谦卑地
接过来，哭着说："我受过洗了。我有律师。我认识很多名
人，他们可以证明我不属于这个鬼地方。"马克问他犯了什
么罪，他说：什么罪也没犯成，是被警察假装的顾客诱到豪
县被捕的。马克说："超弟也是被诱捕的。"我踢了马克一脚，
不准他说。我有家。我周末一到就回家。妈妈和爷爷一定要
来接我呀。

　　"四月天"能在小"超弟"留下的笔迹中嗅出"快乐"加"好心"
的气味。那是狗的天性味。在豪县狗校时，狗教官对他们说过："狗比
人聪明的地方就是知道自己的无知。""四月天"知道小"超弟"不会
不懂装懂，是聪明狗。嗅着这些真情实意的"狗情书"，过去平淡的生
活简直就成了梦中的理想生活，每一个细节都是好的。

"四月天"趴在草地上，她能从草地上听到很多有趣的声音，但是，人们因为病毒，忘记了还有春天这么一回事。院子外面，田野起伏，天底下，新长出来的牧草已经绿得要说话了，一个冬天压在大地肚子里的话儿是一下子冒出来的。粉色的野牵牛、黄色的蒲公英、白色的星星碎、蓝色的蝴蝶兰急急忙忙在牧草无边的绿色长篇大论上打着标点符号。粉色的顿点儿才探头探脑地冒出来，接着就是一片黄色句号。牧草的绿色演说根本停不住，下面就又跳出几个直挺挺的蓝色惊叹号。

人没心思听，也不懂草的话，但是狗能听懂。"四月天"能听见小风嘟嘟囔囔，在黄色的蒲公英花里调情；还有红头鸟和黑头鸟叽叽喳喳争论"先有蛋，还是先有鸟"；猫在树上打呼噜；老鼠在地底下称帝。星星碎落下来，白色的小野花是一路数不尽的省略号……"四月天"听着牧草的长篇演讲睡着了。夜风在她头上一吹，星星的气味和梦的气味混在一起，往回走的时间是香气做的，她在豪县狗校上的第一节课就变成了她的小梦，回来了。她的腿就动了起来。

在那节课上，"四月天"和"铁哥"还有其他新生狗跟着狗教官在野地里跑。野地里全是蚊子，在他们的鼻子、嘴巴、眼圈上没头没脑乱咬。突然狗教官叫所有的新生狗都停在一个小小的铁怪物跟前。狗教官挠着脸，对他们说："从见到这玩意儿开始，所有人的问题都成了你们狗要对付的问题。你们要记住，救一个人，人家叫他'英雄'，救一百个人，人家叫你们'服务狗'。你们狗，天生是正义骑士，现在，你们要在人的问题中成长。"

那个怪东西是半个炸弹壳。就是那个被日本气球带过来的小炸弹。它炸坏了豪县街上的"杰米三明治"餐馆后，被餐馆老板老杰米扔到野地里，后来豪县中学的历史老师把它作为历史遗物标记出来了。狗教官说，人喜欢造这种东西。在别处，这种东西还有远房堂兄叫"原子弹"。

"四月天"小声地在"铁哥"耳边说："真不懂，人发明这个弹那个弹，把人自己打死，却也打不死蚊子？"

在小梦里，时间突然又回到现在。"铁哥"回答："真后悔，我们让比蚊子还小的病毒定时炸弹从我们鼻子底下漏网了。现在，人有更多的问题要我们帮助了。"

这时，"四月天"听见一个熟悉的声音在高叫："新冠病毒，我们打不死呀。没药没疫苗。原子弹也打不死它们。嗨，你把我以前丢在家里的口罩全找出来，留下两个你自己戴。出门一定要戴。其余的，我捐到医院，医院里的护士们没口罩啦！个把星期前才四个病例，现在豪县有四千例啦。这样传染，到四万也用不了多少星期。"

"四月天"眼睛一睁，跳起来，直打转转。琳达回来了！站在家门外院子里。

琳达一回来，战场的味道就回来了。"嗨，雪刚化你就让'四月天'睡在外面？这个时候谁也不能生病！"琳达一句接一句，高声说，"嗨，不要靠近我，把'四月天'也拉走。说不定我衣服上带病毒。你把口罩扔出来就行了。""嗨，你说什么？儿子？儿子在我父母家。两个老人若传染上，都有生命危险。父母家我回不去了。我们分财产的时候，我们在院子里给儿子搭的树屋是婚后财产，是判给我的。这段时间，我得住在树上。"

琳达是前线下来的护士。何教授这下知道情况严重了。他身上的"何正"立刻关心地说："我上树屋给你打扫一下。里面电暖气是好的。"

琳达说："不用了。什么时候要你收拾过房子？我睡不了几小时。"

琳达爬上树屋。何教授拉着"四月天"，不让她跟上去。琳达一上去，就打开树屋里的小电视，上床睡觉。何教授和"四月天"站在树下，听见电视播音员正在读一个农民写给纽约州州长的信："……我家里还有四个口罩，都是好的，我留下了两个，我和太太一人一个。另外两个寄给您，您送给那些最需要口罩的医生护士吧。"

何教授对"四月天"说："到底有多少病人呀？我又成'嗨'了。"

第二天，何教授做了三件事。第一件：在前门口插了一个标语牌"科学为真"。第二件：让查理教授和他一起在网上买了一千只口罩，准备捐给豪县监狱的犯人，什么时候到，看运气。第三件：给琳达烤了一块牛排，给她晚上回来吃。可惜，第三件事没做成。牛排他自己吃掉了，琳达没有回来，医院太忙。报纸上说：医生护士都不够用。连一位九十七岁参加过"二战"的老护士都报名当了志愿者。她"二战"时学会自己做口罩，现在她每天都在做口罩，已经做到一百个了。

这以后何教授和查理教授通电话，不闲聊了，每天上网查病例增长数字成了新习惯。电话里对话换成："口罩到了吗？""怎么还没到？""现在全国多少例？我们州多少例？豪县多少例？怎么只涨不降呢？""好呀，口罩总算到啦！什么？监狱长说，不要我们捐的口罩？""是呀，监狱长说，你们千万不要来送口罩。外人不到监狱来，就是对犯人的最大支持。""那只好算了，把口罩捐到人文学院去，给教授们戴吧。"

忙了一阵子，"重建课"终于能在网上开课了。网络突然成了一个虚拟世界，人们很不习惯地在里面开始了新生活。幸亏科学家发明了网络，让人们紧急时期搬进去过日子。第一天开课，何教授和查理教授就直接感受到了监狱里的恐慌、无助和害怕的情绪，还有警官曼多铃说到过的两派分立。

"重建课"网课被安排在公共活动室里上。两位教授同时出来，何教授视频主讲。

公共活动室的墙壁、桌椅都是浅灰色，和囚房的铁门一个颜色，是监狱的色调。空间比犯人的双人囚房大一百倍，也比电脑电话室大得多，可以给人和狗一定的活动区间，比电脑电话室空气好一点。公共活动室位于监狱一层。二层四周是一间一间双人囚房。以前犯人每天可以轮流到公共活动室看电视、打牌、下棋。现在，活动室按定义是公共娱乐场所，大部分活动场地关了。要去，得写申请表，人数严格限制。大多数犯人只能待在自己的囚室里，看着少数人在公共活动室走动，等着自己的机会，然后从唯一的楼梯口，下到公共活动室去自由一下。听说有个"自由派"犯人实在憋不住，趁到外面给食堂买食物的当儿，跑了。只不过豪县监狱在月球上，跑了也没地方去。到了晚上，自己又回来了。结果，进"洞"又加刑。逃跑梦只能做做，不能成真。公共活动室就是监狱里最令人向往的世界。

挨着楼梯的那堵墙根下，立着一排五个马桶和尿池，没门没顶没隔墙。犯人没有隐私权。以前，这地方总是会排队，现在，不排队了。在公共活动室里，犯人不用走在黄线上。到其他地方，只要一出自己的囚房，犯人都得走在一条黄线上，只能按着黄线箭头走。只有公共活动室，地板上没划黄线，这就是监狱里的"自由"定义。

马克在上课前十五分钟就已经顺着二楼的黄线走下公共活动室来等着了。他刚接到被提前释放的通知。一张窄脸一半是笑得咧到耳朵根的大嘴，他高高兴兴地抱着小"超弟"，向二楼挥手，跟这个狱友告别，跟那个狱友再见。这是他的最后一堂"重建课"了。

马克往电脑前一坐，让视频镜头对着自己的笑脸和小"超弟"，不等何教授开口，他就先说："幸亏没越狱，幸亏戴口罩，要不然，我不是加刑就是染上新冠病毒死了。那些不怕死的'自由派'家伙，一个都不准进公共活动室了！牢里有人染上啦。"

马克的一只耳朵上挂着一个自制的口罩。他说："'重建工程'太好啦。小'超弟'就是我的兄弟，他是真正的骑士。我脑袋里才想到'越狱'，小'超弟'就顶我一下。"马克这样说的时候，小"超弟"把头钻进马克宽大的囚服，顶马克腰间的裤带。马克把他拖出来，对着镜头，继续说："疫情刚开始的时候，那些不怕死的'自由派'想邀我跟他们一起找病生，还没走近六英尺的社交安全距离，小'超弟'就对着来人吼叫。他这是保护我！连我那个不喜欢狗的同室4246号赵尤高都停止抱怨小'超弟'坐在床上对着他看，他拉屎拉不出。"

何教授就把"四月天"叫过来，跟小"超弟"在视频上见了面，"四月天"直舔电脑屏幕。马克感动地哭起来："我就想当一只狗，有狗妈妈来舔一下。"他说，"我能像狗一样撒尿。"

查理教授赶紧说："你出去后，可以养一只狗。"

马克说："我还不想出去哩。在这里，我是个号码。可还有其他的号码舔我。我需要口罩，就有另一个号码送我一个有魔力的口罩。我出去了，是个人，可没有一个人舔我。跟不是人也没什么两样。你们这些教授，什么时候也到贫民区去，看看穷人是怎么过的呀。"

查理教授恍然大悟，他说："马克，我知道了。你以前偷人家的信，是不是在心里把那些信都当作是别人写给你的信拿走的呀？"

马克不说话，也不笑了。过了一会儿说："除了我妈，没人给我写信。我只拿我妈妈写给我的信。她死了以后，不知道我的新地址，信会寄到别人那里，写错名字也是可能的。"查理教授说："好，我知道了。你出去后，给我一个地址，我让学生给你写信，都直接写马克先生收。你就在自己的邮箱里拿信就行了。"马克就又笑了，"行，行，行。告诉学生，我是艺术家。"

接着，何教授开始上网课。他是好好地做了准备的。一开口，中气十足，一个大写的男人"He"立在电脑屏幕上。他先拿"做狗"跟"做人"对比："上帝造狗的时候，把一些好德性造到狗的基因里去了。不管大狗小狗、聪明狗憨笨狗，天生就有善良意志。譬如说，不撒谎，不投机取巧，不人格分裂。可惜上帝没在人的染色体上写进这些道德基因。人类不仅常常看不见自己的无知，还有先天的基因缺陷，越无知还越敢于盲目自信。也就只有人胆敢把撒谎、投机、耍两面派，当作他们达到目的的本事，而自信明天没有后果。"

马克插嘴说："您说的这些理论跟我没什么关系。赵尤高就是您说的这种人。他要我推荐他当下任小'超弟'的'狗教官'。您可以让小'超弟'教他做人。"

何教授没有理马克。他只能讲十分钟伦理，一秒钟也不想浪费。何教授当教授从来都很卖力，就跟"四月天"跳起来去追小橄榄球一样认真，一分钟也不提前下课。他说："虽然上帝没在人的染色体上写进道德基因，让人类文明遇到一些挑战，但上帝给了人学习的能力。这个能力，你马克就有。道德密码不遗传，却能被记录在人的语言、习惯和法则里，你可以学。人从头到尾连着社会之根，人受教育、学习、修炼，就是从根里吸好习惯，从小吸到老，把德性变成人性。譬如说，一个老实人，只做老实事，一撒谎就脸红心跳，他对'不撒谎法则'有了生理反应，道德就成他的一部分了。这样的人是不会再进监狱的。"

马克就笑："我偷人信，但我不撒谎。诚实这一点我已经和小'超弟'一样了。我完成'重建工程'了。"

马克的课上完了。他一手抱着小"超弟",一手提着裤子回去收拾东西,要出狱当自由人了。查理教授很高兴,他说他找到马克偷信的心理问题了。这是他研究犯罪心理的成就!他要对症下药,马克出狱后,可以不再重犯旧罪。这是"重建工程"要达到的目标。

马克走后,视频开着,等申请下一任"狗教官"的犯人来面试。突然,视频上出现了一个中年犯人的脸,这个人从少数几个得到许可正在公共活动室自由活动的犯人中跑过来。他突然认出了何教授。脸上那种高兴呀,简直就像淘金者发现了金矿。他说:"我十年前在何教授班上上过课!何教授,您可是我这辈子见过的,一小时内在黑板上写字最多的教授。我对不起您写的那么多字儿,只读了两年就没读下去。您还记得不?有一次,我没打流感预防针,得了流感,发烧,流鼻涕,病得东倒西歪。您说,人类以前不打预防针,吃糖醋蒜头……"

何教授没想到这种地方还有人能翻出自己过去的鸡毛蒜皮。不知道该笑,还是该难为情呀。这个犯人说:"新冠病毒不就和流感差不多吗?您建议监狱食堂给我们吃糖醋蒜头呀,再多加点牛肉。"

这个犯人胸前的号码是4013。就是马克说的那个拿他当人的号码1007。

下面,何教授和查理教授一同在视频上面试下一任"狗教官"。赵尤高是申请人之一。轮到他出现在视频镜头上的时候,两位教授看见赵尤高瘦瘦小小,像一条鱼一样从公共活动室另一端一溜小跑过来,等扶着桌子,又回过头去向1007补了一个问候。向两个教授问好时,声音像受气包一样谦逊弱小,毕恭毕敬,让人觉得,屏幕另一边的教授突然全升成了大官。

赵尤高紧张激动,脸涨得通红,话讲得越来越快。说了几句英语,他突然换成了中文,飞快地说:"何教授,见到您,就像见到家乡父老,我就有希望了。到了监狱,我才知道学校的教授有多么好,都是我的再生父母呀。我在网上读过您写的论文,太深刻啦,我当初就应该给您当学生。我申请当'狗教官'其实就是为了见您，您让不让我当'狗教官'，我都无所谓。但您一定要帮我这个忙。不然我就死在这里了。我的案子还没判的时候，我的那个律师说要救我出狱，我爸爸情愿出三十万保释金保我，他也没能把我办出来。现在定罪了，律师又说替我办政治避难留在美国，可到现在什么都不做，就是要钱。我在网上研究过您，现在只有您能帮我。等我出去了，我一定报您的大恩。"

查理教授提出抗议了："三个人在网上谈话，让其中一个听不懂，是不是只有一个可能，你们在讨论'查理教授不是好东西'？"

赵尤高赶快换成不太流利的英文："对不起，我英文不好。有些话，我怕说不清楚。我只有一个要求，求你们千万跟狱医打声招呼，让他无论如何见我一次。这里的犯人都是大骗子，杀人魔王，没有文化，愚昧无知。要我在这里待两年，不到两个月我不是得上新冠病毒死了，就是被逼死了。"

查理教授说："你说的这些话，和我们现在的面试不相干。你回去吧。"

赵尤高不停止，焦急而诡秘地说："你们刚才看见马克戴的口罩了吧。他们骗得了别人，骗不了我。那就是两片'麝香壮骨止痛膏'对起来，粘在一起做的。跟 N95 口罩毫不相干。就那个骗人的玩意儿，上面画个鬼脸，'制药派'就说那口罩的气味有抗病毒的魔力，逼着我们买，十五美元一个。我不敢不买呀，他们又不卖了，说是对我，只能用魔力茶壶跟他们换。有这么敲诈人的吗？这里就是个诈骗窝。"

赵尤高还有很多冤屈想说，却没敢在公共活动室说。他只说了：请两位"重建课"教授仔细看他的申请案卷。能帮助他，千万要帮一把。他在美国没有亲人。

赵尤高一肚子冤屈。他犯了什么罪呀？在网上卖艺术品茶壶。既然茶壶是艺术品，价格本来就是可以自主定价。结果他判了两年，那么，这些在国难当头的时刻，在牢里卖假口罩的家伙，是不是都得是死刑才对呀？赵尤高戴了监狱发的纸膜口罩，就挨打。挨打了还不敢说，犯人自有牢规，对两个教授也不能说。"制药派"撂下话：在这里混，是要还的。监狱天生是个危险的地方。当"自由派"是找死，当

"制药派"也一样在找死，他赵尤高是外来人，什么帮派都不当还不行，眼看着还能被人整死。

这一长段是他想说而不能说的话，他只是把身子从视频前挪开一点，说："你们二位教授能听见他们在闹事吧？听，听，他们在囚室里叫'玻璃''放大镜'！"

监狱里无奇不有。赵尤高提到"麝香壮骨止痛膏"，让何教授心里一动。但没时间细想，面试结束后，何教授和查理教授又仔细读赵尤高的申请和案子卷宗。赵尤高入狱前，是个留学生。他利用自己的网络店，非法做生意，偷窃倒卖大学的艺术品。"艺术品"是紫泥茶壶。

赵尤高所在大学艺术系请了五个做紫泥茶壶的大师，来展览烧陶艺术品。赵尤高自愿去当翻译，想结识几个中国大师。赵尤高是学财经的，并不搞艺术。但上网一查，没他不懂的专业。可惜五位大师一个个都很低调，话不多，跟老农民差不多。赵尤高立马认识到大师们会做茶壶，不会吹牛，情商太低，他们得靠他的本事来弘扬茶壶文化。反正现在有网络，赵尤高上网搜索了十分钟，看了一眼网上的艺术权威谈紫泥茶壶艺术，他的"自信"就开得漫山遍野。赵尤高也成权威了，是紫泥茶壶专家。这就是网络的好处，不需要慢慢一步一步探索学习，几个链接一点，赵尤高自己就能直接把茶壶艺术文凭发给自己。只要会用一些行当里常用的术语，譬如说，把壶颈叫作"美人肩"，把壶柄叫作"横把"，他赵尤高说起紫泥茶壶艺术，就是专家级别。

大师们在艺术厅展出了二十几个紫泥茶壶，懂行的人看，这些茶壶玲珑活现，藏巧于拙，各有情趣。不懂行的人看，就是一些红润的茶壶。赵尤高翻译的时候添油加醋，把紫泥茶壶泡的茶说成能治百病，防癌防衰老，喝了紫泥茶壶泡的茶，胖子能变瘦，瘦子能变壮，清肺清肝，百病不染。一把茶壶价值连城。

可翻着翻着，赵尤高又发现艺术系的大学生们对茶壶并不怎么感兴趣，却对置放茶壶的红色架子感兴趣。那些架子造型活泼轻巧，有的像云，有的像山，有的像花篮，托着茶壶，像托着一个个长鼻子小泥象，举重若轻。赵尤高一问，大师们告诉他那些架子是用新工艺把麦秸压实了，当成木头做的。麦秸在江南一直有个污染问题。以前，农民得把麦秸烧掉，到了秋后，黑烟污染。现在，当地人用新工艺，回收麦秸，压实了，做家具，做工艺品。健康的茶壶，要放在环保的架子上，才合了中国艺术的精神。

赵尤高英语不够好，但那一次，他的英语不好带来了创造性效应，也给他后来作案开了道路。英文里"Hay"（麦秸）和"Hell"（地狱）发音相近。赵尤高从来搞不清这两个字的发音区别，他把"Hay"说成了"Hell"。结果，他的翻译就成了："地狱问题，一直是中国南方的污染问题。从前，中国农民到了秋天，只能把地狱烧掉，黑烟滚滚，严重污染空气。现在，他们用了新工艺，回收地狱。把地狱压压扁，打打实，做成家具和工艺品。这些茶壶架子就是地狱做的。"

来看展览的大学生们一个个眼睛瞪圆，吃惊得合不上嘴。在之后的五天展览中，虽然早有其他中国学生纠正了赵尤高的翻译错误，来看展览的学生们，注意力还是集中在"地狱"压压扁做成的茶壶架子上，对着茶壶架子指指点点。这让赵尤高找到了合法偷茶壶的理由，作案时没有多少心理负担。要是谁在贪婪是荣耀的时代生活过，就会理解赵尤高为什么能在没行动之前，就已经给自己找到了一千个理由原谅自己。他对自己说：美国人太笨，不识货。他们只要架子，不要茶壶。人家不稀罕的东西，不拿白不拿。好东西得要被当作好东西待，虐待动物不人道，虐待艺术品一样不人道。世界上有动物保护组织，把受虐待的动物带走，不用主人同意；他赵尤高不过是保护受冷遇的艺术品。

按计划，展览结束后，五个茶壶大师一人留下一把紫泥茶壶，作为礼品，赠送给艺术系收藏。赵尤高预先跑到中国城，十二块钱一把，买了五把颜色差不多的商品茶壶，也叫"紫泥茶壶"。其实，是什么泥做的不重要，红得像茶壶就行。他准备调包。调包不是偷，是换。那些宝贵的"地狱"架子，赵尤高不动，只换茶壶。艺术品价值是相对的，作案时，他把大师的茶壶在内心定价成十块钱一把。他要换进去的茶壶还十二块钱一把哩。他赵尤高偷了什么东西呀？他倒贴了呢。

展览结束，晚会开始。那五把礼物壶被留在艺术系一个小办公室里。有一位大师似乎意识到茶壶有危险，用结结巴巴的英语告诉系秘书，要她待在小办公室里不要走。系秘书待了五分钟，跑到晚会上去吃蛋糕了。大师很担心，又拉了一个美国学生回到小办公室，要那个学生守卫茶壶。学生不知道自己为什么要守在这里。待了五分钟，看看茶壶也没长出脚来跑了，就也去晚会吃蛋糕了。

那天晚上，五把茶壶全被换走。茶壶保卫战失败，大师们伤心呀。自己做的艺术品被换成了假货。他们在回中国之前和艺术系一起报了警。按一把茶壶价值连城报的损失价。半年后，当赵尤高在他的网络店里用中文卖茶壶的时候，被一个说闽南话的顾客招到一百五十英里之外的豪县看货，赵尤高并没有想骗美国人，他们不识货，不会给多少钱。他是想卖到中国去，挣大钱，对说闽南话的顾客只要一把壶七千五百美元。

豪县是一个不让人起疑的地方，赵尤高就打了出租车去了。结果，茶壶一拿出来，就被警察逮捕了。赵尤高很冤枉，警察叫他在逮捕证上签字，他不签。结果，罪行又加一项：拒捕。再一查，他那个网店，还卖过两个象牙雕刻。野生动物保护组织也起诉了他，罚款巨大。

千不该，万不该，赵尤高把吹牛和有知识混一起了，想在狱友中显摆自己。但在牢里，哪有吹牛的空间呀，当新冠病毒刚成新闻的时候，赵尤高把他包治百病的魔壶故事和把"地狱"压扁做成的茶壶架子跟好几个犯人说了，包括对1007说了。根据他以往的经验，一类人有一类人的兴奋点和痛点。这些"点"是穴位，你只要能点到这些点，你要什么，人家给你什么。

1007处处关照马克，在赵尤高看来，就是因为马克无意中点到1007的穴位。赵尤高知道1007是"制药派"的头领。他告诉1007，警察一共搜走了他四把魔壶。他还有一把魔力最大的，藏在一个谁也不知道的地方。他骗警察说：只有四把，他不小心砸碎了一把。赵尤高以中医的身份宣称：如果用那把魔壶泡一种叫板蓝根的中药，再加上绿色天然蜂王浆，能防能治新冠病毒。

"制药派"一个个走火入魔要自己救自己。1007立刻恋上这种放了蜂蜜的好茶。1007从进牢起就没喝过蜂蜜茶。光那想象出来的香甜就让人有不可遏制的欲望。监狱犯人除了监狱发的日用品，资源极端贫乏。能治百病又无比诱人的东西自然是他们勒索的物件。赵尤高的"点穴术"在牢里，不灵。他点错了穴，点到被判了一千零七年的囚犯的老虎屁股上。1007对瘦小的赵尤高毫不客气。赵尤高赶紧学着马克，一再说："我恨把你判了一千零七年的地区法官。"没用。1007逼赵尤高想办法拿回他自己说的魔壶和地狱架子，两个都要。赵尤高拿不回来，就得告诉他藏壶的地点，他自有外面的人帮他弄到手。1007可以用五个魔药口罩和赵尤高交换。

赵尤高没想到吹一个牛，会被如此敲诈，监狱不按人类游戏规则玩。于是，他不肯再多说一句话了。突然，赵尤高就在洗衣房挨了打。谁打的，他还不敢说。赵尤高想来想去，在监牢这个黑洞里，又遇上大灾难，不管是"自由派"，还是"制药派"，都是他的敌人，如果有犯人想打人撒气，挨打的人非他莫属。他必须不动声色地找保护。

除了犯人勒索犯人，1007还招呼犯人们共同写申请，要求监狱给犯人买玻璃，隔在两个犯人的床铺中间。长度都算好了，全监狱要买七公里长的玻璃。还申请监狱给犯人买放大镜。因为总统说啦，天一热，病毒应该就能被太阳晒死。犯人们计划把自己用保鲜膜裹起来，放到太阳光下，再用放大镜聚光，把太阳光打到肺里去清洗肺，把病毒杀掉。

网上"重建课"结束的时候，监狱里"玻璃""放大镜"的叫喊声此起彼伏。

何教授和查理教授建议狱医见一见赵尤高，给他检查一下身体，看他能不能当"狗教官"。

五 特殊时期的负负得正

马克也没有多少东西要收拾。他在囚室里磨磨蹭蹭，想对赵尤高细细交代如何照顾小"超弟"。他走之前，得把小"超弟"交给他爸"铁哥"。如果赵尤高能通过"狗教官"面试，小"超弟"就要跟他过了。马克相信，有他的推荐，赵尤高能当选。

马克舍不得小"超弟"。他坐在自己的床上，给小"超弟"梳毛。他已经换下了世界上最丑的灰囚服。原来在他腰间的东西，已经被他转移到自己的手提箱里。那是一封信。是1007交给他的重要的信。一天前，当他告诉1007他要被提前释放了，1007嘿嘿笑，说："我知道会有这一天。我们的时机到了。"1007问马克，"你还恨不恨地区法官？"

"当然恨。"马克说。

1007说："我这里有一封信，你出去后，亲自替我带到我的私人医生那里。我的医生是我的老同学，他就是我那个能呼唤龙卷风的老朋友。他有真本事，我们一定能报仇。"

在马克上最后一节"重建课"之前，1007在公共活动室把那封信悄悄交给了马克。他对马克说："你是我最信任的人。我没让你受人欺侮吧？"马克说："在牢里，我有两个知心朋友，小'超弟'和1007。我一定去见你的私人医生。"

囚服没有口袋。马克就把1007托付给他的信掖在裤腰带里。小"超弟"对他腰带里的异物不喜欢，就想把它拖出来，马克一回自己的囚室，就把1007的信放进了手提箱。小"超弟"一会儿顶他一下，一会儿又顶他一下。直到赵尤高回来。

赵尤高手里又拿了一张申请表。他要申请见狱医。这是他第三次申请了。马克对他说："狱医都忙死了。你不发烧，不咳嗽，狱医没时间见你的。"赵尤高对自己的本事从来就有大信心。他说："这次应该可以见到，我在申请上不说我生病，我申请跟狱医分享防治新冠病毒的科学数据，狱医一定感兴趣。再加上有何教授帮我打招呼。这次应该能见成。"

马克说："你那魔壶和地狱架子有门路啦？找狱医还不如找1007。1007是我们的人，狱医不是。除非你得了传染病，不然，在豪县监狱里看病拿药，你还得付医疗费。"说着，从手提箱里拖出一个布做的丑女巫，说，"这个可以留给你抗病毒。不要让狱警狗'铁哥'闻到。他发现一个，狱警就收走一个。"

赵尤高就怪笑一声。说："这是1007给你的吧？你是1007的人。你马上就要走了，谢谢你拿我当朋友。你也知道牢里的黑道规矩，我也给你看一样东西，你看完就走，不要跟任何人说。我让你认识1007。"

赵尤高脱下裤子，把屁股撅到马克眼前。马克吓得从床上跳起来。赵尤高从屁股到后背全是青紫，伤痕一条一条。赵尤高说："看见了吧。出来混，是要还的。"

赵尤高被1007的人打成那样，让马克只想快点离开监狱。这里是个黑洞，黑洞能把光吸走，难道上帝的眼睛看不到黑洞里的东西？小"超弟"对他依依不舍，在被带到"铁哥"那里去的时候，还回过身来，又顶了马克一下。

马克出狱了。

马克离开了"豪县改造监狱"，手提箱里装着1007的报仇计划。但是，牢头1007犯了一个逻辑错误，他忘了马克是"偷信贼"。一出监狱，马克就把1007的信从手提箱里拿出来了。信封上没有地址。地址，1007已经让马克背下了。

马克理所当然地打开1007的信，信里包着一撮头发。1007的信很短：

亲爱的巫医麦克康尼：

这是我托人搞到的地方法官的头发。千真万确出自他本人。务必请巫医大人咒他死。

老朋友1007

看了1007的信，马克又吓了一跳。他恨地方法官，但只想起诉他，没想他死呀。1007的巫医大人要是把这事儿做成了，他马克就成了胁从谋杀犯啦，又要回监牢了！马克再也不想回监狱了。赵尤高从屁股到后背的伤痕还在他眼前晃呢，晃着，还会发声，对他说："我让你认识1007。"

"多亏小'超弟'顶我，他是要再次救我呀！"马克对自己说完这句话，就直奔监狱对面的豪县警察局，报案去了。

赵尤高可以当下一任"狗教官"了。他见到了狱医，通过了体检。他一个字也没提挨打的事，狱医立刻就发现了赵尤高是犯人之间暴力的受害者。监狱里的黑帮和监狱外的一样性质，犯人暴力在豪县监狱被定义为：威胁公共健康的疾病。赵尤高被这个疾病染上了，和被染上新冠病毒生病一样，是病人。赵尤高想告诉狱医的"病情"，不用他说一句话，就被诊断出来。

狱医立刻建议监狱警官：给赵尤高保护性关照；让小"超弟"立刻跟他过。狱医又建议赵尤高，坦白怎么挨的打。赵尤高犹豫了很久，还是不敢讲，但他把马克留下的丑女巫给交代出来了。他有文化，根本不相信那玩意儿能防新冠病毒。他不在意"铁哥"到他的囚室里，把丑女巫给拖走。要是1007和打他的人栽在狱警手里，那也与他赵尤高无关。

接着，赵尤高就把狱医叫作"救命恩人"，并且毫不犹豫地把他在网上收集的对付新冠病毒的科学资料跟狱医分享了。

他花了三次二十分钟的上网许可，在网上收集到了这些科学资料，光是他牺牲三次宝贵的和亲友交流的时间，就已经证明他这份资料是价值昂贵的情报。赵尤高像传染病专家一样研究了一群不怕传染病的中国老人。赵尤高说：这些老人参加了一个百岁老人大会，介绍抗疫长寿秘诀。

狱医说："有意思，这些老人平时都怎样锻炼身体的呢？要是对场地要求不高，监狱可以让犯人学着做。"赵尤高说："他们不锻炼身体。"狱医有点奇怪，又问："那他们都吃些什么健康食品来增强自身免疫力？"赵尤高说："他们喝粥。"说完，又加了句，"每天至少一次。"

赵尤高太想喝粥啦，监狱里的简化三明治哪是人吃的东西呀。除了简化三明治，监狱食堂也进冻鸡，赵尤高在食堂工作的时候，看到那冻鸡包装袋，冻鸡是从加拿大冰库里运来的，冻得像石球，过期十年。烧熟了香气像锯木屑，吃起来像水曲柳。赵尤高的胃已经不能忍受了。只要看看贴在公共活动室、餐厅和洗衣房的那几张"要求保持六英尺安全社交距离"的宣传画，不用解释，谁都知道犯人最想念的就是监狱外的家乡食物。做宣传画的人把犯人的智力定义为幼儿水平，宣传画上写着："六英尺等于九个杰米家的三明治，又等于十二包土豆片。"下面画着九个肉乎乎的"杰米三明治"，一个挨一个躺着，还有十二包胖鼓鼓的土豆片，一包挨一包排着。画上肉乎乎的"杰米三明治"和土豆片被犯人这个抓一把那个戳一下，全是洞。犯人走过宣传画，一个个都想咬那画上的食物一口。赵尤高不敢有大奢望，最想念的就是一碗白米粥。

他一脸认真地请求狱医写处方，要食堂给所有的病人做粥喝。附上正确喝法：拿到粥，不要立刻喝，太烫，要对着碗吸那香香的热蒸汽，病毒怕热，让蒸汽先进到肺里，清肺。这比那用放大镜聚光杀病毒靠谱。不光是对他一个人有好处，对大家都好。喝粥免疫。

狱医说："我只能开药，不能开粥。"

赵尤高喝粥的计谋没得逞。没有自由的犯人要做成一点事儿，太难。费尽心机，没有外面人的帮助，什么也做不成。若能有个黑市卖粥，二十美元一碗他也会买。敲诈犯人真是能发财的生意。在牢里，赵尤高连高价粥都弄不到手。他不得不承认1007有本事。

赵尤高从狱医那里回到自己的囚室后，1007已经顾不上找他麻烦了。马克给1007找来了大麻烦。1007接到公诉人的起诉：他又犯了"企图杀人"罪。白纸黑字，人证物证，证据确凿。老犯人1007违反了一代代在犯人中流传下来的牢训："永远不能相信你的狱友。"他相信了马克。

三个星期的"居家安全令"早就过期了，三个月又过去了，病例降了一点又增上去，州长不肯再发第二次"居家安全令"，怕影响经济，但发了"戴口罩"和"保持社交距离令"，餐馆也只能做外卖，所有娱乐场所依然不能开。其他由各县市酌情决定，指望着到了夏天疫情会好一点。

豪县的春天本来就短，还没怎么过就到了夏天。起起伏伏的沙丘上，牧草疯长，蟋蟀清脆的叫声水珠一样随着风的节奏在草叶翻动的绿波浪中跳跃，代替了春雪从天上吹下来的音乐。牛群散在远处的沙丘上，被透明的距离压扁了，变成黑色的剪纸，东一个西一个停在无边的绿波浪中，造型不变。近处，一匹枣红马立在一座沙丘顶上，等着奔跑的指令。这本是豪县的狗们在沙丘上撒欢的季节。可是，就算没有了"居家安全令"，监狱依然封狱，儿童乐园依然不开。大部分居民还是不敢出门或聚会。沿街的商店没开门，一路都很萧条。大停顿让不少小餐馆倒闭。到了最热的七八月，连那家在"二战"中被炸却依然开业的老餐馆"杰米三明治"也难以维持了。人心内的嘈杂和烦躁也像牧草一样飞快滋长。

几个月下来，病例增长成了常态，何教授和查理教授已经没兴趣再天天查看病例增长多少了，反正每天都增长，这个县不增长，那个县增长，哪里有人搞了聚会，那里马上就病例上涨。数据不跟人的希望走，看着失望。他们被迫在网上过日子，过久了，像过假的日子一样。一天和另外一天没有区别。H大学计划着秋季部分开学了。教授得穿着医院医生的防护服，戴着医生戴的防护面罩去教室上课，每个教室绕着讲台用白线划了一个大圆圈，学生不能进，教授不能出。好歹天地比电脑屏幕大一点儿。

虽然口罩供应早已不是问题，但沙丘的盛夏又闷又热，很多人不习惯戴口罩。还有不少人觉得新冠病毒就像一种流感，有人会死，有人不会，不用怕成这样，应该全面开业复工。没有经济来源比生病更糟糕。这拨人的呼声越来越响。政府医生只好一脸无奈，在电视上重申，商店重新开业，必须保持六英尺社交距离，她说："要是文身、理发、保龄球也要开业，那也是可以的，只要你们能保持六英尺社交距离。怎么保持法，我不知道。让人民的创造力想法子吧。"第二天，豪县城里就有一家商场宣布开业，明说了来买东西或来理发、文身的顾客们不用戴口罩，店门上挂了一个具有创造力的牌子："请拿我店做新冠病毒试验！"

监狱外，有自由的人们也分成两派，以戴不戴口罩区分。一派的口号是"为人为己，相信科学"；另一派的口号是"我的身体，我的选择"，这派人故意不戴口罩，动不动还在广场上公开召集"让群体感染新冠病毒聚会"，向州政府和病毒示威。

盛夏之后，当人们正想着出门开业、复工可能有希望了的时候，突然，远近三家肉类加工厂的工人中都出现了一个接一个的感染病例。一天就查出了近一千个病人。加工厂只好关闭，豪县的几个医院都招架不了了。

有一天，琳达半夜从医院回来，一路开车，一路哭。到了树屋下，也不下车，坐在车里哭。何教授和"四月天"跑出去问她怎么了。琳达说："嗨，不要过来，离我六英尺！刚刚又一个新冠病毒病人死了！他家人不能接近，我给拿着手机让家属在视频上见了他最后一面。"说到这里，她放声大哭。一边哭，一边说："我受过面对死人的训练呀，我以为当了这么多年护士，已经麻木了。可今天，这个病人死了，死前医生们一阵抢救，病床上和地上很乱，还有一摊血。当负责清理的工人来打扫的时候，两个年轻的住院医生在收拾仪器，我把地上的心电图记录纸条拾起来扔进垃圾桶，然后我就突然哭了。一哭就停不住，在停车场哭，开车哭，一路哭回来。我这是怎么啦？"

何教授突然觉得很惭愧，自己忙一个"重建工程"，像是在做什么重要的事，实际上，只是在实验一个浪漫的救人假设。而琳达才是在最危险的地方实实在在地做救人的事。他对琳达说："你哭吧，现在回家了，你想怎么哭就怎么哭，你这哭，是世界上最干净的哭。"说完，就把家里最后一块牛排烤了给琳达吃。

琳达上了树屋，在脸书上给所有的朋友发了一条信息："新冠病毒是真的。为自己也为他人，你们或者戴口罩，或者现在就和我断交。"

那天晚上，何教授收到了人文学院院长给学院教授委员会写的邮件，院长用他温文尔雅、讲话都比常人慢一拍的语调跟教授代表们讨论去买步枪，到爱荷华州打野猪吃的事。院长提醒大家注意遵守法律规定。他说："我们州有禁猎令，到十一月才能打鹿和野猪吃。没了牛肉、猪肉，要是等不到十一月了，可以到爱荷华州去打猎，爱荷华州没有禁猎令。"院长要大家多保重，千万别染上病，他说："一个成年人染上了，就成废人。关在家里，还要人侍候，要是心情还不好，叫女儿叫成前女朋友的名字，老婆还要生气。要是最后还把老婆也传染上，打猎计划也不能实行。"

何教授立马给查理教授打电话，讨论如何回到原始社会，过猎人生活。他说："若真到那一天，恐怕我打的野猪比你和其他教授打的都多。我不近视不戴眼镜，还会使步枪，大学军训射击课是 A。野猪跳下河，我游泳还能比野猪快。"

查理教授说："若真能打到野猪，我就跟你学做野猪脚吃。估计，吃完能比家猪跑得快。"

在这个黑色的灾难时期，哪怕一个小小的好消息都像一点烛光，能把压抑的生活解释得亮起来。不管怎么说，大大小小的好消息还是有的，每个人都会有一两个，放在一起，它们让人感到生活还是好的。何教授和查理教授决定把身边的好消息收集起来，编写一份《重建成果报告》，让牢里牢外的人读了高兴，满足人们的心理需要。好消息在心理上是正数。譬如说：

> 小"超弟"终于可以回家过周末了。他出狗牢超过六个月，跟马克在一起，表现优秀，可以通过"重建工程"，再也不用回狗牢了。但因为他太招人喜欢，又超期服役，再跟赵尤高工作几个月，就可以退役回家，当好家狗了。

欧文教授给全系同事写来邮件：肉类加工厂因病毒流行停工，你们买不到牛肉、猪肉了，我家的牧场可以把我们农民每年自留的低价肉卖给你们。大家不要担心没肉吃，也不用担心临时去考狩猎证考不出来，没法子打野猪。我不能帮助全校教授，帮助系里几个同事没有问题，希望大家继续热爱生命！

查理教授给他班上的心理专业学生布置了作业：轮流给马克写信。马克很高兴，时不时收到一封封写给"艺术家马克先生"的信。马克也给学生写回信。在一封回信里，马克告诉学生，他非常忙，他到河边拣了一堆鹅卵石。在上面画了恐龙蛋、小"超弟"、海洋、海马和鲸鱼，个个都很艺术。他已经把他的作品扛到对着豪县监狱的儿童乐园，放在滑梯、秋千附近的草地上，等儿童乐园重新开放了，让小朋友捡。他的作品可以给小孩们惊喜。

查理教授把马克出狱后的心理状态变化列为"重建工程"负负得正理论的一个成果。

何教授也有一个好消息：在"重建工程"的伦理课上，何教授终于听到赵尤高说了三个字："我不懂……"那天，何教授在讲课时又拿人和狗对比。他说："聪明的人应该相信狗。人不能像狗一样把很多很多信息都存在大脑皮层里。人以前把知识存在图书馆，那会儿人们还不太懒，得跑到图书馆，在一排排巨大的书架之间认识知识的浩瀚和自己的渺小。现在，知识被稀释成信息，存在网络的云里。太多的信息不是把人变笨了，而是把人变懒了。只要会上网，人就好像控制了知识，什么都懂，就是专家了。结果上了自己的当。"

这时，赵尤高插话说："跟您说实话。我不懂喝粥和免疫力的关系。我只懂粥好喝。我入狱前，在网络上开了一块田地，建了一个网络店，叫'硅谷'，想做文化人的生意。错。我就该面向犯人，专卖犯人想得到的东西。只要有关系，一定能发达。"

何教授听到"我不懂"三个字，很高兴。认为这是他教犯人伦理道德的收获。犯人大多自以为是，自立规矩，总能给自己的犯罪找到解释，错全在于别人和法律。就是在大学里，最难教的学生也不是那些说"不懂"的学生，而是那些不能看到自己无知的学生。他立刻讲起重建人生的伦理："第一，你是留学生，不可以做校园以外的工作。第二，就算你在网上'种田'，也得开一块好田呀。若开一块地，可以不诚实不努力，那这片新开辟出来的村庄，就是叫'硅谷'，也不是一片好疆土。若一片疆土成了无法无天的地方，结果是，今天你骗人，明天你被骗，谁都沾不好。"

赵尤高又想点何教授的穴位了。他说："您说得太对啦。以后，我不管做什么，都让小'超弟'当监督。我在网上查怎么养好狗，一位狗权威说：'狗是德行的圣者，来了，走了，没有带任何行囊，唯有善良意志。'小'超弟'就是这样的狗。"

这话点到何教授的兴奋点，在和查理教授一起分析赵尤高在"重建课"上的行为变化时，何教授提出，对赵尤高，也得要问：赵尤高先是罪犯，还是先是病人？他认为，从伦理学的角度看，赵尤高也有病，他是"自以为是，自立规矩"这类犯人中的一个典型。他的心态，反映一种"心理＋伦理"的现象叫"虚假优势"，这是一种网络病。找到一点儿和权威的联系，就把人家的本事和权力当作属于自己的了，就也能有优越感。前几年有两位康奈尔大学的教授做了实验，发现：认识自己的无知，得有和认识知识一样高的智商。如果到"重建课"毕业的时候，赵尤高能开始认识自己的无知了，何教授觉得这就像查理教授找到马克的犯罪病因一样，他也就有了帮助赵尤高的线索。

一份《重建成果报告》刚出来，豪县又有了一个重要的好消息，警官曼多铃通知查理教授和何教授：警方把三个教授案都破了。她和"铁哥"在破案过程中立了功。破案的消息很快就登在当地的报纸上。在各种疫情报告和社会问题的政论文中，这篇报道让人感到豪县人还生活在安全的豪县，科学和正义是一种行动。

报道不长，开头是警官曼多铃对案情的总结。警官曼多铃说：警方一开始没把最早发生在病理系系主任家的谋杀案和两年后的两起教授家盗窃案联系起来看，直到断定破案线索在豪县改造监狱的犯人中。后来，在新冠病毒流行病期间，因为对付新型病毒的科学医药知识不足，给某类罪犯活动留出了预想不到的空间，杀人凶手就完全暴露了出来。警官曼多铃特别感谢何教授和查理教授设计的"重建工程"，让警方得到了直接证据。

警官曼多铃介绍了她的破案过程：在调查三个案子期间，何教授说的一句话给了她启发。何教授说，三个案子"若要有联系，只有一个：'教授'"。这个唯一的联系让她没有理由排除把犯罪分子的圈子缩小到"三位教授的共同仇人"这样一种可能性。可是，三位教授不在一个院系，除了有过共同的学生，从来没过共同仇人。

警官曼多铃做了第一个假设：何教授和查理教授家被盗，是同一个人犯案，且这个人知道查理教授布女巫的威力。理由是：布女巫被找回时，心上插了两支剑，背后写了一个"He"。如果把这个"He"合理解释为：既是查理教授，又是何教授，那么，可以推出作案的人是他俩的共同学生的结论。且这个学生想用巫力咒他们死。

警官曼多铃的第二个假设是：查理教授十二年前带回布女巫。这个学生只能是他俩十二年前到两家同时被盗那年之间接触的学生，且这个学生应当是学医学的，理由是：查理教授用印第安布女巫为例，讲心理作用的力量的那门课，和何教授教的基础伦理课都是未来进医学院学生的必修课。罪犯在作案时，表现出对医疗物品的兴趣。除了懂一些医学知识的人，没有小偷会偷人家的"麝香壮骨止痛膏"。且该罪犯表现出跟病理系系主任联系更多，而病理系系主任明显是他最恨且想置于死地的人。

警官曼多铃的第三个假设是：此人离开 H 大学医学院后，并没有正式行医。不在医院工作，没有正当的病人群体。

这三个假设在新冠病毒暴发前后相继被证实。警官曼多铃的疑点是：此人为什么在何教授家只偷走一大包"麝香壮骨止痛膏"且对查理教授的布女巫感兴趣？在封狱对抗流行病毒期间，先是"麝香壮骨止痛膏"作为魔符口罩出现在豪县监狱犯人群里，又有好几个布做的丑女巫在牢里被"铁哥"嗅出来。到此，警官曼多铃基本肯定：此罪犯行的是巫医，他的"病人"（顾客）群体是犯人。而他的内应是1007。1007 曾是他在 H 大学的老同学。

当马克通过"重建工程"，出狱当天，把 1007 给巫医的信交到警察局后，警方把何教授家和查理教授家附近的加油站和购物店在两个偷窃案发生那天的营业收据找出来，一一核对信用卡姓名，巫医麦克康尼在那个加油站加过油，他是罪犯，就真相大白，可定案了。

原来，巫医麦克康尼是八年前被 H 大学取消住院医生资格的一个实习生。麦克康尼的上诉被研究生院"教授学术执行委员会"否定。那年，执行委员会主任是病理系系主任，两个委员是何教授与查理教授。

报纸上的报道中附了当年"教授学术执行委员会"写给学术副校长和麦克康尼本人的决议信。信很短,只有两行:

> 实习医生麦克康尼先生,不爱病人,不尊重科学。病人评分很差。不适合在我校医学院附属医院继续担任住院医生。我们的决议是:麦克康尼先生在七十二小时内离开大学和医院的财产领地。

信最后是三位教授的签名。

新闻报道的结束句是:"这两行字和三个名字站在科学和人道的路口,挡住了一个巫医和会杀人的罪犯。"

这个大案破了之后,查理教授宣布他要第二次结婚。婚礼在视频上办。而何教授也收到了琳达百忙之中给他打来的电话。琳达说:"嗨,我看到报上的新闻了。我告诉儿子,为爸爸骄傲。爸爸的名字站在科学和人道的路口,挡住了一个坏人。嗨,我还想告诉你,我从来就没有怀疑过你们能证明负负得正!"

深秋,豪县的树叶都红了、黄了,何教授和查理教授恢复了两家一起遛狗的习惯,他们都戴着口罩,相隔十步。这个周末,小"超弟"在家,跑在何教授和"四月天"的前面,何教授不时从地上捡一片好看的叶子,一会儿,捡了一堆财富,红的、粉的、金的、土黄的。他大声对走在后面的查理教授说:"想想人为什么要去淘金?这么多财富铺天盖地地来了,留住看一眼,什么发财欲都满了。就是财没了,明年还会来。我算是懂了,我爸进山采中草药时的乐趣和诗意了。"

走在后面的查理教授和警官曼多铃嬉笑着问:"抗新冠病毒的疫苗就要出来啦。你对监狱里'制药派'犯人想出来的那些'放大镜免疫''喝粥免疫''喝茶免疫''巫力免疫'怎么看?"何教授回答:"诗和科学并存。愚昧不可以和科学并存。"

正说着,街上走来一队人马,没一个戴口罩,吵吵嚷嚷,举着标语牌:"我们不居家,病毒不可怕!""不信你的疫苗,基督是我的疫苗！""不要更严要更松，口罩根本没有用！"这是一群要到老兵医院前的大广场上开"让我感染新冠病毒"聚会的年轻人和中年人。

何教授和查理教授被这群人冲散。因为人群向老兵医院方向走，那是琳达工作的医院。何教授跟着人群向前走了一段。人群突然停在路上了。原来，前面有一小队护士和医生，穿着医院浅蓝色的医生服，戴着口罩，一句话不说，一动也不动，立在这队游行的人前面，从相反方向和游行的队伍对峙着。护士和医生安安静静地立在路口，没有丝毫退让的意思。在他们身后，是被他们保护着的医院和病人。

何教授看到了琳达，她站在最前面，淡黄色的头发束在护士帽里。头高高昂着，双臂抱在胸前，还是何教授二十多年前恋爱时见到的那个坚定的女护士。"四月天"也看见了琳达，她一摇头，甩掉项圈，跑到琳达旁边，坚决地和她站在一起。看着她俩，何教授能感到科学和正义的力量。至于是"嗨"还是"何"这样的文化冲突，这时，就像根本没存在过一样，一点也不重要。他一声不响，牵着小"超弟"走到琳达身边，和她相距六英尺并排站着。

路上的行人也一个接一个站到了医生护士队伍的一边，有白人，有黑人，有亚洲人，有拉丁美洲人。

没一会儿，一架警察的直升机，在人们头顶上转，驱散去参加"让我感染新冠病毒"聚会的人群。是警官曼多铃给警察局打的电话。

这场豪县监狱外的科学与无知的对峙结束了，那幅两队人对峙的画面，却永远留在了豪县的历史里，等着未来审阅。

何教授决定重新向琳达求婚。他对自己说：不仅犯人，每个自由人也得不停地重建人生。让"无知"挡在我们的道路上，我们就不能变成更好的人。能并排反抗"无知"的人，应该结婚。

冬天又到了。当荒原和天边冻在一起，当那条灰色铅笔画出般的地平线上又结出清脆的冰凌，当冰凌后边冻住了一个叫作"夕阳"的大火团，当夕阳在冰里面使劲燃烧，燃化了一圈浅浅的大红晕，这时从那冰凌裂开的缝隙上弥漫出来的绛红色的雾气就是诗。天地挥就的诗，有品、有格、有气度。大白、大青、大灰、大银、大黛蓝、大墨黑。

也许，重建人生的工程，不过就是一首浪漫的诗。诗是对梦的解释。一年来，豪县的教授和狗解释了一个梦。梦的背景是那么真实，奇怪而独特。在这个背景下走过的人和狗都或多或少认识到了生命的美。那种美，不是从前教授在书上读到的，或是狗在沙丘上乱跑见到的，而是他们自己生活在带着变数的生命之中活出来的。这种美是一种发掘，各种各样的正数，像矿石一样被人和狗从各种负数中敲打出来。用闪着金属般光亮的声音，高声说着自己的立场和希望。当用正数解释梦时，梦成不成真不重要，重要的是：能解释出一个好梦，能让人觉得生命值得活。

何教授给琳达的求婚信的最后一段话是："你知道'四月天'的眼睛会说话。她用黑鼻子高高兴兴地顶我，叫我把她要说的话也写上。她知道我在给你写信。她眼睛里的话是，爸爸，你自己身上的'何正''何求'还动不动吵架呢。你和琳达妈妈有再多的不同，你们也一定要记住，不管什么年代，负负得正，永远是一条可爱的真理。"

（本文原载于《江南》2022 年第 2 期）

遗落在纽约

[美国] 叶　周[*]

一　商雨量

这座建筑的外形像一只张开翅膀的鹰，它的两翼舒展着伸向天空，可是那又分明不是鹰的翅膀，更像两把梳子，梳齿分开着伸向天空，那是被折断了的大厦的外墙吧。这是我第一次来到纽约"9·11"纪念馆的印象。室外是初秋的阳光，走进室内心情一下子沉了下来，歪斜着扭断的钢梁悬在墙上，曾经可以超速运转、六十多秒就可以到达一百多楼顶层的马达，气息奄奄地躺在地上。

墙上悬挂的钢梁曾经支撑起一座傲视群雄的大厦，可是当飞机撞进大楼，锋利的机翼以飓风般的力量切断了数十根外墙柱子，剩余的燃油沿着楼层流到电梯井和管道井里，在整个建筑的上半部分引发了大火。大火的蔓延导致主体钢结构在高温中软化，承载能力被快速削弱，最终导致了大楼的整体坍塌。

墙上的一幅照片猛然抓住我的视线，照片显然是附近高楼上的人用高倍照相镜头拍摄的，有些模糊。在开始冒烟的大厦里，一扇落地大玻璃前，站着一位身穿西服的年轻女子，她望着窗外。从服装上看，

*　美国洛杉矶华文作家协会名誉会长、资深电视制作人。曾出版长篇小说《美国爱情》《丁香公寓》、散文集《文脉传承的践行者》《地老天荒》《巴黎的盛宴》《伸展的文学地图》等。近年来在《北京文学》《小说月报》《中国作家》《上海文学》等刊物发表各类小说七部。散文作品曾入选《2018散文海外版精品集》《2020花城散文年选》等。

她显然是某金融公司的高级职员，身上的西服套裙熨烫平整。我总觉得照片上的她似曾相识，我挤进层层叠叠的人群，尽一切努力地向照片靠近。被挤到边上的人恨恨瞪了我一眼，似乎在骂：没见过这么鲁莽的人。我顾不了人们的白眼，急切地要去看清楚照片上的女子，我心中有一位"她"，我寻找了她那么多年。终于站在那位女子面前，感觉被针扎一样猛然惊醒，照片上的女子不就是我一直在寻找的辛芝蕊？我们相识于旧金山，后来她来了纽约，许多年后再也寻找不到她的音讯，可是我仍时不时地在心里惦记起她来。我万万没有想到，在一个毫无准备的瞬间，是这样一个令人窒息的场合，她出现在我的面前。在我的记忆中辛芝蕊经常就是一个忽然出现，又忽然消失，来无影去无踪的侠客。即便十多年毫无音讯，可是我在心里始终为她留了一个位置。

第一次见到辛芝蕊是在加州伯克利大学一群留学生朋友的聚会上，朋友把我带到一个叫彼得的老留学生家里，他来美国很多年了，事业风生水起，正好是春节前，便把留学的朋友们请到家里去过节。彼得比大家早来了十好几年，也是伯克利大学的毕业生，出了学校没有继续做学问，利用国内的一些关系跑起了生意，是个单身贵族，在一个较好的华人聚居区买了房子。进屋就见辛芝蕊前前后后地忙活，人长得漂亮，笑口常开，很快成为聚会的吸睛点。带我去的朋友说，辛芝蕊到了伯克利大学后正在找房子，彼得的朋友介绍她租了楼里的一间房。彼得似乎对辛芝蕊情有独钟，对她殷勤有加，在众人面前也不避讳。可是辛芝蕊对主人却是兴致缺缺。大家都快散去时，主人又邀请辛芝蕊和其他几位女士外出唱歌，辛芝蕊说睡觉还太早，就跟着一起去了。而且把话都明明白白地告诉了主人，你需要的是爱情，可我对爱情已经绝望，爱情曾经折磨着我，我这样平平静静的心态多好，没有那么多烦恼。他们之间有过什么前奏听着也可以听出音来，彼得就嬉皮笑脸地挑逗她，问她是什么人把她折磨成这样，花样年华就有末世的心态。

没多久我就和辛芝蕊有了一次近距离的接触，完全是上天的赐予，为此后来彼得见了我后悔了一辈子。记得那天是1989年10月17日星期二，我刚从课堂上下来，要到旧金山去会一个国内来的朋友，家里托他给我带了些东西。走出教学楼，正遇见一面之缘的辛芝蕊，我都还叫不出她的名字。闲聊了几句，她听到我说要去旧金山，问我可不可以带上她。我说我的车是一辆不怎么好的车，还能跑得动，如果不嫌弃，可以跟我走。于是她就上了我的车。我的车倒是不破，外表还看得过去，是一辆美国产的老爷车福特，车身超长，可是跑起来就听见马达呼呼地喘着大气，如同坐上了游乐园的过山车，震动得厉害。我驾着车摇摇晃晃地爬上连接奥克兰和旧金山的海湾大桥，在双层桥面的上层向旧金山行驶。窗外的景色吸引人，她左右来回地转动着脑袋。虽然旧金山也没有很多高楼大厦，比不了纽约和芝加哥，可是那年头中国的都市还不如这里呢。

车快接近旧金山时，突然左右上下剧烈地晃动起来。她喊了起来："怎么啦？你的车，不是要抛锚吧。"剧烈的晃动不仅吓到了她，更吓到了我，我也喊："我的车从来不会这样啊。"我急忙减速，使劲控制着方向盘。我望出窗外，前面和左右的车都在减速，有人大声叫起来："地震啦！"这一叫提醒了大家，我才明白到底发生了什么事。

我还没来得及从惊吓中脱身，突然从后视镜里看见了极为恐怖的画面："我的上帝啊！"我大叫着猛踩油门拼命加速。前面已经堵着车，我猛按喇叭，偏离行车线往车缝里挤着抢道。她花容失色惊慌大喊："你不要命啦？"我叫得比她还响："后面的桥面塌了，车都掉了下去。"在我的车后已经看不到桥面，紧跟着的几辆车瞬间消失了。

等到我们的车跟着缓慢的车流进入旧金山市区时，她早已被刚才惊险的一幕吓得脸色惨白，魂都快丢了。经过一家酒吧，我们进去买水喝，才知道刚才在桥上的时候，发生了6.8级大地震，前后只震了四十八秒，可是海湾大桥的上层桥面塌了，下层桥面断裂，从播放的电视新闻里眼睁睁地看见几辆汽车随着坍塌的桥面掉进大海里。

那个傍晚我们回不去了，城里的交通也是一片混乱，大面积停电，交通灯都灭了，主要街道上警察指挥着交通。我们根本无法联系上各自的朋友，无奈之下只能打道回府。可是海湾大桥断了，原来的许多道路都不通，无法按原路回到学校。我把车里所有的地图都翻了出来，琢磨了半天才发现没了海湾大桥，要绕很大的一个圈才能找到另外一座桥绕回去。别无选择时，我们只得离开高速公路，走进市区边缘城乡的道路。

我们的车开进一条灯光明灭、坑坑洼洼的街道，沿街站着不少非洲裔美国人，我顿时慌了手脚。急忙把车开进路边的加油站去，看看周围没人，急忙跳下车去，把车门锁了，让她单独坐在车里。见我问路，加油站里一位五十多岁的拉丁裔男子，坐在铁条保护下的收款窗口后说，只有这条路，一直往前走，再也不要停车。我说：什么意思？他就说，还有什么意思，还不是说这儿不安全，赶紧走吧。我急忙回到车里，辛芝蕊手里捏着一把折叠小刀，左右前后地转动着脑袋，时刻准备着应对紧急情况。

我的车继续上路。已经是深更半夜，如同进入热带丛林，街上成堆的人把地上的留声机音量开得很大，空气里震荡着摇滚乐的巨大声浪。我毫不掩饰半夜里看见他们的恐惧，却故作镇静地抓紧方向盘目不斜视地盯着前方。我们谁都不说话，摇滚乐的声浪渐渐远去时，车里静得都能听见彼此的呼吸。前面是一片漆黑的街区，路灯忽明忽暗，我们更紧张了。她有点耐不住性子了问："这是往哪开？"我说："没有其他的路，只能一直往前开。"我紧张地往路的两边看，一幢紧挨着一幢的民房，门前亮着微弱的光。忽然汽车前窗玻璃上哗的一声喷上来一片白色气雾，前面什么都看不见了。我急忙把车停在路边，看了一下仪表盘，马达过热了，要加些水。看看前后无人，急忙下车打开后车厢，找出几瓶矿泉水。这时她就抱怨道："早知道你开的是辆老爷车，就不应该跟着你来。"我只能无奈地说："正常情况跨过海湾大桥一点问题都不会有。这样的地震谁能料得到？"我打开前车盖往水箱里灌水，就听到水箱里突突地往外喷热气，就像烧开了的热水壶。我在前面忙，她则前后左右地东张西望，就怕看见个人，有个风吹草动。

终于又上路了。开过一段墙上涂满涂鸦的路，前面忽然看见街心停着辆车把路给堵了，看似有诈。我正想倒车掉头，前面的车突然猛烈后退，咣的一声撞在我的车头上。我的车是刚硬刚硬的美国车，被近距离撞了一下好像也没大碍，前面的车后屁股瘪了进去。我急忙倒车转向，对方车里突然跳下来两个人冲过来。他们皮肤黑黑的，却绝对不是黑人，也不是拉丁裔，就像这个混种的美国，是几种族裔混合的产物。两个人手里拿着大棒猛冲过来。我急忙倒车掉头转进另外一条路。只听噗的一声后窗被砸裂了，我头都不回猛踩油门，把他们甩在后面。

转出这个区，终于又上了高速公路。身边的辛芝蕊这才缓过神来，竖起拇指夸我机灵。我仿佛什么事都没发生似的，淡定地对她笑笑。也许就是这淡定的笑虏获了她的好感。

二　辛芝蕊

在来美国的飞机上我读了带在手边的美国作家斯塔兹·特克尔顿的畅销书《大分裂——美国梦的反思》，看到其中的描述简直吓了一跳。原来八年前美国的重工业区简直惨不忍睹，烟囱停止冒烟，停车场空空荡荡，厂房破旧不堪，店铺大门紧闭，街上空无一人。原来我都无法把书中的描绘和我想象中的富足的美国联系在一起。今天我亲眼见了。特别是书中写到美国东北地区的工业重镇纷纷倒闭，工会和企业的冲突就像烈火燎原越烧越旺，将近八百万人处于失业状态。美国人向来没有存款的习惯，以为失去工作，上街转转就可以找到新工作，可是那是老皇历了。失业的人找不到工作只能靠救济过日子，许多人交不起房贷，房屋都被封了。经不住打击的工人有些就在自家附近的河里自杀，捞上来的尸体都是互相熟悉的人，有的就是师徒搭档。美国经济跌入低谷，美国梦就已开始凋零，正在成长的年轻一代已经感觉到他们的生活将比父辈们差。后来里根做了两任总统，美国的经济经过八年，起死回生。等我抵达美利坚，这儿的经济似乎已经缓过气来。可是来了不出半月，就遇到了旧金山大地震。我的美国梦还没起步呢，就差点一命呜呼了！

那天一路上所受的惊吓恐怕一辈子难忘，仿佛将我从伯克利的象牙塔尖上抛入美国底层社会的无底深渊。遇到的强盗不仅要钱财，还要命啊！脱离危险后我和商雨量提议找个地方吃顿饭压压惊，打听一下道路的情况，再决定到底走哪条路回去。车驶过一条较为开阔的大街，看见一家酒吧还亮着灯就急忙进去。酒吧台上坐着满满的一群老美围着电视看新闻。记者从直升机上拍摄的画面反复在屏幕上重现，海湾大桥成了关注热点。就差那么一点我们也就跟着完蛋了，我忽然如同死后复生，彻底想开了。点菜的时候商雨量说点个汉堡就行了。我说，都死过一次了，只吃汉堡？太亏了。我叫了牛排、三文鱼和玉米汤。一定要好好地吃一顿。一是为了给自己压惊；二是庆祝我们劫后余生；三是要对得起自己，不能等人上了天堂，钱还留在人间。那时候我们真是穷，穷得叮当响的留学生，除了几百美元助学金，没有多余的钱。我这一说，他也想开了，叫了两杯美国百威啤酒。我说开车不能喝酒。他说一杯应该没问题，你多喝点。于是我们俩第一次扎在美国人堆里潇洒了一回。

酒是一种好东西，喝着酒我们俩人就熟了，话匣子就开了。我告诉他我是经济系的研究生，我也才第一次知道商雨量是新闻系的研究生。虽然有些差别，都还算文科生吧，聊的话自然多一些。从学校的人文环境，到教授的上课风格，学生的不同族裔和性格，我和他都十分推崇伯克利大学充满自由的氛围。

回到伯克利已经是第二天凌晨，我刚从商雨量的车里下来，彼得就下楼开了门。他居然一个晚上都没有睡，一直等着我回来。他不知道我去了旧金山，我急忙把经历的一切告诉他，他不住地感叹，言谈间流露出对商雨量浓烈的嫉妒和羡慕。或许是我无心之间在描述过程中加上了渲染和夸张，使商雨量听上去像个可以依靠的男人。彼得说自己不知道我要去旧金山，不然一定想办法安排时间陪我去。可是我说这是历险，特别是在大桥上的那一分钟，差一点就死无葬身之地，摔下桥去就是车毁人亡。

"不是没死吗？这就叫大难不死必有后福。"他心里一定嫉妒商雨量不知不觉间在我心中有了位置。

他从酒柜里拿出一瓶葡萄酒，说要给我压压惊。看到他通宵达旦地等我，我确实也被感动了。游子在外能有人惦记能不感动吗？喝着酒我说这一天的经历让我看见了更真实的美国，离开了伯克利不仅离开了自由的文化氛围，离开了雅皮士的城市生活，周边的世界完全不一样了。我看见了贫穷、抢劫，警匪片中的故事真实地发生在身边。

"在纽约很多，都是明目张胆的，我的好几个朋友遇见过，都是受害者。"他老神在在地说。

"可是没想到在旧金山湾区也有这样的地方。"

"这要看什么区域，贫困区常发生，另外也是有人趁火打劫吧。刚才你说，手里还攥着螺丝刀时刻准备着，你倒不怕？"

"不怕是假的，不过这把年纪逻辑都通了，知道光怕还是会成为受害者，如果真的遇上了，只有拼了，不拼就成了刀俎上的鱼肉，任人宰割。"

"可是逻辑通了能够付诸实际行动的人还真不多，言论上的巨人、行动上的矮子总是绝大多数。"

"可是生死时刻总要豁出去吧。不过商雨量在身边还是挺可依赖的。看不出外表挺儒雅的，关键时刻还能临危不惧。"我的最后一句话又让他无语了。

他噔噔地上楼去，又跑下来，手里拿着把手枪。"光临危不惧还不行，要武装自己。"

我一脸好奇地问他怎么有枪。

他说："你不知道吧，大学附近的公园地带就很不安全，无业游民中曾发生过许多犯罪事件。"

我被惊得张大了嘴。

他偏又加了一句："你晚上出门要小心，千万不要在那些区域步行。"

几个月后，我们学校来了新校长，他是一位华裔。有一次商雨量告诉我，他去校长办公室采访了校长，亲眼见到了校长的办公室墙上挂着一个大大的佛字。特别是校长的写字桌上还放着一个愚公移山的小雕塑。他这一说真把我羡慕得不行。多了不起的一位华裔校长，硬是在美国名校重镇的核心地带发扬中华文化。

商雨量说起有一次采访校长时，校长谈起一段他刚来美国时在大学求学的经历。校长特别说，年轻时他求学时也经历过种族偏见给他造成的困扰。那时他给导师做助教，导师习惯称他 Chinaman（中国佬）。起初他不知道那是一个羞辱中国人的称呼，每次都乐呵呵地答应。后来和他相熟的白人工程师提醒他：这是一个白人对华人侮辱性的称呼，尤其不能让他在学生面前这样叫你。校长这才恍然大悟。他即刻去找导师交涉，他说：以后请你不要用 Chinaman 称呼我。教授问：那么我怎么称呼你呢？他说，你可以叫我名字啊。教授不悦道：你们中国人的名字这么复杂，我怎么记得住这么多奇怪的名字，什么叮当、镗零……他就坚持道：你可以不叫我的名字，但请不要再叫我 Chinaman。由于他的坚持，从此以后教授只好不再用这个侮辱性的称呼，但那位教授从此后叫他，都只说：哈罗，嗨……

"校长以前竟然也遇到过这么难堪的事，说不定我们以后也会遇到。"我说。

"在加州，尤其是伯克利大学可能性小一些，毕竟这里的族裔比较多元化。"商雨量接着又说，"但是跑到其他州情况就不乐观了。校长那天以自身的经历为例，说明'玻璃天花板'的阻力无处不在。"

"'玻璃天花板'是什么意思？"

"所谓'玻璃天花板'，也就是在少数族裔的成长和升迁路上会有一种无形的障碍，谁都不会明确去说因为你的族裔阻碍了你的道路，可是在做决定时，却会用世俗的眼光来对你做出判断。校长说，他每天都在不断地顶，有时甚至碰得头破血流。他说话时表情生动，一手撩起前额的头发，露出了光洁的前额。并风趣地补充了一句：这也使得我的前额看上去很平坦，没有皱纹，这样的唯一好处是人们看不出我的实际年龄了。"

我们被华裔校长生动的话感染了，哈哈笑着。不过这也是我头一次听说了这个新名词，"玻璃天花板"。我心里就琢磨着如果这样的事碰到我头上，我应该怎么办？

三　商雨量

经历了大地震后，我们俩成了无话不谈的朋友。日后时不时地打个电话，一起约饭。平时也会在伯克利的校园里擦肩而过，在色彩丰富的校园里，她的气质确实特别出众。看似冷若冰霜的脸，可是一笑起来却即刻灿烂，如同冬日阴霾中忽然而至的一抹美丽阳光。有时又是那么性感，让我心驰神往。

关系熟了以后，辛芝蕊就邀请我去看她，彼得的物业是一幢二层楼的独立别墅，她住的房间位于一层，窗外就是后院，打扫得干干净净。屋内墙上挂着一些小艺术品，布置得挺雅致的，这是我见过的最干净的女生住处。有些女生的屋子里衣服物品散乱一地，进了门也无处下足。从一个人的生活现状可以观察人的性格，她属于有洁癖的那一类。

我当时租的是二百多美元的一间小房，在一位孤独老美的家里。走进她的居室，比我的大了三倍，仿如走进豪宅。我问多少钱租的，她说三百五。我的妈呀！比我大，价钱还不贵。彼得是半租半送啊，存着什么心？

我们正在说着租房的价钱，房门被推开一条缝，露出来一个圆圆的脑袋。是彼得。我对彼得点了点头。彼得显然也想起来见过我，跟我打了个招呼。

"我告诉过你的，我那天跟他的车去旧金山险些掉到桥下去了。"辛芝蕊介绍说。"真是好运气啊，怎么偏偏地震的时候在桥上。"彼得话外还有话。

我听得有些不顺耳，可又不能明显表示不悦。便说："大难不死，必有后福。我们应该去买彩券。"

她也听出了我的弦外之音，却不愿太明显地站在我一边，就说："那也不一定的，有的人就是运气不佳，老是赶上倒霉的事。"

不知是不是她这一句话，才有了后面发生的事？真是不好说。

彼得没接她的话，却说："你的车颤抖得很厉害，可能是喷油嘴堵塞，如果哪天有空我可以帮你看一下。清洗一下应该可以解决问题。年代久了的美国车都会有这个问题。"

"你怎么知道我的车有毛病？"彼得的话把我惊着了。

他这才说："我怎么知道？听她说的呗。"

我明白了，我们的故事辛芝蕊已经讲过一遍了。忙解释："我的车很难搞的，不那么容易吧。"

"我看见你的车了，像一艘巨轮停在楼下。"

辛芝蕊在一边催促道："相信他吧，他给很多朋友修过车。"

彼得伸出手："把钥匙给我，我给你看一下。"

我还能拒绝吗？我从兜里掏出钥匙，跟着他下楼去。我对辛芝蕊闺房的访问就这样被蹂躏了。

下楼后彼得检查了我的车，然后说："电喷车的喷油嘴是汽车喷油用的关键部件，使用寿命长的可达到几十万公里。但是由于汽油里有胶质会堵塞喷油嘴的喷油孔，因此引起各个喷油嘴喷油量不一致，导致每个缸工作不一致，引起发动机的抖动。解决办法是拆下来清洗即可。"

他说了一通专业用语我根本就听不明白，就想法推托："挺费功夫的吧？"

"我爱干这些活，修不好不收钱。修完管用，你就付零件费吧。谁让你和芝蕊经历了一回。"

过了几天我专门和彼得约了时间去修车。那次才发现彼得是那幢房子的二房东，他把整幢楼都租下来了，然后分租给其他学生。而在里面住的几位学生中，他最为关心的唯有辛芝蕊。

那天彼得在街边为我修车时，我不便上楼去找辛芝蕊，就陪着彼得。言谈间他流露出对我浓烈的嫉妒和羡慕，他后悔自己错过了一个与辛芝蕊共患难的机会，可是这个机会偏偏给我捞着了，他对我是羡慕、嫉妒、恨。

可是我告诉他这是要人命的历险，特别是在大桥上的那一分钟，差一点就死无葬身之地，摔下桥去就是车毁人亡。

"不是没死吗？你从此在辛芝蕊心中的地位就牢固确立了。"这是他的逻辑，他就是这么执着。

我听得出来，辛芝蕊就是他心中的女神，他十分渴求有一个机会让女神在心里永远记住他。可是这个机会却落到我的身上。

我就装傻问他和辛芝蕊是什么关系？是房东和房客呢？还是朋友？当然我就不便直接问是否男女朋友，没必要吧。

他回答得却颇显犹豫，开始说是从房东和房客的关系开始认识，半年多后两人聊得特别投缘，他有车，辛芝蕊有什么事他都主动帮助，一回生二回熟，就成了无话不谈的好朋友。

话说到这儿，以后的话就不便多问了。他继续修车，我就蹲在一边打下手。经过他近两个小时的打理后，我开着车上街上转了一圈，汽车再发动时竟然不再颤抖。从街上回到住地，辛芝蕊也从楼上下来了，正站在路边和彼得说话，说到开心处，两人都哈哈大笑起来。

我下了车就说："车不再颤抖了，太感谢了！"

辛芝蕊开玩笑说："以后再坐你的车可以舒服一些了。"

我说要感谢彼得的帮助，请他们一起去吃个中餐吧。他们这就又都上了我的车去了市区的一家中餐馆。

那是一家火锅店，我们喝着啤酒，涮着牛羊肉。在饭桌上彼得是个粗犷的人，大口吃肉，大口喝酒，我几次被他催促着拿起酒杯。我说要开车不能多喝，他便自顾自地把杯子喝得底朝天。我在一边看着，辛芝蕊也不举杯。他喝那么多酒，仿佛是一个人喝的闷酒，没有人和他碰杯。可是最后彼得还是忍不住了要催她。彼得举起酒杯，望着辛芝蕊眼神里有某种渴望，可是遇见了对面她眼中的平如秋水，便激发不起涟漪。于是他又收回伸过去的手，凑近自己嘴里一口喝下去。

"跟我们喝酒不过瘾吧？"辛芝蕊这样问他。

他摇头否认。却说："能有个伴陪着你喝酒的已经是万幸了。"说完他转头看着我，又说："是吧。"

我点了点头。确实是的，我平日里就不知道找什么人一起喝酒。可是我偏偏不该补了一句："我平时也不喝酒。"

他没有接我的话，还顾他自己喝酒。没想到辛芝蕊却接着我的话说："因为你忙，每天有那么多书要啃，哪有时间喝酒啊。他是生意人，生意人离不开酒。"

听到辛芝蕊数落他，他就嘿嘿地傻笑："我曾经是读书人，现在已经不是了，没事看什么书啊？那不自寻烦恼吗？"

我是明白人，见过的男男女女也不少，一听这对话就是男方有意、女方无意。这叫强扭的瓜，不会有甜蜜的结果。

我不想搅在不尴不尬的困局中，就找了一个无关的话题。我又不能聊学校里的事，不然我和辛芝蕊可以聊，彼得就觉得兴味索然了。只能聊社会上的事，可是没想到我说起了校园里正在争论不休的伊拉克战争，却点燃了我和彼得之间的斗嘴。伊拉克占领了科威特，美国发动了海湾战争。校园里都是反战的示威，支持者也不少。

我说起上周去旧金山看见市场街附近的市政府挤满了参加反战示威的人群，辛芝蕊差一点惊呼起来，那么我们就应该在同一个场合。我就说起自己的一个观察。在市场街上参加反战游行的民众在街上席地而坐，瘫痪了市区的交通。警察今年使用的是新式装备，对不听劝告的游行参加者，他们不再使用金属制造的手铐，而改用透明的尼龙绳。可是从被尼龙绳捆绑过的人口中，我知道那家伙的厉害。戴上之后双手稍一挣扎，尼龙绳就会深深地嵌进肉里，让你痛不欲生。

辛芝蕊说她在游行队伍中，并没有参加席地而坐的示威静坐，所幸没有吃那堪忍受的苦。

"你怎么会参加到反战的行列里来的？"我问辛芝蕊。

辛芝蕊还没回答我的问题，彼得插进来说："其实你们不知道，打仗对美国经济有好处。我来得比你们早，里根做总统的时候市场要更繁荣一些。这几年经济疲弱了，美国就又想着打仗了。"

看着他老神在在的样子，我颇难认同。"既然是跨国的战争，就应该有一个是非准则，而不应该只是从一个国家自己的私利出发去考虑。"

他讥笑我是书生的想法："纵观历史，从来没有一场战争没有隐秘未说的见不得人的理由。历史只是写给年轻人看的。上了年纪的人更多地看历史记录之外的野史，那里面才有真材实料。"

我那时候还是一个颇为单纯的学生，对于虚无主义的异端歪说接受不了："恐怕任何问题不能笼统地说吧。对于面前的这场战争，似乎有一个理由是去惩罚一个侵略者。"

　　彼得却有他的逻辑："即便没有正当的理由，战争也还是会发生的。你不看看美国的经济，没有一场新的战争的刺激，等到你们从学校毕业了，找工作都很困难。"

　　我问他这些观点的依据是从哪里来的，确实对于我是完全不了解的一个方面。

　　这下他得意了，和我们说起了历史："1776年美国独立时总面积只有一百三十二万平方公里。到1899年美西战争的一百二十三年中，美通过购买、战争及谈判等手段，将领土扩大到今天的九百三十七点二六万平方公里，其中通过战争扩张约三百万平方公里。通过参加'二战'，美国确立全球超级大国地位，取得了在国际事务中的霸主地位。"

　　听到彼得的大数据，我还真是无语相对，从对手变成了听众。心中存疑却不知如何反驳。

　　从饭店出来时，趁着彼得上厕所的机会，我问辛芝蕊："你俩是什么关系？"她说因为彼得和她住在一个楼里，下了班就来串门。当然彼得也帮着她做了很多事，近水楼台的，她觉得他不讨厌，就和他做了朋友。她要我理解。我当时和辛芝蕊还是萍水相逢的朋友，谈不上什么理解不理解的。

　　后来辛芝蕊还来找过我几次，那时我课后在一家老美的摄影沙龙里帮忙，没有顾客时也挺闲的，她路过时见我闲着就进来坐一会儿。有一天她来，穿着湖绿色的长裙，脖子上还围着一条点缀着碎花的粉色丝巾，坐在夕阳斜照下的沙龙里，背后是一溜美国黑白照片。我忽然发现那个瞬间她的神韵很入画，前后层次很有反差。我急忙拿出自己的相机给她拍照。她颇为配合，并嘱咐我照片印出来一定要记得给她。我对着她不断地按快门，并不时对她做一些提示，头抬高一些，笑一下。她不喜欢笑，当我说笑一下时，她只是牵了牵嘴角，勉强地露出牙齿。可是只要看见了她雪白的牙齿，她的整个神态就像点亮了的灯活了起来。就在给她拍照的十几分钟里，我不眨眼地从相机的镜头后注视着她，她的神态里有一种冷漠，如果不笑时会有拒人于千里之外的距离感，可是只要稍微咧开嘴，看见牙齿，温度都提升了很多，不说暖人吧，起码也是可以接近的。

我放下相机，和她闲聊起来，我把自己对镜头里的解读说给她听，她听了就笑，不说话。我追着她问，我分析得对不对，这是不是人们对她的印象。她被我问了多次才轻启红唇说，可能吧，有些人这样对我说过。

"彼得有没有对你这样说过？"

听了我的问题她倒忽然警觉起来，转过脸来问我："你为什么特别提到他呀？"

被她一问我倒有些摸不着头脑："他是我见过的你的唯一的朋友啊。"我下意识地冒出这样一句话，自己还蛮得意的。

她倒是有些紧张地辩白："他怎么看我很重要吗？"

我不置可否地看着她。她被我看得有些尴尬，用手拍了一下我的肩膀说："他就是我的一个朋友，我的房东吧。"

"你们到底是什么关系？如果你与他没有那一层关系，那我可以追你了？"

"你追我，你真的想要追我？"她又做出顾左右而言他的神态。

我还是肯定地点了点头。

谁知我认真了，她却没事似的哈哈笑了起来。两人间刚刚酝酿起来的气场又被破坏了。

"别太认真了，我是一个爱情的悲观主义者，爱情老折磨人的，我有点怕。你就做我的朋友吧。"

我听了压根不明白，就更近一步地走近她，望着她的眼睛问："你怎么会有这样的想法？虽然说你有些冷，可是你生来就是为了人世间的爱情呀！"

她急忙推托："别给我戴高帽子，我不是丘比特。"

我轻轻地把她搂进怀里，她也依从了我轻轻依偎着我。"我不是丘比特。我就是我。"

数秒之后我们分开了，彼此却觉得心里的距离近了许多，可是我也了解到当距离拉近到一定程度之后，却还是有一层隔阂永远无法突破。

纽约恐袭后我又去找过彼得，听听他那里有没有辛芝蕊的消息。数年不见彼得头上的白发多了，还喜欢蹲在门口修车。不过身旁多了一个愣头愣脑的七八岁男孩。我问他：是你的儿子？他点了点头。这样我才知道他已经有了自己的家。不过说起辛芝蕊，他眼睛的深处仍有涌动的微波，他轻轻叹了口气说："最值得留恋的岁月过去了，我也开始老了。"

"我们还不老，才开始四字头吧。"我这样安慰他。

他忽然转过头来直视着我，想问什么却难以启齿："你呢？"

他见我不吭声又问："你有伴了吗？"

"还没有。我整天中国美国来回跑，定不下来。"

"心里还惦记着辛芝蕊？你的女神？"

我摇了摇头。"可是没找到辛芝蕊，我们的芳华岁月便有了缺失。"我说得有些沉痛。他拍拍我的肩头，沉默着。

四　彼得

辛芝蕊忽然离开了伯克利，大家都在找她。她不辞而别，去了纽约很多年都没有再和我联系。记得那年夏天时我回国去了一次，一个多月后才回来，发现她已经走了。走了！走了！那个年头打电话也不方便，她在我的房门下留了一封信，简单的寥寥数语，说在东部找到了更好的学校，所以突然决定去了。由于决定匆忙，请我谅解。她留下几百美元，把房钱和水电费都付清了。

我当时悔恨得直拍自己的脑袋，为什么偏偏在这个时候回国去。辛芝蕊一定是在我走之前就做了离开的决定，故意不告诉我。可是我竟然没有丝毫的觉察，真是愚钝至极。她不辞而别，连联系的方式都没有留下，我想找她也无处寻找。她是为了逃避我吗？最初是一个朋友把她介绍给我。朋友知道我一直想找女友，就怂恿我善待这个女孩，说不定日久生情可以培养出感情来。我笑笑就答应了，给了一个从来没有过的好价钱。

辛芝蕊有冷若冰霜的外表，似乎拒人于千里之外。对于这样的女孩我以前没见过。有些女孩你给她便宜，她立马感激。可是她不一样，还是挺冷，就只能靠时间慢慢地把她焐热。起初我除了每月收房钱很少搭理她，可是她生活上遇到困难需要帮助时，还是得求我帮忙。其实也没有什么大困难，就是吃饭呗。在厨房里看她每天吃泡面，就和她闲聊几句。她说没时间去买东西，况且市场离得远，买太多东西也拿不动啊。我理解她的难处，就是没有自己的车。拎着超市的塑料袋从超市走到车站，下了车再从车站走回住处，两头都有很长的路，提着几个大塑料袋吭哧吭哧的确实特别累。我就说周末你就跟着我的车去超市吧。她先是不置可否，后来快到周末了就主动来找我。也就是这样我们逐渐熟了。

她是个挺自尊的女孩，我没什么本事，做饭倒是好吃。熟了以后，我做了好吃的，就给她留一份，起先她不接受，日子久了也就习惯了。可是她也一直惦记着回报。偶然去同学家聚会，带回来一些好吃的，也会留一份给我。可是我不喜欢吃过夜的食品，就直接告诉她了。后来她就变着法报答我。圣诞节的时候，她还特地去巧克力名店买了一盒糖果给我。我都责备她何必花那个钱，要二十几美元呢，好贵的。

我对她一直有着想法，可是苦于无法贴近她。她从来不愿意进我的屋子，有事找我也坚持站在门口。我动足了脑筋想着法地接近她，终于想到了教她开车。我说，在美国不能不学开车，会开车了，你就有了脚，以后找工作就更容易了。她倒是没拒绝。我说：我不仅教你，你学会后，我帮你找一辆便宜的旧车。她说旧车会经常坏的。我就说：我会修车啊。你有问题我帮你解决。她听了特别高兴，嘴笑得都合不拢了，盯着我问：是真的？是真的？我从来没有看见她这样高兴欢笑的样子。

说着她就低声地问："如果是真的，就不会有什么附加条件吧？"

我说："不会有附加条件，最多就是喜欢你吧。"

"喜欢？那也是附加条件啊。"

"喜欢什么，不喜欢什么，是一个人自己的感情表达，没有对错。至于接受还是不接受，你自己决定啊，没人能够强迫你。"

她听了这才放心了。

后来连续几个月的周末，我都会选一天，花一个小时教她开车。在一个封闭的空间中，我们相处在一起，那是我能够近距离接触她的唯一机会。我很享受和她在一起的时间。最终她学会了开车。可是她突然跑去东部，如果是在纽约生活，开车完全是多余的。我只能把那段日子想成是上帝对我的赐予。

可是她为什么一定要走，始终是个谜。我做了什么事让她觉得受到了威胁？这个念头一直纠缠着我，让我寝食难安！直到有一天我蹲在门口修车，一辆车停在前面。我抬头一看是商雨量。他招呼了我一声。冥冥中似乎我早就盼着有机会见到他。

我原想问他辛芝蕊去了哪，居然没想到是他先开的口。问我："辛芝蕊好吗？开学了都没见到她，她还在学校里上课吗？"

我说："她走了，据说是去了东部的什么学校。"

只听他啊地叫了一声，还说："那也太绝情了吧，招呼都不打一声就走了。"

我听到他的抱怨心里似乎颇感释怀，说："你也不知道啊。那我还不算最惨的。"

可是他不解地问："你不会也不知道吧？就是楼上楼下地住着。她不会还欠着你的房租吧？"

他说的是玩笑话，我就问："辛芝蕊对你说了我什么吗？"

他急忙否认："我知道你是二房东。对她也挺照顾的。"

"我是二房东，但不是她的二房东。"

"是的，她也提起过你帮了她不少忙。"

"可是她去了纽约，也不说具体的，只说安定好了再和我联系。放着好好的名校不读，跑那么远，何必呢。"

"喔，是这样，我也一点都不知道。我记得她曾经提起对导师的教学理念不是很认同，况且，她一直都梦想去华尔街金融界，估计选纽约的学校离那个圈子近一些吧。"

"嗨，她的梦想真大。"说到这他忍不住叹起气来。

五　商雨量

离开了彼得的住处，我一直寻思着辛芝蕊的不辞而别像是在逃避什么。逃避理念不同的导师，逃避彼得，或是逃避我？不过那天阳光特别好，在阳光的照射下我很快就释怀了，她为什么要逃避我，我和她什么也没有开始呢。她是一个心中怀揣着大梦想的人，她是追寻梦想去了。

虽然她忽然消失了，我的心里却似乎已经有一个位置留给她了。时不时走过校园附近的一些地方，都会想起她来。在她忽然消失后，我给她写过邮件，也是石沉大海。当然我也有她的电话，但是那时没有手机，打电话找人并不方便。想想不便那么急着打扰她，还是等她哪天想起我来再联系吧。

她的离开就像生活中一枚针掉进了大海，大海还是按照它自身的潮汐，潮涨潮落。一直到圣诞节前，我才收到她的贺卡，可是除此之外，没有多余的一个字。也许那只是一种默认，她还记得我这个朋友。我给她回了信，不仅传上圣诞和新年的祝福，似乎也是终于找到了一个机会，可以通过书面和她沟通。利用这个她给我的机会，我含蓄地表达了一些对她的思念。我只写了两句话：走过伯克利的校园，依然看见你靓丽的身影；每次驾车跨越海湾大桥，总仿佛你依然坐在身边。

又过了两个星期，她总算回了一封电邮，也是两句话：湾区的日子真惨也真好，还记得夕阳斜照下的那个温馨时刻。从此以后我们的联系恢复了，不过大家坚守着自己的矜持，谁都不会主动拨通对方的电话。

深秋，我去纽约参加一个研讨会，行前给她发了一个邮件：东部行研讨新思维，久思念期盼能相见。

她很快就回复了：朋友相聚重温往日记忆，英伦红叶欢迎你的到来。

我到了纽约后住在中城的一家旅馆里，前几天忙着开会，会快完的前一天给她发了邮件，约她第二天见面。

深夜她打来了电话，接到她的电话可把我高兴坏了，我拿着电话手都有些颤抖。

"辛芝蕊真是你吗？"

她嘿嘿地笑着。"忙啊，刚刚从办公室里出来。"听声音还是那么充满活力。

"什么工作啊？老板这样压榨员工？"

"我们这一行和你的那行不一样，都是没命地干。"

"没命地干还能保持这么年轻的声音，不容易啊，没变吧。"

"变不变见了面就知道了。"

"好啊，赶快约了见面啊！"

她说第二天下班了请我吃饭，我们就约了在她的办公室附近见面。她让我五点时去世贸北塔底层等她，她可以带我参观一下世贸双塔，然后一起吃晚饭。那时我才知道她在世贸双塔上班。

在大厦底层见面时，她穿着金融区上班族穿的西装裙子，浅绿色的套装，里面是白衬衣，脚上是中跟鞋。和我印象中的她完全不一样了。

"都鸟枪换炮了，换了一个人了。"我从头到脚地上下打量她。

她被我看得有些不好意思。"你太夸张了吧，不至于吧。"

我动作更加夸张地抬头望着找不着顶的双塔，说："奇迹啊，在世界瞩目的地方上班了。"

"我变化大吗？"这回她颇为认真地问。

我凝视了她一会，认真地说："有变化，以前我的记忆中挺可亲的一个女学生。现在穿上这身盔甲，不一样了，华尔街的金融气息多了，不过，真的挺精神的。"

听到我的肯定，她莞尔。她告诉我世贸双塔办公楼层管理很严，不是工作人员无法进入，已经买了观光票带我上观景台参观。我们坐上高速电梯，很快就到达了顶层的观景台。时近傍晚，太阳已经接近地平线了，蓝天的色彩变得越来越深。登上顶层，眺望曼哈顿全景，万盏灯火交相辉映。海湾中的自由女神像只剩下在天空中的一幅剪影。帝国大厦在远处遥相呼应，横跨东河的大桥就在眼前。好一个大都市，真是够大的。

辛芝蕊给我做了一些介绍，双塔大厦有八十四万平方米的办公面积，可容纳五万人工作。她还给我讲了一些这个大厦的轶事。说来自法国的高空钢索艺术家菲利普·帕特二十多年前的一天早晨在两栋大厦之间拉起钢索表演空中跨越行走。花了一个小时跨越世贸中心两栋塔楼，之后遭逮捕入狱。过了几年又有一位叫乔治·威廉用自己设计的绳索攀登大厦，被判索赔二十五万美元，但是最后仅赔了一点一美元。

我也提到两年前曾经在新闻中看见这里发生了恐怖袭击。她说那时她还在哥大读书，听说那天中午恐怖分子在1号大楼地下室放置了炸弹，爆炸后导致多人死亡，约有数百人受伤。当时正有一批幼儿园的学生，刚在世贸中心南座观景台参观完毕，被困在电梯里长达五小时。爆炸引起的强烈震动震碎了放在顶楼餐厅价值两百万美元的上等葡萄酒，香味四溢的酒浆沿着大楼流下。

她指着远处的一扇窗户说那就是她的办公室。我透过玻璃窗隐约可以看见里面的模样，毕竟离得远，并不能看得真切。

"怎么这么有本事进入了世界瞩目的大公司？"

她撇了撇嘴说："我离开了伯克利大学后，进入了哥伦比亚大学商学院，读完了大学本科，又读了一个一年的研究生课程。后来在导师的推荐下获得了到这家公司实习的机会，实习完了就留了下来。"所有惊心动魄的故事在她的描述下就是这么无风无浪。

"不可能就是这么简单吧！"我说，"常春藤学校中竞争激烈，寻找进入大公司的机遇和没完没了的应聘，都是拼智力的地方，怎么在你嘴里就是这么简单？"

她看着我不可思议的样子，不知如何回答。只是看着我笑。我就夸她："了不起的成绩啊，留美的学生中也应该算得上是人尖了吧。"

她却不置可否。我就知道许多事旁人比本人更激动，真要落到本人头上了，倒好像显得没什么稀奇了。

走出世贸双塔，我们在市区街道上闲逛。纽约的傍晚是迷人的，灯火璀璨，行人如梭。下班后的人们在都市的氛围中寻找纾解压力的方式，酒吧和饭店人头攒动。她带我走进一家颇有特色的餐馆，墙上的油画描绘着那个城市的街景变化。我们选了一个香蕉座坐下，点了纽约牛排和三文鱼。

"还记得我们在旧金山大地震那个晚上的那顿晚餐吗？"我问她。

"当然记得。人生中有些事不管过去多久都不会忘记的。"她说这话时身体前倾，那么近地看着我。

"想想那个时候真是穷啊！"我说。

"是穷。可是我们是怀揣着梦想的穷困者，心里有理想就会有力量。"

"你说得对，有时候回想起来，艰辛的日子里仍有许多东西很值得留恋。"

服务员送上了三文鱼。她说，海鲜应该配白葡萄酒。我笑她，你现在也这么讲究了。她答我，纽约是个讲究的地方，尤其在金融界。你没看见华尔街边上的小街上都开着时装店，就是为这些讲究的人们随时准备着的。她即刻招呼服务员又上了两杯白葡萄酒。

我端起酒杯晃了晃，看着纯洁的液体在杯壁上轻轻地滑过，拿起杯来闻了一下，很清香。

"这不是加州纳帕酒乡的产品，这是法国的产品。你是加州来的，我不能再让你喝纳帕的酒吧。"

喝着酒，吃着外焦里嫩的三文鱼，味觉上特别舒服。我随口称赞餐厅的三文鱼做得好，通常都做得太干，使得营养丰富的一款美食变得食不甘味，无法让吃惯清蒸鱼鲜嫩原味的我感受任何味觉上的享受。

"今天晚上是一个惊喜。"听了我评论，她反过来嘲笑我："你也开始讲究了。"

我说："我就是一个彻彻底底的老中的胃，今天一路上看到纽约市区街道上的快餐车里的热狗和三明治，我一点感觉都没有的。"

"环境是会改变人的，当你忙得没有时间吃饭时，肚子又饿得咕咕叫，抓过热狗你也会大口下咽，还会觉得味道很香。"

"你经常这样吗？"

"一周有一两次吧。工作一天累得半死，回去懒得做了，整天上馆子胃口也倒了，就将就地塞饱肚子呗。"

听了她的叙述，我感觉她应该还是一个人生活。就试探说："不找个伴互相照顾？"

她坦率地说："追的人有啊，如果你对他们没兴趣，对方还那么执着，这些追求者在你的观感中就即刻变成一只只绿头的苍蝇，那么恶心。"

我听了笑了起来，好奇地问："真遇到过这样的吗？"

"怎么会没有？没断过，现在遇到的那个最讨厌，而且还是我的顶头上司。"

她就说起她上司是个五十多岁离婚的白人男子，有一个特大的啤酒肚，隔三岔五地给她桌上放些小礼物，后来发展到下班约她吃饭。她起初觉得新到一个公司，和上司建立关系也是蛮重要的，应付过一两次。可是没有想到这位上司得寸进尺，明确表示要追求她。可是辛芝蕊心里对他实在是没感觉。这一阵上司感情受挫，故意给她穿小鞋。经常找她的碴儿，给她过量的工作，忙得她都没时间喘气。

"美丽的女人总是会有意想不到的麻烦。"我随口说了一句，却引起辛芝蕊很大的反弹。

"难道是美丽的女人的错误喽？！"

"赶快嫁人吧，嫁了人就不会有这样的麻烦。"

"说得也是，虽然美国公司文化中对性骚扰是有明文禁忌，可是总有一些人会利用手中的权力和便利贪便宜。我们是中国改革开放后经受了生活跌宕磨炼的人，不会那么容易就成了刀俎下的肉，不是吃素的。"

我忽然想起她在旧金山时说过类似的话，就提醒她："拿起你手里的水果刀，时刻准备着。"

她明白我提起的是旧金山地震那个夜晚的事，笑了起来，很开心的样子。

忽然她托着脑袋望着我身后的某一个点陷入沉思中。我则趁机仔细打量着她。挺直的鼻梁显示出一个美丽的弧度。见过一些过于笔直的鼻梁，那一定是经过人为加工的，挺是挺了，却缺乏人性的温度。她是自然生成的。眼睛显然经过了加工，文了眼线和睫毛，看上去眼睛更立体生动了。这也使我觉得有些陌生感。唯有黑色眸子中的灵动是我熟悉的。

她突发奇想说："你来得正好，明天午餐休息时到大厦后面的草坪来等我，大家都会在草坪上晒太阳，吃午餐。我故意把你带到大肚腩的面前介绍给他。"她对自己的突发奇想很感兴趣。

我安排了一下日程，上午下午都有论坛交流，好在我的发言是在上午。发完言就溜出来吧。

她说："不论如何，你要帮我这个忙，明天不行，就后天，后天不行，就下周吧。"

"我哪有那么多钱住纽约的旅馆，很小的一间，还贵得要死。"

"真是的，你还住什么酒店，把房退了，住到我那去吧。我的邻居女孩正好出差了，我们好到从来不锁门。你就睡我房，我上她房里去凑合吧。"

"这可以吗？"听她这样说，我在心里更确认她真的没有男友。虽然我和她在美国东西两岸相隔，如果她日后还要叫我履行这个职责，我倒十二万分的愿意。

这个夜晚因为她的动议，我们都对明天中午开始的行动十分期盼。分手时我将她拥入怀中拥抱了她。她还说抱得紧一点，不然骗不了大肚腩。

第二天中午，在高楼簇拥下的中心大草地上，绿草如茵，遍布着或三五成群，或一二相伴，或坐或躺休闲午餐的人们，真的是千姿百态。从服装可以看出，他们都是附近办公楼里的上班族，利用午餐休息时间在阳光下稍事休息。我去附近买了两个三明治到草地上去找辛芝蕊。她正和几个不同族裔的年轻女孩在一起。中午的阳光透过茂密的梧桐树叶洒在她们身上，使她们色彩艳丽的服装充满了生命力。见我过去，她给同事介绍说我是她的男朋友。说这话时目光却望着我的身后，我一转身看见一个挺着肚子的白人站在身后，他一定就是大肚腩。辛芝蕊做了介绍，我和大肚腩握了握手。大肚腩好像还挺有心计的，问我为什么不搬到纽约来。我说正在考虑呢，要辛芝蕊答应了我才会行动。我故意开了辛芝蕊一个玩笑。大肚腩问我和辛芝蕊是怎样认识的。辛芝蕊就给他讲了旧金山大地震时我们的历险记。没想到大肚腩听了脸上露出了我在彼得脸上曾经看见过的嫉妒神情。

"我真恨自己没有在伯克利。"他居然说道。我和辛芝蕊听了相视大笑。

大肚腩说完转身走入另一群人中。辛芝蕊问我对他印象如何。我开玩笑说："肚子太大了，年纪太大了，身体太重了。"说得辛芝蕊不住地笑。

这时一个高大的白人小伙子走过来，辛芝蕊介绍说，他是查理，坐在她的后面，是她的好同事。我们就在一起闲聊了几句。和查理聊天的时候，她的情绪还是挺好的。过了一会儿查理走了。她的脸又沉了下来，嘟囔着说："遇到混蛋上司要怎么摆脱，真是烦死我了。"

我明白她心里还纠结着大肚腩的事，却又找不到话分她的忧。

她接着又说："遇到一个混蛋上司，不懂，也不接受好的建议，脑子里想的都是下半身的肮脏事……"

"大肚腩真的就是混蛋上司？"

她点点头："大肚腩就是个典型的混蛋上司，你说我怎么办？"

我即便有怜花惜玉之心，也是远水救不了近火。我能出什么主意呢？我说："耐住性子，保留交往的记录和证据，适当的时候越级上告。"

她痛苦地摇了摇头："事情不闹到不可收拾的地步，是没人会理会这些的。可是我又不愿意花这么多精力去纠缠这些事，为了这所谓的公平正义，我要耗费全部的精力，这违背我来美国的初衷。"

当天晚上我真的搬去了辛芝蕊的公寓。下班后她疲惫不堪，我看了不忍心，就说先回家吧，你先去睡一会儿，我就在你家附近超市买一些东西，给你做一顿晚餐吧。她听了不相信，瞪着眼睛问我是不是真的。我说当然是真的啦。然后回她家放下行李，我就出门去附近买了一些虾、肉和蔬菜，回她家做饭去。趁她在里屋休息时，我手脚利索地做了一个烤羊排、炒土豆丝、茄汁大虾，还有一个碧绿的花椰菜。等她醒了出来，我已把桌子放好了。

她显然有些惊讶我的手艺："在旧金山时没听说过你有这番手艺啊。"

"那时也能做些家常菜，这几年又提高了吧。"

我们继续喝着酒聊着天，她也显得神态轻松，仿佛又回到了上学时的状态。我们天南海北地聊，说起了在旧金山的日子。可是当我问她当时为什么突然不辞而别，她却只说是学校联系好了就走了，行前太匆忙，没来得及和大家打招呼。

"怎么连彼得都没事先告诉？"我问。

她没有也不愿意细说，我也就不好意思追着问。她说最快乐时还是刚到美国时在学校的日子。我也同意。可是我又不同意。我说男生责任感更强一些，总希望早点出来做一些大事，当时自己的想法也是这样的。她说自己也想做大事，可是做了大事却常常有不堪负荷的辛苦，特别难受的是累心。我就笑她说，那是她的命，她的性格本质上是好强的，让她做安逸的小鸟或是宠物，那会把她憋死的。她捂着嘴笑，同意我的分析。

吃完饭，我就提议明天是周末，既然来了纽约就过过纽约的生活吧，上时代广场去过过夜生活吧。她已经小憩过一会儿，所有精气神都恢复过来了。当我们去到时代广场时，周围人流水泄不通，生怕被挤丢了，她就紧紧挽着我的手臂。人流中有许多是游客，也有不少是本地的人。我们跟着人流前进，周围是五光十色的霓虹灯。她把头仰得高高的，看着天空中晃眼的各种颜色的灯光交织在一起，脸上漾开了无忧无虑的欢笑。我紧紧地拽着她的手，生怕她跌倒，在人流中跌倒会是一桩十分可怕的事。我始终注视着前方，看清楚前面的路。我在心里想象着她眼睛看见的，让她那么欢乐的光影交错的世界。

在时代广场的一家酒吧里，我们终于找到了属于自己的空间。周围是鼎沸的人声，形成了一道无形的墙，把我和她挤压得那么近。况且我们彼此说中文，处身于四周的老美和游客的人群中，即便大声说话也还是充满了私密性。我们喝了一点酒，我问了她一个藏在心里许多年的问题：你出国前是不是逃离了一桩不幸的婚姻？她竟然极其爽快地点了点头。也可能是酒精的作用，我的勇气也特别足，接着就问，到底有多糟啊？她神秘地笑了笑说："摧毁了我对美丽爱情的所有幻想。"我听了颇为惊讶。

我们去酒吧喝酒，去迪斯科吧跳舞，狂欢了一夜回到住地已是凌晨。她说她已经很久没有这样尽兴了，很开心很放松。我看到她真正快乐着。回到住地我们依然毫无睡意，借着酒劲我把她搂进怀里，她顺从地依偎着我，我们躺在窗前的椅子上眺望着窗外灯火明灭的城市。

"如果时间停滞在这一刻多好！"我凑近她的耳边轻轻地说。

她转过脸在我脸颊上亲了一下，似乎是蛮陶醉的样子。我握紧她的双手，似乎生怕她消失了。

"你停得下来吗？"她突然问。

我略感不解地望着黑暗中她闪亮的眼睛。

"每一天都会发生许多无法预料的事，不仅是你，还有我，我们都停不下来，如果真正停下来了，我们都会觉得无聊。"

对于她的明事理我从内心佩服得五体投地，却无语对答，我把手伸进她的睡衣里，更紧地抱紧她的身体，像抱着一件永远不愿意丢失的宝贝。她目光迷离地仰头望着我，身体却十分顺从，我轻轻地把她抱到沙发上，褪去她的衣服，将自己的身体和她纠缠在一起，我长时间地亲吻她，将自己潜意识中淤积了许多年对她的倾慕释放出来，激情洋溢地对她的身体表达爱抚。她忽然变得那么温顺，那么渴望地迎向我，投身进我旋转起的激情漩涡中，那个晚上我们俩经历了最难忘怀的酣畅淋漓！

第二天大家都睡了个懒觉。起床时已将近中午。分手的时候，我和她开玩笑说，你又会消失了，发邮件联络你总是石沉大海。她笑着说，我在这方面特别懒，有时也想回，其他的事一来就都忘了。不过我心里还是记着老朋友们的。再相聚在一起，过去的时间和距离都缩短了。她说的话我爱听，不是吗？过去几天短短的聚会，我不仅在感觉中找到了伯克利时认识的芝蕊，并且从身体上和她更亲密无间了。分别时我又一次拥抱了她，抱的时间有些长，一直没有松手。经过了难忘的昨夜，我更着恋她了！

六　查理

恐袭发生时，我正好要外出办事，刚离开办公室，就被卡在电梯里，突然断电后电梯里的灯全部黑了。电梯里有一个清洁工人的手里正拿着一个拖把和水桶。于是我们三个男的一起帮着用他手里的拖把柄将门撬开了。在浓重的烟雾中跟着人流往下走，我终于走出了大楼，回首一望，才知道两幢大厦都在燃烧中。有人告诉我是两架飞机撞进去造成了火灾，我没顾得上多考虑，还想着楼上的同事。我回头望过去，在我办公室位置的楼下有一个大窟窿，在外面一时还看不见火，烟却越来越浓。我走出两个街口，身后一阵轰响，铺天盖地的尘土裹挟着巨大的力量从身后呼啸而来，我脚步踉跄险些跌倒。再往前看，整个街区瞬间淹没在飓风过后的尘埃中。忽然之间许多东西钻进了鼻孔和口腔里，我剧烈地咳嗽起来，呼吸变得困难。我抓起衣襟蒙在口鼻上，不敢回头继续往前走。走出很远，快跑不动了，才不得不停下来喘气。当我转过身回头望向世贸的方向，看不见世贸了，环顾左右也是一片烟雾漫漫，再也找不见我与它相处了将近十年的世贸大厦了。从那天开始，后来很多天我又回到了那片废墟，帮助张贴寻人启事，寻找我的同事和朋友们。

商雨量几经周折找到我，就是为了打听辛芝蕊的生死。他说在纪念馆里看见了辛芝蕊的照片。问我她有没有生存下来的希望。我问他，那时大厦烧起来了吗？他点了点头。如果大厦已经烧起来了，距离倒塌也就是二十多分钟，二十多分钟从八十多层楼走下来都来不及。只要大厦倒塌了，里面的人不可能再生还。我记得大厦上的那个大洞在我们办公室的楼下，那样就断了上层的人逃生的通路。可是商雨量还是不相信。

他一定要带我去纪念馆里看那幅照片，我拒绝了。那里是我的一个噩梦，我不愿意再走进去。我还只有四十多岁，却已经病得不轻，双塔遭受冲击时，原可以全身而退，逃离现场，可是看到大厦倒塌后，还有那么多同事堵在楼里，我实在不忍心，又折回去找他们，其中就包括辛芝蕊。我的眼前简直就是一个地狱，所有被埋在灰烬里的人们不可能有生还的希望，我只能到周边帮助一些伤者。尘土塞满了我的嘴和喉咙，整个身体从头到脚被尘土掩盖了，看起来像个鬼魂。灾难过去后没多久我身体出现了症状，导致严重的慢性咳嗽。已经十多年了，我一直在病魔设下的陷阱里挣扎，生命对于我已经没有了十几年前的色彩，任何一天我都可能停止生命，从这个世界消失，可是在世贸大厦中生活的那段记忆却永远不会忘记。商雨量提起辛芝蕊，记忆中的辛芝蕊有一张美丽的脸蛋，迷人的笑容，这样的笑容在公司中并不多见，我坐在她的附近，会有更多机会瞥见。

我已经很多年不去想那时的事了，我身上残存的精力都用于与政府讨价还价争取自己的医药费和伤残津贴。我还活着，就一定要有尊严地活着。我和辛芝蕊还共事过一段日子，除了上班有时候也会在电梯上遇见她。在亚裔女性中她是颇引人注目的，举止端庄，身材颀长，容貌生动。见的次数多了，我们就会聊几句。她就坐在我前面的小隔间里，平时也很少说话。一段日子后，关系有些熟了，就感觉她一直很严肃的样子，压力好像很大。她一直蛮清高的，与公司里的同事们话也不多。一开始很顺利，上级主管也重用她，不过这些也是各有利弊，主管对你太重视，又会有所企图。美国公司的文化，互相见面都很客气，打招呼，互相赞美。其实嘴上说的并不是心里想的。但是在工作问责方面，互相从不谦让，不会代人受过。职责权限划得很干净，不是自己的事，不会去操心。对于个体的积极性、创造性不是很鼓励。所以，有时我们也有压抑的时候，当你没有到达一定高度的地位时，你的聪明才智是不可能尽情发挥的。准确地说，如果你的顶头上司并不欣赏你的创意，他反而会从中作梗。除非你遇到一个知人善任的上司，那是天大的福气了。我理解辛芝蕊时常出现的压抑情绪，其实我也一样。这可能就是我们这些置身于大公司文化中职员的共同苦闷，也是另一种高处不胜寒吧。

做好自己的事是我们彼此的共勉。我和她的顶头上司对于这个专业并不深入了解，可是偏偏是我们的领导。他对于下属的建议，心情好时会积极考虑，心情不好时则让你感觉到如同撞击在橡皮墙壁上一样，不痛不痒，说不出的苦，却无处发泄。在现今美国的环境中，没有人会明目张胆地表达种族间歧视的言论，可是文化的隔阂和差别导致彼此不可能对问题有同样的看法。这是多族裔共事的微妙和两难处境，而辛芝蕊却在这种处境中生存着。

我是一个白人，对中国文化颇有兴趣，和辛芝蕊也时有交谈，我们还是蛮谈得来的。常人都以成败论英雄，喜欢追捧功成名就的人。即便做出了贡献，却还默默无闻，通常会被忽略。可是我看见了她的聪明才智，不仅能解决问题，而且是能以非常规的方法快速地抓住问题，解决问题。我是由衷钦佩她的。

有几天午餐的时候，在草地上我看见大肚腩和辛芝蕊在说话，说了好久，一直是大肚腩在说，她在听。那天晚上下班时，大肚腩又来找她，好像是约她一起去哪里。那天我走得较晚，看见他们一起出去了。我与他们擦肩而过，大肚腩仿佛没有看见我似的，却冲着她满脸微笑。这样的表情在大肚腩的脸上并不多见。

第二天上班时见到辛芝蕊，觉得她心情不太好，显得很疲惫。大肚腩又恢复了那副图章脸，见了谁都没有笑容。走过辛芝蕊身边也不说不笑。我估计昨天他们之间一定发生了什么事，闹得不太愉快。

匆匆一周过去了，据我的观察，那一周是她最为折磨的一周。没再见过大肚腩和她说笑，曾经叫她去过他的办公室，每一次辛芝蕊去了回来都是心情特别压抑。大家都下班了，可是她还有很多事没完成，要继续加班。这样的事以前没有发生过。甚至有人听见她在厕所里压抑地哭，说再也忍受不下去了。

那个周五下班后在大厦附近的地铁站里遇见辛芝蕊，大家都准备去度周末了，心情像过节一样，可以轻松地过两天了，我看到她神情略为轻松地从电梯里下来，几天积聚的压力似乎终于释放，走出这个大厦就去享受属于自己的世界。

我还记得等车的时候和她聊了几句。

"今天不用加班了？这个星期我看你特别忙，回去好好休息一下吧。"我话里有话，可是也不便明说。

"没有比这个更爽的了。未来的四十八小时彻底属于我自己，即便是看着云一分一秒地飘去，也是那么舒服。"

"周末都做些什么？"

"有时候想想，人其实也不需要做太多事，只要是自己愿意的，都是很有意义的……"说着她叹了一口气，"在家看云也舒服。"欲言又止，忽然沉默了。终于也没有把想说的话说出来。

车站的显示牌上亮起了信息：前方故障，列车将延迟进站。我只能没话找话："除了看云，还做什么？"

"看碟，逛街，睡觉，练瑜伽，听音乐，看着窗外发呆……有很多事情可以做。"

"喜欢听什么音乐？"

"喜欢听能引起我遐想的音乐，超现代的电子合成音乐，我喜欢。音乐是我的贴身伴侣，坏心情的时候可以治愈我，好心情时可以让我更嗨！"

"这倒是真的，因为音乐是你自己选择的。你的窗外有怎样的好风景啊？"

"我住得比较高，可以看到绿树环绕，特别是晚上更可以眺望万家灯火。想象可以自由飞翔。很多灵感都是看着窗外萌发的。"

这时列车进站了，她在我前面上了车，一扭身就钻进人流里。

又过了一周，我看她在办公室里心神不宁，后来又走进了人事部经理的办公室。回来的时候情绪似乎还挺亢奋的。她见我对她挺关注的，就说："有的人正急着找配偶呢，可别往我身上打主意啊，不是一样的人……"

听她这样说，我就知道她实在忍不住了，去人事部门投诉大肚腩了。这种事通常就是两种可能，不是你赢，就是你输。公司文化中对这种事特别敏感，一定会想方设法地将之化解得无风无痕。但是却未必辨明是非，而可能是权力与关系的决胜。她决定走出这一步，一定是她忍无可忍，也许她还自信地认为公司上层会支持她的。但实际上，她错了。几周之后我接到通知，公司部门因为业务发展需要重组了，她的职位被取消了。

她离开之前我又在车站遇见她，没有从她脸上看出特别的沮丧，我心里都觉得奇怪。我不提那个话题，她倒直率地说：她遇到了一个混蛋上司。我在心里赞成她的说法，大肚腩就是一个美国公司里的混蛋上司。我记得职场专家们还写过专著教导人们遇到了混蛋上司的对策，其中就提到拖延战术、躲避战术，好像还说采取正面冲突会损及自己的利益。我刚想把这个念头告诉她，转念一想，多一事不如少一事。这些话传到大肚腩耳里对我不利。别看我是土生土长的美国人，见义勇为的事从来都不会干。何况现在说这些已经太晚了。

"我得快些逃离……"她说着又灿烂地笑了起来，还旋转了一下身体。她的笑容把我搞蒙了，我不理解刚刚遭受打击的辛芝蕊还能有那么美丽的笑容。后来没多久她真的逃离了，离开了原来的公司，加盟了我们对门的另一家公司。她真有本事，说干就干。后来又在地铁站遇见她，我祝贺她找到了新公司，薪水一定又涨了。

我还记得她转过脸说的那句话："我是狡兔，有三个窟呢。"我明白她的意思，中国有个成语叫"狡兔三窟"。我忽然发现她采取的是最聪明的上策，她有这个资本，有这个能力，可以在那么短的时间里全身而退，就在本公司的对门上班，每天抬头不见低头见。她做到了快意复仇。不要说是她，就是我这样一个白人壮年，我也无法撼动这个公司的权力架构啊。我遇到混蛋上司，也只能逃跑。

七　辛芝蕊

我原来希望以一己的力量扳倒大肚腩这混蛋主管，没有想到在我发出投诉之后一周，人事科长把我叫到办公室。她是一个年近五十的单身女子，气质优雅，见了大家都面带笑容，以礼相待。当我坐下时她还笑容可掬地问我要不要喝咖啡，她自己的办公室里正温着一壶咖啡。其实我和她彼此都知道来人事科不是轻松的事，像我这样身陷某个漩涡之中的人，就是来听一个结果。我谢谢她的好意，就等着她开口说话。她终于坐下来先不提我的投诉，却说了一通公司最新的发展状况，话锋一转就转到我们部门，说为了总公司新的规划，我们部门需要重组，我负责的小组和另一个小组合并了。很遗憾这样两个负责人就要免去一个。

"你知道，那位比你资历高一些，能力也强一些，所以公司决定留用他了。"

我听了心里一沉，但是我已经在投诉的同时，做好了离开的准备。我心里明白，即便是平日高举着公正平等旗帜的美国公司，同样害怕雇员批评它的运作规则，更何况是揭了它底裤里见不得人的东西。遇到这样的挑战者，往往无一例外地被视为异类。不是到了万不得已、不可收拾的地步，通常采取去之而后快的策略，面子上不撕破，找一个冠冕堂皇的理由把你送走，也不拒绝给你一些蝇头小利。至于谁与谁如何比较，谁的能力强，谁对公司的贡献更大，都是任由老板随便说的。我不用费力争这口气，这里没有真理。

我只问了一个问题："我的投诉您处理了吗？"

她也完全明白我一定会问这个问题，微笑着说："我已经向上级主管汇报了，你知道，被你投诉的那人在这个公司年头很长，关系也比较深厚，我一定会尽我的力量做调查。"她为了避嫌，连大肚腩的名字都省略了。"不管你走到哪里，可能到时还会需要你的配合。在公司的章程里，每个员工都要坚决抵制任何骚扰的不当行为，可总是有人要冒这样的风险。以我也是一个女性的身份，首先向你表示亲切的慰问。我相信事实真相一定会水落石出的。"

于是，我的工作还剩下一周，那一周里再也没看见大肚腩，似乎被迫休假了，免得我与他发生正面的冲突。而每天都有一个女士被安排来假模假样地和我做交接工作。这就是美国的公司文化中最为人性化的处理。可是一周还不到，我再次走进了人事经理的办公室，她还是那样微笑地望着我，似乎问我，有什么需要帮助的？我递过去一封辞职信，直接说了三个字："我辞职。"她显然有些吃惊。最后我离开她办公室时，她拥抱了我一下说："这样对你对公司都比较好。祝你好运！"最后还添加了一句："你一定会有好运的！"

我来到这片土地，就一直在追寻着"美国梦"。什么是我的"美国梦"？富足的生活，自由的意志和思想，无拘无束地发展自己的才能和天赋。这些梦想的实质意义对于不同的国家和地域都有不同的界定，相对而言的。我可以自由自在地在不同的顶级公司里跳槽，这就是我为之奋斗的"美国梦"吧。我斗不过，就撤退，逃跑。其实，真正战胜一个人，对于另一个人并不具有绝对的胜算，可是，获得了自己真正的自由，发挥自己的才能，过自己想过的日子，才是最真实和最重要的。

商雨量上次见面时说，你已经不知不觉地进入了纽约最高的上层建筑里，又是在接近顶层的位置上班，你还要什么，还有什么不满足的？当然在世贸大厦里占据一个位置是具有象征意义的，不过，以前中国人不是常说"高处不胜寒"。这话是有道理的。其实，不同的人群组合，智商和知识结构是完全不同的，可是一个人，就像离不开一日三餐，吃喝拉撒，不管到了哪里，仍然渴求人间的温情和互相了解沟通。我发觉越往高处走，空气越稀薄，每一个人都穿上笔挺的西服套装，脸上戴着一副面具，其实对方心里想的什么，你真的不知道。这就是现代和后现代社会的流行病。人们互相不信任，但是都了解必须按照这个社会形态形成的交流模式去行事。我很难说哪一个社会形态上的行为模式更人性化，各有利弊吧。我已经习惯了这里，没人整天烦你，可是当然也会寂寞一些。我也不知道应该如何选择。我只能安慰自己，我已有幸经历了许多人都没有机会体验过的各种各样的阅历，人生不就是获得更多的体验吗？就像我喜欢尝试各种家乡的美食，还喜欢法国 Croissant 的松脆，越南咖啡的浓烈，还有印度咖喱，土耳其烤制牛羊肉。现在我什么都吃过了，还应该出发去寻找更新鲜的体验了，出发在即，就等待着那一声呼唤！

辞职后我提早离开了公司，太阳还悬在高空，街上来来往往的都是游客。我很少在周日的这个时间在街上悠闲地散步。许多人缺的是金钱，我缺的是时间。每天上班将近十个小时，加上路上车程，我的时间都没有了。周末，或是坐在家里发呆，或是找个朋友吃饭。自从走进了世贸大厦，我都快成了赚钱的机器。

我离开伯克利后住在纽约中城苏豪区的公寓中，下了班就在附近的酒吧喝喝酒，认识几个初次相识的朋友，能在酒吧里结识的朋友，大都是单身贵族，在酒吧里看看球赛，相互聊聊天解闷。和这样的朋友聊天最轻松，一言不合各自走开，从此再不往来。当然，这样的朋友解决不了任何问题，就是萍水相逢而已。可是我理解美国人为什么特别喜欢酒吧，其实就是找个人说话，其实在真实的生活中，许多问题的解决还是只得靠自己，别人无法助上一臂之力。我想找个人说话，又走进了酒吧。

我在吧台上侧面找了一个位置，旁边坐着一位金发女子，看上去与我年龄相仿。她不断地看手机，我也只能看手机，其实心里颇无聊，我可以感觉到她的心里也无聊。后来见她终于抬起头来往我瞟了一眼。我就说，今天休息？她说，我把老板炒了。语气中充满了一种爽的感觉。我忽然发现找到了一个可以互诉心情的人，真想和她紧紧地拥抱一下。

"我也把老板炒了。"我说。

她幸福地睁大了眼睛，觉得不可思议："那我们应该举行一个派对！"

"这不就是我们的派对吗？"我举了举手中的酒杯，指着酒吧里熙熙攘攘的人。

她受了我的启发，突然站起来举起酒杯对着众人喊起来："大家都听惯了员工被老板炒鱿鱼，不过，我和她刚刚炒了老板。大家举杯为我们祝福吧，和我们一起庆祝吧！"

原先低头看着手机喝酒的人们一个个抬起头来，一些低声说话的也发出声音来回应，酒吧里顷刻荡漾起一阵欢呼声。人们一个个鱼贯着从各个方向走向我们，与我们逐一碰杯，与我们拥抱，真是好不热闹。热闹过后我和身边的女子成了酒友，一边喝着酒，一边聊着。天南海北，从周游过的地方，到各国各地美食，到艺术潮流，逐一聊过来。一直到天黑了，感觉口干舌燥了，才喝干了杯里的酒回家。在酒吧门口和她分手时，我说下周我就去上班了，还在同样的大厦中，新公司就在老公司的对门。她对我竖起了两个大拇指！

八　商雨量

纪念馆的墙上有一段简短的文字是这样记录的："一位女子很平静，走到窗前，把裙子下摆用两手拉紧，然后向窗外跳下。"难道被描述的就是辛芝蕊？举动如同她走出办公室回家，脸上毫无表情，那么自然。

我想象着辛芝蕊那个早上的行程，她穿着熨烫平整的西服套裙去上班，刚走进办公室没有几分钟就遇到了一阵巨大的恐怖的撞击，整个大厦都在晃动，电灯灭了，空调停了，空气越来越稀薄，温度逐渐升高，呼吸变得困难。9月的纽约还是夏天的尾巴，没有空调的密闭空间中令人窒息，飞机燃油引发的大火正在燃烧，整层的办公室像在一个大火炉里烤着，温度越来越高，照片上的她站在窗前望着窗外，神情中没有惊慌，从她的办公室望出去，自由女神手里依然高举着火炬，窗下细如游丝的是她每天走过的熟悉的街道。她一定很快就听说发生了什么事，人群中弥漫着末日的悲哀和恐惧。已经开始有人再也坚持不下去，开始拎起椅子和各种工具猛砸玻璃窗，到处响起了玻璃的碎裂声和人们被炸裂的玻璃割伤后的叫声。终于有人被从楼道里涌进来的浓烟呛得喘不过气来，开始有人往被砸开的窗口爬去，身后的浓烟越来越密，简直无法看到生机，开始有人往外跳去……我的眼睛扫过墙上的其他照片，燃烧的大厦前的天空中，那些飘浮在空中的生命像鸟儿一样飞翔！

我设法搞清楚辛芝蕊办公室的楼层到底是在飞机撞开的大窟窿的上层还是下层，燃烧的大火有没有阻断她逃生的路？我反复地问查理。他病得很重，思路中不时出现幻觉，有些事记得很清楚，却偏偏在这个问题上说得前后有矛盾。他的模棱两可也给我更多的空间，想象着辛芝蕊终于走出了倒塌前的大厦，又潇洒地在我面前失踪了。也许过了若干年她会忽然出现在我的面前。

当我第一次看见辛芝蕊平静地伫立在大厦窗前的照片时，我就心存幻想，希望她能有生还的机会。因为据统计共有九千多人最后一步一步地从高处走下来，穿过弥漫的烟雾走出了大厦。辛芝蕊那么健康阳光，她本身就有健康的身体和很好的体力，她更应该有灿烂的明天。她是一个勇往直前的人，不知现在又在哪里奔跑。可惜的是这次纽约之行没有能像上一次那样与她好好相聚，令我深感遗憾。不过在我的印象中，她灵动如脱兔，总是在生命的关键时刻，调转方向，继续出击，她不会就此停留在一个地方。

晚上在酒店中我做了一个梦，晨起走出客厅，芝蕊穿着宽松的睡衣从对面的房里蹦蹦跳跳地跑出来，手里拿着一封信，"我被录用了！……"兴奋之情溢于言表。

我问："哪里录用了？"

"我想去的地方。"

"你又要走了，又要离开我们走得很远很远？让我找都找不到？"

"就是去体验一下么，只要有缘，我们还会碰面的，就和以前一样，你说是吧？"她说着居然轻轻地在我脸颊上吻了一下。

我喜出望外，伸手就要去揽她的腰，她却如一条溜滑的蛇让我无法把握，滑溜溜地从我的手掌中溜走了。我紧追几步跟着她往一个方向跑去，她停留了一下，伸出手阻止我："我们还会见面的，我先去那里探索一下。"

"你不能老是一个人到处走，要和大家在一起。"

"我就是不喜欢太多人在一起，孤独惯了，享受孤独。"

"你真是古怪，为什么？"

"不为什么。就是喜欢自由自在，不受拘束。大肚腩又来了，我要逃跑了。"嘴里说的是逃跑，她的声音里却抑制不住地笑出声来，咯咯咯的，我可以听出她心里的快乐！

梦醒之后我摸着梦中被她吻过的脸颊，似乎还带着她的余温。我闭上眼靠在床上继续小憩，希望把她的余温留得久一些。

从酒店里出来我和查理约好了一起去世贸中心附近逛逛，最初想让他去纪念馆里帮我确认辛芝蕊的照片和行踪，可是他拒绝了。他不愿意再次走进那段梦魇。他的心情我完全理解。查理已经无法行走，他坐在轮椅里，我推着他坐公车在世贸附近的车站下了车。

查理的病况并不乐观，他独自居住在一幢公寓中，律师前几年帮他申请了政府提供的赔偿基金，用于医疗和生活补助。查理告诉我，这些钱也不是从天而降的。一大批当时参与救援的人和附近的居民在恐袭后生病了，可是起初政府并未对这些因空气污染致病的人给予关注。后来发病的人越来越多，大家才抱团抗争。经过了很多年的努力，美国国会通过了救助法案，而在此之前救援者们不得不为获得相关医疗救济资金而费尽心力。

听查理说了他的情况，回来后我又上网查了相关的内容。才发现纽约所面对的是一个潜在的走向死亡的人群。曾参与救援的纽约消防局救援人员罹患肺病、甲状腺癌、结肠癌、前列腺癌和血癌的风险远远高于普通人。自灾难发生以来，已有一千多人死于上述疾病。并且这些数字还在不断增加，结果将令人难以置信。

查理是一个清醒的病人，他清晰地了解自己的病情，用他的话说：知道自己距离死亡还有多远，生活在这个世界上的日子一天天缩短，进入另外一个世界的时间越来越接近。可是他从未被悲观情绪攻占过。在他平静的描述中，原发于他左肺的那个阴影逐渐扩散，吞噬着周边的健康区域，若干年下来，他的呼吸逐渐困难。他原先是一个十分健壮的运动员型壮汉，被病魔逐渐地耗尽了健康的资本，他现在双腿已经麻木，失去了独立行走的能力。

看着一堆堆路障，查理叹了口气：“今天的世界和昨天的已经不一样了。那时的道路是宽阔的、通畅的，可以自由地奔跑，我曾经每天都会在附近奔跑一会儿，活动活动身体，现在我也走不动了，这路也不再畅通。”比起那会儿，现在真的不如从前了，四面八方都设了路障，数个两平方米大的巨石成排地放在路中间，上面醒目地标记着NYPD。为了建筑和行人的安全，阻止机动车前行。

我说：“没办法，防止恐怖袭击呀！欧洲各国发生了多起汽车冲撞事件，纽约不能不防着啊。”

“今天的世界已经不同于昨日的世界，今天的我也不是昨天的我了。"他又长长地叹了一口气。

我推着他向哈德孙河边走去，周围已经没有喧嚣的人声和车声，忽然显得那么安静。我把他的轮椅转了一个方向，从那里可以远眺新世贸大厦的全景。午后的阳光温柔地照亮了整个世贸大厦，如同一片蔚蓝色和天空重叠在一起。他远望着高耸入云的新世贸，脸上忽然露出了无声的笑，他的嘴翕动着像要说什么。

我凑近去想听到他的话语，他轻轻地说："晃眼已经十年过去了，以前我曾经在那么高的地方上班，每天如此。现在再也没有人超过我以前的高度。我们的纪录没有被打破。"他笑了起来，像一个世界纪录的保持者那样洋洋得意。

为了使他高兴，我说："再也不会那么高了。不过我曾听辛芝蕊说过一句话，那是中国北宋诗人苏轼的诗词中的一句：'我欲乘风归去，又恐琼楼玉宇，高处不胜寒。起舞弄清影，何似在人间？'"

他问我什么意思。我简单地给他解释了一下。他似懂非懂地点点头。"高处有高处的不易处，这是千真万确的。"

"辛芝蕊又跑了，她就是要逃避不喜欢的寒意。她现在不知跑去哪里了。她一定还活着。"我始终不相信辛芝蕊就会从此消失。

可是查理和我有不一样的心态，他每天都生活得很艰难。他却摇摇头，颇为难过地说："错过了那开头的二十分钟，没有人能够跑出来，跑不出来……"

"生活中总会有奇迹发生的。"我坚持说。也许我显得不可理喻。

查理突然转过脸来略为惊讶地看着我。"如果生活中有奇迹，为什么不降临在我的身上？"

我彻底无语了，找不到话来安慰他。我只能紧紧握着他的手，似乎要把他拽出病魔越缠越紧的漩涡，可是我自知自己是那么无能为力。我理不清这团乱麻中的任何一个线头。

忽然一阵痛彻心扉的疼痛向我袭来，不仅仅是为查理，更为辛芝蕊……

（本文原载于《中国作家》2021 年第 12 期）

美 人

[美国]张惠雯[*]

　　那时我大概八岁，和往常一样，跟着哥哥和他的朋友在外面玩儿。哥哥比我大四岁，他厌烦我这条"尾巴"，但母亲强迫他出门时带上我，因为我小时候很瘦弱，她总担心我被其他男孩子欺负。我们都是医院子弟，那天就在大院里玩儿。

　　病房楼前面有一块快枯死的草坪，草坪中央是一个水泥花坛，里面栽着几棵无精打采的冬青和月季，干旱、落满灰尘。围绕花坛稀稀落落地种着几棵矮小的树。我们坐在树下打牌。如果哥哥心情好，会让我替他起牌。我得到这个差事既兴奋又紧张，因为终于能摸到牌了，但如果起的牌不好，哥哥又会骂我手气烂。大部分时间，我只是坐在他旁边，看他们打牌。

　　接近晚饭时间，树底下的光线渐渐变暗了，但离真正黑下来还有一会儿。临路的几棵老楝树开满了紫花，这时候散发出比往常更浓郁的、带苦涩的香味儿。我观看打牌的注意力早已涣散，只等哥哥打完，赶快回家吃饭。就是在这个时候，我听见有人小声而急促地喊：

---

*　女，祖籍河南。1995 年赴新加坡留学，毕业于新加坡国立大学商学院。2010
　年后移居美国，现居波士顿。小说作品曾两次获得"新加坡国家金笔奖"中文
　小说首奖。2008 年获"中国作家鄂尔多斯文学新人奖"。2013 年获"首届人
　民文学新人奖"，同年获"上海文学奖"。2019 年获"储吉旺文学奖"大奖。
　2020 年获"第五届中山文学奖"及首届"曹雪芹华语文学大奖"。

快看，快看，何丽来了！哥哥他们突然都停下手里甩牌的动作，朝同一个方向望过去。他们一动不动，像在玩儿"木头儿人"。当我也朝那个方向看过去，我看见一个穿连衣裙的年轻女人，推着自行车走在从病房楼通往门诊楼的路上。她走路的样子和我妈妈、我姐姐、我见过的其他女人都不一样，仿佛踩着某种特殊的、轻柔的节拍。她披散的黑发刚刚长过肩膀，穿的裙子青里发白，像月亮刚升起时天空的那种颜色。裙子领口系的飘带和裙子下摆在晚风里朝后飘，头发也一掀一掀地微微翻飞，和身体的律动相一致，引得我们的心也跟着摇荡、飞扬起来。

我们愣愣地瞅着她，而我们一齐死盯住她的目光似乎产生了某种作用：她转过头，朝我们看了一眼。所有人都惊呆了，然后全都低下头，像是完全经不住这美丽的、突然的一瞥。但几秒钟之后，我们又赶紧抬起头去看她，生怕错过什么。我把她推的那辆自行车和前面车筐里的两个输液瓶也看得清清楚楚。我们的眼睛就那么追随着她，像一群目光被线牢牢牵住的木偶，直到她的身影消失在门诊楼后面。然后，大家像从梦中猛然醒来一般，再也没有打牌的兴致，喊叫着各自飞奔回家。那就是我第一次看到何丽本人。

80年代，小城里有几个美人脱颖而出，就像高跟鞋、牛仔裤、乔其纱上衣、山口百惠、流行歌曲等诸多新事物脱颖而出一样，而何丽是其中最有名的。我想，我们在医院的树下打牌、看见她的那年，她可能只有十几岁。但也许因为我当时年纪小，所以在我最初的印象里，她已经是个年轻女人。往后，我在不同的时间、不同的地方听不同的人谈起过她，谈发生在她身上的那些事、追求过她的那些男人……这些小城里人们茶余饭后的无聊谈资，在我听来都有了非同寻常的意义。而无论这些事是悲是喜，是否被描述得庸俗、肮脏、轻率，它都没有损伤这个年轻女人留给我的初次印象。真正的美人身上是有光的。我想，在那个傍晚，我被这种光照到了。

一

当初，西城只有三条主要街道，一条南北大街和两条平行的东西街。靠北边这条东西街和南北大街交叉的"十字街"一带是县城中心。交叉口有家国营饭店，饭店包括一个餐厅，设在一栋两层水泥小楼里，供应炒菜。还有一个搭在路边的黄色帆布大棚，卖胡辣汤、小米粥、炸油条、糖糕、菜角等小吃。在当地人眼里，去两层楼的餐厅吃饭就意味着最奢侈的生活水平。从这家国营饭店沿东西街往西去一点儿，是另一家国营清真食堂，叫"回民食堂"，供应羊肉烩面和清真小菜。如果往东走，走不久则会看见三个高耸的、冒着浓烟的水泥烟囱，那就是小城里最大的企业化肥厂。三条街中，南北大街才称得上"大街"的称号，因为最热闹，其繁华地段主要在十字街以南，可以说，这半条街主导着小城的文化和商业生活。从十字街口沿南北大街稍向南走，路西是当地最大的国营商场"百货大楼"，它有四层楼，在80年代初就是县城里的大厦和地标。再往南去，紧挨着百货大楼的是"人民影院"，那时不仅放映新国产片，如《甜蜜的事业》《大桥下面》，也放映译制片《罗马假日》等，是全县人民的娱乐胜地。影院对面就是县文化馆。再往南走，两边都是国营零售商店，叫"门市部"，有盐业公司门市部、医药公司门市部、五金门市部、食品公司门市部……最后，在南边那条东西街和南北大街交叉的路口左侧，矗立着一个模仿人民大会堂造型的带廊柱的灰色水泥建筑，样子相当庄严宏伟，叫"人民大礼堂"。它是县城的剧院和政府会场。从礼堂再往南，就是县委和县政府等机关大院儿。

县城虽小，却有顽固的轴心感，城里人、乡下人划分明确。当时，在这二条主街两旁以及从主街岔分出去的小街两边居住的人才被认为是"城里人"，而城乡的地理分界线就在俗称为"四门"的地方。"四门"是指东西南北四道老城门。县城过去曾有古城墙和城门的，早已毁弃，可老一辈居民的心里还存着这么一个城门旧址的位置，所以他们仍然习惯用"东门""西门"这样的说法，最终成了一种约定俗成。虽然四门人的活动范围几乎和县城人一样，但城里人仍认定"四门"的居民是郊区农民，因为他们还有田地，户口也是农村集体户口，不是吃"商品粮"的。

何丽的家就在"西门"附近。她父亲在化肥厂干活儿，是厂里的合同工。他们家在城外还有几亩麦地，主要是母亲打理。何丽的父亲瘦高，为人老实，不大爱说话，对两个孩子却温和耐心，从没有动手打过，这在城郊实在不多见。也许因为农活儿干得多，风刮日晒，她母亲比父亲显老些。她也瘦削，性格敏感，爱为小事发愁，还有肩膀疼、关节炎等各种小毛病。但从那双塌陷、下垂的大眼睛里，仍可以看出她年轻时也漂亮过。父亲在厂里干完活，回到家会再帮着干一点儿地里的农活儿。他月底从厂里领了工资，除了留几块钱买烟，其他全都交给妻子。母亲尽管爱叹气、爱唠叨，但照顾丈夫和孩子都温柔尽心。这一家人起初是幸福的。

何丽和哥哥童年时最喜欢割麦子的季节。那时父母亲会带他们一起到田里去，让他们坐在麦地边一棵大树的树荫里。他俩看着父母亲头戴草帽，脖子里挂着一条擦汗的毛巾，在金黄色的麦地里变魔术般地挥着镰刀，一茬茬的麦子就在他俩身后倒伏下去，惊叹不已。但他们还小，父母不让碰镰刀。割完一块地，父母亲就到树下休息一会儿，喝塑料桶里的凉开水，吃筐子里带来的食物：茶叶蛋、变蛋、油饼、五香花生米、豆腐皮……割麦子的季节，是人们最舍得吃的时候。兄妹俩随着父母吃一点儿东西，就戴上遮阳帽、跑去收割过的麦田里。他们淌着汗，却不觉得热也不觉得累，把饱满、金黄的麦穗上掬了满怀，帮大人运到路边。断了的麦秸秆儿在他们脚底下发出"噼噼啵啵"的脆响，他们在一片金澄澄的、光的世界里来回奔跑，追着、笑着。过后，等父亲拉着一车麦子往家去的时候，兄妹俩跟在车子后面，捡滑落到路上的麦穗。这是让他们俩都觉得特别快乐的事。

她和哥哥小时读的都是"西门小学"，按照户口，他们不能去城里孩子读的实验小学。但初中以后，这种区别就难以为继了，因为县城里只有两所初中，学生无法根据户籍地划区入学，城里和郊区的学生就混在一起上课。何丽进了二中，她就是那时出名的。据说，在二中的校门口，经常有其他学校或社会上的青年等在那里，只是为了看她。接近80年代中期，小城里的风气逐渐开化，流行音乐、外国电视剧开始风行。人们渐渐意识到，并非只有流氓坏蛋才会谈论美、关注美，意识到爱美并非一种罪。而就在人们度过了一个漫长的蛮荒时代、刚刚睁开眼睛的时候，他们看见了这个美丽的人。

何丽的哥哥那时已经上了高中。为了"震慑"那些聚在校门外围观妹妹的图谋不轨的人，他有时特地来二中接妹妹放学。他经常带几个朋友一起来，有的是他的高中同学，有些是已经下学的、在西门街面上混的郊区青年。这种震慑起了作用，敢跟踪妹妹或是对她出言不逊的人少多了。也有不服气的，双方就免不了打架。

等在校门口的都是外校和社会上的人，学校里有些胆子大、感情激烈的人会找别的方法来表达喜爱。他们塞给她书信和纸条，送她明星贴画、明信片、日记本。她不好意思当面拒收那些情书和纸条，就把它们夹在教科书或作业本里。放学后，她走到某条僻静的路上，才把这些信和纸条拿出来。如果写信的人她还不讨厌，她就读一读，如果是她没有印象的人，她就看也不看，把信撕碎、丢弃。她很谨慎，从不把这些东西带回家，担心父母误会，也怕哥哥看到会去找别人麻烦。

哥哥高中没读完就辍学了。他知道自己考不上大学，决定不再浪费时间。在家里当了半年多的"待业青年"后，经过一个亲戚介绍，他去外地跟别人学开货车，跑河南—江苏线。哥哥离开后，她没有了保护伞，上学、放学的路上提心吊胆，生怕被小流氓围追堵截。家里也发生了一件大事，田地全被政府征收作为新城区开发用地，虽然他们一次性拿了一笔赔偿款，但母亲想到自己没工作，如今家里又没有了田地，又添了新愁。

最后，父母亲商量了一下，从征地补偿款里拿出一部分，在西街尽头开了个食品杂货铺。门面其实很小，但这对他们来说已经是很大、很冒险的"投资"。他们怕赔钱，也怕有一天政府又不让私营了。杂货铺一开始确实没多少生意，"顾客"大多是临近的半大孩子，来买一毛钱三块的水果糖、五分钱一包的山楂片，或是被大人差遣来买盐、白糖、五香粉、油炸果子……后来，何丽的母亲又狠下心买了几口酱菜缸，自己腌酱菜。店面本来就小，进口处摆了几缸酱菜，立即显得拥挤。不管有没有顾客，何丽的母亲都把酱菜坛子、柜台、货架擦得一尘不染，和国营商店货架上落满灰尘的邋遢看起来很不一样，加上她的腌菜干净，夏天酱缸上都蒙着白纱布，不像食品公司门市部的酱菜缸整天敞开、边沿趴满黑压压的苍蝇，小店的客人就渐渐多起来。母亲胆子大了一点儿，不时进点儿新货，如毛巾、扑克牌、擀面杖、蒲扇、苍蝇拍……店开着的时候总离不开人，何丽中午常常要给母亲送饭，有时也帮着卖一会儿东西。于是，来店里买东西的男人就更多了。

一家人虽然忙碌，日子还算充实，直到她父亲发现自己时常腰疼、出虚汗、尿里有血。他去县医院做了检查，县医院诊断说他的肾脏出了毛病。他不敢相信，又偷偷跑去地区医院做检查。医生确定是肾脏出了问题，要他休息、治疗，他哪有时间休息？他没有太当回事儿，拿了一点儿药，依然去厂里干重活儿，铲锅炉灰、扛化肥袋子……有天中午，何丽刚把煮好的面条装进母亲的饭盒、准备去店里送饭，一个陌生人跑进院子里，说他是化肥厂里来的，说父亲在厂里犯病了，已经送去医院。何丽骑自行车载母亲去县医院，母亲在后座上紧揪住她衣服的后襟，好像坐不稳当。母亲边啜泣边说些什么，风很大，她听不清楚她说的话。她很害怕，第一次想到父亲可能会死……眼泪顺着她的脸颊往下流，但她无暇去擦，只是拼命地往前蹬着车子。

家里的"顶梁柱"突然倒了。那段时间，她母亲经常哭，却从不当着父亲的面哭。父亲犯病时浑身疼痛、水肿，还有心肌炎等并发症。化肥厂的工作没法干了，厂里补给他一点儿医疗费。父亲卧病后，何丽除了帮母亲看店，还要照顾父亲，她经常出入医院，给父亲拿药，带父亲去附近的门诊输液。但和母亲一样，她小心翼翼，不在父亲面前流露疲倦或难过。在他跟前，她总是笑着、动作活泼利索，想让消沉的父亲轻松一点儿。

好在哥哥不久后回家了。考虑到父亲的情况，化肥厂愿意给哥哥一个临时工的指标。哥哥去了两个多月就不愿干了，说车间里气味熏死人，干久了会把肺弄坏。父亲很不高兴，但也没有强迫他，只是对妻子说儿子这两年跑野了，看来不够吃苦耐劳。母亲说现在和过去不一样了，年轻人头脑活也不是坏事。

何丽的哥哥到底在外面闯荡过、见过世面。他很快在电影院对面开了县城里第一家音像品商店，卖流行歌曲磁带，磁带上印着明星们的朦胧照，贴着显赫的金色标志——"原装正版"。店里的墙壁上贴着港台明星的海报，双卡录音机不停地大音量播放着时下最流行的歌曲：缠绵悱恻的邓丽君、劲歌热舞的张国荣、猫一样尖锐嘹亮的张蔷……歌声直传到大街上，是那年代特有的声音，象征着另一种遥远的、火热而芳香的生活，激动着县城青年们的心。音像店吸引了不少赶时髦的年轻人，他们即使不买磁带，也喜欢聚在店里聊天、听歌。

在妹妹眼中，哥哥变了很多。他身体粗壮了，肤色深了，说话的嗓音也变了，看人的眼神里多了层思虑。他现在不像以往那么爱和她说话。他这两年在外面经历过什么，遇到过什么人，他的商店经营得怎么样，他都有哪些朋友……这些事他几乎都不提起，如果她问他，他就笑着说有些事他说了她也不懂，她还是小孩子。她觉得那个在学校门口等她、跨坐在自行车上的哥哥不见了，那时他是个少年，现在他俨然是个男人。当然，高大健壮的父亲也不见了。他每天吃大量的药，西药和中药都吃，整个人虚胖浮肿。她变得怀旧，常常想念过去的日子，有时候想得流下泪来。有一天，她看见哥哥塞给母亲一沓钱。她突然明白了为什么哥哥会变，因为父亲倒了，哥哥要在家里担起父亲以前的角色，他不能再像她那样孩子气了。

一天晚上，哥哥突然来高中门口接她放学。他穿着一件浅蓝色T恤衫，下摆扎进牛仔裤里，站在校门口的一棵树下等她。他的样子潇洒气派，就像个大城市来的人。经过的学生都忍不住去打量他。她心里突然感到那么踏实、骄傲，感到哥哥就是她的依靠，有他在，她什么都不用怕。

"你怎么来了？"她像只小鸟一样雀跃地跑过去。

"今天店里没多少生意，我想到很久没来接你，就过来了。"

"你没有骑车？"

"没有。你也别骑车了，咱俩走走路，好好说说话。"

他陪她把车子又推回学校，锁在车棚里。

"我带你去吃夜宵。"哥哥说。

"吃夜宵？"她高兴坏了，好像"夜宵"这个词就让她兴奋。她家里从没有临睡前吃东西的习惯，也没有人对她说过"去吃夜宵"这样的话。

柏油路面上仍有一点儿白日的余热往上蒸，但空气凉下来，游丝般的风吹过路边大树的树梢。夏天的夜晚，街上人还很多，两边民房的门口也坐了不少摇着蒲扇纳凉闲聊的人。低沉的、嗡嗡的人声也让她感到兴奋，她亲热地挎着哥哥的胳膊走着，感觉又回到了他俩一起在麦地里奔跑、躺在一张床上说着话入睡的时候……

"哥，你喜欢长大吗？"她问他。

他想了想，含糊其词地说："说不上喜欢，也说不上不喜欢。"

"我不喜欢。"她说。

"怎么了？"哥哥停下来看看她，说，"有什么不高兴的事儿？"

"也没有。就是觉得以前更好。"

"你才多大啊？就开始怀旧了。"他笑话她。过一会儿，哥哥又说："不管想不想，都长成大姑娘了。反正长大也有长大的好。"他说完却长长地叹了口气。

他们一路从县城北边的高中走到南边的"人民广场"。广场是新建的，中央还有个女娲补天的雕像，在雕像下面的圆形基座上，坐了一圈纳凉的人。靠西边有几个夜市摊子，卖烧烤的、炒菜的、砂锅面的，一个个香气扑鼻、烟雾缭绕。他们在一个烧烤摊儿后面的小桌上坐下来，哥哥叫了烤羊肉串和茶叶蛋，还有两瓶啤酒。"尝尝。"他给她倒了满满一杯啤酒，白色的泡沫从金色的液体里溢出来。她没有喝过啤酒。"就着羊肉串喝啤酒，你肯定喜欢。"哥哥说。她喝了一口，被它极其古怪的味道震惊了。"怎么样？"哥哥问她。"说不上来，就像刷碗水的味道。"她咧着嘴、苦着脸说。哥哥笑了，说："等会儿再试试，刚开始会不习惯，习惯了会觉得真爽。"过一会儿，她像是真的隐约回味出来一点儿什么，似乎是一种特别古怪的、带一点香味的苦，就自己拿起杯子又喝了一口。

哥哥问她有没有想过将来考学的事，她说觉得考不上。"考不上也不用怕，"哥哥说，"总能找到事儿干，再不行就去我店里卖卡带。"哥哥还告诉她，他以后打算扩大店面，到时候再进些录音机、音响来卖，大件东西的利润也大。后来，哥哥问学校里有没有人欺负她。"没有。"她说。他迟疑了一下，又问："有不三不四的人追你吗？""没有。"她说。他有点儿不太相信地看着她，说："如果有人敢对你动歪心思，你告诉我，我收拾他。"

那天晚上，他们聊到很晚，哥哥说了很多他对未来的想法。过后，他俩从人民广场走路回家。她很喜欢那种感觉——和他一起吃夜宵、喝啤酒，一起兴奋地说着话散步回家。以至于在那以后很久，她放学后都在校门口左顾右盼，盼望哥哥再来接她。但哥哥的生意似乎越来越忙，交的朋友也越来越多。后来，他晚上也很少回家过夜了，说需要看店。有天晚上，她放了晚自习回家的路上，看见哥哥骑着他那辆新买的白摩托车从街上呼啸而过，车后座上坐着一个穿黑色连衣裙、烫卷发的女人。哥哥没看见她，而她也希望他不要看见。他们已经过去很久了，她还推着自行车在路边一棵梧桐树的阴影里呆呆站着。她脑子里都是后座上那个女人的样子。她根本没看清她的脸，但她想那肯定是个漂亮的、不一般的女人。不知道是为哥哥高兴，还是自己的心灵受到了某种说不清的强烈刺激，她的眼睛模糊了。

二

1985年夏天的某个晚上，她放学回到家，一进院子，就听见母亲的哭声。那哭声不像平时，格外凄厉，她第一个预感是父亲死了。她跑进堂屋时，母亲抬头看了她一眼，突然捂住脸，身子扑倒在沙发上，哭得更厉害了。这时，她听见父亲在里屋里剧烈地咳嗽，咳嗽的间歇，发出一种含混的、呻吟般的凄惨叫声。"出什么事儿了？"她惊恐地问母亲，母亲泣不成声。她又跑到里间趴在父亲的床头，给他揉胸口。剧烈的咳嗽和气喘过后，父亲什么都不愿说，只是大睁两眼，绝望地盯住三角形屋顶当中那根赤裸的木头横梁。

哥哥是在那天上午被警察从店里抓走了。他们说他那辆"嘉陵"摩托车是从外地偷来的，他的罪名还包括私藏黄色录像带……她的父母悲恸得卧床不起，只有何丽想到应该给哥哥送些衣物。第二天，她没去上学，收拾了几件干净衣服和一双布鞋，还拿了一条毛毯，去公安局打听哥哥的消息。当她抱着东西站在公安局院子里等消息时，一些警察找借口跑到院子里看她。她等了很久，终于有个警察出来告诉她，她哥哥关在东关派出所的拘留所，让她去那边找人。她问了路，骑上车子直奔东关派出所。骑到人稀少些的路段，刚才在大院儿里强忍的眼泪决堤般流下来。她停下车子哭，心想，哭吧，现在哭过了一会儿见到哥哥就不哭了……

到了拘留所，她走进门开着的一间办公室，里面有三个人在打牌，两个穿警服，一个穿便装。她说明来意，那个年长些的警察嘲弄地笑了笑，另一个年轻点儿的面无表情，但他俩都不告诉她该怎么办。她被晾在那里。但她站在门口等着，不走。他们继续打牌。她站在那儿看着他们打完了两局，又开始起第三局的牌。她忍着侮辱，感到双腿发酸发抖。这时，那个穿便装的年轻男人突然把手里的牌一丢，说："不打了，我该走了。行了，这姑娘等这么久了，让她去看看她哥吧。"他说完掏出一盒烟，给两个穿警服的男人一人抛过去一根。警察接过烟，拿桌上的打火机立即点上抽起来。

"你就是何丽？"年长一点儿的那个警察这时问。

"是，我就是想给我哥送点儿东西。"她极力让自己不要哭出来。

年长些的警察从烟雾里眯起眼瞅了她一会儿。

"还是外国烟够劲儿。"他对那个发烟男人说，然后转过头对她说她现在就可以去看她哥了。

年轻的警察这时站起身。"乱七八糟的东西不能拿！"他严厉地说，盯住她手里的包裹。

"行啦行啦，装什么铁面无私呢？"穿便装的男人戏谑地说，"你就让人家给她哥送去吧，人家一个姑娘，也不容易。"

年长的警察笑起来，对小警察说："你学着点儿，李公子这叫怜香惜玉。"

"行了，我得走了，你们继续为人民服务吧。"那个人说完站起身，还对她友好地笑了一下。

年轻警察带她穿过一条阴暗、散发着浓重湿气的走道，来到走道尽头左边的一个小房间，让她进去里面等。屋子比走道里更阴冷，四壁是粗糙的泥坯墙，没有窗户，中间摆着一张刷成邮政绿的小方桌，桌子两边各摆了一把椅子。她迟疑了一下，在桌子后面那把椅子上坐下来。

听到走廊上的脚步声时，她急忙站起身。门被推开了，她看见头发散乱、满脸倦容的哥哥。

警察大声说："十分钟，有话尽快说。"说完转身出去了。

哥哥穿着他那件浅蓝色T恤衫，但它现在又皱又脏，看不出本色。他慢慢走进来，在另一张椅子上颓然坐下来。一夜之间，他好像瘦了、老了。这时她看见他戴着手铐，还看到他手臂上、脸上有伤，她再也忍不住哭起来。

哥哥低声而又急促地劝她不要哭。

"只有十分钟，你再哭就没时间了。"他说。

她哽咽着，走过去抱住他的头。

"别碰别碰。说不定我身上有虱子。"他轻声说。

她放开他，又坐回去，把手里那包东西打开给他看。

"里面是两身换洗的衣服，还有毛毯，一双穿着舒服的布鞋。"她说。

"真好，我正需要这些东西，夜里没有盖的东西，挺冷。"

"你还要啥，我再给你送过来。"

"暂时不要啥了……"哥哥看着她，目光悲伤又温柔。他在强忍着眼泪。

"警察……打你了？"她小声问，又啜泣起来。

"不是，是其他犯人。"他也压低声音说，"进来都会先吃点儿苦头。"

"别哭了，傻丫头，你把时间都哭跑了。你放心，真打架，哥也不会吃亏。"他挤出一个笑。

"他们肯定……冤枉你！"她说。

"没有。"

她怔住了。

他像是怕她不信，又说："摩托车是我偷的，录像带也是我放的。该怎么判怎么判吧，你叫爸妈别费劲了，没用，咱家也没有钱活动……你回去叫咱妈去我屋里床底下的衣服箱子里翻一翻，还有一点儿钱，别乱花，留着给爸看病。"

他俩沉默半晌。

"爸妈都还好？"哥哥问。

"都没事儿，在家等消息。"她不敢说别的。

"那就好。"哥哥叹了口气，"我就怕他们太担心，爸的身体……"他没说完，眼睛湿了。

"还有一分钟！"警察在门外喊了一声。

"家里都靠你了，小丽，照顾好爸妈。哥对不起你！"他说完站起身。

"哥！"她喊了一声，冲过去抓住他被铐起来的两只手。他仿佛受了很大的惊吓，也许是出于羞耻心，猛地甩开她的手。

门被推开了，看到两个泪流满面的人站着一动不动，警察好像也吃了一惊。然后，哥哥被带走了。

在派出所门外，一辆黑色轿车靠路边停着。她骑上自行车沿东西街回家，骑了一会儿，意识到那辆黑车跟在后面。她慢下来，那辆车也慢下来。那时县城里的街上几乎没有小轿车，空荡荡的街上，只有这么一辆车跟着她。她害怕了，靠路边停下，想等它开过去，但它似乎故意戏弄她，也在后面停下来。她又突然跨上车，飞快地往前蹬。但车也开动了，仍然跟着她。当她又一次在路边停住时，它终于从她身边缓缓开过去。从打开的车窗里，她看见刚才在拘留所办公室里遇到的那个穿便装的男人。

三

　　哥哥被判刑六年，关在东关监狱。判决出来，他们的心情反倒都平静下来，只等他服完刑出狱。何丽再也没有心思读书，从高中辍学了。因为家里困难，她没在家待几天就去找工作。刚好有南方人在城南投资的鞋厂在招工，她去应聘，被安排在鞋厂的夹帮成型车间。这个车间里弥漫着刺鼻的胶黏剂的味道，人从里面工作几小时出来，浑身都是熟皮子和黏胶的气味。但她的工种是计件收费，她的手灵巧、干得卖力，就能多挣些钱。

　　不上班时，她仍像过去一样经常出入医院，给父亲拿药、陪父亲做检查。每隔十天半月，她就去监狱看哥哥。慢慢地，她和东关派出所和监狱的几个警察都熟悉了。她第一次认识到长得美是可以换取些好东西的。譬如，她知道如果狱警喜欢她，也会对她哥哥多照顾。于是，她对每个狱警都温柔客气，努力得到他们的好感。别的犯人家属不能送进监狱里的东西，她都能托他们送进去。

　　她后来得知那天在派出所遇见的男人叫李成光，他是绰号"财神爷"的县财政局局长的三公子。在"财神爷"的三个儿子里，他最小，也最不成器。他的大哥二哥都已经从政了，大哥在县委宣传部，二哥在乡里挂职锻炼，只有他天天开着一辆黑色桑塔纳轿车在县城里到处闲逛，交了一堆各行各业的朋友，没事儿就找人打牌、喝酒，是有名的浪荡公子。那次从派出所出来，是他第一次开车跟踪她。她后来去鞋厂上班以后，那辆黑色轿车开始更频繁地跟踪她：在她上下班的路上、去医院的路上、去监狱的路上……通常只有他一个人在车上，但偶尔也有别的人在车上，那样的话她会听到那些人的嬉笑声，听到有人故意打开车窗大喊她的名字，她还听到李笑着制止他们。浪荡子对何丽的"追求"，很快传遍了全城。人们一方面觉得这件事天经地义——最有钱人家的孩子追求长得最美的女人，另一方面又觉得不可能，因为门不当户不对，更何况何丽的哥哥是个罪犯。

一开始，李的跟踪让她害怕，尤其是当他和其他人一起时，那些人的嬉闹、轻浮让她又气又怕。但当她发现厂里的其他女工几乎都因此羡慕甚至嫉妒她时，当她听到她们议论那个人多好看多有派头时，她又觉得他并不那么可怕了。有时她还想到，如果她真和他好了，也许哥哥能早点儿出狱，她的父母能过得好一点儿……李成光跟踪她很久，却没能和她搭上话。他叫她，她或者装没听见，或者敷衍地答一句就赶快逃走。她对男女关系的观念还是顽固又保守的。除此之外，她的生活还算平静。

不过，这平静的生活没能持续多久，1986年秋天，哥哥的事急转直下。家人得到通知，哥哥犯下的盗窃和流氓罪经重新审理，改判死刑。她赶去监狱，去问她熟悉的狱警老杨、老赵……他们一个个脸色沉重，只是摇头叹息，说完全想不到会这样，但这是上面的决定。他们全都帮不了她，她确定了。她恍恍惚惚地从监狱的大门里走出来，想到了那个开黑色轿车的人。

她骑着自行车跑遍全城，想找到那辆黑色桑塔纳。后来，她看到它停在税务局外面的树荫下，但车里没有人。她就在那儿等，等了将近一个小时，终于看到那个人从税务局的红砖大楼里出来、朝他的车走来。他看到她，朝她摆摆手。等他走到车这边，她还没有开口，他就说："刚才有人说在门口看见你了，我就知道你在找我，是因为你哥的事儿吧？我也听说了。"他皱着眉头看她，显得心事重重。然后，他低声说："没想到会这么倒霉，赶到这风头上……"

"还有办法吗？"她急切地问，一开口眼泪就不争气地往下掉。她不能想象死刑。他们可以判他十年、二十年，或者无期……她都能接受，但她不能想象他们要立即让他死。

"这……不好说。要不你坐车里，我们找个地方说？"李成光试探地问。

她顾不上害羞，也顾不上街上路过的人在看着他俩，就把自行车锁在路边的树下。他帮她拉开副驾驶座的车门，她迟疑了一下，坐进去。他发动车子，沿着往西出城的路开。她一动不动地坐着，也不说话。刚上车时，她原本想坐在后座，但她不想让他难堪。她想，她不认识任何有权有势的人，现在只有这个人才有可能救她哥哥。有一刹那，她甚至决绝地想，她从此会把羞耻心全抛开，只要哥哥能不死，就算这个人现在停下车夺走她的童贞，就算他往后天天要她陪睡，她也不会说一个"不"字……李成光这时看起来很严肃，只是沉默着把车往乡下开，一直开出城外将近二十里，停在了颍河上那个水闸旁边。

"这里清净些，方便说话。"他说。

她等着。

"是不是一直哭？眼睛又红又肿。"他看着她，关切地问。

她低下头，没说话。

他叹了口气，对她说："现在正是严打收尾，估计地方都要上报成绩了，所以我想大概是上面压下来的有重犯指标。也就是说，每个县、市至少要抓到多少个重大犯罪分子，有多少……死刑犯，上面可能有要求，达不到标说明当地办案不力。所以我猜是赶上这个不好的节骨眼儿。"

"可我哥哥都已经判过了，判了六年……"

"我知道。但这个时候，刑罚都按最重的来，死刑现在都不需要省法院批，市里、县里就能自己判。"

"我哥的……死刑是咱县判的？"

"要是咱县判的，那就好办了。不过，也可能是市里压下来的硬任务。我给你举个例子吧，比方说，严打期间咱们全市需要判决一百个死刑犯，那每个县要摊下来，譬如每个县十个，但咱县今年没有十个死刑犯，那怎么办？只能从其他犯人里挑罪行比较重的、性质比较恶劣的，补上去。"

"我哥只是偷了一辆摩托车……"

他无奈地说："所以也真是倒霉！"

"你能帮我想办法吗？"她擦擦泪，仰起脸问他。

"我肯定尽力……但我也没法保证。"他看着她说。他的神情凝重、疼惜，他是真关心她，但他的目光也不由控制地扫向她的脸、她的脖颈、她的胸。他发现当她近在咫尺时，比他过去想象的还要动人。她垂下了眼睛，眼里的亮光突然收起，黑沉沉的、容易受惊的睫毛就像在她的脸上投下一层柔和的、惹人怜爱的阴影。他想，这就是一只受了惊吓的、需要人保护的小猫。

"你的事，我能办到的都会去办。"他强调说。

"那……先谢谢你。"她说。

然后，他俩都没有话说了。车里安静得让她害怕。她听见水闸下面河水流动的声音，也听得见他的呼吸声。在她目力所及的河上、田野和树林里，没有一个人。正午的阳光白晃晃地照在河流和田野上，使一切仿佛裹在一层明亮的烟尘里。

"如果不是因为你哥的事，你大概永远不会主动来找我？"他问。

"可能。"她如实回答。

"你真的就那么烦我？"他说着，突然伸过一只手抓住她的左手。

她的手猛地抖动一下，想挣脱出来，但很快又驯服、安静了。她感觉到他的手很热，掌心里汗津津的，而她的手冰凉，也出汗。她把头转过去看车窗外面，身体和那只手一样僵着。

"对不起……我知道现在说这些不是时候，好像是乘人之危。但你知道我一直都喜欢你，我追你不是一天两天了。"他说。

她没说话。

过一会儿，他把她的手轻轻放开了，说："我送你回去，下午我就去打听这件事。"

两天后，她傍晚下班时看见他的车就停在鞋厂对面的路边。他不像以前那样坐在车里，而是倚着车门站在那儿。她迟疑着是否等会儿才过去，因为正是下班时间，一拨拨工人从厂里出来。但他已经看见她，朝她挥手。她知道他肯定是有重要的消息要告诉她。她把自行车存在厂门口的存车处，走过去问他："要到车里说吗？"他点点头。他们坐进车里，他没有发动车子离开的意思，神情严肃地说："我长话短说吧……"

她从他脸上已经看出了结果，心凉了。

"我昨天去找过公安局的哥们儿了，今天上午又去找了他们副局长，法院的人我也打电话问了……你哥的案子，县里谁都没办法翻。他的罪不光是偷摩托车，主要是那个聚众看黄色录像带，还有……听说你哥和女的发生关系，不止一个女的……这些都是这次严打的重点，很多人就是因为这个枪毙的，不光是咱省，外省也是。"

她听到"枪毙"两个字，一阵晕眩。

他接着说："判决确实是市里压下来的，市里要向省里交差。现在的情况，就算我爸亲自去活动，也没有希望。"

她这时用双手捂着脸，身体向后瘫在座椅上，一动不动。

他好像被吓住了，急促地问："丽丽，你没事儿吧？"

她没回答，她的喉咙被什么东西堵住了，发不出声、说不出话。

他伸手摸了下她的额头——她的额头冰冷，蒙着一层薄薄的汗水。他担心她会不会犯了什么病，他想趁机抱住她，但没敢动。等她放下双手，他看见她脸上流满了泪。

"你没事儿吧？"他又问，掏出自己的手绢递给她。

她没有接他的手绢，像个小孩儿一样拿手背抹去脸上的泪，然后说："我没事儿了。谢谢你，我得回家了。"

他说："对不起，我没能帮上忙。"

"你也尽力了。"她说着拉开车门。

"你把车放厂里吧，我送你回家。"他说。

"不用了。"

"你这样我怕你出事儿。"

"不用了。"

他看见她有点儿摇摇晃晃地穿过马路、取出存的车子，她推着自行车走了几步，脚步稍微稳下来，然后骑上车子。他的车一直在她后面慢慢跟着。她知道他跟着她，但没有回头看。

行刑前两天，监狱允许家人探监，破例不再规定探视时间。她和母亲后来一直后悔那天晚上她们哭了太久，并没能对那将死的人说多少安慰话。他反倒安慰她们说他并不害怕，说那就是一闭眼的事儿，很快，不会受罪。他脸色白得发青、眼窝深陷，亮得出奇的眼睛里发出惊惶不定的光，仿佛它已经从这人世间提早游离而去。哥哥说他只有一个要求，就是家里人谁也不要去宣判大会现场和刑场。

"你照顾好爸妈，也保护好你自己。"哥哥临走时最后一句话是对她说的。

行刑那天上午，何丽的哥哥和其他犯人先被警车押送去大礼堂前，参加"宣判大会"。"宣判大会"结束，非死刑犯被押送回监狱，几个死刑犯则被押往东郊刑场。从大戏院到行刑场，沿途都有夹道的观看者。按照他们答应死者的，何丽和父母都没有去现场。老家来了几个男亲戚，他们在家里等着。晚些时候，有人来通知家人可以去收尸了。一直在哭的母亲听到，叫了一声昏过去。男亲戚里的三个壮年汉子去了，他们把死者拉回来的时候，已经用白布把他的头裹起来了。头部缠着层层白布的尸体停放在堂屋中间，夜里，亲戚们有的在院子里、有的在里屋歇下。只有她一个人在屋里的时候，她走过去，把手放在被白布裹住的头上，隔着布，她仿佛能摸到那张被子弹打碎的脸。整个夜里，她在放尸体的床边跪着，握着死者冰冷的、石膏色的手，想把它暖热一点儿。

哥哥被埋葬在西郊的坟场，坟场在一个坡度缓和的土岗子上，哥哥在靠近顶部的地方。坟场没什么人管理，杂草丛生，有些少有人去看顾的坟都被野草吞吃了。她每隔几天就要去看看哥哥，拔掉他坟边新生的杂草。告别那天她没有说的话，现在慢慢都想起来了，对他说了。起初，她经常梦见他，有一次梦见她在街上看到他正匆匆地往前走，她大声喊他，他转过头——果然是他回来了，他对她笑着，竟然是他高中时的样子；另一次她梦见自己走进一间屋子，哥哥竟然在屋里，穿着他喜欢的那件格子衬衫。她高兴得又跳又笑，紧紧抱住他，但过一会儿，她发觉他们脚下有水，水漫进屋子里，越来越深，她拉着他往外走，但他不动……她最经常梦到的还是他俩在金黄色的麦地里追着、跑着，他的笑脸在她面前晃来晃去，活生生的，就像他没有犯罪，没有长大，没有死……她醒来后，第一个反应就是去摸自己的眼睛，有时候有泪水，有时候没有。慢慢地，这些梦也少了。

四

在她哥哥刚去世的那段时间，那辆黑车也从她的生活里消失了。两三个月后的某天早上，她看到它停在离她家很近的街口。看见她，李成光就从车上下来，径直走到她面前。

"你有一样东西掉在我车上了，我过来还给你。"他说。

她看见他手心里那个黑色的、顶端带一粒假珍珠的卡子，是她的东西。

"什么时候掉的？这个小东西你还放着？"她不好意思地说，伸手想拿回发卡。

但李成光突然合上手："你说一个小东西，如果你不稀罕，我就还放着。"

她的脸唰地红了，又不愿在街上和他纠缠，说："你想放着就放着吧。"她说完要走，他却伸手拉住她的自行车后座。

"我等了快一个小时了，不能说几句话再走吗？"他说。

"说什么？"她喃喃地问。

"前段时间我不在家，我出了趟门……其实是我觉得没脸见你，我什么忙都没帮上。"他说。

"一点儿也不怪你，命就是这样。"她说，推着车子往前慢慢走着。

"家里的事都处理好了？有需要我帮忙的吗？"他问，一边跟着她的自行车往前走。

"没有……我得去上班了。"她对他说。

"晚上我还在这儿等你。"

"你别再来了，别人会说闲话的。"

"你不出来我就一直等。"他说。

晚饭后她迅速收拾好厨房，照顾父亲吃了药，坐在堂屋里打毛衣。她已经决定不出去会他，却有些坐立不安。八点多钟的时候，她出去看了一眼，看见他的车。九点半，准备睡觉前，她又出去，看到它仍然停在路边。她想如果它一直停在那儿，邻居们注意到更会说闲话……她觉得应该去劝他离开。她确定父母都睡着了，就悄悄溜出院子。她刚走到街上，他就从车里跳下来。

"我就知道，你不会让我一直傻等。"他说，温暖地笑着。

"我很快就得回去，太晚了。"

"五分钟，说五分钟话行吧？"

她点点头。

"坐车里说？"他问她。

她摇摇头。

"好，听你的。"他说，把拉开的车门又关上了。

然后他们面对面站在那儿，相互看着，突然都感到害臊。

"你要说什么？说吧。"她说。

"说我喜欢你……"

"你要这样我就走了。"

他赶紧说："你不想听，好吧，好吧，那就说我这段时间去哪儿了。"

"去哪儿了？"

"去省城我姨夫家住了一会儿，然后，和我姨夫一家人去了新疆。"

"新疆好吗？"她好奇地问，她去得最远的地方只是几十公里外的市里。

"风景很好，大山、草原，但我心里一直想着你。"

她从未听过别人当面对她说这种话，脸烧得发烫。

这时，他从口袋里掏出一个小绸布包："有个东西送给你，我在新疆买的。"

"什么？"她问。

"一个小坠子。听说那边的和田玉还不错，就买了一个，说是玉能保平安。"

"我不要。我不戴项链。"她推托。

但他拉过她的手，把那个绸布包塞到她手里。

"你送我一个发卡，我送给你一个坠子。"他说。

她惊魂未定地摸回她的小屋里，在床上坐下来，手里还紧握着那个东西。她在黑暗里坐了好一会儿，才想到应该拉开屋里的灯。后来，她小心翼翼地打开布包，里面是一个玉佛吊坠。她轻轻地抚摸它，它摸起来柔润凉滑。

隔一天的夜晚，他又来了。像第一次一样，她只能等父母睡下后偷偷溜出去。虽然城郊居民都睡得早，但她还是担心会被邻居看见。她对他说以后不要再来了。他问为什么。

"我怕别人会说闲话。"

"当了我女朋友，什么都不用怕。"他自负地说。

"可是，我哥刚去世几个月，我现在还不想谈恋爱。"

"我知道。我等你，等你心情恢复了，反正都等这么久了。"

他俩站在路边昏暗的地方说了一会儿话。送她回去的时候，他走得离她那么近，肩膀、手臂不时碰到她的。

到了她家门口，他们站住了。

"那我进去了。"她对他低声说。

就在她转身推门时，他突然把她拉回来，他的手抱住她，脸贴过来想吻她。她猛地扭过脸，他只擦到她的脸颊和耳朵。

"喜欢你，喜欢得受不了。"他压低声音热切地说。

"你再这样我真生气了。"她想让自己听上去很凶很难惹，但她听到的自己的声音却是慌乱、发抖的。

"不会，你会喜欢的。"他说，但他还是放开她，让她走了。

她推门进去，背靠着门，在黑暗的门楼下站了一会儿，好让怦怦狂跳的心平息下来。她想哭，似乎太羞惭、惊慌失措，似乎又因为一种极度新鲜、强大、咄咄逼人的快乐……当她朝院子里走去，淡白的月光斜照，照得地上像有一摊浅浅的水。在月光里，她看见一个人影在靠近柿子树的地方定定地站着。她惊呼了一声。

"谁？"她母亲的声音从里屋传来。

那个薄薄的、透明的影子消失了，像是蓦地溶解在月光里。

她站着一动不动，后悔自己惊叫，把他吓走了。

然后，她听见母亲下床了。

"怎么了？"母亲打开堂屋的门，看见她呆立在院子中间。

"我刚才好像……看见哥了。"她说。

母亲没说话，但她的眼睛也在院子里四处搜寻。过一会儿，她长叹了口气，对女儿说："你是想你哥想的了，去睡吧。"

<h1 style="text-align:center">五</h1>

在过了难熬的"等待期"以后，李成光正式开始了对何丽的狂热追求。他约她一起去看电影，带她去偏僻的城墙上、郊区的树林里散步，他送给她一辆新的凤凰牌女式斜梁自行车，有时干脆亲自开车接送她上下班。有一天，有人把一套新沙发、组合柜拉到她家里……她现在默许他拉她的手、亲她甚至抚摸她，但始终不肯和他发生关系。她知道她不愿意只是因为恐惧，怕父母亲知道了发怒，怕人们知道了唾弃，怕自己失去了贞操再被抛弃。

尽管如此，她仍然害怕爸妈、周围的人看出她身上的变化。她想如果一个女孩儿被一个男人抱过、亲过，她的样子肯定会变；她想男人和女人间的亲热肯定是有痕迹的，甚至是有气味儿的，因为他身上的气味儿会沾染到她身上；她想她应该感到厌恶、应该悔恨交加啊，但她却没有，于是她更羞愧了。她现在夜里经常难以入眠，他在不同时候的不同样子，他说过的话、做过的动作，常常在她脑海里混搅成一片，令她迷乱。但失眠的夜晚过去，早上起来，她非但没有憔悴，反而更美了，因为那双大而羞涩的眼睛出奇地亮，嘴唇像是等待亲吻或刚被吻过一样柔润，似乎她心里那不好的念想给她的皮肤、头发都涂上了一层多情的桃色光泽。她觉得这是件可怕、堕落的事：她好像喜欢他握住她的手，喜欢他突然的激动和亲热，他那些温柔又无赖的话……这些东西里有一种令人晕眩的快乐，有她不曾品尝过的温柔甜蜜。

如今，县城里的人都知道她已经成了李成光的女朋友，每个人都觉得她终于苦尽甘来，除了她母亲。她母亲的态度喜忧参半，甚至忧虑还更多些，她经常问女儿一个问题：他打算什么时候到家里来提亲？她把母亲的忧虑转告了李，李赌咒发誓说除了她他谁都不会娶，但他需要时间说服他父母，他说他父母对她没有看法，只是因为她哥哥的事还有些犹豫。

　　那年春节年初二，李成光作为未来女婿来她家走亲戚了。他带了好几箱符合他身份的高档礼物，中午还留下来吃饭。她母亲过后总算放心了一些，说这孩子看起来挺懂事的，而且既然来走亲戚，说明是有诚意结亲的。但过了段时间，她母亲又改变了想法，对她说："孩子露面了是孩子的心意，大人没有露面没有开口，这事儿还是没有准。"她不敢提他父母对哥哥有看法，只能推说他父亲太忙，他还没顾着和他父亲商量这件事。"家里不同意，什么时候都不能算真定下来。"母亲对她说。

　　元宵节过后不久，她休班的一天，他说带她去见个好朋友。他们开车到了县城最西边那个镇，他朋友在镇里的高中当老师。他们在他的住处一起吃午饭，朋友说天冷要喝点儿酒暖身子。饭后他们一起打了会儿牌，然后他朋友说有事去办，就离开了。那是一间单身宿舍，收拾得干净整洁，靠窗的地方放着一个取暖的小铁煤炉。朋友走后，他俩坐在煤炉边取暖，他把她的双手紧紧握在自己手里暖着，问她："冷吧？手这么凉。"他痴迷地看着她，捏她的脸蛋，说她喝一点儿酒脸就红得像桃花。她说她真不该喝酒，有点儿头晕，他这时过来抱住她，说她应该躺到床上去。她叫他不要这样，说他朋友随时会回来。"他不会回来了。"他笃定地说。

　　最后，他把她推到那张单人床上。她没有太抗拒，被他脱光了衣裳。赤身裸体的她冷得直打哆嗦，但他火热的身体立即包裹住她，很快，紧张和疼痛又让她出了一身汗。他很激动，但看起来完全知道怎么做，她想到他肯定已经和别的女人做过这种事了。结束以后，他叫她躺着不要动，他倒了些温水给她擦下身，然后把她扶起来，让她靠着自己坐，说她现在才真正是他的女人了。她想，他到底是个温柔的男人。她看见床单上好几处染上了血。他让她不用担心，说他和朋友说过了，他会收拾的。"你们俩早就商量好了？"她惊讶地问。"你想多了。"他说。

后来，她想到自己委身于李成光的一个原因是他来她家走过亲戚了，这让她相信他们早晚会结婚。另一方面，她确实没有力气抵抗了，她抵抗得太久，已经疲倦了。几次之后，当疼痛感减弱，她开始喜欢那种肉体的快乐。但李成光的欲望太强，开始不顾她的羞耻感，带她去外面的旅馆开房；有时他突然叫上她，把车开到偏僻的地方，把她弄到后座上。渐渐地，他对待她也随便起来，带她和他的哥们儿吃饭见面，戏称他俩是老夫老妻。

端午节、中秋节，李成光仍然搬着大箱小箱的礼物来走亲戚，但他的父母一直没有露面，也没有托人来说。她又问过他几次，他说还没做好父亲的思想工作，说老头儿太固执，还得再等等。第二年的春节初二，他们等了一上午，李成光没有来。过了十二点半，她对爸妈说别等了，先吃吧。他俩什么都没问，但那种闪避的目光、刻意的沉默更让她受不了。下午，她硬着头皮去李成光家里找他，他母亲冷淡地说他出远门办事儿了。过后的几天，她到处留意着，他的车果真在城里消失了。

已经过了大年初十，他来找她，说对不起，他母亲临时非要他去外面办事儿。她不信，说有什么急事儿需要大过年的时候去办呢。问得急了，他说是他母亲故意安排的，他俩的事儿他父母始终不同意。她什么都没说，甚至没有骂他一句，就转身走了。过了几天，他去厂里和家里找她，她都不理睬他。上下班的时候，她叫上厂里的女友一起，好避开他。

这样"冷战"了两个多月，有天中午下着雨，天冷得又像是回到了冬天。她打伞步行回家的路上，被他强拉进车里。不管她在车里怎么打他，他都不停，一直开到城南一栋新盖的两层小楼外面。

那两层楼的房子里除了一张床、一套高低组合柜，还是空的。进去以后，他直接要做那件事，她不愿意，要他先说清楚两个人的关系怎么办。他一句也不回答，只是倔强地、一个劲儿地扯她的衣服。他们俩被雨淋了，像两条又湿又冷的鱼。做爱的时候，他什么话都没说。最后突然冒出来一句狠话，说干脆把她弄死算了，干脆两人都死算了。

新房里阴冷得很。两个人躺在铺着硬硬的席梦思床垫的大床上，在散发着浓重潮气的新被子下面抱在一起，她注意到那条被子的被面是大红的绸缎。李成光红着眼圈说没有办法了，父母那边完全说不通，威胁要和他断绝关系。她叹了口气，说其实早晚会这样。两个人都流了泪。后来，他对她说也有个好消息，他父亲答应把她的工作安排了。她诧异地说："你从没有和我说过。"他说："因为我害怕办不到。以前老头子死活不给办，他恨我不听他的话。前几天我们谈好了，我要他把你安排到县城关财政所，正式工，如果他能办到，我就不再找你。他答应了。你今后不用再待在那个乌烟瘴气的破厂里了。"他们又在床上躺了一会儿，长久沉默。雨水顺着还没有张挂窗帘的窗玻璃一道道蜿蜒地流下来，留下条条灰色印迹，最后洇成湿淋淋的一片。窗外的天色暗下来。"我要回家了。"她猛地坐起身说。他也坐起来，默默地帮她穿好衣服。

她到家时天已经黑透了，她身上的衣服也被雨淋湿了。母亲一个人坐在晚饭桌前，听见她进屋，眼皮也不抬。但等她在桌边小心地坐下，对母亲说以后不用等她等到这么晚时，母亲突然发火了，把一碗米汤摔到地上，问她还要不要脸面，整天在外面野……她默默蹲下身收拾打翻在地上的东西。突然，她听到父亲在里间喊她。她擦干净手、走进去。父亲拉住她的手，让她在床边坐下歇一会儿。他们听见母亲在外间呜咽着哭起来，父亲安慰她说："你是个好孩子。别怪你妈，她也是怕你吃亏……"

很多天里，她都以为他还会回来找她，但他再也没有出现。在县城的每条街道上，她也找不到他的车，他就像从她的世界里彻底消失了一样。她猜想他父母又把他打发去远地方了。没有了那个人和他的车，县城像是完全变了个地方，冷酷、荒凉。她觉得每个人都用不屑的、幸灾乐祸的眼光看她，她并不怕那些刀子般的目光，想到他们怀疑的都是真的，那个人走了、不要她了，她才觉得心如刀割。她还在想他，她不相信两个人那样好过以后还能分开。在他"失踪"的那段时间，她又偷偷去做了流产，这是她第三次做流产。夏天来到，李成光又在街上出现了。但他看见她，只是客气地打个招呼。

"十一"国庆节，李成光结婚了。他那年二十六岁，在县城里已算晚婚，他母亲对人说他都是被何丽迷惑、耽误了。何丽后来知道，李带她去的那栋两层小楼，就是家里给他准备的婚房。那段时间，县城里的人同时热议着两个话题：一个是李家婚礼的豪华排场，另一个是何丽如何被李玩弄了将近三年后又被无情抛弃。

在她家里，没有人提起李成光。女儿丧失了名誉的羞辱、父母心知肚明却不敢说出口的忧虑，都凝固成沉默、愁闷，笼罩着这个不幸的家庭。直到年末，她突然接到被调去城关财政所的通知，她的父母才再一次提到那个人和他父亲的名字。她能成为国家机关的正式职工，这是他们做梦也没有想到的。母亲说，算李家的人还有一点儿良心。

那是 1989 年年底，她刚满二十岁。

六

何丽到财政所上班后，过去西关街上和鞋厂相识的小姐妹都和她疏远了。她也知道，有些不积口德的还在背后说她这个工作是睡出来的。而财政所的那些女孩儿也不大愿意和她交往，因为她不像她们，父母都是机关人员，也因为她的"来历"。只有老所长对她很照顾，特意给她安排些轻松、容易上手的工作，因为他是李成光的父亲提拔上来的。那段时间，她没什么朋友，更孤僻、沉默寡言，外人看来，反觉得她更冷傲，笑话说她被男人甩了还这么傲。仿佛为了示威，她花了不少工资买衣服，让自己打扮得时髦漂亮。于是，那些人又有了新的说法，说她是个虚荣、不知廉耻的女人。

和少女时代比，她的美貌有增无减。不正经的男人们还说，被男人碰过又空落下来的女人都有一种特别的味儿。但不管多少人对她暗中垂涎，公开追求她的正经男人并不多。在封闭的小城里，每个人都知道她和李成光的情史，她成了人们所说的"二手货"，娶她等于公开戴绿帽子。

一些不三不四的男人却依然围着她转，给她带来许多困扰。有一回，她去常去的诊所看病，那个结了婚的男医生拿着听诊器伸进她的衣服里倾听。他听着，眼睛越过她的肩膀直瞪瞪地看着前面，仿佛呆住了。他听了很久，手按住听诊器在她的胸部挪来挪去，她甚至听见他越来越急促的喘气声。她觉得不对，让他把手拿开。但他这时突然丢下听诊器，跪到地上、把头贴到她胸脯上，说她实在太美了，她的乳房太美了，他想她想得发疯。她吓得一把推开他跑出去……还有一次，她帮母亲关了杂货店回家，两个男人从店门外一直跟着她。他们叫她，说有话要和她说。她不愿停下来，他们就拦住她。一个男人伸手摸她的脸，她躲开、骂他。那男人恬不知耻地说："装什么假正经？被姓李的睡了多少次了？我摸一下怎么了？"幸好有两个人骑着自行车经过，她大声喊，他俩才跑了。最让她害怕的那次，傍晚下着大雨，一个阴沉猥琐的、疯子一样的男人追着她的自行车跑，说些污秽不堪的话。她不敢回家，把车子一直骑到公安局大院。在那里，她找了个警察，警察陪她出来，那个人不见了……这样的遭遇太多，让她出门时提心吊胆。

进入90年代，城里的风气也变了。街上有了一家温州人开的新式发廊，街头到处播放着王杰、赵传、童安格等港台歌星的歌；老十字街口的国营饭店、国营百货大楼都已经倒闭了，但在县城的东南，新建的"青龙岗商业街"里私营商店鳞次栉比，生意火爆，店主们去汉正街进货，穿着时髦、为自己商店做广告；看电影的人少多了，因为电影院附近开了两三家录像厅，二十四小时放映着最新港片，据说过了午夜，他们就开始放三级片，而管理部门也睁一只眼闭一只眼；在东郊，废弃的粮库被改造成了迪斯科舞厅，里面竟然来了几个陪唱陪跳的外地小姐……何丽感慨地想，哥哥如果活在今天，他肯定不会死，因为害他被枪毙的罪已经不算什么罪了。

某段时间，县城里旋风般地流行起交谊舞，街头小巷的空地、每个广场都成了大家跳舞的地方，很多人下班吃过饭就出去跳舞。旋转的投影彩灯、流行歌曲改编成的慢板儿舞曲、男人们故作郑重昂首挺胸的姿态、女人们裙裾漫飞的舒缓舞步，成了县城里的寻常风景。1992年夏天，何丽也常和所里的同事一起去跳舞。她去哪个舞池，那里的很多男人就会排队邀她跳舞。

有天晚上，一个高个子的年轻男人朝她走过来，对她说："何丽，你还认得我吗？"她觉得他确实有点儿面熟，但想不起名字。他微微一笑，向她伸出手说："孙向东，你的老同学。"然后他介绍说他初中时读的也是二中，初三和她同班，她那时坐在第三排，他坐在第五排。她又仔细打量他，似乎想起来有这么一个瘦小、害羞的男孩儿，桌子上总是高高堆着两摞书，把自己藏在书后面。她还想起来有时她朝后看，碰巧他也抬起头，他们的眼神碰在一起，他就会马上低下头……他现在俊朗、大方，像是完全变了个人。

他邀请她跳舞。她发现他舞跳得很好。

"怎么这些年没见过你？"她说。

"我在街上看见过你很多次。有时候你坐在车里，看不见我。"他说。

她红着脸低下头。

他察觉到自己说错了话，又说："其实我大部分时间也在外面。高中毕业后去当了兵，回来后分配在武装部，工作一段时间后又去省城警校深造了两年，这次回县里还不到一年。"

"挺好啊，这么努力，上了大学。"她笑着说。

"是大专。"他纠正她说。

"现在在公安局上班？"

"对，在刑警大队。"他说。

那天晚上他一直和她跳舞。休息间歇，他给她和她的女同事们买玻璃瓶装的橘子汽水，陪她们聊天。后来，和她同来的两个女同事过来问她要不要一起回家时，他问她家是不是还住西关，说那样的话他刚好顺路。两个女同事交换眼色，诡秘地笑着说她们先走啦。离开舞场后，她问他家究竟住在哪儿，真的顺路吗？他说县城这么小，去哪里都算顺路。

他们走着聊着，一起回忆初中时的人和事。她心情特别愉快，仿佛一下回到那个无忧无虑的年纪。走在西关行人稀少、路灯稀落的小街上，她说每次都得叫同事一起回家，因为一个人走到这里会害怕，遇到过跟踪的流氓。他说从今以后她就不用害怕了，遇到什么事儿只管告诉他，因为他是警察，还说以后他要在这一带义务巡逻。她被他逗笑了。她说他和初中时候比，变了好多。他说感谢她还记得他初中时候的样子。在她家门外，他从口袋里掏出便条纸和笔，给她写下一串号码，说那是他的 BP 机，让她有什么事随时给他打传呼。

她再去跳舞时常在舞场遇见他。只要她在，他就只和她跳舞，他也很霸道，不给其他男人邀请她跳舞的空当。跳完舞，他就送她回家。如果她骑了自行车，他就骑她的车载她，如果她没骑车，他就和她一起散步回家。有一次，她问他为什么出来不骑车，他说这样送她回家就可以走得久一点。她说她才不信，他出来是跳舞的，又不是专门要送她回家。他问她难道以为每次跳舞都能遇见是巧合，"明明是我暗地里跟踪，以前学的侦查本领都用上了。"他说。惹得她大笑。过后，她自己去跳舞也不骑车了。

回去路上，他俩慢慢走着，随便聊着天儿。有一次，孙向东提起他初中时给她写过信，说她肯定忘了，因为太多人给她写信。她确实不记得。他说他在信的最后署名是红色的，那可不是他用红墨水写的，是他咬破手用血写的。她大吃一惊。"那时候就是很愣，"他说，"不知道怎么表达，就干这种事儿，觉得这样会让自己与众不同。"她想到，也许那封信就是她看都没看就撕碎扔掉的一封，心里突然很疼惜他。另一次，他说当兵时好像每个人都有个女朋友可想，但他没有，所以他就常常想她。"随便乱拉个人。"她嗔怪道。他"嘿嘿"一笑，也不辩解。和孙向东在一起，她感到踏实、快乐，连呼吸也是清新舒畅的，不再担忧任何别的人来烦扰她、侵犯她。

于是，在那个溽热、风行跳舞的夏天，县城的居民又有了新的桃色话题可以谈论：刑警队的孙向东和何丽跳舞跳到了一起。"跳到了一起"，他们就是这么说的。很多男人真正关心的是孙向东是不是已经睡了何丽，还有一些人在猜测他对这个众所周知被人玩儿过的女人究竟是不是动真格儿的。他们推断说，男人嘛，看见好看女人都会色迷心窍，但玩儿够了，心瘾淡了，就会抛弃，堂堂正正的人，谁愿意娶个二手货？

至于何丽，她对孙向东没有当年对李那样的顾虑重重，虽然相处时间不长，但她能感觉到他是什么样的人。她一直放着他写了号码的那张纸条，但从没给他打过传呼。有一天，她内心斗争了很久，终于用家里座机电话呼了他一下。两三分钟后，他的电话就打回来。

"这么快？"她惊讶地问。

"是啊，因为一直在等着。"他说。

"等什么？"她故意问。虽然他不在面前，她仍然脸红了，为自己的装腔作势得意又害臊。

"等你给我打传呼啊。"他的声音里透着兴奋。

"哦，也没有其他事儿。你今天晚上……还去跳舞吗？"

"你去我就去。"他说。

到了约好的地方，她看见他穿着警服。他以往来跳舞都穿便装，说穿警服跳舞影响不好。她诧异地问他今天怎么穿警服，他问她今天不跳舞行不行。"那干什么？"她问。"我骑了摩托车来，带你去兜兜风。"他说。

他跨上摩托车，让她在后座坐好。

"你最好抱住我的腰，免得掉下去。"他说。

她照做了，搂住他的腰。

"别骑太快啊！"她嘱咐他。

他骑着摩托车顺南边那条东西街往东去，经过"人民广场""人民剧院""人民商场"，然后在东西街和南北大街交叉的十字路口转向北。摩托车又经过电影院、文化馆、一家家的临街商店，再从老十字街口转向东，沿北边那条东西街开着……她突然明白了，他故意骑着摩托车在县城里最热闹的街上兜圈子，就是要让人们看见他和她在一起。他骑得一点儿也不快，街上那么多人都在看着他们，她知道这些人还在怀疑，怀疑这人对她是不是真心的。于是，她抱他抱得更紧了，还把头靠在他肩膀上，索性让他们看个够。

他们往东开到老化肥厂那里。老厂早已倒闭，她看着那些不再冒烟的黑烟囱，想起她父亲还在这里工作时，她和哥哥常到厂院里玩耍，禁不住两眼潮湿。摩托车很快开过去，又经过热电厂、棉毯厂（另一个在新时期倒闭的国营大厂），直到乡村的边缘。她耳边吹过"呼呼"的风，她又想起很多年前她在街上看到哥哥骑着摩托车载着一个女人飞驰而过，那时候她还是个中学生，没有恋爱过，也没有被一个男人抛弃过……她想她再也不能犯过去的错误，她要牢牢抓住这个好男人。

在行人稀少的城郊公路上，他骑得更快了。

"凉快吗？"他的声音随着风声吹进她耳朵里。

"很凉快，真舒服。"她喊道。

她的发丝扫过他的脸，她的手温柔地环绕他的腰，他感觉到她柔软的胸部也微微贴着他的背。他有点儿气短了，简直不知道说什么好。

过一会儿，他又问："害怕不害怕？"

"不怕。"她贴近他耳边说。

"坐稳了，我带你去新环城路兜一圈儿。"

新环城路刚刚修好，还没有装路灯。但路上并不漆黑，因为旷野里还余留着一点儿未尽的天光。天空澄碧，飘浮着丝丝缕缕的薄云，缀着淡淡的新月和稀疏的小星。路上没有一辆车也没有一个行人。他在一个地方停下来，朝她转过身去，他们什么都没说，就激动地抱在一起。

那些猜测这段感情也会以"始乱终弃"收场的人显然把这个年轻警察看错了。很快，孙向东就提着东西到何丽家里恭恭敬敬地见了她的父母。后来，人们看见他陪何丽带她父亲去医院看病，陪她给她哥哥上坟，邻居还看到他经常来何丽家干些杂活儿……何丽曾问他是否在乎她哥哥的事，他说他一点儿也不在乎，本来就是判决有问题。她又问他会不会在意她的过去，他说如果他在乎这个的话，又何苦天天找她、追求她。

孙向东就像一只高大的忠犬那样守在她身边，过去那些像肮脏的苍蝇、阴险的狼　样围着她打转儿的不三不四的男人都消失了。她回想和李成光在一起时，她就像一只温驯的、容易受惊吓的小白兔，而现在她是个幸福、自信、安定的女人。不过，她还是留了个心眼儿，无论孙向东对她多好，也无论这个血气方刚的男人多受情欲的折磨，她都不愿和他跨出男女最私密的那一步。

1993年春节，何丽和孙向东结婚了。孙向东的父亲是老公安，母亲是教师。他们虽然最终同意儿子和何丽结婚，但对她的家庭和情史还是很忌讳，看她的目光总有些异样。为了不让她受委屈，孙向东在单位申请了一套职工家属楼，和父母分开住。他们晚上有时回婆婆那儿吃饭，有时去她父母家吃饭。她母亲那么喜欢女婿，有时含着泪对女儿说："记住，向东是你前世修来的福，要惜福！"

有时候，她也不敢相信这份福气，在发生了那么多事以后，还能找到一个爱惜她的人。她只能拼命地对他好。她总是头天晚上就把他第二天上班要穿的警服熨好，把他的皮鞋擦得一尘不染，连袜子也提前帮他放在第二天要穿的皮鞋里。她用手洗他的袜子、内裤、衬衣、毛衣……她连揉搓、漂洗他的衣服时都怀着感情，仿佛那也是一种亲热。她每天给他打传呼留言，让他上班的时候也要想着她。她不太会做菜，而他说自己喜欢炒菜，于是她下班回家，就先把饭或米汤烧好，然后洗菜、切肉，把所有她能提前帮他准备的东西都准备好，他回来后只需要把菜倒进锅里翻炒、做他擅长的调味工作。甚至在他炒菜的时候，她也不愿意离开他，她想陪他一起站在小小的厨房里，随时等待他的召唤。她喜欢帮他拿调味料、把那些瓶瓶罐罐递给他，喜欢他空下来手的时候突然搂住她、亲她一下。这对新婚夫妇一有空就黏在一起。做爱的时候，他放着大音量的音乐，这样，在隔音效果极差的墙的另一面，邻居们就听不到她幸福的呻吟和喊叫。和她爱的、属于她的男人在一起，她才体会到那种肆意的、没有忧虑的肉体欢乐，那是她和李成光在一起时不曾体会到的。

如同很多家庭幸福、生活安定的女人一样，她胖了一些。脸上那种犹疑、茫然的神情消失了，也不像以往那样沉默寡言，她变得爱说爱笑。女人们开始喜欢她，觉得她变随和了、不冷傲了，男人们则觉得她身上的妇人气更浓郁了，仿佛一股令人醺醉的暖意，一丝诱人的腥甜。但没人敢动她的心思。首先，她丈夫是个佩枪的刑警。此外，那些男人开玩笑说，一个愿意娶名声败坏的女人的男人，肯定是个发了疯的男人。

但日子久了，何丽发现孙向东也有他的问题，他的脾性温柔起来就像天使，但暴躁起来也会失去理智。最能点燃他的爆点的，就是别人对她的议论，而这些说法总是和李、和她那段过去有关。有一次，他回到家，脸色难看，说他在酒桌上遇到了李成光，李成光竟然还敢向他问起她！他说他当即就把酒杯摔了，要不是那么多人上来拉住他，他肯定上去揍他。

"他可能就是问问。"她不知道怎么劝他。

"我不许他提你的名字，我警告他，他今后不能提你半个字。"他恶狠狠地说。

还有一次，她从别人那儿听说他因为把人打得住了院，被局里处分了。等他回到家，她问他为什么乱打人。他阴郁地盯着她看了一会儿，突然摔门出去。她追出去，他吼着让她走开。她拉住他、质问他为什么这么对她，他一下子失去了理智，猛地把她甩开，让她整个人向后摔倒在水泥楼梯上……在医院里，他抱着她，哭着求她原谅他，说他今后再也不会对她动手。她问他究竟打了谁。他说他打的那个人是某学校的教导主任，他根本不认识他，但大家在一起喝酒，那个人喝多了，对他说些下流话。"他说了什么？"她问。他一开始不肯说。她一定要他说。他说，那人说当年何丽和李成光去过他的学校宿舍，他还在外面帮着望风……她听了脸色煞白、一言不发。他立即猜到那人说的都是真的。他本来抱着她，这时把她放开了。他冷冷地看着她，一字一顿地说："下次再见到这个人，他只要再敢提这件事，我还会往死里揍他。"

他的愤怒并不止于听到别人说什么，他甚至也怀疑她。有一天，他回到家就质问她是不是在街上碰见了李成光，还和他聊天。她想起来她有次确实在街上碰见过李成光，因为他走过来和她打招呼，他们就说了两句话。他问她他们都说了什么话，她说就是平常见面打招呼的那些话。他叫她以后不要再和姓李的说话。"都是过去的事儿了，也没有什么深仇大恨……他叫我，我总不能不理睬。"她说。"那你说实话，你是不是也想和他说话？"他咄咄逼人地问。她想缓和气氛，和他开玩笑说她觉得他这样太居高临下，像在讯问犯人。可他瞬间被激怒了，一脚踢翻了茶几，摆在上面的果盘、茶杯碎了一地。随后他出门了，丢下她和一地狼藉……好在这种时候不多，几乎是他们之间唯一会发生激烈争吵的情况。她知道他并不像他说的那样不在乎，她的过去还是他心里的一根刺，除非再也不去碰这根刺。过后，在街上遇见李成光，她不再和他说话，远远地应一声就赶紧过去。为了避免孙向东的猜疑，她甚至不再和其他男人说话。

七

　　真正困扰他们的问题是，在结婚几年以后，他们仍然没有孩子。其间她怀过两次孕，但都意外流产了。她知道为什么，感到过去犯下的错要让她用现在的幸福来抵偿。

　　她更怕去公婆家里了。公公一直都不怎么和她说话，总是很简略地"嗯嗯哈哈"地敷衍过去。婆婆是小学教师，平时就喜欢教训人，如今因为她一直不能怀孕，对她越发冷淡，有时还旁敲侧击地说些有关女人身体状况的话。她想婆婆猜到了原因，这更让她无地自容。但丈夫护着她，有时候他妈说话难听，他就和她吵起来。最让她感动的是，他自己从没有因为孩子的事说过一句让她难受的话。但她能隐隐约约地感觉到他的失望，毕竟他是家里的独子，而且他很喜欢小孩儿。有时他同事带孩子来他们家玩儿，她看到丈夫和孩子们玩儿得特别开心，就觉得亏欠他。

　　1996年的冬天特别冷，父母家的老瓦房屋檐上冻着长长的冰凌，这是好几年都没有见过的情景。他们给两个老人买了个巨大的新式煤炉，这种特制的煤炉有保温饭菜的烤箱，炉子还可以连接水管，烧饭、取暖的同时顺便烧热水。孙向东找人把炉子安装好，把厨房熏黑的墙壁重新粉刷一下，又把窗框已经变形、到处漏风的老旧木窗换成了铝合金窗……他们去看望父母时，经常发现父亲佝着背坐在厨房里那个大炉子前面。父亲说他现在比以前怕冷，就爱抱着煤炉，那是家里最暖和的地方。

但父亲还是没能熬过那个冬天。在大年初八的晚上，他用热水洗过脚后躺到床上，过一会儿突然咳嗽起来，咳得一口气没接上，就那么走了。说起这件事，她母亲在悲痛的同时又感到欣慰，说人走得快，没有太受罪。

父亲走后，家的感觉也不一样了。尽管父亲多年来都卧病，但他的人毕竟还在那儿，她回到家，就能看到他、听到他的声音，即使是他咳嗽、喘气的声音，也会让她觉得心安，知道最亲的人还在那儿。现在，家不全了，像被砍掉了一块儿，老房子显得那么破落、寂静。母亲也变了，她原本是个爱为小事发愁、唠叨的人，现在话少多了，眼神温和平静。她安慰女儿说她反倒比原先轻松了，说该来的事总会来，以前她的心一直悬着，现在总算放下了。小卖铺不赚什么钱早已关门，母亲一个人在家，最高兴的事儿就是等女儿女婿来吃饭。她空闲时仍喜欢做酱菜，做好了到处送，给女儿家送，给亲家送，给街坊邻居送。父亲走了没多久，县城又有了新的扩城规划，她家的老房子也被划到西边开街"拆迁"的范围内。他们劝母亲搬过来和他们一起住，但母亲说自己清净惯了，关节不好，也不想爬楼。她母亲拿着政府补偿的几万块拆迁费，自己又加了些积蓄，在南郊给自己买了套两间平房的小院儿。

父亲去世，母亲搬去了家，而婆婆在多次带她算卦问医，尝试了中医、西医和无数种民间偏方后，也终于放弃了让她生孩子的念头。她的生活像是尘埃落定了，但周遭的变化却很大。新开的大街，新建的楼盘，迅速把以往她熟悉的那些老街小巷、郊区民房都覆盖了。在靠近北郊的地方，填平了县城最大的天然湖，在上面建了一条新的商业步行街；街上的音像用品店早已不卖磁带和录像带了，新兴的东西叫 VCD；电影院永久关闭了，因为大家都开始看碟子，不再去影院，连那个人们熟悉的、灰色的两层建筑也被推倒，在原地兴建了一个三层的超市；手机出现了，仿佛突然之间，BP 机和传呼台都消失了……

丈夫的工作更忙了，因为犯罪事件比以前明显增多。1997 年，县里发生了轰动一时的"蓝天宾馆"案，三个公务人员在蓝天宾馆叫了一个十六岁的"小姐"，他们三个在轮奸她的过程中迫使她服用了过量春药，最终导致了女孩儿死亡。事发以后，公安局开展"扫黄"，查封了蓝天宾馆和东郊夜总会，但很快，又有各种美发厅、足浴房在各个街道上开张，隐蔽的性服务甚至蔓延到了下面各乡镇。乡村的风气也变了，有南方商人带着现金到县里一个盛产毛皮的乡镇收皮子，被人杀死在旅馆里；还有外地水果贩子去西边乡镇的农民那里收苹果，发现收上来的很多箱苹果只有第一层是苹果，下面塞满了碎砖瓦片……

在这期间，她只是断断续续地从别人那里听到些关于李成光的消息，听说他父亲已经退居二线了，他的大哥调去了市委宣传部，另一个哥哥当上了税务局副局长，而他自己大概知道自己没有从政的材料，下海经商，在市里开电脑公司。他很少在县城的街上出现了，她也因此松了口气。

她母亲没有太多心可操，人也胖起来。因为不再染发，头发迅速变得雪白。一头银丝让她的面相慈祥里有种庄严，越来越像菩萨。她现在唯一担心的是女儿已年过三十仍没有孩子。

"我老了可以指望你们，你老了谁来照顾你啊？"母亲有时叹气说。

"孙向东。"她开玩笑地说。

"唉，向东比你还大半岁。男人老了不一定比女人硬朗，说不定你还得照顾他呢。"母亲说。

"现在又何必想那么远呢。"她说。

她想到母亲本来有两个孩子，可失去了一个，那得多痛苦！所以，她想没有孩子也许并不是坏事儿。没有的东西，就不会失去，也不会痛彻心扉。

新世纪的第一个年头，县里各单位举办"走进新时代"合唱比赛。财政系统合唱团让何丽当领唱，领唱也不必独唱，只是站在前面做摆设。合唱比赛的决赛在县城大礼堂举行，当晚除了参赛各单位的合唱，还有中小学文艺汇演。

孙向东那几天本来在市公安局集训，但两地相距不过四五十分钟车程，所以临时决定结束当天的培训后赶回去看妻子的演出，给她个惊喜。那是傍晚七点左右，天刚暗下来，公路上稀落的路灯灯光和路边田野里模糊的天光融合在一起。郊区公路上车辆少，孙向东骑得很快，他心里愉快，还哼着歌。在离县城不到二十里的地方，一辆小货车突然从一侧的村道拐上大路，完全没有注意到正在大路上风驰电掣直行过来的摩托车。孙向东的摩托车被撞进公路边的沟渠里，他的人被从车上甩出去，摔在十几米开外的公路边缘。救护车赶到事故现场时，判定他已经死亡。

孙向东的父母认定儿子是因何丽而死，葬礼过后，他们都不想再见她。后来，何丽从和丈夫同住了好几年的那套两居室小屋里搬走了，把房子钥匙还给了公婆。他们并没有赶她，是她没法再在那里住下去。她闭上眼，就觉得丈夫回来了。她睁开眼，却发现屋子里空空如也。有时她在屋子里到处找，希望看到他的魂魄突然出现在哪个角落，像过去他在家的时候。想到他躺在公路边上、流血死去的时候，她还在舞台上唱歌，她就痛彻心扉、痛哭失声。她长久地呆坐着，旁边摆着他的照片。照片里，他是个傻笑的幼童、稚气未脱的少年，或者是个英姿飒爽的年轻警察，或者是搂着她、满足地笑着的已婚男人……睡觉的时候，她把自己脱光，睡在他的衣服上或是抱着它，拼命想梦见他。她偶尔也会如愿，但那梦通常是开始幸福、结局悲伤，到最后她总是突然找不到他。也有美好的春梦，梦里，他又和她在一起了，她真真切切地感觉到他结实的身体，闻到他的气味儿，体会着他带给她的潮汐般的快乐。在梦里，她想到他的死才是场噩梦。事情过去很久，她还是不相信丈夫已经死了，她抱着固执的幻想，幻想他有一天会突然出现，幻想某个时候她会突然听见他说话……

一天下午她没有去上班。她骑着电车，先到哥哥和父亲的坟前清理了杂草，又跑去孙向东的墓地。那是个新墓地，干干净净，没有杂草可拔，她就在那儿坐了很久。临近傍晚时候，她恍恍惚惚地跑去了西郊的叶庄桥。桥上刮着风，行人、车辆稀疏，桥下就是荡荡的颍河，远处的河在夕阳下闪动如碎金，脚下的水流在桥墩处汇成暗色的涡流。人们都说这是一座邪气的桥，过去，不止一个人从这桥上跳下去。她想只要她也跳下去，痛苦就了结了。在那打着漩涡的、越来越晦暗的象征死亡的深渊里，她仿佛看见那些已死的人的影子晃动着闪过。她觉得如果她跳下去，那些黑色的、陌生的影子马上会簇拥上来、缠绕着她，拖着她向那暗黑的深处滑去。但她觉得哥哥、父亲和丈夫都不在那里，他们肯定不在那阴沉的地方。

她抬头凝望。在广袤的、一马平川的平原尽头，在天与地交接的地方，夕阳已经沉落，一抹黛青色平林上空铺满了柔和的、玫瑰色的晚霞。晚霞舒展、流动，像一条天上的河。她想那才是他们应该去的地方，他们在那里会看着她吗？另一半的天空呈青玉色，一丝云也没有，只有一弯新月。这天空和她童年时望着出神的天空、少女时放学路上看到的天空一样。她想起把她扛在肩上的正当壮年的父亲，想起在校门口等她的哥哥，想起和丈夫恋爱时跳完舞慢慢走路回家的那些夏天的夜晚。她也想起一个人凄然地走在去监狱的路上，想起哥哥的枉死、丈夫的惨死，想起她那懵懂无知、遭遗弃的初恋……曾经的快乐、心酸、痛苦一起涌上心头，她在桥上失声痛哭。偶有经过的人听到她的哭声，停下来疑惑地看一会儿，又过去了。她不知哭了多久，后来，天黑了，河面阴沉下去，桥上的灯柱亮了，不远处临河的村庄上空飘满紫色的炊烟，庄户人家里的零星灯火忽明忽暗地闪动。她突然清醒过来，想起母亲还在等她回家。

她搬回去和母亲住。母亲不能减轻女儿的痛苦，只能把心思花在做饭上。"妞妞，今天想吃啥？"每天女儿离家去上班时，她都会这么问。而女儿的回答总是"什么都行"。母亲只好自己叹着气去想，她在家里烙油饼、做手擀面、包饺子，希望女儿多吃几口饭，她觉得人只要还能吃饭，就能多一口气活下去。女儿在家时，母亲不敢哭，怕引得她更难过。但女儿一走，母亲独自在家里干着活儿，翻东翻西，看到那些旧桌子旧板凳，眼泪就直往下淌。她坐下来哭一会儿，擦擦泪再去干活儿。她想不明白为什么女婿那样好的孩子竟然不得善终，想不明白为什么女儿受了这么多苦、好不容易找到了一个好男人却留不住这福气。她怒骂老天爷，怒骂她知道名字的一切神明！

有一天，女儿提前下班回家，看见自己藏在箱子里的几件丈夫的旧衣挂在晒衣绳上。她仿佛惨叫了一声。母亲慌张地从屋里跑出来，说她看今天日头好就把衣服拿出来晒晒，怕它受潮生虫。女儿一句话也没说，扑到母亲身上哭起来。母亲像拍小孩儿一样拍着她，自己也忍不住大放悲声。她终于能对女儿诉说了，说女婿走了她心里就像剜掉了一块肉，她是把他看成自己亲生儿子的……最后，母亲拉住女儿的手说，妞妞，不管多难，咱俩也得过下去。

后来，她站在堂屋门口，恍惚地看着那些在日光下、风里来回摆荡的衣裳。衣裳那么鲜活，柔软而顺服，就像它等着有人再把它穿在身上，就像穿过它、曾让它贴着他的皮肤和血肉的那个男人还活着。

八

她成了寡妇，门前的是非倒不多。尽管美貌还未褪去，她毕竟三十多岁了，在县城里，这个年龄的女人已经被看成是半老女人。另一方面，她丈夫的死更让人们确信她就是专克男人的红颜祸水命，就连那些觊觎她的美貌的人也认定她身上带有某种可怕的邪气，才导致最亲近的男人一个个死去。

2002 年，一向庇护她的老所长调走了，调来一位新所长叫宋斌。他是本县人，但大学毕业后分配到外县的政府机关，这次算升职调回本县。他比老所长年轻得多，但为人冷淡，对工作也比老所长挑剔，大家起初有点儿怕他。但慢慢地，他们发现他能力强，为人大方，他来所里以后，他们的奖金高、福利多，培训的机会也多了。

那时候，县城里的政府机关刚开始使用电脑，宋斌就派何丽去市里参加电脑操作培训。他找她谈话，很直接地对她说，之所以派她去，是因为觉得她在所里好像没多少事儿干。其他人都觉得新所长这样不近人情，毕竟何丽的丈夫前一年刚过世，她还在恢复期。但何丽没说什么，她收拾东西，去市里学习了三个月。在那里，没有人认识她，也没人知道她的经历，电脑课又难又紧张，她反倒从恍惚、消沉的状态中多少挣脱了出来。她回到所里后，所长又给她安排了新任务，要她务必在两个月内教会所里另外两个女同事熟练应用电脑。晚上，别人都下班了，她们还要留下来加班一两个小时。她教她们五笔输入法、做 word 文件和电子账务。新所长的苛刻让她成了所里最早精通电子办公的员工。之后，凡是和电子办公相关的培训，所里都会派她去。后来，大约也因为这一技之长，她被提升为综合办公室副主任，直接向所长汇报。生平第一次，她从工作里得到了一些信心和快乐。

时间就这么在忙忙碌碌中过去，她丈夫走了快两年了。2003 年的夏天，西城街上早已不再流行跳交谊舞，新兴的消遣方式是唱卡拉OK。一些商贩就在街道两边租个位置，摆上 VCD 机、大屏幕彩电和音箱，再摆几张小桌，做露天点唱生意，兼卖啤酒和冷饮。

一天晚饭后，她和所里关系最好的同事萍姐一起在南大街散步。走累了，他们就找了个露天茶座，坐下来喝冷饮。旁边桌上两对学生模样的男女在唱歌，他们点唱的很多新歌她俩都不熟悉，但还是在一旁听得津津有味。突然，有个男人走过来打招呼，竟是李成光。他们已经两三年没见过面，他看起来没怎么变，仍然显得年轻。他大大方方地坐下，说好不容易碰到了，想请她们俩喝冷饮。他说起自己这几年回县里少了，大部分时间在市里忙公司的事。他不知道从哪里听说她去了市里培训，责怪她为什么不和他打个招呼，至少应该见个面，请她吃顿饭……她笑了笑，没说什么。

后来，李成光说既然有卡拉 OK 就唱首老歌吧，萍姐听了连说好，她是个爱笑爱闹又特别喜欢男人的女人。李成光点了陈百强的《偏偏喜欢你》，那是他俩还在恋爱的时候，他喜欢在车里放的一首歌。开头的乐调一响起来，她就觉得时间像是回到了 80 年代，连那时候街头巷尾的气味仿佛都能闻得见。李唱歌很好，他唱完连另一桌的那些年轻学生也给他鼓掌。过一会儿，他又点了一首温兆伦的《随缘》。那是一首何丽没有听过的歌，他刚唱了第一段："原来爱得多深笑得多真，到最后，随缘逝去没一分可留……"邻桌的学生立即鼓掌叫好，但何丽的心却像被狠狠扎了一下。过去的情景蓦地又回到她心里，那些他突然离去而她无路可走的日子……她转过头，不再看屏幕上的歌词和画面，去看街上的人流、街景。

李成光唱完，邻桌的一个女孩儿送了瓶啤酒过来，说："大哥哥粤语歌唱得太好了，这酒我们送你。"李成光高高兴兴地收下，立即又叫老板送四瓶啤酒过去。过后，他看了她一眼，对萍姐开玩笑地说："现在的女孩儿多热情大方，真好，咱们那时候可不是这样，有的人要别人追好久才肯跟人说句话。"他说起过去那副轻松愉快的样子，他那种随随便便的亲热，突然让她厌恶起来，她站起身说她们要回家了。他说开车送她们。"不用了，我和萍姐一起走，我们本来就是出来散步的。"她说。

夜色蓝得发紫，风一阵阵吹着，夜幕刚落下时的那股燥热在渐渐消散，走了一会儿，她心里的起伏也平息了一些。李成光的出现没有勾起她的旧情，反倒让她更想念死去的丈夫。街道两旁有那么多人在唱歌，坐着、站着，尽情地唱着，就像好几年前他们年轻时在街边尽情跳舞一样。她想，要是丈夫还活着，她会让他骑摩托车载她到新修的环城大道兜风（他们恋爱时常走的那条环城路早已成了内城的一部分），让风吹着他俩的头发、扑打在滚烫又湿润的皮肤上，要是能趴在他肩膀上尽情哭尽情笑，那该多快活！

萍姐说："我看李成光还喜欢你呢。"

她说："不会的。我和他早就断了。"

萍姐说："明眼人都看得出来。唉，要是有这样的人这么多年还念念不忘我，我要激动死了。"

"他可是有老婆孩子的。"

"管他呢，要是李成光喜欢我，我就什么都不管不顾。"

她本来有点儿难过，萍姐的随口乱说却让她忍不住笑了。

萍姐的孩子已经上高中，她貌不惊人、身材矮矮胖胖，心里却异常热情浪漫，喜欢直率地说出些花痴的话。可惜她丈夫是个粗野的男人，喝醉酒后还常常打她。有时候，她来上班时脸上、身上带着伤，大家起初还关心，后来也司空见惯了。

萍姐继续在一边念叨李成光，说他是她连想都不敢想的那种男人，从小就像个公子，快四十的人了，还是那么年轻、那么帅，说她就是喜欢好看的人，好看的男人和好看的女人在一起多好啊……何丽有点儿生气了："可我现在一点儿也不喜欢他，他根本没法和向东比。"萍姐半天没出声。过一会儿，她搂住何丽的肩膀轻声安慰她说："谁都知道你和向东感情多深，可你也不能一直想着他啊，人都已经走那么久了。"

又过了段时间，萍姐约她到一个新开的鱼火锅店吃饭。她俩在包间里坐下不久，李成光进来了。她诧异地看萍姐，李成光直截了当地说他只想和她见个面、说几句话；但她一直不接他的电话，他才求萍姐安排一下，萍姐心软经不住他恳求，要怪就怪他一个人。萍姐红着脸，笑说见面吃顿饭也没有什么嘛。她犹豫了一下，说既然来了，那就一起吃吧。

李成光这才坐下来，说他就是想和老朋友叙叙旧。吃饭的时候，多半是他和萍姐在聊。他说起这些年都在忙生意，但心里从没有忘记过去的朋友，又说他听到孙向东出事以后伤心得很，毕竟过去也认识，一起喝过酒，而且，他当时就特别担心她，想马上回来看看有没有什么他能帮忙的，但又怕她多想……李成光是个爱动感情的人，说着眼圈也红了。萍姐感动得跟着流泪，然后就跑去了洗手间。

剩下她和李成光在包间里时，李成光说他这些年除了赚钱还是赚钱，和家里人处不来，经常想她，真的后悔，如果当初他再坚决一点儿，他俩也不至于都落到今天这样。她说她不这样想，说孙向东出事前这些年她都过得特别幸福，和孙向东在一起后，她就不再想起他了，以前的事都忘了。

"你这是说气话，因为你怨我！"李成光不相信。

她说是真的。

他突然从座位上站起来抱住她。

她挣扎、抓他的胳膊，他低声说："让我抱一会儿，只抱一会儿。"

她安静了一会儿，然后用力把他推开了。

他坐回去，拿桌上的餐巾纸擦眼睛。

"我明白了。"他说。

"明白什么？"她问。

"明白你忘了。"他说。

"对啊,"她冷冷地说,"以后不要再见面了。"

"就算是老朋友也可以见见面、说说话吧。"

"不用了,何必让别人说闲话。"

他盯住她看了一会儿,说:"丽丽,你变了很多。"

"经了那么多事,能不变吗?"她讽刺地说。

"确实,你这么对我……是我活该。"他苦笑了一下。

萍姐回来后,他们一起聊天、吃饭,不再说起他俩之间的旧事。饭后,何丽和萍姐骑电动车一起回家。何丽对萍姐说,要是朋友的话,以后再也不要替李成光安排这种事。

"他一直给我打电话,让我约你出来。我觉得他挺可怜的……"萍姐为难地说。

"他就是这样的人,我了解他。人也不坏,感情也是真的,可该做决定的时候,他就软弱、退缩了。我吃过亏,你不知道我那时候是怎么过来的。"她说。

但李成光并没有放弃,他开始更频繁地回县城,假装在这里或那里遇见她、搭几句话。他对她说,她不喜欢的事他一件也不会做,不喜欢听的话他也不会说,他只是想看看她。县城里那些对男女之事敏感的人很快注意到这个新发展,他们注意到李成光和他的奥迪车经常出现在城里的某些区域,他们根本不相信他回来这么勤是为了看望父母。城里人对这个浪荡子又有了新的认识,没想到他果真浪荡成性、色胆包天,不仅不怕被克死,还会为一个半老的女人二度痴迷。

如果不是发生了后来那件事,李成光也许还会继续他徒劳的"偶遇"式探望和追求。但他在市里工作的老婆不知怎么知道了,因此,有一天上午,她化了很浓的妆,高昂着她的头,出现在何丽工作的城关财政所。她本来保持着冷漠、目中无人的太太派头,可看见何丽走进来的那一刻,她的愤怒突然像火山爆发了。她逼近何丽,从涂着鲜红唇膏的嘴里,喷出一连串歹毒、污秽的话。男同事们讪讪地低头回避,萍姐和另一个女同事上前劝阻,把那女的和何丽隔开,怕发生肢体冲突。何丽结结巴巴地辩解说她和李成光早已没有任何瓜葛,但那女的不听她的辩解，也不顾其他人的劝阻，大声斥骂何丽勾引她的老公、破坏她的家庭。

所长出现在门口时，其他人顿时安静了，除了那个站在何丽面前用手指着她、继续谩骂的女人（她背对着门）。何丽愣怔地看着他，嘴唇哆嗦了几下，但一个字也说不出。宋斌站在门口，皱着眉头听了一会儿，才走过来对李成光的妻子说他是这里的领导，有什么问题到他办公室去说，不要影响别人工作。李成光的妻子还要争辩，他态度坚决地重复一遍："有什么事儿到办公室来说。"就这样，他把她带走了，带去了他自己的办公室。

何丽呆坐在座位上，像是还没有从羞辱的震惊中恢复。萍姐过来安慰她，让她不要怕，说她会去找所长，证明她的清白。萍姐还在办公室大声宣布，说全部的事儿她都清楚，是李成光一直要找何丽，还通过她约何丽出来，但何丽自始至终不愿理会他，更不用说和他相好了。

十几分钟后，他们惊讶地看到李成光的妻子愤然离开。过一会儿，宋斌又出现在办公室门口，说："何丽，你到我办公室来一下。"

她跟着他走进办公室，像个听候发落的罪犯一样木然地站在他面前。

他盯着她看了一会儿，问："你不解释一下？"

"我和她老公没有任何关系。"她说。

他冷淡地说："我不关心你和她老公有没有关系，我希望以后不要有人再因为这种破事儿跑到所里来骂街，什么影响啊！"

"我和她丈夫没关系，是她自己瞎猜，冤枉我，还跑过来闹。我管不了她，但也不是我的错。"她态度倔强，声音却不由控制地发颤。

宋斌诧异地看着她，突然，他脸上闪过一丝嘲弄的笑意，说："你现在在我面前说话很厉害啊，刚才那女的冤枉你时，你怎么绵得像小猫一样？你的能言善辩去哪儿了？"

她一直强撑着，突然被他狠狠刺一下，眼泪顿时流出来。

"哭吧，你最好哭完再回去，免得影响其他人工作。"他说着，从抽屉里拿出一包餐巾纸，推到桌角，自己开始低头翻看桌子上的一份文件。

萍姐一进来，立即急切地替何丽辩解。她对宋斌讲李成光是何丽以前的男朋友，很多年前早分了，但李成光如何对她念念不忘，他如何多次托她想约何丽出来、何丽如何拒绝了李成光，连何丽说的那些讨厌李成光、不信任他的话，她都恨不得悉数抖出来……何丽几次用眼神制止她，萍姐都没有注意到。

宋斌饶有兴趣地听萍姐说完，转过来问她："她说的都是真的？"

她不答他的话。

萍姐替她打圆场说："当然是真的，她自己不好意思说。"

宋斌顿了顿，说："没事儿了，你们俩回去吧。"

"所长，我想问问……你是怎么把那个女人打发走的？她刚才很凶啊，很傲啊，谁都拦不住。"萍姐临走还忍不住要打听。

宋斌瞪了她一眼，不耐烦地说："很简单。第一，我问她要证据，她没有。第二，我说出了这种事儿应该去找自己的男人骂。第三，我说她不走我只能报警，她是扰乱政府机构公务。"

走到门口时，她才想起来，转过身说了声"谢谢"。

他头也不抬地说："谢我干什么？到所里来闹，我当然要管。"

回到办公室，萍姐立即对大家宣传了宋斌如何赶走了李的妻子。太帅了，她惊叹地说，没想到所长不仅工作能力强，对付母老虎也有一套。她表示简直已经爱上了他。

李成光的妻子跑到财政所大闹的事，很快在全城传得沸沸扬扬。几天后，李成光打电话向何丽道歉，何丽说又不是他来闹，不用道歉，但请他以后不要再来找她。李成光约她出来谈，她拒绝了。后来看到他的电话，她就直接挂掉。

两三个月以后，正是临近春节的隆冬，第二场雪刚化净，灰色的大地和光秃的树木又都裸露无遗。晚饭后，天已经黑透了，她收到李成光的短信，说他就在她家外面不远的一个地方，必须和她见一面。她回信说她不会见。他说他没有开车，是从他家的老院儿一路走过来的，如果她不出来，他就在那儿等一夜。过了一会儿，她穿上羽绒服、围上围巾出门了。他果真在他说的那条偏僻的小街上等着。天很冷，他穿了件皮衣，冻得发抖。

"你到底想干什么？你觉得别人说我的闲话还少吗？"她问他。

"我就是来道歉的。"他说。

"啊，求求你，不用道歉，只要别再来找我、惹得别人来骂街就行了！你带给我的侮辱还不够吗？"她气恼地说。

"对不起。"他说，显得出奇地平静。

"没事儿的话我就回去了。"她看看他，语气缓和了一点儿。

李成光这时说："我爸走了，就是上个月。"

她怔住了。停一会儿，她说："对不起，我不知道这事儿。"

"没什么，"李成光说，"老头儿得了癌症，走得也不好受……我这几天都在家陪我妈。突然很想过来看看你，没有别的。"

"你还会在家住几天吧？"她没话找话地说。

"后天下午回去。"他说。又说："不知道为什么，老头儿一走，我就想到你。当初要不是他，我们俩也不会……"

"别说这些了。"她轻声打断他，不愿意他说下去，但也不忍心对他发火。

两个人又都沉默了。

李成光突然问她："我真的没机会了？要是我愿意离婚呢？"

黑暗中，何丽惨淡一笑，说："你说这话自己也不信吧？"

李成光被她激了一下，说他当然信。

"你忘了你当年怎么对我说的？你那时比现在坚决。我信了你，结果呢？"

"我那时太年轻，不知道有的事会后悔一辈子。"他颓然地说。

"成光，算了吧，过去你是单身，现在你结了婚，还有孩子，现在要在一起比过去更难。而且，我早就对自己说，再也不要相信你。再说……我也不喜欢你了。"她说。

她的话说得决绝，李成光半天没说话。

"那好，我以后不会再缠着你。不管怎样，我希望你过得好。"他说。

"我知道。"她对他笑了笑。

"如果以后有什么难处，需要我帮忙……"

"我会告诉你。"她说。

他说他这就回去了，但他没有转身走，反而走过来抱住她。那条背街又黑又冷，此时没有一个人经过，路边几棵细高的杨树的枯枝在风里发出"噼噼啦啦"的撞击声，从一些民房二楼的窗户里透出昏黄或青白的灯光，也在这严寒的空气里变得凄冷。她没说话，也没有挣脱，感觉到他的头紧贴着她的头发，他的气息在她耳边聚拢又消散，他的身体在发抖。她想起他们最后一次在一起时，在他的空荡荡的婚房里，那么湿冷、空荡，只有一张床，两个人也在被子底下抱在一起、瑟瑟发抖……她想，就当是告别吧，她和他的纠葛应该就此完结了。

九

自从李的妻子那件事发生后，宋斌对她的态度似乎比以往温和了。有时她到他办公室送文件，他会和她讨论怎么把某句话改得通顺些，问及办公室里其他人的情况，甚至会闲聊几句和工作无关的话。有一次，他说他那天帮她赶走了敌人，她竟然都没有道谢。"我说过了，你当时说不用谢。"她说。"哦，我是说行动上的感谢，你就不会提着礼物上门看看领导？你从来不做这种事儿吗？"他开玩笑说。还有一次，他问起她母亲，问她身体好不好，现在还做酱菜吗？她脸都红了，问他怎么知道她妈妈会做酱菜。他诡秘地一笑，说："我知道的事情多着呢。"

那天，她给宋斌送去几页她整理好的会议纪要。当她把文件放在桌上、要离开时，他突然问："东西扔下就走？"

她只好站住，笑着转过身问："还有什么交代吗？"

他说："我先扫一遍，万一有什么需要改的，我就直接写下来，你可以马上拿去改。"

他开始看文件，后来他意识到她还站着，就让她坐下等。

他一页页地看，在某些地方修改了几个词，或是加上一句话。

他突然抬起眼睛看看她，发现她也在看着他。她不好意思地笑了一下，问他是不是已经好了。

"还没有。"他说。

他感觉到当她坐在那儿，即使安安静静、什么都不说的时候，她身上也在散发出某种东西，像是一股很淡的香气、某种无形的波动，使他周围的空气不一样了。

"以后就这样，比较有效率。"他说着，把改好的文件交还给她。

渐渐地，她开始喜欢这样的时候——当他看她拿来的文件或报表时，她坐在那儿安静等待。而从他看她的眼神、说话的口吻，她隐约地感觉到这个男人也喜欢她。她提醒自己警惕他、离他远一点儿，好像她已经看清了他在用他的温柔态度、漫不经心的话、把她留在办公室和他独处的所谓高效工作方法等构筑一个陷阱。但她又常常无法控制地陷入与此相反的情绪中，譬如，如果好几天他没有找机会把她叫到他那里、对她说些什么，她竟会感到沮丧、失落。

她胡思乱想的时候多了，忍不住琢磨他究竟是怎样一个人：他不像李成光一样温柔、会说动听的话，但似乎也不会轻浮、软弱；他也和孙向东不一样，没那么年轻，也没那么单纯憨直，他似乎是个心思很深的男人，但似乎又没有那么坏，至少在这个没有任何墙不透风的小地方，她从未听说过关于他的流言蜚语。她尽力让自己多想想实际的东西：想想他是个仕途上升期的、野心十足的男人，这种人通常不会把感情看得太重……在所有这些胡思乱想之外，还有一种可怕的罪责感：她担心自己把丈夫忘了，担心那可怜的人正从她的记忆里、心里慢慢变淡、流走。

有一天，他把她叫到办公室，让她回去收拾下东西，去省里参加一个为期三天的财会培训。她惊讶地问："财会培训为什么不让刘会计去？"他瞅了她一眼，说："问那么多干什么？我想让谁去就让谁去。"

培训前一天下午她到了省城，在指定的招待所住下没多久，就收到他的短信，说他碰巧也在省城办事儿，晚上过来接她一起吃饭。她注意到，他甚至没有问她愿不愿意和他吃饭。六点多，他把车开到招待所楼下接她。她上了车，不那么自然。他看了她一眼，一副无所谓的样子，说他刚好也来见一个朋友，朋友晚上有事，不能一起吃饭，他总得找个人一起吃饭，一个人吃饭多没意思。他带她去一个粤式海鲜餐馆，说要一个包间，服务员看他们只有两个人，迟疑地说包间最低消费是一千元。他说没问题。女服务员带他们上楼，不时偷眼瞄着她，意味深长地笑了。

服务员把他们领进一个房间，那是个布置特别雅致的房间，门和餐桌之间立着一个暗金色的屏风，屏风上面是刺绣的花朵，落地窗的一侧放了一个博古架，上面有漆盒、瓷瓶、小雕像、相框等各种小摆设。铺着白色餐布的圆桌中间放着一个方口的青色瓷瓶，插满了鲜花。只剩下他们俩的时候，她问他为什么要花这么多钱吃一顿饭。他正在看菜单，漫不经心地说："为了方便说话，大厅里吵吵闹闹怎么说话？"桌子上有个带按钮的黑色小匣子，他按了一个按钮，服务员就进来了。他点完菜、服务员离开以后，他俩谁也没说话，冷场了好一会儿。她发现坐在这里和坐在他办公室里的感觉不一样：这是个私密的空间，他们俩在这儿像是私会而不是谈工作。她仍有些拘束，但还有一点儿心愿得偿的甜蜜，她想她的预感没错，他是喜欢她的，他总有一天会行动。

他笑话她昨天还问为什么不让刘会计来，现在知道原因了吧。她说刘会计来了也可以陪他吃饭啊。他说那样的话他宁可自己一个人吃。然后，他叫她不要坐得离他那么远，因为她差不多坐到了他的对面。一张可以坐八个人的大圆桌上只坐了他们两个人，显得空空荡荡。她就挪到和他相隔一个座位的位置。

吃过晚饭，他带她去了一家酒店。她问他到这种地方来干什么，他说带她来听歌啊，她以为要干什么？酒吧在二楼，酒吧中间有个半圆形的舞台，的确有个四人乐队现场演出，主唱是个女的。他说这女的唱得很好，他经常来听。他给她叫了综合果汁，自己喝洋酒。吧台和后面的架子都漆成了鲜红色，架子上摆满了各种颜色、各种形状的洋酒酒瓶，吧台上方悬挂着成排的酒杯，像个流光溢彩的琉璃世界。灯光很暗，在小桌的中央，碧绿色玻璃盏里燃烧着火焰虚弱的蜡烛。

他们很少说话，就听乐队演奏、女歌手唱歌。

后来，他开口说看来带她来这地方是个正确决定，至少她不愿说话，还可以听别人唱唱歌，不必干坐着。她说她不是不愿说话，而是还不习惯在这种地方和他说话。他说那是因为她和他聊得太少，不了解他。然后他先开始"自我介绍"，讲起他的家庭、父母和两个妹妹，他在县城上的哪个中学，大学读的什么学校，在外县做过些什么工作……在忽明忽暗的光里，他边喝酒边讲些陈年旧事，有些是人生大事，有些只是无关紧要的细节。最后，他要她也讲讲她的事，好让他更了解她一些。

"我的事有很多都是让人不高兴的事。"她看着他说。

"那就只说让你高兴的事，不愿提起的不用说。"他说。

"你以前不是说你知道的事多着呢？"她突然俏皮地问。

他愣了一下，说："这你也记得？我自己打听到的和从你嘴里说出来的不一样。"

她想了想，说从来没这么和人聊天，还真不知道从哪里讲起。

"譬如，从你小时候家住哪里讲起。"他提示说。

她就讲起来她家以前的老房子是什么样的，老的城墙；讲到离家不远处的那个湖（早已经被填平了），小时候她抱着游泳圈在湖里游泳，不小心让泳圈漂走了，差点儿淹死，是爸爸及时跳进去把她救了上来；她也讲到她哥哥，和哥哥一起在自家地里捡麦穗的光景……她发现讲起来并没有那么悲伤。

到了十点半，他说她该休息了，开车把她送回招待所。但她回去以后，躺在床上很久都没有睡。她发觉她喜欢这个晚上，尽管她仍然有些拘束。但她也有些担忧，因为看起来他掌握了一切主动：什么时候约她、带她去哪里、聊些什么……

第二天，同样的时间，他来接她一起吃饭。

"我不想去昨天那个吃饭的地方。"她对他说。

"你不喜欢那地方？那你想去哪儿？"他好像很诧异她会提要求。

"去那种随便些的小馆子吧，路边摊也行。"

他坚决反对路边摊，最后，他带她去了一家门脸儿很小的烩面馆儿。"这地方够小够挤？"他揶揄地问。她说这里好。他说："带这么好看的女人到这种破地方，别人会怎么看我？"又说，"你该不会是想给我省钱吧？你知道我出来吃饭花的都不是自己的钱。"她说她不是为了替他省钱，就是觉得这种地方说话、吃东西都自在。"不过，你是怎么找到这种破地方的？"她打趣地问。他笑了："这地方离财经学院很近，我以前上学时经常来这条街上吃饭。转眼都二十年前的事了，但地方还在。"

他俩说话比前一晚自然多了。吃饭时，她心情愉快，半开玩笑地说他大学时肯定谈过女朋友。

"谈过一个，谈了两年多。"他很大方地说。

她心想，也许他那时就经常带女朋友到这里吃饭。"后来呢？"她问他。

"毕业后分到不同的地方，就分手了。"

"还联系吗？"

"不想，也不联系。"他说得干干脆脆。紧接着又说："为什么联系？你以为都像你和那个李什么？"

她僵住了。

他意识到言重了，道歉说："对不起，我说错话了。"

吃过饭，他带她去了一家街边咖啡馆。他又讲了更多有关自己的"隐私"，说小时候父母都在镇里工作，他那时学习很好，在镇小学考试年年全年级第一，他们家又是吃商品粮的，他在镇里感觉良好。但后来他父母调回县城工作，他到了县实验小学，发现周围同学都是城里人，只有他是小镇来的，他第一次体会到自卑，每天缩头缩脑地想把自己藏起来。到了初中，他又结交了两个流里流气的朋友，他们经常一起逃课，到台球厅打台球，到河边打青蛙，结果差一点儿没考上高中。但到了高二，他像是如梦初醒，发现再这样下去怕是得一辈子无法翻身、一辈子自卑了，才开始拼命学习赶上去。她也讲了些她在中学里的事，那时候追过什么电视剧、爱买哪些明星的贴画，曾经和女同学一起去看了什么电影……

他打断她问："只和女同学一起看过电影？"

"那时候谁会和男同学一起看电影？"

"那时候得有多少人追你啊？"

"其实没有几个。"

"也是，人要是太美，一般人也不敢追，自己配不配得上，人心里还是有数的。"他说。

她的脸顿时涨得通红。

"这么大的人了还会脸红？"他看着她的窘相，忍不住发笑。

咖啡馆在放一首邓丽君的歌。他不说话了，凝神听了一会儿，问她听过吗。她说听过，但忘了名字。他说他特别喜欢这首歌。

"叫什么名字？"她问他。

《你在我心中》。"他说，看着她。

她移开视线，笑笑说不知为什么，男人好像都特别喜欢邓丽君。

"温柔，甜美，多情，一点儿不妖气，谁不喜欢？"他说。

后来他问她是否还满意现在的工作，她说挺喜欢。

"会点儿技术挺好的，有事做总比磨洋工好。"他说，"但也别想着往上爬。"

他突然这么说让她有点儿惊讶，说："从没想过这些。"

"那就好，女人当官很讨厌。"他说着皱了下眉头。

"男人当官就不讨厌？"她问。

他笑了，说："男人本来就污浊嘛。"

像前一晚一样，到了十点半左右，他就把她送回招待所，然后开车回自己住的酒店。第三个晚上，他没有来，说要见一个朋友。她回城两天后，他才回来。没有人怀疑他们曾在省城见面。

回来以后，他又变成了原来那个人。有时在财政所的楼道里、院子里碰到，他就简单地打个招呼。他把她叫到办公室，仍像以前一样，他说些什么或看着什么，她坐在旁边等着。他没有提起在省城时的事。她虽然不高兴他像是什么都没发生过的样子，但自己也坚持一字不提。她心里有根深蒂固的小地方女人的保守观念，那就是女人永远不能主动去接近、讨好男人。她觉得如果他沉默、冷漠，自己要比他更沉默、更冷漠。但一个人的时候，回想起他们在一起时的情景、他说的那些话，她的心又会软下来，怨意淡了。

过了将近一个月，他给她安排了新的出差任务。她以为会像上次一样，安顿下来不久就收到他的信息。但两天过去了，什么都没有发生，没有电话，也没有一封短信。她说不上是盼着他来，只是心一直悬着，两个晚上都没有睡好。第三天，她已经不抱希望了，但夜里十一点多，他突然打电话过来，问她要不要吃夜宵。

"我都躺下了，什么也不想吃。"她说。

"我已经在你楼下了。要是你不愿下来，我这就走。"他说。

他的口气更让她生气。她问他如果她让他走，他会不会立即走。他顿了一下，说他会。她说那他就走吧。他显然没有预料到这种情况，沉默了半晌，又说："我在下面等你二十分钟。""不用等，我不会下去。"她坚决地说，心想他这种人活该受点儿折磨。他说好吧，那他这就走，然后挂断了电话。她想到他和李成光多么不一样，李成光就不会这样，他会说如果她不来他就一直在楼下等……

过一会儿，她走到窗边，从窗帘中间的一条缝隙里看后面的停车场。停车场黑沉沉一片，她认出了他那辆白车停在边缘处，亮着灯。在停车场上方，城市里的天空烟灰里透着粉红，混沌暧昧，仿佛地面上纷杂的灯光返照到了天上，变成了一层浮动的、浓稠不散的烟雾。她离开窗户那儿，关上了房间里的灯，仰面躺下，躺在一片黑暗中。

大概一个小时后，宋斌又打电话过来。

"干什么？"她问。

"不愿意见我，打电话总可以吧。"他说。

她没说话。

他问："你总是这样在男人面前摆架子？"

"对啊，"她负气地说，"越厉害的男人我越在他面前摆架子。"

"我对你厉害？"他问她。

"不厉害吗？'要是你不愿下来，我这就走'。"她说，模仿他的腔调。

"你才厉害呢，"他愤愤不平地说，"没有人会让我半夜跑过去，还在楼下等好半天，竟然不露面。"

"是吗？你难道从来没有追求过女人？还是都是女人倒追你？"她奚落他。

他好像被她问得怔住了。过一会儿，他突然笑起来，说他知道她在生气。

"生什么气？"

"气我回去之后当作什么都没有发生。"

"本来就什么都没有发生。"

他不理会她的话，接着说："还气我昨天、前天没有找你，没有约你吃饭，今天还来得这么晚……不过，看到你生气我特别高兴。"

"是你自己无聊瞎猜、自作多情。"

"你又不在我跟前，不用羞于承认啊。难道脸又红了？"

"真是无赖。"她气得发笑。

"我就是。明天我还会去找你，但明天你必须见我。"

第二天，他仍然吃过晚饭才来找她，但比前一晚来得早一些。

她一坐进车里，就闻见他身上的酒味儿。

"你喝酒了？"她问。

"喝了一点儿。"

但她觉得不止一点儿。

他对她说刚才和他一起喝酒的是他的大学同学，现在省里给大头儿当秘书。

"所以我经常来省城。"他说，"我们俩关系不错。"

她明白了。

这时，他注意到她两只手臂交叉着抱在胸前，问她是不是冷，说着把自己的夹克脱了给她。但她生硬地把它推回给他。

他没意思地笑了，说"算我自讨没趣"。

她也笑了，说她并不冷。

他这时讨好地说："你看，这个关系我从来没有对其他人说过。我只对你说。我不知道为什么喜欢对你说这些自己的乱七八糟的事儿……我怎么变得婆婆妈妈、唠唠叨叨？"

她看了他一眼，说："你说呗，我听了也觉得挺有意思。"

他看着她：她的身体向车窗那边靠着，仿佛要刻意在这狭小的空间里更偏离他一点儿。衬着那一块漆黑的玻璃，她更显得睫毛浓密、脸色发白。

"有时还是挺矛盾。"他像是没头没脑地说。

"矛盾什么？"她不懂他的意思。

他叹口气说："算了，没什么。"

她似乎突然明白了他的意思。

"我这个朋友，大学时和我上下铺，好得像兄弟一样。我毕业后就去基层工作了，他又考了人大的研究生。从此，我俩的人生就不一样了……你知道我这样的人不像李成光，有个厉害的爸可以靠，我没有背景，什么都得靠自己，好在我有这么一个兄弟。刚才我们俩喝酒，我也是头脑发昏，忍不住对他说了些不该说的话，我说我这个年纪了，好像又喜欢上了一个人。他批评我说爱什么爱呀，都是耽误正事儿、浪费时间。"他说着自己也笑起来。

"难道他说得不对吗？"她故意问。

"也对也不对。"他又严肃起来，"其实这方面我一直管自己管得挺严。你笑什么？我是有要求的人。但这次不一样，好像真是发神经了……唉，这一点儿他不会懂的，反正我们俩互相嘲笑一番。"

突然，他把车熄火了。车顶上的灯亮了一小会儿，也熄灭了。他俩坐在更暗的光线里。她听见他深吸了一口气。

"你知道我说的是什么吧？"他问她。

"好像……猜到一点儿。"

他说："那个蠢女人倒帮了我的忙。"

"什么？"她惊讶地问。

"李成光的老婆啊，要不是她过来闹一下，我还以为……你和他还在一起。"

"你怎么会这么想？"她说。

他没回答，反问她："李成光也是个不错的男人，对吧？"

她想了想，坦然说："他人还好吧，挺温柔，爱玩儿，爱唱歌……就是不怎么负责任，有时候挺软弱，大概和他的家庭有关，他从小到大可能就是那种由着性子、不必负责的人。"

"我不喜欢这种人，靠老子。"

"不是你想的那样，他不喜欢从政，自己做生意。"她倒替李辩解起来，"……不过，不管他是什么人，和我也没有瓜葛了，我已经不喜欢他了。"

他听完沉默了一会儿，好像在想什么。

"那你现在有喜欢的人吗？"他倾身靠近她，厚脸皮地问。

她没吭声。

"有没有？"他又问。

"不知道。"她把头扭去一边。她想，应该现在就走，赶快逃跑，但又像是有什么东西紧紧抓住她，让她不能动弹。

"还不说？还装？看着我！"他说着，突然把她的头扳过来对着自己，"你早就知道我喜欢你，对不对？我知道你也喜欢我。"

她浑身一阵战栗，但她极力稳住自己，拨开他的手说："你喝醉了，我现在不想和你说这些。"

"我绝对没有喝醉，这点儿酒还不至于让我喝醉。"他嘟嘟哝哝地辩解。他看到那双大眼睛此刻盯着他，那美丽的眼部轮廓和皱褶处幽深、柔和的阴影，那隐藏在目光里的毛茸茸的天真和火辣辣的挑衅般的抗拒，还有她激烈的一起一伏的胸脯，都让他心醉神迷。

他茫茫然地看着她，好像一时没了主意。

她还有逃脱的机会，但她却问他："你现在不矛盾了？"她知道她的眼神、她的话都是在默许甚至鼓励他。但她毫无办法。她的心怦怦直跳，充满了鼓胀的、无法再压抑的渴望。

"是啊，矛盾得要命，所以才忍到现在。"他说着，把她拉到怀里。

他把她带去他住的酒店。一进房间，他就抱住她，狂热地亲她，说他的下身像要炸开了。果然，他刚脱掉她的衣服，趴在她身上，就忍不住射了。他又羞愧又恼怒，骂自己像第一次碰女人的、过度亢奋的愣头小子。第二次，他把她折腾了很久。她感到强烈的、深入骨髓的快乐，却又为这快乐羞惭。在她的极乐中，她把遥远的死者和眼前的男人重叠起来了。在丈夫离世后的这些年，她从未向另一个男人打开过自己的身体，也从未这么无耻地享受过快感，她求死去的人原谅、确定她并没有忘记他……最后，她大哭起来。他惶惑地问她怎么了，是不是自己太鲁莽让她不舒服。她只是一个劲儿地摇头，什么也不说。他似乎明白了，默默地抱着她。

哭完，她对宋斌说"对不起"，他安慰她说没什么，他完全能理解。之后他们睡了。他醒来时，窗帘缝隙里透过黎明时朦胧的灰白光线。房间里沉沉的黑暗、靠近门的那盏夜灯昏暗的黄光，以及窗缝透进的那点儿灰白交织在一起，在这交织的、纷乱的、如梦似幻的光线里，他看了一会儿睡在旁边的女人，心想她是这么美，几乎就是他从年少时幻想遇到却一直没有遇到的那种女人，心想她是否真的如别人所说身上附有邪魔、会把男人拉入深渊……他拿手轻轻抚摸她的眼睛，描她的眉毛，亲她露在外面的一小块儿肩膀，很快又把她弄醒了。接下来那个白天，他不让她去开会，他俩一直待在酒店房间里，在门把手上挂着"请勿打扰"的牌子。

十

在外人看来，何丽就像一朵快要干燥的花，突然得到雨水的滋润，又苏醒了，延长了花期。如今的她，忧伤、静默的眼睛里又有了光芒，丈夫初亡后那坚硬固守的姿态也放松了、舒展了，依然茂盛的头发剪短了，发尾处烫了轻微的内卷，蓬蓬松松，诱人想去抚摸。这接近迟暮的美具有一种回光返照般的谦逊、柔和，像是闭拢了羽毛、准备入睡的鸟。但无论她对人多么温柔有礼，工作上多乐于帮助别人，所里的同事都对她疏远多了，也客气多了。他们觉得自己被蒙蔽了，私下说她果真不是一般女人，神不知鬼不觉就搭上了宋斌。遇到这种事，人们总会说是女人勾引了男人，而不会说是男人控制了女人。如今，几乎所有人都觉得看不透她，说不清她究竟是可怜还是可恨，纯洁还是淫荡，无辜还是深藏心机，好还是坏……只有萍姐一如既往地对她好。对于她和宋斌的"不光彩"的事，萍姐激动地说自己终于如愿以偿了，说何丽就应该和宋斌在一起，这样才般配。

他们在一起后不久，县领导班子调整，宋斌升任财政局副局长，分管组织人事、财政预算、城市建设科，成了最有实权的副局长。很多人说宋斌这个位置就是正局长的预备席，何况他是青壮派，只有四十来岁，就等着现任局长退居二线。看起来唯一对他不利的就是他的私生活问题。关于他和何丽的私情县里已经尽人皆知。他公开约她见面，开车带她去高档餐馆吃饭，有时还把她带去自己的住处。他为人太傲慢，觉得他喜欢一个女人用不着偷偷摸摸、东躲西藏。当她担心他俩的关系会影响他的仕途时，他笑话她瞎操心，说除非他本来就要倒了，否则这个事儿根本不算什么。

另一方面，关于他的家庭也开始有不少的传闻，说他妻子和他早已经分居，所以才和孩子一直住在外县，还说他妻子其貌不扬，但父亲以前是官员，宋斌当时是为了往上爬才娶了她，后来她父亲退了，宋斌就把她冷在一边……关于这些，她从未问过宋斌。宋斌也只提到过妻子两三次，说和她没什么感情，当时一个单位，她追他追得很起劲儿，就浑浑噩噩结了婚，又说他每两周都回家看看，只是尽做父亲的义务。还有一次，他说和妻子两三个月也不会在一起一次，因为他根本没兴趣和她做爱。她问他他妻子会不会已经听说了他俩的事儿，宋斌随口说她知道了才好呢，要是她像李的妻子闹一闹更好，他就有借口立即离婚了。她听了这些话并不舒服，觉得他太冷酷。宋斌说，他对另一个女人冷酷她不该高兴吗？她说她一点儿也不高兴，因为她想到有一天他要是不喜欢她了也会这样对待她。他说她整天太闲，才会胡思乱想，又说如果他妻子愿意离婚，他会给她一笔钱，她能过得舒服又自由，胜过有个男人却等于没有，有什么不好？他说他不像李成光，当断不断、两头都没有担当，等他把手头的事办好，就会处理私事。她知道他所说的"手头的事"，就是坐上正局长的位置。

对于他的承诺，她只是半信半疑，甚至也没怎么期待。她发觉她几乎重复了初恋的困境，就是她和一个男人在一起，而全城的人都知道她和这个男人在一起，但她却不知道和他会不会有结果。只是如今她经历了那么多事，知道很多东西说没有就没有了，也就不那么执着于结果了。在一起时，她就毫无保留地爱他，他不在的时候，她也不去纠缠他，怕过度依赖会给他添麻烦、让他心累。宋斌对这些都看得清楚，反倒无论多忙都要找机会和她在一起，为了让她放心，他偶尔还去看望她母亲。她和母亲从没有直接谈过这件事，但从母亲的眼神里，她知道母亲的忧虑。只是当母亲的如今已经不忍心责怪女儿半句。而她自己早已不再感觉到那种得不到名分的耻辱和焦虑了，她只想极力抓住自己还有的这点儿幸福。她想，她变了多少啊！

最让她担心的并不是他俩的关系。她不知道宋斌贪污了多少钱，她感觉那会是个她不敢想的数目。他当副局长的那两年，正是县城开发扩建烈火烹油的时期。东西南北四个方向都在扩城，东郊和南郊有两个村庄都被整个开发了，全村迁移，大量土地收归县里，再拍卖给外面来的地产开发商。她母亲买的郊区小院儿再度被划入拆迁范围，但作为补偿，她们得到了城南新建的小区里一栋将近二百二十平方米的复式单元，这是宋斌让开发商特别安排的。因为卖地，县财政收入大增，而城市建设拨款这一块又都归宋斌管。因为手里有钱，宋斌经常招待县里领导去外地"考察"，去港澳、东南亚……得到了"会办事儿"的好名声。

他自己每次出差，包里总是装满一沓沓现钞。有一次，他真的带她去见了省里那个"靠山"朋友。朋友是个文质彬彬的男人，戴方框眼镜，说普通话，谦和有礼。因为朋友爱听京戏，见面时宋斌就包下整个戏曲会所，只有他们三个边听边聊，台上的戏也只演给他们三个看。可她一点儿也不享受这种面子和排场，他做的这些只让她更为他担心。他还无意中对她说起每次来看朋友，都会送他一个"大包"。"感情当然是有的，但钱该出的必须出。"他狡猾地说。有时，他给她讲一点儿官场里的事，但没讲几句又马上打住，说她还是不懂的好。"这些破事儿、脏事儿让我去做，"他无耻地说，"你就当个干干净净、快快乐乐的美人。我不会再让你受苦。"

他给她钱从来都是给现金，装在公家的牛皮纸档案袋里，因为他说转账的话银行里就会留下记录。起初她总是推托，说她根本不需要这些钱，但她发现她不要他就会不高兴甚至气恼。好多次，她劝他收手。他惊讶她竟这么傻，说不可能收手，早就收不了手了。他对她说之所以从不告诉她这些钱的来头和去处，就是因为她知道得越多越害怕。万一哪天他被查，牵连到她，她不知道才能保住自己，一旦知道就算不说也是煎熬，况且她这么傻，根本经不住别人的几句诱骗、威胁。他的"事业"就是她的禁区。他笑话她的劝导，甚至对她的忧虑也不以为然。有时她说起她哥哥坐过牢，她不能承受他再出事儿，他却轻描淡写地说时代早就不一样了。她问他要这么多钱干什么，为什么不能好好做事。他诡辩说想做事得先到那个位置上，但不花钱就根本到不了那个位置。她完全说服不了他。有一阵子，她迷上了到处烧香拜佛，给寺庙捐香火钱，说要帮他积德。宋斌对这种神神道道的东西很反感，说他不过是弄点儿钱，又没干什么伤天害理的事儿……他们有时也争吵，但过不了多久，又会去找对方、和好如初。宋斌自嘲道"熬不过三天"。他们像是被对方牢牢控制住了，从欲望到情感。

2006年年底，因为老局长突然病退，宋斌顺利坐上了正局长的位置。仅仅两年，从副局跳到正局，人们都说这是因为县里的大头儿特别赏识他。但有一次，宋斌对她提起那个人很不屑，说他为人太贪，连吃相都不顾，之前搞上一个音乐老师，那女的也不是省油的灯，领导怕出事儿，把她送去法国留学，竟然暗示他想办法解决情妇在法国的一切花销……她问他该怎么办。"没办法，这种破事儿他说出来就得去办啊，我最后找了个开厂的去解决了。"他烦躁地说。他沉思了一会儿，又说："水平太差！越是基层，越容易有这种人，所以还得往上去，到了市里会好得多。"她暗自惊讶，没想到他还要往上爬。

但2007年的夏天，那个书记就出事了，潜逃一个多月后被抓捕。随后，县里陆续有官员被调查、双规。深秋的一个夜里，已经很晚了，她母亲早已睡下，她听见有人敲门。她疑惑地打开门，看见宋斌在门外站着。她惊讶地问他怎么这个时候来，也不提前打个电话，他说事情有点儿急，最好不打电话。进到屋里，她发现他眼睛里布满血丝，神情严肃得可怕。他背了个大双肩包，打开包，里面装满一封封的钱。

"你放好。"他说，把里面的钱都拿出来放在桌子上。

"不，我不要！……为什么给我这么多钱？"她惊惶地问。

"不为什么，我得离开一阵子，给你多备点儿钱，我比较放心。"他说。

"为什么要离开？你要去哪儿？"她急切地问，有股强烈的不祥的预感。

"就是出去办点儿事。可能一阵子不能见面，也不好联系。"他含糊其词地说。

"是不是出事儿了？"

"别问了，没什么大事儿。记住我以前说过的话，不管别人问你什么，关于我的事儿，你一概不知道！记住了？反正你也确实不知道。"

"我一直担心……还是出事儿了！"她哭起来。

"不是什么大事儿，真是傻瓜……过去这一阵儿就没事儿了。"他把她抱过来，让她像小孩子一样坐在他腿上。

而她此时想到的是他被枪毙了，或者在监狱里被人害死了……她以前听过、看过的那些可怕的事似乎都会发生在他身上。

"肯定是我连累了你。"她双眼发直，仿佛突然发现了真相。

"胡说八道，和你没有任何关系，是我自己太大意了。"

"是我……别人都说我克男人，这是真的，我就不该和你在一起。"她哽咽着说。

"我才不信这个邪，都是封建迷信！再说这种蠢话我生气了。"

等她终于止住哭，他温柔地说："我们说点儿高兴的事儿吧……你知道我最喜欢你的什么吗？"

"什么？"她问。

"你有一双会笑的眼睛。去所里不久，我就发现了。你那时候家里刚出事儿，不爱笑，但只要你一笑，我就有点儿受不了，心里像小猫抓。"

"你真是个色鬼。"

"这么美的一个人，孤零零的，天天在我眼前晃，我还看不见？我又不是瞎子。"

她让他留下来过夜。他开玩笑说这不在他的计划里，时机也不对。

但过一会儿，又说他恐怕舍不得走了。

他和她挤在她那张单人床上。

她的双臂紧紧搂住他的脖子、贴上他的身体。

"你妈会听到的……"他低声说。

"不会的，她早就睡着了。"

他们开始狂热地、压抑地、不出声息地做爱。他说这张床让他想起来大学时宿舍里的床。你那时候就和女同学睡过吗，她问他。当然没有，他说，他那时候干净得像个小婴儿，他是混进官场里才变坏的，但和她在一起，就像回到了年轻的时候，好像还在傻乎乎地谈恋爱呢，虽然经手的事都那么不干净，但心里这一块儿至少还是干净的。

躺了一会儿，她突然坐起来，拉开床头柜的抽屉，摸出他送给她的爱华随身听。

"什么？"他问。

她不回答，神秘兮兮地插上耳机，自己戴左边那只耳机，给他戴上右边的。

"又耍什么花招？"他笑着说。

然后，他安静了。

"你喜欢的歌。"她轻声说。她给他听的是《你在我心中》。

但他什么都没说。

她伸手去摸他的脸，摸到他眼里有泪。

"别乱动。"他低声喝止她，抓住她的手。

他们又亲吻、做爱，然后沉默地抱在一起。她突然觉得如果以往对他仍心存疑虑，现在是完全相信他了。

他俩一夜没有睡。四点半，宋斌定的闹钟响了，他说他必须得走了。她坚持要送他到车上。路上，他再次嘱咐她这些天不要联系他。他已经坐进车里，她又朝他大声喊了一句："你不能出事儿啊！"泪水夺眶而出。

"别哭了，我这种坏人命硬死不了。等我回来。我回来一定娶你。"他说完，猛地发动车子开走了。

她看着他的车从小路拐上大路，像艘孤零零的船漂在一片漆黑的大海上，越漂越远，越来越小，最后，连尾灯的一点儿红光也消失不见了。她这时才感觉到清晨彻骨的寒意，一个人瑟瑟发抖地往家走。西天边的半轮月亮还没有沉下去，天蓝得那么深冷，路边的草叶上凝着白花花的霜冻。她泪流满面，想到他就是她一生中喜欢的最后一个男人，想到也许他从此也一去不返，就像她哥哥、像孙向东，他们一个个把她丢下，一去不返……不，不，她又想，宋斌不会那样，这一次她不会再看错了。

一个多星期后，她听说宋斌投案自首了。断断续续地，她又听到其他传言，说他被市反贪局关在某个招待所，他们一直在审讯他，要逼他咬出什么大鱼……她不敢去想他会受多大的罪，想到他就心疼得整夜哭泣、无法入睡。她知道过去有些官员就在囚禁的地方"自杀"了。后来，有人来找她问话，他们把她带进某局的一个小房间里。两个男人坐在她面前抽烟，肆无忌惮地看她。他们有时很温和，劝她说如果她配合，也可以帮宋斌减罪；有时候又吓唬她，说宋斌可能会被枪毙，她也逃不了坐牢！无论他们说什么，她只装作是个傻气、呆滞的花瓶，一会儿迷惑不解、反应迟钝，一会儿又恐惧万分。他们最后发现从她这里问不出什么，认定宋斌只把她当玩物、什么事儿都瞒着她，就放她走了。

有一天，她发疯似的跑到省城。她想去找宋斌那个朋友，但她去了他工作的那个庄严宏大的地方就呆掉了，她发现除了他的名字她什么都不知道，门卫根本不相信她，甚至不让她靠近门口。她在离大院儿门口几百米的地方站了一下午，她想他总会下班、走出来，那样她就能认出他。傍晚时候，一辆辆车从大院儿里开出来，她才意识到那个人根本不会走出来，他会在车里，也许早就离开了。等她赶到长途车站、坐上车，又想到幸好她没有见到他，也许她去找他只会给宋斌带来更多麻烦。

不知道为什么，她那天晕车晕得很厉害，卖票的扔给她一个罩着塑料袋的垃圾桶，由她去吐。车到服务站中途休息时，她去了洗手间，在那里，她觉得胆汁儿都快吐出来了。她差点儿支撑不住栽倒，打扫卫生的好心女人从开水间给她倒了一杯水让她漱口。等她匆匆忙忙跑出来，发现她坐的那辆客车已经开走了。她满心凄凉、绝望，因为那是从省城回县里的最后一班车。

她在服务站里找了个地方坐下。后来，快餐店、便利店都陆续关了，只有外面加油收款的小店铺还亮着灯。她坐在灯光渐次熄灭的大厅里，置身于冰凉、空旷的昏暗中。后来，她把脸埋在双手里哭了，哽咽得几乎喘不过气。她的哭泣不只有悲凄，还有愤怒和不甘。她觉得有一股她永远无法理解也够不着的力量像黑暗一样死死地罩住她，是那看不见的巨大厄运杀死了她哥哥、带走了她丈夫，现在又让她喜欢的男人身陷囹圄……她恨那个厄运！她想，如果它现在变成一个实实在在的东西、站在她面前，不管它多庞大、多可怕，她都会扑过去用拳头砸它、用指甲掐它、用牙齿咬它，她要不顾性命地和它斗，哪怕被撕碎。哭一会儿，她又跑去厕所呕吐。反复好几次，她像被掏空了一样。后来，她似乎平静了一些，歪倒在塑料椅子上蒙蒙眬眬地睡了一会儿。昏沉中，一阵阵汽车的噪音由远而近，幻化成了水波声、人的话语声，又逐渐消失。她疲惫不堪地醒来，看见灰色的晨光照进大厅，早晨的气息冷冽、新鲜、浓重，大厅里开始有人说话走动，知道新的一天又来了。七点多，从省城开往县城的大巴停在服务站，她坐上车、补了一张票回家。

回去后，她仍然经常呕吐，胃口也变了。她去买了验孕试纸，但验过以后还是不敢相信，又去医院做了检查。最后，在宋斌被抓后两个多月，她确定自己怀孕了。

十一

她得不到宋斌的消息，只好去找李成光，想托他找人。李成光很冷淡，说好久没见了，没想到她会为了这种事来找他，她当初怎么对他说的，现在倒不在乎当别人情妇……无论他说什么，她一句也不反驳。李撒完气，沉默了半响，然后说带她出去吃午饭。

饭桌上，他半开玩笑地说，他有好朋友在反贪局，他可以帮她打听消息，但是他能提条件吗？她问他什么条件。他盯住她无耻地说，去和他开房。她站起身就要走，他伸手一把拽住她，说他当然知道她不会，他怎么会不知道她的脾气，他只是嘴上犯贱开个玩笑。她于是又坐下来。

"看来你是真喜欢他。不过……他对你是真心的吗？"李成光问她。

"是。他是个有情义的人。"她说。

李成光意味深长地看了她一眼，说："我刚才说那些难听话，你别往心里去，我只是嫉妒。"

她淡淡一笑，说来之前就做好了心理准备，准备听他说的任何难听话。

"这么坚强啊？都不像你了。"李成光挖苦地说。

李告诉她，他有个关系不错的哥们在局里，尽管不是直接接手这个案子的。

"姓宋的是条汉子，听说他们什么审讯手段都用了，但他一个人也没咬，自己全担下来了。我也敬佩他是条汉子。"他说完，注意看她的反应。

她低下头不看他，两手紧攥住杯子，但眼里还是控制不住地聚满泪水。

他说："你哭什么，傻女人？我对你说这些的意思是他不会出大事儿，他不乱咬人，也不会有人想害他，外面的人反而会保他。你明白我的意思吗？"

她点点头。

李成光说："要是我出事儿了，你哭成这样，我死而无憾了。"

她不接他的话，对他说："你能不能叫你朋友帮忙说说话，让里面的人对他好些。"

他叹口气说："你放心吧，该说的话我肯定会说。现在基本审完了，他们也不会怎么逼他了。"

"要是需要给你朋友送礼的话，我可以……"

他生气地打断她说："没这个必要，就算送礼也不用你去抛头露面啊！我就不会干这种事儿吗？"

她发窘地坐着，不再说什么。

他自觉刚才对她太粗暴，开始往她碗里夹菜。

"你多吃点儿，你看看你，愁得面黄肌瘦的。"他笑笑说。

她这时抬起头，那双已经微微松弛下垂的眼睛温和地直视着他："你别给我夹菜了，我也吃不下。我怀孕了。"

李成光脸上的笑容凝固住了。他放下筷子，好一会儿，他自顾自地喝啤酒。

"我以前以为我不会再有孩子了。"她对他说。

"我知道，都是我的错。"

"我说这些不是责怪你，反正都过去了。"

"对，都过去了。"他说。

沉默一会儿，又迟疑地问："你打算要这个孩子？"

"当然要。"

"可是，万一他不能……"

"他能不能出来都要。"她打断他说。

"那……姓宋的混蛋知道这事儿吗？"他问她。

"不知道。"

"要我给他捎个信儿吗？"他冲她勉强地笑了下。

"要是可以的话……"

"保证捎到，这是大事儿，他在牢里也会笑出声。"他嘲讽道。

她说谢谢他，起身倒了一杯啤酒递给他。

他接过她倒的酒，一饮而尽，说："你不能吃不能喝，就陪我多坐一会儿吧。有时候我心里烦得很，只想和你说说话。"

他说他和他老婆早就彻底闹翻了，已经分居。

"何必这样呢？还得一起过很多年呢。"她劝慰他。

他流里流气地说："你以为我会闲着吗？我有别的女人，我还找小姐。你最了解我，我从来不是什么好人。"

"从来不是什么好人，但也不是坏人。"她轻声说。

他笑了下，没说话。

过一会儿，他瞥了一眼她的小腹，说："我们也差一点儿有过俩孩子，好多年前，对吧？"

"三个。"她说，"你和我分了以后我自己又去做过一次。你还记得那天下雨、你带我去你的新房那边……应该就是那次吧。我没有跟你说过。"

他怔住了。沉默了许久，他拿双手搓了搓脸，说："妈的……我年轻时多混啊！"

他想开车把她送回县城，但她坚持自己坐公交车回去，说现在坐小车容易晕车。他把她送到车站。

"你回去吧。"她对他说。

"我看你上了车再走。"他说。

等车的时候，他俩静静地站着。眼前车来车往，风紧贴着路面吹，卷起一层绒毛般的、薄薄的灰尘。李成光转过头看了眼何丽，看到她眼皮泛红肿胀，两鬓靠近发根的地方已经泛白了。他心中一酸，眼泪差点儿掉下来。

停一会儿，他严肃地对她说："我明天就去找我朋友，你放心，我一定把事儿办好，信儿也捎到，但你必须答应我一个要求。"

"什么要求？"她问。

"你现在有了孩子，又是高龄产妇，得经常做产检。县里人多嘴杂，水平也不行。你以后就到市里来，让我陪你去。"

她还在犹豫。

他又说："这一次你必须听我的。我不是为了你，是为了孩子。我不能让这个孩子再出事儿。"

见过她第一次以后，后来我也曾在县城里不同的地方见过她，都是焰火　闪般的相遇。她自然不会注意到我，我只是无数个流过街头的影子、无数张模糊的面容之一，是从自己所在的隐秘角落偷偷注视着她的某一个路人。我那时还不明白，究竟是什么样的美，让人如此难以忘记。我相信我是很多年以后，才渐渐辨认出那种美的特别之处。它是某种如气息般自然的东西，仿佛春风和柔、秋水明净。它又像一种光，温润、澄澈，把人笼罩其中。也许正因为我是一个远处的观望者，所以它对我来说绝不至于魅惑或让人意乱情迷，相反，它通向安宁、憧憬和莫名的怅惘，仿佛遥望着琢磨不透的、不可抵达的幸福。

高中毕业后，我就离开了故乡。之后的十多年里，我也曾回去几次，但只遇见过何丽一次。那天上午，我走去超市买东西，突然感觉到一个熟悉的身影在街对面走着。虽然她的模样比过去变了很多，而且还大着肚子，我还是一眼就认出了她。隔着马路，我不禁站住了，那种感觉几乎是不真实的，就像是看见了梦中的事物突然出现在现实里，并且变成了和梦中不同的模样。我站在街对面失神，某种东西深沉有力地击中了我：那个有些迟缓、笨拙但依然能看出昔日美丽的背影突然间和所有旧时光粘连起来，而所有的旧时光仿佛一瞬间穿过了她，也穿过了我的身体。

从那以后，又十多年过去了，我再也没有见过她。三年前最后一次回乡，我和一位朋友离开一场酒局，因为都喝得半醉，就把车扔在酒店停车场，叫出租车回家。我们钻进那辆红色出租车后不久，朋友突然问我知不知道这家出租车公司的老板是谁。我说我怎么会知道。他说就是何丽的老公啊。"何丽就是我们老板娘啊。"开车的司机这时插话说，口气里似乎有股骄傲。突然听到这个名字，让我惊讶万分。我问朋友何丽的老公是否就是当年那个因贪污坐牢的男人。朋友说就是他，判了四年，不过三年就出来了。他接着评论说有本事的人终究是有本事，就算官场栽了，出来做生意也不差，现在城里所有出租车都属于他的公司。我问朋友她是不是有个小孩儿。朋友说好像是有个女儿。"有个女儿，都快上初中了！"出租车司机又笑呵呵地补充……也许是因为喝多了，听说她终于有了好归宿，有一刹那，我竟然双眼潮湿。我想，那些不幸、厄运终于都离她而去，就像一场灾难随着美丽的逝去终于平息了。

何丽的故事经常出现在我的脑海里。在过去三十年中，我所断断续续地见过的她的样子，从少女到中年，浓缩在那几幅褪色的、时空模糊的印象照里。我把它们当作她于其中沉浮的那些已逝年代的美丽碎片，我珍存着这些碎片，以及和她有关的所有听闻。我感到我们所有人——我哥哥、那天在树下注视着她走过的那几个少年，还有那位无端地告诉我她的现况的朋友，那个说起她就显得骄傲和快乐的出租车司机——都从她那里获取了某种东西：一种最初的美的启蒙或震动？一些原本不会有的感伤和怀想？一种动人的、遥望和暗慕的经历？……无论是什么，这些东西曾深深打动过我们，伴随着我们的成长，其美丽回响甚至延绵直至中年。以这种方式，她属于我们每一个人，也仿佛成了地方的另一种历史。

如今我终于写下了她的故事。你或许以为我刻意为她安排了这些不幸以便使故事曲折动人，但如果你有机会到我生长的县城，所有三十岁以上的人都会告诉你，的确有这么一个命运多舛的美人，而这就是她的故事。

（本文原载于《收获》2022 年第 2 期）

图书在版编目（CIP）数据

2020-2022 海外华文文学精品集 . 中篇小说卷 / 方忠
主编 .—北京：作家出版社，2023.3
ISBN 978-7-5212-2049-0

I . ① 2… II . ① 方… III . ① 华文文学—作品综合集
—世界—现代②中篇小说—小说集—世界—现代 IV . ① I11

中国版本图书馆 CIP 数据核字（2022）第 193414 号

2020-2022 海外华文文学精品集 . 中篇小说卷

主　　编：方　忠
顾　　问：卢新华
责任编辑：朱莲莲
封面设计：覃　汐
出版发行：作家出版社有限公司
社　　址：北京农展馆南里 10 号　　邮　　编：100125
电话传真：86-10-65067186（发行中心及邮购部）
　　　　　86-10-65004079（总编室）
E-mail:zuojia @ zuojia.net.cn
http://www.zuojiachubanshe.com
印　　刷：三河市北燕印装有限公司
成品尺寸：152×230
字　　数：391 千
印　　张：27.5
版　　次：2023 年 3 月第 1 版
印　　次：2023 年 3 月第 1 次印刷
ISBN 978-7-5212-2049-0
定　　价：52.00 元